KB160301

백작가의 비밀스런 시녀님

II

백작가의 비밀스런 시녀님 II

1판 2쇄 찍음 2024년 12월 13일
1판 2쇄 펴냄 2024년 12월 23일

지은이 | 백주아
펴낸이 | 정 필
펴낸곳 | (주)뿔미디어

출판등록 | 2002년 9월 11일 (제1081-1-132호)
주소 | 경기도 부천시 소향로17, 303호(상동, 두성프라자)
전화 | 032)651-6513 **팩스** | 032)651-6094
E-mail | dahyangs@naver.com
블로그 | http://blog.naver.com/dahyangs
비북스 | http://b-books.co.kr

값 13,000원

ISBN 979-11-6565-579-2 04810
ISBN 979-11-6565-577-8 04810 (SET)

백작가의 비밀스런 시녀님

Count's a Secret Maid

II

백주아 장편 소설

FEEL PREMIUM EDITION

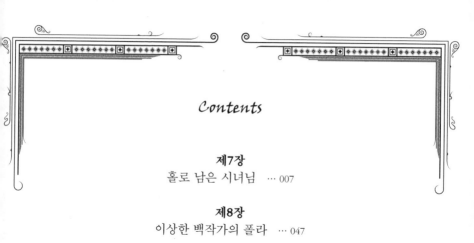

Contents

홀로 남은 시녀님

뜨거워. 뜨겁다. 살결이 타들어 갈 정도로 강한 열기였다. 그 앞에 서 있자니 온몸이 땀으로 흥건했다. 수건으로 땀을 훔치고, 삽으로 재를 퍼 날랐다. 이마에서 흘러내린 땀방울이 얼굴로 툭툭 떨어져 내렸다. 눈앞이 자꾸 뿌예진다. 손바닥에 배어난 땀 때문에 삽도 자꾸 미끄러졌다.

삽 손잡이를 단단히 잡고 재를 푸고 있는데 누가 날 불렀다.

"야, 추녀."

"……."

"야. 야."

대꾸하지 않자 손끝으로 내 어깨를 톡톡 두드렸다. 난 귀찮은 티를 내며 그를 무시했다. 그러자 기분이 나쁜지 상대가 얼굴을 더 바싹 가져다 댄다.

"야! 내 말 듣고 있어?"

알은척을 하지 않으면 계속 귀찮게 굴 기세라 결국 한숨을 쉬고 몸을 일으켰다. 삽을 잿더미에 푹 꽂고 삐딱하게 섰다. 내가 정면으로 맞대자 남자가 움찔 떨며 몸을 움츠렸다. 난 그 모습을 무심히 보며 입을 달싹였다.

"왜."

"그, 걔한테 말해 봤어?"

"뭘."

"나 어떠냐고 물어봤냐고. 저번에 부탁했잖아!"

아, 그거. 저번부터 소개해 달라며 닦달을 하던 게 떠올랐다. 난 손가락으로 귀를 파고 후 풀었다.

"어. 너 싫대."

"왜, 왜?"

남자가 충격받은 듯 울상을 했다. 왜냐니, 당연하잖아. 난 어깨를 으쓱이고 다시 삽을 들었다. 그러자 남자가 왜 싫다고 했냐며 내 팔을 잡아당긴다.

"거지라서."

"뭐?"

"네가 거지라서 싫대. 걔 금화 좋아해. 너 걔 품에 금화를 가득 안겨 줄 수 있어?"

"무, 물론이지!"

"헛소리 그만하고 포기해. 널 위해서 하는 말이야."

여기서 이러고 일하는 걸 보면 금화는 무슨, 은화도 어려울 게 뻔했다. 하루 수당을 받아 봤자 한 끼조차 제대로 먹기 힘든 형편이었다. 게다가 저쪽은 개 성격 감당 못 한다.

난 잡힌 손을 뿌리치고 다시 삽으로 재를 퍼 담았다. 남자는 멍한 얼굴로 굳어 있었다. 그렇게 충격받을 일인가. 아니, 걔는 눈길조차 주지 않았는데, 혼자 반하고 혼자 착각하더니만.

하지만 내가 신경 쓸 일은 아니었다. 다시 재를 푸는 것에 집중하는데 정신을 차린 남자가 대뜸 내게 손가락질했다.

"너, 너 거짓말하지 마!"

"거짓말 아니야."

"거짓말이잖아! 걔랑 내 사이 갈라놓으려는 거잖아!"

"너 미쳤니?"

이 뜨거운 열기에 드디어 미쳤나 보다. 누가 뭘 한다고? 나는 세상에서 가장 재미있는 말을 들었다는 듯 코웃음을 쳤다. 그러나 남자는 확신에 차 있었다.

"너, 너, 너 나 좋아하지!"

"돌았네. 네가 보태 주지 않아도 지금 충분히 힘드니까 저리 꺼져."

"너 나 좋아하잖아! 그래서 이러는 거잖아!"

"삽으로 한번 맞아 볼래?"

다시 삽을 잿더미에 팍 꽂고 눈을 부라렸다. 땀에 젖은 머리카락이 흐트러진 채 얼굴에 달라붙어 있었다. 내 위협적인 기세를 알아채고 남자가 다시 움찔 떨었지만, 물러서지 않았다.

"내가 너 같은 걸 좋아할 줄 알고? 추녀 따위가 보는 눈은 있어 가지고. 야, 넘볼 걸 넘봐. 너보다 개가 백배는 더 예쁘고 백배는 더 사랑스러워. 난 개 좋아해, 개밖에 없어. 알아?"

"그건 잘 모르겠지만, 이거 하난 확실히 알아."

헛소리를 차근차근 들어 주던 난 잿더미에 꽂혀 있는 삽을 다시 양손에 들었다. 그리고 그걸 한 번 흔들어 재를 털어 낸 뒤 남자를 바라봤다.

"네가 나한테 이걸로 맞을 거라는 거."

"뭐?"

"이리 와, 개자식아!"

굳이 건든다면 물러설 이유는 없다. 난 경악하는 남자를 향해 삽을 휘둘렀다.

"꼴이 왜 그래?"

"내가 뭐."

재가 묻어 지저분해진 뺨을 닦으며 앨리샤를 흘긋댔다. 잿더미를 퍼내며 난리를 부렸더니 온몸이 재투성이가 되어 버렸다. 집으로 오는 내내 따라붙었던 사람들의 시선이 따끔한 것이 보지 않고도 내 상태를 충분히 짐작할 수 있었다.

앨리샤가 날 위아래로 훑으며 인상을 찡그렸다.

"더러워. 빨리 가서 씻어."

"그럴 거야."

난 손에 들고 있던 걸 식탁 위에 올려놓았다. 앨리샤가 잽싸게 달려와 종이 뭉치를 펼쳤다. 그러나 내용물을 확인하곤 사납게 인상을 구기며 날 쏘아봤다.

"이걸 어떻게 먹어!"

"못 먹을 건 뭐 있어. 너한테 그것도 과분하니까 그냥 먹어."

저것도 감지덕지한데 또 투정이다. 오늘은 삽 들고 뛰어다니느라 너무 지쳐서 앨리샤의 투정을 받아 줄 여력이 없었다.

피곤한 눈가를 꾹꾹 누르며 씻기 위해 몸을 돌리는 순간, 뒤통수로 뭔가가 날아와 팍 부딪친 뒤 바닥으로 떨어졌다. 그건 내가 오늘 일당으로 사 온 빵이었다.

뒤통수를 움켜잡은 채 떨어진 빵을 보다가 고개를 돌리자, 앨리샤가 씩씩거리며 날 노려보고 있었다.

"저딴 걸 어떻게 먹어! 어떻게 먹냐고!"

"……."

또 저러지. 한숨이 나왔다. 난 허리를 숙여 떨어진 빵을 집어 들고, 먼지를 툭툭 털었다.

"너, 너 지금 한숨 쉬는 거야?"

"어린애처럼 음식 투정 부리니까 그렇지."

"어린애? 너 지금 내 행동이 어린애 같다는 거야?"

"맞아."

"야!"

"왜."

사나운 눈빛을 태연히 받아쳤다. 어차피 아쉬운 건 저쪽이었다. 난 다른 음식을 새로 사 올 생각이 없었고, 그럴 만한 품삯도 없었다. 지금 상황에선 이 딱딱하고 맛없는 빵을 먹을 수 있는 것도 감사했다.

"먹기 싫으면 먹지 마. 내가 먹을 거니까."

"……."

"그렇게 싫으면 네가 직접 벌어먹든지."

음식을 먹는 사람은 적을수록 좋다. 나는 빵을 다시 탁자 위에 올려 두고 모자를 벗었다. 머리를 감싼 보자기도 풀어낸 뒤 벽에 걸린 깨진 거울로 얼굴을 살폈다. 가뜩이나 까무잡잡한 피부에 재가 묻어 더 시꺼메 보였다. 보자기로 닦아도 잘 지워지지가 않는다.

그때 등 뒤에서 뭔가가 휙 날아와 벽에 부딪쳤다. 방금 전 다시 식탁 위에 올려 둔 빵이었다. 곧이어 또 다른 뭔가가 옆으로 날아와 벽에 부딪치며 깨졌다. 지난번에 구해 온 식기였다.

산산조각 난 접시를 멀뚱히 보고 있는데 연이어 물건들이 날아와 벽과 내 뒤통수에 부딪쳤다. 아아악! 고함 소리도 터져 나왔다. 앨리샤가 손에 잡히는 대로 내던지기 시작한 것이다.

반응해 봤자 나만 귀찮아질 게 뻔하니 앨리샤 쪽으로 눈길조차 주지 않았다. 거울을 들여다보며 내 얼굴만 연신 살피는데 갑자기 머리가 뒤로 확 잡아당겨졌다. 독기에 찬 앨리샤가 내 뒷머리를 휘어잡고 흔드는 모습이 거울 속에 비쳤다. 너무 갑작스러워 비명조차 지르지 못했다.

"이 독한 년!"

"놔."

"내가 놓을 거 같아? 너 나를 개처럼 무시하는데 두고 봐! 내가 귀족 놈 하나 제대로 꼬셔서 팔자 고칠 테니까. 그때 되면 너 같은 건 신경도 안 쓸 거라고!"

"그러든지 말든지. 머리나 놔."

"못 놔!"

"그래?"

나도 곧장 앨리샤에게 달려들었다. 그 고운 머리칼을 한 움큼 잡아 뜯었다. 앨리샤가 날카로운 비명을 내질렀지만 아랑곳하지 않았다. 두피가 뜯겨 나가는 것처럼 아팠지만 그 고통만큼 나 또한 되갚아 주었다.

"아악! 놔! 놓으라고!"

"너야말로 놔!"

놔! 못 놔! 서로 머리칼을 휘어잡고 실랑이를 벌이던 끝에 앨리샤가 먼저 손을 놓았다. 바닥에 픽 쓰러지는 앨리샤를 보며 그제야 나도 뒤로 물러났다.

우리 둘 다 머리가 산발이 되었다. 내 손안엔 앨리샤의 긴 머리칼이 털 뭉치처럼 가득했다. 앨리샤가 그걸 흘끗 보곤 제 머리칼을 움켜잡았다.

"흐흑, 내 머리!"

난 손에 든 머리칼을 바닥에 버렸다. 후드득 떨어지는 걸 눈에 담고, 내 머리를 매만졌다. 헝클어진 머리가 손가락 마디마디에 얽혀 들었다.

그러다 한쪽에 아슬아슬하게 매달린 뭔가가 손끝에 닿았다. 더듬거리며 풀자 재가 묻어 더러워진, 본래의 색을 잃어버린 머리 끈이었다.

아, 짧게 탄식하다가 재빨리 재를 툭툭 털었다. 끝에 수놓인 꽃무늬가 눈에 들어왔다. 그걸 멍하니 바라보다 앨리샤가 내지르는 고함 소리에 정신을 차렸다.

"내 머리 어떻게 할 거야!"

"너도 내 머리 어떻게 할 건데?"

"내 머리와 네 머리가 똑같니? 이게 얼마나 공들인 건데!"

"이제 공 못 들일 테니까 이참에 잘라. 장터에 팔게."

"못된 년! 너 때문에 이렇게 된 거잖아! 다 너 때문인데 뭐가 그렇게 뻔뻔해? 재수 없는 년!"

"그 아비에 그 딸인가 보지."

악마 새끼에게서 태어난 자식이 멀쩡할 리가 없잖아. 어깨를 으쓱이자 앨리샤가 갑자기 울어 젖혔다. 뭐가 저리 서러운지 눈물 콧물을 흘려 가며 울음을 토해 낸다.

"으앙— 다 필요 없어! 차라리 죽어 버렸어야 했다고!"

"지금이라도 좋은 결과가 있길 바랄게."

그러자 날카로운 시선이 내게 꽂힌다. 난 못 본 척하며 거울을 들여다봤다. 다시 재를 닦으려다가 말고 보자기를 내던졌다. 피곤하고 짜증이 치솟았다. 등 뒤에선 앨리샤가 다시 서럽게 울었다. 저렇게 우는 걸 보니 아직 살 힘이 남아 있나 보다.

그러나 지금은 저 소리도 듣기 싫었다. 머리를 퍽퍽 긁고 뒤돌자 앨리샤가 기다렸다는 듯 날 쏘아봤다.

"두고 봐! 내가 나중에 귀족이든 왕족이든 잡아서 신분 상승 할 거니까! 흐흑, 이딴 구질구질한 생활 다 때려치우고 떠날 거라고! 너, 그때 가서 나한테 잘 보이려고 해도 소용없어!"

"네가 뭔가 착각하나 본데."

난 집 안을 찬찬히 훑었다. 여기저기 갈라지고, 비가 오면 지붕에서 물이 새는 허름하고 낡은 집. 눈이 내리면 지붕이 무너질까 봐 지붕에 쌓인 눈을 퍼내야 하는 집. 겨울엔 동사할 거 같고, 여름엔 더워 죽을 것 같은 집. 바람이 조금만 불어도 사방이 흔들리는 것 같아 흠칫흠칫 놀라야 하는 집.

하지만 비록 이런 집일지라도 이렇게 숨을 쉴 수 있고, 내일을 살아갈 수 있게 해 준다. 죽음에서 나를 보호해 주는 유일한 장소였다.

"귀족의 삶이라고 해서 아름답기만 한 건 아냐. 때론 네가 상상하는 거 이상으로 지옥 같을걸. 차라리 이렇게 허름하고 낡고 가난한 집에서 사는 게 더 행복했다고 생각하는 날이 오게 될 거야."

"뭐? 그걸 네가 어떻게 알아?"

"알고 있으니까."

집 안을 쭉 둘러본 뒤 다시 앨리샤에게 시선을 꽂았다. 앨리샤가 눈가를 찡그렸다. 그게 무슨 소리냐고 묻는 얼굴에 난 그저 어깨를 으쓱일 뿐이었다.

□ ◆ □

내가 그들의 소식을 다시 접하게 된 건 길거리에 나뒹구는 신문을 우연히 주운 어느 날이었다. 큼지막하게 박힌 사진과 그 아래 적힌 내용들이 그들의 이야기의 종지부를 알려 주었다.

[제임스 크리스토퍼 백작 살인 혐의로 체포]

그제야 내가 정말 그들의 이야기에 잠깐 등장한 사람이라는 걸 실감했다.

그날, 에단의 도움으로 도착한 마을에서 한동안 몸을 숨기며 지냈다. 마을은 제법 규모가 컸고, 주민이 많았으며 외부인에게 큰 관심을 두는 곳이 아니었다. 아마 이 또한 그가 의도한 건지도 모른다. 덕분에 난 어렵지 않게 그곳에서 몸을 피할 수 있었다.

헤어지기 전 이자벨라가 건네주었던 주머니엔 금화가 담겨 있었다. 그걸로 한동안 숙식을 해결했지만, 며칠 지나지 않아 소매치기를 당해 모두 잃고 말았다. 가지고 있던 짐마저 거지들에게 빼앗겨, 결국 남은 건 별 볼 일 없는 몸뚱이뿐이었다.

한순간에 빈털터리로 전락하여 길거리를 전전했고, 제대로 먹지 못하는 생활은 점차 죽음에 가까워졌다. 어떻게 인생을 살아가는 동안 단 한 번도 평탄하지 못하냐며 자조했던 것도 같다.

그러다 불현듯 떠오른 건 필튼에 있는 아비와 셋째였다.

나는 내 생애 처음으로 그들이 어찌 살고 있을지 궁금해졌다. 남보다도 못하다고 생각했는데, 그래도 가족은 가족인가 보다. 배고픔과 피로에 찌든 마음이 약해진 건지도 모르지.

결국 나는 필튼으로 돌아갔다. 지금 생각하면 쓸데없는 짓이었다. 하지만 그때는 그게 유일한 희망처럼 느껴졌다.

나는 아비와 셋째가 잘 살고 있을 줄 알았다. 날 팔고 받은 금화의 양이 상당했으니까. 사치를 부리느라 처음으로 쓸모가 있었던 첫째 딸의 존재 따윈 금세 잊어버렸겠지. 어쩌면 필튼을 떠났을지도.

실제로 돌아간 집은 무너지기 일보 직전으로 황폐했고, 안에선 사람의 흔적을 찾을 수 없었다. 때마침 집으로 다가오는 사람을 만나지 않았다면 그런 오해를 했을 것이다.

지저분한 차림에 눈물로 얼룩진 얼굴을 확인하곤 경악했다. 그토록 곱고 예쁘던 셋째 앨리샤였다.

'앨리샤?'

'누구…… 언니?'

앨리샤가 날 발견하곤 그대로 굳었다. 하지만 그것도 잠깐, 품에 안고 있던 바구니를 내던진 채 내게 달려왔다. 그러곤 내 양어깨를 잡고 탈탈 흔들었다.

'너 때문이야! 너 때문이라고!'

'자, 잠깐, 무슨! 놔, 좀!'

고개가 위아래로 흔들렸다. 가뜩이나 기운 없어 죽겠는데 앨리샤가 내 속을 뒤집었다. 결국 참다못해 밀어 내자 앨리샤는 너무도 쉽게 뒤로 쓰러졌다. 바닥에 엉덩방아를 찧은 앨리샤가 갑자기 울음을 터뜨렸다. 그 모습을 보며 난 황당해했다. 그토록 도도하고 오만하던 내 동생이 눈물 콧물을 흘리며 서럽게 울어 젖혔던 것이다.

그런 앨리샤를 달래서 집 안으로 들어온 나는 그간의 일들을 물어봤다.

'누가 찾아왔다고?'

'몰라. 웬 이상한 남자들이 널 찾아왔어. 아빠가 모른다고, 소식 끊긴 지 오래됐다고 해도 자꾸 찾아와서 몇 번 실랑이를 벌였고.'

갑자기 숨이 막히는 듯했다. 집사일까? 날 필튼에서 직접 데려갔으니 이미 내 집도 알고 있었다. 아니면…… 빈센트가 날 찾는 걸까? 확신할 수 없었다. 어쩌면 다른 사람일 수도 있다. 상황이 이렇게 되니 의심되는 것투성이였다. 뭐가 됐든 좋은 징조는 아니었다.

'왜 찾는지는 모르고?'

'응. 어디 있냐고 물으면서, 사례할 테니 여기로 오면 말해 달라고 했어. 근데 네 소식을 어찌 알겠어.'

'그래…… 그런데 아빠는?'

나는 주변을 둘러보며 아까부터 보이지 않는 악마 새끼를 찾았다. 이맘때쯤이면 집에 돌아올 텐데 코빼기도 보이지 않는다.

'죽었어.'

'……뭐?'

나는 깜짝 놀라 앨리샤를 바라봤다.

'꽤 됐어.'

그리 말하는 앨리샤의 얼굴이 너무 차분해서, 난 순간 동생이 농담을 하는 줄 알았다. 그만큼 믿기지 않는 소식이었다.

'어, 언제? 설마 그 사람들 때문에?'

'아니. 너 팔고 얻은 금화로 노름판에서 놀고 술 마시며 지내다가 길바닥에서 잠들었나 봐. 그대로 동사했어.'

'……'

그건 입에 담기도 허무한 죽음이었다.

앨리샤는 아비의 사체를 수습하지 않았다고 했다. 왜 그랬냐고 물었더니, 동사한 사체를 따로 둘 곳이 없어 잠시 바깥에 놔뒀는데 하룻밤 새에 날짐승들이 뜯어 먹었다고 했다. 얼마나 배고팠으면 사체가 흔적도 없이 사라졌다고. 제 자식들을 죽이고 살아남은 아비에게 너무도 걸맞은 최후였다.

'금화는 남은 거 없었어?'

'없었어. 다 쓰고 죽었나 봐.'

'넌 어떻게 지냈는데?'

'어떻게 지내긴. 아버지 죽고 너마저 없으니 뭘 어쩌겠어. 내가 직접 품삯을 벌어야지. 근데 또 할 만한 게 없는 거야. 겨우겨우 부탁해서 저 건너편 집 베니 아줌마네 농사일을 도왔는데 하루 만에 잘렸어. 너무 못한다고.'

앨리샤는 코를 훌쩍이며 몸을 움츠렸다. 그리고 그간의 서러움을 토해 내듯 아버지가 떠난 뒤 겪었던 일들을 내게 말해 주었다. 그건 눈물 없이 들을 수 없는 고생담이었다. 가진 건 예쁜 외모와 늘씬한 몸뿐이라 앨리샤가 할 수 있는 일이 없었다. 저 도도한 성격에 누구한테 숙이는 것도 못 했으리라.

오랜만에 보는 셋째의 상태는 확실히 예전 같지 않았다. 옷은 누더기였고, 윤기가 흐르던 머리카락은 죄다 헝클어졌으며, 눈처럼 하얗던 피부도 거칠어 보였다. 고왔던 손과 발에도 생채기가 나 퉁퉁 부어 있었다.

'언니, 이제 우리 어떡해? 어떻게 살아?'

울먹이는 앨리샤는 너무도 지쳐 보였다. 금방이라도 바스러질 듯 나약해 보이는 동생을 차마 두고 떠날 수가 없었다. 마음이 약해진 상태라서인지 한순간 셋째가 불쌍하게 느껴졌다. 저 아이가 저렇게 자란 데에는 나와 아비의 탓도 있으리라.

'어떻게 살긴. 다시 전처럼 살아야지.'

'그러니까 어떻게?'

'어떻게든 일을 구해 봐야지.'

더는 여기 있을 필요가 없었다. 난 곧장 앨리샤를 데리고 필튼을 떠났다. 어차피 그 집은 더 이상 사람이 살 만한 곳이 아니었고, 날 찾으러 오는 사람을 피해 도망쳐야 했다. 우리는 나라의 가장 중심지이자 대도시인 노벨르로 향했다.

노벨르로 가면 일자리가 많을 줄 알았다. 그러나 그곳에서도 당장 할 수 있는 일은 없었다. 살 만한 곳도 없었다. 나는 앨리샤를 데리고 무작정 아무 가게나 들어가 일자리를 부탁했다. 하지만 신분도 확실치 않은 여자들을 써 주는 곳은 없었다. 그나마 받아 주는 데는 매춘을 하는 곳들이었다.

'너 말고 저년만.'

'난 싫어!'

그마저도 원하는 건 때 빼고 광내면 예쁜 동생뿐이었다. 앨리샤가 기겁하며 절대 싫다고 거절했다. 차라리 죽어 버리겠다고 난리를 부려서 달래느라 진을 뺐다.

다시 노숙을 하고 쓰레기통을 뒤지면서 하루하루를 연명했다. 처음엔 칭얼거리던 앨리샤도 사태의 심각성을 알고부턴 입을 다물었다.

하루가 지치고 내일이 고된 나날이었다. 급기야 앨리샤가 고열에 시달리면서 상황은 더 악화됐다. 금방이라도 숨넘어갈 듯한 동생의 모습에 난 아무 집 문이나 두드리며 살려 달라고 소리쳤다. 하지만 모두 우리를 외면했다.

거지를 구해 주는 사람은 없었다. 외면받는 건 당연했다. 그래서 더 슬펐고, 초조했다. 숨을 헐떡이는 앨리샤를 지켜보는 것 말고는 아무것도 할 수 없는 스스로가 비참했다.

앨리샤마저 떠나면 어떡해야 하지.

홀로 남아서 어떡해야 하지.

그 저택에서 나와 홀로 지내는 동안 너무 무서웠다. 내가 죽으면 날 기억해 주는 사람이 있을까. 내 죽음을 누가 알아줄까. 그게 너무 무서웠다. 이대로 죽어도 아무도 내 죽음을 알아주지 않을까 봐. 그건 너무 슬프잖아.

그래서 가족을 만나러 갔다. 하지만 아비는 죽었고 유일하게 남은 건 그토록 미워했던 셋째뿐이었다. 그래도 괜찮았다. 앨리샤를 곁에 둔 건 외로워서가 아니었다. 무서워서였다. 내 유일한 혈육마저 떠나면 정말 홀로 남으니까, 그러한 삶을 버틸 자신이 없었다. 난 그만큼 약해져 있었다.

난 다시 미친 사람처럼 보이는 문마다 모조리 두드렸다. 그렇게 손등이 붓도록 두드린 끝에 기적처럼 한 곳의 문이 열렸다. 노부부가 날 발견하고 눈을 휘둥그렇게 떴다.

착한 노부부의 호의로 동생은 침대에 누워 치료를 받을 수 있었다. 더럽고, 냄새나는 어린 계집들에게 노부부는 친절했다.

누군가의 친절 같은 거, 간절히 바라는 순간엔 내겐 오지 않을 줄 알았는데. 나는 그렇게 누군가의 도움을 받고 살아남았다.

'여기보단 옆 마을이 일자리를 구하기 더 쉬울 거란다.'

노부부의 조언에 따라 노벨르의 옆에 있는 작은 마을로 향했다. 이런 곳에도 마을이 있나 싶을 정도로 구석진 데 위치해 있었지만 생각보다 작지 않은 크기였다. 거기서 좀 더 숲 쪽으로 들어가니 버려진 빈집들을 발견했다. 그곳은 우리처럼 갈 곳 없는 사람들이 흘러들어 와 생활하는 빈민촌이었다.

그렇게 그곳에서의 생활을 시작했다. 일자리는 눈치껏 아낙네들 사이에 끼어 구했다. 이 마을 사람들은 거의 대부분 노벨르에서 막노동을 하며 생계를 유지했다. 신분이 확실하지 않은 사람이 할 수 있는 건 몸 쓰는 일뿐이었다. 게다가 저렴하게 쓸 수 있다.

처음에 일자리를 구하긴 어렵지만, 한번 자리 잡고 나면 인맥을 타고 이어지는 구조였다. 그건 필튼 때와 다를 바 없어 적응하기 쉬웠다. 고된 생활을 하는 덴 익숙했다. 막일도 어렵지 않았다.

다만 앨리샤는 전보다 더 가난한 생활에 불만을 터트렸다. 하지만 불평한들, 어찌할 도리가 없는 수준이었다. 살기 위해선 돈을 벌어야 하고, 돈을 벌려면 고생해야 한다. 한평생 고생이란 걸 해 본 적 없는 앨리샤는 자주 골골 앓아 내가 앨리샤 몫까지 더 고생해야 했다.

그렇게 3년이 지난 어느 날, 길을 걷다 우연히 알게 된 그들의 소식. 새싹이 파릇파릇 돋아나고 꽃이 피었다 지길 여러 번, 이제는 그곳에서의 생활이 아득하게 느껴질 만큼 세월이 흘렀다.

가끔 궁금하긴 했다. 그들은 잘 살고 있을까. 어찌 살고 있을까. 그는, 빈센트는······.

언젠가 우연히라도 그들을 볼 수 있지 않을까 싶었다. 길을 걷다가 스치듯 얼굴을 본다거나, 아니면 건너건너 소개받은 일터에서 우연히 재회한다거나 하는, 그런 일. 하지만 벨루니타가의 저택에서 나온 뒤로 단 한 번도 그들을 만나지 못했다. 대신 신문을 통해 간간이 그들의 소식을 접할 수 있었다.

그게 전부였다.

벨루니타 저택을 떠나온 지 5년이 흘렀다. 그 세월 동안 나도 내 삶을 사느라 정신없었다. 그곳에서의 기억은 점차 추억으로 남았다. 기억이란 퇴색될수록 아름답게 변한다고 하지 않는가.

벌써 5년.

'널 내 곁으로 데려올 거야. 반드시.'

아니, 그로부터 5년이나 지나 버렸다.

"이젠 날 기억조차 못 하겠지."

중얼거리던 말은 바람에 휩쓸려 사라졌다. 이제는 추억에 잠겨 있는 시간도 짧다. 그것보단 눈앞에 닥친 현실이 먼저였다.

하루 벌어 하루를 근근이 살아가던 게 한순간 뚝 끊겼다. 당장 먹을 게 없었다. 한 끼는 굶을 수 있지만 그 뒤가 문제였다. 배곯음이 길어지자 앨리샤가 배고프다고 칭얼거렸다.

결국 남은 돈을 탈탈 털어서 길거리 빵 장수에게 향했다. 길거리 빵은 딱딱하고 맛이 없지만 저렴해서 자주 사 먹곤 했다.

하지만 지금 가진 금액으론 하나도 무리였다.

"좀 더 저렴한 거 없을까요?"

"이게 제일 저렴합니다."

그 말에 한숨이 나왔다. 이 맛없는 빵조차 살 수가 없다니. 가난에 탄식이 절로 흘러나왔다.

내가 선뜻 빵을 사지 않고 머뭇대자 주인이 날 위아래로 훑었다. 그러더니 대뜸 한쪽을 가리켰다.

"그걸 주시면 제일 좋은 빵으로 세 개 드리죠."

그가 가리킨 건 내 머리를 묶은 머리 끈이었다. 어떻게 알아본 건지 내가 가진 가장 값비싼 걸 콕 집어낸다.

난 망설였다. 이건 소중한 추억이 담긴 물건이었다. 지금은 낡고 색이 바랬지만 이걸 받았을 때의 감정이 아직도 내 가슴속에 남아 있었다. 그래서 한시도 몸에서 떼어 놓지 않았었다.

하지만 지금은 배곯음이 먼저였다.

망설이다 결국 끈을 풀어 주인에게 건넸다.

"못 해! 더는 못 해!"

아까부터 온갖 불만을 터트리던 앨리샤가 기어코 머리에 뒤집어쓴 보자기를 끌러 바닥에 내던졌다. 난 그런 앨리샤에게 흘끗 시선을 주곤 다시 내 일에 집중했다.

빵 장수에게 끈을 팔고 받은 가장 비싼 빵 세 개로 며칠간 연명했다. 그러는 동안 운 좋게도 다시 일자리를 구했다. 축사에서 똥을 치우는 일이었다. 이거라도 어디냐 싶어 덥석 받았다. 한 푼이라도 더 벌고 싶어 싫다는 앨리샤까지 억지로 끌고 나왔더니 저런 태도다.

"못 하겠다고!"

"그럼 하지 말고 앞으로 굶어."

"……."

결론은 간단했다. 내 말에 앨리샤가 뱁새눈을 하고 쏘아봤다. 난 시선조차 주지 않고 눈앞에 가득한 동물의 변을 퍼서 수레에 담았다. 넓은 축사엔 갖가지 동물과 더불어 그 동물들이 싸 놓은 변이 상당했다. 아무리 퍼 담고 퍼 담아도 끝이 보이지 않는다. 게다가 냄새도 고약했다. 하루 종일 변을 푸고 나면 몸에서 변 냄새가 진동할 정도였다.

내 앞으로 새끼 말이 다가오더니 변을 누기 시작했다. 그걸 본 앨리샤가 경악했고, 난 태연히 삽을 그 아래 놓았다. 쌓이는 변을 수레에 옮겨 실을 때마다 앨리샤는 토하는 시늉을 했다.

"왜 매번 데려올 때마다 이런 일인 거야!"

"이런 일밖에 없으니까."

"거짓말 마! 멀쩡한 것도 있는 거 다 알거든?"

"네가 할 수 있는 게 이것밖에 없으니까 그렇지."

"너 나 무시하니? 이 정도 미모에 이 정도 몸매까지 갖춘 내가 뭘 못하는데!"

"머리가 텅텅 비었잖아."

그 말에 무슨 뜻이냐고 소리치는 앨리샤를 무시했다. 가뜩이나 힘들어 죽겠는데 자꾸 귀찮게 군다. 그러한 기분을 대놓고 티 내면서 삽으로 다시 변을 푸는데, 앨리샤가 내 뒷머리를 덥석 붙잡았다. 또다. 이제는 이 찌릿한 통증이 익숙할 지경이다.

"다시 말해 봐! 다시 말해 보라고!"

"놔."

"네가 감히 날 무시해?! 너 따위가 날!"

"놓으라고 했어."

그럼에도 앨리샤는 손의 힘을 풀지 않았다. 난 한숨을 쉬고, 들고 있던 삽을 차분히 앨리샤 쪽으로 휘둘렀다. 삽 위에 놓인 변이 후드득 튀어 올라 앨리샤에게 쏟아졌다. 앨리샤가 기겁하며 내 머리를 놓았다.

"아악!"

허우적대던 앨리샤가 뒤로 넘어졌다. 덕분에 바닥에 깔려 있던 변 무더기에 엉덩방아를 찧었다. 비명을 지르며 피하려 했으나 이미 변이 그녀를 덮친 뒤였다. 손이며 옷이며 전부 변이 묻어 버린 앨리샤가 제 상태를 살피고 울상을 지었다.

"나쁜 년! 못된 년!"

"그러게 왜 나쁘고 못된 년에게 덤비니."

"너 내가 가만 안 둘 거야! 가만 안 둘 거라고!"

"그래. 그 다짐에 힘입어 이것들도 얼른 다 푸렴."

빈 삽으로 다시 변을 푸고 일부러 앨리샤에게 들이대듯 옮기며 수레에 넣었다. 앨리샤가 비명을 지르며 도망갔다. 이게 뭐 무섭다고 뒤꽁무니 빼는 게 웃겼다. 난 어깨를 으쓱이고 다시 변을 퍼 담았다.

그렇게 한참 푸고 있는데 뭔가가 눈에 띄었다. 변 무더기에 파묻힌 찢어진 신문지 조각. 큼지막한 사진이 박힌 신문지가 바람에 팔락거렸다. 무심히 기사 제목을 읽던 내 눈이 점차 커다래졌다.

난 빠르게 신문지를 빼 들고 안에 적힌 글자를 읽어 내렸다. 마지막 글자까지 읽은 내 손이 아래로 내려갔다. 멍한 시선이 허공에 맴돌았다.

[……왕녀님 약혼 발표. 상대는 벨루니타 백작?]

방금 전에 본 기사의 제목이었다. 그 아래 큼지막하게 박힌 사진 속엔 팔짱을 낀 남녀가 나란히 서 있었다. 멀리서 찍혔지만 뿌연 얼굴이 낯익었다. 당연했다. 5년 전에 하루 종일 봤던 얼굴이니까.

"빈센트 벨루니타."

오래도록 입에 담지 않았던 이름.

그리움으로 남았던 남자.

이건 5년 만에 본 그의 소식이었다.

□ ◆ □

바이올렛과 파혼한 건 알고 있었다. 예전에 일했던 빵 공장에선 아낙네들이 어디서 소식을 물어 오는지 종종 상류층들의 이야기를 조잘댔다. 그중에 아주 간혹 그들의 소식도 있었다. 벨루니타가의 소식은 몇 없었지만, 그때 들었던 것 중 하나가 빈센트의 파혼 이야기였다.

파혼 소식이 혹 낭설이지 않을까 싶기도 했었는데, 그것이 진실이란 걸 이번에 내 눈으로 직접 확인했다.

사진 속 빈센트를 뚫어져라 보았다. 얼굴이 뿌옇게 나와서 정확한 표정까진

22

알 수 없었지만 왠지 웃고 있는 것 같았다. 그러다 가장 먼저 떠오른 건 그의 눈이었다.

눈은 어찌 되었을까. 그때 고칠 방법이 있다고 했던 거 같은데 고쳤을까. 아니면 그대로일까. 그래도 더는 방 안에만 처박혀 있는 생활을 하지는 않는구나. 다른 건 몰라도 아주 잘 살고 있단 건 알겠다.

'널 내 곁으로 데려올 거야. 반드시.'

"순 다 말뿐이지."

개자식, 그렇게 좋냐?

왕녀님이랑 약혼한다니까 헤벌쭉해져선. 웃는 게 확실할 거다. 난 그의 얼굴을 와락 구겼다. 웃는 얼굴이 구깃구깃해졌다. 그걸 뚫어져라 바라보다가 슬쩍 다시 폈다.

"잘 지낸다면 다행이지만."

솔직히 내가 화낼 분수는 아니지. 나쁘다고 소리칠 만한 관계도 아니었고. 내가 뭐였다고. 그의 시중을 드는 유일한 시녀였기에 어울려 주었던 것뿐이다. 그 시녀가 사라졌다고 해서 다시 찾아낼 만큼의 인연은 아니었다. 그는 날 위해 다른 곳으로 보낸다고 했지만, 그 시녀가 중간에 사라졌다고 해서 찾아야 할 이유도 없었다. 사실 그도 내가 갑자기 사라진 이유를 알고 있었을지 모르지.

"그래도 말이야, 남자가 되어서 한번 뱉은 말은 지켜야지. 곁에 있으라며, 지켜 주겠다며, 안 버리겠다며. 말은 쉽게 하지. 이래서 귀족들이란."

같이 일하던 아낙네들이 입에 달고 살던 '이래서 귀족들이란' 말을 결국 나도 하고 말았다. 다시 깊게 한숨을 쉬는데 때마침 문을 열고 들어온 에밀리가 눈을 휘둥그렇게 떴다.

"무슨 일 있었니?"

"아, 아니에요. 아닙니다."

"그건……."

그녀의 시선이 내 손에 들려 있는 구겨진 신문에 닿았다. 난 아차 하며 신문지를 빠르게 폈다. 축사에서 우연히 주운 찢긴 신문과 같은 내용의 기사를 여

기서 다시 보니 그제야 실감이 났다. 이 내용이 진짜라는 걸. 그러자 화가 나
나도 모르게 신문을 구기고 말았다.

"죄, 죄송합니다. 어쩌죠."

"예전 거니까 괜찮단다. 그래도 조심하렴. 필사는 다 했고?"

"네, 여기요."

편지를 건네자 에밀리가 확인하곤 만족스레 웃었다. 잘 썼다는 칭찬도 아끼
지 않았다. 난 쑥스럽게 웃으며 목을 움츠렸다.

겉으로 보기엔 평범한 가정집인 이곳에서 나는 일당을 받고 필사를 한다. 책
을 필사하기도 하고, 연애편지를 필사하기도 하고, 때론 신문을 필사하기도 한
다. 글을 읽고 쓸 수 있다는 건 이렇게 유용하다. 덕분에 안전한 건물 안에서
편히 앉아 일할 수 있으니 말이다.

"요새 아가씨들은 참 귀엽지. 필적이 안 예쁘다고 이렇게 편지의 답장을 대
신 써 달라며 필사 의뢰를 하고 말이야."

"그러네요."

"너도 이런 거 받아 본 적 있니?"

에밀리가 짓궂게 웃었다. 난 그 시선을 피해 펜촉을 더듬으며 애써 웃었다.

"있었어요. 연애편지는 아니지만."

"어머. 남자랑?"

"네. 남자랑."

"좋았겠네."

에밀리가 내 어깨를 툭 쳤다. 난 뭐라 말할 수 없었다. 좋고 싫음을 판단할
수 없을 만큼 별것 아닌 일이었으니까. 돌이켜 보고 나서야 그 별것 아닌 편지
에 담긴 마음을 알고 슬퍼했다.

그때를 떠올리자 다시 기분이 가라앉았다. 방금 전에 본 신문 때문이다.

고개를 젓고 쓸데없는 생각을 떨쳐 냈다.

"참. 요새 일거리가 늘어나서, 너 혼자서는 무리일 듯해 새로운 사람을 구했
단다. 앞으로 둘이서 함께 일하게 될 거야."

"네."

24

"곧 올 텐데."

에밀리의 말대로 잠시 후 톡톡 문 두드리는 들려왔다. 그녀가 기쁘게 웃으며 아래로 내려갔다. 곧 문이 열리는 소리에 이어 소란스러운 말소리가 들려왔다. 난 그 소리에 귀 기울이며 창밖을 내다봤다.

두 개의 발소리가 가까워지더니, 문이 열렸다. 내 시선은 절로 문 쪽을 향했다.

"여기, 인사하렴. 앞으로 함께할 사람이란다."

"……."

"……."

에밀리가 발랄한 음성으로 새로 온 사람을 소개했다. 하지만 그녀의 말에 부응하는 인사 따윈 나누지 못했다. 상대와 난 서로를 발견한 순간 굳어 버리고 말았으니까.

"야, 야."

"……."

"야, 야. 내 말 듣고 있냐고."

"……."

나는 눈을 내리깔고 차분히 펜을 굴렸다. 사각사각 소리가 내 대답을 대신했다.

몇 번 더 말을 건네던 남자가 결국 참다못하고 내 종이를 확 뺏었다. 난 한숨을 쉬고 남자를 올려다봤다.

"뭐야. 왜 이래."

"너 왜 자꾸 내 말 무시해."

"무시할 만하니까."

"야!"

"자꾸 야, 야, 하지 마. 또 맞고 싶어?"

난 들고 있던 펜을 획획 돌렸다. 여차하면 이걸로 찍어 버릴 거란 경고를 보냈다. 한 번 경험해 본 적이 있는 남자는 움찔 몸을 떨었다. 한쪽 눈가를 시퍼렇게 물들인 멍이 눈에 띄었다.

"넌 무슨 여자가 매번……."

"너야말로 무슨 남자가 매번 이렇게 끈질기게 굴어. 싫다고 하면 포기할 줄도 알아야지. 네 감정만 중요해? 여자 쪽 감정도 헤아려 줘야 하는 거야."

"……누가 뭐래. 네가 거짓말하는 거 같으니까 그렇지!"

"걔 너 싫대. 이번엔 진짜야."

"그럼 저번엔 거짓말이고?"

"……."

내가 벌떡 일어나자 남자가 한 손으로 얼굴을 가리고 몸을 웅크렸다. 올 테면 와 봐라 하는 얼굴이다. 하지만 몸은 이미 방어 태세를 갖추고 있었다.

난 코웃음을 치고, 몸을 기울여 그의 손에 들려 있는 종이를 뺏었다. 그리고 다시 의자에 앉자, 남자가 정신을 차리고 웅크렸던 몸을 폈다.

"정말이야? 정말 나 싫대?"

"어."

"왜…… 내가 가난해서?"

"어. 그리고 키 작고 못생겼다고."

"이, 이 정도면 어디 가서 못났단 소리 안 들어!"

"걔한텐 못났나 보지."

"……."

충격에 빠진 남자가 멍한 얼굴을 했다. 난 그런 그를 훑었다.

여기서 다시 볼 줄은 몰랐는데. 그는 앨리샤를 짝사랑해서 소개해 달라고 닦달하던 남자였다. 저번에 나한테 삽으로 맞아 놓고 또 이런 식이다. 고작 멀리서 얼굴 한 번 본 게 전부이면서 첫눈에 반했네, 사랑에 빠졌네 하다니 이해할 수가 없었다.

내 또래 같은데, 매번 재를 뒤집어쓰고 있는 더러운 몰골이 보기 안 좋았다. 지금도 얼굴에 흙인지 먼지인지 모를 시커먼 때가 묻어 지저분했다. 옷도 똑같이 더러웠다. 손톱에도 시커먼 때가 끼어 있다.

저런 차림으론 백날 앨리샤에게 고백해 봤자 어림도 없었다. 아니, 앨리샤뿐만 아니라 다른 사람들도 그를 본다면 피할 것 같았다.

"그렇게 좋으면 그 모습부터 어떻게 해 보든지."

"내, 내가 왜."

"더럽잖아. 얼굴이랑 옷이랑 손 전부 다."

"이건…… 이, 이건 잘 안 지워져서……."

그가 제 손톱을 살피며 우울하게 읊조렸다. 대체 무슨 일을 하길래. 사정은 딱하지만 사람의 겉모습을 중요시하는 앨리샤에게 환심을 사긴 어려워 보였다.

난 고개를 젓고 다시 필사하는 데 집중했다. 내가 더 이상 말하지 않자 그도 우울한 얼굴로 펜을 들었다.

사각사각 소리가 방 안에 울려 퍼졌다. 난 책을 그는 신문을 필사 중이었다. 흘끗 보니 필적이 제법 뛰어났다. 펜을 쥔 손엔 시커먼 게 묻어 더러웠지만, 펜 촉에서 나온 잉크는 수려하게 종이를 그었다. 필사하는 얼굴도 제법 진중했다.

"잘 쓰네."

나도 모르게 감탄을 뱉었다. 그는 대수롭지 않게 대답했다.

"자주 써 봤으니까."

"이런 일 자주 했어?"

"이런 일은 소개받을 때만 가끔."

"의외네."

"그런 소리 자주 들어."

그의 손안에서 펜이 움직이며 사각사각 듣기 좋은 소리를 만들어 냈다. 정말 자주 글씨를 써 봤는지 익숙한 품새였다. 내가 가만히 시선을 주자, 그도 날 슬쩍 본다.

"왜."

"아니, 글도 읽을 수 있겠네."

"당연하지."

"그럼 막일 말고 다른 일을 하지 그래? 앉아서 하는 일 말이야."

"그런 일에 누가 나 같은 사람을 써 주냐. 나보다 더 훌륭하고 학식 높은 사람을 쓰지. 같은 글도 머리 좋은 사람이 써야 더 보기 좋대."

안타까운 말이 너무도 덤덤하게 흘러나왔다. 말하는 그도 아무렇지 않아 보였다. 하지만 그 속에 든 의미는 가볍지 않았다. 오히려 그 담담함이 그가 이때까지 받았던 차별을 알려 주는 거 같았다.

신분이란 그 차이만큼 차별도 심하다. 게다가 신분이 정확하지 못한 사람에겐 차별의 강도가 더 심했다.

죽어도 상관없는 목숨. 그게 어떤 건지 나는 뼈저리게 경험하지 않았던가.

그걸 알기에 쉽사리 말을 꺼낼 수 없었다. 내가 침묵하자 그도 더는 말을 꺼내지 않았다. 다시 사각사각 펜 움직이는 소리가 방 안에 퍼졌다. 하지만 짧은 침묵은 조금 전보다 더 견디기 어려울 만큼 무겁고 불편해졌다. 결국 내가 다시 말문을 열었다.

"넌 앨리샤의 어디가 그렇게 좋은데."

"걔 이름이 앨리샤야?"

"……넌 이름도 모르면서 나한테 소개해 달라고 한 거니."

"하, 한 번도 이야기를 나눠 본 적이 없는걸."

더듬거리는 말에 한숨이 나왔다. 잠시 진지해지려 했던 마음이 무색했다. 그런 내 반응에 그가 버럭 소리쳤다.

"모, 모를 수도 있지!"

"그래, 그래. 그래서 왜 좋다고?"

내 물음에 그가 화를 가라앉히고 얼굴을 붉혔다. 난 못 볼 걸 봤다는 듯 인상을 찡그렸다. 그는 아랑곳하지 않고 수줍게 대답했다.

"예쁘잖아."

노골적인 대답이지만 이해 못 할 정도는 아니었다.

내 혈육이지만 앨리샤의 겉모습은 정말 멀쩡했다. 아름답다는 표현에도 걸맞았다. 평생 가꾸고 꾸몄으니 오죽할까.

물론 앨리샤도 그런 자신의 강점을 잘 알았다. 그래서 내숭 부리며 남자를 유혹했고, 누군가에게 고백받는 걸 즐겼다.

하지만 앨리샤는 그에게 관심이 없었다. 전혀, 전혀, 없었다. 예정된 그의 앞날이 참으로 안타까웠다.

"그냥 예뻐서 좋은 거야?"

"그냥 예쁘지 않고 너무 예쁘잖아. 보자마자 첫눈에 반했어. 가만히 서 있는데도 너무 예뻤어. 딱 내가 찾던 이상형의 여자야. 나하고 시선이 마주치는 순간 웃어 주는데, 너무 좋았어."

첫 만남을 회상하듯 황홀하게 웃는 얼굴을 보자 황당해졌다. 구구절절 말했지만 결국 예뻐서 좋다는 거다. 제대로 빠졌네. 난 목덜미를 벅벅 긁으며 고개를 저었다.

"넌 걔랑 말 한마디 안 섞어 봤잖아."

"그래도……. 너는 그런 적 없어? 바라보기만 하는데도 설렌 적 없냐고."

불현듯 그가 물었다. 당연히 없다고 반박하려던 순간, 방금 전에 봤던 신문 내용이 머릿속을 스쳤다. 너무나 잘 어울리는 남녀, 다정히 웃는 얼굴.

언젠간 날 보던 평온한 얼굴이 다시금 머릿속을 헤집었다. 서로 마주 앉아 나누던 별것 없는 대화, 어색한 말투로 딱딱하게 행동하던 나와 그런 날 향해 눈을 휘던 그 남자가. 그 낯선 웃음이.

"야, 야. 너 왜 그래?"

눈앞에 손이 휘저어졌다. 다정히 웃던 남자는 사라지고, 눈을 휘둥그렇게 뜨고 있는 남자가 나타났다. 내 상태를 살피는 얼굴을 보자 멍한 정신이 돌아왔다. 난 허탈한 웃음을 흘렸다. 오래도록 잊고 있던 기억은 가끔 이렇게 불쑥불쑥 선명하게 떠올랐다.

그러면 안 되는데. 방금 전에 본 신문 탓이야. 괜히 봤어.

쓰게 웃으며 종이에 얼굴을 처박았다. 남자는 계속 내 얼굴을 살피려 했다. 난 그 시선을 피해 얼굴을 더 깊게 처박았다. 눈앞이 뿌예 글씨가 잘 안 보였다. 분명 이상할 게 뻔한 얼굴을 보이기 싫었다. 긴 앞머리는 이럴 때 유용하다.

"야, 너 괜찮아?"

"없어."

"뭐?"

"없다고, 그런 적. 전혀. 없어."

"……."

"그리고 앨리샤는 포기해. 너랑 안 어울려."

언제나 말하지만 널 위해 하는 조언이야. 그리 읊조리며 대화를 마무리했다. 그대로 종이에 얼굴을 처박은 채 필사에 집중했다. 펜촉을 종이에 꾹꾹 누르며 썼더니 사각사각 소리가 크게 울렸다.

"근데 넌 언제부터 글을 읽을 수 있었어?"

"오래전부터."

"오래전부터, 언제?"

"……."

침묵은 말을 걸지 말라는 경고였다. 대꾸하지 않자 머리에 닿는 시선이 따끔했다. 왜 무시하냐고 할 줄 알았는데 이번엔 그도 더 이상 말을 걸지 않았다.

집중했더니 하루가 금세 저물었다. 오늘 일당을 받아 품에 안았다. 필사는 벌이가 제법 쏠쏠하다.

문을 여니 하늘이 붉은빛으로 물들어 있었다. 멍하니 올려다보는데 뒤따라 나오던 그가 내 어깨를 툭 쳤다.

"야, 너 이름이 뭐냐."

"왜 물어."

"이제 자주 볼 텐데 알고 있으면 좋잖아. 내 이름은 조니야."

그가 밝게 인사했다. 난 활짝 웃는 얼굴을 뚱하게 돌아봤다.

"알 필요 없어."

"뭐?"

"친한 척 굴지도 말고."

사람과 연을 맺는 건 골치 아프다. 5년이란 시간이 흘렀으니 이제는 도망칠 이유가 없지만 그래도 조심하고 싶었다. 게다가 앨리샤에게 관심 있는 사람과 엮여서 좋은 꼴을 본 적이 없었다. 자꾸 소개해 달라고 성가시게 굴고 말이지. 귀찮아질 일은 미리 피하는 게 좋다.

당황해 하는 그를 뒤로하고 몸을 돌렸다. 길거리는 지나가는 사람들로 분주

했다. 바로 옆 건물 너머에 커다란 광장이 위치해서인지, 이 주변엔 가게나 노점상이 많아 평소에도 인파가 북적했지만, 저녁녘엔 걷기도 힘들 정도였다. 덕분에 길을 걷는 내내 자꾸 사람들에게 치였다.

때마침 광장에서 사람들이 쏟아져 나오고 있었다. 쏟아지는 인파를 파헤치며 걷다가 불현듯 가방을 놓고 왔다는 걸 깨달았다. 딴생각에 빠져 있다 보니 까맣게 잊고 말았다. 한숨을 쉬고 다시 몸을 돌렸다.

파헤쳐 나온 인파를 다시 헤집으며 에밀리의 집에 다다랐을 때였다. 그녀의 집 앞에 누군가 서 있는 게 보였다. 시커먼 외투와 챙이 좁은 시커먼 모자를 쓴 성인 남자 두 명이 에밀리와 대화를 나누고 있었다.

에밀리는 귀찮다는 얼굴로 그들을 상대하고 있었다. 그러나 상대 남자들은 제법 진지한 표정이었다.

누구지? 덩달아 나도 숨죽이며 그들을 살폈다.

그때 누군가 내 어깨를 툭 쳤다. 비명조차 지르지 못할 정도로 몸이 굳어 버렸다. 입만 벙긋거리며 눈을 데굴데굴 굴렸다. 누구지, 누구야. 누구냐고. 뻣뻣하게 굳은 몸을 애써 움직이며 뒤돌았다.

그리고 당황한 표정으로 날 보고 있는 얼굴과 마주했다.

"야, 너 왜 그래?"

"……하. 하하."

경직된 몸에 힘이 탁 풀렸다. 안도의 숨이 터져 나왔다. 자신을 조니라고 소개했던 남자가 내 뒤에 서 있었다. 그 얼굴을 확인하자 긴장이 풀렸다.

"여기서 뭐 하고 있어?"

"가방을 깜빡해서……. 그러는 너야말로 왜 아직 안 갔어?"

"이제 가려고 했지. 그보다 너! 내 말을 무시하고 갔겠다!"

"왜 자꾸 소리를 질러. 시끄럽게."

"뭐? 야!"

그가 버럭 소리치자 난 기겁하며 입을 틀어막았다. 아직 에밀리의 집 앞엔 그 남자들이 있었다. 뒤쪽을 흘끗대고 있자니 조니가 읍, 읍, 거리며 발버둥을 친다. 얌전히 있지 못하는 그를 끌고 바로 옆 골목으로 들어갔다.

몸을 숨기고 나서야 그를 놓아주었다. 조니가 곧장 침을 퉤퉤 뱉는다. 그 정도는 아니거든? 어이가 없었지만 일단 넘어가고, 벽 뒤로 숨어 다시 에밀리의 집 쪽을 살폈다.

그런 날 보던 조니가 뭘 보냐고 물었다. 난 조용히 하라고 읊조렸다. 그러면서도 눈은 에밀리와 대치하고 있는 남자들에게 꽂혀 있었다.

내가 더 이상 대꾸하지 않자 조니도 슬쩍 내 뒤에 서서 앞쪽을 살폈다.

"아, 또 저러네."

"누군지 알아?"

놀라 묻자 그가 왜 모르냐는 듯한 얼굴을 했다.

"너야말로 몰라? 요새 사람 구한다고 돌아다니는 놈들이잖아."

"사람을 구해?"

"응. 일할 사람을 구한다던데. 요새 유명해. 시커면 옷차림에 어두운 분위기를 풍기는 남자 두 명. 딱 맞는 거 같네."

"유명하다고?"

"응. 좀 음습해 보이기도 하고. 조건이 웃겨서."

조니가 갑자기 웃었다. 그 조건이란 걸 떠올린 듯했다. 내가 그게 뭐냐고 눈짓하자 그가 다시금 말을 이었다.

"예쁜 사람만 찾는다던데."

"뭐?"

"같이 일해 보지 않겠냐고 제안받은 사람들이 모두 예쁜 미모의 여성들이거나, 잘생긴 남성들이래. 한마디로 외모가 조건이라는 거지. 고용 조건도 헉 소리 날 정도로 굉장하다고 하던데."

그러면서 자기 아는 사람도 제안을 받았다고 말해 주었다. 난 다시 앞쪽을 살폈다. 에밀리와의 대화가 마무리되었는지 그녀는 없었다. 대신 시커면 남자 두 명이 서로 대화를 나누고 있었다. 주변이 시끄러워 무슨 대화를 하는지는 잘 들리지 않는다.

예쁘거나 잘생긴 사람만 찾는다고? 인상이 찌푸려질 정도로 노골적인 조건이었다. 저 남자들의 고용주 취향인 건가. 혹시 이상한 일자리 아니야? 몸 파는 거라든지. 그럴 가능성도 충분하다. 그런 쪽은 직접 구하러 다닌다고 하니까.

"네가 아는 사람은 저 남자들 따라갔대?"

"아니. 기분 나빠서 거절했대."

확실히, 여러모로 이상한 사람들이다. 그리 생각하며 그 남자들을 좀 더 주시하고 있는데, 순간 그들이 이쪽으로 고개를 돌렸다. 난 빠르게 벽 뒤로 몸을 숨겼다. 덩달아 몸을 숨긴 조니가 날 이상하게 바라봤다.

"왜 그래?"

대답을 안 하자, 조니가 다시 바깥쪽을 살피려고 했다. 그런 그를 붙잡고 반대편으로 밀었다.

"야, 야, 뭐야. 왜 그래!"

"그냥 닥치고 가자. 응?"

"그럼 네 가방은?"

"나중에 가지러 가면 돼."

자꾸 뒤돌아보려는 그의 등을 억지로 밀었다. 조니가 툴툴거리며 걸어갔다. 난 뒤를 흘끗거리며 걸음을 빨리했다. 방금 전에 봤던 남자들이 머릿속에 둥둥 떠다녔다. 뭐가 뭔지 모르겠지만 불길해. 그리고 불길할 땐 피하는 게 최고다.

씻고 나오자 하늘이 어두컴컴했다. 늦은 시간인데 앨리샤는 올 생각을 안 했다. 무슨 일 생긴 거 아니야? 혼자 두면 어디로 튈지 모르는 성격이니 걱정되었다. 그러다 낮에 봤던 남자들이 떠올랐다. 예쁜 사람만 찾는다고 하니 혹시, 그 사람들한테 잡힌 거 아닐까?

불길함이 치솟았다. 혹시나 하는 마음이 점차 커져 갔다.

결국 앨리샤를 찾으러 갈 채비를 하는데, 갑자기 문이 벌컥 열렸다. 깜짝 놀라 뒤돌자 앨리샤가 씩씩거리며 들어오고 있었다.

"짜증 나!"

오자마자 성질이다.

"왜 이렇게 늦어? 무슨 일 있었어?"

"하! 오다가 재수 없는 일을 당해 가지고."

앨리샤가 불퉁한 얼굴로 근처에 있는 의자에 앉았다. 등받이에 삐딱하게 기댄 채 다리를 꼰다. 기분 나쁜 티를 팍팍 내는 걸 보니 정말 무슨 일이 있었나 보다.

"무슨 일인데?"

"내가 황당해서! 아니, 집으로 오는 길에 웬 나이 지긋한 노인네가 다가와서는 다짜고짜 나더러 첩으로 들어오라고 하잖아! 날 오래전부터 눈여겨봤다나 뭐라나. 예쁘다며 어깨를 쓰다듬는데 소름 끼쳐서. 싫다고 거절해도 어찌나 끈질기게 따라오던지, 떼어 놓느라 생고생했어!"

앨리샤가 질린다는 표정을 했다. 저런 얼굴을 할 정도면 정말 이상한 사람이었나 보다. 어쩐지 축사에서 일을 끝내고 돌아올 시간이 지났는데도, 소식이 없다 싶었다.

헝클어진 머리를 짜증스레 넘기던 앨리샤가 갑자기 한숨을 푹 내쉬었다.

"내가 어쩌다 이렇게 됐지……."

어깨를 축 늘어뜨리고, 우울해하는 모습이 안타까웠다. 그러나 속사정을 알고 있는 내겐 큰 효과는 없었다.

"이럴 줄 알았으면 영주 아들이라도 잡았어야 했는데."

"그러게 왜 잡지 않니."

"설마 나 몰래 혼인할 줄은 몰랐지!"

앨리샤는 종종 내가 없었던 때를 이야기했다. 그중 하나가 영주 아들에 대한 거였다. 앨리샤밖에 없다고 뒤를 졸졸 따라다니며 사랑 고백을 하던 영주 아들이 어느 날 덜컥 혼인을 했다고 한다. 그것도 그의 예쁘장한 약혼녀랑.

결국 튕기고 튕기다 진짜 튕겨 나간 거였다.

"나만 좋다고, 나밖에 없다고 그렇게 따라다니더니. 나쁜 놈!"

"네가 제대로 된 대답을 안 해 줘서 그런 거 아니야."

"원래 그런 건 좀 뜸을 들여야 하는 거야! 바로 대답하면 매력 없다고!"

"마음에 안 든 거겠지."

"그런 것도 있었고. 솔직히 그 뚱뚱한 모습은 좀 아니잖아?"

앨리샤는 고개를 저었지만 내가 생각하기엔 그 정도는 아니었다. 살집이 좀 있는 편이었지만 그래서 귀여운 인상을 주었고, 앨리샤를 좋아해 어쩔 줄 몰라 하는 모습이 그 귀여운 매력을 배가해 주었다. 워낙 애지중지 자란 터라 세상 물정을 모르긴 했지만, 그마저도 관점을 달리하면 순진하다고 할 수도 있었다. 게다가 그가 물려받을 재산을 생각하면 앨리샤에겐 과분한 남자였다.

"여차하면 그놈이라도 잡으려고 했는데. 설마 날 버리고 혼인할 줄이야……"

"네가 자초한 일이야."

"흥!"

앨리샤는 코웃음을 치며 끝까지 자신의 잘못을 인정하지 않았다. 오뚝한 콧대가 더 높게 치솟는다. 사람이 조언해 줘도 저래. 뻔뻔한 낯짝에 이번엔 내가 질린다는 얼굴을 했다.

"쓸데없는 생각 접고 열심히 일할 생각이나 해. 그게 더 빠를 거야."

"너 혼자 구질구질하게 살아. 난 절대 그러고 못 사니까."

아무튼 한마디도 안 지지.

"참. 너 혹시 최근에 이상한 일 없었어?"

"일? 무슨 일?"

"그냥 뭐, 방금처럼 웬 남자가 찾아와서 일자리를 소개해 준다든지. 그런 이상한 일 말이야."

일부러 말을 두루뭉술하게 꺼내며 다시금 시커먼 남자 두 명을 떠올렸다. 외모만 보고 일자리를 소개해 준다는 걸 보면 앨리샤에게도 접근했을 가능성이 높았다.

그러나 잠시 고민하던 앨리샤는 고개를 저었다.

"딱히? 가끔 추근대는 남자들은 있었어도 그런 일은 없었는데. 왜? 무슨 일인데? 누가 일자리 소개해 준대?"

"아니, 없으면 됐어."

"왜? 뭔데? 무슨 일인데?"

"아무것도 아냐. 어서 자. 내일도 일 가야 해."

"뭔데! 뭐냐고!"

궁금한 건 못 참는 앨리샤가 닦달을 해 왔다. 하지만 이런 태도에 익숙한 난 모른 척 몸을 돌렸다. 등 뒤에서 짜증 섞인 고함이 울려왔지만 아랑곳하지 않았다. 아무 일도 일어나지 않았다면 앨리샤가 굳이 알 필요는 없었다.

"그보다 걔가 너에 대해 묻더라."

"누구?"

"나 가끔 재 푸러 가는 곳 알지. 거기서 같이 일하는 애."

"아, 그 키 작고 못생긴 남자?"

앨리샤가 바로 조니를 기억해 냈다. 예전에 딱 한 번 일이 늦게 끝난 적이 있었는데 그때 앨리샤가 날 찾으러 왔었다. 같이 일하던 조니가 그날 앨리샤를 보고 첫눈에 반해 그 뒤로 소개해 달라고 닦달을 하는 거였다.

고개를 끄덕이자 앨리샤가 짜증 난다는 듯 긴 머리를 어깨 뒤로 넘겼다. 다리를 다시 꼬고, 고개를 젖히며 자세가 거만해진다.

그래도 누군가 자신에 대해 물었다는 게 기분 좋은 듯하다.

"걔가 뭘 물었는데."

"자기 어떠냐고 물어봐 달라더라."

"흥. 꼴에 보는 눈은 있어 가지고."

"어때. 마음 있으면 전해 주고."

"너 미쳤니? 내가 뭐가 아쉬워서 그딴 더러운 놈이랑."

예상한 대답이었다. 역시 그럴 줄 알아서 딱히 놀랍지도 않았다. 알겠다고 대꾸하고 씻기 위해 몸을 돌렸다. 등 뒤에서 투덜대는 소리는 싹 무시했다.

이대로만 지내면 된다. 이대로 평온하게만.

하지만 언제 삶이 내 마음대로 되었던가.

평온은 오래가지 못했다.

그건 며칠 뒤에 일이었다. 언제나처럼 집에 돌아오던 길이었다. 멀리서 앨리샤가 내게 달려오고 있었다. 가까워진 얼굴엔 흥분이 가득했다. 드물게 활짝 웃으며 앨리샤가 내 양팔을 덥석 붙잡았다.

"언니!"

"왜, 왜 그래. 왜 갑자기."

앨리샤가 내게 언니라고 부르는 건 아주아주 드문 경우였다. 그래서 당황해하고 있는 내게 앨리샤가 흥분에 찬 말을 내뱉었다.

"나 백작가에 사용인으로 가기로 했어!"

"뭐?"

이게 대체 무슨 소리지. 눈을 껌뻑이고 있자니 앨리샤가 기쁘게 웃으며 날끌어안았다. 얼굴을 비비고, 발까지 통통 구르며 온몸으로 기쁨을 표출하는 앨리샤의 행동에 머릿속이 멍해졌다. 앨리샤가 하는 말을 하나도 이해할 수가 없었다.

난 급하게 앨리샤를 떼어 냈다.

"대체 무슨 소리야. 사용인이라니?"

"어떤 사람들이 귀족 가문에서 시중을 들 사용인을 찾고 있더라고. 처음엔 좀 수상했는데 이야기를 듣고 보니 나쁜 일을 하는 것도 아니고, 조건도 꽝장히 좋아서 가기로 했어."

"……."

"언니도 가자!"

앨리샤가 내 양손을 붙잡았다.

"이건 기회야, 기회라고! 이 지저분하고 가난한 생활을 버리고 새롭게 시작할 수 있는 기회! 이참에 귀족 자제를 제대로 꼬셔서 인생 펴는 거야!"

환하게 빛나는 얼굴을 보고 있자니 다시 멍해졌다. 그러다 급하게 정신을 차렸다. 머릿속으로 여태까지 앨리샤가 한 말들을 정리했다. 그런데 정리하면 정리할수록 불길함이 치솟았다.

난 마른침을 삼키고, 일단 자꾸 방방 뛰는 앨리샤를 잡아 눌렀다.

"잠깐만, 기다려 봐. 어떤 사람들이라니. 혹시 시커먼 차림의 남자 두 명?"

"어? 언니도 알아?"

되묻는 말에 곧장 표정을 굳혔다.

"안 돼."

"뭐라고?"

"안 된다고. 절대 안 돼."

난 고개를 저었다. 절대 안 된다고 여러 번 강조했다. 그러자 앨리샤의 얼굴에서 웃음기가 사라지고, 눈빛이 사납게 변했다. 그 변화에도 내 태도는 단호했다.

"대체 왜!"

"위험하니까. 그 사람들을 뭘 믿고 따라가? 너 미쳤어?"

"걱정 마. 신분 확실하다는 거 확인했어. 위험한 일도 아니야. 사용인 구하는 거 맞대. 그 축사에서 같이 똥 치우던 여자 기억해? 왜 갑자기 일 그만둔 여자 있잖아. 그 여자도 거기 간 거래. 나도 안전하다는 거 다 확인하고 말하는 거야."

"그래도 안 돼. 꿈도 꾸지 마."

다시금 고개를 저었다. 앨리샤의 말처럼 정말 안전한 곳이라고 해도 의심을 거둘 수가 없었다. 아니, 상류층의 사용인을 이렇게 아무 데서나 구한다는 게 말이 돼? 어떤 문제를 일으킬 줄 알고? 그것부터가 이해할 수 없었다. 그리고 신분이 확실해도 위험해질 수 있다. 따라가서 어떤 일을 겪을지 누가 알겠는가.

"싫어. 갈 거야."

그러나 앨리샤도 물러서지 않았다.

"절대 안 돼."

"네가 뭔데 이래라저래라 간섭이야."

"내가 왜 돌아왔는지 너한테 말해 줬잖아."

"귀족 주인 시중들다가 눈에 잘못 들어서 도망쳤다며? 죽을 뻔했다가 겨우 몸을 피했는데 쫓기는 신세가 됐다고 했잖아. 그 뒤로 가문 사람이 쫓아올까 봐 어디 정착하지도 못했고."

"그래. 거기도 백작가였어."

앨리샤가 입을 꾹 다물었다. 말뜻은 알아들었다는 소리다. 난 한숨을 쉬고 차분히, 그리고 냉정히 말했다.

"거절하고 와. 아니, 그냥 가지 말고 무시⋯⋯."

"난 이렇게 살기 싫어!"

버럭 쏟아진 고함에 화들짝 놀랐다. 순식간에 붉게 달아오른 얼굴로 앨리샤가 소리쳤다.

"손톱도 다 깨지고 머리도 지저분해졌어! 온몸이 상처투성이야! 발도 퉁퉁 부어서 걷기도 힘들어! 더는 싫어! 이렇게 구질구질하고 굽실거리며 살 바에야 차라리 위험해지더라도 그곳에 가는 게 더 낫겠어!"

"앨리샤!"

"내가 왜 네 상황에 맞춰 줘야 해? 네가 그런 일을 겪었다고 해서 나까지 그러란 법은 없잖아. 내가 거길 가지 못할 이유는 없다고!"

"……"

맞는 말이었다. 너무 맞는 말이라 말문이 막혔다. 시뻘겋게 변한 눈동자가 날 쏘아봤다. 그 안에 담긴 독기가 일렁였다.

"난 너처럼 살기 싫어. 죽는 한이 있어도 너같이 살지 않을 거야. 구질구질하고, 추접하고, 구역질 나."

삐뚜름해진 입에서 나온 말이 날카로운 송곳이 되어 꽂혀 왔다. 신랄한 말은 언제나 예의 없이 쏟아진다. 나 같은 게 뭐 어떻다고. 그럼에도 내가 큰 상처를 받지 않는 건 앨리샤의 저런 모습에 익숙하기 때문이다.

"네 상황 따윈 아무래도 좋아. 넌 여기 남아서 그렇게 계속 구질구질하게 살아. 난 거기 갈 거니까. 가서, 제대로 된 인생을 살 거야."

제 할 말을 끝낸 입이 다시 고집스럽게 다물어졌다. 이번엔 절대 물러서지 않겠다는 태도였다. 저렇게 한번 고집을 부리면 아무도 말리지 못한다는 건 내가 더 잘 안다.

날카로운 시선을 받아치다가 깊은 한숨을 터트렸다.

앨리샤와 난 평범한 자매 사이는 아니었다. 저 애는 내 동생들 중에서 가장 얄미운 아이였고, 가장 살갑지 못한 동생이었다. 그리고 앨리샤는 날 부끄러워했다. 내가 못생겼다는 이유로 밖에선 알은척도 하기 싫어했다. 나 또한 앨리샤와 비교를 많이 당하다 보니 모르는 척하는 게 더 낫다는 걸 깨달았다.

서로가 서로밖에 없기에 가장 날카로운 관계로 자랐다. 사실 이대로 헤어져 각자의 인생을 살라고 해도 살 수 있는 관계였다.

어찌 보면 지금 이 순간이 내 발목에 족쇄처럼 매달려 있던 걸 다 버리고 내 삶을 찾아갈 수 있는 기회일지 모른다.

"나는……."

지금이라면 다 버릴 수 있다.

"나는 말이지……."

하지만 한편으로는 차마 앨리샤를 혼자 보낼 수 없다는 마음이 자리하고 있었다. 앨리샤는 내 동생이고, 하나뿐인 혈육이었고, 내가 살았다는 걸 증명해 줄 유일한 사람이었다. 앨리샤가 없다면 나 또한 더는 없는 거다. 내가 죽은 뒤 침이라도 뱉어 줄 사람조차 없는 거다.

사실 가족 간의 정 따윈 아니었다. 이건 단순히 '나'에 대한 고민일지도 모른다. 그건 이루 말할 수 없는 비참함이었다.

□ ◆ □

바닥이 덜컹 흔들렸다. 산속으로 들어가는지 길이 험난했다. 달달거리는 마차를 따라 그 안에 탄 여자들의 몸도 힘없이 흔들렸다. 나도 기우뚱거리는 몸의 중심을 잡느라 정신이 없었다.

마차에 타고 있는 여자들은 하나같이 얼굴이 예뻤다. 가슴께까지 오는 긴 머리카락에 늘씬한 몸매를 가진 미인들이 한데 모여 있는 걸 보니 눈이 부실 지경이었다. 그중엔 평범한 외모의 여자도 있었지만 나 같은 추녀는 없었다.

난 괜히 앞머리를 만지작대다가 옆에 앉은 앨리샤를 돌아봤다. 처음엔 들뜬 얼굴로 마차 안을 연신 살피다가 어느 순간부턴 간혹 불만스러운 눈초리를 하더니, 이제는 눈을 감고 졸고 있다. 이 와중에도 저렇게 졸 수 있는 용기에 감탄했다. 설마 이미 죽기로 결정한 건 아니겠지? 묻고 싶었지만 돌아올 반응이 좋지 않을 게 뻔하니 참기로 했다.

'생각할 시간을 줘.'

결국 그날 앨리샤의 고집을 꺾지 못했다. 앨리샤는 완강했고, 난 앨리샤와 대화하면서 내 비참함을 다시금 되짚게 되었다.

앨리샤의 말에 모두 동감한 건 아니었다. 내 인생이 비참하다고는 생각하지만 그렇다고 꼭 이 상황에서 벗어나야 한다는 간절함은 없었다. 과거엔 그랬을지도 모르나 지금은 오히려 이 안락함에 만족한다.

그러나 변화가 필요 없다는 건 아니었다.

그곳을 떠나온 지 5년이 흘렀다. 짧은 세월은 아니었다. 도망친 시녀 따윈 잊어버릴 수 있는 세월, 아니면 이미 죽었다고 생각할 수도 있는 세월.

적어도 빈민촌에서 사는 동안 누군가 날 쫓거나 감시하는 듯한 기색은 없었다. 그저 내 예감일지 모르나, 왠지 더는 위험해지지 않을 거란 막연한 확신이 있었다. 그렇다면 더더욱 이러고 살 필요가 없지 않을까.

선택은 쉽다. 어쩌면 정해져 있을지도 모른다. 이대로 앨리샤를 떠나보내고 나만의 삶을 살아가는 것. 앨리샤와 내 관계를 구구절절 늘어놓는다고 해도 결국 희망 찬 앞날 따윈 보이지 않는다. 우리는 앞으로도 서로를 힐난하며 상처만 줄 테고, 그러한 관계는 영원히 변하지 않겠지. 그럴 바에야 차라리 각자의 삶을 살아가는 게 더 나을지도.

하지만…….

그 뒤로 고민의 연속이었다.

밤새 잠을 이루지 못하는 날들이 늘어 갔다. 새로운 곳이지만 백작가의 사용인으로 간다고 해서일까, 과거의 기억이 다시금 날 짓눌렀다. 심장은 긴장으로 벌렁거렸고, 머릿속은 근심과 걱정으로 가득했다. 하루에도 수십 번 갈지 말지를 갈등했다.

그러다 악몽을 꿨다. 언제나처럼 동생들이 날 만나러 왔다. 동생들이 내 품에 안겨 들었다. 동생들의 몸은 너무 메말라 있었고, 아무것도 느껴지지 않았다. 체온도, 냄새도, 감촉도 무엇 하나.

귓가에 둘째가 나직이 속삭였다.

'언니, 혼자 도망가면 안 되지.'

그 순간 비명을 지르며 잠에서 깼다. 숨을 헐떡이다 자리에서 일어났다. 참을 수 없었다. 뭘 참을 수 없을지 모를 정도로 가슴속이 꽉 막혔다.

벽에 손을 짚고 뭉그적거리며 밖으로 나오는데 문득 손끝에 딱딱한 감촉이 닿았다. 고개를 돌리자, 거울에 비친 한 여자가 눈에 들어왔다.

앨리샤의 고집으로 집 안에 유일하게 들여놓은 거울이었다. 거기엔 빽빽한 앞머리로 얼굴을 가리고 있는 여자가 유일하게 드러난 입술을 덜덜 떨고 있었다.

입꼬리를 애써 끌어 올리자 거울 속 여자도 입꼬리를 당겨 웃었다. 어색하기 그지없는 웃음이었다. 제대로 웃어 본 적이 없는 사람처럼 낯설어 보였다. 까칠한 입술이 색색 긴장된 숨을 토해 냈다. 위로 올라간 입꼬리가 금세 힘을 잃고 아래로 내려갔다. 웃고 있던 얼굴이 곧 울상으로 변했다.

주춤거리며 앞머리를 뒤집어 깠다. 보기 흉한 얼굴이 눈앞에 드러났다. 이 얼굴 덕분에 살아남기도 했지만 이 얼굴 때문에 한평생 차별과 비난을 받으며 살아왔다. 나는 원하지 않았는데 그저 이렇게 태어났다는 것만으로 그런 삶을 살아야 했다. 그래서 난 내 얼굴이 밉고 보기 싫었었다.

저번에 본 신문 기사가 떠올랐다. 그 남자는 잘 살고 있었다. 다들 잘 살고 있는 거야. 그럼 나도 이제 잘 살아야 하지 않을까?

내 인생을 옭아매던 악마 새끼도 죽었고, 미운 셋째도 떠난다고 한다. 이제는 내 인생을 내가 선택할 자격을 갖고 있었다. 아니, 처음부터 그건 내 손안에 있었다. 하지만 내 삶은 여전히 과거에 옭아매어져 있었다.

나는 여전히 그 지옥 속에 남아 있다.

어느새 차오른 눈물이 뺨을 타고 흘러내렸다. 양손으로 얼굴을 가렸다. 울음 소리 한 번 토해 낼 수 없다. 그럴 자격이 없다는 걸 알기에.

'불쌍한 내 동생'

나는 아직 갓난아기인 채로 목이 꺾인 막내를 품에 안으며 그리 속삭였다. 마지막 밤에 눈물로 얼룩진 둘째의 얼굴을 쓰다듬으며 그런 말만 되풀이했다. 배가 곯아 홀로 눈을 감은 넷째를 품에 안으며 그 안타까운 삶을 대신 한탄할 뿐이었다.

그게 전부였다.

그것밖에 할 수가 없었다.

이제는 셋째였다. 그러나 셋째마저 외면할 수 없었다. 왜냐면 유일하게 남은, 내 동생이니까.

'나도 갈게.'

'정말?'

믿기지 않는다는 듯 되묻는 앨리샤를 향해 힘차게 고개를 끄덕였다.

'대신 위험한 낌새가 느껴지면 바로 도망치는 거야.'

'아, 알겠어. 그럴게.'

'난 조금만 이상해도 도망칠 거야. 죽고 싶지 않으니까.'

'알겠다니까.'

그렇게 앨리샤에게 몇 번이나 당부한 끝에 함께 가기로 결정했다. 백작가로 간다고 하기에 혹시 내가 예전에 일했던 곳인가 싶었는데 다행히 그건 아니었다.

'스텔라 백작가라던가?'

처음 듣는 가문이었다. 그런 백작가가 있었나. 하긴, 내가 듣는다고 뭘 알까. 내가 알고 있었던 곳이 아닌 게 중요했다.

떠날 채비를 하며 간단하게 짐을 꾸렸다. 사실 짐이랄 것도 없었다. 각자 가방 한 개가 전부였다. 앨리샤는 팔지 않고 끼고 있던 옷들이 좀 있어서 가방을 어느 정도 채웠지만 난 그나마도 덜렁했다.

그리고 떠나는 날, 마지막으로 거울 앞에 섰다. 굳은 결심을 하며 손에 쥔 가위를 들어 올렸다. 싹둑싹둑 가위질 소리가 섬뜩하게 들려왔다.

밖으로 나가자 졸린 눈을 비비던 앨리샤가 내 상태를 보곤 경악했다. 큼지막해진 눈이 믿기지 않는다는 듯 껌뻑였다. 예상한 반응이지만 민망하지 않은 건 아니다. 빨리 가자고 재촉하며 걸음을 내디디는 날 앨리샤가 붙잡아 세웠다.

'너, 너, 너 설마 그러고 다니려고?'

드물게 말까지 더듬는다.

'응. 이러고 다닐 건데.'

'미쳤어!'

앨리샤가 버럭 소리쳤다. 질색하는 반응을 보며 머쓱하게 웃었다. 그렇게 이

상한가. 난 횅한 얼굴을 만지작댔다. 손끝을 스치는 앞머리는 눈썹에 닿을 정도
로 짧아져 있었다.

한때는 얼굴을 가리기 위해 악착같이 고수하던 긴 앞머리를 잘라 냈다.

'이미 잘랐어. 다시 못 길러.'

'부끄러운 것도 몰라?'

'이제 모른 척해 보려고.'

'창피해!'

창피하다고 거듭 소리치는 앨리샤를 무시했다. 이쪽도 큰 결심을 한 거란 말
이지. 창피하다고 해서 다시 이어 붙일 수 있는 것도 아니었다.

새로운 백작가로 간다고 하지만 그렇다고 해서 걱정이 없는 건 아니었다. 혹
시 그곳에 날 아는 사람이 있을까 싶어서. 물론 내가 과한 걱정을 하는 걸 수도
있지만 일자리란 돌고 돌잖아? 게다가 만약이란 게 내게 찾아오지 않으리란 법
도 없었다.

과거의 난 긴 앞머리로 얼굴을 가리고 다녔고, 벨루니타가의 저택에 고용되
었을 때도 그랬다. 물론 완벽하게 가렸다고 할 순 없을지라도 최소한 내 얼굴
을 제대로 본 사람은 없었다. 이러고 다니면 적어도 내가 그 도망친 시녀라는
건 알아채지 못할 것이다. 눈에 띄긴 하겠지만, 인상착의라는 건 특징적인 걸
조금만 바꾸어도 다르게 보일 수 있는 거니까.

한마디로 만약을 대비한 것이기도 했다.

'다른 사람들한테 내 언니라고 하지도 마.'

'잘됐네. 앞으로도 내 진짜 이름은 부르지 마.'

'뭐? 이름은 또 왜?'

'그냥.'

그것도 만약을 대비한 거였다.

그 저택에서 떠난 날로부터 가명을 만들어 썼다. 혹시 누군가 날 쫓는다면
이름을 밝히는 건 위험할 거 같아서였다. 다행히 나 같은 하층민의 이름 따윈
아무도 궁금해하지 않았다. 어차피 신분도 명확하지 않은 사람을 데려다 쓰는
것이니 일만 잘하면 될 뿐. 그래서 나도 굳이 이름에 대해서 신경 쓸 필요가 없

었는데, 앞으로 일하게 될 곳은 다를 테니까 혹시나 하는 마음에 당부했다.

'나 다른 이름 있잖아, 계속 그걸로 불러. 알겠지?'

'왜 그래야 하는 건데.'

'그 이름이 마음에 들어서.'

'너 뭐 잘못 먹었니?'

앨리샤가 괴상한 표정을 지었다. 미친년을 보는 듯한 시선에도 아랑곳하지 않았다. 지금까지 한 말을 잘 알아들었냐고 몇 번이나 확인한 뒤 약속 장소로 향했다.

그곳엔 열댓 명 정도 되는 사람들이 모여 있었다. 여자뿐만 아니라 남자들도 보였다. 대부분 예쁘고 멋졌지만 그중엔 평범한 외모를 가진 사람도 몇 명 있었다. 동행인을 데려와도 된다고 했다더니, 외모를 보고 제안하긴 하지만 외모가 절대적인 조건은 아닌 듯했다.

하지만 경계를 늦추진 않았다.

한데 모인 사람들은 짝을 이뤄 얘기를 나누거나, 할 일 없이 그저 주변을 훑어보고 있었다. 무리에 합류하니 곧 마차 두 대가 다가왔다.

문제의 검은 남성들이 마차에서 내려 우리를 맞이했다. 그들은 한데 모인 사람들을 쭉 훑더니 여자와 남자로 나누어 각각의 마차에 올라타게 했다.

마차엔 그 흔한 창문조차 없었다. 창밖을 구경할 수가 없어 사람들은 졸거나 책을 읽으면서 시간을 때웠다.

긴 지루함의 시간이었다. 아마 환하게 빛나던 해가 아래로 떨어진 시각이 된 거 같았다. 그때까지 마차는 한 번도 멈추지 않고 움직였다.

덜컹거리는 마차 안처럼 내 마음도 흔들렸다. 멀쩡한 길로 가는 게 아닌 듯했다. 대체 어디로 가는 걸까. 이대로 얌전히 따라가도 되는 걸까? 혹시 어딘가로 팔려 가는 거 아닐까? 그리 생각하며 주변 사람들을 살펴보았지만 다들 걱정 없이 평온해 보이는 얼굴이라 더욱 혼란스러웠다.

하지만 마차가 강하게 흔들릴수록 내 불안함은 커져만 갔다. 이대로 문을 열고 도망쳐 버려? 그런 마음이 자꾸만 불쑥불쑥 튀어나왔다.

그러다 순간, 마차가 멈춰 섰다. 목적지에 도착한 듯했다.

마차가 멈추자 졸던 사람들이 하나둘씩 깨어났다. 난 앨리샤의 어깨를 흔들 며 깨웠다.

때마침 마차 문이 열리고 한 남자가 내리라고 손짓했다. 기다렸다는 듯 우르 르 내리는 사람들을 따라 기지개를 켠 앨리샤가 내리고, 나도 그 뒤를 따라 내 려섰다.

가장 먼저 보이는 건 주변을 빽빽하게 둘러싼 나무였다. 오랫동안 이동하는 듯싶더니 숲속으로 깊게 들어왔나 보다. 설마 이런 숲 안쪽에 저택이 있을 줄 이야.

숲의 한가운데엔 크고 화려한 저택이 자리하고 있었다. 까마득한 크기의 저 택을 보는 순간, 한눈에 시선을 빼앗겼다.

"와, 멋지다."

앨리샤가 드물게 탄식하며 고개를 한껏 젖혔다. 주변 사람들도 하나같이 저 택의 웅장함과 아름다움에 눈을 떼지 못했다. 절로 감탄이 새어 나왔다.

"자, 여자분들은 오른편, 남자분들은 왼편으로 모이세요."

두 남자가 양쪽에 서서 손을 흔들었다. 부름에 맞춰 여자와 남자 두 무리로 다시 갈라졌다. 거기엔 각각 나이 든 여자와 남자가 서 있었다. 난 옛 경험으로 그 두 사람이 남녀 사용인을 총 관리하는 책임자이지 않을까 싶었다.

나와 앨리샤는 무리 뒤쪽에 섰다. 심장이 쿵쿵 뛰었다. 가방 손잡이를 잡고 있는 손안이 젖어 들었다. 마른침을 몇 번이나 삼켜 보았지만 긴장이 풀리지 않았다. 불안하고 초조하면서도, 한편으론 흥분이 돼 감정을 추스르기가 어려 웠다. 이 와중에도 새로운 삶이 기대되긴 했다.

주변이 어두워서 다행이다. 내 들뜬 얼굴을 보고 앨리샤가 오길 잘하지 않았 느냐며 귀찮게 굴지도 모르니까.

제8장

이상한 백작가의 폴라

내가 숲속 백작가에 도착해 가장 먼저 한 생각은 이거였다.

'다행히 이상한 곳은 아니구나.'

솔직히 아주 잠깐이지만 겉만 멀쩡한 곳은 아닐까 의심되기도 했다. 하지만 저택 안으로 들어가는 순간 의심은 사라졌다. 깨끗이 관리된 내부를 보니 사람이 사는 곳이 맞았다.

늦은 밤에 도착했기에 우리는 앞으로 지내게 될 숙소부터 배정받았다. 좁은 방 안엔 두 개의 침대가 놓여 있어 둘씩 지내면 되었다.

'부끄러우니까 따로 지내.'

'난 상관없는데, 혼자 일어날 자신 있어? 앞으로 일찍 일어나야 할 텐데.'

'……'

결국 못마땅해하는 앨리샤와 한방을 쓰게 되었다.

'나 방해할 생각 마.'

그럴 마음 전혀 없다. 네 맘대로 해라. 어차피 말린다고 해서 듣지도 않을 테고, 세상에 쉬운 일은 없다는 걸 직접 깨닫는 것도 나쁘지 않을 거다.

그게 어젯밤의 일이었다.

이른 아침에 일어나 씻고, 미리 받아 둔 옷으로 갈아입은 뒤 준비를 했다. 오랜만에 입어 보는 차림이었다. 디자인은 좀 다르지만 무릎까지 오는 길이의 검은 원피스에 하얀 앞치마는 옛 추억을 불러일으키기 충분했다.

괜히 앞치마 끝을 만지작거리다 몸을 돌리니 아니나 다를까 앨리샤는 여전히 잠에 빠져 있었다. 이럴 거면서 따로 지내자며 불퉁하게 굴다니.

"일어나서 준비해. 곧 나가야 해."

"우음. 조금만 더—"

"얼른."

어깨를 흔들자 시트에 파묻혀 있는 둥근 형체가 꾸물꾸물 날 피해 움직였다. 다시 흔들자 칭얼거림이 흘러나오더니 시트가 젖혀졌다. 곧이어 졸린 기색의 앨리샤가 눈을 비비며 몸을 일으켰다. 그러다 날 보곤 얼굴을 사납게 일그러뜨렸다.

"깜짝이야! 네 재수 없는 얼굴 때문에 놀랐잖아."

"그거 다행이네. 준비해."

태연히 대꾸하고 몸을 돌렸다. 앞머리는 왜 잘랐냐는 둥 아침부터 저 얼굴을 봐서 짜증 난다는 둥 구시렁대는 앨리샤를 향해 자꾸 그러면 먼저 간다고 하자, 그제야 꾸물거리며 준비를 하기 시작했다.

그 준비가 너무 오래 걸려 중간에 먼저 나오긴 했지만.

중앙 홀로 내려가자 사용인들이 줄지어 서 있었다. 함께 이곳에 온 사람들이었다. 그 앞엔 어제 봤던 나이 든 여자와 젊은 남녀 사용인 다섯 명이 함께였다.

나이 든 여자가 자신을 '오드리'라고 소개했다. 그녀는 저택 안의 모든 사용인을 총 관리하는 책임자였다. 그녀는 익숙하게 주변을 지휘했다.

"한 명씩 앞으로 나오세요."

그 말에 가장 앞에 있던 사람부터 차례대로 오드리와 사용인들의 맞은편에 섰다. 가벼운 인사와 함께 신원을 묻고, 앞으로 맡을 구역을 배정하는 듯했다.

보통 상류층의 사용인은 직업소개소나 다른 가문의 소개를 받아서 오게 된다고 들었다. 때문에 사용인을 채용할 땐 먼저 소개장부터 확인한다. 신원이 확실해야 하기 때문이다. 하지만 마차를 타고 온 사람들은 소개장을 받고 온 게 아니었다. 나는 그들의 대화를 통해 우리들이 이곳에 가채용되었다는 걸 알게 됐다. 물론 그것도 감지덕지한 일이지만.

잠시 후, 앨리샤의 차례가 되었다. 내가 동행인인 걸 알았는지 나도 함께 오라고 했다. 그들의 앞에 서자 나도 모르게 허리를 뻣뻣하게 세우고 긴장했다. 날카로운 시선이 우리를 위아래로 훑었다.

"둘은 자매인가요?"

"네. 처음 뵙겠습니다."

난 양손을 가지런히 모으고, 허리를 굽혀 인사했다. 그러다 멀뚱히 서 있는 앨리샤를 보곤, 빠르게 그녀의 등을 밀었다. 앨리샤가 짜증 난다는 얼굴로 억지로 허리를 굽혔다. 오드리가 그런 나와 앨리샤를 번갈아 보았다.

"이름은?"

"제 이름은 앤이고, 이쪽은 제 동생 앨리샤입니다."

'앤'은 내가 쓰는 가명이다. 평소엔 서슴없이 쓰던 가명인데, 지금은 어쩐지 양심에 찔려서 입술이 바싹 말라 갔다.

"그래요. 앤. 성은 뭡니까."

"성은 따로 없습니다."

"음, 그렇군요. 앤, 앨리샤. 참 닮지 않은 자매네요."

심심한 감상을 내뱉은 오드리가 종이에 뭔가를 끄적였다. 그 뒤로 이때까지 어떤 일을 했는지, 뭘 할 수 있는지 등등 여러 가지를 물어 왔다. 난 그간 했던 일들과 글을 쓰고 읽을 수 있다는 걸 말했고, 경험이 부족한 앨리샤는 그나마 최근에 했던 일들을 늘어놓았다. 우리의 대답을 듣는 내내 오드리는 펜을 움직였다.

"일단 자리로 돌아가 대기하세요."

구역을 배정해 줄 거라 생각했는데 예상외의 말이 돌아왔다. 일단 명령대로 제자리에 돌아가 섰다. 그제야 긴장이 풀려 한숨을 토했다.

그런 날 향해 앨리샤가 나직이 속삭였다.

"뭘 그렇게 긴장해?"

"그냥……."

그렇게 남은 사람들 모두 오드리와 대면했다. 앞서 담당 구역 배정을 받은 여자들은 젊은 여자 사용인을 따라 떠났고, 남자들은 남자 사용인을 따라갔다.

그러자 나와 앨리샤를 포함해 총 네 명이 홀에 남았다. 오드리가 남은 사람들을 쭉 둘러보더니 모두 따라오라 명했다.

우리는 나란히 서서 그녀를 따랐다. 다른 사용인들이 갔던 방향과는 반대편이었다. 그러다 중간에 한 명이 부엌에 배정받았고, 남은 사람들은 다시 그녀를 따라 계단을 올랐다.

어디로 가는 걸까. 의문을 품고 있는데 불현듯 뺨이 따끔했다. 고개를 돌리자 같이 따라온 남자가 이쪽을 보고 있었다. 정확히는 앨리샤를. 눈빛이 아주 뜨거웠다.

또냐?

난 질린다는 얼굴로 앨리샤를 바라봤다. 앨리샤는 도도하게 턱을 추켜세우고 있었다. 왜 저러나 싶었는데 남자의 시선을 의식하고 있었나 보다. 이런 와중에도 유혹적으로 몸을 흔드는 작태가 황당했다.

헛웃음을 터트리며 걷는데 남자가 내 어깨를 콕콕 찔렀다. 시선을 주자 활짝 웃는다.

"이렇게 보니 반갑다."

"누구, 나 알아요?"

"뭐야. 왜 모르는 척이야."

아니, 누구신데요? 난 눈을 껌뻑였다. 이목구비가 반듯해서 인상이 좋은 저런 얼굴은 잊을 수가 없는데.

하지만 기억나는 사람이 없었다. 샅샅이 뜯어보았지만 처음 보는 얼굴이었다. 내가 말이 없자 남자가 섭섭하다는 표정을 지었다. 난 정말 누군지 몰라 침묵했다.

한동안 말이 없던 남자가 내 곁으로 한 걸음 다가와 입을 벌리던 순간이었다.

쾅!

갑자기 멀리서 큰 소리가 들려왔다. 우리의 시선이 곧장 그쪽으로 향했다. 복도 한쪽에 위치한 방의 문이 활짝 열려 있었다. 곧이어 문 안에서 누군가 불쑥 튀어나왔다. 가까이 다가가니, 웬 젊은 남자가 바닥에 엎드려 있는 게 보였다. 그런데 상태가 이상했다.

그러니까…….

"어머!"

앨리샤가 손으로 자신의 눈가를 가렸다. 그러다 슬쩍 손가락을 펼친다. 가리는 의미가 없었다.

난 눈을 가릴 생각도 없이 오히려 뚫어져라 눈앞의 상황을 바라봤다.

왜 벗고 있지?

당황스러웠지만 빠르게 남자의 나체를 훑었다. 정말 나체였다. 누런 살결이 눈앞에 고스란히 드러나 있었다.

갑자기 나타난 나체의 남자가 급하게 몸을 일으키려다가 옷자락을 밟고 넘어졌다. 허우적대는 모습이 안타까웠다.

우리는 그 앞에 멈춰 섰다. 그제야 남자도 다가온 우리의 존재를 깨닫고 당황해 했다. 다시 급하게 일어서며 들고 있던 옷을 허겁지겁 꿰입는다. 옷차림을 보니 풋맨인 것 같았다. 그런데 풋맨이 왜 저러고 있지? 난 오드리의 뒤통수를 흘끗댔다. 얼굴이 보이지 않아 상태를 알 수 없었다.

중요한 부분에 옷을 꿰입은 남자가 오드리에게 허리를 굽혔다. 그리고 몸을 돌렸다. 멀어지는 뒷모습이 꼭 도망치는 품새였다. 가면서도 채 추스르지 못한 바지가 벗겨져 내려갔다. 남자가 바지춤을 붙잡고 어기적 걸어갔다.

우리 셋이 그쪽을 보고 있는 사이, 오드리가 먼저 방 안으로 들어갔다. 한 박자 늦게 정신을 차린 나도 안으로 들어갔다. 앨리샤와 남자가 내 뒤를 따랐다.

방 안엔 난장판이 벌어져 있었다.

침대엔 나체의 사람들이 한데 뒤엉켜 있었다. 게다가 전부 남자였다. 두 명의 남자들은 침대 위에, 한 명은 침대 밑에 나른하게 누워 있었다. 얇은 시트가 그들의 중요 부위를 아슬아슬하게 가려 주었다.

낯선 기척을 느꼈는지 침대에 누워 있던 남자 중 한 명이 우리를 돌아봤다. 그러나 놀란 기색 없이 태연히 하품을 한다. 다른 두 명은 쳐다보지도 않았다. 저런 모습으로 있으면서도 움직일 생각조차 없어 보였다.

경악스런 상황에 굳어 버린 우리와 달리, 오드리는 차분히 말을 뱉었다.

"조엘리 님. 아침입니다."

잠시 침묵이 흘렀다.

곧이어 침대 위의 두 남자 사이에서 둥근 형체가 솟아올랐다. 시트가 내려가고, 그 안에서 나온 건 풍성한 금발을 가진 젊은 여자였다.

예쁘고, 아름답고, 역시나 나체로.

"으억!"

이번엔 반응이 좀 격했다. 또 왜 그러냐며 앨리샤를 바라봤지만, 멀쩡한 표정이다. 그래서 반대편을 돌아보니 남자가 양손으로 얼굴을 가리고 있었다. 그걸로도 모자라 뒤돌아서기까지 한다. 가려지지 않은 그의 귓불이 시뻘겋다.

"어머나. 귀여워라."

금발 여자가 짓궂게 웃었다.

"누구?"

"새로 온 사용인입니다."

"정말 귀엽네. 너 이름이 뭐니."

그러나 귀여운 사용인은 대답해 줄 여력이 없어 보였다. 그녀의 나체를 보곤 어쩔 줄 몰라 했다.

여자가 몸을 움직이자 시트가 더 아래로 내려갔다. 완연히 드러난 나체에도 여자는 부끄러워하는 기색조차 없었다.

여자가 침대 끄트머리에 앉자 옆에 있던 남자가 일어나 그녀의 어깨에 시트를 둘러 주었다. 여자가 다리를 꼬며 고맙다고 웃었다.

"그래서 그쪽은 누구?"

"이제부터 이 세 사람이 조엘리 님의 시중을 들 겁니다."

난 그제야 오드리가 우리를 이곳에 데려온 이유를 알았다.

"음. 저번 사람은?"

"쫓아냈습니다."

"어머. 아쉬워라."

매끈한 손이 풍성한 금발을 귀 뒤로 넘겼다. 말과 달리 무덤덤한 얼굴에선 아쉬운 기색이 전혀 느껴지지 않았다. 오히려 살짝 내려갔다 올라온 눈동자가 반짝거린다. 나도 모르게 그 눈을 보고 있자, 예쁜 눈이 짓궂게 휘어졌다.

"좋아. 씻고 싶으니까 다들 나가."

그 말에 이때까지 미동도 안 하던 남자들이 일제히 몸을 일으켰다. 나체로 서서 바닥에 떨어진 옷가지를 주워 입는다. 일련의 행동들이 익숙해 보였다. 그들은 급한 곳만 대충 가리고 끝까지 당당하게 방을 나섰다.

내 시선은 그들에게 닿았다가 다시 방 안에 꽂혔다. 경악한 우리와 달리 오드리는 이런 상황에 익숙한지 조금의 미동도 없었다. 여기 사람들은 다 그런가. 예전에 이자벨라도 그렇고 여성 사용인들은 다 저렇게 정신이 강한가 보다.

오드리가 우리에게 눈짓했다.

"인사하도록 해요."

"처음 뵙겠습니다."

난 허리를 굽혔다. 다행히 이번엔 앨리샤도 눈치껏 날 따라 허리를 굽히고 인사했다. 뒤돌아서 있던 남자도 황급히 몸을 돌리고 허리를 굽혔다. 하지만 여전히 조엘리 쪽은 제대로 쳐다보지도 못하고 있었다.

남자가 인사를 하자마자 다시 뒤로 돌자, 조엘리가 곧장 남자 사용인에게 시선을 준다. 눈꼬리가 더 둥글게 휘어졌다.

"거기 귀여운 분의 이름은?"

"조엘리 님, 씻고 치장부터 하시죠."

"참, 오드리는. 눈치가 없어."

"그러고 계시면 몸에 탈이 나십니다."

"알겠어, 알겠어."

손을 내저은 조엘리가 침대에서 일어서며 나와 앨리샤를 훑어보았다.

"난 예쁜 애가 좋더라."

"네?"

싱긋 웃는 그녀의 손끝이 앨리샤에게 닿았다. 난 의아해했고, 오드리는 앨리샤를 조엘리 앞으로 밀었다. 앨리샤가 당황하며 날 돌아봤다. 나도 당황스러웠다. 하지만 내가 할 수 있는 건 없었다. 오드리가 나와 남자 사용인을 문밖으로 내보냈다.

밖으로 나와서 알았다. 조엘리가 앨리샤를 시중들 사용인으로 택했다는 걸.

남자 쪽이야 그럴 수 있지만 난 쫓겨난 거였다.

설마 이곳에서도 외모로 차별받을 줄이야. 닫힌 방문을 보며 몰래 한숨을 쉬었다.

"두 사람은 잠시 대기하세요."

그 말만 남기고 오드리는 다른 일이 있다며 자리를 떠났다. 덕분에 복도엔 나와 남자 둘만 남게 되었다.

멀뚱히 방문을 바라보다가 남자 쪽을 흘끗댔다. 그는 어쩐지 멍해 보였다. 방금 전의 일이 꽤 충격적이었나 보다.

"많이 놀라셨나 봐요."

"응. 조금. 사, 사실 많이……."

버벅거리는 남자를 보니 방금 전 상황이 정말 당황스러웠던 듯했다. 남자가 받은 충격이 어느 정도인지는 그의 얼굴만 봐도 충분히 알 수 있었다. 살짝 붉은빛이 돌던 얼굴이 다시 타오를 듯 시뻘겋게 물들었다.

"얼굴이."

"아, 아니야! 아무 생각도 안 했어."

무슨 생각을 했는데? 난 그냥 얼굴이 너무 빨개서 터질 거 같다고 말해 주려던 건데, 그가 지레 놀라서 강하게 도리질했다. 양손까지 허우적댄다. 그 반응이 왠지 퍽 웃겼다.

"그, 그보다 너 왜 나한테 예의 바르게 굴어?"

"전 원래 예의 바릅니다."

"아니, 왜 자꾸 그렇게 말해. 어색하게."

"무슨 소리신지?"

그러자 붉은 얼굴이 일그러졌다.

"내가 누군지 몰라?"

"누구신데요."

"야, 나야. 조니!"

뭐라고?

"조니라면…… 앨리샤를 소개해 달라던……?"

"그래! 그게 나라고!"

입이 떡 벌어졌다. 조니? 그 꾀죄죄했던 남자?

난 빠르게 그를 훑어 내렸다. 반듯한 옷차림의 남자는 너무도 멀쩡하게 생겼다. 그러니까 시커멓고 더러운 때가 하나도 없는 얼굴은 멀끔했다.

"세상에! 정말 조니라고?"

"맞아! 나야!"

"정말 네가 그 꾀죄죄했던 조니라고?"

"맞아, 내가 그 꾀죄죄했던— 아, 아니. 잠깐만."

활기차게 반응하던 조니가 돌연 표정을 굳혔다.

"꾀죄죄했던?"

"……."

난 곧장 입을 다물고 몸을 돌렸다. 아무 말도 안 한 척했지만 이미 내뱉은 말을 다시 담을 순 없었다.

"너 너무하다! 사람한테 꾀죄죄가 뭐야! 내가 그렇게 더러웠냐?"

"음…… 조금?"

솔직히 조금 많이 꾀죄죄했다. 내 대답에 조니의 표정이 불퉁해졌다. 그의 반응에도 난 말을 번복하지 않았다. 사실은 사실이니까.

"넌 여기에서도 여전하구나."

"넌 많이 변했다. 몰라봤어."

"그렇게 변했어?"

"응. 다른 사람 같아."

조니가 자신의 얼굴을 더듬었다. 그 정도냐고 묻는다. 난 단호히 고개를 끄덕였다. 때가 묻었을 땐 몰랐는데, 깔끔하게 정돈된 머리와 깨끗해진 얼굴을 보니 인상이 너무 좋아 보였다. 다른 사람이라 해도 믿을 것 같았다.

나는 다시 조니의 얼굴을 샅샅이 살폈다. 저런 모습이면 짝사랑에 성공할 가능성이 있을지도?

"여긴 어떻게 온 거야. 너도 제안받았어?"

"아니, 나 말고 다른 사람이 제안받았었는데 나도 가겠다고 했어. 돈 많이 준다고 하길래. 넌 제안받고 온 거야?"

"나 말고 내 동생."

"아, 역시."

'역시'는 또 뭔데? 그의 반응이 기분 나빴지만 그 또한 익숙했다.

"돈 많이 준다잖아."

어깨를 으쓱이고 닫힌 방문을 멀뚱히 바라봤다. 조니가 옆에서 '그렇지?' 하고 물으며 금세 발랄함을 되찾았다.

"근데 여기 잘랐네. 짧아졌어."

그가 내 앞머리를 가리켰다. 그러자 의문이 생겨났다.

"너 날 어떻게 알아봤어?"

"응?"

"앞머리로 얼굴을 가리고 다녔으니까. 보통은 못 알아보는데."

"너 열기 때문에 땀 흘리면서 재 폈던 거 기억 안 나? 그때 네 앞머리 가닥가 닥 갈라져서 얼굴에 붙어 있었어. 난 네 얼굴을 수천 번도 더 봤다고."

그, 렇구나. 나름 착실히 가린다고 가렸는데, 흐르는 땀에는 속수무책이었나 보다. 머쓱하게 웃으며 고개를 돌렸다. 조니가 반갑다며 내 등을 퍽퍽 쳤다. 난 인상을 쓰고, 그의 종아리를 걷어찼다. 조니가 비명을 지르며 종아리를 부여잡았다.

"아파!"

"나도 아파. 그만 때려."

그때였다.

갑자기 방문이 열리고 앨리샤가 튀어나오더니 바닥에 쓰러졌다. 조니와 난 서둘러 앨리샤에게 다가갔다.

조니의 부축을 받아 상체를 일으킨 앨리샤가 정면을 사납게 노려봤다. 그곳 엔 속옷만 입은 조엘리가 서 있었다.

"넌 별로야."

"……."

조엘리가 금발을 뒤로 넘기며 짜증스러운 얼굴을 했다. 머리카락을 넘기는 손짓에도 짜증이 묻어 나왔다.

대체 무슨 잘못을 저질렀기에. 앨리샤를 바라보자, 여전히 사나운 눈빛을 한 채 조엘리를 노려보고 있었다. 순간 두 여자 사이에서 묘한 긴장감이 흘렀다. 난 당황해 하며 조니를 바라봤다. 그가 붉어 터질 듯한 얼굴로 급하게 뒤돌아섰다. 이 와중에 가장 딱한 피해자가 저기 있었다.

그런 조니의 등에서 하얀 팔이 불쑥 튀어나와 몸을 감싸 안았다. 조엘리가 조니의 등에 얼굴을 딱 붙였다.

"또 보네?"

"헉."

조니가 심장이 멎은 듯한 얼굴을 했다. 그 반응에 조엘리가 꺄르르 웃었다. 그러곤 한 손을 들어 올려 조니의 머리카락을 나긋이 매만졌다.

"이름이 뭐야?"

"으, 어, 어, 저, 어."

"이름이 으어어저어야?"

"아, 아니. 아닙니다. 아니에요."

조니가 급하게 도리질했다.

"그럼 뭔데?"

"조, 조, 조니, 조니입니다."

"그래. 조니. 반가워. 밤에 내 방에 올래?"

"네?"

"후후. 놀란 얼굴도 귀엽네."

당황하는 조니의 얼굴을 조엘리가 손가락으로 톡톡 두드렸다. 그 손짓에 조니가 딱딱하게 굳었다. 조엘리가 조니의 귓가에 후 바람을 불었다. 퍼뜩 정신을 차린 조니가 비명을 지르며 순식간에 그녀의 품에서 벗어나 반대편으로 뛰어갔다.

굉장히 빠른 속도에 누구도 떠나는 그를 붙잡지 못했다. 점점 멀어지며 점이 된 뒷모습을 안타깝게 바라봤다.

"정말 내 타입이야."

조엘리의 목소리에서 황홀함이 느껴졌다. 순진한 마을 청년이 심술궂은 귀족 아가씨의 눈에 든 느낌이었다. 앞으로 벌어질 안타까울 상황에 난 마음속으로 위로의 말을 보냈다.

그렇게 조니가 사라진 곳을 한참 동안 바라보던 조엘리가 이번엔 날 바라봤다.

"당신, 날 따라와."

그녀가 날 가리키고 몸을 돌렸다. 갑작스러운 명령에 당황해 하다가 재빨리 정신을 차리고 그녀를 따랐다.

앞서가던 조엘리가 갑자기 걸음을 멈추고 앨리샤를 바라봤다.

"넌 가 봐."

그러고는 방 안으로 쏙 들어갔다.

난 앨리샤를 일으켜 세우고, 구겨진 옷을 털어 주었다. 그런 뒤 아까부터 계속 조엘리를 노려보고 있는 얼굴을 흘끗 봤다. 눈알 빠지겠네. 입을 꾹 다문 걸 보니 무슨 일이 있긴 있었나 보다.

난 한숨을 쉬고 방 안으로 따라 들어갔다. 문을 닫자 앨리샤의 시선도 사라졌다. 사용인이면서 윗사람을 빳빳하게 쳐다보다니. 나중에 저러면 안 된다고 주의를 줘야겠다.

몸을 돌리니 조엘리가 가운을 걸치고 있었다. 허리에 두른 끈을 묶으며 옷장으로 향한다. 난 멍하니 그녀의 뒷모습을 훑었다.

조엘리라고 했었지, 그녀가 이 저택의 주인인 건가? 아니면 백작 부인? 후자 쪽으로 더 마음이 기울었다. 단순한 걸음걸이, 작은 동작 하나하나에서 기품이 느껴졌다. 잘 교육받은 귀족 아가씨일 거란 생각이 들었다.

옷장 앞에 선 그녀가 날 돌아봤다. 그제야 난 재빨리 그녀의 곁으로 다가갔다. 그리고 옷장을 열었다.

"골라 봐."

"제가요?"

"응. 환한 걸로."

환한 거라니……. 난감한 명령에 잠시 고민했다. 옷장 안에 쭉 걸려 있는 드레스가 제법 많았다. 색도 디자인도 다양했다. 세상의 모든 드레스가 이 옷장 안에 있는 거 같았다.

그것들을 하나하나 살피며 제법 신중히 고민했다. 환한 거라고 했으니 색이 밝으면 되지 않을까. 그래서 연하늘색으로 골랐다. 고르고도 자신이 없었다. 슬쩍 조엘리를 올려다보니, 입꼬리를 당겨 웃고는 고개를 저었다. 마음에 안 든다는 뜻이다.

그걸 다시 옷장에 집어넣고, 그 옆에 걸려 있던 하얀 드레스를 꺼냈다. 하지만 이번에도 조엘리는 고개를 젓는다.

그 이후로도 몇 번 더 드레스를 골라 내밀었다. 그러나 모두 거절당했다. 또다시 거절당한 연분홍색 드레스를 넣고, 노란색 드레스를 꺼내 내밀자 거절하는 것도 지루해졌는지 조엘리가 손을 내젓고, 뒤에 있는 의자에 가 앉았다.

난 당황하며 다시 옷장 안을 살폈다. 건네는 것마다 거절당하니 이번엔 뭘 꺼내야 할지 모르겠다.

"이름이 뭐야?"

"포…… 앤입니다."

"그래, 앤."

웃음기 섞인 목소리가 들려왔다. 그녀가 날 보는 게 느껴졌다. 그러나 난 그녀를 돌아보지 않고 연신 옷장 안을 살폈다.

"앤은 어디서 왔어?"

"작은 마을에서 왔습니다. 너무 작아서 이름은 따로 없습니다."

"거기가 고향이야?"

"아뇨. 고향은 따로 있습니다."

"필튼?"

조엘리의 물음에 난 드레스를 뒤적이던 것을 멈추고 몸을 돌렸다.

"어찌 아셨나요?"

"방금 전까지 내 방에 있던 애가 말해 주던데. 둘이 자매라며?"

아아. 난 고개를 끄덕이고 다시 드레스를 이리저리 들춰 보았다. 앨리샤에게도 내게 물었던 질문들을 똑같이 했나 보다. 그리 생각하며 난 드레스를 열심히 살폈다. 계속 거절당하다 보니 선택하는 데 더욱더 신중해졌다. 기다림이 지루한지 조엘리는 내게 계속 질문을 해 왔다.

"이런 일은 처음이야?"

"처음은 아닙니다."

"음. 그럼 다른 곳에서 해 봤어?"

"네."

"어디?"

"딱히 말씀드릴 만한 곳은 아닙니다."

드레스를 고르는 데 고심하다 보니, 내가 무슨 말을 하는지도 모른 채 대충 대꾸했다. 하지만 이따금 깊이 있는 질문을 받을 땐 대답을 고르긴 했다. 그러는 동안에도 눈으로는 빠르게 드레스를 살펴보았다. 이게 좋을까, 저게 좋을까. 수많은 드레스를 뒤적이면서 한참 고민하고 나서야 겨우 하나를 골랐다.

몸에 딱 달라붙는 디자인의 하얀색 드레스였다. 눈에 띄는 무늬는 없지만 끄트머리에 꽃수가 놓여 마냥 수수하지는 않았다. 깔끔하게 입기 좋은 거 같았다.

좋아, 결정이다!

"이건 어떠세요?"

활짝 웃으며 뒤돌았다. 신중히 고른 드레스를 조엘리에게 보여 주었다. 이번에도 싫다고 하면 직접 고르는 게 어떠냐고 물어봐야지. 그리 생각하며 그녀를 바라봤는데, 그녀의 시선은 드레스가 아니라 내 얼굴에 꽂혀 있었다.

그런데 그 시선이 날카로웠다. 얼굴에서 웃음이 사라질 정도로 날 선 시선이었다. 이상하다. 분명 웃고 있는데 왜 관찰당하는 거 같지.

"……왜 그렇게 보세요?"

"앤은 참 작고 아담하네."

"네? 아, 네. 제가 좀 작죠."

"응. 여기 사용인들 중에 가장 작겠어."

그녀가 날 위에서 아래로 훑어 내렸다.

가장까지는 아닌 것 같은데……. 하지만 이곳에 와서 나보다 작은 사람을 본 적은 없는 거 같다. 앨리샤와 비교해도 아주 미세하지만 내가 작긴 하니까. 아, 그러면 내가 가장 작은 사람일 수도 있겠다. 5년 전에도……. 괜한 생각까지 들어 고개를 저어 떨쳐 냈다.

"머리가 나랑 같은 곱슬이네."

"네. 조금 그렇습니다."

"앞머리가 삐뚤빼뚤해."

조엘리가 내 짧은 앞머리를 가리키며 웃었다. 난 민망함에 앞머리를 만지작 댔다. 얼굴이 드러나 있다고 생각하니 몸이 움츠러들었다. 순간 내 자신이 부끄러워져 고개를 숙이자, 그녀가 더 크게 웃음을 터트렸다.

"그거 좋네. 이리 가지고 와."

"네!"

기다렸던 대답에 반가움이 튀어나왔다. 나도 모르게 큰 소리로 대답하곤 당황하자, 조엘리는 이번에도 웃음으로 화답한다. 나도 머쓱하게 웃으며 옷장을 닫고, 그녀에게 달려갔다.

조엘리가 의자에서 일어나 가운을 벗었다. 매끈한 몸매를 보니 같은 여자였지만 왠지 민망했다. 그래서 슬쩍 시선을 내린 채 조엘리가 드레스를 입는 걸 도왔다. 등 뒤에 잔뜩 달린 단추를 모두 잠그고 구겨진 천을 폈다.

몸매를 드러내는 드레스가 그녀에게 잘 어울렸다.

"머리도 좀 손봐 줘."

"네."

조엘리가 다시 의자에 앉았다. 난 그녀의 맞은편에 거울을 두고, 등 뒤로 향했다. 긴 머리칼은 풍성하고 윤기가 흘렀다. 빗을 가지고 와 조심스럽게 빗질했다.

"곱슬머리는 풍성해 보여서 좋은데, 관리를 안 하면 너무 지저분해져."

"그래도 예쁘세요."

"고마워. 앤은 내 정도는 아닌가?"

"전 더 부스스합니다. 지금도 머리끝이 삐죽거려요."

그 순간, 조엘리가 대뜸 몸을 돌려 내 머리칼을 쥐었다. 갑작스러운 손길에 너무 놀라 몸이 굳었다. 내 반응에도 조엘리는 아랑곳하지 않고 머리끝을 만지작대더니, 빙글빙글 돌렸다.

"정말 끝이 삐죽하네."

"……네."

"그래도 귀여워. 한번 만지면 잊지 못하겠어."

그 후로도 그녀는 한참 동안 내 머리를 만지작댔다. 당황스러운 시선을 보내면 웃음으로 화답한다. 난 어정쩡하게 허리를 굽히고 서서 그녀가 놓아주길 기다려야 했다. 하지만 그럴 기미가 보이지 않자 더는 참지 못하고 다시 머리를 손질해도 되냐고 물었다. 그제야 조엘리가 미안하다고 웃으며 날 놓아주었다.

자유를 되찾고 다시 그녀의 머리를 만졌다. 풍성한 머리를 한데 모아 틀어 올리고, 꽃 모양 장신구를 꽂아 고정했다. 잔머리는 작은 핀으로 정리했다.

손질을 마치자, 조엘리가 꾸민 머리를 세심히 살폈다. 고개를 이리저리 돌리며 거울에 비춰 보던 그녀가 빙그르 웃었다.

"손재주가 좋네."

"감사합니다."

다행히 마음에 들었나 보다. 조엘리의 입가에 흐뭇한 미소가 매달렸다. 난 거울 속으로 조엘리를 바라봤다. 꽃단장한 그녀에게선 빛이 났다. 역시 백작 부인 쪽이 맞는 거 같다.

"됐어. 이만 나가 봐."

"네."

허리를 굽혀 인사한 뒤 몸을 돌렸다. 그대로 걸어가 막 문손잡이를 잡았을 때였다.

"앤."

돌연 그녀가 날 불렀다. 뒤돌자 조엘리가 어느새 의자에서 일어나 날 보고 있었다. 시선이 부딪치자 그녀가 살짝 고개를 기울이곤 입꼬리를 길게 늘어뜨렸다.

"이곳에 온 걸 환영해."

조엘리는 충격적인 첫 만남부터 지금까지 늘 웃고 있었다. 웃는 게 익숙한 사람 같았다. 그런데 이상하게도, 지금 그녀의 웃음은 묘했다. 날 향해 짙게 휘어지는 두 눈을 보면서도 마주 웃어 줄 수 없을 정도로.

이걸 뭐라고 표현해야 할까. 굳이 따지자면 좋은 쪽보다는 나쁜 쪽, 습관적인 웃음이라기보다는 어쩐지 속내를 숨기기 위해 의식적으로 짓는 웃음 같달까.

하지만 괜한 생각이겠거니 했다.

"영광입니다."

난 다시 양손을 모으고 허리를 깊게 숙였다.

□ ◆ □

조엘리가 날 마음에 들어 했는지 그날부터 난 그녀의 시중을 들었다. 대신 앨리샤는 다른 구역의 청소를 맡았다. 그것도 오래 사용하지 않은 방이나 창고 같은 지저분한 곳이었다. 그게 못마땅해 오드리에게 몇 번 불만을 토로하러 갔다가 오히려 아무도 맡기 싫어하는 더러운 곳으로 구역이 변경되었다.

어찌 되었든 앨리샤는 하녀다. 마음에 들든, 들지 않든 그 애가 할 수 있는 건 없었다. 그게 자존심 상했는지, 일을 마치고 방으로 돌아온 앨리샤는 매번 베개를 터트릴 듯 때리며 고함을 내질렀다. 그러게 내가 입조심하라고 했더니.

'귀족 주인 눈에 들어서 한몫 잡으려고 했더니, 왜 하필이면 여자가 주인이야! 재수 없게!'

내가 보기에 조엘리는 백작 부인인 듯했지만, 굳이 알려 주진 않았다. 앨리샤는 차라리 도망칠까? 하며 슬쩍 묻기도 했다. 난 못 들은 척했다.

앨리샤는 쫓겨났지만 조니는 여전히 함께였다. 부끄러움에 도망친 뒤로도 조니는 계속 조엘리에게 불려 와야 했다. 불행히도 나와 같이 조엘리의 담당이 된 듯하다. 하지만 시중을 받는다기보단 관상용 꽃처럼 곁에 두고 보려는 의도 같았다.

내가 옷이나 물건을 꺼낼 때면 옆에서 도와줬지만, 조엘리를 만지거나 접촉해야 하는 일을 할 때는 멀찍이 서 있기만 했다. 허락 없이 방 밖으로 나가지 말라는 명령을 받아 도망치지도 못했다. 때문에 민망한 상황이 펼쳐질 때면 조니는 눈을 감고 버렸다.

'귀여워라.'

조엘리는 부끄러워하는 조니의 반응을 즐겼다. 가끔 조니를 묘한 손길로 만지기도 하고, 은근한 시선을 보내기도 했다. 그럴 때마다 당연히 조니는 난감해 했다.

'야, 나 좀 숨겨 줘.'

'내가 널 어떻게 숨겨. 말도 안 되는 소리 하지 마.'

'저 여자가 자꾸 이상하게 쳐다봐. 왜 저렇게 보는 거지?'

'나도 몰라.'

그리고 얼마 지나지 않아 그 시선의 뜻을 알게 되었다.

조엘리는 밤마다 방으로 남자를 불러들였다. 그것도 매일 밤 새로운 남자였다. 그 남자들의 정체는 잘 모르지만 개중 남자 사용인도 있는 듯했다. 어느 날은 잠자다가 부름을 받고 방으로 찾아갔는데 그녀의 곁에 나체의 남자가 누워 있어 얼마나 민망하던지.

'난 예쁜 게 좋아. 하지만 강제적으로 굴긴 싫어. 서로가 즐겨야 정말 즐거운 거지. 혼자만 좋으면 기분 더럽잖아?'

결국 그녀가 조니를 곁에 두는 이유도 그거였다. 싫다는데 억지로 데려오는 건 내키지 않으니 그런 마음이 들 때까지 곁에 두고 지켜보려는 거 같았다. 그만큼 조니가 마음에 든다는 의미이기도 하고. 정작 당사자는 위협만 느낄 뿐 숨은 의도까지 알아채진 못하고 있지만.

하지만 난 다른 의미에서 조엘리의 시선을 느꼈다. 눈을 마주할 땐 상냥한 빛을 띠지만, 그러지 않을 때면 와 닿는 시선이 따끔거렸다. 꼭 날 주시하는 것처럼. 그 시선이 느껴질 때면 나도 모르게 긴장을 하고 만다.

그렇게 며칠 동안 이런 상황이 반복됐다. 조엘리는 점점 더 까다롭게 행동했고, 조니는 난감해했으며, 난 그들 사이에 끼어 내 일만 열심히 했다. 처음엔 난처했지만, 같은 상황이 되풀이되다 보니 어느새 익숙해졌다.

하지만 익숙해진 게 무색하게 내 담당 구역이 바뀌었다. 갑자기 난 2층에 있는 방 청소 쪽으로 빠졌다. 이유는 알 수 없었다. 나도 모르게 조엘리의 심기를 건드린 건가. 어차피 청소하는 건 익숙하니, 이쪽이 더 마음이 편했다. 게다가 더는 조엘리의 묘한 시선을 받지 않아도 되니 나쁘지 않았다.

그리고 내 자리를 앨리샤가 대신했다. 대체 어떻게? 의아함은 같은 구역의 청소를 담당하는 하녀에게서 앨리샤가 며칠 전 오드리에게 다시 한번 기회를 달라고 빌었다는 얘기를 듣고 풀렸다.

조엘리의 시중을 들고 방으로 돌아갈 때마다 날 매섭게 노려보더니, 몰래 그런 행동을 했을 줄이야. 그 자존심 강한 앨리샤가 말이지.

'무슨 꿍꿍이야.'

'뭐가.'

'웬일로 자존심까지 굽히고 시중드는 일을 하냐고.'

앨리샤가 사납게 날 노려봤다.

'너 때문이잖아!'

'나?'

'그래! 네가 또 내 자리를 뺏으려고 했잖아!'

아니, 내가 뭘 어쨌다고. 황당해하고 있자니 앨리샤가 버럭 소리쳤다.

'너한테 밀리느니 차라리 그 여자 시중을 들겠어!'

그제야 앨리샤의 버릇이 나왔다는 걸 깨달았다. 내가 가진 거라면 무조건 뺏고 보는 못된 버릇 말이다. 짧은 기간이지만 조엘리가 까다로운 여자라는 건 충분히 알았다. 앨리샤와 단둘이 있었을 때 어떤 일이 벌어졌을지도 조금은 예상이 됐다. 그러나 앨리샤는 그런 상황도 감수할 만큼 내가 자신의 자리를 대신하는 게 마음에 안 드는 거였다.

'그리고 그 여자 곁에서 시중이라도 들어야 나중에 다른 귀족을 만나 볼 수 있을 거 아니야. 짜증 나지만 지금은 어쩔 수 없잖아.'

신경질적인 모습이지만 또 마냥 즉흥적으로 행동한 건 아닌 모양이었다. 나야 아무래도 상관없지만.

'잘해 봐.'

'내 일이나 방해하지 마.'

저번에도 생각했지만, 방해할 마음은 조금도 없다.

원해서 오게 된 곳은 아니지만, 이왕 지내게 된 거 난 그저 내가 맡은 일에만 열중하고 싶었다. 그게 조엘리의 시중을 드는 것이든 청소든 중요치 않았다. 조니가 돈 많이 준다고 해서 왔다는 걸 보면 보수는 걱정 없겠지. 어차피 가채용이니 추후에 이곳을 떠나야 할 수도 있다. 그때까지 벌 수 있는 만큼 벌어 두어야 이곳을 나가서도 배곯지 않을 거다.

그리고 조엘리의 곁에서 벗어난 덕분에, 이곳에 대해 자세히 파악할 수 있었다.

복도 창문을 닦으며, 창 너머의 빽빽한 수풀을 뚫어져라 바라봤다. 수풀 사이사이를 헤쳐 가다 보면 언뜻 허연 게 보였다. 그 허연 게 이 백작가의 또 다른 저택이란 건 최근에 깨달았다. 자세히 들여다보지 않는 이상은 알아채기 힘들 정도로 거리가 멀었다.

사방이 숲으로 막혀 있는 이곳이 본채라 생각되지는 않는다. 그럼 별채인 걸까? 보통 귀족의 저택이라면 당연히 있는 정원도 없고 뭔가 이상하긴 했다.

하지만 다른 저택이 있다고 해서 찾아갈 순 없었다. 이곳의 사용인들은 오드리의 허락이 떨어지지 않는 이상 바깥출입을 할 수 없기 때문이다. 심지어 이곳엔 방문하는 사람도 없었다. 보통의 백작가라면 손님이 올 법한데, 이곳에 온 뒤로 누가 왔다는 소식을 들은 적이 없다. 조엘리 또한 외출은커녕 저택에만 콕 박혀 있었다. 그래서일까 덩달아 우리도 외출 허락이 엄격했다.

그나마 별다른 허락 없이 편하게 나갈 수 있는 범위는 이 저택의 문 앞 정도. 숲속으로 들어가는 순간부터 어디를 가려는 건지, 또 무슨 사유로 나가려는 건지 등의 심문을 받아야 했다.

가채용된 상태라서 그런지, 우리는 엄격한 관리하에 있는 듯하다. 게다가 같이 일하던 하녀와 몇 번 대화를 나눠 보니 이 저택 안의 모든 사용인들이 나와 앨리샤처럼 밖에서 데려온 사람들이란 걸 알게 되었다.

주변은 숲으로 싸여 있고, 다른 저택엔 가 보지도 못한다. 아니, 정원이고 뭐고 무엇 하나 제대로 구경할 수 없었다. 게다가 사용인들은 모두 외부 사람. 이 저택의 백작님 얼굴은 한 번도 보지 못했고, 그나마 있는 건 백작 부인인 조엘리란 여자뿐. 하지만 백작 부인이 왜 이렇게 동 떨어진 별채에서 생활하는 걸까?

그렇게 며칠 동안 파악한 끝에 내린 결론은 이거였다.

참 이상한 저택이란 것.

보통은 오래된 사용인이 한두 명 정도는 있을 법한데. 내가 예전에 일하던 곳도……까지 생각하다 급히 고개를 저었다. 과거 경험이 있어서일까. 요새는 유독 5년 전의 일들이 불쑥불쑥 튀어나왔다.

완전히 잊은 건 아니다. 잊고 싶어도 잊히지 않는 추억도 있었다. 나는 가끔 그 저택에서의 일들을 떠올렸다. 금화에 팔려 갔지만, 그럼에도 좋았던 기억이 더 많은 곳. 비록 시작과 끝은 안 좋았지만 때때로 회상하는 추억이 아름다운 건 그 때문이리라.

가끔 그 남자가 떠올랐다.

길지 않은 시간 그와 함께 나눈 추억, 대화, 약속. 그리고 우리의 마지막. 다시 그 어두운 방 안에 홀로 남았을 그를 향한 걱정이 때때로 날 뒤흔들곤 했다. 그것도 벌써 5년 전의 일이었다.

갑자기 사라진 시녀 따위는 잊어버릴 세월. 죽었을지도 모른다고 생각될 세월. 그럼에도 그가 여전히 날 찾고 있지 않을까 하는 생각을 한 적은 있었다.

그럴 리가 없는데.

'그럴 수가 없잖아.'

만약 정말 그렇다고 해도 그는 날 찾을 수 없을 거다. 그는 내 모습을 보지 못했으니까. 본 적도 없는 사람을 어떻게 찾는단 말인가.

그리고 떠오르는 또 다른 남자.

난 곧장 도리질했다. 울적해지는 기분은 떨쳐 내는 것밖에 방법이 없다. 그는 잘 살고 있어. 모두 잘 살고 있을 거야. 그러니 나도 이제 잘 살아야지. 그런 생각으로 울적한 기분을 달랬다.

창문을 마저 닦고 철통에 담긴 물로 걸레를 빨았다. 물이 벌써 더러워졌다. 깨끗한 물을 새로 떠 오기 위해 철통의 손잡이를 들어 올렸다.

복도를 걷다가 조니를 만났다. 난 그의 얼굴을 보자마자 인상을 썼다. 며칠 잠을 못 잔 사람처럼 눈 밑이 퀭하고 지쳐 보였다.

"너 피곤해 보인다?"

"심해?"

조니가 제 얼굴을 더듬었다.

"응. 무슨 일 있었어?"

"그냥 뭐, 일이 고돼서 그렇지."

그러면서 애써 웃는다. 마음고생이 심한가 보네.

"앨리샤하고는 어때?"

"나쁘지 않아. 요새는 말 걸면 대답도 해 줘!"

조니가 활짝 웃었다. 지친 얼굴에 갑자기 생기가 돌았다.

백작가에 오기 전까지만 해도 앨리샤는 조니가 말을 걸면 그저 웃기만 할 뿐, 대꾸조차 해 주지 않았었다. 언뜻 보기엔 다정히 웃는 상이라 조니는 몰랐 겠지만, 앨리샤는 그와 말을 섞고 싶지 않아 했다. 반응해 줬다가는 괜한 기대 를 품는다나 뭐라나.

내가 조엘리의 담당에서 빠지고 앨리샤가 들어가면서 조니에게 '기회'라는 게 생겼다.

최근 앨리샤는 조니가 자신을 짝사랑하던 꾀죄죄한 남자라는 걸 알았다. 내 가 알려 줬다. 그 말을 듣고 어찌나 경악하던지. 어쨌든 그 이후로 조니에 대한 호감이 좀 높아졌는지 은근히 반응해 주기 시작했다.

'아, 안녕. 앨리샤.'

'응. 안녕.'

저번에 우연히 두 사람이 대화하는 모습을 봤다. 새침한 목소리였지만 앨리 샤는 살짝살짝 눈을 휘며 웃어 주었다. 조니는 그런 앨리샤의 얼굴이 뚫어질 것처럼 뜨겁게 바라봤다. 누가 보면 막 연애를 시작하는 연인으로 오해할 법한 모습이었다. 그 속사정을 아는 난 황당하다 못해 말문이 막혔다. 확연히 보이는 상하 관계가 너무 안타까웠다.

뭐, 숨은 사정이야 알아 봤자 좋을 게 없지만. 때로 비밀은 비밀인 채 남겨 둬야 더 아름다운 법이다.

"이번 기회에 앨리샤랑 친해져 봐."

"무, 무, 무슨 소리야. 내가 어떻게?"

뭘 저렇게 놀래? 누가 보면 고백이라도 하라고 한 줄 알겠네.

"얘기를 많이 나누면 되지. 언제까지 혼자 가슴앓이할 거야? 기회는 왔을 때 잡는 거야. 지금 놓치면 언제 또 단둘이 있을 기회가 생기겠어. 안 그래?"

"그건 그렇지만……."

"이번이 마지막 기회일 수도 있다고."

"마지막 기회……?"

조니가 그리 읊조리며 멍한 표정을 지었다. 난 주먹 쥔 양손을 들어 올렸다. 힘내라는 응원에 고개를 끄덕인 조니가 굳게 결의를 다진다.

"뭐, 열심히 해 봐."

심심찮은 위로를 하고 조니와 헤어졌다.

다시 복도를 걷다가 모퉁이를 막 지났을 때였다. 복도 중앙에 웬 여자와 남자가 서 있었다. 두 사람은 고개를 들고 위를 보면서 초조하게 발을 동동 굴렀다. 다급한 목소리가 합을 이루며 튀어나왔다.

"제발요! 내려오세요!"

"위험합니다!"

"네, 위험합니다!"

"네, 위험하니 내려오셔야 해요!"

무슨 일인가 싶어 그쪽을 향해 가던 내 시선도 절로 위쪽으로 향했다. 순간 뭔가가 내 옆으로 휙 하고 날아와 벽에 부딪쳤다. 깜짝 놀라 옆을 바라보자 쿵! 소리와 함께 아래로 추락한 무언가가 바닥을 뒹굴다 내 발끝에 닿아 멈췄다.

말? 집어 들어 확인해 보니 말 모양의 나무 조각상이다. 이게 어디서 날아온 거지?

다시 앞을 바라보자 이번엔 눈앞의 상황이 더 넓게 보였다. 두 남녀의 맞은편에는 커다란 말 철상이 있었는데 그 위에 누군가 올라타 있었다.

올라탄 누군가가 몸을 들썩이자 말 철상이 흔들렸다. 남자가 기겁하며 빠르게 말 철상을 붙잡았다. 그의 낯빛이 창백했다. 여자는 비명을 지르고 있었는데 곧 울음을 터트릴 것 같았다. 철상의 안장 아래로 내려와 있는 발만이 까딱거리며 발랄하게 움직였다.

그런데 그 발이 참…… 작다.

"까하하!"

곧이어 명쾌한 웃음소리가 터져 나왔다. 난 느릿한 걸음으로 그쪽에 다가갔다. 작은 발이 말 몸통을 퍽퍽 차더니 안장 위에서 폴짝폴짝 뛴다. 언뜻 금발 머리카락이 보였다가 사라졌다.

"제발 내려오세요! 네?"

"제 마음이 철렁합니다! 제발!"

"으랴! 으랴! 하하!"

대체 무슨 상황인가 싶어 더 가까이 다가가는 순간, 작은 발이 옆으로 기우뚱하는 게 보였다. 그걸 깨닫자마자 난 철통을 내던지고 그쪽으로 달려갔다. 왼쪽에서 작은 몸이 쑥 튀어나왔다. 뒤늦게 눈치챈 남자가 양팔을 펼쳐 들었을 땐 아래로 추락한 작은 몸을 이미 내가 품에 안고 미끄러진 뒤였다.

곧이어 날카로운 비명 소리가 울려 퍼졌다. 바닥에 미끄러진 난 말 철상과 부딪쳤다. 쿵! 소리와 함께 눈앞이 번쩍거렸다.

"꺄악! 도련님!"

"이런! 괜찮으십니까!"

고함을 지른 두 남녀가 빠르게 내 쪽으로 다가왔다. 그때까지 난 바닥에 누워 고통에 신음하고 있었다. 눈물이 나올 정도로 아팠다. 끙끙 앓고 있자니 배쪽에 있는 뭔가가 꿈틀거리며 몸을 일으키는 게 느껴졌다.

그제야 난 엉거주춤 상체를 일으켜 내가 받아 낸 상대를 살폈다. 그런데 웬 어린아이가 내게 안겨 있었다. 4살쯤 되어 보이는 남자아이였다. 이리저리 흩어진 짧은 금발에 보랏빛 눈동자를 가진 아이가 날 멀뚱히 바라본다.

누구?

"도련님, 괜찮으세요?"

"몸은 어떠십니까?"

두 남녀가 내 품에 안긴 어린아이의 상태를 살폈다. 그제야 난 그들이 사용인이란 걸 깨달았다.

그런데 도련님이라니? 처음 보는 낯선 존재에 당황하는데, 아이는 내게서 시선을 떼지 않고 있었다.

그러다 아이의 고개가 옆으로 기울어졌다. 통통하고 붉은 입술이 오물오물 움직인다.

"누구야?"

그건 내가 묻고 싶은 말이다. 넌 누구니?

"도련님, 일단 내려오시죠. 아무리 사용인이라 해도 여인의 몸에 그렇게 올라타 계시면 실례입니다."

남자가 눈짓하자, 여자가 아이의 몸을 잡아 내 배 위에서 내려 주었다. 그제야 난 몸을 바로 세울 수 있었다. 갑자기 기침이 터져 나왔다. 가슴과 배가 저릿한 걸 보니 넘어지면서 아이의 몸을 감싸느라 충격이 가해졌나 보다.

"괜찮으십니까?"

"네. 괜찮습니다."

남자가 내게 손을 내밀었다. 그의 손을 잡고 자리에서 일어났다. 구겨진 옷매무새를 다듬고 다시 기침을 했다. 일어나 보니 뒤통수도 저릿하고, 특히 등이 아프다. 넘어지면서 받은 충격이 상당했는지 뒤늦은 고통이 밀려왔다.

등을 더듬고 있으니 남자가 걱정스러운 얼굴로 말했다.

"혹시 모르니 진찰을 받아 보시는 게 좋을 거 같습니다."

"전 괜찮으니 이분의 상태를 먼저 살펴보시는 게 좋을 거 같아요. 제가 일단 받아 내긴 했는데 충격이 가해졌을 수도 있으니."

눈앞의 아이가 누군지 몰라도 도련님이라고 부르는 걸 보니 일단 귀족이긴 한 거 같다. 그래서 정중하게 덧붙이니 남자가 고개를 끄덕였다.

그때까지도 아이의 맑은 눈동자는 내게 꽂혀 있었다. 그러다 제 옆에 있는 여자의 치맛자락을 잡아당기며 유모라고 부른다.

"누구야?"

"글쎄요. 저도 처음 뵙는 분이라."

여자의 시선도 내게 꽂혔다. 미안해하는 얼굴이다.

난 등을 더듬던 손을 내저으며 괜찮다고 도리질했다. 그러다 내 손이 비었다는 걸 깨달았다. 서둘러 주변을 살펴보았다. 여자의 어깨 너머로 조금 전에 집어 던진 철통이 널브러져 있는 게 보였다. 그 주변을 흠뻑 적신 구정물도.

"으억."

그쪽으로 갔을 때는 이미 엎질러진 물이었다. 넘어진 철통을 들어 올리고 축축한 바닥을 훑었다. 한숨이 나왔다.

"이런, 어쩌면 좋아. 도와드릴게요."

여자가 바닥에 쏟아진 물을 보며 말했다.

"괜찮습니다. 제가 던진 건데요."

난 쭈그려 앉아 걸레로 바닥을 문지르고, 철통에 물을 짜냈다. 그리고 다시 바닥의 물을 닦고 철통에 짜내는 걸 반복하니, 여자가 기어코 도와주겠다며 제 치맛자락으로 바닥의 물을 닦았다. 난 그러지 말라고 그녀를 말렸다. 눈치 빠른 남자가 걸레를 더 가져오겠다며 빠르게 복도를 뛰어갔다.

결국 꼭 도와주겠다는 여자의 말에 항복하고 다시 바닥을 닦는데, 갑자기 작은 발이 철벅하며 눈앞에 나타나 걸레 끝을 꾹 밟는다. 고개를 들자 아이가 불퉁한 얼굴로 날 쏘아보고 있었다.

"못생겼어."

뭐라고?

갑자기 웬 봉변인가 싶어 굳어 있는데, 작은 손이 날 콕 집어 가리켰다.

"못생겼어! 못난이! 못난이야!"

"도, 도련님."

여자가 난감해하며 아이를 바라봤다. 난 내가 지금 무슨 말을 들은 건가 싶어 고민했다. 그러나 내 고민을 일갈하듯 아이가 말을 이었다.

"못난아, 누구야?"

"도, 도련님, 왜 그러세요. 그러지 마세요."

"누구냐니까!"

그리 말하며 걸레를 더 꾹꾹 눌러 밟는다. 그때마다 구정물이 튀기며 내 손을 적셨다.

난 너무 놀라 바로 답하지 못했다. 이 작은 꼬맹이가 지금 무슨 말을 하는 건지 여전히 잘 인지되지 않았다. 다짜고짜 못난이라고? 내가 제대로 들은 거 맞지?

여자가 당황하며 아이를 말렸지만 소용없었다. 내가 말을 안 하자 오기가 생겼는지 아이가 누구냐며 쩌렁쩌렁 소리를 질렀다. 대답을 듣기 전까지 물러서지 않겠다는 태도였다. 그러다 아이가 부루퉁한 입술을 쭉 내밀었다.

"명령이야!"

"도련님!"

아이의 정체는 몰라도 이건 알겠다.

까칠하고, 오만하고, 재수 없는 꼬맹이다!

아이의 성향이 파악되자 내 머릿속은 급격히 차분해졌다. 그래, 그렇단 말이지. 흥분하고 당황하는 건 미숙한 사람이나 하는 거다. 난 재수 없는 사람을 상대하는 덴 익숙했다. 게다가 이미 더한 상황도 경험한 바가 있었다. 아이보다 더 까칠하고 더 오만하고 더 재수 없는 남자를.

"도련님 제발 그러지 마시고 발을……."

"도련님."

난 차분히 입을 달싹였다. 아이가 기다렸다는 듯 눈을 반짝였다. 유모가 당황하며 날 바라봤다.

"제가 비록 신분은 미천하지만 예의라는 건 차릴 줄 압니다. 상대가 누군지 알고 싶다면 먼저 자신의 소개를 하는 게 예의랍니다."

아이가 이해하기 쉽도록 한 마디 한 마디 또박또박 설명했다. 아이는 눈만 껌벅껌벅했다. 내가 한 말이 무슨 의미인지 생각해 보는 듯하다. 제대로 알아들은 여자만 어쩔 줄을 몰라 했다.

"명령, 지켜야 해!"

내 말뜻을 다 이해하진 못해도 뭔가 기분 나쁘긴 한지 아이가 버럭 소리쳤다. 아이는 문장을 구사하는 능력은 뛰어났지만 발음이 부정확해 소리쳐 봤자 귀엽기만 했다. 전혀 위엄이 느껴지지 않았다.

"안타깝지만, 그 명령에 드릴 대답이 없네요. 부디 그 명령을 거둬 주시길 부탁드립니다. 그리고 그 발도요!"

그러면서 아이의 발밑에 깔려 있는 걸레 끝을 쥐고 흔들었다. 발을 치우라는 의미였으나 아이에겐 전달이 되지 않았는지 미동이 없었다. 결국 발밑에서 걸레만 조심히 빼낼 생각으로 손에 힘을 주는 순간, 갑자기 작은 손이 내 어깨를 힘껏 밀어 버렸다.

그대로 바닥에 엉덩방아를 찧고 말았다. 동시에 철퍽 소리가 들려왔다. 고개를 들자 아이가 바닥에 엎어져 있었다. 내 몸이 뒤로 넘어가면서 걸레가 확 빠진 탓에 아이 또한 중심을 잃고 엎어진 듯했다.

여자가 놀라 서둘러 아이의 몸을 안아 올렸지만 이미 얼굴부터 옷 앞면이 온통 구정물로 다 젖은 뒤였다.

아이는 울상이 되었다. 금방이라도 울음을 터트릴 듯 큰 눈망울에 눈물이 그렁그렁 차올랐다. 여자가 어찌할 바를 몰라 하며 아이의 젖은 얼굴을 치맛자락으로 꾹꾹 눌렀다.

그, 그러니까 발 좀 치우라니까. 난 당황하며 몸을 일으켰다. 괜찮냐고 슬쩍 묻자 아이의 울먹임이 더욱 심해진다. 새 걸레를 더 가져오겠다던 남자는 아직까지 돌아오지 않았고, 왠지 더 이상 이곳에 있으면 안 될 거 같았다.

"이, 이 물을 다 닦아 내기엔 이 작은 걸레론 턱없이 부족하네요. 큰 자루걸레라도 가져와야겠습니다. 놔두고 가세요."

주절주절 말을 뱉고 곧장 몸을 돌렸다. 뛰어가는 내 등 뒤에서 커다란 울음소리가 터져 나왔다.

"으아아앙!"

당연히 난 뒤돌아보지 않았다.

사실 도망치는 거 맞다.

딱 보기에도 귀한 집 도련님 같은데, 울려 버렸다고 처벌을 받을까 봐 뒤늦게 걱정이 됐다. 그래서 부엌으로 내려가 새 걸레를 챙기는 데 미적거렸다. 다시 돌아왔을 땐 다행히 아이도 여자도 없었다.

난 바닥에 엎질러진 구정물을 마저 닦으면서도 괜히 마음이 찝찝했다. 애 울리고 도망쳤는데 사과라도 해야 하나. 그러나 누군지 몰랐고, 굳이 찾아내서 일을 벌이고 싶진 않았다. 유쾌한 만남은 아니었으니까.

구정물을 모두 닦은 뒤, 난 욱신거리는 등을 두드리며 철통에 새 물을 받으러 갔다. 그리고 그날의 일을 곧 잊었다.

그러나 그 재수 없는 꼬맹이를 다시 만나는 데는 오래 걸리지 않았다. 여느 때처럼 내 구역을 청소하다가 오드리의 부름을 받고 조엘리의 방으로 갔다.

"내 조카야. 여기서 잠시 함께 지내고 있지."

조엘리의 옆엔 작은 체구의 낯이 익은 아이가 서 있었다. 짧은 금발 머리에

얄궂은 표정을 짓고 있는 저 얼굴은 잊으려야 잊을 수 없다. 보랏빛 눈동자가 반짝반짝 빛을 내며 날 바라본다. 그 앞에서 난 침묵했다.

"이 아이가 당신 얘기를 하더라고. 당신을 꼭 만나고 싶다면서."

망했다. 난 이대로 방에서 뛰쳐나가고 싶은 마음을 억지로 억눌렀다. 하지만 여차하면 뛰쳐나갈 생각이었다.

"너 누구야."

"로버트, 인사부터 해야지."

"안녕. 너 누구야?"

아이는 내가 누군지 또렷이 기억하고 있었다. 또한 지금 이게 무슨 상황인지도 아주 잘 아는 듯했다.

"……앤이라고 합니다."

결국 내 소개를 듣게 된 아이, 로버트가 기쁘게 웃었다. 물론 순수한 웃음은 전혀 아니었다.

"앞으로 앤이 유모를 도와 로버트의 시중을 들게 될 거야."

"제가, 요?"

"응."

"제가 말인가요?"

"응, 앤이."

조엘리가 방긋 웃었다. 옆에서 로버트는 더 기쁘게 웃었다. 그 뒤에 서 있던 유모가 애써 웃으며 안타까운 시선을 보냈다. 조엘리의 시중을 들고 있던 앨리사는 흘끔흘끔 날 보며 못마땅한 표정을 지었다.

"잘 부탁해."

그 사이에서 난 그냥 울고 싶어졌다.

제9장

시녀님과 작은 도련님

난 그 재수 없는 꼬마 도련님의 시중을 드는 시녀가 되었다. 매일, 하루 종일, 아이의 곁에 찰싹 붙어 있어야 하는 신세가 된 것이다.

로버트라는 꼬마 도련님은 보통 아이가 아니었다. 누가 귀족 도련님 아니랄까 봐, 아이는 내가 자신의 아랫사람이란 걸 정확히 파악하고 있었다.

"가져와."

유모의 손에 들려 있던 숟가락을 뺏어 바닥에 던진 아이가 대뜸 명령했다. 정확히 날 바라보면서 바닥에 떨어진 숟가락을 손가락질했다.

"도련님, 그러시면 안 돼요."

유모가 나긋이 꾸짖으며 몸을 일으키려 했다. 그러자 로버트가 그녀의 허리를 붙잡고 일어나지 못하게 하더니, 또렷한 목소리로 다시 명령했다.

"못난이가 가져와."

"……"

"도련님!"

유모가 당황하며 내 눈치를 살폈다. 난 괜찮다는 뜻으로 웃어 주곤 숟가락을 집어 들었다. 그걸 앞치마로 닦고 유모에게 건네주려는데, 그녀가 쥐기도 전에

76

로버트가 뺏어서 다시 바닥에 던져 버렸다.

"더러워!"

"……"

"도련님, 왜 그러세요!"

아, 나 이거 어디서 봤는데. 또 누굴 떠올리게 하는데.

기시감이 스멀스멀 머릿속을 지배했다.

"어머니가 떨어진 거 쓰면 안 된대!"

"그럼 제가 새거 가져올게요."

"싫어! 가지 마!"

로버트가 다시 유모의 허리를 잡고 매달린 채 날 똑바로 바라보며 소리쳤다.

"네가 가!"

난 이를 으득 물고 억지로 입꼬리를 당겨 웃으며 걸음을 옮겼다. 방문을 열고 나오는 순간까지 웃음을 지우지 않았다. 물론 방 밖으로 나오자마자 소리 없는 비명을 내지르긴 했지만.

새 숟가락을 가지고 돌아와서도 상황은 반복됐다.

"새거!"

로버트가 수프를 얼마 먹다 말고 또다시 숟가락을 집어 던졌다. 당황한 유모가 내 눈치를 살폈다. 난 다시 입꼬리를 당겨 웃으며 부엌에 내려갔다.

부엌으로 들어가자마자 표정을 굳히고 주변을 두리번댔다. 곧 근처에 널려 있던 깨끗하게 말린 천을 집어 펼친 뒤 숟가락을 몽땅 넣고 단단히 감쌌다. 그걸 등 뒤로 숨기고, 숟가락 하나를 든 채 다시 방으로 돌아온 후 얼마 지나지 않아 또다시 같은 상황이 벌어졌다.

"도련님!"

유모가 꾸짖었지만 로버트는 들은 척도 안 했다. 난 괜찮다며 그녀를 말렸다. 그러곤 부엌에서 가져온 하얀 천을 등 뒤에서 꺼내 놓았다. 그녀의 눈이 휘둥그레졌지만 난 방긋 웃으며 천을 펼쳤다.

"얼마든지 준비되어 있습니다."

난 수십 개의 숟가락 중 하나를 골라 유모에게 건넸다. 또 필요하면 얼마든지 말해 달라고도 덧붙였다. 유모가 감탄한 얼굴로 숟가락을 건네받았다. 그 옆에서 로버트가 멍한 얼굴을 했다.

하지만 그 뒤로도 로버트의 만행은 계속됐다.

"저거 가져와!"

"만지지 마!"

"못생겼어!"

와, 참 누굴 떠올리게 하네. 어떤 남자라든지, 성격 지랄맞던 주인님이라든지, 개자식이라든지.

하지만 나도 질 생각이 없었다. 이래 봬도 내가 한때는 지랄맞은 주인님의 시중도 들어 본 사람이다. 끈기와 인내는 자신 있단 소리다.

숟가락 같은 물건을 던지면 수십 개를 가져와 미리 준비해 두었고, 그럴 수 없는 건 몇 번 다시 가져와 쥐여 주다가, 도가 지나치면 멀찍이 던져두고 건네주지 않았다. 달라고 하는 걸 들은 척도 안 했다. 만지지 말라고 해서 장갑을 낀 채 만졌고, 못생겼다고 해서 얼굴에 종이봉투를 뒤집어쓰고 나타나 로버트를 기겁하게 만들었다.

"너 싫어!"

"칭찬 감사합니다."

나쁜 말을 들어도 반대로 해석하는 능력까지 생겼다.

하지만 로버트의 고집도 상당했다. 아이는 좀, 많이 영악했다.

내가 가끔 치솟는 화를 참지 못할 때면 기똥차게 알아채고는 무섭다며 울음을 터뜨렸다. 누가 보면 정말 무슨 짓이라도 저지른 줄 알겠네. 로버트의 연기력에 황당할 지경이었다.

보면 볼수록 로버트는 누구와 똑 닮았다. 로버트보단 더 크고, 지지 않는 똥고집을 가진 어떤 남자와.

세상에. 그 남자 같은 사람이 또 있을 줄이야. 비극이다.

난 로버트가 스물세 번째로 던진 물건을 다시 가져오면서 처음으로 이 저택에 온 걸 후회했다. 지친 얼굴로 스물네 번째 날아가는 물건을 멀뚱히 응시했다. 다시 주워 오면 또 던져 버릴 거 같은데, 그냥 주워 오지 말까? 갈등하는 내 어깨를 유모가 토닥여 주었다.

"앤이 마음에 드시나 봐요."

대체 어디가요? 누가 봐도 지난번 일을 앙갚음하는 거 같은데.

하지만 이미 저 작은 도련님의 시녀가 된 이상 내가 할 수 있는 일은 열심히 시중을 드는 것뿐이었다. 게다가 가끔 유모가 자리를 비워 홀로 감당해야 할 때도 있었다. 조엘리가 군이 날 로버트의 시녀로 배정한 이유는 유모가 본가에 자주 다녀오기 때문이었다.

그런데 요새는 다른 생각이 들었다. 그냥 날 생고생시키고 싶었던 게 아닐까, 하는. 혹시 내가 뭐 잘못했나 싶기도 하고. 그냥 말로 해 주면 안 되나…….

"못난아, 가져와!"

방에만 있으니 답답해서 짜증을 부리는 건가 싶어, 복도로 나와 가볍게 걷던 중이었다. 로버트가 걸음을 멈추고 떨어뜨린 말 모양 나무 조각상을 가리켰다. 난 눈꼬리를 쭉 찢었다. 이름을 알려 주었는데도 로버트는 날 꼭 저렇게 불렀다. 분명 의도적인 거다.

"못난아, 못난아."

아후, 한 대 쥐어박고 싶네.

하지만 난 이 재수 없는 꼬마 도련님의 시중을 드는 시녀 신세였다. 저 작은 머리통을 쥐어박을 수 없다는 거다. 난 억지로 입꼬리를 당기며 떨어진 나무 조각상을 가져와 로버트의 손에 쥐어 주었다.

"도련님 4살?"

"아냐! 쪼끔만 지나면 5살이야!"

"네, 이제 훌륭한 5살이 되시는군요. 그럼……."

"응, 못난아. 나 저기 올라갈래."

로버트가 내 말을 끊고 위쪽을 손가락질했다. 난 순간 치솟는 분노를 겨우 억누르고 차분히 고개를 들었다. 로버트가 가리킨 건 지난번에 올라탔다 사달이 날 뻔한 커다란 말 철상이었다.

"안 됩니다."

"올라갈래!"

"위험하십니다. 방으로 돌아가시죠."

"싫어! 올라갈 거란 말이야!"

"그럼 복도를 걸으실까요?"

로버트의 관심을 떼어 내기 위해 손을 잡고 끌어당겼다. 로버트는 가기 싫다고 소리치며 질질 끌려왔다. 잠깐 걷는 동안에도 발악을 한다. 작은 손에 들고 있던 말 모양의 나무 조각상으로 날 팍팍 때리더니 갑자기 휙 던져 버린다.

벽에 부딪친 나무 조각상이 바닥으로 떨어졌다. 주워서 건네주자 다시 또 던져 버린다.

"올라갈 거야!"

"절대 안 됩니다."

고개를 젓는 내 손을 기어코 뿌리친 로버트가 철상의 다리를 붙잡고 매달렸다. 떼어 놓으려고 해도 어린 게 어찌나 힘이 좋은지 어떻게든 달라붙어 있으려고 용을 쓴다. 입을 꾹 다물고 고집을 부리는 모습이 쉽사리 물러날 거 같지 않았다.

"올라가고 싶어!"

"위험하세요."

"싫어! 갈래!"

"네, 그럼 방으로 돌아갈까요?"

난 로버트를 덥석 안아 올렸다. 아이가 놀라 눈을 동그랗게 떴다. 그러나 곧 인상을 찡그리고 몸을 퍼덕였다. 그 몸부림이 더 거세지기 전에 난 빠르게 로버트의 방으로 뛰어갔다.

방 안에 도착했을 땐 온몸이 땀으로 흠뻑 젖어 있었다. 오는 내내 로버트가 발광을 했기 때문이다. 갑자기 모든 게 피곤해졌다.

"너 싫어!"

지친 몸을 벽에 기댄 채 서 있는데 로버트가 볼을 빵빵하게 부풀고 날 쏘아봤다.

"싫어도 어쩔 수 없습니다."

그러자 통통한 볼이 더 불룩해진다. 난 차분히 어쩔 거냐는 얼굴을 했다. 로버트가 갑자기 울상을 지었다.

"내 장난감……."

"네?"

"장난감! 장난가아암!"

쩌렁쩌렁 울리는 목소리가 위협적이었다. 당황한 내가 대체 뭘 말하는 거냐고 물었지만, 로버트는 그저 장난감이라고만 소리칠 뿐이었다. 그러다 첫 만남 때부터 로버트가 손에 쥐고서 자주 던지던 나무 말 조각이 떠올랐다.

"아깐 막 던지시더니."

"장난감!"

"예. 여기 계세요."

로버트가 뛰쳐나가려는 걸 가로막고, 빠르게 방을 빠져나왔다. 로버트가 방 안에서 문을 쿵쿵 두드린다. 문손잡이가 손에 닿지 않아 문을 열 수 없기 때문이다.

등 뒤에서 울려 퍼지는 소리에 내 걸음이 빨라졌다. 복도를 다시 뛰어가 말 철상 근처에 도달했다. 주변을 샅샅이 살핀 끝에 로버트가 그토록 찾던 나무 말 조각을 발견했다.

"소중하면 던지질 말지."

말 조각을 이리저리 살펴보니 다행히 부러지거나 한 곳은 없었다. 로버트의 방 안엔 많은 장난감이 있었지만 아이는 항상 이 조각만 손에 꼭 쥐고 다녔다. 그만큼 좋아하는 물건이라는 의미일 텐데 막 다룬다.

확 잃어버렸다고 해 버려? 순간 그런 생각이 들었지만, 고개를 저었다.

"어린아이를 상대로 나도 참."

괜히 웃음을 터트리고 뒤돌았다. 그러자 아이가 두 번째로 좋아하는 커다란 말 철상이 눈에 들어왔다. 한쪽 벽면에 놓인 말 철상은 철로 만들어져 겉면이 매끈하고 탄탄했다. 공연히 몸통 쪽을 두드려 보았다.

대체 저길 왜 올라가고 싶어 하는 거지?

나는 멀뚱히 말 철상을 올려다봤다. 그러다 주변을 살피고는 몸통에 손을 짚었고 다리를 걸쳤다. 그런데 제법 높이가 높았다. 로버트는 그 작은 몸으로 대체 여길 어떻게 올라간 걸까. 낑낑거리며 몸을 끌어 올린 끝에 겨우 말 철상 안장에 올라탈 수 있었다.

힘겨운 숨을 토하고 몸을 바로 세웠다. 아찔한 높이였다. 말의 목에 팔을 두르고 아래를 내려다보자 기다란 복도가 한눈에 들어왔다. 고개를 조금 더 들어 올리면 창밖 너머의 풍경까지 내다볼 수 있을 정도였다. 누가 오는지도 잘 보이겠네.

"구경하기 좋겠네."

아직 키가 작으니 높은 곳이 신기할지도 모른다. 아니면 내려다보는 게 좋거나. 후자 쪽으로 더 마음이 기울었다.

나도 주로 올려다보는 축이었다. 그래서 이렇게 내려다보는 게 신선했다. 다리를 까딱까딱하며 높은 곳의 공기를 만끽했다.

"거기서 뭐 하세요?"

화들짝 놀라 아래를 내려다보니 로버트의 유모가 서 있었다. 높이를 너무 만끽하느라 누가 오는지도 몰랐다. 그녀는 정말 이상한 사람을 보듯 날 올려다보고 있었다.

난 말없이 얌전히 아래로 내려갔다.

"외출하신다더니 돌아오셨나 봐요."

"네. 도련님은요?"

"방에 계십니다. 이걸 떨어뜨리셔서 다시 가져가던 길이었습니다."

난 손안에 든 나무 조각을 흔들었다. 유모가 고개를 끄덕였다.

"도련님이 소중히 여기시는 거예요."

"그렇군요."

"주인마님께서 선물해 주신 거라 손에서 놓질 않으세요."

정말 소중한 거였구나. 손때가 묻은 말 조각상을 살펴봤다. 일부러 던진 뒤 다시 주워 오라고 명령하기에 몇 번 오기로 무시한 적이 있었는데, 그때 직접 나무 조각을 줍던 로버트가 떠올랐다. 괜스레 기분이 이상해졌다.

"그런데 방금 전에는?"

"……"

난 입을 다물고 몸을 돌렸다. 등에 의아한 시선이 꽂혔지만 모르는 척했다. 그렇게 불편한 동행 끝에 로버트의 방문 앞에 다다랐다.

방 안에선 별다른 기척이 느껴지지 않았다. 지친 건가 생각하며 문을 열다가 깜짝 놀랐다. 문 앞에 양손을 축 늘어뜨린 채 엎드려 있는 작은 몸은 방금 전까지 방문을 두드리던 로버트였다.

"도련님!"

유모가 쓰러진 아이에게 다가갔다. 난 빠르게 방 안을 살폈다. 혹시 이상한 사람이 침입했다든지 뭔가를 밟고 넘어진 것은 아닌지 살펴보았지만 그런 흔적은 없었다.

로버트는 죽은 듯이 눈을 감고 있었다. 난 불안함에 로버트의 안색을 살폈다.

"도련님이 왜 이러시는 걸까요? 자꾸 나가시려고 하기에 위험할 것 같아서 일단 억지로 방 안에 뒀는데, 무슨 일이 있으셨던 걸까요? 혹시 어디 안 좋으신 건지……."

"잠드신 거예요."

"네?"

나와 달리 금세 차분해진 유모가 로버트를 품에 안고 등을 토닥였다. 그녀의 말대로 어깨에 뺨을 기댄 로버트에게서 고른 숨소리가 들려왔다. 그제야 마음이 좀 놓였다. 너무 살벌하게 쓰러져 있어 무슨 일이 생긴 줄 알았네.

잠시 몸을 뒤척이던 로버트가 눈을 반쯤 떴다. 아이의 시선이 내게 향하자 짐짓 긴장하고 있는데, 멍한 보랏빛 눈동자가 물기로 번들거렸다.

"엄마……."

"네, 도련님. 걱정 마시고 주무세요."

유모가 다시 로버트의 등을 토닥였다. 작은 손이 그녀의 옷자락을 움켜쥐었다. 다시 눈을 감기는 했지만, 얼굴을 찡그리고 있었다. 마치 악몽이라도 꾸는 것처럼. 닫힌 눈꺼풀 사이로 눈물방울이 툭 떨어져 유모의 어깨를 적셨다.

로버트를 달랜 뒤 침대에 눕힌 유모가 날 돌아보더니 다정히 웃었다. 내 마음을 읽은 듯하다. 난 걱정스러움에 연신 로버트의 상태를 살피고 있었다.

"죄송합니다."

고집쟁이 어린애라는 생각에 안일하게 행동했다. 그래도 아직 어린데, 문을 두드리며 울었을지도 모르는데, 그걸 알면서도 모른 척했다. 그 모든 게 다 후회스럽고 로버트에게 미안했다.

허리를 굽히자 유모가 당황하며 손을 내저었다.

"아니에요. 그냥 잠드신 것뿐인데요."

"이번에는 다행히 아무 일도 없었지만, 도련님을 혼자 두고 자리를 비운 건 제 불찰입니다. 계속 도련님 곁에 있어야 했는데."

"도련님 물건을 가져오기 위해 잠깐 자리를 비운 거잖아요. 괜찮아요."

친절히 웃으며 말한 유모가 다시 로버트를 바라봤다. 통통한 뺨을 문지르고 이마를 쓸어내리는 손길에서 애정이 묻어 나왔다.

"도련님 시중들기가 많이 힘들죠?"

"아니에요."

"나한테는 솔직하게 말해도 괜찮아요. 도련님이 유독 앤한테 투정을 부리시죠."

"……아닙니다."

바로 아니라고 답할 수가 없었다. 그런 내 마음을 이해한다는 듯이 유모가 짧게 웃음소리를 흘렸다.

"외로우셔서 그래요."

갑작스러운 말에 유모의 뒤통수를 바라보자, 그녀가 다시금 말을 이었다.

"주인어른께서 일찍이 사고로 세상을 떠나시고, 주인마님마저도 가문의 일로 바쁘시다 보니 도련님과 함께하실 시간이 없으셨지요. 하루 종일 얼굴을 뵙지 못할 때도 많았죠. 도련님이 걸음마를 뗄 수 있게 되었을 땐 이미 그게 당연한 일상이 되었어요. 이 저택에 온 것도 주인마님 없이 지내시는 도련님의 외로움을 달래기 위해서예요."

전혀 몰랐다. 워낙 쾌활한 성격이라 그런 기색은 전혀 느끼지 못했는데……. 저 얄미운 얼굴 뒤에 슬픈 사연이 숨겨져 있을 줄이야.

"하지만 이곳에서도 곁에 있어 주는 건 저뿐이니 여전히 많이 외로우셨던 거죠. 그러던 차에 앤이 나타났으니 얼마나 기쁘셨겠어요."

장난칠 대상이 생긴 게?

"매일 곁에 있어 줄 사람이 한 명 더 생겼잖아요."

"……."

"아무리 못되게 굴고, 투정을 부려도 자신의 곁을 떠나지 않으니까 도련님은 그게 기쁘셨을 거예요."

웃음 섞인 목소리가 나긋이 울렸다. 난 눈동자를 데굴 굴렸다. 아직 어린 로버트의 속사정이 안타까워 그녀의 말이 퍽 슬프게 들려왔지만, 저 아이가 내게 한 행동들을 떠올리면 슬픔은 금세 분노로 바뀌었다.

두 번 외로웠다가는 내 머리 터지겠네.

"그러니 어린아이가 외로워서 투정 부리는 거라고 이해해 주세요."

다시 날 돌아보며 웃는 유모에게 차마 반박할 수 없어 고개를 끄덕였다. 도련님은 고집이 있으시니 요구하시는 건 최대한 들어주는 게 좋다는 조언도 건네줬다. 별로 큰 도움이 되는 조언은 아니지만 난 그냥 고개를 끄덕끄덕했다.

그럼 말 철상 위에 올라가고 싶다는 것도 들어줘야 하는 건가? 내 고민을 눈치챘는지 유모가 일갈했다.

"말 철상에 올라가는 건 위험하니 들어주지 마시고요."

"알겠습니다."

마지막으로 고개를 주억거리고 다시 로버트를 바라봤다. 어느새 평온한 얼굴이 되어 고른 숨소리를 색색 토해 내고 있었다. 자는 모습만큼은 동화책에 나오는 귀여운 아기 천사 같네.

"못난아, 음냐."

몽글몽글해지던 마음이 순식간에 푸스스 흩어졌다.

이번엔 유모님이 잘못 안 거 같다. 얘는 내가 싫은 게 확실해.

□ ◆ □

"어? 어디 가?"

멀리서 조니가 알은척을 해 왔다. 손까지 흔드는 얼굴에선 웃음이 한가득하다. 왜 저래. 인상을 썼지만, 그런 내 반응에도 아랑곳하지 않고 조니가 반갑게 다가왔다. 상대해 주기 싫었다. 재빨리 도망치려 했으나 내 앞길을 기어코 막아선다.

"너 피곤해 보인다? 바쁜가 보네."

"그래. 굉장히 바쁘니까 저리 비켜."

오른쪽으로 한 걸음 움직이자 조니가 따라 앞에 섰다. 이번엔 왼쪽으로 옮기니 또 따라 걸음을 내디딘다. 이게 진짜? 내 딴엔 험악한 표정을 지었는데 통하지 않는지 조니가 방그레 웃으며 양손을 퍼덕거린다.

"잠깐 내 말 좀 들어 봐. 글쎄, 앨리샤가 말이지!"

허락하지도 않았는데 조니가 조잘조잘 앨리샤와의 일을 꺼내 놓기 시작했다. 난 지끈거리는 이마를 부여잡았다.

저번에 잘해 보라는 조언이 먹혔는지, 조니와 앨리샤의 사이가 급격히 좋아졌나 보다. 그 뒤로 조니는 날 만날 때마다 앨리샤와의 일들을 주절주절 말해 주었다. 앨리샤가 이랬다는 둥 저랬다는 둥. 난 전혀 듣고 싶지 않은데도 말이지.

"그래서 말이야."

"비켜. 바빠."

"알아. 이것만 듣고 가."

난 지금 피곤하고 지쳤다. 게다가 남의 연애 얘기 따윈 들어 주고 싶지 않았다. 저리 비키지 않으면 가만 안 두겠다는 듯 눈을 부릅뜨자, 그 기세를 느꼈는지 조니의 주절거리던 목소리가 뚝 멈췄다.

"아, 알겠어. 그럼 다른 얘기 하자."

"다른 얘기, 뭐."

"너 요새 어때? 꼬마 도련님 시중을 들게 되었다며."

"나야 뭐."

……까지 말하고 깊은 한숨을 뱉었다. 그러곤 세상 다 산 노인처럼 허탈하게 웃었다. 조니가 눈을 동그랗게 떴다.

"많이 피곤해 보인다?"

"아니라곤 못 하겠네."

"왜, 그 작은 게 사용인이라고 막 무시해?"

그렇다고 해야 할지 아니라고 해야 할지. 무시하긴 하지만 엄청 심하게 구는 건 아니었다. 그보다 더한 무시도 당해 본 터라 이 정도는 코웃음 치며 넘길 수 있었다. 그 변덕스러운 투정도 상대가 어린애이기에 어느 정도 참을 수 있었고, 지난번 유모가 말한 대로 외로움에 기반했다고 생각하면 나름 안타까운 마음도 생겼다.

물론 그 마음이 오래가지는 못했지만.

로버트는 지치지도 않고 내게 계속 투정을 부렸다. 좋게 말해 투정이지, 성질부리는 거에 가까웠다. 유모님, 역시 말씀이 틀리신 거 같아요. 그냥 날 싫어하는 거잖아.

난 고개를 절레절레 저었다. 자꾸 오냐오냐만 하니 저렇게 건방진 성격이 되는 거다. 옆에서 누군가 따끔히 안 된다고 말해 줘야 하는데 로버트의 곁엔 그런 사람이 없었다. 짧은 생을 함께한 유모는 너무 로버트의 투정을 받아 주기만 했다.

"저택엔 잠시 동안만 계시는 거라며? 그럼 조금만 참아."

"나도 알아."

알지만, 이따금 다 때려치우고 싶은 순간이 있었다.

바로 지금처럼.

"나가고 싶어."

"안 됩니다."

"나가고 싶어!"

로버트가 바닥에 벌러덩 드러누워 양손과 양다리를 퍼덕였다. 짧은 다리를 힘껏 뻗어 내 무릎을 퍽퍽 친다. 고통이 심해질수록 인내가 점점 분노로 바뀌었다.

로버트는 주로 방에서 장난감을 가지고 놀거나, 철상 주변을 서성이며 시간을 보냈다. 유모가 있을 땐 바깥 산책을 나가기도 했지만 나와 있을 땐 방에 있거나 복도를 돌아다니는 게 전부였다. 유모는 내게 단둘이 있을 땐 저택 안에만 있어 달라고 부탁했다.

'아직 어리시니까요. 게다가 워낙에…… 아시죠?'

알다마다요. 어디로 튈지 모르니 외출은 자제하라는 소리다.

"나갈래! 나갈 거야!"

그런데 오늘따라 작은 도련님의 투정이 너무 심하시다.

"나중에 유모님 오시면 같이 나가요."

"지금 가!"

"우리끼리만 나가면 유모님이 섭섭해하실 거예요."

"나중에 유모랑도 나가면 돼."

"……."

로버트는 또래에 비해 말이 빠른 편이기도 했지만, 특히 이럴 때 또박또박 말을 잘했다. 잘 배운 티가 이런 데서 나타났다.

바닥을 데굴데굴 구르는 로버트를 보며 난 할 말을 잃었다. 오늘은 바닥 청소를 할 필요가 없겠네. 게다가 귀가 먹먹할 정도로 비명을 지르는 통에 정신을 차릴 수가 없었다.

역시 저 똥고집은 예전에 모시던 주인님 못지않다. 더 심한 거 같기도 하고. 목숨이 달린 일이라 그에겐 비장의 수를 썼지만 아이에게까지 그럴 순 없었기에 내 속만 타들어 갔다.

"그러지 말고 우리 다른 거 해요."

"다른 거?"

데굴데굴 구르던 걸 멈추고 로버트가 눈을 휘둥그렇게 떴다. 난 고개를 끄덕였다.

"네, 도련님이 하고 싶으신 거요."

로버트가 잠시 고민하는 듯하더니 활짝 웃었다.

하지만 그 다른 거 또한 내겐 그다지 달가운 것이 아니었다. 로버트가 말 철상의 다리를 꼭 잡고 날 간절히 바라봤다.

"올라가고 싶으세요?"

로버트가 고개를 한 번 끄덕였다. 대체 왜 자꾸 저길 올라가려는 거지? 눈빛을 초롱초롱 빛내는 로버트를 보며 난 갈등했다. 로버트가 요구하는 건 최대한 들어주라던 유모도 이것만은 안 된다고 했는데.

그런 내 마음을 알아챘는지 로버트가 얼굴을 찡그렸다. 곧 울음이 터져 나올 듯해 난 서둘러 로버트를 품에 안아 들었다.

"얌전히 계셔야 해요."

"응!"

그제야 로버트가 활짝 웃는다.

영 믿음직스럽지 못했지만 잠깐만 올라갔다 내려오면 되겠지. 난 로버트를 힘껏 들어 안장 높이까지 올렸다. 작은 몸이 뒤뚱거리며 안장에 올라탔다.

아이가 눈을 반짝이며 위험하게 몸을 쭉 뺐다. 난 당황하며 로버트의 다리를 꼭 붙잡았다.

"도련님, 위험해요. 말을 꼭 붙잡으세요."

"응, 응."

대답은 잘하면서 자꾸 몸을 앞으로 뺐다. 아래를 내려다보는 게 아니었다. 그보다 더 먼 곳에 시선이 향해 있었다. 그게 이상해서 나도 로버트가 보는 방향으로 고개를 돌렸다. 로버트가 보는 건 창밖 너머였다.

창밖 너머엔 저택을 둘러싼 나무들밖에 없었다. 지나다니는 사람도 저택의 사용인 몇 명이 전부였다. 그런데도 로버트는 창밖에서 시선을 떼지 못했다. 목을 쭉 빼고 연신 밖을 내다보려 한다. 꼭 뭔가를 보려는 것처럼.

대체 뭘 보려는 거지?

그런데 반짝거리던 눈동자가 점차 빛을 잃어 가고, 작은 얼굴이 시무룩해졌다. 그 변화가 의아했다.

"로버트."

불현듯 들리는 목소리에 화들짝 놀랐다. 언제 다가왔는지 조엘리가 옆에 서 있었다. 그녀는 혼자였다.

로버트의 시무룩한 얼굴이 조엘리에게 닿았다.

"어머니는 안 오신단다. 내려오렴."

조엘리의 말에 로버트가 날 내려다보더니 몸을 들썩였다. 철상에서 내려오려고 한다는 걸 깨달았다. 아까까지만 해도 내 말은 듣지도 않더니 이번엔 순순한 태도다. 난 양팔을 들어 로버트를 조심히 품에 안았다. 로버트가 내 가슴에 얼굴을 파묻었다.

방으로 돌아와 로버트를 침대에 눕혔다. 나가자고 난리 치던 게 무색하게 로버트는 조용해졌다. 베개에 얼굴을 파묻고 잠시 꼼지락대더니 금세 잠이 들었다.

혹시라도 숨이 막힐까 싶어 고개를 살짝 옆으로 돌려 주었는데, 잠든 얼굴이 뚱해 보였다. 눈 밑이 젖어 있는 걸 보니 운 거 같다.

눈물 자국을 닦아 주고 가슴께로 시트를 덮어 주었다. 잠시 머리를 쓰다듬어 주다가 조심히 방을 나갔다. 조엘리가 날 기다리고 있었다.

"오랜만이네."

"네. 왜 돌아가시지 않고 여기 계세요?"

"심심해서. 얘기나 나눌까."

그녀가 다정히 웃으며 몸을 돌렸다. 따라오라는 건가? 잠시 고민하다 그 뒤를 총총 따라갔다.

"로버트 고집 받아 주느라 힘들지?"

"아닙니다."

"아니긴. 방금 전에도 고민하는 거 같던데. 저기에 올려 줘야 하는지, 말아야 하는지."

"……."

"이해해. 애가 외로워서 그래."

유모에게도 들었던 말이었다. 난 조엘리 쪽으로 더 다가가며 물었다.

"도련님은 왜 철상에 올라가시려는 걸까요?"

"기다리는 거지."

"누구를요?"

그러다 떠오르는 게 있었다.

로버트의 어머니.

"제 엄마를."

아, 그제야 로버트가 숱하게 철상에 집착했던 이유를 알았다. 성인도 올라가기 힘든 말 철상에 짧은 다리로 버둥대며 올라가려던 건, 창밖을 내다볼 수 있기 때문이다. 말의 머리가 저택 문 쪽을 향해 있어, 누군가 들어오는 걸 한눈에 볼 수 있었다.

로버트는 매일 기다리고 있던 거다.

엄마가 자신을 만나러 오기를.

"앤은 로버트의 친모에 대해 들은 게 있어?"

"유모님께 대충 사정은 들었습니다."

"그녀는 많이 바쁜 사람이야. 혼자 남편의 가문을 이끌어 가느라 자식 얼굴을 볼 시간조차 없거든. 그래도 잘 이끌고 있기는 하지. 정말 대단하고 강한 아이야. 어릴 때도 마냥 여려 보이는데 속은 강단 있고 대범했어."

"……"

"하지만 엄마로서는 솔직히 영 아니지."

조엘리가 혀를 찼다. 냉정한 평가였지만 틀린 말은 아니었다. 로버트는 위험하고 높은 철상에 올라갈 만큼 외로워하고 있었다.

"로버트는 마음이 아픈 거야. 가슴이 뻥 뚫렸는데 채워 주지 않으니까 슬픈 거지. 착한 말만 하고 얌전히 기다렸는데도 기다리는 사람은 오지 않고, 화도 낼 수 없으니까 애먼 투정을 부리는 거랄까. 사람이 아프면 짜증 나잖아?"

"네, 압니다."

몸의 병이든 마음의 병이든 아프면 힘들고, 짜증이 난다. 내 고통을 누가 알아줬으면 하는 마음에 투정을 부리게 된다.

"잘 알고 있습니다. 너무 외로워서, 누군가 곁에 있어 주었으면 하는 것도요."

난 그런 사람들을 잘 알고 있었다.

시력을 잃고 방에만 처박혀 고통과 싸우던 그 남자 또한.

순간, 오랜 기억이 다시금 머릿속을 지배하려 했다. 안 돼. 난 본능적으로 그 기억을 치워 냈다. 슬픔이 날 옭아매려 한다. 난 찌릿한 가슴께를 부여잡고 도리질했다. 그러다 고개를 들었을 때 어느새 걸음을 멈췄다는 걸 깨달았다. 그리고 조엘리가 날 보고 있었다.

고운 얼굴에서 상냥함이 사라졌다. 그녀의 눈빛이 날카로웠다. 방금 전까지 풀어져 있던 분위기가 순식간에 딱딱하게 굳었다. 내가 뭐 잘못 말했나? 당황하며 눈치를 보는데 곧 조엘리가 다시 웃었다.

"그래도 착한 아이야."

그녀가 내 어깨를 토닥였다. 애써 웃었지만 차마 그렇다고 받아칠 수는 없다. 적어도 내게는 착한 아이가 아니었다. 고개를 젓는 대신 침묵하자 조엘리가 내 마음을 꿰뚫은 듯 짓궂게 눈을 휘었다.

"귀여운 고집이라고 생각하고 봐줘."

"명심하겠습니다."

"후후."

유모에게도 들었던 조언이지만 이번엔 좀 더 와닿았다.

"앤에 대해서는 유모한테 말 많이 들었어."

"어떤 얘기를요?"

"음, 성실하다고."

유모님……! 난 곱게 웃는 그녀를 떠올리며 감동했다. 몰래 저런 말씀을 해주시고 계셨구나. 하필 이때 자리를 비웠냐며 원망하던 마음이 쏙 들어갔다.

"또 로버트를 대하는 방법이 제법이라고. 로버트가 숟가락을 던질 때마다 수십 개를 가져와서 건네준다면서?"

유모님……. 고운 얼굴이 와장창 깨졌다. 감동이 푸스스 꺼졌다.

"후후. 재밌는 사람 같다고 했어."

"네……."

"나도 그렇게 생각하고."

그게 무슨 말이냐고 묻는 시선을 보냈지만 조엘리는 그저 웃기만 할 뿐이었다. 그러더니 손을 내젓고 그만 가 보라고 했다. 멀어지는 그녀를 보며 난 고개를 갸웃했다. 로버트를 잘 부탁한다고 말하려고 온 걸까?

그날 이후로 로버트는 더 이상 철상에 올라가고 싶다고 떼쓰지 않았다. 오히려 시무룩한 채로 방 안에만 처박혀 있었다. 말을 걸어도 답을 잘 하지 않았고 뭔가 하려고 하지도 않는다. 발랄하다 못해 난감할 지경이던 모습은 거짓말인 것처럼 얌전해졌다.

그런 상태가 며칠째 이어지니 불안했다. 유모라도 있으면 뭔가 해 볼 텐데, 그녀는 뭔 일이 있는지 외출해서 돌아오지 않았다. 그래서 나 혼자 다른 의미로 난감한 상황을 마주해야 했다. 차라리 고집을 부리던 때가 더 나았다는 생각이 들 정도로 로버트는 침울해했다.

달래 줘야 하나. 유독 작아진 뒷모습을 보며 어찌해야 할까 고민했다. 하지만 마땅한 방법이 떠오르지 않았다. 결국 고민 끝에 비장의 수를 꺼내 놓았다.

"도련님, 산책 갔다 올까요?"

"산책?"

로버트가 우울한 얼굴로 물었다. 난 고개를 끄덕였다. 며칠 전 밖에 나가고 싶다고 하던 게 떠올랐다. 먼 곳까지 나가는 건 안 되지만 근처에서 빙빙 도는 것 정도는 괜찮지 않을까 싶다.

로버트도 관심이 생겼는지 우울한 표정을 지우고 눈을 반짝였다.

"응! 산책 가!"

금세 쾌활해져 연신 고개를 끄덕이는 모습을 보자 내가 속은 건가 싶기도 했다. 그러나 이미 뱉은 말을 주워 담을 수는 없었다.

대신 허락을 받기로 했다. 유모는 없었지만 다행히 이 저택엔 로버트의 또 다른 보호자가 있었다.

"좋아. 다녀와."

조엘리가 심드렁한 얼굴로 손을 휙휙 저었다. 오늘도 그녀는 거의 헐벗은 차림이었다. 어깨에 아슬아슬하게 걸쳐진 시트가 다 내려가기 전에 그녀가 침대로 픽 고꾸라졌다. 그녀의 곁엔 어젯밤을 함께한 구릿빛 피부의 남자가 누워 있었다.

그렇게 허락을 받고 마음 편히 로버트의 손을 꼭 잡은 채 저택 밖으로 나왔다. 외출하는 게 기쁜지 로버트는 연신 싱글벙글했다.

"도련님, 제 손을 꼭 잡고 계셔야 해요. 손 놓으시면 바로 돌아갈 겁니다."

"응, 못난아."

어째 저 주둥이까지 팔팔해졌다. 못난이 소리 좀 안 할 수 없나?

로버트와 나란히 손을 잡고 천천히 걸어갔다. 저택 주변을 한 바퀴 빙 돌고 난 뒤, 다시 같은 길을 걷고, 또다시 걸어 저택 문 앞에 도착했다. 그렇게 세 바퀴를 도니 로버트의 얼굴에서 웃음이 사라졌다.

"저기 가고 싶어!"

불현듯 걸음을 멈춘 로버트가 숲속을 가리켰다. 난 단호히 고개를 저었다.

"안 돼요."

"가고 싶어! 가고 싶어!"

"절대 안 됩니다."

"갈래!"

"그럼 방으로 돌아갈까요?"

여차하면 어깨에 둘러메고서라도 돌아갈 수 있었다. 내가 양팔을 펼치자 이미 한번 경험이 있는 로버트가 입을 꾹 다물었다. 그러나 입술을 툭 내밀고 둥근 눈을 힘껏 찡그리며 노골적인 불만을 표출했다. 난 모르는 척 다시 저택 주변을 빙글빙글 돌았다.

하지만 로버트의 얼굴에서 처음 본 설렘은 돌아오지 않았다. 얼굴을 찡그리던 로버트가 결국 울상을 짓고 날 올려다봤다. 손가락 끝이 다시 숲속을 가리킨다.

"저기 가면 안 돼?"

"안 돼요."

이번에도 단호히 말하자 로버트는 잠시 말이 없었다. 우는 건가 싶었는데 대뜸 내 허리를 꽉 껴안는다.

"앤."

지금 뭐라고 하셨어요? 눈을 부릅뜨고 로버트를 바라보았다. 방금 전에 내가 무슨 소리를 들은 거지 싶었다.

"앤, 앤."

"……!"

로버트가 다시금 날 불렀다.

세상에. 난 경악한 채로 굳어 버렸다. 로버트의 입에서 내 이름이 또박또박 흘러나왔다. 로버트가 고개를 빠끔 들고 날 올려다봤다. 눈물로 촉촉이 젖은 보랏빛 눈동자가 간절함을 담아 반짝였다. 그 반짝거림이 내 피부를 콕콕 찔렀다.

"가자. 응? 응?"

로버트가 내 배에 얼굴을 비비고 몸을 흔들며 귀여운 투정을 부렸다. 정말 '귀여운' 투정이었다. 물건을 던지고 성질부리는 게 아니었다. 금발 사이로 솟아오른 토끼 귀가 축 늘어지는 환상이 보이는 듯했다. 로버트가 한껏 귀여운 표정을 지으며 날 꼬시고 있었다.

"앤, 가자아아—"

"으윽."

게다가 난 이런 투정에 약했다. 차라리 성질을 부리는 쪽이 더 대하기 쉬웠다.

로버트가 뒤꿈치를 들었다. 반짝임이 한층 가까워졌다. 손으로 눈가를 가렸지만 소용없었다.

"응? 응? 으으응?"

"으윽, 윽."

피부를 톡톡 찔러 대는 귀여움에 평정심이 무너져 내렸다.

결국 내가 졌다. 작정하고 보여 주는 귀여움을 당해 낼 수가 없었다. 난 귀여움에 면역력이 약했다. 혹시 이런 모습 때문에 유모가 로버트의 투정을 받아 주는 걸까! 그렇다면 그녀가 이해되었다.

"와아! 와!"

로버트가 활짝 웃으며 숲속을 두리번댔다. 난 그 작은 손을 꼭 잡고 몰래 한숨을 터트렸다. 이거 걸리면 큰일인데. 심장이 불안함에 쿵쿵 뛰어 주변을 제대로 둘러볼 수조차 없었다.

"못난아, 저기로 가자!"

로버트는 금세 태도를 싹 바꿨다. 아까 이름을 부른 게 거짓말인 것처럼 다시 못난이를 입에 달고 있었다. 영악하다, 영악해.

"가자!"

"네, 네. 천천히 가요."

난 뒤쪽을 흘긋대며 걸음을 내디뎠다. 저택과 멀지 않은 곳까지만 갈 생각이었다. 그런데 자꾸 로버트가 안쪽으로 들어가자고 재촉했다.

"더 가자! 더!"

"안 돼요. 더 가면 저 유모님한테 혼나요."

"우."

로버트가 볼을 빵빵하게 부풀렸지만 안 되는 건 안 되는 거다. 난 다시 저택과의 거리를 가늠했다.

로버트에게 시선을 주자 방금 전처럼 촉촉한 눈동자로 날 간절히 바라보고 있었다. 이번에도 내게 반짝거림이 쏟아졌지만 난 고개를 돌려 피했다.

"안 됩니다."

그러자 로버트가 말이 없었다. 슬쩍 보니 어깨를 축 늘어뜨린 채 노골적으로 실망한 티를 내고 있었다. 난 가슴께를 부여잡고 갈등했다. 들어줘? 말아?

'아직 어리시니까요. 게다가 워낙에…… 아시죠?'

다정하게 웃으며 단호히 말하던 유모님의 목소리가 귓가에 맴돌았다. 아시죠? 아시죠? 아니요, 모르겠어요. 살려 주세요, 유모님. 전 이런 거에 약하다고요!

"그, 그럼 아주 조금만 더 가는 거예요. 열 발자국 정도?"

"응!"

로버트가 기다렸다는 듯 활짝 웃었다. 방금 전까지 기운 없어 보이던 모습이 금세 사라졌다. 아, 이번에도 속은 거 같은데.

결국 열 발자국에서 더 나아갔다. 로버트는 연신 숲속을 훑었고 이번엔 나도 느긋이 주변을 살폈다. 그런데 어쩐지 아까부터 숲속 풍경이 익숙했다. 하늘을 빽빽하게 채운 나무와 주변에 우거진 풀까지, 흔하디흔한 풍경인데도 묘한 기시감이 들었다.

언젠가 여길 와 본 거 같다.

'그럴 리 없지.'

괜한 생각을 떨치고, 열 발자국에서 두 발자국 더 움직인 뒤에 멈춰 섰다. 로버트가 또다시 울상을 지었지만 이번엔 단호하게 고개를 저었다. 피부를 찌르는 반짝임에도 지지 않았다. 이미 저택에서 꽤 멀리 떨어진 곳까지 와 버린 상태였다.

"돌아가요."

귀여움이 통하지 않자 다시 고집을 부리기 시작한 로버트를 끌고 갔다. 움직이지 않으려 해 질질 끌었다. 한참 억지로 끌려오던 로버트가 대뜸 내 손을 뿌리쳤다.

"갈 거야!"

"도련님!"

숲 안쪽으로 달려가는 로버트를 따라 뛰었다. 아이는 짧은 다리로도 열심히 뛰어갔다. 하지만 아직은 어린애였기에 따라잡긴 어렵지 않았다.

그 작은 몸을 붙잡는 순간, 로버트가 강하게 발버둥 치는 바람에 중심을 잃었다. 옆은 가파른 내리막길이었다. 로버트와 내 몸이 내리막길 쪽으로 기울었다. 난 본능적으로 로버트를 품에 꼭 안았다.

'아직 어리시니까요. 게다가 워낙에…… 아시죠?'

'네.'

고개를 끄덕이니 유모가 안도하는 얼굴을 했다.

로버트는 가끔 밖으로 나가고 싶어 했다. 유모는 투정이 심할 때를 제외하곤 대부분 달래 주는 걸로 마무리했다. 아마도 위험하기 때문이겠지.

하지만 지금 생각하면 로버트는 엄마에게 가고 싶었던 건지도 모른다. 갈 수 없기에 들어주지도 못하는 걸지도.

뭐, 저 천방지축으로 행동하는 태도가 가장 큰 이유일 테지만.

"으, 머리 아파."

뒤통수가 저릿했다. 잠깐 꿈을 꾼 거 같은데…… 그 전에 내리막길을 데굴

데굴 굴렀던 건 확실하다. 다행히 땅을 가득 메운 푹신한 낙엽이 충격을 완화시키는 역할을 해 주었다.

거기까지 생각하다 난 벌떡 일어났다.

"도련님!"

로버트를 찾아 주변을 두리번거리려는데 바로 옆쪽에 누워 있었다. 그런데 눈을 감고 있어 불길했다. 슬쩍 가슴께에 귀를 대자 쿵쿵 심장 소리가 들려왔다. 그제야 안도의 숨을 터트리고 주변을 둘러봤다.

위쪽으로 보이는 언덕과는 거리가 제법 멀었다. 꽤 아래까지 굴러 내려온 듯하다. 누군가 지나가다 우리를 발견할 거란 기대는 품지 못하는 높이였다. 결국 직접 올라갈 수밖에 없었다.

난 비틀거리며 몸을 일으켜 세웠다. 온몸이 낙엽으로 지저분했다.

낙엽을 털어 내고 있는데 불현듯 맞은편 나뭇가지 사이로 뭔가가 보였다. 그러니까 허연 건물 같은 게……. 나도 모르게 그쪽으로 걸음을 옮겼다. 낙엽이 발끝에 뭉개져 사락사락 비명을 질렀다. 심장이 이상하게 뛰었다.

막 눈앞을 가로막은 수풀을 헤치려던 순간.

"으앙!"

로버트가 정신을 차렸다. 난 깜짝 놀라 바로 로버트에게 달려갔다. 우는 건가 싶었는데 그건 아니었다. 울상이긴 했으나 그저 보랏빛 눈동자를 껌뻑거릴 뿐 눈물을 흘리진 않았다.

"도련님, 괜찮으세요?"

"……다."

"네?"

"재밌다!"

로버트가 활짝 웃었다. 그러곤 몸을 벌떡 일으키더니 낙엽이 덕지덕지 묻은 것도 모른 채 다시 하자고 날 조른다. 난 황당해서 말문이 막혔다. 그래도 멀쩡해 보여 다행이었다.

다시 굴러 보자며 로버트가 고집부렸지만, 단호히 거절한 뒤 손을 붙잡고 위로 올라갔다. 길이 제법 가팔라 끝까지 다 올라갔을 땐 꼴이 말이 아니었다.

머리와 몸에 묻은 낙엽을 털고, 로버트의 옷매무새도 다듬었다.

"어디 아프신 곳은 없으세요?"

"요기 아파."

작은 손이 무릎을 가리켰다. 무릎께가 깨져 피가 흘렀다. 내리막길을 구르다가 잘못 찧었나 보다.

난 당황하며 로버트의 무릎을 살폈다.

"많이 아프세요?"

"안 아파."

"아까는 아프시다면서요."

"응, 안 아파."

아프다는 거야, 안 아프다는 거야? 찡그림 하나 없는 얼굴이 말갛다. 정말 아프지 않은 건가 싶어 가슴을 쓸어내렸다.

앞치마를 끌러 로버트의 무릎에 댔다. 살짝 인상을 찡그렸지만 평소처럼 칭얼대진 않았다. 오히려 의외의 참을성을 보여 줘서 좀 놀랐다. 그사이 난 앞치마를 찢고, 상처를 감쌌다.

"업어 드릴까요?"

로버트가 눈을 동그랗게 떴다. 그러나 쉽게 답하지 못하고 머뭇댄다. 그 모습이 꼭 부끄러워하는 것 같았다. 아까부터 평소와는 다른 반응에 눈앞의 요 꼬맹이가 왠지 귀엽게 느껴졌다. 난 픽 웃고 등을 돌렸다.

"자, 업히세요."

그러자 로버트가 주춤거리며 등에 몸을 댔다. 난 로버트의 엉덩이를 단단히 받치고, 자리에서 일어났다.

"와! 와아!"

내 목을 꼭 끌어안은 로버트가 몸을 들썩였다. 흥분한 기색이 느껴졌다. 난 통통한 양다리를 단단히 잡고 걸음을 대디뎠다. 아이는 연신 와, 우오, 하며 감탄을 터트렸다.

"좋으신가요?"

"좋아!"

"이대로 돌아가는 거예요."

"응!"

사실 내리막길을 굴러 온몸이 아팠지만 등 뒤에서 들리는 감탄이 기분 나쁘지 않았다. 중간에 마음을 바꿔 또 고집을 부릴까 싶어 걸음을 빨리했다. 어느새 저택과의 거리가 제법 멀어져 있었다.

"다음엔 유모님이랑 와요."

"또 와?"

"네, 또 와요."

"어머니는?"

잠시 말문이 막혔다. 로버트의 맑은 목소리가 쾌활했다.

"어머니랑도 와?"

"그럼요. 나중에 같이 와요."

"어머니는 언제 와?"

"나중에요."

"언제?"

"도련님이 식사도 잘하시고, 건강히 잘 지내시면요."

그러다 고집도 부리지 않고, 물건도 던지지 않고, 철상에 올려 달라고도 떼쓰지 않으면 오실 거라고 덧붙였다. 물론 그 모든 건 내 바람이었다. 정말 소박하게 바라건대 제발 얌전히, 방에만 안전하게 있어 주면 참 좋겠다.

"거짓말."

로버트가 곧장 내 거짓말을 알아챘다. 어린 게 날카롭다. 난 모르는 척 말을 이었다.

"진짜예요."

"거짓말이야."

"진짜입니다."

"어머니 안 와! 로버트가 착하게 있어도, 보고 싶어도……."

맑은 목소리가 금세 우울한 기색을 띠며 웅얼거렸다.

이럴 땐 어떤 말을 꺼내야 할까. 여전히 난 말주변이 없었고, 위로하는 데 서

틀렸다. 그건 5년이 지나도 변함없었다.

내가 침묵하니 로버트도 더는 말을 않고 내 뒷덜미에 얼굴을 파묻었다. 아이는 영악한 만큼 분위기를 잘 읽었다. 어쩐지 그 조그마한 얼굴이 침울해하고 있을 거 같았다.

"보고 싶으세요?"

"응. 근데 참아야 한대."

"왜요?"

"어머니는 바쁘대. 아주 많이 바쁘대. 그래서 투정 부리면 안 된대."

마냥 재수 없는 꼬마 도련님인 줄 알았는데, 기특한 말을 한다. 하지만 로버트의 상황을 아는 내겐 오히려 슬프게 들려왔다.

그러고 보니 로버트는 어머니가 보고 싶다거나 만나러 가자는 투정을 부리진 않았다. 분명 그리워하고 있는데도 그런 내색은 잘 하지 않았다. 그저 얌전히 기다렸다. 기약 없는 기다림이 언제 끝날지도 모르는데 로버트는 묵묵히 그 기다림을 받아들였다.

저 작은 머릿속에도 나름 여러 가지 생각이 들어 있는 걸까. 로버트는 자신이 해도 되는 말과 해선 안 되는 말을 잘 알고 있었다. 나이가 어리다고 해서 마냥 어리게만 봐서는 안 된다.

'외로우셔서 그래요.'

'그래도 착한 아이야.'

유모도 조엘리도 로버트의 이런 모습을 이미 알고 있던 거겠지? 처음 들었을 때 반박하고 싶었던 그 말에 이제 조금은 고개를 끄덕이고 싶어졌다. 투정을 부리는 대상이 내가 된 건 애석하지만.

"주인마님께서도 도련님이 보고 싶으실 거예요. 아주 많이요."

"정말?"

"그럼요."

"근데 왜 로버트를 보러 안 와?"

"아주 훌륭한 일을 하고 계셔서 아직 못 오시는 거예요."

"어머니는 훌륭한 사람이야?"

"네. 아주 훌륭하신 분이에요."

그러자 로버트가 꺄르륵 웃었다. 어머니의 칭찬에 기분이 좋아진 듯했다. 신이 나 몸까지 들썩이는 통에 자세를 고쳐 잡아야 했다.

"그러니 착하게 기다리실 수 있죠?"

"응, 못난아."

아, 못난이 소리 좀. 말랑하던 마음이 순식간에 딱딱해졌다. 숨은 외로움이 있고, 착하고 의젓한 아이란 건 알겠는데 영악한 것도 맞는 듯하다.

"로버트는 괜찮아."

로버트가 내 뒷목에 얼굴을 비볐다. 머리카락이 피부를 콕콕 찔러 간지러웠다. 괜찮아, 괜찮아, 앳된 목소리가 나긋나긋 들려왔다.

"로버트랑 있어 줄 거지⋯⋯?"

불현듯 로버트가 물었다. 그 속엔 불안함이 담겨 있었다. 난 잠시 걸음을 멈췄다가 다시 걸으면서 입을 달싹였다.

"네. 못난이는 도련님 옆에 계속 있을 겁니다."

그러자 등 뒤에서 작게 고개를 끄덕이는 게 느껴졌다. 난 픽 웃었다. 내 말을 제대로 알아들었는지는 잘 모르겠지만, 아마 알아들었을 거라 생각한다.

갑자기 분위기가 축 처졌다. 안 되겠다 싶었다. 이럴 땐 방법이 있다. 어릴 적에 동생을 등에 업고 가다가 기분이 처졌을 때 하던 행동이 있었다. 난 로버트를 단단히 고쳐 업고, 앞으로 달려 나갔다. 등 뒤에서 꺄르륵 웃음소리가 울려 퍼졌다.

"좋으세요?"

"응! 좋아!"

그 소리에 힘입어 더 힘껏 뛰어갔다.

멀어진 거리가 좁혀지고, 금세 저택 근처에 당도했다. 그때쯤엔 온몸의 힘이 다 빠졌다.

"헉, 헉."

허리를 굽히고 숨을 몰아쉬었다. 등에 업혀 있던 로버트가 몸을 뒤척여 내려오는 것도 잡지 못할 정도였다.

그렇게 잠시 숨을 고르던 때였다.

"로버트?"

불현듯 낯선 목소리가 들려왔다. 곧이어 기척이 느껴졌다. 이 시간에 누구지? 힘겹게 위로 들어 올린 시야에 가장 먼저 잽싸게 달려가는 작은 몸이 보였다. 그리고 달려오는 작은 몸을 받아 들어 올리는 장신의 남자도.

햇빛을 머금은 금발이 반짝 흔들렸다. 그 아래 선명한 에메랄드빛 눈동자가 상냥히 휘어진다. 주름 하나 없는 단정한 옷차림에 건장한 체격의 남자, 그 남자의 얼굴을 보는 순간 내 머릿속은 새하얗게 질려 버렸다.

어째서…… 당신이 왜…….

"빈센트다!"

로버트가 활짝 웃으며 남자, 빈센트의 얼굴에 뺨을 비볐다. 빈센트가 다정한 얼굴로 마주 웃어 준다.

"못 본 새 더 큰 거 같다?"

"유모가 키 컸대!"

로버트가 양손을 위로 쭉 올리며 귀엽게 답했다. 빈센트가 작게 웃었다. 눈을 접으며 미소를 머금은 얼굴이 편해 보였다.

그 모습을 보며 난 한 가지를 깨달았다.

보고 있어.

눈이…….

놀라서 굳은 사이, 그가 또 다른 존재를 깨닫고 고개를 돌렸다. 내게 꽂힌 에메랄드빛 눈동자에 의문이 차올랐다. 날 위아래로 훑더니 고개를 살짝 기울인다. 금발이 바람에 흩날렸다.

"누구지?"

매끄러운 목소리에 심장이 쿵 내려앉았다. 눈앞에 선명히 보이는 얼굴이, 지금 이 상황이 거짓이 아니란 걸 말해 주었다.

"못난이!"

"못난이?"

"응. 못난이야."

그가 다시금 날 바라봤다. 난 그제야 떨리는 손을 맞잡고 허리를 숙였다. 바닥에 드리워진 그의 그림자를 보자 심장이 강하게 요동쳤다. 혼란스러운 마음을 숨길 수 없어서 고개를 더 깊게 숙였다. 마른침을 삼키고, 자꾸 떨리는 입술을 힘겹게 달싹였지만 목소리가 나오지 않았다.

"이번에 새로 들어온 사람인가?"

"……네."

겨우 한마디를 토하고 입을 꾹 다물었다. 정수리가 따끔했다. 잠시간의 침묵이 흐르고 그가 다시금 말을 이었다.

"그렇군."

그게 끝이었다. 곧 그의 발소리가 멀어졌다.

그제야 난 허리를 들어 올렸다.

"어머니는?"

"어머니는 안 왔어."

그러자 시무룩해하는 로버트의 머리칼을 빈센트가 쓰다듬어 주며 달랬다. 로버트를 향한 애정이 느껴졌다. 너무도 다정한 모습이었다. 그런 두 사람을 바라보고 있는데 자꾸만 눈앞이 뿌예졌다. 기어코 눈물 한 방울이 뺨을 타고 떨어져 내렸다.

어떻게 이럴 수가 있을까. 그와의 재회를 상상해 보지 않은 건 아니었다. 때론 꿈을 꾸듯 그와의 재회를 상상했다. 하지만, 그 어디에도 이런 모습은 없었다.

빈센트 벨루니타.

그는 모르는 5년 만의 재회였다.

제10장

이런 재회를 상상하진 않았습니다

이른 새벽이었다. 저택 안이 소란스러웠다. 사용인들은 너 나 할 것 없이 모두 빠르게 복장을 갖추고 방을 나섰다. 아직 정신을 차리지 못한 사용인은 오드리가 손수 깨웠다. 난 곧장 씻은 뒤, 자고 있는 앨리샤를 흔들어 깨웠다.

그리고 부랴부랴 복장을 갖추고 사람들의 뒤를 따랐다. 저택을 나오자 모두 문밖에 모여 있었다. 두 줄로 서 있는 사용인들의 선두엔 오드리가 함께였다. 그 앞에는 조엘리도 있었다.

다들 먼 곳에 시선을 두고 있었다. 나도 눈치껏 대열에 합류해 이목이 모여든 곳을 살폈다. 곧이어 멀리서 차가 한 대 들어왔다. 매끄럽게 다가온 차는 저택 앞에 다다라서야 멈춰 섰다.

운전석에서 한 남자가 내리더니 뒷문을 열었다. 그 안에서 다리가 나와 바닥을 디뎠다.

"오셨습니까."

오드리가 곧장 허리를 굽혔다. 그녀를 따라 모든 사용인들이 허리를 굽혔다. 나도 얼결에 따라 허리를 굽혔다.

"어서 와!"

조엘리의 목소리엔 반가움이 가득했다. 차에서 내린 누군가에게 다가가는 발소리도 들려왔다. 탁— 문 닫히는 소리가 이어졌다.

"고생했어. 잘 왔어. 여긴 별다른 일 없었어."

"……."

고개를 숙이고 있던 우리에겐 조엘리가 혼잣말을 하는 것처럼 들렸다. 그녀가 말하는 내내 돌아오는 대답은 없었다. 그럼에도 그녀는 신이 나 조잘거렸다. 내 옆에 선 앨리샤가 자꾸 위를 흘끗댔다. 그건 앨리샤뿐만이 아닌지 다른 옆쪽 사람도 눈동자를 위아래로 굴리고 있었다.

그렇게 일방적으로 이어지던 대화가 어느 순간 뚝 멎었다. 이곳에 있는 모두가 숨죽이며 귀를 쫑긋 세웠다.

"어제 봤잖아."

잠시간의 침묵 끝에 들리는 묵직한 목소리.

그걸 들은 앨리샤의 눈이 동그래졌다. 그러다 가늘게 좁힌다. 저 목소리의 주인이 누군지 헤아려 보는 듯했다. 이런 상황은 처음인 사용인들 또한 모두 의아한 기색을 띠었다. 그 사이에서 유일하게 목소리의 주인을 알고 있는 난 뻣뻣하게 굳었다.

어떻게 잊을 수 있을까.

한때 질리도록 들었던 그 목소리를.

뚜벅, 뚜벅 발자국 소리가 가까워졌다.

"이렇게 번거롭게 맞이할 필요 없어."

"어머. 그래도 너도 봐야지. 어때?"

"뭐가."

"어떠냐니까."

그러다 근처에서 멈췄다. 맞잡은 손을 더 꽉 움켜잡았다. 심장이 살가죽을 뚫고 나올 듯 뛰었다. 내 앞에는 두세 명의 사람이 서 있었다. 그래서 괜찮다는 걸 알면서도 얼굴을 더 깊게 숙였다.

정수리가 따끔했다.

"늘었군."

"어쩌다 보니."

"적당히 놀아. 나중에 귀찮아져."

"걱정 마. 당신한테 피해 안 끼치게 할게."

"그 말 지키길 바라지."

비꼬는 기색이 역력한 말 뒤로 발소리가 멀어졌다. 어느 정도 거리가 벌어지고 나서야 사용인들은 고개를 들 수 있었다. 시선은 정면을 유지해야 하지만 궁금증을 참지 못한 몇몇 사용인들이 빠르게 옆을 돌아봤다. 앨리샤도 예외는 아니었다.

난 조심스레 시선을 옆으로 돌렸다. 그 찰나가 너무도 길게 느껴졌다. 곧이어 보이는 건 조엘리의 맞은편에 서 있는 남자였다.

반듯하게 넘긴 금빛 머리카락을 커다란 손이 흐트러뜨렸다. 언뜻 짜증이 섞인 손짓이었다. 잠시 조엘리와 얘기를 나누던 그가 불현듯 이쪽을 돌아봤다.

그 순간 시선이 부딪쳤다.

나는 그를 봤고, 그도 날 보았다. 아니, 그는 내가 아닌 이쪽에 있는 수많은 사용인을 보는 거였다. 그러나 나는 그를 보고 있었다. 내 시선은 그에게 닿은 순간부터 단 한 번도 떨어지지 않았다.

선명히 이쪽에 닿는 에메랄드빛 눈동자에, 정확히 이쪽을 보는 얼굴에 나는 다시금 깨달았다.

그의 눈이 정말 보인다는 걸.

그래서 알았다. 기억하는 것만으로도 가슴이 미어지는, 그래서 기억하고 싶지 않았던, 그럼에도 마음속 한편에 남아 있는 걱정에 누구보다 행복하길 바랐던 그의 죽음을.

'루카스……'

나는 당신의 죽음을 알았다.

아마 나는 착각에 빠져 있었을지도 모른다. 루카스가 살아 있다고, 아주 잘 살고 있다고. 그의 마지막 모습이 악몽에 나올 정도였음에도 난 그렇게 믿고 있었다. 어쩌면 시녀에게 품었을 잠깐의 풋사랑 따위 잊고 어여쁜 자신의 짝을 찾아 행복해하고 있을 거라고, 그런 착각을 하고 있었다.

그러나 빈센트를 보자마자, 그의 눈동자가 또렷이 이쪽에 닿았을 때, 나는 언젠가 루카스가 했던 말의 의미를 다시금 되새겼다.

'형에게 줄 겁니다. 나의 세상을.'

환하게 웃는 얼굴에 숨겨진 진심이 무엇이었는지.

눈가가 시렸다. 차오르는 물기가 방울이 되어 떨어질까 봐 눈도 껌뻑이지 못했다. 빈센트를 보는 눈앞이 뿌옇게 일렁였다. 이곳에 꽂혔던 시선은 금세 거두어졌다.

빈센트가 몸을 돌렸다. 뚜벅뚜벅 소리가 멀어졌다. 사용인들은 하나같이 그를 보고 있었다. 이제는 그가 누군지 다 알 것이다. 잘나고 멋진 주인의 모습에 뭇 여성들은 얼굴을 붉히고 수줍어했다.

"언니."

멍한 목소리였다. 고개를 돌리자 앨리샤도 빈센트를 보고 있었다. 눈 한번 껌뻑이지 않는 옆얼굴이 불길했다.

"저 남자 이곳 주인인가 봐. 맞아?"

"……그래."

"세상에."

저택의 주인이 떠나고 사용인들도 제자리로 돌아갔다. 난 어쩐지 멍한 앨리샤를 뒤로하고 빠르게 그곳을 벗어났다. 걸음이 점차 빨라지고, 급기야 뛰어나갔다. 숲에 가면 안 된다는 경고도 잊어버렸다.

숲속으로 들어가 한참 동안 뛰었다. 그러다 방향을 틀어 내리막길로 내려갔다. 치마가 펄럭이고, 옷매무새가 흐트러지고, 바닥에 깔린 낙엽이 튕겨 온몸에 달라붙었지만 신경 쓰지 않았다. 본능적으로 어디에 가야 할지 알았다. 그래서 끝없이 아래로 내려가 수풀을 헤친 끝에 온전히 숲을 빠져나왔다.

그리고 눈앞에 펼쳐진 광경 앞에 멈춰 섰다.

꽉 막혔던 숨통이 트이며 천천히 숨을 토해 냈다. 헐떡거림 뒤로 내 눈은 정면을 훑었다. 한눈에 담기 어려울 만큼 넓은 광경엔 갖은 크기의 저택과 그곳을 연결해 주는 정원이 있었다. 물줄기가 위로 솟구치는 분수가 시선을 사로잡았다. 그리고 그 너머로 주변을 빙 둘러싸고 있는 숲.

왜 이걸 이제야 알았을까.

이 이상한 백작가의 정체를 왜 이제야 알았을까.

조금의 의심도 하지 않았다. 그럴 생각조차 들지 않았다. 여긴 내가 지내던 곳에서 꽤 멀리 떨어진 숲속 한가운데였고, 내가 그나마 안면을 익혔던 사람도 없었다. 가문마저 달랐으니까.

하지만 눈앞의 익숙한 광경이 그런 내 안심을 산산조각 냈다.

빈센트는 손님으로 이곳에 온 게 아니었다. 어제저녁엔 꿈을 꾸는 것 같았다. 잠깐 얼굴을 비친 거라며 다시 떠나는 그를 보면서도 이 상황을 전혀 이해할 수 없었다. 너무 얼떨떨해서 유모가 뭐라 말해 주는 것도 알아듣지 못했다. 그리고 오늘 저녁의 수많은 사용인들을 불러 모아 그를 맞이한 걸 보고 깨달았다.

여긴 벨루니타 가문의 저택이고,

지금 백작가에 백작이 돌아온 거다.

그가.

빈센트가.

나무를 짚었던 몸이 스륵 무너져 내렸다. 바닥에 주저앉아 멍하니 드넓은 광경을 훑었다.

나는 그저 그들의 이야기의 한 페이지에 등장한 존재일 뿐이었다. 내겐 힘이 없었고, 나로 하여금 무언가 달라진다고 생각하지도 않는다. 하지만 나는 처음으로 그런 내 자신이 싫어졌다. 그 마음을 자각하는 것도 괴로웠다.

내가 정말 쓸모가 없어서, 날 도와준 사람에게조차 보답하지 못하는 사람이라서, 그래서 나란 존재는 아무리 노력해도 할 수 있는 게 없는 것 같아 너무 비참했다.

하지만 한편으론 안심했다. 내가 할 수 있는 건 없으니까 이렇게 도망쳐도 돼. 나 같은 게 남아 봤자 뭘 할 수 있겠어? 주변에 폐만 끼칠 거야. 그렇게 자신을 위로했다.

나 지금 벌받나 봐.

아니, 벌받으러 온 건가.

"못난아, 못난아."

로버트가 말 조각으로 내 옆구리를 콕콕 찔렀다. 난 멍하니 앉아 반응하지 않았다. 머릿속만 복잡하게 돌아갔다.

도망가야 하나. 도망가야 할까? 도망가야 할지도 몰라. 죽음이 무서워 피한 곳에 제 발로 들어온 격이었다. 알았다면 오지 않았을 텐데. 미쳤다. 지금이라도 도망가면 되지 않을까?

난 그동안 이 저택에 관해 파악했던 걸 떠올렸다. 이곳의 사용인들은 전부 처음 보는 사람들이었다. 물론 과거의 난 별채에만 머물렀기에 백작가에 고용된 사용인을 많이 본 건 아니었다. 고작 몇 명뿐, 그러나 그 몇 명의 사용인들도 보이지 않았다.

그리고 가장 중요한 건 이자벨라가 없었다.

내가 알기론 그녀는 백작가의 여성 사용인을 관리하는 총책임자였다. 집사 다음으로 높은 위치의 사람이었던 걸로 기억한다. 하지만 어디에서도 그녀를 볼 수 없었다. 게다가 더 이상한 건 집사도 보이지 않는다는 거다. 현재 그들의 자리는 오드리가 대신하고 있었다.

집사는 너무 바빠서 이런 숲속 저택까지는 신경 쓰지 않는 걸까? 그렇다면 다행이지만, 자꾸 이상한 생각이 든다. 마치 이 저택의 모든 사용인이 바뀐 것 같다는…… 그런……. 설마, 어떻게 그럴 수 있겠어?

다행히 집사도, 다른 누군가도 없으니 내가 당장 위험해지는 일은 없을 거란 사실엔 안심이지만.

하지만 가장 중요한 문제는 해결되지 않았다.

결국 집사가 이곳에 방문해서 날 보기라도 한다면? 빈센트가 이곳에 있기에 가능성이 없는 건 아니었다.

잠깐만, 그럼 조엘리는 누구지? 빈센트와 무슨 관계인 거야?

"이상해."

"뭐가?"

……그새 혼인하셨나? 그러고 보니 약혼 소식이 신문 기사로 났었지.

"그럴지도."

"뭐가요?"

"그러니까."

그 순간 번뜩 정신을 차렸다. 어느새 내 양옆에 앉은 유모와 로버트가 의아한 시선으로 날 바라보고 있었다. 눈을 동그랗게 뜬 얼굴들을 보자 딴 길로 떠났던 정신이 돌아왔다.

"뭐가 이상해요?"

"아, 아니요. 아무것도 아니에요."

"못난이 이상해."

"하하."

애써 웃으며 표정을 갈무리했다. 괜히 지저분하게 놓인 장난감들을 정리하는데 등 뒤에 의심의 시선들이 꽂혔다. 유모님, 우리 일할까요?

"어디 뒹굴었어요?"

"네?"

갑작스런 물음에 뒤돌아보자, 유모가 내 등을 뚫어져라 보고 있었다.

"옷이 구겨졌네요. 그리고 이것도."

유모가 내 등에서 뭔가를 떼어 냈다. 낙엽이었다. 올라오면서 털어 냈는데 아직 남아 있었나 보다. 난 애써 웃으며 그 낙엽을 뺏어 주머니에 쑤셔 넣었다.

"혼자 놀았구나!"

"아니, 아니."

"치사해! 나도! 나도 데려가야지!"

"그런 게 아니라."

"어딜 데려가요?"

유모의 물음에 내 몸이 굳어졌다. 그녀는 내가 로버트를 데리고 숲속으로 갔다는 걸 몰랐다. 로버트의 무릎에 난 상처에 대해서도 뛰다가 넘어졌다고 얼버무렸다. 저택으로 돌아오자마자 옷을 갈아입혔던지라 변명이 먹혔다.

그러나 로버트라는 예상치 못한 변수가 있었다.

"숲에!"

"으아, 도련님!"

저놈의 주둥이는 말을 듣지 않는다. 말리려던 내 손이 허공에 멈추었다. 등 뒤에서 서늘한 목소리가 들려왔다.

"숲……?"

차마 뒤돌아보지 못하고 마른침을 삼켰다. 왠지 주변이 서늘한데?

결국 유모에게 한바탕 잔소리를 들었다. 위험하니 밖엔 나가지 말아 달라고 부탁하지 않았냐고 하는데 뭐라 할 말이 없었다. 조엘리 님께 허락을 받았다고 슬쩍 변명해 보았지만 씨알도 먹히지 않았다. 옆에서는 로버트가 그런 날 보고 웃었다. 저 얄미운 꼬맹이가.

"오늘은 이만 방에 가서 쉬어요. 내가 잘 말해 둘 테니까."

"하, 하지만."

"얼굴도 씻고요."

얼굴? 내 얼굴에 뭐가 묻었나 싶어 만져 보았지만 딱히 손에 묻어 나온 건 없었다. 유모가 연신 손을 내저어 결국 쫓겨나다시피 나와야 했다.

방으로 돌아오고 나서야 내 얼굴 상태를 확인했다. 눈동자가 뻘겋고, 눈 밑도 퀭한 것이 딱 봐도 잠을 못 잔 티가 났다. 세상에.

로버트가 날 뚫어져라 보는 거 같더라니 이것 때문이었나? 여태까지 앞머리로 얼굴을 가리고 다녔던 것에 익숙해져 신경 안 썼는데. 그러다 짧아진 앞머리가 눈에 들어왔다. 그 아래 드러나 있는 못난 얼굴도.

빈센트는 날 알아봤을까? 고개를 저었다. 그럴 리가 없지. 그는 단 한 번도 내 얼굴을 본 적이 없으니까. 본 적 없는 사람을 어떻게 알아보겠어. 설사 봤다고 해도 5년 전 도망간 시녀 따위 기억할 리 없었다. 다행이다. 그리 생각하며 씁쓸히 웃었다.

찬물로 얼굴을 씻고 돌아오자 언제 들어왔는지 앨리샤가 침대에 앉아 있었다. 그런데 상태가 이상했다. 멍한 얼굴로 허공을 바라보고 있었다. 왜 저래?

하지만 오늘은 왠지 피곤하고 지쳐 알은척하고 싶지 않았다. 잠이라도 잘 생각에 침대에 누웠는데, 불현듯 앨리샤가 물었다.

"그 남자 멋지지 않니?"

감았던 눈을 떴다. 앨리샤가 내 옆자리에 쪼르르 다가와 앉았다.

"멋지지 않냐고."

"누구."

"아침에 본 남자 말이야."

기대에 찬 얼굴을 보고 난 미간을 찡그렸다. 아침에 본 남자라면, 빈센트를 말하는 거다. 왜 갑자기 빈센트를?

그러고 보니 그를 보고 난 이후부터 앨리샤가 좀 이상했다. 허공을 응시하며 멍하니 있거나, 이유 없이 헛웃음을 픽픽 터트리더니 난데없이 저런 걸 묻는다.

설마.

불길함이 들었다. 난 인상을 쓰고 몸을 일으켜 앉았다. 앨리샤의 큰 눈동자가 반짝반짝 빛났다.

"그 사람 이름이 빈센트래. 빈센트 벨루니타."

"……."

"빈센트…… 이름도 멋있어라."

그의 이름을 곱씹던 앨리샤의 얼굴에 미소가 번졌다. 뺨이 살짝 붉다. 꼭 사랑에 빠진 소녀처럼. 지금의 상황에선 좋은 모습이 아니었다.

"역시 아닌 거 같아."

"갑자기 무슨 말이니."

"걔 말이야. 걔, 조니."

조니는 갑자기 왜? 잘 지내는 거 같더니만. 최근 두 사람이 다정히 대화하는 모습을 자주 보았다. 묘한 분위기를 풍기기도 했고. 물론 대부분은 앨리샤가 조니를 부려 먹기 위해 다정한 척하는 것이었지만, 여하튼 그랬다.

그런데 갑자기 또 왜 저럴까.

내가 의아하게 보자, 앨리샤가 다리를 꼬며 짜증스레 머리카락을 뒤로 쓸어넘겼다.

"역시 걘 아니야. 이대로 살 순 없어."

"아까부터 무슨 소리야. 그리고 나도 할 말이 있어. 너 저번에 도망치고 싶다고 했지? 그거 말이야⋯⋯."

"나 안 가."

뭐?

"무슨 소리야?"

"안 간다고. 나 도망 안 가."

진심인가 싶어 앨리샤를 뚫어져라 보았다. 조엘리의 시중을 들게 된 뒤로도 앨리샤는 종종 습관처럼 이곳에서 도망치고 싶다는 말을 했다. 외출하지도 않고, 손님도 오지 않는 이 저택에서는 그토록 바라던 귀족 자제와의 만남 따윈 성사될 리 없다는 걸 느꼈는지, 도움 되는 것 없이 고생만 한다고 지쳐 하던 참이었다. 그런데 갑자기 뭐라고?

흔들림 없는 얼굴에 거짓된 기색은 없었다. 오히려 차분히 날 본다. 평소와 달리 화를 내지도 않고, 닦달을 하지도 않아 왠지 더 불길했다.

"괜한 고생만 한다고, 도망가고 싶다고 했잖아. 여기 싫다며."

"그랬는데 방금 전에 마음이 바뀌었어."

"어째서?"

"그 남자."

그 남자, 그리 내뱉는 입꼬리가 유혹적으로 올라갔다. 누군가를 떠올리는지 앨리샤가 황홀하게 웃었다. 검지로 긴 머리카락 끝을 돌돌 말고, 몸을 배배 꼬며 드물게 수줍어한다.

그 남자.

누굴 말하는지 바로 알아챘다.

"⋯⋯그 사람은 왜."

"내가 꼬시려고."

뻔뻔한 말에 순간 내 귀를 의심했다. 경악하는 내 반응을 보고도 앨리샤는 도도하게 얼굴을 치켜들 뿐 말을 번복하지 않았다. 오히려 자신감에 차 있었다.

"나 정도면 나쁘지 않잖아? 신분이 좀 차이 나긴 하지만, 이 정도 미모와 몸매면 극복할 수 있다고."

"너 미쳤니?"

순수한 물음이었다. 난 정말 진지하게 앨리샤가 미친 줄 알았다. 물론 그동안도 멀쩡하다고는 할 수 없었지만 오늘은 특히 더 심했다. 나는 앨리샤를 이상한 사람 보듯 바라봤다. 앨리샤가 뭐 어떠냐는 얼굴을 했다.

"서로 좋아하면 됐지."

"좋아한다니?"

"나 그 남자를 좋아하게 됐어."

이게 대체 무슨 생뚱맞은 소리지? 앨리샤가 하는 말을 도통 이해할 수 없었다.

"언니. 나 좀 도와줘. 응?"

"……."

"내 말 듣고 있는 거야?"

"듣고 있어. 그런데 무슨 소린지 모르겠어. 너 주인님, 아니 그 남자 오늘 아침에 처음 봤잖아."

"그래서 뭐? 첫눈에 그 남자가 내 운명이란 걸 알았어."

"아까부터 대체 무슨, 너 그 남자랑 말 한번 섞어 본 적 있어?"

내 물음에 앨리샤가 도리질했다.

"없는데."

"인사는?"

"아직 없어."

"그런데 좋아한다니. 말이 안 되잖아."

"그게 왜 말이 안 돼? 우린 운명이야."

"혼자 좋아하는데 어떻게 운명이야? 그쪽은 널 모를 텐데."

"이제부터 알아 가면 되지."

"……."

아까부터 말문이 턱턱 막혀 왔다. 너무 황당했다. 서로 알아 가는 게 혼자 마음먹는다고 해서 되는 문제인가? 빈센트는 앨리샤의 존재조차 모른다. 하지만 앨리샤는 정말로 빈센트를 꼬실 생각인지 자신만만한 얼굴이었다.

"그 남자가 여기 주인님이래. 백작님이라고! 난 여태까지 그 여자가 주인님인 줄 알고, 괜히 비위 맞춰 줬잖아. 세상에, 그렇게 잘생긴 백작님이 계실 줄이야. 게다가 이 정도 재력이면…… 나랑 너무 딱 맞잖아."

"앨리샤."

"여기 오길 잘한 거 같아."

"앨리샤."

"왜 자꾸 불러."

웃음기를 지운 앨리샤가 얼굴을 찡그렸다. 나야말로 짜증을 내고 싶었다.

"나도 너한테 할 말 있어. 여기 오기 전에 우린 스텔라 가문으로 갈 거라고 했었잖아. 근데 아니었어."

"내가 그랬니?"

"뭐?"

"아닐 수도 있지 왜 짜증을 내."

"짜증이라니, 말이 다르잖아! 위험한 곳이었으면 어쩌려고!"

"안 위험하니까 됐잖아?"

"앨리샤!"

앨리샤가 귀찮다는 얼굴로 어깨를 으쓱였다.

"같이 가겠다고 결정한 건 너야. 나한테 뭐라고 하지 마."

"난 스텔라 가문인 줄 알았어!"

"왜, 다른 가문이면 안 되는 이유라도 있어? 네 말대로 위험했을 수도 있지만 결과적으론 제대로 된 곳이잖아. 그런데 뭐가 문제야?"

"그건……."

여기가 벨루니타 가문인 게 문제다. 빈센트가 있는 게 문제라고. 하지만 차마 그 말을 하지는 못했다. 만약 내가 여기에서 도망쳤던 거라면, 원래 이곳에 사용인으로 지냈다고 한다면 앨리샤가 어떤 반응을 보일지 모르기 때문이다.

내가 머뭇대자 앨리샤가 날카롭게 노려봤다.

"설마 네가 도망친 곳이 여기야?"

"……아니야."

"아니야? 확실해?"

"그래, 아니야. 하여튼 내가 하고 싶은 말은, 너도 알잖아. 나 예전에 백작가에 사용인으로 고용되었다가 사달이 났던 거. 그거 아직도야. 난 아직도 쫓기고 있고 언제 죽을지 몰라. 근데 넌 그 귀족들이 드나들 수도 있는 이 저택에 사용인으로 오겠다고 했고, 가문이 바뀐 것마저 내게 숨겼어. 내 말 무슨 뜻인지 알겠어?"

"아, 알겠어. 더 듣기 싫으니까 그만 말해."

앨리샤가 양손을 휙휙 젓고 자신의 침대로 옮겨 갔다. 난 지지 않고 말을 퍼부었다. 그러다 결국엔 앨리샤도 여기가 스텔라 가문인지 다른 가문인지 자신도 잘 몰랐다며, 최근에 알게 되었지만 달라졌어도 그게 뭐가 문제냐는 변명을 늘어놓았다.

난 한숨을 터트렸다.

"헛된 꿈 꾸지 말고 나가자. 어차피 가채용된 거잖아. 신분이 명확하지 않은 사람은 오래 못 있을 거야. 차라리 이참에 제대로 된 일자리를."

"싫어."

"너 정말!"

"저번에도 말했지만, 네 상황 따윈 아무래도 좋아. 난 여기에 남기로 결정했어. 내가 백작님 꼬시면 가채용이든 뭐든 알 게 뭐야."

그 말에 난 다시 깊은 한숨을 터트렸다. 머리가 아파 왔다. 이마를 짚고, 숨을 골랐다. 그래, 네가 왜 그런 말 안 하나 했다. 이곳에 온 이유도 앨리샤의 고집 때문이었다.

느닷없이 시작한 게 너무 쉽게 끝난다고 했다. 하지만 설마 앨리샤가 그에게 반할 줄은. 이런 결과를 불러올 거라곤 꿈에도 몰랐는데.

"가려면 너 혼자 가. 안 붙잡을게."

"넌 귀족들의 마음을 몰라. 그 사람들에게 우리 같은 아랫사람은 벌레 같은 존재라고. 게다가 넌 여기 백작님이 어떤 사람인 줄 알고 그래? 성격이…… 아주 많이 더러울 수도 있어."

"그걸 네가 어떻게 알아?"

경험으로 알지.

"그냥, 보통 귀족들이 그렇잖아."

"뭐, 쉬우면 재미없지."

"너 죽을 수도 있어."

"어차피 너랑 내 생활이 죽는 것과 다를 바가 뭐니."

결국 한마디도 지지 않는 앨리샤였다.

□ ◆ □

앨리샤의 말은 너무 엉뚱해서 황당하기만 했다. 더는 말이 나오지 않았다. 대신 머리가 아파 왔다. 그 애는 한번 고집부리면 기어코 저지르고 마는 성격이었다. 그래서 거짓말이 아니라는 걸 알았다.

앨리샤는 가난한 집안에 맞지 않게 떠받들며 자란 아이였다. 손에 물 한 방울 제대로 묻혀 본 적 없었고, 허리를 굽혀 구걸해 보지도 않았다.

당연하다는 듯이 성질부리며 지랄맞게 행동했고, 상대도 그걸 받아 주었다. 저 고운 얼굴은 누구에게나 사랑받았고 동경받았으며, 아비마저 앨리샤를 건드리지 않았으니 자신이 받는 남다른 대우를 앨리샤도 느꼈을 것이다. 그러니 무서운 게 없었겠지.

그렇게 자랐으니 저 자신감도 이해 못 하는 건 아니었다. 하지만 그건 필튼에 한정된 거였다. 어쩌면 자신을 좋아하는 영주 아들의 마음을 받아 주는 게 앨리샤가 바랐던 삶으로 가는 가장 빠른 길이었을지도 모른다. 하지만 그걸 놓친 건 앨리샤였다. 그런데도 또다시 더 높은 걸 욕심내려고 하고 있었다.

저 똥고집을 어찌 달래야 할까 고민하는데 앨리샤가 눈살을 찌푸렸다.

'그따위로 보지 마.'

'내가 뭘.'

'날 무시하고 있잖아. 헛소리한다고 생각하고 있었지. 넌 매번 그런 식이야. 날 무시하고, 우습게 보잖아.'

'……'

'네 생각 따위 아무래도 좋아. 날 방해하지만 마.'

앨리샤는 단호히 경고하고 몸을 돌렸다. 더는 얘기하고 싶지 않다는 거다. 난 한숨을 푹푹 내뱉었다. 누가 얼마나 무시했다고. 지가 더 날 무시하면서 꼭 내가 나쁜 사람인 것처럼 만든다.

결국 고집을 부리겠다는 말이구나. 어쩐지 기분이 좋지 못했다. 그 빈센트가 앨리샤에게? 상상이 안 된다. 아니, 상상도 하기 싫었다. 그럴 리가 없다는 걸 알지만, 알고는 있지만…… 그래도…… 만약에 그렇게 된다면…….

"예쁘니까."

그래, 예쁘니까. 그리 읊조리다 빠르게 도리질했다. 다시 한숨을 내뱉었다. 그런 내 어깨를 누군가 툭툭 쳤다. 고개를 돌리자 조니가 멀뚱히 날 살펴보고 있었다.

"무슨 생각 하길래 그렇게 한숨을 쉬어."

"아, 아무것도."

다시 도리질하고 슬쩍 앞을 보았다. 푸른빛의 치맛단이 풍성한 드레스를 입은 조엘리가 자신의 모습을 거울에 이리저리 비춰 보고 있었다. 그녀의 뒤에는 앨리샤가 서 있었다. 드물게 웃음을 띠며, 너무 예쁘네 어쩌네 하면서 조엘리의 비위를 맞추었다.

오늘은 조엘리가 파티에 참석해야 해서 이른 아침부터 준비가 한창이었다. 그 파티에 로버트도 참석하는지 로버트 또한 단장을 했다. 물론 로버트의 단장은 일찍이 끝났고 조엘리의 단장이 끝나기를 기다리고 있는 상태였다.

당연히 그녀의 시중을 드는 앨리샤와 조니가 아침부터 그녀의 방에 있었다. 하지만 조니는 내 뒤에 서 있기만 했고 앨리샤가 대부분의 시중을 들었다. 유모가 그런 앨리샤를 도왔고, 난 얌전히 로버트의 곁을 지켰다.

"이건 너무 너풀거리지 않을까?"

드레스를 살피던 조엘리가 마음에 안 들었는지 입고 있는 드레스를 벗고, 그 옆에 있는 다른 드레스들을 훑어보았다. 침대 위엔 여러 가지 디자인의 드레스가 놓여 있는 듯하다.

조니가 익숙하게 고개를 돌렸다. 칸막이로 반쯤 가려져 있어 거울이 놓인 위치만 보임에도 그는 그쪽을 쳐다보지도 못했다. 그사이 앨리샤가 살살 웃으며 다른 드레스를 건네는 소리가 들렸다.

"마르셨으니 그렇게 너풀거리진 않을 거예요. 너무 딱 붙는 것보다는 이렇게 밑단에 레이스가 달려 있는 편이 풍성한 느낌을 주어 더 예쁠 겁니다."

"어머. 그래?"

조엘리가 드레스를 받아 몸에 대고는 이리저리 살펴보았다. 앨리샤는 곁에서 칭찬을 덧붙이며 방긋방긋 웃었다.

그러다 조엘리의 시선이 슬쩍 옆으로 꽂혔다. 앨리샤가 빠르게 몸을 숙이며 거울 앞에 일렬로 놓인 구두 중 드레스와 똑같은 색깔의 구두를 골라 조엘리의 발밑에 놓아 주었다.

조엘리가 구두에 한 발을 넣으며 거울 속 제 모습을 살폈다. 난 멀뚱히 앨리샤를 바라봤다. 눈과 입이 웃고 있으나 내게는 그 속내가 읽혔다.

'그 여자 너무 건방져! 여기 주인도 아니면서 남의 사용인을 이렇게 막 부려도 되는 거야?'

'어쩔 수 없잖아. 어쨌든 우린 사용인이니까.'

조엘리의 정체가 무엇이든 결국은 귀족이다. 우리 같은 사람들에게 지시를 내리는 건 당연한 행동이었다.

'재수 없는 계집애! 내가 이 가문의 주인이 되면 그 여자부터 내쫓을 거야.'

그래 놓고 잘만 시중드네. 싱글벙글 웃으며 내숭을 한껏 부린다. 조엘리가 손을 한 번 내젓자 앨리샤가 재빨리 그녀에게 다가가 새로운 드레스를 집어 내밀었다. 저토록 행동력 빠른 앨리샤는 처음 보았다.

깐깐한 조엘리는 파티 드레스를 고르는 데도 신중했다. 평소보다 더했다. 몇 벌이나 벗었다 입었다를 반복하고 나서야 겨우 드레스를 고를 수 있었다.

"으음."

물론 그마저도 만족스러워 보이진 않았지만. 다행히 다시 벗지는 않고 거울 속에 이리저리 비춰 보다가 의자에 앉는다. 앨리샤가 머리 장식이 든 상자를 들어 올렸다.

"이건 유모가 도와줄래?"

"네, 조엘리 님."

"……."

손재주가 없는 앨리샤를 물리고 유모가 다가갔다. 결국 앨리샤는 우리 쪽으로 다가와 대기했다.

난 슬쩍 앨리샤에게 속삭였다.

"내숭쟁이."

"약간의 희생일 뿐이지."

"무슨 뜻이야?"

"이래서 뭘 모르는 사람은."

"……."

"기회가 있어야 뭘 해 볼 수 있을 거 아니야. 고작 말 몇 마디에 허리 굽히는 것쯤이야 앞으로 얻을 걸 생각하면 어려운 일도 아니지. 넌 얌전히 지켜보기나 해."

"너도 그냥 얌전히 지내보는 게 어때? 괜히 사달 일으키지 말고."

"너 도망간다고 하지 않았니? 갈 거면 빨리 가."

비아냥거리는 말에 다시 입을 달싹이는데, 조엘리가 머리에 꽂힌 머리 장식을 빼고 다른 걸 가리켰다. 유모가 움직이기도 전에 앨리샤가 새로운 머리 장식품을 들고 왔다. 그리고 직접 함을 열어 조엘리에게 보여 준다. 뭔지 몰라도 작정하긴 했구나.

로버트는 긴 기다림에 지쳐 잠들었다. 내 무릎을 베개 삼아 소파에 작은 몸을 눕힌 채였다. 손엔 언제나처럼 말 조각상이 들려 있다. 아슬아슬하게 조각상을 쥐고 있는 손을 슬쩍 무릎에 올리고, 작은 몸을 토닥였다.

"음, 이 정도면 된 거 같기도 하고."

그때 노크 소리가 들렸다. 조엘리의 허락이 떨어지자 누군가 문을 열고 들어왔다. 내 시선이 절로 문 쪽에 닿았다가 서둘러 내려갔다. 조니가 급하게 허리를 굽혔다.

연미복을 차려입은 빈센트가 방 안으로 걸어 들어왔다.

"빈센트, 어서 와."

"준비는 다 했나."

"아직. 조금 더 기다려. 아, 칸막이는 치워도 돼."

그 말에 유모가 문 앞을 가로막았던 칸막이를 치우려 움직였다. 내내 벽을 바라보고 있던 조니가 눈치껏 다가가 도왔다. 나도 따라 도와야 하나 고민하는 사이 내 옆자리에 빈센트가 털썩 앉았다. 내 몸이 딱딱하게 굳었다.

"대충 해. 격식만 차리려는 거니."

"그래도 예쁘게 보여야지. 누가 가는 건데."

"잘났군."

대화가 살가웠다. 저렇게 살가운 걸 보니 딱딱한 관계는 아닌가 보다. 그러고 보니 두 사람은 대체 무슨 관계일까.

그러나 내 생각은 거기까지 미쳤다 사그라졌다. 긴장감에 심장이 빠르게 뛰어 댔다. 고개를 괜히 푹 숙이고, 굳은 몸을 더 웅크렸다. 로버트를 잡은 손에 힘이 실렸다. 혹여 빈센트가 날 알아볼까 봐서.

하지만 흘끗 살펴본 그는 걱정이 무색하게 날 한 번도 돌아보지 않았다. 칸막이가 사라지고 온전히 드러난 조엘리만 응시할 뿐이다.

곧이어 단장을 마친 조엘리가 빈센트의 앞에 섰다. 푸른빛에 보석을 수놓은 드레스를 걸쳐 입고, 거기에 맞춘 구두와 머리 장식을 한 조엘리는 너무도 아름다웠다. 그녀의 온몸에서 반짝반짝 빛이 났다.

조엘리가 몸을 빙글 돌렸다. 드레스 자락이 하늘하늘 퍼졌다 오므라진다. 에메랄드빛 눈동자가 데굴 굴러 그녀에게 꽂혔다.

"어때?"

고운 입술이 나른하게 늘어졌다. 누가 봐도 마음을 뺏길 만한 미소였다.

"잘 어울려."

"참, 너무 성의 없잖아."

"그럼 묻지 마."

그러나 들리는 건 귀찮은 기색의 목소리였다. 빈센트의 반응이 시큰둥하자 조엘리가 다시금 다른 드레스를 살피려 했다. 또다시 긴 기다림이 시작될 거 같은데.

기어코 조엘리가 새로운 드레스를 집어 들자 유모와 앨리샤도 당황한 눈치였다. 그사이 빈센트는 소파 팔걸이에 팔을 올리고, 턱을 괸 채로 태연하게 조엘리를 구경했다.

암튼, 저놈의 주둥이는 여전하다. 혹시 로버트도 빈센트에게 배운 거 아냐?

난 옆에 앉은 빈센트를 흘끗댔다. 다른 건 다 떠나서 보면 볼수록 신기했다. 앞이 보이는 빈센트라니. 남들에겐 당연한 게 그에겐 아니었기에, 난 계속 그를 흘끗거리며 살폈다.

나른한 얼굴엔 두려움 한 점 없었다. 평온하고 담담했다. 과거 시력을 잃고 두려움에 떨었던 모습의 잔상도 남아 있지 않았다. 누군가 저를 해칠까 봐 방에서 한 발자국도 나오지 않았던 모습과는 확연히 달랐다. 이제 더 이상 홀로 고통과 싸우던 그는 없는 거다.

잘됐다. 정말 잘됐어.

잘 지내고 있다니 정말 다행이야.

난 빈센트를 바라보며 살며시 웃었다. 그러다 떠오르는 얼굴에 웃음을 지웠다. 내 시선은 바닥에 꽂혀 주변을 맴돌았다. 흔들림은 파문처럼 퍼지고, 기분은 한없이 우울해져 갔다.

난 입을 꾹 다물고 기분을 애써 추슬렀다. 떨리는 숨을 한 번 뱉고 다시 시선을 들어 올렸을 때, 빈센트가 허리를 펴고 어딘가를 뚫어져라 보고 있었다.

진지한 시선이 한참 동안 앞에 꽂혔다. 그 시선을 따라 고개를 돌리자, 그곳엔 조엘리의 머리를 만지는 앨리샤가 서 있었다. 앨리샤는 빈센트가 이곳에 들어온 순간부터 그를 계속해서 흘끗댔다.

그가 자신을 본다는 걸 깨달은 앨리샤가 모르는 척 도도한 표정을 지었다. 그러면서 제 얼굴이 그에게 잘 보일 수 있도록 비스듬히 튼다. 그리고 앨리샤의 의도대로 빈센트는 한참 동안 시선을 떼지 못했다.

움직이는 건 앨리샤뿐이었고, 간간이 조엘리의 목소리가 들려왔다. 그때까지 빈센트는 말없이 그들을 주시했다. 아니, 그의 시선은 거의 한쪽에만 꽂혀 있었다. 앨리샤가 움직이는 동선에 맞춰 그의 시선도 움직였다.

왜 저렇게 보지? 의아해하며 나도 그런 빈센트를 주시하고 있을 때, 조니가 내 어깨를 툭 쳤다. 내 뒤쪽으로 얼굴을 바싹 숙인 조니가 나직이 물었다.

"저 사람은 누굴까?"

순간 무슨 소린가 싶어 조니를 보았다. 빈센트에게 시선을 둔 채로 조니가 의문을 표했다. 그러다 날 보길래, 설마 정말 모르냐고 눈짓했다.

"누군데?"

"이곳 주인님이시잖아."

"아, 진짜?"

조니가 휘둥그렇게 뜬 눈으로 다시 빈센트를 살폈다. 정말 몰랐다는 반응에 황당했다. 빈센트가 돌아올 때 사용인 모두 모여 그를 맞이하지 않았나?

"주인님께서 오신다고 사용인들이 모두 모였었잖아."

"알지. 근데 그때 나 몰래 졸았어."

"……."

"비밀이다?"

누구한테 말할 생각도 없거든? 황당해서 헛웃음을 흘리자 조니도 민망했는지 너무 일찍 일어나 피곤했다고 덧붙였다. 아, 그러세요. 태연히 대꾸하고 고개를 저었다.

그러다 순간 시선이 느껴졌다. 빠르게 고개를 돌려 바라본 곳에 우리를 보고 있는 사람은 아무도 없었다. 이상하다. 분명 누가 보는 거 같았는데…….

"야. 근데 왜 저렇게 앨리사를 볼까?"

"설마. 조엘리 님을 보는 거겠지."

"아니야. 시선이 뜨거워. 꼭 반한 것처럼."

"다 너 같은 줄 아니."

첫눈에 반했다 뭐다 하는 말은 듣기도 싫었다. 그로 인해 닦달당한 지난날을 떠올리니 절로 인상이 써졌다.

그럴 리 없다고, 헛소리 말라고 말하려 했지만 오히려 조니가 그런 날 이상하게 바라봤다. 뭐. 왜. 그 시선을 사납게 받아치자, 조니의 얼굴이 급격히 진지해지며, 왠지 내 짜증을 돋우는 말을 내뱉을 것 같았다. 그래서 더 얼굴을 굳히며 하지 말라고 눈을 부릅떴다.

"이봐."

그때 묵직한 음성이 툭 뱉어졌다.

순간 몸이 경직되었다. 내 대신 조니가 그에게 시선을 주었다. 난 한 박자 늦게 삐걱거리며 고개를 돌렸다.

그런데 빈센트는 여전히 앨리샤 쪽을 보고 있었다. 그의 부름은 날 향한 게 아니었다.

"새로운 사용인인가?"

그건 앨리샤에게 향한 거였다. 앨리샤가 기다렸다는 듯 잽싸게 몸을 돌렸다.

"처음 뵙겠습니다. 주인님."

수줍은 미소를 띠고, 양손을 배에 댄 채 허리를 깊게 굽혔다. 뒤로 묶은 긴 머리카락이 앨리샤의 어깨를 타고 흘러내렸다.

"이름은?"

"앨리샤라고 합니다."

살짝 내리깔았다 들어 올린 눈이 반짝 빛났다. 맑은 목소리가 또렷이 흘러나왔다. 붉은 입꼬리가 위로 올라가며 고운 미소를 만들어 낸다. 누가 봐도 호감이 갈 인상, 그 사실을 앨리샤도 잘 알기에 맘껏 드러내고 있었다.

"조엘리 님의 시중을 들고 있습니다."

"……."

"주인님?"

활짝 웃는 얼굴을 빈센트가 다시 뚫어져라 바라봤다. 그 시선이 제법 뜨거웠는지 앨리샤의 볼이 점차 붉어졌다. 몸을 반쯤 돌린 채 의자 등받이에 팔을 걸치고 있던 조엘리가 짓궂게 웃었다.

"어머. 빈센트. 얼굴 뚫어지겠어."

그제야 빈센트가 짧게 탄식하고 몸을 뒤로 뺐다.

"반했어?"

장난스러운 말에 앨리샤의 눈이 반짝거렸다.

그러나 다시 시큰둥하게 변한 얼굴이 괜한 소리 말라고 눈짓했다. 대답도 하지 않았다. 조엘리도 더 이상 말을 잇지 않고, 앨리샤만이 아쉽다는 얼굴을 했다.

"앤."

그때 조엘리가 날 불렀다. 그들을 보느라 한 박자 늦게 반응했다.

"······네!"

"이리로 와. 머리 좀 만져 줘."

유모가 틀어 올려 준 머리를 푼 조엘리가 내게 손짓했다. 난 눈을 동그랗게 떴다. 제가요? 저요? 당황하는 내게 유모가 다가왔다.

"도련님은 제가 보고 있을게요."

살포시 웃는 그녀를 보다가 주춤거리며 몸을 일으켰다.

모두의 시선이 내게 꽂힌 거 같았다. 유모는 날 대신해 로버트를 무릎에 눕혔고, 조엘리는 날 기다렸다. 그녀의 옆에 서 있는 앨리샤가 날 보며 대놓고 인상을 구겼다.

난 무거운 걸음을 내디디며 조엘리 쪽으로 걸어갔다. 뒤통수가 따끔한 게 조니가 날 지켜보고 있나 보다. 그리고 빈센트의 시선도 느껴졌다.

난 고개를 살짝 숙여 얼굴을 숨겼다. 지금 이 순간만큼은 얼굴을 가려 줄 앞머리가 없는 게 애석했다. 이럴 줄 알았으면 자르지 말걸. 후회가 솟구쳤다. 당황한 티를 내지 않으려고 노력하며 걸음을 옮겼다.

조엘리의 맞은편에 서자 그녀가 내게 꽃 장식을 건넸다. 그리고 옆에 서 있던 앨리샤를 뒤로 밀었다.

"앤, 얼른. 시간이 없어."

"아, 네. 알겠습니다."

난 앨리샤를 한 번 흘끗 보곤 조엘리의 뒤에 섰다. 풀어내느라 다시 헝클어진 금빛 머리카락을 빗으로 빗어 정리한 후에, 이리저리 꼬아서 틀어 올렸다. 그 사이사이에 작은 핀을 꽂아 머리를 고정하고, 가장 위쪽에 꽃 장식을 꽂아 넣었다.

거울 속에 비친 제 모습을 살펴본 조엘리가 만족스레 웃었다.

"앤은 손재주가 좋다니까."

"감사합니다."

묵례하고 뒤로 물러났다. 한 바퀴 돌아 제 모습을 살핀 조엘리가 빈센트를 돌아봤다.

"어때?"

"……."

"어떠냐고."

"나쁘지 않아."

여전히 성의 없는 말투였지만, 이번엔 조엘리가 흐뭇하게 웃으며 다시 거울 속의 자신을 살폈다. 난 시선을 바닥에 꽂아 두었다. 빨리 이 시간이 지났으면 좋겠다. 그리 생각하며 슬쩍 고개를 옆으로 돌리다가 빈센트와 시선이 딱 부딪쳤다. 화들짝 놀라 다시 내렸지만 이미 눈을 마주치고 난 뒤였다.

"참, 앤을 소개해 주지 않았네."

하필 그때 조엘리가 끼어들었다.

"이쪽은 로버트를 시중드는 사용인이야. 유모를 도와주고 있어. 아, 내 시중을 드는 시녀와 둘이 자매래. 별로 안 닮았지?"

자매? 그리 묻는 목소리가 들렸다. 날 보는 그의 시선이 느껴졌다. 오른쪽 뺨도 따끔했다. 굳이 확인하지 않아도 앨리샤가 불만스러운 표정으로 날 보고 있다는 걸 알 수 있었다.

하지만 내게 관심이 쏠렸으니 모르는 척할 수는 없었다. 난 주춤거리며 몸을 돌리고, 곧장 허리를 굽혔다. 그걸로도 부족해 고개까지 깊숙이 숙였다.

"……처음 뵙겠습니다. 앤이라고 합니다."

한마디를 뱉는 것조차 떨려 왔다. 살짝 벌어진 입술이 덜덜거렸다. 몰래 마른침을 삼키고 두근대는 가슴을 진정시키려 노력했다. 목소리가 떨리지 않도록 최대한 천천히 또박또박 말했다. 누구나 하는 가벼운 소개, 딱 이 정도가 적당하다.

정수리에 닿는 시선이 따끔했다. 되돌아오는 말은 없었다. 그의 태도가 딱딱하게 느껴졌지만, 어찌 보면 당연한 거였다. 난 쓰게 웃으며 차분히 그가 인사를 받아 주길 기다렸다.

"처음은 아니지."

순간, 심장이 쿵 내려앉았다. 혼란으로 뒤범벅된 마음이 고스란히 드러났다.

살짝 내리깔았던 눈을 주춤거리며 들어 올리자, 날 주시하는 에메랄드빛 눈동자가 보였다.

나는 몇 번이나 입을 달싹이다가 결국 다물었다. 무슨 소리냐고 묻고 싶은데, 물을 수가 없었다.

알아본 거야?

날 알아봤어?

탁한 빛이 사라진 눈동자는 선명한 이채를 띠었다. 그 에메랄드빛 눈동자가 찬찬히 날 훑어 내렸다. 얼굴을 숙이고 있었지만, 앞을 가리던 답답한 앞머리가 사라져 못난 얼굴을 그에게 보였을지도 모른다. 그걸 깨닫고는 도망치고 싶은 충동을 억눌러야 했다.

하지만 피하고 싶지 않아.

정말 날 알아봐 주는 거라면…….

"못난이."

……못난이요?

"로버트가 그렇게 불렀던 거 같은데."

"……?"

그가 곰곰이 생각하듯 낮게 읊조렸다. 난 그가 한 말이 무슨 뜻인지 고민했다. 그러다 떠오르는 게 있었다. 눈물이 차오를 것 같았던 감동이 와장창 깨졌다.

"로버트와 숲속에서 나올 때 봤었지. 아마."

"숲……속이요?"

곧장 유모의 날카로운 눈초리가 날아왔다. 이번엔 다른 의미로 심장이 떨렸다. 유모님, 제가 다 잘못했습니다.

로버트 한정으론 냉정한 유모가 활활 불타올랐다. 난 흘끗흘끗 유모의 눈치를 살피다 그만 또다시 빈센트와 눈이 딱 마주쳤다. 어느새 고개를 반쯤 들고 있어 내 얼굴이 그에게 고스란히 드러났을 테다. 고개를 숙일 기회를 놓쳤다.

그가 내 얼굴을 보곤 눈을 키웠다. 그러다 앨리샤 쪽에 시선을 두더니 다시 날 본다.

날 보는 시선. 짧은 순간 일그러지는 얼굴이 의미하는 게 무엇인지 바로 알아챌 수 있었다.

"너무 닮지 않았군."

"……."

그러고는 고개를 돌려 조엘리를 본다.

"대충 마무리하고 나와. 밖에서 기다릴 테니."

"알겠어."

조엘리의 대답을 들은 빈센트가 잠시 잠든 로버트를 살폈다. 금빛 머리칼을 한 번 쓸어 주고는 소파에서 몸을 일으켰다. 그러곤 들어올 때와 변함없이 차분한 걸음으로 방을 나섰다. 한 번도 뒤돌아보지 않는 그의 뒷모습은 문이 닫히며 사라졌다.

탁— 문이 닫힌 뒤에도 내 시선은 방문에서 떨어지지 못했다. 빈센트가 했던 말이 귓가에 메아리쳤다. 그 안에 담긴 게 뭔지 헤아려 보려 했다.

'너무 닮지 않았군.'

'자매가 너무 다르잖아.'

'넌 너무 끔찍해.'

언젠가 들었던 말들이 연이어 울려왔다.

수치심으로 얼굴이 붉게 달아올랐다.

□ ◆ □

'넌 그 얼굴 덕 본 거란다.'

빨래를 마친 옷들을 바구니에 넣고 나오던 길에 어느 아낙네가 내게 한 말이었다. 마을엔 강이 하나뿐이라 아낙네들은 그곳에 모여 노닥거리며 빨래를 했다. 때문에 숨길 수 없는 게 우리 집 가정사고, 남의 집 속사정이었다.

갑작스러운 말에 내 머릿속이 느리게 굴러갔다. 나는 무슨 소린지 몰라 일단 그녀를 올려다봤다. 아낙네는 팔짱을 끼고 안타깝다는 듯 혀를 찼다.

'그 얼굴이 아니었으면 지금쯤 그렇게 숨 쉬고 살았겠니. 네 동생들처럼 팔려 갔거나

맞아 죽었겠지. 오히려 그 얼굴로 태어난 게 얼마나 다행인지.'

'……'

'그것도 축복이란다.'

그 말을 듣던 난 눈동자를 굴렸다. 그녀가 말한 다행이란 게 뭔지 고민해 보았다. 하지만 아무리 고민해도 답은 나오지 않았고, 의문만 길게 늘어졌다.

'어째서죠?'

'뭐?'

'어째서 그게 다행인 거죠? 제가 이렇게 태어난 걸 왜 다행으로 여겨야 하나요? 제가 제 동생들을 대신해 살고 있다고 해서 그걸 축복이라고 할 수 있나요?'

순수한 궁금증이었다. 왜 내 외모가 이런 걸 다행이라 여겨야 하는지 모르겠다. 악마 새끼 밑에서 살아남았다 하여 그걸 축복이라 할 수 있을까? 정말 궁금했다. 당신은 정말 그렇게 생각하고 있는지.

그러자 아낙네는 당황해 했다. 그녀의 등 뒤에서 이쪽을 주시하던 다른 아낙네들이 내 눈을 피하며 눈치를 살폈다. 내 시선은 그쪽에 닿았다가 다시 눈앞의 아낙네에게 꽂혔다.

'이건 축복이 아니라 비극이에요.'

내 인생은 비극일 뿐이에요. 그리 말하여, 유일하게 드러난 입꼬리를 올렸다. 눈앞을 가리는 답답한 앞머리가 내 비극의 산물이었다.

이건 다행도 아니고, 축복은 더더욱 아니었다. 하지만 포기했다. 아무리 발버둥 쳐도 달라질 수 없는 일에 노력하는 건 무의미한 짓이었다. 내 삶이 그랬다. 나로 하여금 달라지는 것이 없기에 나 또한 달라질 수 없었다. 차라리 죽는게 더 행복한 결말이지 않았을까 고민해 본 적도 있었다.

나는 빈센트에게 용기를 내라고 했지만, 정작 나 자신은 용기를 내지 못했다. 용기를 낼 생각도 못 했다.

그래서 장정의 남자, 그것도 귀족 백작이 침대 위에서 웅크려 공포에 떠는 걸 보았을 때 마음껏 동정하고 안타까워했다. 나보다 더 불쌍한 사람. 그가 나밖에 없다는 듯 굴었을 땐 한편으로는 기분이 좋았다. 이런 날 필요로 하는 사람도 있어. 자만심이 생겼던 것도 같다.

빈센트는 둘째 같았다. 성격이나 얼굴이 비슷하다는 게 아니다. 그 아슬아슬함이, 그로 인해 지켜 주고 싶은 마음이 드는 게 그를 내 동생 보듯 행동하게 만들었다.

그래서 그를 시중드는 내게 매달리는 게 기뻤고, 도와주고 싶었다. 도망치는 와중에도 홀로 남을 그에게 영원한 행복을 빌어 주었던 마음도 진심이었다.

하지만 그는 둘째가 아니었고, 내 걱정 따윈 필요 없는 사람이었다. 시력을 잃긴 했지만 그도 결국은 귀족이었다. 처음부터 내 존재는 무의미했다. 어쩌면 도움도 필요 없었는지 모른다. 나는 이제야 그걸 깨달았다.

그리고 잊고 있던 내 모습도.

촤악— 뿌려진 물이 내 얼굴을 적시고 떨어졌다. 툭툭 떨어진 물방울이 시커멓다. 순식간에 홀딱 젖은 몸에서 시큼한 냄새가 났다.

"어머, 미안해요!"

하녀가 당황하며 다가와 사람이 있는 줄 몰랐다고 변명했다. 하지만 물을 버리던 길에 갑자기 튀어나온 건 나였다. 난 괜찮다 말하고, 따끔한 눈가를 손등으로 문질렀다. 그러다 앞머리가 밀려 올라가자 재빨리 고개를 숙였다.

"괜찮아요?"

"괘, 괜찮습니다."

당황한 하녀를 뒤로하고 재빨리 내달렸다. 몸이 더러운 게 구정물 때문이 아닌 거 같았다. 시큼한 구정물 냄새가 마치 내 체취 같았다. 내가 지나가는 길마다 물방울이 떨어지며 흔적을 남겼다. 복도를 닦던 하녀가 인상을 찡그렸다. 난 고개를 숙이고 걸음을 빨리했다.

빈센트와 대면한 이후부터 생겨난 감정은 점차 커져만 갔다.

다시 만난 그는 내 얼굴을 보고 놀랐다. 그는 티 내지 않으려 했지만 난 그 찰나를 알아봤다. 당혹스러움. 그건 날 보던 사람들에게서 한결같이 보았던 얼굴이었다. 만약이란 기대는 조각이 나 사라지고, 반가움마저 후회로 뒤바뀌는 재회였다.

'숨고 싶어.'

내가 시중을 들었던 그 시녀라고 한다면 어떻게 될까. 왜 사라졌냐며 화를 낼까, 반가워할까, 아니면 실망할까. 아니, 아마 상상조차 못 하겠지. 그의 머릿속에 남아 있는 건방지고 뻔뻔했던 시녀는 이런 추녀가 아닐 테니.

나는 결국 빈센트에게 부끄러운 존재일 뿐이었다.

방으로 돌아와 몸을 씻었다. 더러운 구정물을 씻어 내도 찝찝함이 남았다. 몸에선 여전히 냄새가 나는 거 같았다. 씻어도 씻어도 더러운 거 같아. 계속 문지르다 결국 피부 껍질이 벗겨져 찌릿했다. 목덜미를 더듬자 피가 묻어났다.

"도마뱀이면 좋을 텐데."

그럼 탈피해서 예쁜 모습이 될 수 있을 텐데. 지금 뒤집어쓴 껍질을 벗고 새로운 모습으로 그 남자 앞에 당당히 설 수 있을 텐데.

하지만 난 사람이다. 탈피 같은 건 할 수 없고, 죽는다면 모를까 살아생전 '나'의 모습은 절대 달라지지 않는다.

'이러지 마. 이런 생각 하지 않기로 했잖아.'

눈물을 흘리고 슬픔에 빠지는 건 쉽다. 하지만 그걸 받아들이고 앞으로 나가는 건 어렵다. 슬픔이란 한순간만 오는 게 아니니까. 갑자기 불쑥불쑥 나타나 날 찌르고 절망에 끌어들이는 게 슬픔이란 거다. 거기에 무너지면 끝이다.

숨을 고르고 온몸에 찬물을 뒤집어썼다. 잠시 흔들렸던 마음을 추슬렀다.

다행히 그날 이후론 빈센트를 볼 수 없었다. 그는 이곳에서 지내지 않았고, 가끔 찾아오는 정도였다. 찾아와도 사용인을 일일이 만나러 다니지 않는 이상 멀리서 그를 보거나, 또 지나가다가 스치는 것뿐. 그나마 접점이라면 저택에 올 때마다 로버트를 만나러 왔다는 거지만, 처음과는 달리 내게 관심 한번 주지 않았다. 그는 날 기억하지 못했고 나 또한 굳이 알은척하는 멍청한 짓은 하지 않았다.

가채용 기간은 세 달이다. 어차피 그 기간이 끝나면 이곳을 떠나야 한다. 차라리 잘됐다. 여기가 스텔라 백작가가 아닌 벨루니타 백작가인 이상 더는 여기 있을 수 없었다. 이곳은 과거에 지내던 별채가 아니었고, 날 위협하던 집사도 없었다. 때문에 당장은 위험하지 않아 나도 모르게 이곳에 적응할 뻔했다.

나는 다시금 이곳에서 도망쳤던 이유를 상기했다. 대체 지금 이게 무슨 상황인지, 뭔지 모르겠으나 이젠 아무래도 좋다. 여기에 안주하지 말자. 때가 되면 떠나는 거야. 지금은 괜찮을지 모르나 언제 어디서, 집사가 날 발견할지 모르니까.

앞으로 두 달도 채 안 남았어. 앨리샤는 어떻게든 남으려고 용을 쓸 테니 그땐 나 혼자 떠나면 된다. 내겐 안주할 수 없는 곳이나, 앨리샤가 앞으로 생활하기엔 마냥 나쁘지 않을 거다. 채용은 바라지 않았고 채용된다고 해도 이곳과는 맞지 않는다는 핑계를 대며 떠날 생각이었다.

내가 바라든 바라지 않든 끝은 오게 된다.

그때까지 많이 벌어 둬야지.

'어차피 그도 더는 내가 필요치 않으니까.'

이제 정말 이 저택에서 내 자리가 사라진 거다. 그 씁쓸함을 웃음으로 털어냈다. 대체 뭘 기대한 거야. 잘된 일이잖아.

하지만 역시 인생은 내 생각대로 흘러가지 않는다. 그와의 만남이 다른 식으로 이어진 것은.

"도련님?"

여느 날처럼 로버트의 시중을 들기 위해 방문을 열었는데 방 안이 텅 비어 있었다. 오늘은 유모가 이른 아침부터 외출을 했다. 그래서 나 혼자 시중을 들고 아침과 점심 식사를 챙겼다. 그러곤 잠깐 부엌에 내려갔다 온 사이에 로버트가 사라져 버렸다.

하지만 어디 있는지는 바로 알아챘다.

말 모양 철상 위로 올라가려고 끙끙거리는 로버트를 발견했다. 나조차 올라가기 힘든 철상 위에 어떻게 올라타나 했더니, 작은 발로 철상의 다리를 지탱하는 네모난 받침을 딛고 위로 펄쩍 뛰어 올라타는 것이다. 보아하니 한두 번 해 본 솜씨가 아니었다.

"도련님!"

내 고함에 로버트가 화들짝 놀라며 고개를 돌렸다. 곧 날 발견하곤 드물게 당황한다. 동시에 어정쩡하게 올라간 몸이 미끄러지며 아래로 떨어지는 걸 내가 다급히 달려가 붙잡았다. 큰일 날 뻔했다.

"호, 혼내지 마."

"안 혼내요."

안도의 한숨을 쉬고 로버트를 마저 올려 주었다. 안장 위에 올라탄 로버트가 말의 목을 붙잡고 내 눈치를 살폈다. 제가 한 짓이 '하지 말라는 짓'이란 건 아는 듯했다. 하긴, 유모가 매번 기겁하며 말렸는데 모른다면 그게 더 이상하지. 그러면서도 내려간다는 소린 또 안 한다.

어차피 하지 말라고 해서 들을 아이도 아니고, 오히려 하지 말라면 더 하고 싶어지는 법이다. 게다가 로버트가 이렇게 자꾸 철상에 올라타는 데는 나름의 이유가 있다는 걸 최근 알게 되었다. 가령 저 넓은 숲속을 헤치고 나올 누군가를 가장 먼저 보고 싶다든지.

이럴 땐 적당히 어울려 주고 달래는 게 더 낫다.

"다음부턴 이곳에 오고 싶으시면 저도 같이 데려가 주세요."

"혼내지 않을 거야?"

"네. 같이 올라가요."

나도 낑낑거리며 로버트의 등 뒤에 올라탔다. 동그래진 보랏빛 눈동자가 날 돌아봤다. 난 한 손으로 말의 목을 잡고, 남은 손으론 로버트의 작은 몸을 붙잡았다. 역시 높이가 있다 보니 창밖의 풍경이 널찍하게 보였다.

로버트의 시선이 창밖 너머에 꽂혔다. 연신 뭔가를 찾는 얼굴을 보고 있자니 기분이 묘했다.

"뭐가 보이세요?"

"나무가 있어. 풀도 있어."

"꽃도 보이실 거예요."

"응. 꽃도 있어."

"무슨 색 꽃이에요?"

"노란색."

"붉은색이나 하얀색도 있어요?"

"응."

작은 고개가 끄덕여졌다. 난 하늘이 얼마나 예쁜지, 흙의 상태는 어떤지, 나무들은 어떤 모습을 하고 있는지 같은 시답잖은 물음을 던졌다. 로버트는 내 질문에 꼬박꼬박 대답했다. 그렇게나마 아이가 그리움을 잠시 잊길 바랐다.

"있잖아, 못난아."

"……."

"못난아."

"네."

"어머니가 오고 있을까?"

난 잠시 얼굴을 찡그렸다가 빠르게 풀며 로버트를 내려다봤다. 로버트는 여전히 창밖을 보고 있었다. 큰 눈을 껌뻑이며 멍하니.

"네. 오고 계실 거예요."

"와, 정말?"

"많이 보고 싶으세요?"

"응. 보고 싶어. 이만큼 보고 싶어."

로버트가 양손을 둥글게 휘저었다. 제 딴엔 큼지막한 마음을 표현한 듯했다. 로버트는 얌전히 기다릴 수 있어. 그리 말하며 웃는 로버트가 안쓰러웠다. 아이의 작은 몸을 품에 안고 배를 토닥였다.

"보고 싶어도 잘 참고 기다리시고, 참 착하세요."

"나 착해?"

"네. 착하세요."

"그럼 나 안 내려가도 돼?"

로버트는 내 감동에 동참해 주지 않았다. 적당히 태워 주고 내려가려 했던 내 의도를 정확히 파악한 영악함에 혀를 내둘렀다. 내가 애써 웃으며 대답하지 못하자, 로버트가 다시 까륵 웃으며 창밖을 바라봤다.

"로버트."

그때 갑작스런 부름이 들려와 아래를 내려다보다가 깜짝 놀랐다. 대체 언제 왔는지…… 빈센트가 서 있었다. 그의 등장에 난 굳어 버렸고, 로버트가 '빈센트!' 라고 부르며 활짝 웃었다.

빈센트가 인상을 썼다.

"위험하다고 했을 텐데."

노기가 섞인 목소리에 로버트의 얼굴이 침울해졌다. 슬쩍 몸을 돌려 내 품에 얼굴을 묻고 못 들은 척한다. 그 모습을 지켜보던 빈센트의 인상이 더 사나워졌다. 그의 날카로운 시선이 내게 꽂히길래 재빠르게 고개를 돌려 말의 머리통을 바라봤다. 어린 로버트는 둘째 치고 나도 같이 어울려 타고 있으니 참 민망한 상황이 아닐 수 없다.

곧이어 귓가로 한숨 소리가 들려왔다.

"위험하니까 내려와."

빈센트가 손을 뻗어 왔다. 난 로버트를 품에서 떼어 내려 했다. 로버트가 발버둥을 치며 내려가지 않으려고 버텼다. 그걸 겨우겨우 떼어 내 조심히 아래로 내려 주었다. 빈센트가 로버트의 작은 몸을 잡아 품에 안았다. 그러곤 곧장 머리를 콩 박는다.

"위험하니까 자꾸 올라가지 마. 한 번만 더 올라가면 버려 버릴 거야."

"치사해!"

"치사한 게 아니라 정당한 거야."

"정당해?"

"그래. 내 거니까 내 맘대로 할 수 있어."

어린애를 상대로 참 좋은 말씀 하신다. 난 로버트를 협박하는 빈센트를 한심하게 내려다봤다. 내 거니까 다신 올라가지 말라고 으름장을 놓는 빈센트가 세상 누구보다 한심한 남자로 보였다.

엉덩이를 들썩이며 나도 내려갈 준비를 하는데, 불쑥 손이 내밀어졌다. 로버트를 바닥에 내려놓은 빈센트가 내게도 손을 뻗었다.

"잡도록."

"예?"

"혼자 내려오기엔 높거든."

당황하며 그의 손과 얼굴을 번갈아 바라봤다. 그가 손을 한 번 까닥였다. 얼른 잡으라는 재촉에 난 떨리는 마음을 가다듬고 천천히 그의 손을 맞잡았다.

손안을 감싸 오는 체온이 따뜻했다. 별거 아니야. 여자 혼자 내려오기 힘들어 보이니 도와주려는 것뿐이다. 신사라면 무릇 할 수 있는 배려였다. 그걸 되새기며 바닥으로 뛰어내렸다.

확실히 높이가 높긴 했다. 몸이 붕 뜨는 거 같았다. 끝을 모르는 낭떠러지로 추락하는 기분. 그 공포에 눈을 질끈 감느라 중심을 잃고 말았다.

그런데 폭신한 감촉이 날 감싸 안았다. 나도 본능적으로 뭔가를 감싸 안았다. 그러다 번쩍 눈을 떴을 땐, 내 가슴께에서 살랑살랑 움직이는 금빛 머리카락이 보였다. 다리가 허공에 달랑거렸다.

그의 머리통을 붙잡고 안긴 꼴이 되어 버렸다.

"으악!"

기겁하며 손을 떼어 내자 몸이 뒤로 휘청거렸다. 그가 서둘러 내 등 뒤로 팔을 두르고 날 붙잡았다. 난 중심을 잡기 위해 다시 그의 머리통을 붙잡아야 했다. 덕분에 그의 머리카락을 뜯어 버릴 뻔했다. 아래에서 신음이 들려오자 당황하며 몸을 뒤로 물렸다.

"죄, 죄송합니다."

"알겠으니 움직이지 마."

바로 아래 그의 얼굴이 있었다. 눈앞이 빙글빙글 돌아갔다.

"내, 내려 주세요!"

"기다려. 내려 줄……."

"지금 내려 주세요! 빨리 내려 주세요!"

제발 내려 달라고 애원했다. 방금 전의 로버트에게 지지 않을 정도로 발버둥 쳤다. 그러나 내가 발버둥 칠수록 그의 몸에 더 바싹 닿게 되었다. 목덜미에 숨결이 훅 닿자 더는 참을 수 없었다. 심장이 쿵쿵쿵 뛰며 난리가 났다. 눈앞이 빙글빙글 돌다 못해 토할 거 같았다.

그렇게 난리를 쳐 댄 성과로 몸이 아래로 내려갔다. 발이 거의 바닥에 닿을 때쯤 더는 참지 못하고 폴짝 뛰어내렸다. 그런데 손을 놓던 그와 뛰어내리던 내 행동이 엉키며 기어코 몸의 중심을 잃었다.

당황한 내 몸이 뒤로 넘어가고, 빈센트가 다시 날 붙잡기 위해 손을 뻗은 순간, 들어 올려진 내 다리가 그의 다리 사이를 걷어차 버렸다.

퍽! 소리가 섬뜩하게 울렸다.

곧 그의 몸이 앞으로 굽어 들었다. 거기까지 보고 뒤로 넘어간 나는 철상 몸통에 뒤통수를 찧었다.

이번엔 내 입에서 헉 소리가 새어 나왔다. 별이 번쩍 튀었다.

별 스무 개를 보고 나서야 정신이 돌아왔다. 찌릿한 뒤통수를 만지다가 발끝에 닿았던 감촉을 떠올리며 몸을 일으켰다. 빈센트가 한쪽 무릎을 꿇은 채, 몸을 웅크리고 있었다.

이 모든 참상을 생생히 목격한 로버트가 눈을 껌뻑이며 빈센트 옆에 쭈그려 앉아 그를 살폈다.

"빈센트, 아파?"

"⋯⋯."

빈센트는 말이 없었다. 푹 숙여진 얼굴이 그의 마음을 대변하는 듯했다. 내 심장이 다른 의미로 쿵쾅 뛰었다.

"주, 주인님?"

"⋯⋯."

"괜찮으신 거죠? 네?"

"⋯⋯."

여전히 대답이 없는 그에게 한 발자국 다가갔다. 불길했다. 서, 설마 아주 큰 참상이 벌어진 건 아닐까. 내가 벨루니타 백작가의 대를 끊어 버리고 말았어! 이 비극을 어찌해야 할지 몰라 절망하던 찰나, 갑자기 웃음소리가 터져 나왔다.

"아하하하!"

언제 온 건지 뒤쪽에 조엘리가 서 있었다. 그 곁에는 눈을 동그랗게 뜬 앨리샤와 참담한 표정을 짓고 있는 조니도 함께였다. 그 가운데에서 조엘리만이 숨이 넘어갈 듯 배를 움켜잡고 흐느꼈다.

"너."

곧 빈센트가 천천히 고개를 들어 올렸다. 창백한 얼굴에 번뜩이는 눈동자가 사납게 내게 꽂혔다.

"누구라고 했지."

이를 으득 물고 내뱉는 질문에 난 마른침을 꿀꺽 삼키고 말았다. 지금 다시 말하지만, 난 결단코 이런 재회를 상상하지 않았다.

전혀.

네, 사고 쳤습니다.

나는 그날의 참상 직후 빈센트에게 살려 달라고 빌었다.

'죄송합니다. 정말 죄송합니다.'

'네가 무슨 짓을 한 건지 알긴 아나?'

'네. 죄송합니다. 다 제 탓입니다.'

'두 번 도와주면 사람 죽이고 죄송하다고 하겠군. 아니면 그게 그쪽이 도움을 준 사람을 대하는 태도인가?'

'……'

저 주둥이는 여전하구나. 하지만 내 잘못이니 입이 열 개라도 할 말이 없어 난 묵묵히 그의 비난을 받아들였다. 빈센트는 뭐라 더 말하고 싶은 눈치였지만, 차마 그 참상을 입에 직접 담을 수 없어 화를 삭이는 듯했다. 그 옆에서 조엘리는 아까부터 눈치 없이 웃느라 정신이 없었다.

'괘, 괜찮아, 풉, 빈센, 크흑. 주, 주치의의 진료를 받아 봐야 하는 거, 아냐, 큭.'

'입 좀 다물지.'

'푸하하!'

그러나 조엘리는 지지 않고 웃어 댔고, 빈센트의 살벌한 시선이 다시 내게 꽂혀 들었다. 내 고개가 아래로 푹 떨어졌다. 그러면서 슬쩍 조니의 등 뒤로 몸을 숨겼는데, 그가 한 발 옆으로 움직이며 피했다. 피하지 말아 달라고 애원의 눈빛을 보냈지만 조니는 단호했다.

'네가 감당해야지.'

얄미운 놈. 결국 난 아찔한 시간을 홀로 이겨 내야 했다.

그날, 난 정말 도망쳐야 하나 다시 한번 심각하게 고민했다.

그는 이곳에 올 때면 꼬박꼬박 로버트를 만나러 왔기에, 그 뒤로도 몇 번이나 더 불편한 상황이 이어졌다. 못마땅해하던 시선은 얼마 지나지 않아 평소처

럼 무시로 돌변했다. 간혹 조엘리가 그 참상을 장난스레 언급해 난 몰래 식은
땀을 흘려야 했다.

참상의 또 다른 목격자인 앨리샤는 이게 부러운 상황인지 아닌지 생각하느
라 복잡해 보였다.

아직도 그날의 일을 생각하면 얼굴이 달아올랐다. 벌을 받지 않을까 싶었는
데, 그는 체면 때문인지 어떤 조치도 취하지 않았다. 다행히 다리 사이 그곳이
아닌 그 옆의 허벅지 쪽을 걷어찬 거라 불행은 피했지만, 그에게 나에 대한 인
상이 어떻게 새겨졌을지 뻔했다.

이번엔 다른 의미로 그를 피해 다녔다.

"아……."

로버트의 디저트를 챙겨 방으로 들어갔을 때였다. 방 안에 누군가 있었다.
아이를 품에 안은 성인 남자였다. 뒷모습이지만 바로 누군지 알아봤다.

내가 놀라 걸음을 멈춘 사이, 빈센트도 날 알아채곤 몸을 돌렸다. 그의 시선
이 닿자 난 본능적으로 고개를 숙였다. 습관처럼 앞머리를 더듬었다. 생각지도
못한 그의 등장에 당황하다 흘끗 고개를 들자, 그가 날 알아보고 인상을 썼다.
그의 못마땅해하는 얼굴을 보자 괜스레 긴장됐다.

뻣뻣하게 굳은 날 향해 그가 검지를 들어 입가에 댄다.

'쉿.'

쉿? 아, 쉿. 쉿. 나도 그를 따라 검지를 입가에 대다 버벅이며 고개를 끄덕였
다. 빈센트가 시선을 떼고 로버트의 등을 큰 손으로 토닥토닥 두드렸다.

"어머……니……."

울음기 가득한 목소리가 나직이 흘러나왔다. 가까이서 보니 울었는지 로버
트의 얼굴이 퉁퉁 부어 있었다. 또 운 건가. 알게 모르게 로버트의 어머니를 향
한 그리움은 상당했다. 지금처럼 잠기운에 칭얼거리며 울 때도 많았다. 대체 로
버트의 어머니는 어떤 사람인지 궁금해질 지경이었다.

빈센트가 로버트의 머리를 살살 쓰다듬어 주었다. 느긋하고 조심스러우면서
도, 익숙한 손짓. 잠시 칭얼거리던 로버트가 다시 고른 숨을 내쉬었다.

벽면에 커다랗게 뚫린 창가로 환한 빛줄기가 쏟아져 들어왔다. 빈센트의 어

깨 위로 지저분하게 흐트러진 짧은 금발이 햇살에 반짝였다. 로버트가 우웅거리며 통통한 뺨을 비비적댔다. 빈센트가 익숙하게 자세를 고쳤다.

두 사람의 모습이 빛살 사이로 흔들렸다.

제법, 잘 어울리는데?

"왜 그렇게 보는 거지."

뒤돌아보던 빈센트가 다시 인상을 썼다.

"아니, 아닙니다."

난 곧장 시선을 내리고 몸을 굽혔다.

얼마 안 가 방 안엔 아이의 고른 숨소리만이 울려 퍼졌다. 완전히 잠든 로버트를 침대에 눕힌 빈센트가 방에서 나갔다.

그때까지 디저트가 담긴 은접시를 들고 서 있던 나도 잠든 로버트를 흘긋 보곤 밖으로 향했다. 발소리를 죽이고 사뿐사뿐 걸어 나와 살며시 방문을 닫았다.

"너."

잊고 있던 고난이 찾아왔다.

살벌한 두 눈동자를 보자 나도 모르게 은접시를 들어 얼굴을 가렸다.

"드, 드시겠어요?"

내가 생각해도 생뚱맞은 말이었다.

"뭐?"

그도 황당한 듯하다.

"도련님께 드리려고 가져왔는데 주무시고 계시니. 이거 안 먹으면 녹아서요. 녹으면 맛도 없어지고, 아깝기도 하고. 꽤, 괜찮으시다면, 단걸 좋아하신다면…… 아니, 안 좋아하셔도, 아니, 그게 그러니까, 어…….."

주절주절 내뱉다 보니 말이 이상해졌다. 뭐야. 나 무슨 말 하려고 했데. 내 목소리가 서서히 잦아들었지만, 그도 더는 말이 없었다. 민망한 공기가 흘렀다.

이 상황을 어떻게 마무리해야 할지 몰라 난감해하는데 갑자기 은접시가 가벼워졌다. 은접시를 내리자, 그가 바로 앞에 있는 창가에 몸을 기대는 게 보였다. 손엔 로버트에게 주려고 했던 디저트를 들고선.

디저트는 초콜릿케이크였다. 그가 시키면 케이크 한쪽을 포크로 쪼개고 입안에 넣어 오물오물하며 먹고 있다. 갑자기 무슨 쌩뚱맞은 소리냐는 꾸짖음은 없었다. 그는 정말 맛있게 케이크를 먹기 시작했다.

조금, 웃음이 나왔다. 그의 태도도 태도지만, 케이크를 한 입 베어 문 그의 얼굴이 생기를 띠었다. 아닌 척해도 꽤 입에 맞나 보다. 얼굴은 뚱한데 묘하게 만족스러워 보였다. 단걸 좋아하는 건 여전한가 봐.

"차도 드세요."

케이크만 먹으면 목이 막힐까 싶어 함께 가져온 찻잔에 차를 따랐다. 하지만 어린아이가 마시는 건 찻잎을 우린 물이 아니라, 벌꿀을 탄 우유였다. 뽀얀 우유를 본 나는 다시 당황했다. 나와 같이 뽀얀 우유를 내려다보던 그가 말없이 내가 내민 찻잔을 들어 우유를 들이켰다.

"달아."

"꿀이 들어갔습니다."

"어린애 입맛에 딱이겠군."

그 어린애 입맛에 눈앞의 남자도 포함됐다. 그는 다디단 우유를 잘도 마셨다.

난 은접시를 들고 눈치를 살피다 슬쩍 그의 옆에 섰다. 그는 내게 꺼지라고 하지 않았다. 관심이 없다는 듯 시선조차 두지 않는다.

우리 두 사람밖에 없는 복도엔 침묵이 맴돌았다. 고요하다. 그러나 불편하지 않았다. 단걸 좋아라 하며 먹는 그의 모습에 옛 기억이 겹쳐졌기 때문인지도 모른다.

"이름이 뭐라고 했지."

"네?"

"이름."

"아, 지난번에도 말씀드렸는데 기억이 나지 않으신지요."

"지난번?"

그의 목소리가 사나워졌다. 그 지난번이 아니라고 재빨리 고개를 저었다.

그날, 내게 누구냐고 사납게 묻는 그의 물음에 차마 대답하지 못하고 눈치만 살폈었다. 한참 즐겁게 웃던 조엘리가 가도 좋다고 허락해 주어 도망칠 수 있었다.

"그, 그 전에 인사를 드렸습니다."

"……."

"두 번 정도 만나 인사드렸습니다."

"일일이 기억해야 하나?"

어쩐지 비꼬는 기색이 역력했지만, 난 다른 의미로 놀랐다. 그는 정말 날 두 번 만났던 걸 기억하지 못하는 듯 굴었다.

보통은, 내 얼굴을 보면 잊히지 않는다던데. 너무 못나서, 앨리샤와 정반대라서, 그래서 더 기억하게 된다며 인상을 쓰던데.

그도 분명 내 얼굴을 보고 놀란 줄 알았는데.

"기억, 안 나세요?"

"눈에 띄지 않아서."

"절 말씀하시는 건가요?"

"여기 너 말고 누가 있지?"

돌아오는 목소리가 차갑다. 문제의 그날 이후로 그는 내게 감정을 드러냈다. 평소엔 짜증, 이제는 귀찮음까지.

하지만 난 정말 의아했다. 일부러 모른 척하는 건가.

아니, 뚱한 에메랄드빛 눈동자에 담긴 건 무관심이다. 그제야 알아챘다. 그는 애초부터 내게 관심이 없었던 거다. 두 번이나 본 사용인의 얼굴 따위 금세 잊어버릴 만큼.

기분이 이상했다. 사람을 만나 놓고 잊어버리는 무례함에 씁쓸해해야 할지, 특별한 것처럼 취급하지 않는 태도에 고마워해야 할지 모르겠다.

그래도 저번 일도 있는데, 생뚱맞은 디저트 권유에도 민망하지 않도록 어울려 준 건 빈센트 나름의 배려였다. 그러면서 까칠하긴 또 얼마나 까칠하고.

세월이 흘러도 그는 변함이 없었다.

"앤……이라고 했던가."

하지만 그의 입에서 나온 건 내 진짜 이름이 아니었다. 난 대답을 망설였다.

이미 그에게 소개했던 이름인데 지금은 왠지 답하고 싶지 않았다. 그게 진짜 내 이름이 아님에도, 아니라고 할 수 없어 난 침묵을 택했다.

"기억해 두지."

좋은 의미로 기억한다는 건 아닌 거 같다.

난 남은 케이크를 맛있게 먹는 그를 흘끗댔다. 에메랄드빛 눈동자는 또렷한 이채를 띠고 있었고, 평온한 얼굴에선 여전히 어떤 괴로움도 보이지 않는다. 정말 이제 눈이 보이는구나. 몇 번이나 확인했음에도 볼 때마다 매번 신기했다.

내가 자꾸 흘끗대는 걸 느꼈는지 그가 살짝 눈가를 좁혔다. 눈 돌려, 라고 말하는 거 같다. 난 재빨리 바닥을 내려다봤다.

"유모는 외출한 건가."

"네. 이른 아침에 본가로 가셨습니다. 무슨 일이 있으신지 종종 외출하여 본가에 다녀오십니다."

"잦은 편인가?"

"최근엔 그렇습니다."

"로버트는 어떻지. 생활하는 데 불편해하는 건 없나?"

"네. 잘 지내십니다."

"여전히 어머니를 많이 찾고?"

바로바로 대답하던 난 멈칫했다. 혹시 그때 로버트와 나눈 대화를 들은 건가. 난 조금 늦게 고개를 끄덕였다.

"내색을 많이 하시는 편은 아니지만."

"내색해도 달라지는 게 없으니까."

익숙한 말이다. 유모에게서 들은 적이 있었다.

저번에 숲속에 들어간 일로 유모에게 혼나면서 왜 그런 행동을 하게 됐는지 설명했다. 로버트가 어머니를 그리워하고 있다는 것까지.

그러자 유모가 씁쓸히 웃었다.

'잘 내색하지 않으셔서 그래요. 내색해도 만나지 못하니까, 안 하시는 거죠.'

더 어릴 땐 투정을 많이 부렸단다. 하지만 투정을 부려도 이뤄지는 게 아니니 그런 내색이 점차 줄어들었다고.

로버트는 어머니가 보고 싶다는 투정을 잘 하지 않는 편이라 생각했다. 말 철상에 올라가거나, 밖으로 나가고 싶다는 투정을 부리긴 하지만, 그 이유가 무엇인지는 명확히 말하지 않는다. 유모와 함께 있을 때도 조잘조잘 말을 많이 하면서도 어머니가 그립다는 내색은 내비치려 하지 않았다.

묵묵히 기다리고 있다고 생각했는데, 투정 부린다고 해도 달라지지 않으니 자기만의 방법으로 그리움을 달래고 있던 걸까.

그냥 보고 싶다고 하지. 계속 투정 부리는 게 더 어린애다웠다. 하지만 저 어린아이 또한 귀족이었다. 귀족 사회의 엄격함 속에 살고 있었다. 어쩌면 로버트는 내 생각보다 어른스러운 아이일지도 모른다.

'그립다 하시면 많이 들어 주세요.'

유모는 내게 그런 부탁을 했었다.

"그래도…… 잘 지내십니다."

"글쎄. 잘 지낸다면 말 철상에 올라타 밖을 내다보진 않겠지."

그것도 알고 있었구나. 그는 내 생각보다 로버트에게 관심이 많았다.

"어떻게 생각하지."

"뭘 말씀이세요?"

"로버트가 제 어머니를 그리워하지 않을 방법이 있을 거 같나?"

난 잠시 눈을 굴렸다. 쉽게 대답할 수 없는 물음이었다.

하지만 답은 안다.

"그리워하시는 분이 계신지요?"

"……그건 왜 묻지."

"같은 깊이이지 않을까요."

"……"

그리움의 깊이는 상대에 대한 애정에서 비롯된다. 로버트는 제 어머니를 많이 사랑한다. 그러니 그리움을 잊는 방법 따윈 없다. 다른 쪽으로 잠시 관심을 돌리게 할 순 있어도 완전히 잊는 건 불가능하다.

"쉽게 잊을 수 있었다면, 그리워하지도 않았을 거라 생각합니다."

강요할 수도 없는 문제고.

감정이란 그런 거니까. 마냥 좋은 게 아니라고 해도, 원하지 않았다 해도, 가슴속에 사무치는 걸 내 맘대로 버릴 순 없다. 그렇기에 복잡하고, 번거롭고, 또 힘든 거겠지.

"보이지 않는다 해서 가벼울 거라 생각되지 않습니다."

그의 말이 맞다. 내색하지 않는다고 해서 그립지 않은 게 아니다. 짧은 다리로 낑낑거리며 말 철상에 올라타는 고생을 알지 못하는 것처럼, 그 누구도 로버트가 숨긴 그리움을 헤아릴 순 없다. 오히려 꼭꼭 숨겨 둔 감정이 더 깊을 수도 있다.

눈에 보이는 것만이 전부는 아니니까.

그래도 로버트는 잘 지내고 있다고 생각한다. 로버트를 가장 먼저 생각하는 유모가 곁에 있고, 조엘리와 빈센트도 함께니까. 그리고 나도 있고.

"그냥, 로버트 님을 자주자주 만나러 와 주세요."

"……."

"로버트 님은 주인님이 오실 때마다 정말 기뻐하시는걸요."

로버트는 빈센트가 자신을 만나러 올 때마다 양손을 펼쳐 들고 반겼다. 환한 웃음을 지으며 그에게 달려들었고, 빈센트 또한 반갑게 웃으며 로버트를 안아 들었다.

빈센트도 로버트를 아끼고 있단 걸 그간의 모습을 통해 알게 되었다. 지금도, 그는 로버트를 걱정하고 있었다. 그래서 그가 할 수 있는 방법을 알려 줬다. '자주자주'를 강조하면서.

"넌 어떻지."

"네?"

"잊을 수 없는 그리움을 느껴 본 적이 있나?"

난 씁쓸히 웃었다.

"누구에게나 보이지 않는 그리움이 있으니까요."

내가 이곳을, 당신을 잊지 못했듯이 말이다.

입 안이 텁텁해지는 대답을 끝으로 또다시 침묵이 돌았다. 빈센트는 잠시 말이 없었다. 내 시선은 여전히 바닥을 맴돌았다. 말하고 나니 좀 민망해졌다. 오랜만에 옛 생각이 떠올라 너무 주절주절 뱉었나 싶기도 하고.

슬금슬금 눈치를 살피는데, 불현듯 그가 웃음을 터트렸다. 너무 생뚱맞은 웃음이라 의아해하며 고개를 들어 올렸다. 그는 로버트의 방문을 보고 있었는데, 손으로 입가를 가린 얼굴이 정말 웃고 있었다.

"나도 알아."

"……."

"잘 알고 있어."

짧게 웃음을 흘리는 얼굴이 유난히 눈에 들어왔다. 대체 뭘 떠올렸을까. 무엇을 떠올렸기에 저리 즐겁고, 또 슬프게 웃을까.

"너무 잘 알고 있지."

나직이 중얼거린 그의 얼굴에서 한순간 웃음이 사라졌다. 어쩐지 멍한 표정으로 그가 내게 시선을 꽂았다. 나 또한 그를 멍하니 바라보다가 시선이 부딪치는 순간, 화들짝 놀라 얼굴을 돌렸는데.

"다 먹었는데."

그가 빈 접시를 내밀었다.

"아, 맛있게 드셨나요?"

"나쁘지 않더군."

말은 그래도 접시를 싹싹 비웠다. 포크로 케이크를 떠먹으며 뭉개진 초코크림도 긁어 먹었는지 접시가 깨끗했다. 보니까 꿀을 탄 우유가 담긴 찻잔도 거의 비워 가고 있었다.

그 와중에도 착실히 단것을 챙겨 먹은 그가 웃었다.

웃음이 나오려는 걸 애써 참으며 접시를 받아 들었다. 그런데 그가 접시 끝을 붙잡고 놓지 않았다.

"저, 손을……."

"이걸 다 먹었으니 부탁 하나 하지."

부탁?

"로버트의 일상을 내게 알려 줄 수 있나."

"도련님의 일상을요?"

"그래. 하루에 한 번씩 내게 보고하면 돼."

"딱히, 특별한 일은 없습니다."

"그 특별하지 않은 일을 알려 주면 돼."

그걸 왜 나한테 부탁하냐고 묻고 싶었다. 지난번 일로 날 못마땅하게 여기는 거 아니었나. 분명 나에 대한 평가가 좋지 않을 텐데. 대체 왜?

그가 내 의문을 알아챘다.

"유모한테도 부탁했지만, 신세 진다고 생각하는지 말을 가리더군. 괜한 걱정을 끼치고 싶지 않다는 거겠지. 게다가 그녀는 자주 저택을 비우게 될 거야. 홀로 시중드는 날이 많아질 테니 유모보단 네가 로버트의 상태를 알려 주기에 적합하겠지."

"그런 걸 제가 말씀드려도 될지······."

유모가 말하지 않은 걸 내가 말해도 될지 모르겠다. 하지만 눈앞의 남자는 이 저택의 주인님이었다. 내가 시중드는 사람은 로버트이지만, 엄밀히 말하자면 날 고용한 사람은 빈센트였다.

어느 쪽의 입장에 서야 할지 잠시 고민되었다.

"고민할 필요가 있나."

"그렇지만······."

"내게 아주 큰 실수를 한 적이 있잖아."

실수? 의아해하자 그가 제 허벅지를 탁탁 때렸다. 그 손길을 따라 시선을 내렸다가 슬쩍 고개를 돌렸다.

"미, 미수였습니다."

"너 때문에 가문의 대가 끊어질 뻔했어."

그리 말하는 빈센트는 그 어느 때보다 진지해 보였다. 그가 내게 그런 부탁을 한 건 단순히 로버트의 시중을 들기 때문만은 아닌 듯했다.

"나쁜 의도는 없어. 그저 로버트가 이 저택에서만이라도 외로워하지 않길 바랄 뿐이야. 잊을 순 없어도 더 느끼게 하고 싶지는 않거든."

저렇게 말하니 차마 거절할 수 없었다.

"알겠습니다."

그가 드디어 접시를 놓아 주었다. 그러곤 접시 위에 찻잔을 올려놓는다. 잔도 깨끗이 비워진 상태였다. 만족스러운 티타임이었는지 그는 퍽 기분 좋아 보였다.

사실 디저트가 목적이었던 거 아니야? 어쩐지, 가지 않더라니. 의심이 생겨 그의 옆얼굴을 연신 노려봤다. 그러다 빈센트가 날 돌아봐서 곧장 얼굴을 숙여야 했다. 눈치 빠른 것도 여전하다.

"더 궁금한 게 있나?"

불현듯 그가 물었다. 제가 감히 궁금해할 자격이 있나요. 뚱한 마음이 샘솟았다. 없다고 답하려던 내 머릿속에, 방금 전 곰곰이 생각했던 궁금증이 불쑥 떠올랐다.

"그럼 한 가지 여쭈어봐도 될까요."

"뭐지."

"혹시 로버트 님의…… 양부가 되어 줄 생각이신가요?"

"뭐?"

빈센트의 성격상 쉽게 호의를 베풀 사람이 아니었다. 그가 눈이 보이지 않았던 때의 기억을 잊었다고 생각되지 않는다. 괴로움도 쉽게 잊을 수 없는 감정이니까. 그런 빈센트가 로버트를 특별히 여기는 게 의아했다. 게다가 두 사람의 모습이 너무 다정해 보이기도 했고.

대체 무슨 관계야?

너무 궁금해서 내 나름대로 추측을 해 봤다.

곧 그가 답을 알려 주었다. 세상에서 가장 황당한 헛소리를 들었다는 듯 구겨진 얼굴이 바로 그 대답이었다.

이번에도 그의 마음속 나에 대한 평가를 한 풀 더 깎아내렸다는 것은 굳이 묻지 않아도 알겠다.

제11장

잊으려 해도 지울 수 없던 당신께

빈센트의 말대로 유모는 자주 외출을 했다. 밖에 무슨 일이 있는지 무척 바빠 보였다. 혼자 둬서 미안하다고 하는 그녀에게 난 걱정 말고 잘 다녀오라며 웃어 주었다. 바쁜 그녀가 신경 쓰지 않도록 로버트를 잘 보살피고 싶었다.

'대체 무슨 오해를 한 거지? 괜한 소문이 돌까 무섭군.'

마치 왜 멋대로 그런 걸 판단하냐는 비난임과 동시에 괜한 헛소문을 퍼트리고 다니지 말란 경고 같은 말이었다. 차갑게 일갈한 빈센트가 곧장 자리를 떠났다. 두 사람의 사이가 너무 좋아 보여 추측해 본 건데 괜히 미움만 산 거 같아 침울해졌다. 뒤늦게 죄송하다 소리쳤지만 그는 다시 돌아보지 않았다.

그날 이후로 빈센트를 만나지 못했다. 그는 바쁜지 코빼기도 보이지 않았다. 하루에 한 번씩 로버트의 일상을 말해 달라더니, 나와 직접 대면하진 않았다. 그를 대신해서 온 하인이 내게 로버트의 일상을 물었다.

사실 보고라기보단 하루 동안 했던 일을 주절주절 나열하는 거에 가까웠다. 하지만 바쁜 하인을 붙잡고 구구절절 설명하기도 뭐했다. 그래서 하루는, 편지를 써서 전달해 드리면 어떻겠냐고 물었다.

'글을 쓸 줄 아십니까?'

'조금 쓸 줄 압니다.'

하인이 의외라는 시선을 보냈다.

그 뒤론 편지를 써서 건네줬다. 이틀에 한 번씩 하인이 방문해 편지를 가져갔다.

[오늘도 도련님은……]

지난번 편지 내용과 별다를 건 없었지만 일단 펜을 들었다. 종이 위에 유려한 글씨가 쓱쓱 채워졌다.

'이러고 있으니까.'

꼭 그때 같잖아.

금빛 글씨가 유달리 그리워진다.

"뭐 해?"

로버트가 빼꼼 고개를 내밀었다. 낮잠을 자고 있었는데 언제 깼는지 모르겠다.

"일어나셨어요?"

"응. 유모는."

"외출하셨어요."

내 대답을 들은 로버트가 양손을 내밀었다. 안아 달라는 거다. 요새 둘만 있는 시간이 늘어나다 보니 로버트는 내게 제법 마음을 의지해 왔다.

한쪽 팔에 감긴 두툼한 붕대를 흘긋 보곤 로버트를 품에 안아 들었다.

"팔은 안 아프세요?"

"응."

며칠 전, 일이 터졌다. 언제나처럼 로버트의 시중을 들기 위해 방으로 찾아갔을 때, 로버트가 방 안에 없었다. 그건 꽤 자주 벌어지는 상황이었다. 그리고 로버트가 어디 있는지도 바로 알아챘다. 아니나 다를까 로버트는 말 철상 근처에 있었다.

하지만 문제는 로버트가 바닥에 주저앉아 울고 있었다는 거다.

'으아앙!'

'도련님!'

한쪽 팔을 부여잡고 있어 기겁했다. 우려했던 일이 터진 것이다.

151

곧장 의사를 불러 진찰을 받았다. 팔에 강한 충격을 받아 뼈에 금이 갔지만 다행히 경미한 수준이라고 했다. 로버트의 팔은 두툼한 붕대를 둘러 고정시켰다.

잠시 후, 조엘리가 찾아와 걱정이 듬뿍 담긴 시선으로 로버트를 살폈다. 거기에 합세한 유모가 울고불고해서 난리도 아니었다.

'또 혼자 다니시면 엉덩이를 때릴 거예요.'

그녀 딴엔 아주 큰 꾸짖음이었다.

뒤늦게 소식을 듣고 온 빈센트가 물었다.

'어떻게 된 거지?'

'그게……'

그의 물음에 조엘리와 유모의 시선도 내게 꽂혔다. 빈센트의 분위기를 보아하니 말 철상 때문이라고 말한다면 당장이라도 버려 버릴 기세였다. 로버트가 침울한 얼굴로 내 치맛자락을 꽉 움켜잡았다. 난 잠시 고민하다 입을 달싹였다.

'함께 복도를 산책하는 중이었는데, 도련님이 기분이 좋으셨는지 급하게 뛰다가 넘어지셨어요.'

거짓말을 하긴 했지만 그에게 통할 거라 생각하진 않았다. 아마 다른 사용인들에게 대략적인 상황을 전해 들었을 것이다. 그러나 다행히 그들은 말 철상에 대해 언급하지 않았다. 다만 내게 로버트를 계속 눈여겨보라는 당부를 남겼다.

'거길 올라가려고 하셨던 거죠?'

두 사람의 관심이 다시 로버트에게 닿았을 때, 유모가 슬쩍 다가와 물었다. 난 그저 웃기만 했다. 유모의 얼굴에 수심이 내려앉았다. 난 그녀도 로버트가 철상에 올라가는 이유에 대해 알고 있다는 걸 깨달았다.

다행히 로버트도 깨달은 바가 있는지 그 이후로는 얌전히 방 안에서만 지냈다.

방금 전까지 내가 쓰고 있던 편지를 로버트가 멀뚱히 내려다봤다.

"나도 할래."

"팔 조심하셔야 해요."

로버트가 고개를 끄덕였다. 난 의자를 하나 더 가져와 옆에 두고, 거기에 로버트를 앉혔다. 근처에 남은 종이와 펜도 가져와 손에 쥐여 주었다.

앙증맞은 손이 펜대를 꼭 쥐고 종이에 무언가를 끄적거렸다. 으응. 응. 콧노래까지 흥얼거리는 게 제법 즐거워 보였다. 나도 그 옆에 앉아, 펜을 들고 편지를 이어 썼다.

그러다 슬쩍 로버트를 살폈다. 그림을 그릴 거라 생각했는데 글씨를 쓰고 있었다.

"잘 쓰시네요."

"응. 나 잘 써."

"네. 잘 쓰세요."

교육의 성과인가. 모양이 삐뚤빼뚤하긴 했지만, 무슨 내용인지 알아볼 수 있었다. 그걸 가만히 보고 있자니 갑자기 번뜩 좋은 생각이 떠올랐다.

"편지를요?"

"네. 마님께 써서 보내면 어떨까 해서요."

유모가 돌아오자마자 낮에 떠오른 생각을 말했다. 내뱉고 보니 나쁘지 않았다. 유모가 곰곰이 생각하더니 고개를 끄덕였다.

"그러고 보니 편지를 쓴 지 꽤 되었네요."

"그럼 이참에 써서 보내면 어떨까요? 답장을 보내 주실지도 모르니까요."

"좋네요. 마침 마님께서 저택에 머물고 계시니, 제가 전해 드릴게요."

허락이 떨어졌다.

"근데 답장을 주실지는 모르겠어요."

그게 무슨 소리냐고 눈짓하자 유모가 씁쓸히 웃었다.

"그전엔 편지를 자주 보냈었는데, 어느 순간부터 마님의 답장이 늦어지면서 그 후로는 보내지 않게 되었어요."

그 말에 분위기가 침울해졌다. 그래도 답장을 준다고 하면 좋아하지 않을까? 그 높디높은 철상에 올라 창밖을 내다보는 것보다야 안전했다.

난 바로 준비를 해 로버트에게 다가갔다. 빳빳하고 깨끗한 종이를 슬쩍 내밀었다.

"어머니께?"

"네. 편지를 써서 보낼 거예요."

하지만 예상과 달리 로버트는 기뻐하지 않았다. 뚱한 얼굴로 펜대를 만지작 댄다. 좋아할 줄 알았는데 오히려 관심 없다는 태도다.

"편지를 쓰면 마님께서도 답장을 보내 주겠다고 하셨어요."

"거짓말."

하지만 로버트는 내 말을 믿지 않았다. 나는 로버트의 마음속에서 빛바랜 기대가 실망으로 자리매김했다는 걸 알아챘다.

쉽지 않겠는데. 편지 답장으론 어림도 없겠다. 저러다 말 철상에 올라타는 사태가 또다시 벌어질까 걱정됐다. 이때까지 어떻게 사고가 발생하지 않았는지 의아할 정도로 위험한 행동이었다. 이번엔 경미한 수준에 그쳤지만 다음번엔 큰일이 날 수도 있다. 철상을 치워 버리는 방법도 생각했지만, 그럼 또 다른 위험한 행동을 할지 몰라 조심스러웠다. 그간의 행동력을 보아 후자에 대한 걱정이 무리는 아니었다.

일단, 로버트의 흥미를 끌 만한 것이 필요했다.

곰곰이 생각하다 순간, 떠오르는 게 있었다.

"너 혹시 색 있는 잉크를 구해 줄 수 있어?"

"색 있는 잉크?"

조니가 눈을 껌뻑였다. 난 고개를 끄덕이며 결연히 말을 이었다.

"아무 색이나 좋아. 여러 가지 색을 구해다 주면 더 좋고."

"내가 아는 검은색 잉크 말고 다른 색을 말하는 거야?"

"응. 가능해?"

"음. 이번에 외출하면서 한번 알아볼게."

이곳의 사용인들은 정당한 사유가 아니면 외출을 허가받기가 쉽지 않았다. 그게 싫어 떠난 사람도 있었다.

"나 가끔 외출해."

"어떻게? 허락받기 쉽지 않을 텐데?"

"그건 비밀이지."

조니가 검지를 입가에 댔다. 아, 그러세요? 별로 관심이 없어 대충 고개를 끄덕였다.

"그런데 그건 뭐에 쓰려고?"

"아이의 흥미를 좀 끌어 볼까 하고."

"아이? 꼬마 도련님 말하는 거야?"

"응."

"어떻게 쓸 건데?"

"비밀이야."

너만 비밀 있냐? 나도 비밀 있다.

"치사해."

툴툴거리긴 했지만 며칠 뒤 조니는 나에게 색색의 잉크병을 내밀었다. 그의 손안에 가득 담긴 잉크병들을 내려다보며 감탄했다.

"와, 빠른데."

"빌린 거야. 곱게 쓰고 돌려줘."

"알겠어."

잉크병 하나를 들어 보니 빨간 물이 출렁인다. 그것들을 조심히 건네받아 로버트에게 가져갔다. 바닥에 앉아 놀고 있던 로버트는 잉크병을 보아도 영 관심이 없었다. 그래서 준비해 온 종이를 한 장 꺼내 바닥에 두고, 잉크병 뚜껑을 열었다. 펜촉에 잉크를 묻혀 종이에 선을 쭉 긋자 빨간색 잉크가 번졌다. 별 관심 없어 하던 로버트가 눈을 동그랗게 떴다.

"우와!"

"어떠세요? 예쁘죠?"

"응. 예뻐!"

작은 손이 파닥거렸다. 펜대를 쥐어 주자 종이에 쓱 선을 긋는다. 펜촉에서 흘러나온 빨간색 잉크를 바라보는 로버트의 눈이 반짝였다.

"이렇게 예쁜 색으로 편지를 써서 드리면, 마님께서도 좋아하실 거예요."

"응응. 좋아!"

드디어 로버트도 흥미가 생겼나 보다. 난 활짝 웃으며 어떤 색으로 편지를 쓸지 고민했다.

"어떤 색을 좋아하세요?"

"다 좋아! 저거랑 저거랑 저거랑 다 할래!"

"그럼, 도련님이 좋아하시는 다른 분들께도 편지를 쓸까요?"

"응. 다 쓸래!"

효과가 좋다. 곧장 새로운 종이를 내밀었다. 로버트가 잉크병에 펜촉을 콕 찍어 종이에 쓱쓱 그었다. 색색의 잉크가 신기한지 편지 쓸 생각은 안 하고, 마구 긋기만 했다.

"누구한테 쓸까요?"

"어머니랑 빈센트랑 유모랑 캐롯이랑, 또또."

로버트의 입에서 편지를 쓰고 싶은 사람들이 막힘없이 나왔다. 욕심도 많다. 괜히 웃음이 나왔다. 종이를 여러 장 준비해 두었던지라 문제는 없다.

"그럼 먼저 마님께 써요."

"응!"

"어떤 색이 좋을까나. 골라 보시겠어요."

바닥에 놓인 색색의 잉크병을 로버트 쪽으로 쓱 밀어 주었다. 로버트가 골똘히 고민하더니 하나를 집었다. 보라색이었다.

펜촉에 잉크를 적시고 로버트의 손에 쥐여 주었다. 로버트가 쓱쓱 펜촉을 움직였다.

[보고 싶퍼요]

예상된 내용이었다. 잘못 쓴 글자가 귀여우면서도 씁쓸했다. 한편으론 고개를 콕 박고, 콧노래까지 부르며 편지를 쓰는 로버트를 보자 흐뭇했다.

이리저리 선을 그어 지저분해진 종이들을 한데 모아 한쪽에 놓았다. 잉크는 날아가지 않도록 쓰지 않는 건 뚜껑을 꽉 닫아 두었다. 로버트가 편지를 쓰는 동안 주변을 좀 정리해 둘 참이었다.

그때 한쪽에 굴러다니는 잉크병이 눈에 들어왔다. 무슨 색인지 궁금해 집어 들고 햇빛에 비추었다. 투명한 병 안쪽에서 찰랑이는 색을 확인하곤 눈을 키웠다.

'금빛.'

눈이 시릴 정도로 아름다운 색. 내겐 너무도 슬픈 색.

'루카스.'

어떠한 편견도 없이 다정히 웃어 주던 남자가 떠올랐다. 눈을 질끈 감았다. 잉크병을 꽉 쥐고 이마에 댔다. 차가운 감촉이 느껴졌다. 꽉꽉 누르며 외면했던 감정은 이따금 팍 터져 나와 숨을 막히게 했다. 마치 앞에 보이는 빈센트를 볼 때처럼.

어쩌면 내가 괜한 생각을 하는 게 아닐까. 빈센트가 잘 살고 있는 것처럼, 루카스도 어딘가에서 잘 살고 있지 않을까.

마지막으로 들은 그의 소식은 생명이 위독하다는 거였다. 그 얘기를 하던 에단의 수심 가득한 얼굴은 거짓이 아니었다.

하지만 그때로부터 벌써 5년이나 지났다. 꼭 나쁜 결과로만 이어지지 않았을지도 모른다. 건강을 회복한 뒤 한때 자신을 위로해 줬던 시녀를 기억의 한편에 묻고, 새로운 운명을 만나 행복하게 잘 살고 있을 수도 있다.

'내가 그걸 바라.'

제발 그가 행복해졌기를.

날 행복하게 만들어 줬던 만큼 루카스도 행복했으면 좋겠다.

빈센트, 루카스, 에단, 바이올렛. 꼬리를 물고 이어지는 기억들이 그리움을 불러왔다. 잊겠다 마음먹는다고 잊을 수 있을까. 그게 가능했다면 그리워하지도 않았을 텐데.

보이지 않는 그리움이 내 마음속을 휘저었다.

"다 썼다!"

"아, 네. 잘하셨어요."

불쑥 들려온 로버트의 목소리가 상념을 깼다. 들고 있던 잉크병을 바닥에 내려놓았다. 그런 뒤 한 번 흘긋 보곤 로버트에게 다가갔다.

로버트가 활짝 웃으며 편지를 쓴 종이를 내민다. 삐뚤빼뚤하지만 꾹꾹 눌러 쓴 글씨에서 로버트의 마음이 엿보였다.

"바로 유모님 것도 쓸까요?"

"응!"

새 종이를 꺼내 주자 곧장 펜을 잡는다. 이번엔 잉크도 알아서 척척 골랐다. 양발을 흔들며 편지를 쓰는 로버트를 보자 묘한 감정이 들었다.

그렇게 유모와 빈센트, 다른 사람들 몫의 편지까지 다 썼다. 그러고 나니 로

157

버트의 손이 잉크로 얼룩져 있었다. 난 인상을 쓰며 앞치마 끝으로 로버트의 손을 문질렀다. 알록달록한 색깔로 물들어 있는 손이 싫지 않은지 로버트는 연신 싱글벙글 웃었다.

완성된 편지는 곱게 접어 봉투에 넣고 밀봉했다. 봉투에도 받는 사람의 이름이 삐뚤빼뚤 적혀 있다. 나열해 보니 색색별로 알록달록하다. 여러모로 눈에 띌 듯하다.

그런데 편지만으론 좀 아쉬웠다.

잠시 고민하다 로버트를 품에 안고 방을 나섰다.

밖으로 나가지 말라고 했지만 문 앞은 괜찮겠지. 아래로 내려가 문밖까지 정확히 한 발자국을 남겨 두고 멈춰 섰다. 그곳에 로버트를 내려놓고 당부했다.

"여기 얌전히 계셔야 해요?"

"응."

로버트가 착하게 고개를 끄덕였다. 그제야 난 문밖으로 나가 바로 앞의 숲 입구에 핀 꽃송이를 살폈다. 입구 쪽에 핀 거라 쓸 만한 건 몇 송이 없었다. 하지만 양이 적어도 그럴싸하게 만드는 건 어렵지 않다. 그것들을 모조리 뽑아 뿌리 쪽을 정리했다. 그런 뒤 그 옆의 안개꽃도 뽑아 곁들이자 풍성해진 모양새가 그럭저럭 볼만했다.

꽃다발을 들고 로버트에게 향했다. 아이의 눈이 동그래졌다.

"꽃도 같이 보내 드려요."

방금 막 만든 노란 꽃다발에서 한 송이를 뽑아 로버트에게 건넸다. 작은 손이 그걸 꼬옥 쥐고 이리저리 흔든다. 그러다 내 손에 들린 꽃다발도 넘보기에 건네주었다. 신이 난 로버트가 그걸 양옆으로 흔들어 꽃이 사방으로 튀어 나갔다.

망가진 꽃다발을 본 로버트가 또 달라고 하기에 두 개를 만들어 그중 하나를 건넸다. 그러자 반대쪽 손에 들고 있는 걸 달라고 한다. 자신에게 건네준 게 대충 만든 거란 걸 알아챈 듯하다. 결국 예쁘게 만든 꽃다발을 로버트에게 주었다. 잠시 뒤 로버트의 손안에서 꽃다발이 공중분해되었다.

"푸하하! 눈이다! 눈!"

표현도 남다르셔라. 그래도 저렇게 좋아하니 저지할 생각은 들지 않는다.

"도련님. 이거 보세요."

하늘하늘 떨어지는 꽃잎을 보다가 문득에서 하얀 꽃씨가 동그랗게 뭉쳐져 있는 꽃을 발견했다. 뜯어서 후 불자, 하얀 씨앗이 둥글게 퍼지며 바람에 휘날렸다.

"우와."

로버트가 활짝 웃으며 꽃씨를 잡기 위해 양손을 휘저었다.

둘째도 꽃을 좋아했는데……. 아, 오늘따라 왜 이러지. 자꾸 울적해지는 기분에 고개를 젖혔다. 맑은 하늘이 보는 것만으로도 시원한 기분을 느끼게 했다.

오늘은 날씨가 참 좋았다. 햇빛은 따스하고, 바람은 시원했다. 며칠 더 지나면 완연한 더위가 찾아올 것이다. 그러다 꽃이 다 떨어지고, 하얀 눈이 세상을 뒤덮겠지. 그때가 되면 난 이곳에 없을 거다. 바람에 흩날리는 꽃씨처럼 땅에 뿌리를 내리고 꽃을 피우는 건 하지 못한다.

'나가면 다시 이곳에 오지 못할 거야.'

내 스스로 이곳에 돌아오는 일도 없을 거고. 마지막. 난 지금 이곳에서의 마지막을 보내고 있는 거다.

"나도! 나도!"

"네, 잠시만요."

주변을 둘러보다 씨가 뭉쳐져 있는 하얀 꽃을 따서 건넸다. 로버트가 후 불자 꽃씨가 바람에 날아간다. 로버트의 눈이 반짝이며 씨앗들을 좇았다. 저럴 땐 귀여운 어린아이 같다.

난 무릎에 올리고 있던 손을 들어 턱을 괴고, 그런 로버트를 멀뚱히 바라봤다. 빛을 받아 투명해진 금발이 바람에 헝클어지고, 휘었다 동그래졌다 정신이 없는 보랏빛 눈동자 안엔 기쁨이 가득 차올랐다. 이리저리 몸을 움직여 꽃씨를 날리는 부산스런 태도만큼 즐거움이 넘쳐흘렀다. 정말 좋아하네. 자주 이렇게 바람 좀 쐴 걸 그랬네.

그런데 환하게 웃는 로버트를 보고 있자니 어쩐지…… 낯익은 듯한…….

"아, 나오시면 안 돼요."

꽃씨를 따라 문밖으로 나오려는 로버트를 잽싸게 저지시켰다. 한 발자국이지만 엄연히 저택을 나가게 되는 거다.

"나도 꽃 보고 싶어."

"안 돼요."

"왜?"

"유모님한테 혼나요."

지난번 숲속에 다녀온 일로 유모한테 잔소리를 많이 들었다. 정말 많이 들었다. 온순한 사람이 화나면 더 무섭다는 걸 내 눈으로 직접 목격했다. 유모는 큰 소리를 내거나 거친 말을 뱉진 않았다. 다만 양손을 붙잡고 조곤조곤하게 화를 냈다.

"유모님 화나시면 무서워요."

"응. 유모 무서워."

로버트가 심각한 얼굴로 동의했다. 갑자기 동질감이 솟구친다.

"못난아. 나 하나 더."

"……."

그런데 저 못난이 소리 좀 안 했으면 좋겠는데. 잊을 만하면 로버트는 날 저렇게 불렀다.

꽃씨가 둥글게 뭉쳐진 하얀 꽃을 가리키며 로버트가 빨리 달라고 재촉했다. 난 눈을 가늘게 뜨고 주변을 한 번 둘러본 뒤, 로버트의 오동통한 양 뺨을 잡고 아프지 않게 쭉 잡아당겼다.

"우리 도련님도 참."

"우, 으!"

로버트가 양팔을 퍼덕였다. 난 말랑한 뺨을 꾹 눌렀다가 쭉 잡아당기며 입꼬리가 위로 올라오게 했다.

"또 못난이라고 부르실 거예요, 안 부르실 거예요?"

"우우, 못난이!"

"부르실 거예요, 안 부르실 거예요?"

"하, 하디, 마!"

"또 부르실 거예요?"

건방진 아이에겐 때론 무서움을 보여 줘야 한다. 하지만 난 유모처럼 엉덩이를 때리겠다고 할 수 없었다. 그래서 어떻게 하면 안전하게 경고할 수 있을지 고민하다가 오동통한 뺨을 쭉쭉 잡아당기기로 했다.

양팔을 휘두르던 로버트가 내 손을 탁탁 치더니, 결국 마지못해 고개를 끄덕였다. 난 숨을 훅 뱉고 뺨을 놓아 주었다.

통통한 볼이 붉게 달아올랐다. 로버트가 제 뺨을 붙잡고 울먹였다. 난 어디 한번 울어 보라는 뜻으로 보란 듯이 팔짱을 꼈다.

"유모한테 말할 거야!"

"말하세요. 저도 말할 거예요. 도련님이 저 몰래 말에 올라가려다가 떨어진 거요."

"……."

"도련님을 아프게 만든 게 말 철상이라는 걸 유모님이 아시게 되면, 당장에 말을 버릴걸요. 그럼 말이랑 영원히 안녕 하는 거예요. 지금 당장!"

사실, 버리는 사람은 빈센트일 테지만. 어쩌면 지금도 버리려고 하고 있을지도 모르지. 그럼 로버트가 다른 허튼짓을 안 하는지 평소보다 더 지켜봐야겠지만, 여하튼 누구든 버려 줄 거다.

내 말이 먹혔는지 로버트가 입을 꾹 다물었다. 부루퉁한 표정이었지만 별다른 반박을 못 하는 걸 보니, 다시 말 철상에 오를 생각이었나 보다. 위험하게시리, 내가 가만둘 줄 알고?

난 앞으로 더욱더 로버트를 주시해야겠다고 다짐했다.

"여기요, 도련님."

불만스러운 표정을 못 본 척하며, 꽃씨가 둥그렇게 뭉쳐진 하얀 꽃을 다시 한 송이 따 주었다. 로버트가 머뭇댄다. 악마의 유혹에 고뇌하는 사람처럼 심각해 보였다. 꽃을 양옆으로 슬쩍 흔들자 보랏빛 눈동자도 그 움직임을 따라 흔들린다.

곧 작은 손이 주춤거리며 꽃을 잡아 쥐었다.

난 픽 웃으며 꽃을 건네고, 또 하나를 따서 후 불었다. 하얀 꽃씨가 날아다니자 로버트가 눈을 크게 뜨고 제 손에 들려 있는 걸 후 분다.

눈앞이 하얀 꽃씨로 가득해지자 로버트가 환하게 웃었다. 까르륵 즐거워하는 걸 보니 기분이 좀 풀린 듯하다.

때마침 바람이 불어와 꽃씨가 더욱더 어지럽게 주변을 날아다녔다. 로버트가 손으로 꽃씨를 잡으려고 정신이 팔린 동안 난 숲 근처에 핀 꽃을 뽑았다.

흙을 털고 뿌리를 대충 다듬었다. 숲 근처에 핀 꽃이 많지 않았다. 숲속으로 들어가지 않는 한 꽃다발을 만드는 데는 한계가 있다. 여긴 숲속 한가운데라서 정원도 없었다.

이 정도면 큰 걸로 세 개 정도 나오겠네. 나머진 편지만 보내야겠다.

꽃 뭉치를 가져가자 로버트가 흥미를 보였다.

"나도! 나도!"

"이걸로 같이 꽃다발 만들까요?"

"응!"

의외로 적극적인 의지를 표했다. 저 의지가 사그라지기 전에 로버트와 꽃다발 만들기를 시작했다.

난 뽑아 온 꽃을 보기 좋게 정리하고, 로버트는 작은 손으로 꽃을 하나하나 모아 서툴게나마 꽃다발을 만들어 나갔다. 물론 모양새는 엉성하지만.

"그건 누구 거예요?"

"어머니 거야."

"와. 예쁘네요. 잘 만들고 계세요."

중간중간 칭찬도 잊지 않았다. 로버트가 수줍게 웃었다.

풍성하고 알록달록한 꽃다발은 로버트의 몸보다 더 컸다. 욕심도 많네. 로버트가 그걸 이리저리 흔들며 살펴더니 빨간 꽃을 빼고 노란 꽃을 꽂아 넣는다. 그 진지함이 흡사 꽃다발 장인을 보는 듯했다. 너무 진지해서 몰래 웃었다.

로버트가 두 번째로 만든 꽃다발도 첫 번째 것만큼 컸다.

"그건 어느 분께 드릴 건가요?"

"유모 거야."

"유모님이 좋아하시겠어요."

"정말?"

"네."

유모야 로버트가 먹던 과자를 뱉어 줘도 황송해할 사람이었다. 난 엉성하게 만들어진 꽃다발을 살짝 정리해 주었다.

"유모님에겐 도련님이 직접 주시겠어요?"

로버트가 눈을 동그랗게 떴다. 꼭 '내가?'라고 묻는 거 같았다. 난 웃으며 고개를 끄덕였다. 그러자 우물쭈물해 하는 것이 직접 주기 쑥스러운가 보다.

직접 주면 유모님이 굉장히, 아주 굉장히 좋아하실 거라고 과장되게 말하자 그제야 로버트가 작게 고개를 끄덕였다.

시간이 늦어 마지막 꽃다발은 내가 만들었다. 이건 캐롯이라는 여자아이 거였다. 남은 꽃이 별로 없어 로버트가 만든 것보단 화려함이 덜하지만, 나름 솜씨를 발휘해 봤다. 붉은빛과 연홍빛 꽃을 조합해 여자아이가 좋아할 만한 모양으로 만들어 냈다.

그러다 의아해졌다.

"빈센트 님 건 없나요?"

"응. 없어."

빈센트, 당신 건 없대. 난 몰래 큭큭 웃었다.

저녁 시간이 좀 지나서 유모가 돌아왔다. 외출복만 갈아입고 곧장 로버트의 방으로 온 건지 피로한 얼굴이었다. 평소라면 문을 열고 들어서는 순간 로버트가 '유모!' 하며 달려갔을 텐데 오늘은 그러지 않자 유모가 의아해했다.

"다 쓰셨네요."

"네. 다 썼는데 양이 좀 많습니다."

제법 두툼한 편지 뭉치를 건네자 유모가 즐겁게 웃었다.

"꽃다발도 만들었습니다. 도련님이 만드셨어요."

준비해 둔 꽃다발 두 개도 함께 건네주었다. 유모가 눈을 동그랗게 떴다. 비록 모양은 엉성하지만 낮 시간 내내 로버트가 만든 거였다. 그 엉성한 꽃다발을 보는 유모의 시선이 따스하다.

"마님 것과 백작님 건가요?"

"아니요. 마님과 캐롯 아가씨 거예요."

또다시 유모의 눈이 동그래졌다.

"유모, 유모."

때마침 로버트가 유모의 치맛자락을 쭉쭉 당겼다. 유모가 허리를 굽혀 로버트와 시선을 맞췄다.

"네. 도련님."

"이거 유모 거야."

로버트가 등 뒤로 숨기고 있던 꽃다발을 내밀었다. 꽃송이 사이엔 편지도 꽂혀 있다. 깜짝 선물이었다.

"유모, 고마워."

로버트가 유모의 뺨에 입을 쪽 맞췄다.

꽃다발을 받아 들던 유모가 깜짝 놀라더니 눈시울을 붉혔다. '감사합니다. 너무 예뻐요. 어쩜 좋아.' 유모의 감탄에 로버트가 쑥스러운지 시선을 마주하지 못하고 바닥에 발끝을 콩콩 찧었다. 그러곤 휙 몸을 돌려 침대 시트 속으로 쏙 들어갔다.

"감사해요. 편지들도 잘 전할게요."

"네."

유모는 로버트가 건넨 꽃다발에서 시선을 떼지 못했다. 꽃들 틈에 꽂혀 있는 편지를 살짝 더듬더니 펼쳐 읽는다. 조심스런 손짓이다.

난 울듯이 웃는 그녀의 얼굴을 멀뚱히 바라보았다.

"어머. 색이 있네요?"

편지에 적힌 글씨 색을 보며 그녀가 물었다.

"네. 색이 있는 잉크예요."

"세상에. 이런 잉크도 있구나."

"처음 보시나요?"

"네, 처음 봐요. 여태까지는 검은 것만 봤었는데."

유모가 신기하다는 듯 편지를 연신 둘러봤다. 판매하는 게 아닌가? 나도 과거의 한때를 제외하곤 색 있는 잉크를 본 적은 없었지만, 나 같은 하층민이야 그렇다 치더라도 귀족들도 쉽게 사서 쓸 수 없을 정도로 고가품인 건가. 그렇다면 조니는 이걸 어디서 구해 왔지?

"그런데 답장을 받을 수 있을지 모르겠네요."

"네? 무슨 일이 있나요?"

"어제부터 마님이 다시 바빠지셔서 얼굴 뵙기가 힘들어졌어요."

감동에 젖어 있던 얼굴이 침울해졌다. 난 황당했다. 아니, 대체 어떤 분이시길래. 내가 지금까지 들었던 로버트의 어머니에 대한 이야기는 바쁘고, 또 굉장히 바쁘다는 것뿐이었다.

"음, 어떡해야 하나."

유모가 걱정스럽다는 듯 중얼거렸다. 나도 걱정됐다. 답장이 올 거라고 했는데. 이제나저제나 답장이 오기만을 기다릴 로버트를 상상하자 기분이 좋지 못했다.

답장을 받을 만한 좋은 방법이 없을까.

아, 있다. 한 가지 방법.

"주인님께 말씀드리면 어떨까요?"

"백작님께요?"

"네. 직접 전해 주시고, 편지의 답장도 받아 주지 않으실까요."

사실 이게 가장 확실한 방법이긴 했다. 유모도 동감한다는 듯 고개를 작게 끄덕였다.

아니, 오늘은 왜…….

평소처럼 편지를 전해 주기 위해 출입문 앞에서 하인을 기다렸다. 평소와 다른 점은 편지가 조금 더 많다는 것. 그런데 오늘은 하인 혼자가 아니었다. 하필이면 빈센트가 옆에 떡하니 서 있었다. 덕분에 난 당혹스러움을 숨기지 못했다.

"오늘은 손에 든 게 많으시네요."

"어…… 네."

난 빈센트를 흘끗 보곤 허리를 깊게 굽혔다. 그러곤 먼저 가져온 편지들을 정중히 건넸다. 하인이 의아해하며 네 개의 편지를 받아 들었다.

"이것들은 뭔가요?"

"그게……."

쉽사리 말을 뱉기가 어려웠다. 난 빈센트의 발끝만 연신 흘끗댔다.

왜 하필 오늘 그가 같이 동행했을까. 나에게 로버트의 일상을 알려 달라고 한 뒤로 그는 코빼기도 보이지 않았었다. 솔직히 그가 굳이 날 만나러 올 이유는 없었다. 그래서 나도 편히 지내고 있었는데, 이렇게 갑작스럽게 등장하니 당혹스럽기만 했다.

유모는 내가 빈센트에게 로버트의 일상을 보고한다는 걸 알고 있었다. 때문에 그에게 직접 말하기 어려워하는 유모를 대신해 하인에게 부탁을 해 두려고 했다. 가장 확실하고 정확한 방법이었다. 그에게 잘 설명하면, 이때까지 로버트에게 보인 애정으로 보아 흔쾌히 들어줄 거 같았다.

물론 가장 달갑지 않은 방법이기도 했다. 유모는 신세 지는 마당에 그런 부탁까지 해도 될지 머뭇댔다. 나도 굳이 그와 연관되고 싶진 않았다.

하지만 로버트가 또 말 철상에 올라 큰 사고를 당하면 시중을 드는 내가 처벌을 받을 것이다. 그러한 상황을 피하고 싶은 마음에 안전한 방법을 택한 거였는데 그의 도움까지 필요한 상황이 올 줄은 나도 몰랐다. 어쨌든 내가 시작한 일이니 내가 끝을 맺어야 했고, 또 이렇게 흐지부지 넘길 수도 없었다.

그나마 하인을 통해 부탁을 전하는 거라 마음 놓고 있었는데.

네 개의 편지 중 하나는 로버트의 편지 전달을 부탁하기 위해 유모가 쓴 것이었다. 이걸 전해 주기만 하면 잘 해결될 거라 생각했는데…… 설마 직접 만나게 될 줄이야.

아랫입술을 짓씹으며 두 팔을 옆구리에 딱 붙이자 뭔가 부스럭거렸다. 주머니를 뒤적여 보니 사탕이 몇 개 나왔다. 어제 조니에게 받은 거였다. 싫다는데도 기어코 주머니에 꽂아 넣어 주었다. 이거 꽤 달다고 했었지. 아!

"다, 단거 드실래요?"

"네?"

내가 대뜸 내뱉은 말에 하인이 눈을 동그랗게 떴다. 난 손안에 든 사탕을 쓱 내밀었다. 단거라도 먹으면 빈센트가 기분 좋게 들어줄까 싶어서.

하인이 사탕과 날 번갈아 보곤 당황해 했다. 그 뒤에 서 있던 빈센트가 인상을 팍 구겼다.

166

"이게 다 사탕인가요?"

"아뇨, 그건 아니고. 저…… 부, 부탁드리고 싶은 게 있습니다."

"부탁?"

물음은 하인의 뒤에서 나왔다. 벽에 기대선 채 미친 사람 보듯 날 주시하던 빈센트가 성큼 다가왔다. 그가 움직인 거리만큼 나도 한 걸음 물러났다.

그때 손안에서 떨어진 사탕이 바닥을 뒹굴었다. 난 차마 위를 올려다보지 못하고 시선을 바닥에 꽂았다.

"무슨 부탁을 하고 싶은 거지."

"이 편지들 중 두 개는 로버트 님이 직접 쓰신 겁니다. 하나는 주인님께 보내는 것이고, 또 하나는 마님께 보내는 겁니다."

"로버트가?"

"네. 이 편지를 직접, 전해 주시길 부탁드립니다."

말을 하는 내내 너무 떨려 양손을 꽉 움켜잡았다. 유모도 아니고 나같이 한참 낮은 아랫사람이 그에게 이런 부탁을 해도 될지 잘 모르겠다. 그래서 하인을 통하려고 했는데.

하지만 이미 저지른 일. 이제 와 아무것도 아니라고 할 순 없었다. 어차피 말해야 하는 거 혹여 그가 사람을 써서 보낼까 싶어 '직접'이란 단어를 강조했다. 이건 그가 직접 건네줘야 의미가 있었다.

"남은 두 개는?"

"하나는 로버트 님의 일상을 적은 편지이고, 다른 하나는 유모님이 작성해 주신 겁니다. 직접 와 주실 줄 모르고, 편지로 부탁을 드리려고 했었습니다."

부스럭거리는 소리가 들렸다. 옆으로 움직인 빈센트의 구두코가 하인에게 닿아 있다. 하인의 손에 들린 편지를 집어 본 듯하다.

정수리로 그의 시선이 느껴졌다. 왜 이런 걸 부탁하는지 고민하는 듯 시선이 따끔했다.

"답을 받고 싶다는 거군."

"그렇습니다."

"유모를 통해 보내도 될 텐데."

"유모님 말씀으론 마님께서 최근에 다시 바빠지셔서 답장을 받을 수 있을지 잘 모르겠다고 하셨습니다. 하지만 주인님께선, 주인님은 직접 마님을 만나 답장을 받아 주실 수 있으실 거라 생각합니다."

"어째서?"

"로버트 님을 이 저택에 머물게 하시고, 일상에 불편함은 없는지 외로움을 느끼진 않는지 신경을 쓰시고 걱정하시는 걸 보면, 친분이 있는 관계일 거라고 추측했습니다."

저번에 우스갯소리로 양부가 되어 줄 거냐고 물은 것도 그 이유였다. 너무 다정해 보여서. 그리고 내가 이런 부탁을 하는 이유를 그가 잘 알고 있을 거라 생각한다. 역시나 그는 잠시 말이 없었다.

"로버트가 말 철상에 올라타는 이유를 알고 있나."

"네."

"그럼 편지를 쓰는 안전한 방법을 택하지 않은 이유도 알 테지."

"네. 들었습니다."

"지난번 사고 탓인가?"

역시 그도 로버트가 말 철상에 오르려다 사고를 당한 거란 걸 알고 있었구나.

"네. 답장을 받으시면 더 이상 철상에 오르는 위험한 행동은 하지 않으실까 싶어서요."

"이걸로 로버트의 외로움이 달래질 거라 생각하나?"

"아닙니다."

"그럼 내가 왜 이런 쓸모없는 부탁으로 시간을 보내야 하지."

그 순간, 정신이 아찔해졌다.

"말해 봐. 내가 왜 아랫사람의 부탁을 쉽게 들어줄 것 같은 사람이 되었는지."

그의 말에서 묘한 위압감이 느껴졌다. 옆에서 그와 나의 대화를 듣던 하인이 연신 눈치를 살폈다. 난 뭐라 대답할 말이 없었다. 침묵에 스며든 긴장감이 온몸을 때렸다. 그는 심기가 불편하다는 걸 노골적으로 드러내고 있었다. 맞잡은 양손이 축축이 젖어 들었다.

로버트의 방에서 우연히 만났을 때 그가 내 행동을 눈감아 준 거란 걸 알았다. 5년 전엔 느껴 보지 못한 느낌이었다.

지극히 아랫사람을 내려다보는 태도.

아니, 5년 전의 그에겐 이 정도의 위압감이 느껴지지 않았다. 그의 겉모습 탓일까, 위압감보다는 안쓰러움이 더 컸다. 그래서 두려워도 그와 부딪쳤다. 그 기억 때문인지 이번에도 부탁하면 그가 쉽사리 들어줄 거라 생각했다.

지금의 빈센트는 다른 사람이란 걸 간과했다.

이제 방 안에만 박혀 살던 남자가 아니다. 지금의 그는 빈센트 벨루니타 백작이다. 여타 다른 귀족들과 다를 바 없는 사람. 내가 함부로 말조차 건넬 수 없고, 아랫사람을 내려다보는 게 당연하며, 제 심기를 조금만 거슬러도 치워 버릴 힘이 있는 귀족.

손에 집히는 물건을 던지는 건 우스운 수준이다. 총을 들이대고 쏠 수도 있었다.

이제야 그의 권위가 느껴졌다.

그 또한 귀족이었다.

"그건……."

처음으로 느껴 보는 온몸이 짓눌리는 듯한 위압감이었다. 하지만 여기서 지지 않고 버틸 수 있는 건, 그간의 경험 덕분이었다. 난 두렵더라도 물러서면 안 될 때가 있다는 걸 안다. 5년 전과 바로 지금처럼.

말라 가는 입술을 혀로 축이고, 허리를 조금 폈다. 계속 바닥에 두고 있던 시선도 살짝 들어 올렸다. 이럴 땐 키가 작은 게 좋다. 원하지 않아도 상대를 올려다봐야 하니까.

"어떻게든 답장을 받아 주실 분이니까요."

"이유는?"

"이 저택에서만은 로버트 님이 외로워하지 않길 바란다고 하셨기 때문입니다."

"……."

"그러니, 들어주실 거라 생각했습니다."

짧은 순간, 나는 차분히 그와 시선을 부딪쳤다. 그러다 다시 고개를 숙였다.

또 뭐라 하지 않을까 싶었는데 빈센트에게선 별다른 반박이 없었다.

"그 상자는 뭐지."

빈센트가 바닥에 놓여 있는 상자를 가리켰다.

"아, 이건."

상자 안엔 로버트와 만든 꽃다발이 들어 있다. 꽃다발이 뭉개질 수도 있으니 상자에 넣는 편이 좋겠다는 유모의 의견이었다. 난 잽싸게 상자 하나를 집어 들었다.

"상자 안에는 꽃다발이 들어 있습니다. 로버트 님이 직접 만드셨습니다. 이 것도 같이 전해 주시길 부탁드립니다."

하인이 상자를 품에 안았다.

"이건 주인님께 드리는 겁니다."

꽃다발이 든 상자는 하나 더 있었다. 캐롯 아가씨에게 보내려던 꽃다발은 빈센트의 몫이 되었다. 부탁하는 마당에 자신만 꽃다발을 받지 못하면 기분 나쁘지 않을까 해서다. 이 또한 유모의 의견이었다. 그녀는 오랜 경험을 바탕으로 한 능수능란한 말솜씨로 로버트의 마음을 돌렸다.

이번에도 하인에게 건네주려다가 주춤거리며 방향을 틀었다. 여전히 바닥에 시선을 둔 채로 빈센트에게 한 걸음 다가갔다. 그의 구두코가 내 발끝에 아슬 아슬하게 닿았다.

내 행동을 주시하고 있을 그의 얼굴이 상상됐다. 난 마른침을 삼키고 상자를 그에게 쭉 내밀며 허리를 더 깊게 숙였다. 정중하게.

"잘 부탁드립니다."

"……."

그가 다시 침묵했다. 난 혹여 그가 꽃을 받지 않거나, 받고 내팽개칠까 봐 걱정됐다.

다행히 걱정과 달리 빈센트가 내 손에 든 상자를 천천히 받아 들었다. 바로 뚜껑을 열고 안에 든 꽃다발을 꺼내는 그를 흘긋 보았다.

시간이 없어 세 개의 꽃다발 중 유일하게 내가 만든 거다. 촘촘하게 박힌 꽃 송이가 빈센트의 얼굴을 간질인다. 무심한 빛을 띠는 눈동자가 그 꽃을 가만히 내려다보았다. 이리저리 만져 보긴 하지만, 별 감흥은 없어 보였다.

그래도 한참 동안 꽃에서 시선을 떼지 못했다.

"잘 받았다고 전해 줘."

"아, 네. 꼭 전해 드리겠습니다."

"로버트한테 별다른 일은 없나."

"네. 잘 지내십니다."

이때까지의 분위기를 환기하듯 빈센트가 로버트의 일상에 대해 물었다. 방금 전의 불편한 기색은 사라졌다. 난 물음에 답하며 그의 손에 들린 꽃다발을 바라봤다. 그걸 들고 있는 게 꼭 내 부탁을 들어준다는 그의 대답 같았다.

"이만 가 보겠습니다."

이제 내 목적도 이뤘으니 더 이곳에 있을 필요가 없어졌다. 혹여 그가 마음을 바꿀까 싶어 재빨리 도망을 택했다.

하인에게 편지를 건네받던 빈센트가 고개를 끄덕이는 것으로 허락한다는 의사를 내비쳤다. 난 바로 허리를 굽히고 몸을 돌렸다. 한 걸음 한 걸음, 그에게서 멀어지며 걸음걸이에 다급한 티가 나지 않도록 노력했다.

최대한 나긋한 걸음으로 저택에 들어왔다. 그의 시야에서 멀어졌다는 생각이 들자, 그제야 숨통이 트였다. 한숨을 뱉고, 긴장으로 굳어 있던 몸에 힘을 풀었다.

피곤해. 지친 얼굴을 쓸어내리던 그때였다.

"으흑."

갑자기 몸이 빙글 돌아갔다. 누군가 내 팔을 붙잡아 당겼다. 다급히 바뀐 시야에 다시 빈센트가 나타났다. 어쩐지 굳은 얼굴이다.

"너, 이거 어디서 났지?"

"네?"

그가 손에 든 편지를 흔들었다. 내 시선은 그 편지에 꽂혔다가 팔을 붙잡은 그의 손으로 내려갔다. 단단히 붙잡힌 팔목이 좀 아팠다. 점점 강해지는 악력에 인상을 썼다. 마치 도망가지 못하게 붙잡고 있는 것처럼.

빈센트가 내게 한 걸음 더 다가왔다. 난 저절로 고개를 젖혔다. 나보다 더 크고, 이제는 건장해 보일 정도로 살이 붙은 그의 몸이 내게 위압적으로 드리워졌다. 그의 굳어 있던 얼굴이 서서히 일그러졌다. 한껏 미간을 구기고 있는 걸 보니 화가 난 듯한데, 이상하게도 눈동자가 흔들리고 있었다.

어째서? 난 그가 왜 저런 얼굴을 하는지 알 수 없었다. 에메랄드빛 눈동자가 다급히 날 살폈다.

"너……."

"백작님? 앤?"

불현듯 들려온 목소리에 그와 내 고개가 옆으로 돌아갔다. 유모가 눈을 동그랗게 뜨고 서 있었다. 나와 빈센트를 차례대로 본 그녀가 당황해 하며 다가왔다.

"두 분 무슨 일 있으세요?"

갑자기 나타난 유모를 보고 나도 당황했다.

"유모님이야말로 여긴 어쩐 일이세요? 아침에 외출하지 않으셨나요?"

"지금 막 돌아오다가 백작님과 앤이 보여서……."

말끝을 흐린 유모가 내 팔목을 붙잡고 있는 빈센트의 손을 흘끗거렸다. 난 아차 싶어 잽싸게 그 손을 뿌리치고 한 걸음 물러났다. 빈센트가 그런 날 뚫어져라 보았다.

난 유모를 보며 손을 내저었다.

"오해세요. 아무 일도 없습니다."

"정말요? 분위기가 좋지 않아 보였는데……."

"아닙니다. 편지와 꽃다발을 대신 전해 달라 부탁드리고 돌아가는 길이었는데 주인님이 제게 묻고 싶은 게 있으셨나 봅니다. 주인님, 뭘 묻고 싶다고 하셨죠?"

애써 태연한 척하며 빈센트를 돌아봤다. 유모의 걱정하는 눈초리가 느껴져 입꼬리를 당겨 웃었다.

그런데 짜증이 스며든 그의 얼굴이 방금 전보다 더 눈에 띄었다. 날 보는 시선이 어쩐지 날카로워 오래 마주 보진 못했지만.

웃음기를 지우고 눈을 내리깔았다. 이젠 습관처럼 그의 시선을 피하게 된다.

"혹시 앤이 무슨 실수를 했나요?"

분위기가 심상치 않다고 느꼈는지 유모가 대신 물었다. 그가 날 흘끗 보더니 한숨을 쉬었다. 마치 내가 뭔가 실수했다는 듯한 태도라 이번엔 유모가 날 흘끗댔다.

"아니. 아무 일도."

다행히 이상한 말은 나오지 않았다.

유모가 진중한 얼굴로 말을 이었다.

"혹시 부탁드린 것 때문에 기분 상하셨나요? 죄송해요. 직접 오시지 않고 하인을 보낸다고 하길래 편지로 대신했는데 제 실수였습니다. 다만 중요한 일이라 저도 부탁드리고 싶은데, 잠시 시간 괜찮으실까요?"

빈센트가 별다른 대답 없이 다시 날 흘끗 보았다. 유모도 나를 보며 이만 가 보라고 웃었다. 난 유모와 빈센트를 번갈아 보곤 허리를 굽혔다.

이번엔 도망치고 싶은 마음을 숨기지 못했다. 난 몸을 돌리자마자 빠르게 걸음을 놀렸다. 등 뒤에 시선이 따라붙는 기분이었다. 그럴 리 없는데, 꼭 빈센트가 날 보고 있는 것처럼. 설마.

그러면서 그에게 붙잡혔던 팔목을 매만졌다. 얼마나 세게 잡았는지 붉게 손자국이 찍혀 저릿했다.

그 고통만큼 내 심장이 쿵쿵 울려왔다.

□ ◆ □

며칠 뒤 로버트가 보낸 편지의 답장들이 줄줄이 도착했다. 로버트는 답장을 받고 정말 기뻐했다. 그 편지들이 로버트의 외로움을 조금이나마 달래 준 거 같아 나도 기뻤다. 잠깐이지만 글을 아는 게 다행이란 생각이 들었다.

하지만 정작 가장 중요한 답장은 오지 않고 있었다.

그날 유모에게 직접 부탁받은 빈센트는 답장을 받아 오겠다는 말을 했다고 한다. 내겐 그렇게 싫은 내색을 하더니. 좋은 소식이었지만 내 팔을 붙잡던 빈센트를 떠올리자 기분이 이상했다. 그는 내게 뭘 물어보려고 했던 걸까.

그러나 기다림이 길어지자 빈센트가 편지를 잘 전해 준 건지 의심이 되기 시작했다. 기대감으로 들떠 있던 얼굴이 점차 실망감에 젖어 드는 걸 보니 마음이 초조해졌다. 그건 유모도 마찬가지인지 요 며칠 그녀의 표정이 좋지 못했다.

"잘 썼다."

사용을 끝낸 잉크병들은 조니에게 정중히 돌려줬다.

"흥미 잘 끌었어?"

"굉장히. 고마워."

"그럼 나 앨리샤랑 잘될 수 있도록 도와줘."

"아직도 앨리샤랑 진전 없어?"

요새 내 일로 바빠 다른 건 신경 쓰지 못했다. 조니가 한숨을 푹 내쉬더니 어깨를 늘어뜨렸다. 이 상황, 저번에도 봤던 거 같은데.

"걔 요새 나 다시 무시해. 말 걸어도 뚱하고, 대답도 잘 안 해. 여기 오기 전에 날 대할 때 모습 같아."

"혹시 싸웠어?"

"그럴 리가 없잖아. 대화도 잘 안 한다니까."

빈센트를 좋아하네 어쩌네 하더니 결국 조니에게서 완전히 마음을 뗐나 보다.

빈센트는 이곳에 올 때면 종종 로버트와 함께 조엘리를 만나 티타임을 가졌는데, 그때마다 앨리샤는 곱게 치장을 하곤 수줍게 서 있었다. 한번은 너무 과해서 오드리한테 지적을 받기도 했다.

"그냥 마음 접어."

"그게 쉽지 않아."

"그렇게 좋아?"

"내가 기다리던 이상형이라니까?"

그 정도니? 그럼 힘내렴. 어차피 가망은 없어 보이지만. 하지만 가망 없기는 앨리샤 쪽도 마찬가지였다.

난 끝이 없는 짝사랑에 고생 중인 조니의 어깨를 두드리며 위로해 주었다.

"근데 이거 신기하다. 정말 색이 있네."

"처음 봐?"

"응. 부유한 사람들은 별걸 다 쓰는구나."

조니가 잉크병을 흔들었다.

"이런 거 쓰면 뭐 좋나."

"눈에 띄잖아. 예쁘기도 하고."

"써 봤어? 아, 그러고 보니 이런 게 있다는 걸 어떻게 알았어?"

"받아 본 적 있어."

정확히 내가 받은 건 아니지만. 뒷말은 씁쓸함과 함께 삼켰다. 그땐 편지를 태워 버리는 게 아쉬웠는데, 지금 생각하면 흔적을 남기지 않아 다행이었다. 남기지 않아서, 무엇 하나 가져오지 못해 쉽게 잊을 수 있었다.

"어쨌든 고마워. 굉장히 비싼 거일 텐데 빠르게 구해 주고."

"아는 사람이 이걸 가지고 있어서."

"누구?"

저렇게 비싼 걸 빌려준 사람이 누군지 궁금했다. 혹시 귀족과 친분이라도 있나? 겉모습으로 판단하긴 뭐하지만, 그런 친분이 있어 보이진 않았다.

내 물음에 조니가 어깨를 으쓱이고는 잉크병을 조심히 챙겼다. 대답해 줄 생각이 없나 보다.

"보답으로 내 도움 필요한 거 있으면 말해."

"도와주려고?"

"내가 할 수 있는 일이면. 앨리샤 일 빼고."

가채용 기간이 끝나기 전에 말하면 더 좋고.

손을 흔들며 조니와 헤어지고, 다시 복도를 걸었다. 어제도 늦게까지 편지를 읽다 잠든 로버트는 기상이 늦었다. 굳이 깨울 필요는 없을 듯해 내버려 뒀다. 덕분에 오전 내내 한가했다.

느긋이 걸으며 로버트의 방으로 향하는데, 누군가 방문 앞에 서 있었다. 깜짝이야. 생각지도 못한, 빈센트다. 편지를 부탁한 이후 다시 바빠진 건지 코빼기도 보이지 않던 남자의 갑작스런 등장에 걸음을 멈췄다.

팔짱을 낀 채 바닥을 내려다보고 있던 빈센트가 내 기척을 느꼈는지 고개를 들었다. 난 곧장 양손을 그러잡고 고개를 숙였다.

"조, 좋은 아침입니다. 주인님."

"……."

당황스럽지만 일단 인사를 건넸다. 허리를 깊숙이 굽혔다. 얼굴을 보이지 않기 위한 노력이었다. 정수리에 닿는 시선이 따끔했다.

한참 말이 없던 그가 성큼 내게 다가오더니 뭔가를 불쑥 내밀었다.

"어?"

편지였다. 난 무슨 편지인지 바로 알았다.

"감사합니다!"

그토록 기다리던 편지를 양손으로 덥석 붙잡았다. 더불어 그의 손까지도.

인상을 쓰는 빈센트를 보며 난 빠르게 손을 떼어 냈다.

"편지를 집으려던 겁니다."

"알아."

빈센트가 편지를 더 쑥 내밀었다. 난 여전히 허리를 굽힌 채 조심히 손을 뻗었다. 그러다 퍼뜩 뭔가 생각나 주머니를 뒤적였다. 빈센트가 그런 날 의아하게 바라봤다. 사실 이렇게 직접 가져다줄지 몰라서 미처 챙기지 못했는데, 이걸로 괜찮으려나.

난 주머니에서 초코쿠키를 꺼냈다. 간혹 로버트를 달래 줄 때 하나씩 입에 물려 주려고 챙긴 거였다. 그걸 빈센트에게 내밀었다.

"이게 뭐지?"

"쿠키입니다. 달달한 초코쿠키."

"그걸 왜 나한테?"

"갑작스럽게 부탁드렸는데도 이렇게 들어주시고, 감사 인사를 드리고 싶은데 제가 지금 가진 게 이것뿐이라. 부족하지만 맛있게 드셨으면 좋겠습니다."

굉장히 달고 맛있습니다. 뒷말을 덧붙였다. 특히 단맛을 강조했다. 내 의도를 깨달은 그가 험악하게 인상을 쓰더니 곧 헛웃음을 쳤다. 아, 역시 쿠키론 무리인가 보다. 케이크를 준비했어야 하는데. 마음에 안 드는지 날 보는 시선이 살벌하다.

"필요 없으니까 집어치워."

"하지만⋯⋯."

"안 치워?"

안 치우면 직접 치워 버릴 기세라 잽싸게 주머니에 도로 집어넣었다. 왜 저렇게 굴지. 단거 매우 많이 좋아하는 거 다 아는데.

단걸로 그의 기분을 풀어 보려던 게 실패로 돌아갔다. 빈센트가 못마땅한 시선을 보냈다.

난 다시 굽실거리며 손을 내밀었다. 그런데 내 손이 막 편지 끄트머리에 닿으려는 순간, 편지가 뒤로 물러났다. 내 시선이 흘끗 그를 따라 올라갔다.

"그 전에, 묻고 싶은 게 있는데."

"말씀하세요."

"이거."

그가 주머니에서 구겨진 종이를 하나 꺼내 흔들었다. 내 눈이 그쪽에 닿았다.

"누가 생각해 낸 거지?"

로버트가 쓰고 내가 건네주었던, 편지였다.

"도련님이 어머님을 너무 그리워하셔서⋯⋯."

"편지 말고. 여기에 쓴 거."

"⋯⋯?"

쉽사리 이해 못 하자 빈센트가 편지를 펼쳤다. 알록달록한 글씨가 보였다.

"잉크 색이 다르더군."

"아— 네. 여러 가지 색의 잉크를 사용했습니다."

"네가 생각해 낸 건가?"

"네. 편지 쓰는 걸 싫어하셔서, 혹 이걸 사용하면 즐거워하실까 싶어서요."

"이런 잉크를 본 적이 있나?"

"네?"

"이렇게 색이 있는 잉크를 본 적이 있냐고 물었어."

"⋯⋯왜 그런 걸 물어보시는지 여쭈어도 될까요? 무슨 문제라도."

"대답부터."

그의 일갈에 머뭇대다 말을 이었다.

"네. 그런 잉크로 쓴 글씨를 본 적이 있습니다."

"어디서?"

"예전에 잠깐……."

기분 탓일까.

"예전에 어디서 봤다는 거지?"

꼭 추궁당하는 거 같았다.

"혹시 여기서 일한 적이 있나?"

"……!"

왜, 왜 갑자기 그런 걸 묻는 거지? 예상치 못한 질문에 당황해 버렸다. 미처 숨기지 못한 감정이 표정으로 드러나 빠르게 고개를 숙였다. 스치듯 본 빈센트는 인상을 쓰고 있었다.

대체 뭘 보고 저런 말을 하는 거지. 저번에 내 팔을 붙잡고 물으려고 했던 게 저건가. 왜, 대체 뭐를 보고…….

순간, 긴장감이 등줄기를 스쳤다. 편지의 글씨. 색이 있는 잉크. 그가 편지에서 무엇을 보고, 뭘 떠올렸는지 이제야 알아챘다. 내가 떠올렸듯 그 또한 떠오르는 게 있었을 거다.

실수했다. 단순히 고가품인 줄로만 알았다. 다른 사람들의 반응을 보고도 알아채지 못했다. 나도 처음에 그걸 보고 신기해했으면서도, 지금 생각하면 이 저택에 오기 전까지는 그런 잉크를 본 적이 없는데.

지금 빈센트의 반응은 마치 이런 걸 어디서 구했냐는 거다. 그만큼 희귀하다는 소리였다. 아니면 판매하는 물건이 아니거나.

"이 잉크는 시중에서 파는 게 아니야."

그 말에 눈을 질끈 감았다. 판매하지도 않는 걸 내가 알고 있다. 본 적이 있다고 내 입으로 토로해 버렸다.

"아니, 바다 건너 어디선가 팔지도 모르지만, 적어도 이곳에서 판매하는 걸 본 적은 없어. 그래서 아는 사람도 극히 드물지. 특히 하층민이라면 더더욱 이런 게 있는지 모를 테고. 판매하는 건 아니지만 난 이런 잉크를 쓰는 사람을 알아. 편지를 받아 봤지. 근데 넌 본 적이 있다고 했고. 그럼 여기서 일했거나, 아니면……."

아니면 루카스를 알거나.

그는 그걸 말하고 있는 거다.

넌 누구냐고.

입을 달싹였지만 목소리가 나오지 않았다. 뭐라고, 뭐부터 말해야 할지 혼란스러웠다. 내 대답을 기다리고 있는 남자가 보였다. 내 팔을 붙잡던 때와 마찬가지로 굳은 얼굴이.

그러나 날 보는 에메랄드빛 눈동자는 날카로운 빛을 띤다. 마치 상대가 숨기는 걸 파헤쳐 보겠다는 듯이.

설마, 날 알아본 걸까?

입을 꾹 다물고 마른침을 삼켰다. 말할까? 말해 버릴까? 내가 눈이 안 보이던 당신을 시중들던 그 시녀라고, 그리 말하면 어떤 반응을 보일까? 궁금했다. 말하고 싶었다. 꾹꾹 내리눌렀던 충동이 순식간에 터져 나왔다.

그걸 입 밖으로 내뱉으려던 순간, 그의 등 뒤에서 빛이 반짝였다. 확 퍼져 들어온 빛줄기를 한 손으로 막았다. 실눈을 뜨자 문손잡이를 가로지르는 유리면에 햇빛이 반사되어 반짝거렸다. 반짝임이 사라지자 한 여자가 비쳤다. 작고, 마르고, 볼품없는, 못생긴 여자가.

"……주인님도 아시다시피 제가 조금이지만 글을 쓸 줄 알아, 전에 필사하는 일을 했었습니다. 거기서 같이 일하시는 분께 들었습니다. 색이 알록달록한 잉크가 있다고. 너무 신기해서 글씨가 써진 종이를 간직하고 계시다 하여 딱 한 번 본 적이 있었습니다."

이상하다. 내 입에서 거짓말이 줄줄 흘러나왔다. 내가 말하고도 너무 자연스러워 속으로 헛웃음이 터졌다. 언제부터 이렇게 거짓말을 잘했지. 거짓을 겹겹이 쌓고 또 쌓다 보니 이제 날 거짓으로 꾸미는 데 불편함이 없었다.

"그게 누구지?"

"글쎄요. 서로의 사정을 묻거나 하진 않아서요."

"필사하던 곳은 어디지?"

"노벨르 광장 쪽에 있는 작은 가정집인데…… 지금은 없어졌습니다."

혹시 그 가정집으로 찾아갈까 싶어서 급하게 말을 덧붙였다.

"그럼 이 잉크는 어디서 구한 거지?"

"아는 분께 부탁해서 구했습니다. 지인한테 빌렸다고 들었습니다."

"누구한테 빌린 거지?"

"건너건너의 지인이라는 것밖에 듣지 못했습니다."

"그럼 넌 누구한테 부탁했지?"

"그게……."

질문이 꼬리를 물고 이어진다. 말을 돌리고 돌려도 그는 내가 숨긴 걸 파헤치려는 듯 집요했다. 긴장한 걸 들킬까 봐 양손을 꽉 움켜잡았다.

"주인님, 무슨 문제가 있는 건지 말씀해 주실 순 없으신가요?"

"내가 알아야 할 사항이라 그러니 대답해."

"중요한 사항인가요?"

아니라고 하면 정말 모른다고 사정을 할 생각이었다.

하지만 그는 단호히 답했다.

"그래. 중요한 사항이야."

"……."

"넌 누구한테 부탁했지?"

"다른 사용인께…… 제가 한번 알아보겠습니다."

그 사용인이 누구냐고 물을까 싶어 다시 말을 덧붙였다. 그는 지금 당장이라도 잉크를 구해다 준 사람을 만나러 갈 기세였다. 조니까지 끌어들일 순 없었다.

그가 말을 멈췄다. 살피는 듯한 시선이 불편했다. 가시밭길 위에 서 있는 기분이었다.

"그 잉크를 직접 볼 순 없겠나?"

"이미 돌려드려서 제겐 없습니다. 죄송합니다."

방금 전에 돌려준 게 천만다행이다.

"이런 잉크가 있다고 말해 준 사람은, 어디서 봤다거나 그런 말은 하지 않았나."

"예전에 일하던 곳이라고만 했습니다."

"어디인지는 들었나?"

"거기까지는…… 죄송합니다."

허리를 깊이 숙였다. 떨고 있는 걸 들킬까 봐 얼굴을 숨기려는 의도였다. 그가 다시 침묵했다. 그러는 동안 심장이 몇 번이나 바닥으로 떨어지는 기분이었다. 금방이라도 그가 거짓말하지 말라고 소리칠까 봐 겁이 났다.

그러나 얼마 지나지 않아 그가 편지를 건넸다. 난 다시 허리를 꾸벅이고 감사 인사를 전했다. 손안에 든 편지가 왠지 묵직하게 느껴졌다. 그토록 기다리던 편지인데 지금은 부담스럽기만 했다. 그걸 가슴께에 대자 쿵쿵 뛰는 심장이 느껴졌다.

"더 하실 말씀이 없으시면 먼저 들어가 봐도 될까요? 도련님께 빨리 전해 드리고 싶어서요."

"한 가지 더."

"네."

"네가 만났다던 그 사람. 혹시……."

"……."

"여자……였나?"

바닥을 맴돌던 눈을 커다랗게 떴다. 입을 달싹이다 무언가 울컥 솟구치려 해 꿀꺽 삼켰다. 그러곤 겨우, 목소리를 뱉어 냈다.

"아니요. 남자였습니다."

"……그래. 어디서 구한 건지 알아내면 내게 바로 말하도록."

"알겠습니다."

그제야 빈센트가 옆으로 비켜섰다. 난 곧장 로버트의 방 안으로 들어갔다. 그를 스치고 들어가 문을 닫는 그 짧은 순간이 그 어느 때보다 길게 느껴졌다.

문이 채 닫히기 전 큰 손이 불쑥 튀어나왔다. 문틈으로 들어온 구두코가 문이 닫히는 걸 막았다. 빈센트가 다급히 말했다.

"뭐든, 사소한 거라도 좋아. 알아내면 내게 말해 줘."

"……."

"꼭 부탁하지."

"……알겠습니다."

문을 붙잡던 손이 떨어져 나갔다. 구두코가 뒤로 물러났다. 문이 탁 닫히자 다리에 힘이 풀렸다. 주륵 주저앉다가 화들짝 놀랐다. 혹여 긴장한 걸 그에게 들켰을까 봐 엉금엉금 기어 앞으로 움직였다. 어느 정도 문에서 멀어지고 나서야 떨리는 심장을 움켜잡을 수 있었다.

제기랄. 그새 긴장감이 사라진 거야? 조심하자고 했는데. 평온에 젖어 날카롭던 신경이 무뎌졌나 봐. 그저 로버트를 기쁘게 해 줄 생각에 저지른 실수를 한탄했다. 단 한 조각의 흔적으로도 많은 걸 불러올 수 있다는 걸 간과했다.

아까 날 추궁하던 빈센트가 생각났다. 그는 뭘 알고 싶었던 걸까. 혹시…….

"나를 찾는 거라면."

설마.

그래, 설마.

푸스스 웃었다. 그럴 리가 없는데. 이렇게 서로 마주하고서도 날 알아보지 못하면서. 착각하지 말자. 전후 사정이 어찌 되었든 난 백작가에서 도망친 시녀다. 고작 사용주와 사용인 사이. 그가 날 찾을 이유가 없잖아. 혹여 자신의 비밀을 토로할까 봐? 하지만 그건 이제 쓸모가 없는 비밀이었다.

누가 말해 준다면 모를까, 그는 죽었다 깨어나도 내가 누군지 모를 거다. 아니, 누가 말해 준다고 해도 믿기나 할까.

스스로 내뱉은 말이 가슴을 콕콕 찔렀다. 다른 이유가 있는 거겠지.

하지만, 정말 그가 날 찾는 거라면, 기뻤을까? 잘 모르겠다. 그랬으면 좋겠다는 마음과 그러지 않았으면 하는 상반된 마음이 충돌해 아팠다. 난 손끝으로 가슴을 꾹 눌렀다. 찾는다고 하면 뭐 어쩔 건데. 아무것도 달라지지 않아.

고개를 들자 로버트는 여전히 잠들어 있었다. 기껏 기다리던 편지를 가져왔더니.

"나중에 드려야지."

잠에서 깬 아이에게 깜짝 선물로다가. 아주 기뻐할 테지. 지금은 그걸로 됐다. 눈을 질끈 감고 터질 듯 부푼 감정을 꾹꾹 눌러 숨겼다.

□ ◆ □

바닥에 어둠이 드리워졌다. 그것이 스멀스멀 기어 올라와 내 발목을 붙잡는다. 도망가도 소용없었다.

달빛조차 비추지 않는 어둠 속엔 가는 숨소리만이 울려 퍼졌다. 그건 내 숨소리가 아니었다. 분명 혼자인데, 어디선가 소리가 들려왔다.

그 소리를 따라 한 걸음 앞으로 내디뎠다. 그 순간 어둠 속에서 불쑥 튀어나온 창백한 손이 내 발목을 붙잡았다. 화들짝 놀라 뿌리치자 힘없이 놓는다. 발치로 떨어진 손이 어둠에 삼켜 없어졌다.

무엇 하나 보이지 않는 어둠 속에서 다시 탁한 목소리가 울려왔다.

'……라.'

숨소리가 거칠어졌다.

'포…… 아…….'

숨결에 뭉개진 목소리가 웅얼거렸다. 그래서 잘 알아들을 수가 없었다. 나는 그 소리를 듣기 위해 집중했다.

그러던 순간이었다.

'폴라.'

선명한 목소리와 함께 달빛이 쏟아졌다.

눈앞이 밝아졌다. 그제야 내 앞에 누군가 앉아 있는 걸 발견했다. 그는 어깨를 축 늘어뜨린 채 고개를 푹 숙이고 있었다.

누구세요? 그리 물었지만 상대에게선 반응이 없었다. 난 허리를 굽히고 그 앞에 앉았다.

이봐요. 어깨를 붙잡아 흔들었다. 그러자 반응하듯 상대가 덥석 내 손을 붙잡더니 그대로 날 밀쳐 냈다. 제법 강한 힘에 뒤로 주저앉았다.

난 놀란 마음 추스르며 빠르게 상대를 훑었다. 곧 상대가 천천히 고개를 들어 올렸다. 그 얼굴을 확인하는 순간, 내 눈이 큼지막하게 떠졌다.

당신은…….

"헉."

번쩍 눈을 떴다. 난 무언가를 찾듯 빠르게 주변을 둘러봤다. 어둠. 어둠. 또 어둠. 온통 어둠뿐이었다. 그걸 참을 수 없어 몸을 일으켰다.

손에 닿는 시트의 감촉을 느끼며 점차 어둠에 익숙해지는 눈으로 빠르게 안을 살폈다. 이곳이 어딘지 자각하고 나서야 막힌 숨이 터져 나왔다.

헉헉 숨을 고르고 있는데 무언가 뒤통수를 강타했다. 바로 옆으로 베개가 떨어졌다.

"시끄러워."

앨리샤가 짜증을 부리며 돌아누웠다. 그 뒷모습을 멀뚱히 보다가 시트를 움켜쥐었다. 마른침을 몇 번이나 삼켜 내고 나서야 몸을 웅크렸다.

또, 또 이 꿈이야. 또 이 악몽이야. 온몸이 물에 젖은 것처럼 서늘했다. 과거의 악몽이 잊고 있던 감각을 불러왔다.

귓가에 누군가의 속삭임이 들려왔다. 도망가라고. 빨리 도망가라고. 제발 가라고.

'떠나야 해.'

불현듯 그런 생각이 들었다. 풀어졌던 긴장이 다시 온몸을 조였다.

이곳에 다시 돌아왔다는 걸 알아챘을 때 너무 무서웠다. 너무너무 무서워서, 며칠 동안은 밤마다 시트를 뒤집어쓴 채 공포에 떨었다. 그것밖에 할 수 있는 게 없었다. 갑작스러운 현실을 받아들이기가 어려웠다.

나는 이곳이 무서웠다. 따스한 기억 너머엔 두려움이 존재했다. 내게 상냥했던 사람이 피 흘리며 죽어 가던 걸 보았고, 누군가 날 죽이려고도 했었다.

화려한 삶을 산다고 해서 행복한 건 아니란 걸 깨닫게 된 곳. 아직도 그날의 기억이 생생히 떠오른다. 잊지 말라고 말해 주는 것처럼.

도망갈까 수도 없이 고민했다. 하지만 주변은 온통 숲속이었고, 어디서부터 어디까지 이어졌는지도 알 수 없어, 자칫 길이라도 잃어버리면 큰일이다. 모험을 하기엔 너무 위험했다.

아니, 마냥 방법이 없는 건 아니었다.

'그곳, 숲속의 공간.'

오래전에 딱 한 번 빈센트가 데려가 줬던 그 비밀의 길. 그곳으로 가면 마을로 갈 수 있다고 했다. 그 말이 맞는다면 아무도 모르게 이 저택에서 도망칠 수 있는 유일한 길이었다.

'지금도 있을 거야.'

하지만 찾아가 보는 건 어려웠다. 오랫동안 자리를 비우면 눈에 띌 것이고, 홀로 숲속을 돌아다니기엔 위험 요소가 많았다. 그나마 다행인 건 가채용이란 거다. 가채용 기간이 끝나면 그때 떠나도 되지 않을까?

처음엔 내 안전을 위해서였다. 그러다 이곳에서의 생활에 점차 익숙해지자 숨 막히던 두려움도 차츰 사그라졌다. 어쩌면 상상했던 것과 달리 내게 어떠한 위협도 없었기 때문인지도 모른다. 안일할지 모르나, 위협이 없으니 두려움도 무뎌졌다.

이곳에서 지내면서 집사도 이자벨라도, 하물며 몇 번 눈여겨봤던 사용인들조차 보지 못했다. 이 저택에 날 아는 사람은 아무도 없다. 그 이상하면서도 묘한 안도가 '하루만 더'를 생각하게 만들었다.

그리고 빈센트를 만났다. 그가 잘 살고 있다는 걸 알았다. 눈도 보인다고 한다. 그럼 됐어. 다행이야.

그런데 다른 사람들은? 궁금했다. 그럼 하루만 더 있으면 알 수 있지 않을까? 그들의 모습도 볼 수 있지 않을까?

하루만 더, 더, 가채용이 끝날 때까지. 그때는 내가 남고 싶어도 떠나야 하니까. 떠나야 할 구실이 생기는 거다.

그랬는데…… 어제 빈센트와의 만남으로 인해 마음이 바뀌었다. 만약 내가 그 시녀란 걸 들킨다면 어찌 되겠는가. 결코 좋은 결과가 상상되지 않는다.

도망쳤던 처벌을 받는 게 무서운 건 아니다. 날 죽이려 했던 집사는 두려웠지만, 그 또한 견딜 수 있었다. 내 삶은 죽음에 더 익숙하니까. 내가 정말 무서운 건.

그가 내게 실망하는 것.

그래서 오래 머물고 싶지 않았다. 부풀어 오르는 기대를 가라앉힌 건 그 때문이었다.

"정신 차리자."

이제 얼마 남지 않았어. 양 뺨을 짝짝 때리고 정신을 가다듬었다.

"야, 너 자꾸 그럴 거야?"

"뭘."

아침부터 대뜸 앨리샤가 씩씩거렸다. 저릿한 뺨을 문지르며 왜 그러냐고 눈짓하자 베개를 집어 던진다.

"밤마다 시끄러워 죽겠네! 끙끙거릴 거면 나가서 해! 너 때문에 잠 다 설쳤잖아! 피부 안 좋아지게, 짜증 나!"

앨리샤가 거울에 비친 자신의 얼굴을 들여다봤다. 손톱이 망가졌다고 투덜거린다.

난 그런 앨리샤를 멍하니 바라봤다. 매일 아침 치장을 빼먹지 않는 앨리샤가 솔직히 대단해 보였다. 떠날 날만 기다리는 나와 달리 앨리샤는 이곳에 남고 싶은 마음이 더 굴뚝같아지는 듯하다.

처음엔 온갖 짜증을 내더니, 어느 순간부터 앨리샤는 이곳 생활에 잘 적응해 나갔다. 이제는 맡은 일도 고분고분 잘하고, 성질을 이기지 못해 사고를 일으키지도 않았다.

게다가 오드리나 조엘리의 비위도 살살 잘 맞췄다. 난 앨리샤가 아비 이외 사람의 비위를 맞추는 걸 이곳에서 처음 봤다. 너무 낯선 모습이라 좀 무서울 정도였다.

앨리샤는 상대에게 호감을 얻는 방법을 잘 아는 아이였다. 얼마 전 앨리샤가 하녀들과 어울려 웃고 떠드는 모습을 본 적이 있었다. 난 그들의 대화를 통해 앨리샤가 빈센트에 대한 정보를 알아내고 있다는 걸 깨달았다.

'그런데 앨리샤는 이곳 주인님을 가까이서 본 적 있어요?'

'저번에 언뜻 보기론 굉장한 미남이신 거 같던데.'

'그럼요. 자주 보는걸요. 게다가 전 그분을 잘 알고 있어요.'

앨리샤가 도도하게 웃었다. 주변 하녀들이 의아해했다.

'잘 알고 있다니, 어떻게요?'

'글쎄요. 예전에 인연이 있었을지도 모르죠.'

긴 머리를 귀 뒤로 슬쩍 넘기며 앨리샤가 고개를 치켜들었다. 하녀들이 무슨 뜻이냐고 물으며 궁금해했지만 앨리샤는 더 이상 말을 잇지 않았다. 호기심에 가득 찬 사람들의 시선을 즐기는 것 같았다.

그 대화를 듣고 있던 난 황당해서 할 말을 잃었다. 누가 보면 빈센트와 특별한 사이인 줄 알겠네. 뻔뻔한 말에 혀를 내두르며 그 자리를 피했다. 그 이후로도 앨리샤가 다른 사용인들과 함께 있는 모습을 종종 목격했다.

"뭐 좋은 거 알아낸 거 있어?"

거울 속 자신에게 집중하는 앨리샤를 보다 툭 물었다. 앨리샤가 거울 속으로 날 흘끗 보더니 픽 웃는다.

"글쎄. 어떨까나—"

은근히 말꼬리를 늘이는 게 뭐 좋은 성과가 있긴 한가 보네. 의아했지만 굳이 캐묻진 않았다.

간단하게 씻고 옷을 갈아입었다. 방을 나가기 전에 오늘 하루도 힘내자고 마음을 다잡는데, 등 뒤에서 따가운 시선이 느껴졌다. 돌아보니 치장을 끝낸 앨리샤가 날 멀뚱히 보고 있었다.

"왜 그렇게 봐?"

"아무것도 아니야."

앨리샤가 어깨를 으쓱였다. 그러곤 먼저 쏙 나가 버린다. 왜 그러는지 의아했지만, 일단은 나도 그 뒤를 따랐다.

빈센트에겐 잉크에 대해 알아보겠다고 했지만, 사실 그 순간을 모면하기 위한 변명에 지나지 않았다. 게다가 허점투성이였다. 그럼에도 빈센트가 그냥 넘어가 준 건 숨기려는 내 속마음을 알아챘거나, 아니면 당장은 추궁할 명분이 없었기 때문인지도 모른다.

빈센트가 잉크의 출처를 알아내서 뭘 하려는지는 모르지만, 어쨌든 답은 해 줘야 했다. 혹시 몰라 조니에게 잉크를 어디서 구했는지 물었다. 잉크의 주인을 알려 주면 관심이 떨어질까 봐.

'몰라. 나도 건너건너 구한 거야.'

'너 아는 사람이 가지고 있었다며?'

'그 아는 사람의 아는 사람의 아는 사람이 구해 준 거야. 그런 것까지 세세히 말할 필요는 없을 거 같아서 그랬지.'

'그럼 그 아는 사람의 아는 사람의 아는 사람이 누군지 알아?'

'내가 어떻게 알아. 그 아는 사람의 아는 사람의 아는 사람의 아는 사람의, 그런 것 따위는.'

'말이 왜 더 늘어나?'

이쪽은 말장난할 기분이 전혀 아니었다. 다시 어디서 구했냐고 묻자 내내 귀찮아하는 기색이던 조니가 돌연 표정을 굳혔다.

'혹시 누가 잉크 갖고 뭐라 해?'

'그건 아니고……. 그냥, 어디서 구했는지 알고 싶대.'

'그게 왜 알고 싶어? 여기저기에서 팔겠지.'

'아무 데서나 파는 물건이 아니라던데. 구하기 굉장히 어려운 물건인가 봐.'

'지, 진짜? 그렇게 중요한 거였어?'

조니가 당황하며 웅얼거렸다. 난 인상을 썼다. 몰랐어? 그리 묻자 고개를 마구 주억거린다. 표정을 보니 정말 잉크의 값어치를 몰랐나 보다. 하긴, 직접 써봤던 나도 몰랐는데 조니는 오죽할까.

'나, 나도 건너건너 받은 건데…… 어, 어떡하지.'

'혹시, 다른 백작 가문에서 일하는 사람이 구해다 준 거야?'

'몰라. 난 그냥 누가 구해다 준 걸 너한테 건네준 것뿐이야.'

'혹 문제가 생길까? 누가 뭐라 한 거야? 누군데? 아, 알아볼까?' 조니가 겁먹은 얼굴로 내 팔을 붙잡고 닦달했다. 큰일이 나면 어떡하냐고 난리 치는 걸 진정시키느라 혼났다.

건너건너 지인을 통해 구한 거라면 크리스토퍼 가문에서 일하는 사람과 연이 닿았던 걸 수도 있겠지. 솔직히 어떤 경로든 이런 물건을 덜컥 구해 온 조니가 놀랍긴 하다. 빌려준 사람은 더 놀랍고.

어쨌든 결국 조니도 어디서 구한 건지 모른다는 소리다. 필요하면 알아보겠다고 했으나 거기까진 바라지 않았다. 어차피 출처를 알아낸다고 해도 별 의미 없는 일이었다. 그저 빈센트의 관심을 떨쳐 낼 수 있을까 싶어 물어봤던 것뿐.

기껏 도와줬는데 좀 미안하기도 하고. 그래도 빈센트에게 직접 추궁받는 것보단 나을 거다.

이렇게 된 이상 방법은 한 가지뿐이다. 일단 알아보는 척 시간을 끌다가, 적당히 때를 봐서 알아낼 수 없었다고 말해야지. 마냥 거짓말을 하는 건 아니었다. 아는 사람의 아는 사람의 아는 사람의 아는…… 그 머나먼 지인이 누구인지 알아내는 게 어려워 보이기는 했다.

그런데 그 사람을 찾아내서 빈센트는 뭘 하고 싶은 걸까. 의문이 들었지만 그에 대해선 고민하지 않기로 했다. 괜한 관심은 화를 불러오는 법이다. 그냥 좀 궁금했던 거겠지.

어차피 곧 있으면 가채용 기간이 끝나니 잠시만 참아 내면 된다. 이곳을 떠나면 그는 나 같은 건 금세 잊어버릴 거다. 사실, 그와 다시 만나 이렇게 대화를 나눈 것 자체가 말도 안 되는 일이었다. 그래, 내 주제에.

그가 기분 좋아 보이는 날, 그때 못 찾았다고 말하자. 어떻게든 찾아보려고 했는데 어려웠다고, 죄송하다고 말하면 이해해 주겠지. 나도 내 나름대로 기회를 엿봤다.

휴식 시간이라 저택 안이 조용했다. 로버트도 낮잠을 자고 있어 잠깐 바람 좀 쐴 겸 복도를 걷는 중이었다.

"어머, 앤."

중간에 조엘리를 만났다.

"스타킹이 찢어졌지 뭐야. 새로 꺼내 주겠어? 앨리샤가 막 쉬러 간 참이라 다시 부르기도 뭐해서."

난 조엘리와 함께 그녀의 방으로 갔다. 그녀가 신었던 스타킹의 디자인을 확인하고 옷장을 열어 최대한 비슷한 디자인과 색깔을 골랐다.

그걸 가지고 다가가 조엘리의 앞에 무릎을 꿇고 앉았다. 그녀의 다리를 무릎 위에 올리고, 찢어진 스타킹을 벗겼다. 그리고 가져온 스타킹을 조심히 신겼다. 그녀가 그런 내 모습을 뚫어져라 보았다.

"이곳 생활은 어때. 적응이 좀 됐나?"

"네."

189

"힘든 일은 없고?"

"없습니다. 모두 친절히 도와주셔서요."

입에 발린 말이라고 생각할지도 모르겠지만 정말 크게 힘든 일은 없었다. 로버트의 시중을 드는 게 힘들긴 했지만, 죽을 만큼은 아니었다. 아주 가끔은 죽겠다마는.

"앤은 여기에 어떻게 오게 됐어?"

"좋은 일자리를 소개해 준다고 해서 왔습니다."

"어머. 그러다 나쁜 곳이면 어떡하려고 그랬어."

"그러게요. 운이 좋았습니다."

주름진 곳이 없는지 확인한 뒤 그녀의 다리를 내려 주었다. 조엘리가 고맙다며 웃었다. 찢어진 스타킹을 손에 쥐고 고개를 들자 바로 위에서 그녀가 날 내려다보고 있었다.

이렇게 가까이 있을 줄 몰라 순간 당황했다. 그녀가 눈을 휘었다.

"무섭지도 않은가 봐."

"네?"

"무모한 건가? 아니면 용기가 있다고 해야 하나?"

갑자기 무모한 건 뭐고 용기가 있다는 건 또 뭐지. 대화의 흐름을 따라가지 못했으나 일단 대답은 꺼냈다.

"딱히 그렇지도 않습니다. 겁 많습니다."

"얼마나? 밤에 무서워서 눈도 못 뜰 정도로?"

"그 정도는……."

"나는 그래. 혼자 있으면 밤에 무서워서 눈을 못 뜨겠어."

갑작스러운 말에 눈을 휘둥그렇게 뜨자 그녀가 허리를 폈다. 한쪽 다리를 의자 위에 올리고, 무릎에 뺨을 기댄 조엘리가 나긋이 말을 이었다.

"나는 굉장히 겁이 많아."

"얼마나 말씀이세요?"

"으음. 혼자서는 잠도 못 잘 정도? 예전엔 누군가와 함께 있는 게 무서웠는데, 지금은 혼자 있는 게 더 무서워. 혼자 있으면 아무도 모르잖아. 당장 도움이 필요해도 날 도와줄 사람이 없는 거잖아. 그럴 바에야 곁에 누가 있어 주는 게 더 좋아. 기왕이면 내 곁에 있길 바라는 사람이 있어 주면 더 좋고."

"……."

"다른 사람들은 곁에 있는 사람이 더 위험할 수도 있다고 말하지만, 그래도 난 누군가와 함께 있는 게 좋아. 혼자보단 둘이 좋고 둘보단 셋이 좋지. 사람은 많을수록 좋거든. 날 위협하든 위협하지 않든 말이야."

그녀가 눈을 내리깔고 자신의 긴 머리카락을 만지작댔다. 그러다 검지에 머리카락을 꼬아 빙글빙글 돌렸다. 난 잠시 그곳에 시선을 주었다가 다시 그녀를 올려다봤다. 분명 담담한 목소리로 말하고 있는데, 어쩐지 우울하게 들려왔다.

"저도 동감합니다."

"……앤도?"

조엘리가 슬쩍 눈을 들었다. 난 고개를 끄덕였다. 갑작스런 화제지만 그녀의 말에 어느 정도 동감했다.

앨리샤와 나의 관계도 별반 다르지 않으니까. 우리는 서로를 좋아하지 않지만 서로를 버리지도 못한다. 앨리샤는 살기 위해, 난 기억되기 위해. 결국은 각자의 목적을 두고 서로를 이용하고 있는 관계였다. 내가 앨리샤를 곁에 두었던 건 내 죽음을 기억해 줄 수 있는 사람이 앨리샤뿐이기 때문이었다.

아비도 죽고, 그 낡은 집에서도 도망쳤다. 그렇다고 친구라든지 몸을 의탁할 만큼 친한 사람이 있는 것도 아니었다. 곁에 아무도 남지 않은 메마른 삶이었다. 그렇기에 앨리샤밖에 없었다. 나는 그 애가 밉고 싫었지만, 그럼에도 그 애가 곁에 있어야 내가 산다는 걸 느낄 수 있었다.

"모두가 만족할 수 있는 관계는 없는 법이니까요."

"……."

"아, 죄송합니다."

말하고 보니 어느새 조엘리의 표정이 살짝 굳어 있었다. 우울해 보이기에 조금 위로를 해 준다는 게 그만 말이 길어졌다. 난 급하게 허리를 굽혔다.

"왜 갑자기 사과를 해."

"화나신 거 같아서요."

"화났다기보다 음, 그냥 신기해서……."

확실히 목소리에 화난 기색은 없었다. 그럼 다행이지만. 그리 생각하며 허리를 펴는데, 순간 하얀 양손이 내 얼굴을 감싸 들어 올렸다. 양옆으로 금빛의 기다란 머리카락이 쏟아져 내렸다. 바로 코앞에 드리워지는 얼굴을 보자 본능적으로 몸이 굳었다.

난 눈을 크게 떴다. 입이 저절로 벌어졌다.

그러니까.

"아, 아파! 아파요!"

"아파? 많이 아파?"

"네? 예? 아, 아야! 아픕니다! 많이 아픕니다!"

양손을 휘저으며 그녀를 밀었다. 조엘리는 까르륵 웃기만 할 뿐 날 놓아주지 않았다. 내 양 볼을 잡아당기며 늘이고 또 늘였다가 다시 꾹 누르며 얼굴을 뭉갰다.

진흙처럼 뭉개진 얼굴로 허우적대자 그제야 날 놓아줬다. 난 네 발로 기다시피 움직여 그녀에게서 떨어지고 나서야 찌릿한 뺨을 움켜잡을 수 있었다. 이거 분명 빨개졌을 거야.

"아하하!"

조엘리가 배를 움켜잡고 몸을 젖혔다. 뭐가 그리 좋은지 쾌활하게도 웃는다. 난 양 뺨을 비비며 그녀를 황당하게 바라봤다.

"미안해. 너무 귀여워서 나도 모르게 그만."

"……아하하."

'나도 모르게 그만'이라고 하기엔 너무 아픈데. 저번에 로버트에게 똑같은 행동을 했던 걸 반성했다. 도련님, 미안해요.

난 애써 웃으며 표정을 갈무리했다.

"무모한 것도 아니고, 용기 있는 것도 아니면, 성실한 건가?"

"감사합니다."

"응?"

"성실하다고 생각해 주셨다는 거니까요. 말씀 감사합니다."

허리를 꾸벅이고 자리에서 일어났다. 여전히 얼얼한 뺨을 한 번 문지르고 문쪽을 흘끗댔다. 이제 가도 되지 않나. 방금 전에 했던 말을 정정하고 싶어졌다. 지금은 둘이 아닌 혼자 있고 싶었다.

"소식 들었어. 로버트한테 좋은 일을 해 줬다면서."

조엘리가 화제를 돌렸다. 난 우울하게 대답했다.

"별것 아닙니다."

"빈센트한테 직접 부탁했다던데?"

"네. 주인님이 도와주셔서, 다 주인님 덕분입니다."

답장이 왔다는 소식을 전해 주었을 때 로버트는 멍한 얼굴을 했다. 마치 꿈을 꾸는 듯한 표정이었다. 작은 손에 편지를 쥐여 주자, 아이는 울상을 지었다. 편지를 뜯어 볼 생각조차 못 하고 바라보고만 있기에 유모가 대신 편지를 읽어 주었다. 로버트는 결국 울음을 터트렸다.

로버트의 어머니에게서 온 답장엔 너무 그립고, 보고 싶다는 내용이 적혀 있었다. 떨어져 있으나 모자의 마음은 같았다.

'고마워요, 앤. 덕분에 도련님의 그리움이 조금은 달래졌을 거예요.'

'아닙니다. 제가 한 일도 아닌걸요.'

'하지만 앤도 직접 백작님께 부탁했잖아요. 편지 받으러 오는 하인한테 전해 들었어요. 백작님이 엄하게 말씀하셔서 무척 당황스러웠을 텐데도, 어떻게든 부탁하려는 노력이 엿보였다고 하더라고요. 앤이 먼저 용기를 내 줘서 나도 백작님과 얘기하는 게 어렵지 않았어요. 정말 고마워요.'

'과찬이세요.'

'정말 고마워서 그래요. 사실 마님의 답장이 늦어지다 보니까 역시 괜한 일을 한 건 아닐까 후회하고 있었거든요. 어느 순간부터 나도 도련님처럼 포기하려는 마음이 생겼나 봐요.'

'유모님.'

유모는 로버트와 똑같은 얼굴을 했다. 슬프면서도 기쁜 얼굴로, 내게 고마움이 담긴 시선을 보냈다. 난 내가 왜 그런 시선을 받아야 하는지 이해가 되지 않아 살짝 머쓱해졌다. 고작 편지였다. 누구나 생각할 수 있는 일이고, 단순히 시기가 맞았을 뿐이다.

"사람이 너무 바쁘면 당장의 일에만 급급해지잖아. 그래서 그리움도 무뎌지는 거지. 아니면 잠시 잊거나. 어느 쪽이든 좋은 건 아니지. 그 애도 이번에 로버트의 편지를 읽고 엄청 울었다고 해. 그걸 누가 전해 주었든, 그 애에게 편지를 읽고 답장을 쓸 기회를 다시 만들어 준 건 당신이야. 나도 고맙게 생각하고 있어."

"아닙니다."

난 단호히 고개를 저었다. 유모도 그렇고 왜 다들 내게 고맙다고 하는지 모르겠다. 난 정말 한 게 없었다. 로버트가 또다시 말 철상에 올라가는 위험한 행동을 할까 봐, 귀찮은 일을 피하고자 내 욕심에 제안한 것이었다. 그게 우연히 좋은 결과를 만들었을 뿐이다.

게다가 엄밀히 말하면 나 혼자서 만들어 낸 결과도 아니었다. 유모가 한 부탁이니까 빈센트가 들어준 거겠지.

"사람이 참 겸손해."

조엘리가 빙긋 웃었다. 뭔가 칭찬은 아닌 거 같은데.

"그래도 당신은 좋은 사람 같아."

"과찬이십니다."

"성격이 좋다는 게 아니야."

웃음이 짙어졌다. 그 안에서 다정함이 배어 나왔다.

"마음이 좋은 사람이라는 거야."

"……."

"이럴 땐 내 덕분이라고 떵떵거리며 기회를 잡아야지."

무슨 기회? 별로 떵떵거리고 싶지도 않고, 잡아야 할 기회도 없었다. 난 다시 고개를 저었다. 그런 내 모습에도 조엘리는 여전히 웃기만 했다.

"그럼 대신 재밌는 거 알려 줄까?"

웃음을 갈무리한 그녀가 살며시 얼굴을 기울였다. 한 손으로 입가를 가리는 게 마치 은밀한 이야기를 하려는 사람 같았다. 이건 정말정말 비밀인데, 라며 궁금증을 유발하는 운을 떼자 나도 슬쩍 귀를 세웠다.

"사실 여기 겁쟁이가 한 명 더 있는데 말이지."

"네."

"그게 바로 빈센트거든."

그 말에 눈이 동그래졌다.

"주인님이요?"

"응. 그 남자가, 겉으로는 온갖 잘난 척을 다 하며 도도하게 구는데 속은 겁쟁이에 꽤 소심해. 경계심도 많고 조심성도 많고. 누가 자신을 상처 낼까 봐 전전긍긍해 하고, 자기 뒤통수 친 사람은 절대 용서하지 않는다니까. 기어코 찾아내서 사람 지저분하게 만들어. 근데 다들 그걸 잘 몰라. 그는 겉만 그럴싸하게 꾸미는 게 특기거든."

갑작스러운 비난에 눈을 껌뻑거렸다. 빈센트가 겁이 많고 소심하다는 건…… 나도 잘 알고 있었다. 그는 그냥 겁쟁이도 아니고 굉장한 겁쟁이다! 과거 그의 성질을 받아 내고, 방 밖으로 끌어내기 위해 노력했던 게 떠올라 깊은 동질감이 샘솟았다. 고개 끄덕이고 싶네.

"그러니 앤도 조심해. 괜히 잘못 건드렸다간 큰일 난다니까."

"아…… 네. 조심하겠습니다."

아주 중대한 비밀을 속삭이는 듯한 진지한 태도에 나도 모르게 고개를 끄덕였다. 이미 늦은 거 같긴 하지만. 그런 날 보던 조엘리가 후후 웃었다. 마치 후광이 비치는 것처럼 언제 봐도 아름다운 얼굴이었다.

그런데 착각일까. 어쩐지 그녀의 웃는 얼굴에서 묘한 위압감이 느껴진다. 빈센트가 내 험담이라도 했나?

그러다 돌연 의문이 생겼다.

"그런데 이게 왜 재밌으세요?"

내 말에 조엘리가 깔깔 웃어 젖힌다.

"그 남자 하는 행동이 재밌잖아."

뭐가 재밌다는 건지 전혀 모르겠다. 하지만 조엘리는 웃음을 멈추지 않았다. 퍽 즐거워 보인다. 몽글몽글 샘솟는 의아함을 억누르며, 나도 그녀를 따라 어색하게 입꼬리를 올렸다. 하하.

조엘리의 시중을 마치고 방으로 돌아가는데 자고 있어야 할 로버트가 문 앞에 나와 있었다.

"도련님? 왜 나와 계세요?"

혹시 내가 안 보여서 마중 나왔던 건가? 기특한 마음이 들어 반갑게 다가가던 걸음이 순간 떠오르는 의문에 느려졌다. 혹시 말 철상에 가려던 거 아니야?

로버트는 최근 말 철상에 올라가지 않았다. 정확히는 편지의 답장을 받은 후부터다. 그 전에는 팔을 다친 것도 잊고 몇 번이나 가고 싶다고 졸랐는데, 이제는 진짜 얌전히 방 안에만 있었다. 어머니에게서 받은 편지를 소중히 간직하며, 몇 번이나 펼쳐 읽어 보는 모습이 행복해 보였다.

그러나 예상과 달리 로버트는 다시 편지를 보내지 않았다. 그저 어머니의 편지를 읽고 또 읽기만 할 뿐, 더는 보고 싶다 우울해하지도 않았다.

'어머니가 로버트를 사랑한대. 너무너무 보고 싶대. 꼭 만나러 갈 테니까 기다려 달래. 로버트는 착한 아들이니까 꾹 참고 기다릴 거야. 로버트도 어머니를 많이많이 사랑하는걸.'

아이는 해맑게 웃으며 작은 팔을 둥글게 흔들었다. 이만큼 보고 싶다고 말하는 그 얼굴이 도리어 걱정하는 날 달래 주는 거 같았다. 그 말을 들은 유모는 안도하면서도 울상을 지었다. 그녀 또한 나와 같은 생각이리라.

좀 더 느긋하게 어른이 되면 좋을 텐데. 마냥 성격 나쁜 어린아이라 생각했던 꼬마 도련님은 제법 어른스러운 표정을 짓고 있었다. 난 그런 로버트를 바라보며 쓴맛을 삼켰다.

하지만 편지를 만지작대는 로버트의 눈동자엔 희망이 반짝였다. 그건 반가운 변화였다.

유모는 작은 주머니에 편지를 넣어 붕대가 감긴 로버트의 손목에 걸어 주었다. 혹 잃어버릴까 싶어서였다. 로버트는 한쪽 손목엔 주머니를 걸고 다른 한 손엔 나무 말 조각상을 들고 다녔다. 물건을 던지거나 괜한 고집을 부리는 행동도 더 이상 하지 않았다.

가까이 다가가자, 로버트가 나와 눈도 마주치지 못하고 우물쭈물해 한다. 정말 말 철상에 가려던 거 아니야? 의심이 샘솟았다.

"있잖아."

"네."

"저기저기."

로버트가 몸을 배배 꼬며 발끝으로 바닥을 콕콕 찍었다. 어쩐지 머뭇거리는 태도가 의아했다. 바닥을 맴돌던 큰 눈동자가 쓱 내게 꽂혔다. 입술을 우물거리더니 한 손을 파닥인다. 난 한 걸음 더 로버트 쪽으로 다가가 허리를 굽히며 눈높이를 맞췄다.

그때 작은 손이 내 옷깃을 붙잡아 끌었다. 볼에 말랑한 게 닿았다.

쪽.

"고마워."

그리고 로버트는 곧장 방 안으로 도망쳤다.

탁 문이 닫히고도 난 어정쩡하게 굽힌 허리를 펴지 못했다. 정신이 멍했다. 방금 전까지 샘솟던 의심도 저 멀리 사라졌다.

손을 들어 볼을 더듬었다. 그곳에 닿았던 체온이 선명하다.

"하하."

입꼬리가 점점 올라갔다. 그러다 다시 멍해졌다.

생각지도 못한, 추억이 하나 생겼다.

□ ◆ □

어제 늦은 밤부터 비가 내렸다. 창문을 때리는 빗줄기가 점차 거세지더니 아침엔 천둥 번개까지 내리쳤다. 하늘을 찢을 듯한 소음에 어린 로버트는 몸을 떨었다. 저 천둥이 제게 내리칠까 봐 두려운지 침대에 꼭꼭 숨어서 무섭다고 울기에 달래느라 진을 뺐다.

겨우 로버트가 잠들었을 땐 어둠이 다시 하늘을 잠식한 뒤였다. 여전히 거센 비바람이 창문을 무자비하게 때렸다.

덜컹덜컹― 웅웅웅― 방 안에 울려 퍼지는 소리가 섬뜩하다. 꼭 비명 소리 같아. 잠결에도 그걸 들었는지 로버트가 칭얼거렸다. 난 로버트의 등을 토닥이

197

곤 시트를 목까지 덮어 주었다.

하루 종일 고생한 유모를 대신해 오늘 밤엔 내가 로버트의 곁을 지키기로 했다. 유모는 괜찮다고 했으나 어젯밤에 로버트를 달래느라 잠도 제대로 못 잤을 그녀가 걱정되었다. 제발 쉬라고 설득해 겨우겨우 방으로 돌려보낸 참이었다.

군데군데 놓아둔 램프의 불빛이 아슬아슬하게 흔들렸다. 창문이 시끄럽게 덜컹덜컹했다. 경첩이 떨어져 나갈 것처럼.

바람이 너무 세다. 걱정스러움에 몸을 일으키려는데, 그보다 먼저 창문이 바람을 이기지 못하고 벌컥 열렸다.

동시에 램프의 불이 일제히 훅 꺼졌다. 방 안으로 어둠이 들이닥쳤다. 난 로버트의 머리끝까지 시트를 뒤집어씌우곤 몸을 일으켰다.

"으아."

당황할 새도 없이 강한 비바람이 얼굴을 때렸다. 눈을 뜰 수가 없었다. 일단 열린 창문부터 닫아야 했다. 난 한 팔을 들어 얼굴을 가리고 걸음을 내디뎠다. 점차 거세지는 바람에 커튼이 나부끼고, 몸이 자꾸 뒤로 밀려났다. 한 걸음 한 걸음 힘겹게 내디디며 남은 한 손을 힘껏 뻗었다.

창문 가까이에 다다르자 비바람을 헤치고 만져지는 감촉을 더듬었다. 기이하게 틀어진 창문이 바람에 흔들리며 벽에 탁탁 부딪쳤다. 그걸 붙잡아 창틀에 맞춰 끼우려 했다. 바람이 너무 세서 몇 번이나 중심을 잃을 뻔했다.

바람과 실랑이를 벌이다 창문을 겨우 창틀에 끼웠을 땐 이미 방 안이 한바탕 뒤집어진 뒤였다. 유리가 깨지지 않은 게 천만다행이었다.

역시나 문짝을 고정하던 경첩이 부서졌다. 불어오는 바람에 창문이 다시 열릴 것처럼 덜컹덜컹 움직였다.

당장은 고칠 방법이 없어 일단 커튼으로 감싸자 다시 튕겨 나온다. 어찌할까 고민하며 주변을 둘러보다가 근처에 있던 서랍장이 눈에 들어왔다. 그걸 끌고 와 커튼으로 감싼 창문 앞에 놓았다.

반쯤이지만 겨우 창문을 막았다. 하지만 그것만으론 안심할 수 없어 방 안의 무게가 나갈 법한 물건들을 모조리 서랍 안에 집어넣었다. 그리고 다른 가구도 그 앞으로 끌어왔다. 여전히 창문이 덜컹덜컹했지만, 다행히 서랍장에 막혀 열리지 않았다.

그제야 숨을 고르고 방 안을 살폈다. 달빛조차 비추지 않는 내부는 너무 어두웠다. 불이 다 꺼진 것도 문제지만 바람에 넘어진 램프가 깨져 버렸다. 그나마 멀쩡한 걸 찾았지만 성냥이 빗물에 젖어 불을 붙일 수가 없었다.

한숨을 쉬고 로버트에게 향했다. 시트를 뒤집어쓴 작은 몸을 조심히 안아 들고 방을 나왔다. 언제 다시 비바람이 들이칠지 모르는 방 안에 로버트를 둘 수는 없었다. 대신에 바로 옆방으로 옮겨 소파에 눕혔다.

소란에 깨어날 법도 한데 찡그림 한 번 없이 잘 자고 있다. 어젯밤부터 잠을 설쳤으니 피곤하기도 하겠지. 잠든 로버트의 몸을 감싼 시트가 보호막 역할을 착실히 하고 있다. 하지만 주변을 비추는 불빛이 없으니 깨어나면 무섭다고 울어 버릴지도 모른다. 유모에게 도움을 요청할까 싶었지만 피곤한 몸을 이끌고 한달음에 달려올 그녀를 생각하며 마음을 바꿨다.

잠깐, 혼자 둬도 괜찮겠지?

잠시 고민하다 소파에서 몸을 일으켰다. 램프가 다 깨졌으니 양초라도 가져와야겠다. 주변을 더듬으며 방을 나서자 복도가 쥐 죽은 듯 고요했다.

어두컴컴한 복도를 조심히 걸어 나갔다. 멀리서 웅웅웅 소리가 울려왔다. 걸음을 내디딜수록 그 소리가 점차 커지더니, 이제는 사방에서 들려왔다. 아무도 없어서일까, 긴장감에 마른침이 꿀꺽 넘어갔다. 섬뜩한 소음 사이로 내 발자국 소리가 섞여 들었다. 바람에 흔들리는 나뭇가지의 그림자가 복도를 휘저었다.

'노, 노래라도 부를까?'

두려움을 떨치고자 콧노래를 흥얼거렸는데 그게 더 무서웠다.

다리가 떨릴 정도로 두려웠지만 애서 외면한 채 계단을 거의 다 내려갔을 즈음, 복도 저 멀리서 뿌연 빛 덩이가 보였다. 처음엔 잘못 본 줄 알았다. 이 시간에 복도를 서성일 사람은 없으니까.

그런데 빛 덩이가 점차 선명해졌다. 아니, 내게 다가오고 있는 거다.

난 걸음을 뚝 멈췄다. 동시에 빛 덩이 쪽에서 터벅터벅 발소리가 들려왔다. 치솟는 공포에 마른침을 몇 번이나 삼키고, 들고 있던 램프를 더 꽉 쥐었다. 여차하면 이걸로 후려치고 도망칠 생각이었다.

만반의 준비 자세를 취하는 사이 코앞까지 다가온 빛 덩이가 멈춰 섰다. 환한 빛줄기 너머에 자리한 상대의 얼굴을 확인한 내 눈이 휘둥그레졌다.

"주인님?"

아니, 왜 이 시간에 빈센트가.

"넌……."

그도 이 시간에 사람이 있을 거라곤 생각 못 했는지 놀란 얼굴이다. 난 당황하며 램프를 단단히 붙잡고 있던 손을 아래로 내렸다. 멍하니 그를 보자, 덩달아 날 보던 에메랄드빛 눈동자가 내 손에 쥐고 있는 램프를 좇아 내려가더니 인상을 찡그린다.

"여기서 뭐 하고 있던 거지."

"창문이 열려서 방 안으로 바람이 들이치는 바람에 램프들이 다 깨져서요. 그나마 멀쩡한 건 불이 다 꺼졌고, 성냥도 빗물에 젖어서. 불을 붙이고 램프를 대신할 양초도 챙길 겸 해서 내려왔습니다."

그리 말하며 쥐고 있던 램프를 보여 주자 그의 미간이 더 좁혀졌다.

"창문이? 로버트의 방인가?"

"네. 경첩이 부서져서, 일단 커튼으로 덮고 근처 서랍장을 끌고 와 임시로 막아 두었습니다. 그래도 위험해서 도련님은 옆방에 모셔 두었습니다. 천둥 번개 때문에 하루 종일 잠을 설치셔서 피곤하셨는지, 다행히 깨지 않고 아주 잘 주무시고 계십니다."

"유모는."

"유모님은 어젯밤부터 도련님을 달래 주시느라 한숨도 못 주무셨어요. 지금은 방에서 주무시고 계십니다. 제가 일부러 말씀드리지 않았습니다."

혹여 유모에게 뭐라 할까 봐 급하게 덧붙였다. 그가 당장 유모를 깨우라고 하면 어찌할 수 없겠지만, 그러지 않길 바랐다. 다행히 그는 별말 없이 표정을 풀었다.

그런데 빈센트가 왜 여기 있는 거지? 지난번 잉크 사건에 대한 걱정이 무색하게 그는 또다시 저택에 얼굴을 비치지 않았었다.

갑작스러운 그의 등장에 의아해하고 있는데, 빈센트가 손에 든 램프를 슬쩍 내 쪽으로 기울였다.

"이리로."

"네?"

"램프 말이야."

램프? 아, 램프. 난 다급히 램프의 유리 덮개를 들어 올렸다. 그도 자신이 들고 있는 램프의 덮개를 들어 올리곤 불이 붙어 있는 심지를 내 램프의 심지에 댔다. 타닥 불이 옮겨붙었다. 주변을 밝히는 빛 덩이가 하나 더 생겼다.

난 고개를 꾸벅였다.

"감사합니다."

조심히 유리 덮개를 덮었다. 옆쪽의 나사를 돌려 불꽃이 꺼지지 않도록 세기를 조절했다.

"양초는 어디 있지?"

"부엌에 있습니다. 아, 저기."

말을 하기 무섭게 빈센트가 몸을 돌렸다. 그 걸음이 향하는 곳이 어딘지 알아채고 화들짝 놀라 그의 뒤를 따랐다. 당황하며 말렸지만, 내 말을 귓등으로도 듣지 않은 빈센트가 성큼 부엌 안으로 들어갔다. 감히 윗사람을 이런 곳에 들어오게 하다니, 오드리가 보았으면 경을 칠 일이었다.

누추한 부엌 안을 두리번대는 그의 얼굴은 태연했다. 난 초조하게 그의 뒷모습을 훑다가 빨리 양초를 찾아서 나가자는 생각에 몸을 돌렸다. 부엌 한편에 있는 커다란 찬장 안, 깊은 곳을 더듬자 예비용 양초가 몇 개 나왔다.

촛대가 어딨더라. 몸을 돌리다가 깜짝 놀랐다. 언제 다가왔는지 빈센트가 등 뒤에 서 있었다. 그는 신기한 것을 보듯 날 내려다보고 있었다.

"왜 그런 곳에 양초가 있지?"

"가, 가끔 급하게 필요할 때가 있어서요. 촛대만 찾으면 되니 나가 계세요."

"촛대는 어디 있는데?"

"여기 근처에…… 이, 일단 나가 계세요. 네?"

혹여 누군가 들어와 이 모습을 볼까 봐 마음이 조마조마했다. 내가 알아서 잘 찾아 나갈 테니 제발 밖에서 기다려 달라고 부탁하자, 빈센트가 마지못해 몸을 돌렸다. 그가 부엌에서 나가는 걸 보곤 안도의 숨을 뱉었다.

찬장 아래와 그 주변을 뒤적여 봤지만 예비용 촛대 따윈 없었다. 어쩔 수 없이 사용하다 남은 낡은 촛대를 챙겼다. 그걸 품에 안고 나가자 빈센트가 날 기다리고 있었다. 좀 의아했다. 왜 아직 있지?

"왜 그러고 계세요?"

"로버트한테 돌아갈 거잖아. 나도 가지."

"아, 알겠습니다."

내색은 하지 않지만 로버트가 걱정되나 보다. 난 고개를 끄덕이고 앞장서 걸었다. 램프의 불빛을 되찾은 덕분인지 더는 무섭지 않았다. 아니, 그가 같이 있기 때문일지도.

복도엔 여전히 바람 소리가 비명처럼 웅웅 울렸다. 나뭇가지가 서로 부딪치는 소리도 들려왔다. 그 사이로 타박타박 걸어 나가는 그와 내 발소리가 섞여 들었다. 두 덩이의 빛이 내 앞을 비춘다.

이러고 있으니 마치 5년 전의 그때 같다. 빈센트의 손을 붙잡고, 내가 앞장서 함께 걸어가던 나날이.

순간 아릿한 감각이 몰려왔다. 코끝이 찡해졌다. 괜히 코끝을 문지르며 걸음을 내디뎠다. 주인님과 함께한 덕분에 중앙 계단으로 쉽게 올라갈 수 있었다.

"편지는 로버트한테 전달했나."

"네. 굉장히 기뻐하셨습니다. 정말 감사합니다."

"그건 어떻게 됐지."

"무엇을 말씀이세요?"

"잉크 말이야."

나도 모르게 걸음을 멈출 뻔했다. 삐끗했던 걸음걸이를 겨우 유지하고 마른침을 삼켰다. 잠시 잊고 있던 긴장감이 솟구쳤다. 심장이 뛰는 소리가 그에게 들릴까 봐 가슴께를 움켜쥐었다. 주변의 섬뜩한 소음이 고마울 줄이야.

지금이 적절한 때인가? 역시 못 찾았다고, 죄송하다는 말을 꺼내야 할 때. 과연 그가 쉽게 넘어가 줄지는 모르겠으나 다른 방법이 없었다.

숨을 고르고 쿵쿵 뛰는 심장을 추스르며 마음을 다잡았다. 긴장한 티를 내지 말아야 한다. 눈을 한 번 감았다 뜨곤 그 대답을 하기 위해 몸을 돌릴 때였다.

"저기!"

순간, 눈앞이 번쩍거렸다. 복도 끝이, 놀란 빈센트의 얼굴이 훤히 보일 정도로 사방이 밝아졌다. 그리고 그걸 깨닫자마자 어둠이 들이닥쳤다.

동시에 쾅! 하는 굉음이 울렸다.

콰콰쾅!

"으아악!"

양손으로 귀를 막고 나도 모르게 비명을 질렀다. 커다란 천둥소리가 다시 공포를 불러왔다. 마치 내 옆으로 천둥이 떨어진 것만 같았다. 덕분에 들고 있던 램프를 놓쳐 버렸다.

유리 깨지는 소리에 눈을 뜨자 이번엔 뭔가가 눈앞을 스쳐 벽에 부딪쳤다. 본능적으로 피하다가 중심을 잃고 바닥에 엉덩방아를 찧었다. 그 순간을 놓치지 않고 다시 한번 천둥이 무섭게 내리쳤다.

쿠쿠쿠쿵! 다시 양손으로 귀를 막고 몸을 웅크렸다. 어디선가 바람이 무섭게 휘몰아쳤다. 마지막으로 남은 불빛마저 훅 꺼졌다. 복도가 순식간에 어두워졌다.

한동안 그대로 몸을 웅크리고 있었다. 정신을 휘젓는 천둥소리가 계속해서 울려 퍼지다가 어느 순간 잦아들었다.

차츰 정신이 돌아왔다. 다시 눈을 떠 주변을 둘러보자 시커먼 어둠뿐이다. 희미한 빛조차 없었다.

머리며 옷이 바람에 이리저리 휘날렸다. 유리 깨지는 소리가 들리더니 램프만 깨진 게 아닌가 보다. 어디선가 바람이 들어온다. 바로 옆쪽인가. 뭔가 날아온 것 같았는데, 어쩌면 나뭇가지나 돌일지도 모른다. 사람도 날려 버릴 것 같은 바람이지 않은가.

헝클어지는 머리칼을 붙잡고 주변을 더듬었다. 사방이 너무 어두워 어디가 어딘지 모르겠다. 웅웅, 쿠르릉, 바람과 천둥만이 제 존재를 알려 왔다. 빈센트는, 그는 어디 있지? 가까스로 정신을 추스르고 그를 찾아 바닥을 더듬었다.

"주, 주인님? 주인님!"

다급히 그를 불렀으나 돌아오는 대답이 없었다.

난 빈센트가 있을 법한 곳으로 바닥을 더듬어 갔다. 하지만 무엇 하나 잡히는 게 없었다. 다시 그를 불러 보았지만 여전히 묵묵부답이었다. 아무리 어둠 속을 둘러보고, 주변을 더듬어 봐도 대체 그가 어디 있는지 알 수가 없었다.

'아니, 내가 어디 있는지도 모르겠어.'

내가 걷던 게 복도가 맞을까? 덜컥 겁이 났다. 내 몸이 어디론가 날아간 것도 아닐 텐데, 이상하게 사방이 낯설게 느껴졌다. 어두워서, 그래 주변이 너무 어둡고 차가워서, 마치 그때처럼.

그날처럼.

어둠 속에 다른 누군가 있는 거 같다. 저벅저벅 발소리가 들리는 거 같아. 분명 사방은 시커먼 어둠뿐이고 다른 사람이 없다는 걸 알고 있는데도 저 너머에서 누군가 날 보는 거 같았다. 금방이라도 날카로운 칼날이 튀어나와 날 찌르고 죽음으로 데려갈 것 같은 경고가 온몸의 털을 쭈뼛 서게 만들었다. 여기 있으면 안 된다는, 그런 경고가.

날 죽이러 올 거야. 도망가야 해.

그런데, 왜 몸이 움직이지 않는 걸까. 마치 바람이 날 붙잡고 있는 거 같다. 가면 안 된다고. 여기가 너의 종말이라고.

"……라."

탁한 목소리가 날 부른다. 숨 쉬는 것조차 힘겨운 듯 겨우 토해 내는 목소리가 희미하다. 그 소리를 따라 고개를 돌리자 뭔가 흘러와 손을 적셨다. 피였다. 어둠 속에서도 선명히 보이는 붉은 피.

그리고 그곳에 누워 있는 한 남자도.

"아, 아아—"

이러지 마. 이러면 안 돼. 나오지 않는 비명이 숨통을 틀어막았다. 난 마구 도리질하며 엉덩이를 뒤로 움직였다. 또다. 또 이 악몽이다. 섬뜩했던 공포가 날 옭매던 순간, 죽음이 드리워지는 감각.

"이러지 마. 내게 이러지 마."

날 다시 그곳으로 끌고 가지 마. 비적비적 몸을 움직였으나 악몽은 내 앞에서 사라지지 않았다. 눈앞이 뿌예지는데 어째서 저 얼굴은 선명해지기만 할까.

왜 당신이 그러고 있는 걸까. 왜, 어째서…… 루카스 님.

허공에 들어 올린 손끝이 덜덜 떨리고 있었다. 고통으로 뒤범벅된 갈색 눈동자가 간절히 날 바라본다. 울듯이 일그러진 얼굴이 내게 외치고 있다. 도망치라고. 어서 가라고. 아니야. 사실은, 도와 달라고 하던 게 아닐까. 자신을 버리지 말라고 하던 게 아니었을까. 내 멋대로 그의 마음을 단정한 게 아니었을까.

내가, 살고 싶어서…… 그래서…….

"맞아, 언니."

서늘한 손이 내 어깨를 붙잡는다. 등 뒤에 달라붙은 체온이 온몸을 꽁꽁 얼릴 만큼 차갑다. 귓가에 닿는 숨결마저 냉기를 뿜고 있었다. 밤마다 내게 매달려 훌쩍이던 어린 목소리가 독기를 품고 내 목을 찌른다.

"언니는 자기 자신밖에 모르는 이기적인 사람이야."

"아니야. 아니야."

"혈육으로도 모자라 자신에게 다정했던 남자까지 잡아먹고, 혼자서만 살아남았어."

"그만해. 그만……."

"언니, 언니도 가자. 우리와 가자."

그 순간 허연 발이 눈앞으로 불쑥 튀어나왔다. 하나, 둘, 셋. 크기가 다른 그것들이 춤을 추듯 허공에서 끼익끼익 흔들렸다. 난 소리 없는 비명을 입 밖으로 내질렀다. 여린 목소리가 날 부른다. 언니, 언니. 첫째 언니. 일찍이 죽은 동생들의 목소리가, 갓난아기의 울음이 사방에서 울려 퍼졌다.

숨쉬기가 어려워 캑캑거렸다. 죄책감에 어찌해야 할지 모르겠다. 동생들의 죽음을 외면하고 살아남은 스스로가 추악해 구역질이 났다.

내게 달라붙은 여린 손을 붙잡고 온기를 나눠 주고 싶었다. 하지만 차마 그러지 못하고 몸을 웅크렸다. 양손으로 귀를 막고 흐느꼈다. 비명 같던 바람도 무섭게 내리치던 천둥도 지금 이 순간은 들리지 않았다. 오롯이 꿈 같은 목소리들만이 날 옥죄일 뿐이다.

"폴라."

그때, 누군가 날 불렀다. 폴라. 폴라. 그것은 너무 힘겹고, 금방이라도 끊어질 듯 나약했다. 귀 기울이지 않으면 듣지 못할 외침. 나는 그 외침을 잘 알고 있다.

루카스 님. 난 고통 속에서 홀로 싸우고 있을 그를 떠올렸다. 이번엔 그의 곁에 있어 주고 싶었다. 더는 홀로 두고 싶지 않았다.

난 엉금엉금 기어 그에게 다가갔다. 주변이 번쩍번쩍했다. 루카스가 보였다 사라지기를 반복했다. 이대로 그가 어둠에 먹힐까 봐 두려웠다. 손안이 따끔했지만, 신경 쓰지 않았다. 그저 그쪽으로 기어갔다. 울면서 그를 불렀다. 루카스 님. 루카스 님.

그가 있는 자리에 다다르자마자, 손을 휘저었다. 천둥이 멈추자 주변이 다시 어두워졌다. 어둠 속을 더듬어 그를 찾았다. 곧이어 매끄러운 천의 감촉이 느껴졌다. 손을 내리자 서늘한 체온이 덜덜 떨고 있다. 난 그걸 꼭 쥐고 남은 한 손으론 큼지막한 몸을 껴안았다.

"저 여기 있어요."

몸을 더 밀착해 그를 내 품으로 데려왔다. 닥닥 이가 부딪치는 소리가 내 귓가에 들려왔다. 어린아이처럼 안긴 커다란 몸이 떨고 있었다. 공포에 숨조차 제대로 쉬지 못하고 있다.

난 그의 등을 쓰다듬곤 까끌까끌한 머리칼에 뺨을 비볐다.

"곁에 있을게요."

이번엔 당신의 곁에 있을게요.

엄지로 떨고 있는 손등을 더듬었다. 그를 더 꽉 껴안고 등을 토닥였다. 미약하지만 그에게 내 체온을 나눠 주려 노력했다. 그가 나로 하여금 더는 무서워하지 않았으면 좋겠다.

서늘한 체온과 달리 그가 내쉬는 뜨거운 숨결이 내 어깨에 닿아 부서졌다. 곧이어 뜨거운 감촉이 얇은 천 위를 꾹 누른다. 작은 떨림이 느껴졌으나 방금 전처럼 심하진 않았다. 몸의 떨림이 차츰 잦아들었다.

뜨거움이 어깨에 퍼지다가 옆으로 움직여 목에 달라붙었다. 피부에 닿는 낯선 감촉에 움찔거렸다. 그런 날 달래듯 뜨거움이 다시 천 위로 향했다. 귓가를 간질이는 머리칼이 기분 좋았다. 커다란 손이 내 등을 꽉 움켜잡는다.

"라……."

하늘은 여전히 쿠릉쿠릉 울었지만 더는 어둠이 무섭지 않았다. 온몸에 맞닿아 있는 체온이 점차 뜨거워지며, 내 마음을 달래 주었다. 안도하게 만든다.

시커먼 구름 사이로 달이 살며시 모습을 드러냈다. 달빛이 창문을 타고 들어와 어둠을 몰아냈다. 시커멓던 사방이 점차 훤해졌다. 그 빛이 내 머릿속까지 비추는 기분이었다.

퍼뜩, 정신이 돌아왔다.

'내가 지금 뭐 하고 있었더라?'

눈을 깜빡이며 밝아진 복도를 바라봤다. 슬쩍 눈동자를 굴리자 반짝이는 머리칼이 보였다. 빛을 머금은, 금빛. 다시 눈을 한 번, 두 번, 세 번 깜빡이다가 내 자세를 인지했다. 난 누군가를 품에 안고 있었다.

슬쩍 몸을 떼자 상대가 놓치지 않겠다는 듯 달라붙는다. 당황하며 얼결에 그 큼지막한 등을 토닥였다. 내가, 어, 그러니까, 방금 전에…….

눈을 데굴데굴 굴렸다가 다시 몸을 떼었다. 이번엔 상대가 순순히 날 놓아준다. 몸을 뒤로 물리고 내게 안긴 상대의 얼굴을 내려다봤다. 달빛이 더 환해지며, 더욱더 밝아진 눈앞에 상대의 얼굴이 드러났다.

선명한 이채를 띤 에메랄드빛 눈동자가 날 담고 깜빡깜빡 움직였다. 멍한 얼굴이 어쩐지 나보다 더 놀란 거 같다. 가슴께에 매달려 있던 빈센트가 내 얼굴과 자신의 상태를 번갈아 살피더니 곧이어 경악했다.

"으악!"

"크헉!"

그가 강한 힘으로 나를 확 밀쳐 냈다.

난 비명을 지르며 뒤로 쓰러졌다. 엉덩이와 손끝에 아릿한 통증이 느껴졌다. 아파! 손바닥을 들어 올리자 언제 베었는지 살갗이 찢겨져 피로 흥건했다.

무슨 상황인지 몰라 황당해하며 베인 손바닥과 그를 번갈아 보았다. 한 손으로 입가를 가리고, 그도 지금 이게 대체 무슨 상황인지 파악하려 애를 쓰는 듯했다. 빈센트가 저렇게 당황한 건 처음 봤다.

"너, 네가 너무 같아서…… 그래서……."

"네?"

더듬더듬 뱉어진 목소리가 말을 채 만들어 내지 못한다. 혼란으로 물든 에메랄드빛 눈동자가 어찌할 바를 몰라 했다. 상대가 저렇게 당황하니 도리어 이쪽이 차분해졌다.

"저 일단 진정을."

"으아아앙!"

그 순간, 울음소리가 들려왔다. 로버트의 목소리였다. 결국 잠이 깬 모양이다.

이런. 난 당황하며 로버트가 있는 방 쪽을 돌아봤다. 놀랐을 로버트가 걱정되어 빠르게 몸을 일으키려던 순간, 갑자기 뭔가가 내 몸을 쭉 잡아당겼다. 멈칫하며 내려다보자 빈센트가 내 손목을 붙잡고 있었다. 꼭 떠나려는 사람을 다급하게 붙잡는 것처럼.

두 눈을 크게 뜬 채 그쪽으로 시선을 주자, 날 따라 눈동자를 내리던 그가 화들짝 놀라며 손을 떼어 냈다. 당황스러운 건 난데 정작 그가 더 놀란 거 같다. 몹시 당황해 하는 그의 모습이 선명히 보였다.

"아, 그, 그게, 너무 어두워서……."

"……예?"

어두운 거랑 날 붙잡은 게 무슨 상관인데? 그러나 그는 내 의문에 대답할 생각이 없는지 조금 전보다 더 정신없게 군다. 혹시 하고 싶은 말이 있는 건가 싶어 인상을 쓸 때쯤 또다시 로버트의 울음소리가 커다랗게 울려왔다.

그가 퍼뜩 고개를 들고 로버트의 방 쪽을 바라봤다. 그리고 다시 날 보더니 몇 번 입을 달싹이다 겨우 한마디를 토해 낸다.

"로버트 곁에 있어."

"아, 네."

같이 가는 줄 알았는데, 몸을 일으킨 그가 대뜸 반대편으로 걸어갔다. 아니, 뛰어간다는 게 더 정확할 거 같다. 걸음이 어찌나 빠르던지, 그는 순식간에 복도 끝으로 멀어졌다. 멀리서 쿵, 쿵 연달아 소음이 들리는 게 어딘가에 부딪친 것도 같다. 램프도 안 챙겨 가고 말이지.

하지만 램프를 챙겨 갔어도 별 도움은 안 됐을 것이다. 그의 램프도 바닥에 떨어져 깨진 상태였다. 오늘따라 램프가 참 많이도 깨지네. 이게 다 천둥 번개 때문이란 생각에 창밖을 내다보자 어느새 비가 그쳤는지 밖은 고요하기만 했다.

따끔한 손바닥을 살피다 한숨을 쉬었다. 깨진 램프 조각에 손을 베인 건가. 이게 다 무슨 상황이야. 하지만 상황을 채 인지하기 전에 다시 몸을 돌렸다. 일단 혼자 울고 있을 로버트부터 달래야 했다.

그 이상했던 밤이 지나고 아침이 밝아 왔다. 오열하는 로버트를 달래느라 나도 소파에 눕자마자 기절하듯 잠들어 버렸다. 잠에서 깨어나니 벌써 점심때다.

"일어났어요?"

때마침 유모가 방문을 열고 들어왔다. 그러고 보니 로버트의 아침 식사도 챙기지 못했다. 당황하며 몸을 일으키자 그녀가 누워 있으라 말했다.

"미안해요. 밤새 고생한 줄도 모르고."

"아니에요. 도련님은요?"

"아침 식사 끝내시고 다른 방에서 주무시고 계세요. 원래 지내시던 방은 창문 상태가 너무 안 좋아서 수리 중이에요. 이제 비는 멈췄고요."

"다행이네요. 저, 늦잠을 자서 죄송합니다."

"괜찮아요. 고생했어요."

그녀가 내 어깨를 다독였다. 난 머쓱하게 웃으며 뻑뻑한 눈가를 문질렀다. 유모가 더 자도 된다고 했지만 난 고개를 젓고 소파에서 내려갔다.

자리가 넉넉하긴 했으나 몸을 구부리고 잤더니 온몸이 찌뿌둥하다. 팔을 쭉 뻗으며 기지개를 켜는데 유모가 깜짝 놀라 소리쳤다.

"어머. 앤! 어디 다쳤어요?"

"네?"

그녀의 말에 내 상태를 살펴보고는 깜짝 놀랐다. 앞치마를 그대로 입고 잤는데, 하얀 천 군데군데 시커먼 얼룩이 져 있었다. 이게 뭐야? 가까이 들여다보자 피다. 이제 보니 양손에도 핏자국이 말라붙어 있었다.

"세상에. 무슨 일이 있었던 거예요?"

"그, 글쎄요."

당황하며 찢어진 양손을 살피는데, 무릎과 허벅지에서도 따끔한 느낌이 들었다. 그곳들도 모르는 새 다쳤나 보다. 어디에 베인 건가?

어제의 일이 드문드문 떠올랐다. 빈센트가 떠나고 뒤처리는 내 몫이었다. 일단 놀란 로버트부터 달래 다시 재우고, 복도로 나왔다.

복도는 창문까지 깨져 아수라장이 되어 있었다. 바닥에 나뭇조각이 떨어져 있는 걸 보니 나무판자 같은 게 날아와 유리창을 깨뜨린 거 같다. 강한 바람의 위력을 새삼 실감했다. 그나마 램프의 오일이 별로 남아 있지 않아 다행이었다. 자칫 불씨라도 붙었으면 더 큰 소란으로 번질 뻔했다.

깨진 유리 조각을 치우고 있는데, 로버트가 다시 깨어났는지 울음소리가 들려왔다. 난 급하게 정리를 마치고 다시 방으로 들어가야 했다.

"밤새 바람이 너무 강하게 불어서 복도 창문도 깨졌거든요. 그때 다쳤나 보네요."

"어머. 어디 창문이요?"

"복도 중간 쪽이요."

그러면서 밤에 있었던 일을 간략히 설명했다. 물론 빈센트와 만난 건 빼고. 유모가 별 의심 없이 고개를 끄덕였다.

"일단 방에서 쉬고 저녁때 와요. 여긴 내가 정리할 테니."

"알겠습니다."

남은 뒤처리를 그녀에게 맡기고 방에서 나왔다.

지친 몸을 이끌고 복도를 거니는데 갑자기 하인 한 명이 내 곁을 휙 지나갔다. 어쩐지 다급해 보이는 뒷모습을 멍하니 보고 있는데, 다른 하인들이 그 뒤를 따라간다. 하나같이 차림새가 지저분했다.

무슨 일인가 싶어 의아해하는데, 멀리서 조니가 다가오는 게 보였다. 그런데 그의 몰골도 별로 좋지 못했다. 온통 먼지투성이였다.

"꼴이 왜 그래?"

"너야말로 꼴이 왜 그러냐?"

조니가 멈칫하더니 인상을 쓰곤 날 위아래로 훑었다. 그제야 내 몰골이 어떤지 떠올랐다.

어디 다쳤어? 심각한 물음에 별거 아니라며 손을 내젓곤 너는 왜 그러냐고 물었다. 그러자 조니가 그렇게 심하냐며 옷을 툭툭 터는데 먼지가 두둥실 떠올랐다. 이번엔 내가 인상을 쓰고 한 발짝 뒤로 물러났다.

"부러진 나뭇가지가 떨어지면서 중앙 계단 쪽 복도 천장이 뻥 뚫렸어. 그거 고치느라고 아침부터 하인들 다 불려 가서 난리도 아니다."

"천장이? 크게 뚫렸어?"

"좀 커. 급하게 보수 작업 하는 중인데 또 뚫릴 수도 있다고 하더라. 천장의 판자가 덜렁거려서 위험하니까 그쪽 지나갈 때 조심해."

그래서 방금 전에 그렇게 뛰어갔구나. 새벽에 바람이 심상치 않다고는 생각했지만, 이 정도일 줄은 몰랐다. 그러고 보니 이쪽은 창문이 날아갔지. 유모가 내 말에 별다른 의문이 없었던 게 이 때문인가 보다.

"어디 창문도 깨졌다던데."

"아, 맞아. 저기 반대편 쪽에."

"저번엔 벽이 갈라지더니……. 이 저택, 여기저기 다 낡았나 봐. 상태가 좋지 못해."

조니가 피로에 찌든 얼굴로 머리를 퍽퍽 긁었다.

확실히 이 저택은 관리가 잘된 편이 아니었다. 바람이 조금만 강하게 불어도 창문이 떨어져 나갈 정도로 덜컹거리니.

게다가 청소도 매일 하긴 하지만 자주 사용하는 곳 위주였고, 그 외의 장소는 띄엄띄엄 날을 잡아 청소했기에 먼지가 쌓여 꽤 더러웠다. 이곳은 사용인의 수가 그다지 많지 않았고, 밖에서 데려왔음에도 별다른 교육을 시키지 않는다는 점에서 완벽한 관리는 어려워 보였다.

"다락방 맨 끝 쪽에 방치된 작은 창고가 하나 있거든? 거기를 지나가던 하녀가 무심코 문을 열었다가 봉변당했대. 벌레가 엄청 많았다던데."

"그래?"

"여기 진짜 낡았어. 꼭 오래도록 방치된 걸 억지로 사용하고 있는 거 같아."

조니가 깊은 한숨을 쉬더니 이제 가야 한다며 무거운 발걸음을 옮겼다. 그는 깨진 창문 담당이었다. 난 안타까운 마음을 담아 조니를 배웅하고 다시 복도를 걸었다.

조니가 말했던 중앙 계단 쪽을 지나는데, 사용인들이 옹기종기 모여 걱정스레 천장을 올려다보고 있었다.

정말 천장 한가운데 구멍이 뚫려 있었다. 게다가 구멍이 제법 크다. 부서져 덜렁거리던 판자가 빗물과 함께 후드득 떨어졌다. 구멍 안에서 보수 작업 중인 하인들의 모습이 흘끗흘끗 보였다. 다들 이게 웬 봉변이냐는 표정이다. 바닥이 떨어지는 빗물로 흥건해 미끄러웠다.

조심조심 그곳을 지나 내 방으로 향했다. 휴식 시간인지 침대에 누워 있던 앨리샤가 날 보더니 경악했다.

"너 몰골이 그게 뭐야?"

벌써 세 번째 받는 질문이었다. 상태가 어지간히 안 좋은가 보다. 씻고 상처를 치료해야 하는데 이상하게 너무 피곤했다.

"일이 좀 있었어."

"대체 무슨 일이 있었던 거야?"

"몰라. 피곤해."

비적비적 걸음을 옮겨 침대에 낙하했다. 지금까지 잤는데도 졸음이 쏟아졌다. 무거운 눈을 깜빡이다 베개에 얼굴을 비볐다. 뒤에서 앨리샤가 쯧쯧 혀를 차는 게 들렸다.

"새벽에 주인님이 잠시 저택에 들르셨다던데. 너 봤어?"

"……몰라."

"봤다는 거야, 못 봤다는 거야?"

"못 봤어."

대충 답하고 몸을 웅크렸다. 앨리샤가 내 어깨를 흔들며 정말 못 봤냐고 닦달했다. 더는 대꾸하기 귀찮아 벽 쪽으로 몸을 피하자, 내가 대답할 마음이 없다는 걸 깨달았는지 앨리샤가 짜증을 내곤 돌아섰다. 그제야 난 무거운 눈꺼풀을 감았다.

새벽에 있었던 일이 머릿속을 스쳐 지나갔다. 너무 놀란 탓일까, 벌써부터 기억이 흐릿하다. 천둥이 마치 내 기억마저 앗아 간 것 같았다. 시커먼 어둠 속에 혼자 있다고 생각하니 제정신이 아니었다. 잠시 기절했던 거 같기도 하고. 정신을 차렸을 땐 그를 껴안고 있었으니 정말 미쳤던 건지도 모른다.

한 손으로 입가를 가리고 당황스러워하던 모습이 떠올랐다. 말까지 더듬는 빈센트는 정말 놀란 거 같았다.

그러고 보니 그는 왜 내 품에 얌전히 안겨 있었을까. 그것도 못 물어봤네. 혹시 내가 달라붙었나? 거기까지 생각이 미치자 민망함이 몰아쳤다. 으, 얼마나 이상하게 보였을까. 비명을 지르고 싶은 충동을 억누르며 눈을 더 질끈 감았다. 잠이나 자자.

그러다 그에게 붙잡혔던 손목을 더듬었다. 그가 남긴 온기는 이미 사라졌을 텐데, 이상하게도 손목이 뜨거웠다.

손목을 만지작대며 그대로 까무룩 잠에 빠져들었다. 이곳에 와서 처음으로 악몽을 꾸지 않았다.

□ ◆ □

그날 이후로 빈센트와 직접 마주하는 일은 없었다. 그는 이 저택에 발길이 뜸해졌고, 어쩌다 로버트를 만나러 올 때면 내게 시선 한번 주지 않았다. 여전히 하인을 통해 편지를 보내고 있으나, 로버트에 대해 직접 묻는 일도 더는 없었다. 말을 걸어도 유모에게만 할 뿐이었다. 마치 날 피하는 사람처럼.

내가 피해야 하는데 그가 알아서 피해 주니 이걸 좋아해야 할지 말아야 할지 기분이 묘했다. 덕분에 잉크를 어디서 구했냐는 닦달을 받지 않게 되어 한시름 놓았지만.

시간은 빠르게 흘러갔다. 양손의 찢긴 상처가 아물고, 천장에 뻥 뚫린 구멍이 메워지며 다시 평온한 일상이 이어졌다.

어느새 내 가채용 기간이 며칠 남아 있지 않던 어느 날, 벨루니타 백작가에 손님이 찾아왔다.

또 다른 재회였다.

제12장

여전히 이상한 그 손님은

보통 때와는 다르게 저택의 분위기가 들떠 있었다.

하녀들은 삼삼오오 모여 수다를 떠느라 정신이 없었고, 평소 성실하던 하녀들마저 간혹 문 쪽을 흘긋대며 딴생각에 빠져 있었다. 유달리 흥분된 공기가 주변을 부유했다. 그러다 오드리에게 걸려 혼났지만 그럼에도 하녀들은 문 쪽에 온 신경을 두는 듯했다.

의아했지만 그 이유를 알 길이 없는 난 그저 청소에 집중했다. 오늘은 나도 오랜만에 청소에 합류해 실력 발휘를 했다.

복도를 다 닦고, 더러운 물이 담긴 철통을 들고 돌아오는 길이었다. 계단 난간 뒤에 하녀 셋이 옹기종기 모여 있었다. 하나같이 문 쪽을 흘긋대며 웃고 있다. 뭔가 싶어 슬쩍 다가가니 한껏 소리를 죽이고 속삭이는 말소리가 들려왔다.

"와. 정말 저분을 뵙게 될 줄이야."

"세상에. 실제로 보니 멋있다."

"그래? 난 좀 무서운데."

마치 누군가를 감정하는 듯한 대화에 내 시선도 절로 그녀들이 보는 문 쪽에 닿았다. 문 앞엔 세 명의 사람이 있었다. 가장 먼저 보이는 건 빈센트였다. 그 뒤로 오드리도 보였다. 그리고 빈센트의 맞은편에는…….

"에단 님?"

다들 문 쪽을 흘긋대기에 손님이 올 거라 예상하긴 했지만, 설마 에단이었을 줄이야.

"어머. 그쪽도 크리스토퍼 님을 알아요?"

"소식 듣고 왔구나."

내 말에 앞에 있던 하녀들이 재깍 반응해 왔다. 동료를 만났다는 반가움이었다. 난 당황스러웠지만 애써 웃어 보이곤 다시 문 쪽을 바라봤다.

빈센트와 대화를 나누고 있는 남자는 정말 에단이 맞았다. 5년 만의 만남이었다. 그는 그때보단 좀 더 말랐고, 얼굴에서도 세월의 흔적이 느껴졌다. 잘 웃고 장난스러운 태도를 취하던 과거와는 달리 지금은 어쩐지 딱딱해 보이는 얼굴이라 낯설었다. 빈센트를 대하는데도 웃음 한 점 없었다.

빈센트도 잘 웃는 편은 아니어서, 두 사람 사이엔 제법 진중한 분위기가 흘렀다. 그래도 마냥 딱딱한 건 아니었다.

당연한 거지만, 에단도 잘 살고 있구나.

"그런데 소문처럼 무서운 분이신 건 맞는 거 같아."

"소문이요?"

"어머, 그것도 못 들었어요? 유명하잖아요."

내 물음에 세 사람이 모르냐는 시선을 보내왔다. 난 눈을 껌뻑이며 의문을 드러냈다. 그중 한 명이 내게 바짝 다가오더니 마치 비밀 이야기를 하듯 작은 목소리로 속삭였다.

"제 혈육을 다 죽이고 백작이 됐다는 소문."

그게 무슨……! 경악하는 내 반응에도 아랑곳하지 않고, 그녀들이 말을 이었다.

"동생을 죽였다지?"

"내가 듣기론 형이라던데."

"아니야. 아버지라고 했어. 왜, 전전 크리스토퍼 백작이 의문의 죽음을 당했잖아. 살인 사건의 범인도 잡지 못했고."

"아! 그러면! 정말 권력 때문에 혈육을 죽인 살인범이란 게 맞구나!"

그녀들은 신이 나 조잘댔다. 이야기의 대부분이 에단을 폄하하는 내용의 헛소문이었다. 왜 그런 소문이 돌았는지는 모르겠지만, 진실을 아는 난 그녀들의 이야기를 들을수록 기분이 나빠졌다. 그런 내 반응을 알아채지 못한 그녀들은 제 말이 맞네 어쩌네 하면서 티격태격했다.

"아니에요."

결국 더는 들을 수 없었다.

"그럼 다 죽인 건가? 권력을 위해서."

"와, 정말?"

"역시 무서운 분이시라니까."

"아니라고요!"

버럭 소리치자 다들 깜짝 놀라 날 바라봤다. 난 재빨리 양손으로 입가를 가렸다. 흘끗 에단 쪽을 보자 다행히 고함을 듣지 못한 듯하다.

안도의 한숨을 쉬고 그들에게만 들리도록 나직이 말했다.

"무슨 소리를 들었는지 모르겠으나, 다 헛소문이에요. 근거 없는 얘기라고요."

"그쪽이 그걸 어떻게 알아요?"

"신문 못 보셨어요? 전 크리스토퍼 백작이 혈육 살인 혐의로 체포된 거."

"그건 정확히 밝혀진 게 아니잖아요."

"맞아. 밝히는 과정에서 죽었다지."

"그것도 타살이라잖아."

"타살 의혹 아니었어?"

"얘는. 딱 보면 알지. 형제끼리의 지저분한 권력 다툼 아니겠어?"

"들기론 양아들이라던데?"

얘기가 거기까지 돌았구나. 에단이 알면서도 숨기고자 했던 사실들이 그녀들의 입에서 줄줄 흘러나왔다. 지난 5년의 시간 동안 세상이 얼마나 그들을 낱낱이 파헤쳤을지 안 봐도 뻔했다.

말이란 건 여러 사람을 거칠수록 변질된다. 그 과정에서 옳고 그름은 중요하지 않았다. 그걸 알지만, 모든 진실을 알고 있는 난 답답하고 분했다. 에단 크리스토퍼란 남자가 좋은 사람이라곤 할 순 없지만, 혈육을 죽이고 백작이 되었다며 손가락질받는 건 너무 억울했다.

그가 얼마나 자신의 형을, 동생을 소중히 여겼는데.

그는 이런 말을 들어선 안 된다.

"그러지 마세요."

"뭐가요?"

"어디서 무슨 소리를 들었는지 모르겠지만, 정확한 사실도 모르면서 무조건 깎아내리는 건 옳지 않다고 생각해요."

"뭐라고요?"

하녀 중 한 명이 인상을 썼다.

"저분이 좋은 분이라곤 할 수 없지만 절대 자신의 혈육을 죽일 사람은 아니에요."

"그걸 그쪽이 대체 어떻게 안다는 거예요?"

"그게 중요한가요? 괜한 소리 하지 말고, 각자 맡은 일이나 성실히 하자는 거예요."

"이봐요!"

기어코 한 명이 참지 못하고 버럭 소리쳤다. 날카로운 시선으로 날 바라보기에 나도 지지 않고 마주 봐 주었다. 다른 하녀가 당황하며 손을 휘저었다. 목소리 좀 줄이라며 말렸지만 이미 화가 난 하녀는 듣는 척도 안 했다.

"다들 그렇게 말하는 걸 왜 우리한테 시비예요! 그리고, 그렇게 소문이 도는 데에는 다 이유가 있겠죠! 저 사람이 자신의 혈육 죽이고 백작이 된 건지 아닌지 그쪽이 어떻게 알아요? 직접 봤어요? 어? 봤냐고!"

목소리가 점점 커진다. 또 다른 하녀가 어찌할 바를 몰라 하며 뒤돌아보다가 갑자기 벌떡 일어났다. 우리의 시선도 덩달아 그녀가 보는 쪽으로 돌아갔다.

"주, 주인님."

언제 다가왔는지 빈센트와 에단이 이쪽을 보고 있었다.

가장 먼저 그들을 발견한 하녀가 급하게 허리를 굽혔다. 곧이어 다른 두 명의 하녀도 당황하며 허리를 굽혔다.

난 놀란 표정의 빈센트를 바라보다가 에단에게 시선을 주었다. 아무것도 모르겠다는 듯한 갈색 눈과 딱 마주치는 순간, 나도 뒤늦게 허리를 굽혔다.

"다들 당장 자리로 돌아가세요!"

오드리의 고함에 세 명의 하녀가 죄송하다 말하곤 도망치듯 걸음을 옮겼다.

"죄송합니다."

그녀들을 따라 나도 빠르게 몸을 돌렸다.

에단의 소식을 접한 건 유달리 추운 어느 겨울날이었다. 크리스토퍼 가문의 결말이 신문 첫 장을 장식했다.

[제임스 크리스토퍼, 젊은 나이에 생을 마감. 타살 의혹]
[정통성을 가진 차기 크리스토퍼 백작의 등장]

그걸로 그 긴 이야기의 승자를 알게 되었다. 하지만 승자마저 상처뿐인 마무리였다. 제임스 크리스토퍼의 죽음이 정말 자살인지 타살인지는 관심 없었다. 내가 걱정하는 건 에단이었다. 앞으로 모든 걸 홀로 짊어져야 할 그가 안타까웠다.

그래도 그땐 루카스가 있어 다행이라고 생각했는데. 루카스의 생사 여부가 불투명한 지금, 어쩌면 에단도 빈센트와 다를 바 없는 생활을 했을지도 모른다는 생각이 들었다. 비록 피를 나눈 친형제는 아니었으나, 한때는 소중한 가족이었던 이의 죽음을 겪은 그가 얼마나 힘들었을지는 굳이 상상하지 않아도 알 수 있었다.

그랬는데…… 그런 사람에게 혈육을 죽인 살인범이라니.

"그럴 리가 없잖아."

그렇게 폄하해서는 안 되는 건데…….

"너 미쳤어?"

불쑥 튀어나온 앨리샤의 손이 상념을 깨뜨렸다. 난 멍한 시선으로 그쪽을 바라봤다. 양옆으로 흔들흔들하는 손이 딴 길로 빠졌던 정신을 돌려놓았다.

"아까부터 무슨 혼잣말을 그렇게 해."

"아무것도 아니야."

"아닌 게 아닌데?"

눈을 가늘게 뜨고 쏘아보는 앨리샤를 모르는 척하며 빗자루로 바닥을 쓸었다. 내가 대답해 줄 생각이 없다는 걸 알았는지 앨리샤도 더는 묻지 않았다.

오늘은 나뿐만 아니라 앨리샤도 청소에 합류했다. 손님맞이를 위해 대부분의 사용인이 청소 인력으로 배치되었다. 하지만 앨리샤는 청소를 하는 둥 마는 둥 했다. 확 오드리에게 고발해 버릴까 보다.

"그만 봐."

게다가 아까부터 자꾸 날 뚫어져라 본다. 시선이 뜨거워서 모른 척하려고 해도 그럴 수가 없었다. 최근 들어 앨리샤는 종종 지금처럼 날 빤히 쳐다보곤 했다.

"너도 봤지? 오늘 온 손님."

"봤어."

"어때 보여? 빈센트 님이랑 친구라던데."

"빈센트 님?"

오싹한 명칭에 경악하자 앨리샤가 어깨를 으쓱였다.

"곧 내 님이 될 텐데 이름 정돈 불러 줘야지."

"너 정말로 미쳤구나. 말조심해."

"걱정 마. 평소엔 착실히 주인님, 이라고 부르니까. 그렇게 부를 날도 얼마 안 남았지만."

대체 저 자신감은 어디서 나오는 건지.

황당하지만, 앨리샤는 정말로 빈센트를 꼬시려 했다. 빈센트가 조엘리와 티타임을 가질 때마다 그의 차 시중을 들며 맛이 어떠냐는 둥 너무 뜨겁지 않냐는 둥 은근하게 말을 건넸다. 그에 빈센트는 대부분 반응을 하지 않거나, 간혹 짧은 대답을 하는 게 전부였지만, 앨리샤는 그것만으로도 만족하는 듯했다. 내 눈엔 여전히 가능성이 없어 보였는데 앨리샤의 자신감은 나날이 높아져 갔다.

"나 정말 궁금해서 그러는데, 대체 어떻게 꼬신다는 거야?"

"있어. 나만의 방법이."

"그 방법 확실해?"

순수하게 궁금해서 물어봤는데 의외로 앨리샤가 의기양양하게 웃었다.

"아마도? 내가 제격인 거 같거든."

"뭐가?"

"아, 넌 몰라도 돼. 내가 알아서 할 거니까 신경 꺼!"

"사고나 치지 마. 제발."

"너야말로 이제 와서 관심 두는 건 아니지?"

한숨이 나올 정도로 어이없는 질문이라 대답하지 않자, 말하라고 닦달한다.

이유는 모르겠지만, 앨리샤는 은근히 날 경계했다. 내가 자신을 방해할 거라고 생각하는 걸까? 아니, 방해고 뭐고 할 게 뭐 있나. 빈센트는 우리한테 관심 한 톨 없는데.

"넌 모르겠지만, 그 사람 나한테 관심이 많아. 나를 볼 때마다 이것저것 자꾸 물어보거든. 귀찮을 정도라니까."

긴 머리를 귀 뒤로 넘기고, 도도하게 얼굴을 젖히는 품새에 자신감이 넘쳐흘렀다. 난 그러냐며 대충 대꾸하고 말았다. 내가 반응하면 더 즐거워한다는 걸 알기 때문이다. 저 자신감 넘치는 태도가 의아했지만 이유를 알 수 없으니 일단 지켜보기로 했다.

잠시 후, 우리가 청소하고 있는 창고에 하녀가 한 명 들어왔다. 앨리샤와 잠시 말을 주고받고는 서둘러 다시 나갔다. 앨리샤가 곧장 들고 있던 걸레를 바닥에 던졌다. 꼭 어디 가려는 태도였다.

아니, 청소하다 말고.

"다 닦고 가."

"조엘리가 날 부르네."

굳이 강조하는 말에 비아냥이 담겼다.

"나는 갈 테니 너 혼자 청소 잘하렴."

"……."

머리를 귀 뒤로 넘기는 게 꼴 보기 싫어 뒤돌아섰다. 멀어지는 앨리샤의 발소리를 들으며, 괜히 깨끗해진 바닥을 쓸고 또 쓸었다. 역시 얼굴이란 건가. 그리 생각하자 기분이 울적해졌다.

바닥을 쓱쓱 쓸면서 나오는 건 한숨뿐이었다. 내가 왜 여기에서 이러고 있는지 모르겠다. 불현듯 자괴감이 들어 기분마저 축 처졌다. 결국 빗자루질도 멈추고 멍하니 바닥만 바라봤다.

그때 갑자기 톡톡 문 두드리는 소리가 들려왔다. 화들짝 놀라 돌아보자, 더 깜짝 놀랄 광경이 눈앞에 보였다.

에단이 문가에 서 있었다.

예상치 못한 사람의 등장에 경악했다. 저 남자가 왜 저기 있지? 의아해하는 내 시선에도 아랑곳하지 않고 에단은 팔짱을 낀 채 문가에 몸을 기댔다. 갈색 눈동자가 마치 날 관찰하듯 위아래로 훑는다.

"어…… 저기, 무슨 일이신지……."

"……."

그는 내 말에 대꾸하지 않았다. 그저 뜨거운 시선으로 날 바라보기만 했다. 당황한 난 빗자루 대를 꽉 움켜쥐었다. 대체 왜 저러고 있는 거야.

날 보는 시선이 길어지자 더 이상 그를 마주 보지 못하고 이리저리 눈을 굴리고 있을 때쯤, 에단이 안으로 들어왔다. 성큼성큼 가까워진 그가 내 앞에 멈춰 섰다. 그러곤 위에서 아래로 날 훑더니 갑자기 손을 들어 내 정수리에 올렸다. 그런 뒤 높이를 재듯 제 가슴께로 손을 가져가더니, 그 행동을 세 번 반복하고는 내 주변을 빙글 도는 게 아닌가.

딱딱하게 굳은 얼굴과 날카로운 눈빛이 왠지 무서웠다. 난 긴장감에 몸을 움츠린 채, 내 주변을 빙글빙글 도는 그를 경계했다.

"왜, 왜 이러세요."

"……."

어지러울 정도로 돌던 그가 다시 내 앞에 멈춰 섰다. 그러곤 한참 동안 날 들여다보던 그의 굳은 얼굴이 서서히 풀어지기 시작했다. 곧이어 만들어진 건 웃음이었다.

"역시 맞구나."

"네?"

"긴가민가했는데. 이렇게 다시 볼 줄 몰랐거든요."

에단이 더 활짝 웃으며 갑자기 양팔을 펼쳤다. 기쁨이 듬뿍 담긴 얼굴과 마찬가지로 반가움을 담은 목소리가 급하게 터져 나왔다.

"오랜만이에요. 폴라."

"……!"

어, 어떻게.

"어떻게 아셨어요?!"

깜짝 놀라 물었다. 양팔을 벌린 채 날 반기던 에단의 눈이 동그래졌다.

"응? 그냥 알아보겠던데. 달라진 게 별로 없기도 하고, 또 여전히 아담하고."

그가 픽 웃으며 제 손끝을 내 정수리에 댔다. 무엇이 아담한지 알려 주는 듯한 손짓과 짓궂은 얼굴을 보니 그의 장난기는 여전했다.

난 멍하니 에단을 올려다봤다. 그가 날 알아볼 줄은 몰랐다. 앞머리로 얼굴을 가리고 다니던 때이기도 했고, 잠시 일했던 시녀 따윈 금세 잊어버렸을 거라 생각했다.

"앞머리 잘랐네요."

"아, 네. 어쩌다 보니."

짧아진 앞머리를 더듬었다. 그새 좀 자라나 눈앞에서 흔들렸다.

"일부러 길렀던 거 아닌가? 개성 있어 보이게."

"일부러 기른 건 맞지만, 그런 이유는 아닙니다."

단호히 반박하자 에단이 즐겁게 웃었다. 그의 우스갯소리도 여전했다.

"언제 돌아온 거예요? 빈센트한텐 듣지 못했었는데."

"그게…… 주인님은 모르세요. 돌아온 게 아니라서요."

"돌아온 게 아니라고요? 그럼 왜 여기 있어요?"

"말하자면 깁니다."

전부 설명하려면 구구절절 이야기가 길어질 것 같았다. 그래서 그냥, 원래 다른 가문에 고용된 줄 알았는데 얼결에 이곳으로 흘러들어 오게 됐다고 설명했다. 에단은 무슨 말인지 이해하지 못하겠다는 표정이었다. 말하고 보니 이상한 설명이긴 했다.

어디서부터 설명해 줘야 하나 고민하다 결국 귀찮아져 '그냥 어쩌다 보니'로 정리했다. 물론 에단은 이번에도 이해하지 못하겠다는 표정이었다. 그러나 그는 다시 설명을 요구하는 대신, 내 쪽으로 한 걸음 다가왔다. 여전히 양팔을 펼친 채로.

"일단, 난 너무 반가운데."

"네?"

둥글게 휜 갈색 눈동자가 날 또렷이 담았다.

"보고 싶었어요, 시녀님. 아니."

"……"

"폴라."

오랜만에 듣는 내 진짜 이름.

그래서일까, 애써 숨기려 했던 반가움이 마음속에서 솟구쳤다.

"저도요. 에단 님."

우린 서로를 얼싸안고 재회를 만끽했다.

"그동안 어떻게 지냈어요?"

"에단 님 도움으로 몸을 피하고, 상황을 지켜봤어요. 그러다 제가 살던 곳으로 돌아갔는데 아버지가 돌아가셔서, 동생이랑 일자리 찾아 돌아다니다가 여기까지 오게 된 거예요."

"폴라한테 동생이 있는 줄 몰랐네요. 남동생?"

"여동생이요."

"여기 있어요?"

"네. 같이 고용되었습니다."

누군지 궁금하다며 에단이 눈을 반짝였다. 난 애써 웃으며 양손을 꼼지락댔다. 별로 안 닮았는데. 앨리샤의 얼굴을 보고 나에 대해 궁금해하는 사람들은 많았지만, 날 보고 동생을 궁금해하는 건 처음이었다. 그게 어색해 아무런 말도 하지 못하자, 에단도 더는 묻지 않았다.

"많이 고생했겠군요."

커다란 손이 내 머리통을 쓱쓱 문질렀다. 마치 친한 동생을 대하는 듯한 행동에 기분이 묘해졌다. 상냥한 기색을 띤 얼굴이 방금 전의 딱딱했던 얼굴과는 확연히 달랐다. 하녀들이 무섭다 했던 혈육을 희생시킨 백작이 아닌, 내가 알던 에단의 얼굴.

그는 지금 너무도 편안해 보였다.

고생은 누가 더 했는데. 내가 저택을 떠나고 난 뒤 그의 생활이 평탄치 못했다는 건 신문을 통해 알고 있었다. 하녀들이 조잘조잘 지껄인 말들도 한몫했다.

나도 편한 삶을 살아온 건 아니지만, 입을 열면 누가 더 불행했는지에 대해 말할 거 같아 쉽사리 안부를 물을 수 없었다.

하지만 눈치 빠른 에단이 그런 내 속마음을 알아챘다.

"난 괜찮아요."

"전 아무 말도 하지 않았어요."

"눈이 말하고 있는데요."

앞머리 잘 자른 것 같아요. 짓궂게 덧붙이며 에단이 내 앞머리로 손을 뻗었다. 난 퉁명스런 얼굴로 그의 손을 슬쩍 밀어 냈다. 만지지 마세요. 그런 내 반응에도 에단은 짜증 난 기색조차 없이 웃기만 했다.

"어떻게 지내셨는데요."

"들은 대로. 아까 내 편도 들어 주던데?"

"들으셨어요?"

"조금. 나 감동해서 울 뻔했잖아요."

"그 정도까진 아니고요."

아닌 건 아니었다. 이번에도 난 단호히 잘랐다.

"에단 님도 많이, 힘드셨겠어요."

"딱히?"

대답이 가볍다. 실실 웃는 얼굴도 가벼웠다.

"억지로 웃지 않으셔도 돼요."

"웃어야죠. 다 끝난 일인데 이제 와 우울해 봤자 뭐 해요."

"끝난 일이어도, 그 괴로움까지 사라지지는 않을 거라 생각해요. 슬픔도요."

"내가 슬퍼 보여요?"

"네."

224

"나한테 그럴 자격이 있나요. 전부 사실인데."

난 고개를 저었다. 그런 말 하지 마세요.

"혈육을 다 잡아먹고 나 혼자 살아남았죠."

"에단 님."

"폴라. 아무리 좋은 말로 감추려 해도, 숨은 속사정이 있다 해도 결국은 내 손으로 직접 내 혈육을 처리한 거예요. 잡아먹었다, 내게 딱 어울리는 표현이죠?"

"그건 에단 님이 원하셨던 게 아니잖아요."

"정말 그렇게 생각해요?"

그가 물었다. 여전히 가벼운 말투였지만, 말속에 담긴 무게는 절대 가볍지 않았다.

난 아니라고 하는 대신 그를 빤히 바라봤다. 정말 궁금해서 내게 묻는 게 아니라는 걸 알았다. 웃는 얼굴에서 곪아 터져 버린 상처가 엿보였다.

"알잖아요, 폴라. 제임스가 어떤 짓을 저질렀는지. 그건 누군가 용서할 수 있는 문제가 아니라는 것도. 설령 용서받을 수 있다고 해도 난, 그를 용서할 수 없었어요."

"……"

"실망했나요?"

"아니요."

이번에도 내 대답은 단호했다. 실망하고 말고 할 게 뭐 있나. 내가 그걸 판단할 입장도 아니고, 감히 훈수를 둘 생각도 없었다. 결국 난 타인이고, 그의 고통을 함께해 줄 수 없으니까.

그에게 형제가 얼마나 소중한 존재였는지 잘 알고 있다. 그 존재를 제 속에서 드러내는 선택을 할 만큼 벼랑에 내몰린 그의 심경을 내가 감히 헤아리는 건 오만이다.

하지만, 그가 힘들었다는 건 안다. 나 또한 동생들을 눈앞에서 잃어 봤기에 그 고통을 어렴풋이 가늠해 볼 수 있었다.

"실망하지 않았습니다."

"정말로? 내가 폴라가 알고 있던 것과 다른 사람일지도 모르는데?"

"원래 잘 모릅니다."

"……."

"음. 불쾌할 정도로 자주 웃고, 사람 속 긁는 냉정한 말도 툭툭 잘 뱉는 분이라는 건 압니다."

"폴라, 너무해요. 아무리 나라도 그런 말 들으면 상처받아요."

양손을 자신의 가슴께에 댄 에단이 상처받은 표정을 지었다. 진짜 상처받지도 않았으면서 그런 척한다. 못 본 새 능청스러움이 더 늘어난 거 같다.

"아닌가요?"

"그럴 땐 '에단 님은 여전히 다정한 분이세요.' 라고 말해 줘야 하는 거예요."

"제가 거짓말은 못 해서요."

"이런. 내가 알던 폴라는 거짓말을 아주 잘하는 시녀였는데. 숨 쉬듯이 거짓말을 뱉어서 혼자 몰래 놀랐던 적도 있었는걸요."

솔직히 그 정도는 아니었다. 과장하지 말라고 눈짓하자, 그가 표정을 풀고 웃었다.

"그보다 로버트의 시중을 들고 있다면서요?"

"로버트 도련님을 아시나요?"

"그럼요. 바이올렛의 아들이잖아요."

"바이올렛 님의 아들이요?!"

생각지도 못한 말에 깜짝 놀랐다. 내가 경악하자 에단도 놀랐는지 머리를 긁적이며 물었다.

"몰랐어요?"

"어…… 네……."

세상에. 바이올렛이 아기를 낳았을 줄이야. 그러고 보니…… 닮았다. 특히 눈이 닮았다. 로버트를 볼 때마다 익숙한 느낌이 든다고 생각했는데, 그게 바이올렛일 줄이야.

설마, 빈센트의 아들? 하지만 곧장 생각을 정정했다. 돌아가신 로버트의 아버지 대신 어머니가 가문을 이끄느라 무척 바쁘다는 얘기를 들었던 게 떠올랐다.

"바이올렛 님은 어떻게 지내세요? 아니, 대체 언제 혼인하셨어요?"

"폴라가 떠나고 얼마 지나지 않아 빈센트와 정식으로 파혼했어요. 그러곤 곧장 다른 귀족과 혼인했고요. 마거리트 후작님이 좀 서두르셨죠."

"바이올렛 님이 받아들이셨고요?"

"그녀에겐 거절할 권리가 없었거든요."

파혼 또한 바이올렛이 원했던 게 아니었다. 울면서 끌려가던 그녀의 마지막 모습이 아직도 생생했다. 분명 매일매일을 눈물로 지새웠겠지. 그녀가 원치 않은 혼인을 강제적으로 했을까 싶어 마음이 좋지 못했다.

"그래도 나름 잘 살았어요. 마거리트 후작님이 고지식하시긴 해도 자기 딸을 아무나와 혼인시킬 분은 아니니까요."

"하, 하지만 돌아가셨다고."

"그것도 들었군요. 마차 사고였어요. 비극적인 일이었죠. 지금은 바이올렛이 남편의 가문을 이어받아 관리하고 있어요."

그제야 너무 바빠 아들도 찾지 못한다는 마님에 대한 궁금증이 풀렸다. 남편이 떠난 뒤 가문의 모든 걸 혼자 관리하고 이끌어야 해서 아들을 만나러 올 틈조차 없는 사람이라고 했다. 침대에서 제대로 잠잘 시간도 없이 바빠, 혹여 건강을 해칠까 염려된다는 유모의 걱정을 들은 적이 있었다.

"그래도 씩씩하게 잘하고 있으니까 걱정하지 말아요."

"정말이죠?"

"내가 말했죠? 우리들 중에 바이올렛이 가장 강하다고."

씩 웃는 얼굴이 진실이라고 말하는 듯해 안도했다. 그녀가 원한 삶은 아닐 테지만 적어도 불행하진 않았으면 했다.

"폴라의 소식을 들으면 바이올렛이 시간을 낼지도 모르겠네요."

"그러지 마세요."

"왜요. 굉장히 좋아할 텐데."

솔직히 다시 만난다면 불편할 거 같다. 나와 그녀의 마지막은 좋지 못했으니까.

"잘 지내신다면 그걸로 됐어요."

"둘이 싸웠어요?"

"감히 제가 어떻게 싸워요."

"싸웠군요."

뭘 보고 그런 생각을 한 건지 모르겠다. 인상을 쓰고 고개를 저었지만 에단은 이미 나와 바이올렛이 싸웠다고 결론을 내렸다. 아니, 제 말 좀 들어 주실래요?

"로버트가 바이올렛을 닮아 천방지축이죠?"

"바이올렛 님을 닮으신 거였나요."

"굉장히 말괄량이였거든요."

"들었던 것도 같네요."

"로버트가 바이올렛을 똑 닮았어요. 고집 센 것도 똑같고."

주변에 사람이 없다고 뒷말을 쉽게 하신다. 벽에도 눈과 귀가 있는 거랍니다? 그 눈과 귀가 이 소식을 바이올렛에게 전해 주길 바라며 난 그를 제지하지 않았다.

"시중드는 게 쉽지 않았을 텐데, 잘 지내는 거 같네요."

"예전에 모시던 주인님도 성격이 만만치 않았던지라."

"아하하. 하긴."

에단이 진지하게 고개를 끄덕였다.

"너무 미워하지 말아요. 외로움을 많이 타서 경계가 심한 거니까."

"네. 미워하지 않습니다."

"정말?"

"……조금은?"

내 대답에 에단이 웃음을 터트렸다. 배를 잡고 호탕하게도 웃는다. 난 손으로 턱을 괴고 그런 에단을 차갑게 바라봤다.

"하나 빼먹었네. 간혹 보이는 이런 솔직한 모습도 폴라의 매력이죠."

"그런 매력은 사양하겠습니다."

"하하. 가끔은 혼내도 돼요. 훈육도 필요한 법이니까요. 유모는 로버트가 안타까운지 고집을 부려도 달래 주는 데만 급급해하니, 혼내는 사람도 한 명쯤은 있어야죠."

"좋은 말씀 감사합니다."

그럼 강하게 훈육하겠습니다. 누가 뭐라 하면 에단 님이 허락해 주셨다고 할게요. 그런 마음을 담아 고개를 끄덕이자 에단이 또 웃었다.

"조엘리도 만났죠? 하긴, 여기서 지내면 만날 수밖에 없겠네."

"네. 그런데 그분은 주인님과 무슨 관계세요?"

내내 궁금했던 거다. 로버트야 바이올렛의 아들이라고 하니 이해가 되었다. 그리고 빈센트가 바이올렛과 연을 끊지 않아 안도했다. 그런데 조엘리의 정체는 여전히 잘 모르겠다.

잠깐, 로버트보고 조카라고 했는데. 그럼 바이올렛과는…….

"몰랐어요?"

"네? 뭐가요?"

"……아, 하긴. 알아채지 못했을 수도 있겠네요."

"예?"

이해할 수 없는 말에 고개를 갸웃거렸다. 에단이 끙 앓는 소리를 내더니 나직이 속삭였다.

"이거 진짜 비밀인데, 폴라한테만 말해 주는 거예요. 어디 가서 절대 발설하면 안 돼요. 알겠죠?"

"아, 네."

"왕녀님이에요."

"네, 왕녀님이시구나. ……네에?!"

이번엔 다른 의미로 놀랐다. 내가 또 경악하니 에단이 다시 머리를 긁적이며 몰랐냐고 묻는다. 이젠 그의 의문이 무의미할 정도였다.

"바이올렛과 함께 조엘리도 어릴 적부터 자주 어울려 놀던 사이예요. 왕족이긴 하지만 신분으로 사람을 대하지 않았거든요. 덕분에 지금까지도 오랜 친분을 유지하고 있죠."

"그, 그럼 설마 신문에 났던?"

"봤군요. 맞아요. 빈센트와 약혼 기사가 났었죠."

"그럼 정말?"

"아, 진짜로 한 건 아니고요. 말만 흘린 거죠."

난 정말 몰랐다. 신문에 실린 사진 속 두 사람의 얼굴이 작아서 이목구비까지 알아볼 정도는 아니었다. 그리고 사진으로 봤을 때의 왕녀님은 우아하고, 기품 있어 보이는…… 설마 숲속 저택에서 이런 생활을 하고 있을지 누가 상상이나 했겠는가.

"그, 그럼 어쩌다 여기에?"

"말하자면 긴데, 그녀의 진정한 삶을 위해서?"

"그게 무슨 소리예요?"

"사람은 가끔 숨 쉴 구멍이 필요하다는 뜻이에요."

그는 뭔 소린지 모를 말만 했다. 난 당최 이해가 안 돼서 인상을 썼다. 그런 내 얼굴이 웃겼는지 에단은 또다시 웃음을 터트렸다. 하지만 더 말을 하지 않는 걸 보니 자세한 이야기까진 알려 주고 싶지 않은가 보다.

"로버트 도련님보고 조카라고 하셨는데, 그럼 바이올렛 님과는?"

"친족 관계죠. 바이올렛이 그래 보여도 왕족이에요."

"몰랐어요."

새삼 바이올렛이 다르게 보였다.

"또 궁금한 건?"

어느 정도 웃음이 잦아들었을 때 에단이 물었다. 난 곰곰이 생각했다. 또 궁금한 거라…… 그의 물음을 되뇌다 보니 떠오르는 게 한 가지 있었다. 어쩌면 그를 만난 순간부터 가장 먼저 묻고 싶었는지도 모른다.

기분 좋아 보이는 얼굴을 보다가, 머뭇대며 입술을 뗐다.

"저, 에단 님."

"네."

"빈센트 님을 다시 만났을 때요, 눈이 보이시더라고요."

절로 마른침이 삼켜졌다. 에단이 멈칫하더니, 천천히 고개를 끄덕였다. 계속 말하라는 듯이.

"걱정 많이 했는데 체격도 건장해지시고, 이젠 건강한 생활을 하시는 거 같았어요. 눈도 아주 잘 보이시는 거 같고."

"그런데요."

"그런데…… 그 모습을 보는 순간 궁금한 게 있었어요."

여기까지 말하는데도 이상하게 숨이 찼다. 가슴 한편이 답답하다. 바싹 마른 입술을 혀로 핥았다. 그런 내게 용기를 주듯 에단은 차분히 내 다음 말을 기다려 주었다.

몇 번이나 입술을 달싹여 보았지만, 결국 입 속에서 맴도는 물음을 토해 내지 못했다. 내 망설임을 눈치챈 에단이 다정히 웃어 주었다. 그는 내가 뭘 물어보려는지 아는 듯했다. 아니, 그는 허락한 거였다.

괜찮으니 물어보라고.

에단은 정말 여전하구나. 자신의 속내는 꽁꽁 숨기면서 남의 마음은 날카롭게 꿰뚫어 보는 사람. 그래서 함께 있기 거북했다.

이번에도 그는 내 속마음을 들춰냈다. 그를 만나게 되면 가장 먼저 묻고 싶었지만, 한편으론 쉽사리 꺼낼 수 없었던 그 물음을.

난 입을 달싹이다 겨우 한마디를 뱉었다.

"루카스 님은 어떻게 되셨나요?"

드디어 마주한, 그의 안부를.

"언제 물어보나 했어요."

"……."

"왜 빈센트를 보고 루카스를 떠올렸는지 물어도 될까요?"

"예전에 루카스 님이……."

그땐 장난이 심하다고만 생각했다. 실은 그게 진심이었다는 걸, 빈센트를 다시 만나는 순간 깨달았다. 어쩌면 잘못 들었다고 믿고 싶었던 것도 같다. 농담이라고 말한 그의 태도에 화를 냈으면서도 한편으론 안도했으니까. 농담이라서 다행이라고.

상냥한 사람.

그래서 나쁜 사람.

"빈센트 님께 자신의 세상을 주고 싶다고 하셨어요."

거기까지 내뱉자 울컥했다. 루카스를 떠올리면 언제나 가슴이 아팠다. 심장이 옥죄이고 목구멍 끝까지 슬픔이 차올라 질식할 것만 같았다. 그렇기에 떠올리는 걸 꺼려 했다. 알면서도 모르는 척, 그가 잘 살고 있을 거라 생각하며 외면했다. 마음속 한편에 자리한 불안 따위 잊으려고만 했다. 사실 잊으려 해도 지울 수 없다는 걸 알면서도, 내 욕심을 먼저 챙겼다.

루카스는 누구보다 행복하게 잘 살고 있을 거라고.

왜냐면, 그래야만 하니까.

그에 대한 대답을 지금 에단이 해 주었다. 슬픔을 띤 갈색 눈동자가 날 달랬다. 그 얼굴을 더는 보고 싶지 않아 양손에 얼굴을 묻었다. 그가 얼굴을 들어 보라고 할까 봐 두 손이 무릎에 닿도록 허리를 굽혔다.

"폴라."

"……네."

"루카스는 망설이지 않았어요. 후회하지도 않았죠."

"방법이, 다른 방법이 없었던 걸까요?"

"글쎄요. 기다리다 보면 다른 방법이 있었을지도 모르죠. 루카스도 살고, 빈센트도 세상 밖으로 나아갈 수 있는 방법이. 하지만 그러기엔 시간이 없었어요. 루카스의 상태가 나날이 나빠졌거든요. 어릴 때부터 몸이 허약했던 게 악화 이유 중 하나였죠."

"……."

"루카스가 바라던 일이었어요. 그 녀석이 직접 한 선택이니까, 나도 존중해 주고 싶었고요."

에단의 목소리는 담담했다. 하지만 이렇게 말할 수 있기까지 그가 얼마나 괴로운 시간을 보냈을지 안다. 잘 알고 있었다. 어느 누가 동생이 스스로 삶을 저버리겠다는 걸 반길까. 그것도 제 친구를 위해.

루카스에게도 빈센트에게도 각자의 사정이 존재했다. 그 사이에서 에단은 선택했고, 스스로의 선택을 감당해야 했을 거다.

루카스의 결정을 존중하고 받아들일 때까지 그는 얼마나 고뇌하고 또 고통받았을까. 나는 이제야 그가 내게 한 말의 의미를 알아챘다.

제 혈육을 잡아먹고 살아남은 백작. 그건 그의 진실이었다. 너무 슬픈 진실.

웃지 않고 굳어 있던 얼굴이 떠올랐다. 그답지 않던 그 얼굴은 모든 걸 감당하고 남은 에단의 껍데기였다. 날 향해 웃던 얼굴이 실은 나보다 더 울상을 짓고 있는 것이었을지도 모른다. 난 가벼운 태도로 슬픔을 극복하려는 그의 버릇을 알고 있었다.

눈물이 방울방울 떨어졌다. 입술을 짓씹으며 참으려던 울음소리도 기어코 흘러나왔다. 이곳에 와서 두 번째로 흘리는 눈물이었다.

처음은 루카스를 위해.

지금은 에단을 위해.

그리고 이런 상황을 받아들여야 했을 또 다른 남자를 위해.

내가 해 줄 수 있는 건 이것밖에 없으니까.

"폴라. 그 녀석을 기억해 줄래요? 아무리 슬퍼도 잊지 말고, 루카스와의 추억을 가슴속에 간직해 줄래요?"

제가 그래도 될까요? 마지막에 그를 두고 홀로 도망친 제가 그래도 될까요? 도망쳐 놓고 뻔뻔하게 다 잊어버리려 했던 제가, 그를 기억해도 될까요?

마치 내 마음을 읽은 것처럼 에단이 어깨를 토닥여 주었다. 그래도 된다는 듯이.

"기억해 줘요. 폴라가 기억해 줬으면 해요."

"흑, 네…… 그럴게요……. 잊지 않을게요……."

"고마워요."

난 아니라며 고개를 마구 저었다. 그는 그저 내 어깨를 토닥토닥 두드려 줄 뿐이었다. 조심스럽고 다정한 손길로 날 다독인다.

난 살며시 고개를 들어 올렸다. 양손을 내리자, 에단의 눈이 동그래지다 짓궂게 변했다. 눈물 콧물로 얼룩진 얼굴이 웃긴 모양이다.

에단이 손수건을 꺼내 내게 건넸다. 난 손수건을 받는 대신, 손을 뻗어 그의 머리를 쓱쓱 쓰다듬어 주었다.

하루아침에 혼자가 된 에단은 어떤 시간을 보내왔을까. 빈센트는 눈이 멀자 방에 처박혔지만 에단은 그러지 않았을 거 같다. 누구보다 냉철하게 상황을 판단하는 그는, 쉬지 않고 달려갔을 것이다. 슬픔이 저를 옭아맬까 뒤도 돌아보지 않았을 테지. 내가 그랬듯, 그 또한 그랬을 테지.

그래서 더 마음이 아팠다.

"고생 많으셨어요."

"……."

"잘 버티셨어요."

가만히 내 이야기를 듣던 에단의 얼굴에서 웃음이 사라졌다. 난 살며시 웃으며 그를 위로했다. 눈물과 콧물로 범벅이 돼 더 볼품없어진 얼굴을 숨기지 않았다. 이제껏 속 시원히 울어 보지 못했을 에단을 대신해 눈물을 흘려 주고 싶었다.

"버텨 주셔서 감사해요."

"……그런 말 하지 말아요."

"살아 주셔서 감사해요."

"……."

"감사합니다."

결국 에단의 얼굴이 일그러졌다. 겹치고 또 겹쳐 단단하게 세워 둔 벽을 무너뜨리고 그 안에 가둔 감정을 토해 내길 바랐다.

에단이 한 손으로 얼굴을 가렸다. 난 또다시 그의 머리를 다정히 쓰다듬었다.

하지만 그는 울지 않았다. 잠시 숨을 고른 에단은 금세 감정을 추슬렀다. 단단한 벽은 조금 갈라졌을 뿐 무너지지 않는다. 그것이 그가 자신을 지키는 방법이란 걸 알고 있다. 그의 얼굴에서 눈물 자국은 보이지 않았다. 눈이 조금 뻘게진 게 전부였다.

에단이 자신의 머리를 쓰다듬는 내 손목을 감싸 아래로 내렸다.

"폴라는 변함이 없네요."

"앞머리 말곤 그렇죠."

"그건 좀 많이 놀랐어요."

"그런데 제 얼굴을 어떻게 그렇게 빨리 알아보셨어요?"

"앞머리 때문에 못 알아볼 거라 생각했어요?"

"사실은, 네."

"내가 그랬잖아요. 얼굴 봤었다고."

그랬나요? 내가 기억하지 못하자 에단이 입을 삐죽였다. 난 웃음을 터트렸다. 그러자 그도 삐죽이던 입술을 도로 넣고, 웃음을 흘렸다.

슬픔을 웃음으로 가린다. 슬픔에 머물러 있을 수 없기에 가볍게 웃으며 털어 내고자 한다. 그런다고 해서 이 슬픔이 사라지진 않겠지만 마음속 깊은 곳에 숨겨 두어 차츰 그 감정이 빛바랠 수 있도록. 그래서 다시 꺼내 보았을 때 슬픔이 옅어질 수 있도록.

그래도 그와 만나 이렇게 슬픔을 나눌 수 있어 다행이었다.

"마지막으로 봤을 땐 다시 보지 않길 바랐는데."

저택을 떠나던 날을 되새기듯 그가 말했다. 그건 나도 마찬가지였다. 시작이 그랬던 것처럼 끝도 좋지 못했다. 다시 볼 수 있을 거란 기대는 하지 않았었다. 본다고 해도 멀리서 나 혼자 보거나, 길거리에서 우연히 스치듯 지나치는 정도일 거라 생각했다.

하지만 지금 여기서 이렇게 난 에단과 재회했다.

"역시 다시 만나니까 좋네요."

그가 다정히 웃었다. 나도 동감한다는 듯 활짝 웃었다.

그 뒤로 그와 대화를 조금 더 나눈 뒤 재회를 마무리했다. 앨리샤가 다시 돌아올지도 모르고, 저택의 손님으로 온 그를 더러운 창고에 계속 있게 할 수는 없었다.

시간을 확인하며 몸을 일으키던 에단이 내게 물었다.

"그런데 앤이 누군가요? 폴라를 그렇게 부르는 거 같던데."

"아, 제 이름입니다."

"언제 이름을 바꿨어요?"

"……어쩌다 보니. 이제 앤이라고 불러 주세요."

"난 폴라가 좋은데."

"부탁드립니다."

제. 발. 요. 한 자 한 자 끊어 가며 마지막 말을 강조했다. 못마땅한 표정을 짓기는 했지만, 에단은 고개를 끄덕여 주었다.

"빈센트에겐 말 안 할 거예요?"

"네."

"어째서?"

어째서라……

"제가 그때 그 시녀라는 걸 아시길 바라지 않으니까요."

"왜? 알면 좋잖아요. 빈센트가, 그러고 보니 빈센트가 폴라를 알아보지 못하는 거 같던데. 이상하네……"

에단이 팔짱을 끼고 생각에 잠겼다. 사실 이상할 것도 없었다.

"혹시 뭐 속였어요?"

"……"

불현듯 흘러나온 물음에 그만 말을 머뭇댔다. 에단이 눈을 번뜩이며 날 바라봤다.

"설마, 얼굴을 속인 건 아니죠?"

"……"

"폴라."

"절 다른 생김새로 알고 계실 거예요."

내 대답에 에단이 깊은 한숨을 내쉬었다. 드물게 인상까지 팍 쓴다. 양미간을 찌푸린 채 날 바라보는 시선이 왜 그랬냐고 꾸짖는 듯하다.

난 뭐라 답할 수 없었다. 잘못했다는 게 아니라, 너무 당연한 거니까. 어떻게 이런 얼굴이라고 솔직히 말할 수 있겠는가.

"에단 님. 전 주인님이 제가 누군지 아시길 원하지 않아요. 그냥 지금처럼 몰랐으면 해요. 영원히요."

"폴라."

"좋은 추억으로 남고 싶어요."

"폴라의 모습을 알게 된다고 해서, 좋은 추억이 아닐 건 뭐예요."

"절 보세요."

에단이 대체 왜 그러냐는 듯한 시선으로 날 바라보았다. 난 도리어 더 답답
해져 양팔을 펼치고 내 자신을 드러냈다. 나란 여자를 보라고. 가진 것도 없고,
볼품없는, 이 못생긴 난쟁이를 보라고. 모두가 끔찍이 바라보던 나를.

"그때 그 시녀가 저 같은 거라면 얼마나 기분 나쁘시겠어요."

"그게 대체, 얼굴 때문에요?"

"네."

"앞머리도 그런 이유로 길렀던 거였군요. 그렇죠?"

맞다. 정확했다.

"이름도?"

"그렇기도 하고. 혹시 누가 쫓아올지도 몰라서요. 아시잖아요. 제가 왜 벨루
니타 백작가를 떠났는지."

마지막 만남 때 나눴던 이야기를 기억하는지, 그는 별다른 말을 하지 않았다.

"폴라는 빈센트가 얼굴을 보고 남을 판단하는 사람으로 보이나요?"

"글쎄요. 하지만 못난 얼굴을 보면 실망하시긴 하겠죠."

"그게 무슨 말이에요. 그럴 리 없어요."

"에단 님. 사람은 누구나 궁금한 것들에 대한 상상을 해요. 저 사람은 어떨까,
저 예쁜 아이의 언니는 어떤 얼굴일까. 그때 내 곁에서 잔소리를 퍼붓던 건방진
시녀의 얼굴은 대체 어떻게 생겼을까. 그런 생각을 하며 머릿속에 그려 보곤 하
죠. 그리고 그 모습이 자신의 생각과 맞지 않았을 때, 사람은 실망을 하게 돼요."

"폴라."

"전 주인님이 실망하지 않으셨으면 해요."

빈센트가 외모를 보고 편견을 갖는 사람은 아니라고 생각한다. 하지만 그것
과 별개로, 이미 그의 머릿속엔 나에 대한 이미지가 만들어져 있었다.

그때 어둠 속에 살고 있는 자신의 곁에 있어 주던 시녀의 얼굴을 그도 상상해
보았겠지. 어쩌면 처음엔, 못된 얼굴을 상상했을지도 모른다. 하지만 난 그가 날
예쁜 외모로 상상하게끔 만들었다. 그건 내 욕심이었고, 내 얄팍한 자존심이었다.

"빈센트는 그러지 않을 거예요."

"제 얼굴을 본 사람들은 다 그랬어요. 모두 제 얼굴을 보고 놀라워해요. 때

론 화를 내는 사람도 있었어요. 추녀라는 말이, 제겐 언제나 꼬리표처럼 따라다
녀요."

"……."

"에단 님. 저 곧 여기를 떠나요. 가채용된 거라서요. 이제 그 기간도 며칠 남
지 않았어요. 가채용 기간이 끝나면, 다시 이곳에 올 일은 없을 거예요. 주인님
과도…… 다시 만날 일이 없겠죠. 어차피 헤어질 텐데 모르는 게 나아요."

"정말인가요. 정말, 빈센트가 몰랐으면 해요?"

"네. 모르셨으면 해요."

한 사람에겐 좋은 기억으로 남아도 되잖아. 예쁘게 남아도 되잖아.

빈센트의 눈이 보이게 되어 다행이다. 에단에겐 미안하지만, 이제 와 그런
생각이 들었다. 내가 떠난 이후로도 그가 계속 방 안에 처박혀 있거나, 여전히
눈이 안 보이는 상태로 벨루니타 백작의 생활을 했더라면 난 다시 그의 곁에
남고 싶어졌을지도 모른다.

잘 살고 있어 마음을 털어 낼 수 있었다.

"예쁜 얼굴로, 좋은 추억으로, 과거의 기억으로…… 그렇게 남길 바라요."

"……."

"주인님도 절 만나고 싶지 않으실 거예요. 인생의 오점일 테니. 그리고 이제
저 같은 건 필요 없으시니까요."

"폴라는 정말 변하지 않았군요."

그 말이 마치 날 꾸짖는 거 같았다. 우린 변했는데 넌 그대로구나. 맞는 말이
다. 내게 변화는 낯설고 어려운 거니까.

5년 전, 독이 발라진 달콤한 케이크를 먹는 것 같은 생활을 했다고 해서,
'나'라는 사람이 달라지지는 않았다. 결국 돌고 돌아 나는 다시 빌어먹는 가난
속에 허덕이게 됐고, 악마 새끼가 떠났음에도 이 지옥에서 벗어나지 못했다.

이름을 바꾸고, 긴 앞머리를 잘라 내 얼굴을 드러냈다고 해서 변했다고 할 수
는 없었다. 내 눈앞에서 달랑거리는 앞머리가 자라나면 다시 날 가릴 수 있으니
까. 변화란 건 더 크고, 앞으로 펼쳐질 내 인생을 한순간에 뒤집는 일이었다.

시력을 잃고 방 안에만 처박혀 있다가 용기를 내 다시금 밖으로 나온 남자처

럼, 죽음의 공포에 떨면서도 자신의 손으로 희망을 붙잡고자 했던 남자처럼, 사랑을 잃었음에도 씩씩하게 살아가는 그녀처럼, 친구의 희생과 형제들의 죽음을 묵묵히 받아들인 에단처럼.

나는 그러지 못했다. 나만이.

"좀 더 행복하게 살길 바랐는데."

"전 행복해요."

"진정 행복한 사람은 자기 자신을 부끄러워하지 않아요."

난 쓰게 웃었다. 이래서 에단이 싫었다. 눈치 빠른 사람은 상대의 속마음을 파헤치는 데도 능숙했다. 닿으면 상처 입을까 깊은 곳에 꽁꽁 숨겨 두고 나조차도 건들지 않은 걸 그는 쉽게 파헤쳐 내 앞에 드러낸다. 이걸 보라고. 네가 숨긴 게 이런 거라고.

"폴라의 마음이 그렇다면 나도 강요하고 싶진 않아요."

"감사합니다."

"하지만 뭐, 앞날이 어떻게 될지는 아무도 모르는 거니까."

뭐라고? 의미심장한 말에 에단을 올려다보자 그가 살며시 웃었다. 어쩐지 음흉한 웃음이었다. 불길함이 치솟았다. 제발 아무것도 하지 말아 달라고 간절히 바라보았으나, 그는 그저 웃기만 했다.

둥근 눈을 더 동그랗게 뜬 작은 얼굴이 왼쪽으로 기울어진다. 그러다 오른쪽으로 흔들리더니 다시 왼쪽으로 고개를 갸웃거린다. 총총히 빛나는 보랏빛 눈동자가 의문을 드러냈다. 통통한 뺨이 살짝 올라갔다 길게 늘어진다. 난 눈앞의 작은 얼굴을 찬찬히 뜯어보았다.

"왜? 얼굴에 뭐 묻었어?"

"아니요. 아무것도……."

빤히 바라봤음에도 안 본 척하며 괜히 로버트의 바지를 툭툭 털었다. 처음엔 별 감흥이 없었는데 이제는 자꾸 시선이 간다.

이 꼬마 도련님이 바이올렛의 아들이란 말이지. 인지하고 나니 확실히 닮은 구석이 있었다. 옅은 금빛 머리칼하며 보랏빛 눈동자하며, 어디로 튈지 모르는 성격까지. 세세히 살펴보니 바이올렛이 아들을 낳으면 딱 로버트일 거 같다.

준비를 마치고 로버트, 유모와 함께 응접실로 향했다. 거기엔 먼저 도착한 조엘리와 빈센트, 에단이 탁자에 둘러앉아 있었다. 시끌벅적하게 대화를 나누는 모습이 꽤 즐거워 보였다.

로버트가 쪼르르 그들에게 달려갔다.

"에단이다!"

"안녕, 꼬맹이."

에단이 살짝 웃으며 로버트를 안아 들고 머리를 쓰다듬었다. 날 반기던 때와는 달리 묘하게 차분한 태도였다. 로버트가 꺄르륵 웃었다.

"못 본 새 많이 컸네."

"응, 나 컸어! 이제 꼬맹이 아니야!"

"내 눈엔 아직 꼬맹이인데."

"아니야—"

로버트가 두 다리를 흔들며 반박했다. 그러곤 양손을 쭉 들어 올리며 이만큼이나 컸다고 설명하자 에단이 다시 머리를 쓰다듬었다. 바이올렛의 아들이라서일까. 장난스레 행동하는 걸 보니 에단도 로버트와 사이가 좋아 보였다.

그러다 로버트가 뭘 찾는 것처럼 주변을 두리번거렸다.

"왜?"

"어머니는?"

"어머니는 같이 못 왔어."

활짝 웃던 얼굴이 시무룩해지는 걸 보니 내심 기대했나 보다.

분위기가 살짝 가라앉자, 에단이 재미있는 걸 가져왔다는 말로 환기시켰다. 소파에서 뭔가를 집어 들자 로버트가 관심을 준다. 그가 들고 있는 건 동물 모양의 작은 돌조각이었다. 그것도 여러 개.

우와. 로버트가 활짝 웃으며 돌조각을 건네받고는 이리저리 둘러봤다. 조각은 각각 다른 동물 모양이었다. 연신 돌조각을 살펴보는 로버트의 얼굴에선 시무룩한 기색이 사라졌다. 난 속으로 좀 감탄했다. 빈센트도 그렇지만 에단도 로버트를 상대하는 데 능숙한 것 같았다.

에단이 문 쪽에 서 있는 날 발견하곤 흘끗 시선을 주었다. 입꼬리가 위로 올라가기에 난 살짝 고개를 숙였다.

"로버트는 이쪽에 앉혀. 오드리, 우유를 부탁해."

"네."

오드리가 준비한 우유를 잔에 따른 뒤 로버트의 앞에 놓았다. 로버트가 신나게 잔을 들고 홀짝였다. 유모가 곁에서 그런 로버트를 챙겼다.

난 유모의 뒤에 멀뚱히 서 있다가 오드리를 도왔다. 앨리샤는 찻주전자를 들고 가장 먼저 빈센트의 잔을 채웠다.

"뜨거우니 조심하세요."

목소리가 나긋했다. 앨리샤가 차를 따르며 빈센트를 곁눈질했다. 빈센트도 흘끗 시선을 주곤 찻잔을 들었다.

조엘리가 차에 대해 조잘조잘 설명했다. 어렵게 구했다는 둥 피부에 좋다는 둥. 빈센트와 에단은 간간이 고개를 끄덕일 뿐 별다른 대꾸를 하지 않았다. 정작 그 설명에 반응을 보인 건 앨리샤였다. '와! 정말요?, 어디서 구하셨어요?' 과한 반응이 차에 관심 있다기보단 대화에 끼고 싶어 하는 눈치다. 오드리가 곧장 눈치를 주어 아쉬운 얼굴로 물러날 수밖에 없었지만.

그러고 보니 조니가 안 보이네. 주변을 두리번거리다가 오드리가 건넨 케이크 접시를 받아 들고 테이블에 내려놓았다. 로버트가 눈을 반짝였다. 먹기 좋게 잘라 건네주자 잽싸게 받아먹더니 방긋거린다. 먹을 것 앞에서 빠르게 행동하는 모습이 귀여워 살며시 웃었다.

그러다 빈센트와 눈이 마주쳤다. 난 곧바로 웃음기를 지우고 고개를 푹 숙였다. 그런데도 계속 시선이 느껴져 고개를 살짝 튼 채로, 쿠키 접시를 내려놓는데 옆에 앉은 에단의 모습이 눈에 들어왔다.

딱딱한 얼굴이 낯설었다. 고고한 자태로 차를 들이켜는 그의 얼굴엔 웃음기가 하나도 없었다.

속을 알 수 없는 얼굴을 보고 있자니 지난번에 그가 한 말이 떠올랐다. 괜히 불길한데? 슬쩍 노려보자 시선을 느꼈는지 에단이 눈을 들어 올렸다. 딱딱한 얼굴이 날 보자 살짝 풀어진다. 아니, 비웃고 있다.

에단이 입을 벙긋댔다.

'시선이 뜨겁네요.'

'아무것도 하지 마세요.'

똑같이 입만 벙긋거려 답해 주곤 쿠키 하나를 집어 건넸다. 이거 먹고 제발 입 다물라는 의미였다. 내 간절한 마음을 눈치챘는지 에단이 눈까지 휘며 쿠키를 건네받았다.

'글쎄요.'

하지만 기어코 불길한 소릴 덧붙인다.

사납게 눈을 부릅뜨자, 쿠키를 한 입 베어 먹은 에단이 웃음을 참지 못하고 끅끅거렸다. 날 놀리는 게 틀림없다. 사람 불안하게 해 놓고 뭐가 저렇게 즐거운지. 방금 전까지 딱딱하던 얼굴이 무색하게 다시 실실 웃으려는 걸 보고 있자니 소리 없는 욕지거릴 벙긋댔다.

용케도 알아챘는지 에단이 들이켜던 차를 그대로 뿜었다. 사레가 들린 건 사람을 머리 아프게 만든 대가였다.

"어머. 괜찮아?"

"콜록콜록, 어. 괜찮아."

"조심하지. 차가 뜨거워."

조엘리가 걱정하며 손수건을 건넸다. 그걸 건네받은 에단이 입가를 닦았지만 침 흘리는 거 이미 다 봤다. 칠칠치 못하다고 비웃고 싶은 걸 억누르고, 냉정히 뒤로 물러나 섰다. 그러다 다시 고개를 드는데 빈센트가 날 보고 있었다.

심장이 쿵 떨어졌다. 혹시 방금 전에도 봤을까? 걱정스러움에 다시 고개를 푹 숙였다. 오랜만에 만난 반가움 때문일까, 자꾸 실수를 하고 만다. 마주 잡은 양손을 꼼지락대며 빨리 이 시간이 지나가길 기다렸다.

그 이후로는 조엘리를 중심으로 간단한 안부를 물은 뒤 심심한 대화가 이어졌다. 대부분 조엘리가 말하고 빈센트와 에단이 답하는 식이었다. 뒤에 대기하고 있던 내겐 지루한 시간이었다. 앨리샤도 싫증이 났는지 몰래 하품을 한다.

디저트를 먹던 로버트는 배가 부른지 유모에게 안아 달라 칭얼거렸다. 안아 주자 유모의 품에서 말 조각상을 만지작대다 잠들었다. 그런 로버트를 다정히 바라보던 조엘리가 에단에게 물었다.

"요새도 많이 바쁘지? 그래도 어느 정도는 정리되지 않았어?"

"대충은. 일은 여전히 바쁘지만."

"너도 고생이 많네."

"나보단 바이올렛이 더 고생이 많지."

익숙한 이름에 귀를 쫑긋 세웠다.

"그 애는 어때? 여전히 힘들어 보여?"

"아직 조금은 벅차하지만 그래도 열심히 하고 있어. 그러고 보니 로버트는 요새도 바이올렛을 많이 찾나?"

"최근엔 좀 줄어들었어. 편지를 주고받고 있다던데."

"편지? 답장을 받기 힘들다고 하지 않았어?"

에단이 의아해하자 조엘리가 웃었다. 옆에 있던 유모도 따라 웃는다. 빈센트는 조용히 차를 홀짝였다. 에단이 세 사람을 번갈아 보다가 무슨 상황이냐고 묻는다.

"빈센트가 직접 찾아가서 답장을 받아 줬어."

"그 뒤로 계속해서 도와주고 계세요."

유모가 설명을 덧붙였다. 난 깜짝 놀라 빈센트를 바라봤다.

모르는 일이었다. 편지 답장을 한 번 전해 준 것으로 끝난 줄 알았다. 그때 로버트가 답장을 쓰지 않았던 터라 그걸로 끝이라 생각했는데, 편지가 이어지고 있었나 보다. 그 과정에서 빈센트가 계속 수고해 주고 있을 줄은 몰랐다. 좀, 감탄했다.

그런데 감탄한 건 나만이 아닌 듯했다. 여전히 딱딱한 표정이었지만, 빈센트를 바라보는 에단의 얼굴엔 놀라움이 배어 있었다. 분명 에단의 시선을 느꼈을 텐데도 빈센트는 차만 홀짝였다.

"로버트가 얼마나 좋아하는지 몰라."

조엘리가 기쁘게 웃었다. 하지만 금세 씁쓸한 빛을 띤다.

"바이올렛이 시간을 내 준다면 더 좋겠지만……."

차를 들이켜며 표정을 숨겼지만 얼굴에서 근심을 지우진 못했다. 에단과 빈센트도 말없이 차만 들이켰다. 어쩐지 묘한 긴장감이 느껴져 의아해하는데, 곧 조엘리가 바이올렛에 대한 걱정을 주절주절 늘어놓기 시작했다.

"그 착하고 곱고 예쁜 아이가 무슨 잘못을 했다고 그런 고생을 시키는지. 숙부님도 너무하셔. 그 앤 손에 물 한 방울 안 묻히고 자랐는데."

"한번 묻혀 보는 것도 좋지."

에단이 반박하자 조엘리가 사납게 노려봤다. 에단이 슬쩍 시선을 피하며 쿠키를 베어 물었다.

"넌 그 애를 위한 선택을 할 순 없었니?"

이번엔 빈센트에게 비난이 향했다.

"바이올렛이 선택한 일이야."

"그럴 때일수록 네가 나서서 지켜 줬어야지! 가만히 지켜보는 게 아니라! 넌 그 애한테 미안하지도 않니!"

"그래. 다 내 잘못이야."

"그렇게 바로 인정하면 내가 뭐가 돼!"

빈센트가 그럼 뭘 어떻게 하냐는 표정을 지었다. 옆에서는 에단이 한숨을 쉬며 고개를 젓는다. 두 사람의 태도를 보아하니 종종 언급된 주제인 듯했다.

"다 필요 없어. 그 힘든 길을 가겠다고 했을 때 내가 말렸어야 했는데. 어떻게든 뜯어말렸어야 했는데. 그 애가 너무 단호해서, 끝까지 막지 못한 내 실수야."

"빈센트 말대로 바이올렛이 선택한 일이야. 우리한테 말릴 자격은 없어. 그리고 선택에 대한 결과도 바이올렛이 감당해야 할 몫이야."

"나도 알아. 아는데…… 그래도 속상한 걸 어떡해."

울상을 짓는 조엘리를 보니 바이올렛에 대한 애정이 상당해 보였다. 하긴, 그녀는 누구에게나 사랑받을 법한 마음씨를 가진 사람이었다. 내 기억 속의 바이올렛은 아랫사람인 내게도 다정히 대해 줄 만큼 상냥한 모습으로 남아 있었다. 그런 그녀가 강제로 혼인을 하고, 또 남편과 사별을 했다고 하니 마음이 무거웠다.

"빈센트. 넌 나한테 밉보인 거야. 알아?"

"너무 무섭군."

"너 그 태도가! 내가 여기서 이러는 이유가 다 네가 부!"

그 순간 쨍그랑 소리가 울려 퍼졌다.

눈 깜짝할 새 빈센트가 들고 있던 찻잔이 바닥에 떨어졌다. 잔이 떨어지면서 흘러내린 찻물이 그의 손을 흠뻑 적셨다. 손끝에서 물이 툭툭 떨어져 내렸다. 발밑엔 찻잔이 산산조각으로 부서져 있었다.

"미안해. 손에 힘이 빠졌나 봐."

빈센트가 삐딱하게 고개를 기울였다. 말과 달리 그의 얼굴에선 조금도 미안한 기색을 찾아볼 수 없었다. 말이 떨어뜨린 거지, 바닥에 내던진 거란 건 여기 있는 모두가 아는 사실이었다.

응접실 안에는 순식간에 무거운 침묵이 내려앉았다. 조엘리는 놀란 얼굴로 깨진 찻잔을 바라보았고, 에단은 혀를 차며 오드리에게 눈짓을 보냈다.

깨끗한 수건을 찬물에 적신 오드리가 걸음을 내디디려는 순간, 누군가가 재빠르게 빈센트에게 다가갔다.

"괜찮으세요?"

앨리사가 젖은 수건으로 빈센트의 손을 조심스레 덮었다. 여기 있는 그 누구보다도 행동이 빨랐다. 걱정으로 물든 얼굴이 빈센트의 손을 살폈다. 그러면서 슬쩍 그의 손을 만지작댄다.

나도 당황하며 빈센트의 상태를 살폈다. 혹여 찻물에 데었을까 봐 걱정이 되었다. 다행히 바짓단이 젖은 것 외에는 딱히 다친 곳은 없는 듯했다.

"어디 덴 거 아니야?"

"괜찮아."

모두의 관심을 한 몸에 받은 빈센트는 태연히 답했다. 그러면서 고개를 틀었다. 그를 주시하던 나와 시선이 맞닿자 재빨리 고개를 돌린다.

"앤. 깨진 걸 치우도록 해요."

"알겠습니다."

멍한 정신을 가다듬고 새 수건 하나를 챙겨서 그쪽으로 다가갔다. 그의 앞에 무릎을 굽히고 앉은 뒤 바닥에 흥건한 찻물을 수건으로 닦았다. 그리고 깨진 조각을 주워 앞치마에 담았다. 오드리가 빗자루를 쥐고 다가와 도와주었다.

그사이 에단이 상황을 정리했다.

"조엘리, 네 마음은 충분히 이해하니 이 얘기는 이쯤에서 그만하지. 다른 사람들 보기에 안 좋아. 바이올렛은 내가 시간 내서 따로 만나 보도록 할게."

"……알겠어."

조엘리가 못마땅한 얼굴로 찻잔을 들었다. 속이 타는지 차를 벌컥벌컥 들이 켠다. 나지막이 겁쟁이, 라고 하는 소리가 들려왔지만 빈센트는 아랑곳하지 않고 쿠키를 집어 먹었다. 에단이 그런 두 사람을 번갈아 보더니 작게 한숨을 내뱉었다. 바짝 날카로워졌던 분위기가 그제야 한층 풀어졌다.

"그보다 빈센트. 이번에 휴양도 할 겸 여기서 며칠 지내볼까 하는데."

분위기가 진정되자 에단이 화제를 돌렸다. 나는 슬쩍 고개를 들어 그들을 살폈다. 시선을 내리깔고 있던 빈센트가 눈을 들었다.

"여기서? 다른 저택도 있어."

"여기가 괜찮을 거 같아. 한적하고, 로버트도 있고."

"……."

"그래도 되지?"

에단의 목소리에서 어쩐지 장난기가 묻어났다. 빈센트는 바로 답하지 않았다. 방 안에 다시 침묵이 맴돌았다. 그 침묵이 조금 길고 무거워진다고 느껴질 즈음, 빈센트의 대답이 돌아왔다.

"그럼 시중들 사람을 붙여 주지."

빈센트가 오드리에게 시선을 주었다. 그녀가 적당한 사람으로 고르겠다는 듯 고개를 끄덕였다. 그런데 에단이 예상치 못한 말을 꺼냈다.

"난 저분께 부탁하고 싶은데."

그러곤 어딘가를 가리켰다. 그의 손끝을 따라 사람들의 시선이 모여들었다. 그러니까 날 향해.

깨진 조각을 감싼 앞치마를 잡고 조심히 몸을 일으키던 난 어정쩡하게 멈춰 섰다. 누구요? 저요? 모두의 시선을 한 몸에 받자 난 당황하며 에단을 바라보았다. 그런 날 정확히 가리키고 있던 에단이 굳은 표정을 풀고 다정히 웃었다.

"잘 부탁해요."

왜 이런 상황을 간과하고 있었나.

그는 여전히 이상한 손님이었다.

"대체 왜 그러셨어요!"

에단과 단둘이 있게 되자마자 그를 구석으로 몰아세우고, 얼굴 옆쪽의 벽을 한 손으로 짚었다. 분노를 숨길 수 없었다.

"폴라. 이러면 나 너무 떨리는데."

"장난치지 마시고요!"

이 와중에도 장난스레 구는 에단의 태도가 황당했다.

"이런. 내가 실수했군요. 폴라가 부끄러움이 많다는 걸 잊었네요. 대놓고 부탁하지 말고 몰래 일러둘걸."

"그것 때문이 아니잖아요!"

"그럼 뭐가 문제인가요?"

뻔뻔한 작태에 숨이 넘어갈 지경이었다.

다시 아까의 상황으로 돌아가자면, 에단의 갑작스러운 발언에 모두가 날 바라봤다. 그 안에 담긴 의문들이 내게 꽂혀 들었다. 대체 왜? 서로 아는 사이인가?

가장 먼저 오드리가 차분히 말문을 뗐다.

'외람되오나 앤의 가채용 기간이 얼마 남지 않았습니다.'

'그럼 가채용 기간을 늘리면 되겠네요. 아니면 정식 채용을 하거나.'

에단이 차분히 받아치자 오드리가 난처한 기색을 띠었다. 아, 난 가채용 기간이 끝나면 이곳을 떠나야 하는 거였구나. 혹시라도 기간이 연장될까 봐 걱정했는데, 괜한 고민을 했네. 그러다 애먼 생각을 털어 내고, 에단에게 그만하라는 눈빛을 보냈다. 에단은 내 시선에도 아랑곳하지 않고 태연히 웃었다.

조엘리가 슬쩍 인상을 쓰며 에단과 날 번갈아 바라봤다. 유모도 호기심이 가득한 시선을 던졌고, 앨리샤도 날 흘깃댔다. 불편한 침묵이 흐르는 가운데, 로버트의 색색거리는 숨소리만 울려 퍼졌다.

결국 보다 못한 빈센트가 물었다.

'둘이 아는 사안가?'

'아주 잘 아는 사이지. 내가 예전에 큰 신세를 졌거든.'

"대체 왜 그러셨어요! 왜 그런 말씀을 하셨냐고요!"

그의 뻔뻔한 거짓말에 빈센트의 허락이 떨어졌다. 친분이 있는 사이니 시중을 잘 들 거라나 뭐라나. 덕분에 내 가채용 기간도 늘어났다. 난 뒤늦게 '자신이 없다고' 반박했으나 씨알도 먹히지 않았다.

"폴라가 내 시중을 들면 편할 거 같아서요."

"에단 님!"

"뭐, 그건 핑계고. 좀 더 같이 있고 싶어서?"

"네?"

섬뜩한 말에 팔을 퍽퍽 긁었다. 한 발자국 물러나며 경계하자 에단이 민망한 듯 웃었다.

"그렇게 보지 말아요. 그런 거 아니니까."

"저도 알아요. 그냥 기분이 좀……. 여하튼 그럼 무슨 생각으로 그러셨어요?"

"답답해서?"

"……."

"이것도 운명인가 싶기도 했고."

지금 다시 만났다고 운명 타령을 하고 싶은 건가? 그럼 길거리 지나가다 우연히 만난 마을 사람들도 다 운명이게?

"폴라도 궁금하지 않나요?"

"뭐가요."

결국 이 상황을 돌이킬 수 없다는 판단이 들어 울상을 지었다. 내 가채용 기간이 늘어나자 무시무시한 얼굴을 하던 앨리샤가 떠올랐다. 무섭진 않았지만, 귀찮아질 게 불 보듯 뻔했다. 조금 전에 따로 오드리를 찾아가 원래 기간만큼 일하겠다고 항변하자, 그녀는 내가 동생 때문에 그런 줄 알고 앨리샤의 기간도 늘리겠다고 말해 주었다. 여러모로 좋지 않은 결과였다.

다 이 남자 때문에.

"대체 뭘 말씀하시는 건데요!"

"빈센트가 폴라를 잊었을지, 기억할지."

"……."

"궁금하지 않나요?"

"······궁금하지 않아요."

고개가 먼저 돌아가고, 한 박자 늦게 대답이 나왔다. 궁금하지 않다. 궁금해하고 싶지 않았다.

"그럼 뭘 하러 도망쳐요. 그냥 여기서 잘 지내면 되지. 명망 있는 백작 가문이라 일하기 까다롭긴 하겠지만, 그래도 바깥에서 노동하는 것보다야 이곳 생활이 더 나을 텐데요. 임금도 훨씬 두둑할 테고. 가채용 상태긴 하지만 폴라 정도면 순조롭게 정식 채용이 될 거고요."

"에단 님. 저는."

"사실은 빈센트가 알아보길 바라는 건 아니고?"

그럴 리가 없지 않은가. 그거야말로 의미 없는 일이었다. 그가 날 알아본다고 해서 뭘 어쩌겠는가. 그때 그 고약한 성질을 다 받아 주었으니, 이번엔 당신이 날 좀 잘 봐 달라고 할 건가. 아니면 당신의 집사가 날 죽이려 했다고 원망을 쏟아 낼 텐가.

난 다시 고개를 저었다.

"에단 님. 전 여기가 무서워요. 제가 왜 도망쳤는지 아시잖아요."

"그건 걱정하지 말아요."

그건 또 무슨 말이냐고 물었지만, 그는 이번에도 웃기만 할 뿐이었다.

"어때요. 빈센트가 기억할까요?"

"······기억은 하시겠죠. 건방지다고 자주 말씀하셨으니까 여러모로 잊히진 않았겠죠."

"하하. 상상되네."

"······."

"그럼 그리워했을까?"

그건······ 잘 모르겠다. 가끔은, 5년 동안 고된 삶을 살아가면서 어쩌다 한 번씩은 떠올려 주지 않았을까. 그땐 그랬지, 저땐 저랬지. 어떤 날은 좋은 추억을, 또 다른 날은 나쁜 추억을 회상하며 과거에 잠겨 보지 않았을까. 하지만 그리워했을지는 모르겠다.

아니, 그리워하지 않았을 거 같은데. 그리움은 돌아가고 싶은 순간을 말하는 거다. 그가 눈이 안 보이던 때로 돌아가고 싶을 리 없다. 단순히 제 성질 다 받아 주었던 시녀를 떠올렸다고 해서 그리움이 생길 이유도 없었다.

"안 하셨을 거라 생각합니다."

"우리 내기할래요?"

난 질색하며 고개를 마구 저었다. 그와의 내기라면 말도 꺼내고 싶지 않았다. 과거에 내기하자고 협박당했다가 생고생한 걸 아직도 내 온몸이 기억한다.

"싫습니다."

"건방지군요. 윗사람의 제안에 바로 싫다고 답하다니."

"……."

에단이 표정을 싹 굳혔다. 비겁하다.

"에단 님!"

"소리도 막 지르고 말이죠."

"제발, 제발요……. 이러지 마세요……."

"어째서?"

"그야……."

"빈센트가 실망할까 봐?"

곧장 고개를 끄덕였다.

"실망하면 안 되나요?"

"네?"

"까짓것 실망할 수도 있죠. 다른 생김새로 알고 있다면서요. 그럼 자신이 알던 사람이 아니니까, 추억을 되새길 때마다 다른 사람을 떠올렸을 테니 허탈해할 수도 있지 않나요."

"에단 님. 그런 이야기가."

"그래도 돼요."

"……."

"실망해도 돼요. 폴라의 말대로 자신의 상상 속 외모와 달라서 실망할 수도 있겠죠. 하지만 그게 뭐 어때서요? 그게 그렇게 중요한가. 그것보다 중요한 건,

그 시녀가 이렇게 살아남아 곁에 있다는 거 아닐까 싶은데."

"……."

"빈센트가 폴라의 얼굴을 보고도 괜찮다고 하면요? 모든 사람들이 실망하는 외모라도 괜찮다면? 빈센트에게 물어봤어요? 아, 폴라는 실망할까 봐 무섭다고 했죠. 그럼, 폴라를 보고 실망하는 빈센트가 싫은 건가요?"

……그럴 리 없지 않은가. 내가 그를 속였고, 그는 내게 속았을 뿐이다. 의심 없이 내 거짓말을 믿었던 그가 그게 거짓말이란 걸 알고 실망하는 건 무섭지만, 그렇다고 빈센트를 미워하거나 싫어하는 건 아니었다. 오히려 이해할 거 같다. 나조차도 내가 싫은데 당신은 오죽하겠냐고.

에단은 그런 내 마음을 잘 알았다.

"폴라. 자신의 욕심 때문에 상대방의 마음을 멋대로 판단하는 건 잘못된 행동이에요. 빈센트가 뭘 바랄지 알고 그런 말을 하는 거죠? 빈센트를 나쁜 놈으로 매도하고 싶은 건가요?"

"아니에요."

"그럼 만약 빈센트가 정말로 폴라를 그리워하고 있다면요?"

"그럴 리가 없어요."

"그건 폴라의 추측일 뿐이죠. 빈센트의 마음이 아니라."

단호한 말이 가슴속을 난도질했다. 불편한 기분을 숨길 수 없었다. 그런 날 여전히 다정한 시선으로 바라보며, 에단이 말을 이었다.

"사람은 누구나 보이지 않는 그리움을 갖고 있으니까."

불현듯 들린 그 말이 귀에 익었다.

"눈에 보이는 게 전부는 아니니까. 입 밖으로 내뱉지 않는다고 해서, 겉으로 드러내지 않는다고 해서, 그립지 않은 건 아니니까. 그리고 스스로도 그 깊이를 모를 때가 있다. 빈센트가 자주 하던 말이에요."

"……."

"폴라, 나는 빈센트가 폴라를 그리워했다고 생각해요. 자신의 말을 듣고 떠난 사람이 갑자기 사라졌는데 얼마나 걱정했을지 생각해 본 적은 없나요?"

해 본 적 있었다. 하지만 그러한 마음 또한 금세 잊었을 거라 단정했다. 못됐다. 정말 못된 사람이다. 그는 이번에도 내가 숨기고자 했던 것을 들춰냈다.

"폴라의 마음을 존중하지만, 빈센트의 마음도 존중해 주고 싶어요. 내 마음 이해하죠?"

"……네. 알아요, 알지만."

하지만 이해한다고 해서 괘씸하지 않은 건 아니었다. 겨우 대답을 내뱉고 난 몸을 돌렸다. 입을 꾹 다문 채 탁탁 발을 내디뎠다. 더 이상 에단과 마주하고 싶지 않았다. 반가웠던 마음이 한순간에 식어 버렸다. 그가 미운 건 아니었다. 하지만 내 속을 들쑤시는 그가 불편해 더는 함께 있고 싶지 않았다.

"폴라, 화났어요?"

"폴라라고 부르지 마세요."

퉁명스레 받아쳤음에도 그는 내 뒤를 졸졸 쫓아왔다. 폴라? 폴라? 폴라! 그렇게 부르지 말라는데도 계속 내 이름을 불러 댄다. 주변에 사람이 없어 다행이었다.

"나중에 같이 루카스를 보러 가요."

불현듯 그가 말했다. 난 머뭇대다 작게 고개를 끄덕였다. 등 뒤에서 웃음소리가 들려왔다. 그 소리가 마치 어린아이처럼 천진난만해서 불편했던 마음이 조금은 누그러들었다. 딱딱하게 굳어 있는 것보단 웃는 얼굴이 에단에겐 더 잘 어울리는 것 같다.

에단이 나를 졸졸 쫓아오자 지나가던 하녀들이 이상하게 바라봤다. 그래서 따라오지 말아 달라고 말하자, 자신을 시중들 사람을 따라가는 게 그렇게 이상하냐며 에단이 반박했다. 말이 통하지 않는다. 예전엔 빈센트의 고집에 혀를 내둘렀는데, 지금 보니 에단도 한 고집 했다.

결국 그를 피해 도망쳤다. 내가 갑자기 뛰어가자 뒤에서 에단의 당황한 목소리가 들려왔다. 무뚝뚝한 백작님 행세를 해야 하니, 차마 사용인을 따라 뛰지는 못할 테지.

그를 따돌린 뒤 난 터벅터벅 내 방으로 향했다. 피곤했다. 갑자기 굉장히 귀찮은 일에 휘말린 거 같았다. 깊은 한숨을 뱉으며 에단을 향한 욕지거리를 나직이 읊조렸다.

　그런데 순간, 누군가 내 팔을 확 잡아당겼다. 깜짝 놀라 돌아보자 빈센트가 서 있었다.

　뭐야. 이 남자가 왜 여기 있어? 설마 날 만나러 온 건 아니겠지? 그 의문이 무색하게 그가 날 향해 물었다.

　"에단, 크리스토퍼 백작과 아는 사이라고?"

　"네? 아……."

　갑작스러운 물음에 당황하다가 흘끗 아래를 내려다봤다. 나를 따라 시선을 내린 그가 내 팔을 잡고 있던 손을 살며시 떼어 냈다. 난 두 걸음 뒤로 물러나 양손을 맞잡고 고개를 숙였다.

　"네. 맞습니다."

　이제 와 아니라고 반박하기도 뭐했다. 그런데 그걸 물으려고 여기까지 온 건가.

　최근 빈센트는 날 없는 사람 취급했다. 그가 사용인에게 일일이 관심을 줄 필요는 없지만, 그 태도가 노골적이라 유모가 내 눈치를 살필 정도였다. 방금 전까지만 해도 시선을 마주치자마자 고개를 돌리더니만. 천둥 번개가 치던 그날 밤 이후 오랜만의 대화였다.

　무언가 생각하는 듯 잠시 말이 없던 빈센트는, 침묵이 길어진다고 느껴질 즈음 다시 내게 질문을 했다.

　"잉크에 대해선 알아봤나?"

　"아, 그게…… 죄송합니다. 찾지 못했습니다."

　"찾지 못했다고?"

　빈센트의 눈빛이 살벌해졌다. 난 몰래 숨을 삼키고 고개를 끄덕인 뒤 곧장 허리를 굽히며 정말 죄송하다 말했다. 그의 눈빛이 한층 날카로워지자 난 주머니 쪽을 더듬었다. 안에 사탕을 넣어 두었던 거 같은데.

　"그러면."

　그가 불길한 목소리로 운을 떼던 순간, 누군가 내 어깨를 감쌌다. 깜짝 놀라 돌아보니 에단이었다.

"무슨 일 있어?"

에단이 능청스레 물었다. 난 슬쩍 인상을 썼다가 빠르게 표정을 갈무리했다. 어깨를 뒤틀어 에단의 손을 떼어 내려 했지만 그가 단단히 붙잡고 있어 쉽지 않았다.

빈센트의 시선이 내 어깨에 닿았다가 다시 에단 쪽을 향했다. 마치 네가 왜 끼어드냐는 듯한 얼굴이었다.

"물어볼 게 있어서."

"물어볼 거? 뭔데?"

"넌 알 필요 없어."

"궁금한데. 나한테도 말해 줘."

저 새끼가 왜 저래? 난 에메랄드빛 눈동자에서 그러한 생각을 읽었다.

"뭔데. 뭔가요?"

빈센트에게서 답을 얻지 못하자 이번엔 내게 묻는다. 난 당황하며 에단과 빈센트를 번갈아 살폈다.

"색이 있는 잉크를 알더군."

"잉크?"

"그래. 저번에 로버트가 편지를 썼는데 잉크가 검은색이 아니었어. 그런 잉크는 너희 가문에서밖에 본 적 없어. 색이 있는 잉크. 뭘 말하는지 알잖아."

에단이 날 내려다봤다. 난 침울한 표정으로 입을 벙긋거렸다. 파는 건 줄 알았어요. 잘 알아들었는지 모르겠으나 에단이 잠시 고민하는 듯하더니 다시 말을 이었다.

"내가 빌려준 거야."

"뭐?"

"내가 빌려준 거라고. 그렇죠?"

예상치 못한 대답에 당황하며 눈을 굴리고 있는데, 질문은 빈센트에게서 나왔다.

"네가 빌려준 거라고?"

"그래. 아는 사이라고 했잖아. 우리 저택에서 일했던 사람이야."

"뭐?"

"네?"

이번엔 빈센트와 내가 동시에 의문을 토했다. 빈센트가 황당해하며 날 보기에, 재빨리 표정을 갈무리했다.

"다른 사용인한테 빌렸다고 했는데."

"네가 너무 추궁하듯이 구니까 겁먹었나 보네. 내가 빌려준 거 맞아. 잠깐만 빌리고 싶다고 사정하길래 그러라고 했어."

"……"

"그리고 그 잉크, 예전에 아버지가 타국에서 사 오신 거야. 꽤 오래전이니까 이젠 이곳에서도 유통되고 있을지도 몰라. 그러니 꼭 우리 가문만 가지고 있단 보장은 없어."

에단의 설명에도 빈센트는 의심을 눈초리를 거두지 않았다. 정말이냐고 묻는 거 같다. 그 시선에 숨이 막힐 지경이다. 난 이게 대체 무슨 상황인지 모르겠으나 일단 에단의 장단에 맞장구를 쳐 주기로 했다. 긴장감으로 땀이 배어난 두 손을 꼭 맞잡고, 당황한 티를 내지 않으려고 노력했다.

"네, 맞습니다. 부탁드렸더니 빌려주셨습니다."

"왜 거짓말을 했지."

"뭔가 엄청난 물건일까 봐 무섭기도 했고, 혹여 제가 큰 잘못을 한 건가 싶어 겁이 나 말씀드릴 수가 없었습니다. 죄송합니다. 어렵게 부탁을 들어주셨는데 폐를 끼치고 싶지 않아서…… 제 생각이 짧았습니다."

다시 죄송하다고 말하며 허리를 깊게 숙였다. 머리가 핑글핑글 돌아갔다. 잘 말한 건지 걱정돼 다급히 지어냈던 변명을 곱씹었다. 비밀을 숨기고자 더 큰 거짓을 만드는 거 같아 마음이 무거워졌다.

"이제 궁금증이 풀렸어? 그럼 그 표정도 좀 풀어. 나까지 겁먹겠어."

에단이 다시 능숙하게 끼어들었다.

"고민이 되는군. 네 말을 믿을지 말지."

"어째서?"

"넌 거짓말에 능숙하니까."

기분 탓일까. 빈센트의 말에 가시가 있었다.

난 살며시 고개를 들었다. 빈센트는 이제 내가 아닌 에단을 보고 있었다. 살짝 찌푸려진 에메랄드빛 눈동자가 어쩐지 흉흉하다. 고개를 돌려 에단을 살폈다. 그는 엷은 미소를 띤 채 빈센트와 마주하고 있었지만, 그 웃음이 씁쓸해 보였다.

"네가 하고 싶은 대로 해. 강요하지 않아."

"……."

"믿고 싶지 않으면 믿지 않아도 돼."

예전처럼 에단은 가벼운 농담을 하듯 빈센트의 말을 받아쳤다. 빈센트가 입을 다물었다. 굳게 다물린 입꼬리가 불만을 토로하는 거 같다.

잠시 침묵이 흘렀다. 아주 짧은 시간이었지만, 무척 길게 느껴질 정도로 분위기가 무거웠다.

난 두 사람을 번갈아 보았다. 빈센트는 할 말이 많아 보이는 얼굴이었지만 쉽사리 말을 뱉지 못했고, 에단은 그런 빈센트의 시선을 피하지 않으면서도 어쩐지 불편한 기색이었다. 이게 뭐지, 뭘까……. 겉보기엔 별다를 것 없는 두 사람의 모습에서 난 묘한 긴장감을 느꼈다.

곧이어 한숨 소리가 들려왔다. 빈센트가 미간을 좁히곤 손으로 꾹 누른다.

"그래, 네가 거짓말할 이유는 없지. 내가 오해했군."

어쩐지 지친 듯한 목소리가 내 귓가를 파고들었다.

볼일이 끝났는지 말을 마친 빈센트가 곧장 몸을 돌리려고 했다. 난 다급히 그를 붙잡았다.

"아, 저기!"

그런데 너무 급한 나머지 그의 손목을 붙잡고 말았다. 빈센트가 우뚝 멈춰 섰다. 난 화들짝 손을 떼고 다시 한 걸음 뒤로 물러났다.

빈센트의 시선이 다시 내게 닿았다. 내 허리가 절로 깊게 숙여졌다.

"무슨 일이지."

"그, 저, 저번에 괜찮으셨나 해서요."

그가 날 무시한 탓에 그날 일에 대해 제대로 묻지 못했다. 잘 들어갔는지, 그때 상태가 좋지 않았는데 이젠 괜찮아진 건지 궁금했다.

아니면 어디 다친 곳은 없는지. 난 손을 베었는데, 그도 혹시 어딘가 다친 건 아닌지 걱정됐다. 겉으로 보기엔 멀쩡해 보이는데, 잘 드러나지 않은 곳이 베이거나 한 건 아닐까.

지금이 아니면 다시 물어볼 기회가 없을 거 같아 용기를 내 말을 건넸다. 그러나 돌아오는 대답이 없다. 혹시 내가 말한 '저번'이 언제인지 생각하는 건가. 그래서 다시 말을 정정하려는데.

"괜찮아."

가벼운 대답이 이어졌다.

곧이어 발소리가 멀어졌다. 난 허리를 펴고 멀어지고 있는 빈센트의 뒷모습을 바라봤다. 그리고 다시 에단을 돌아보자 그는 생각에 잠긴 듯 얼굴에 웃음기가 사라져 있었다. 난 두 사람을 연신 번갈아 살폈다.

"빈센트."

불현듯 에단이 다시 빈센트를 불렀다. 돌아보지 않을 줄 알았는데, 빈센트가 곧장 걸음을 멈추고 상체를 살짝 틀었다.

이쪽으로 향한 얼굴은 무뚝뚝했으나 난 그 속에 담긴 복잡한 감정을 읽을 수 있었다.

"늦었지만, 오랜만에 봐서 반가웠어."

"……."

다정한 목소리가 허공을 떠돈다. 그럼에도 빈센트는 별다른 반응을 보이지 않았다. 잠시 무심히 바라보다가 다시 몸을 돌렸다. 터벅터벅 멀어지는 발소리가 방금 전과 다를 바 없이 무거웠다. 에단도 빈센트의 대답을 기대한 건 아닌지, 곧장 날 바라보며 장난스레 웃는다.

"나한테 또 신세 졌네요."

"네. 도와주셔서 감사합니다."

입으론 정중히 감사 인사를 건네면서도 머릿속으론 조금 전 에단과 빈센트를 떠올렸다.

내 착각이 아니라면, 두 사람 사이에 무슨 일이 있는 듯했다. 과거에도 느껴

본 적 있는 긴장감이 두 사람 사이에 감돌고 있었다. 아니, 그때보다 더 짙었다.

그러나 굳이 캐묻진 않았다. 사실 물어보고 싶었으나, 장난스런 에단의 태도가 묻지 말라고 말하는 것 같았다.

"조금 전엔 분위기가 안 좋아 보이더니 지금 보니까 그렇지만도 않은 것 같네요? 두 사람 사이에 무슨 일이 있었나요?"

"아, 얼마 전 밤에 복도에서 주인님을 만난 적이 있었는데, 그때 일이 좀 있었습니다."

자세히 말하면 골치 아파질 거 같아서 두루뭉술하게 설명했다.

"밤이라…… 그럴 수 있겠네."

그런데 무슨 일이냐고 닦달할 줄 알았던 에단이 순순히 고개를 끄덕였다.

"빈센트가 말한 색 있는 잉크라면 루카스가 편지 쓸 때 사용하던 그건가요? 예전에 본 적 있었는데. 그 하얀 액체에 색을 첨가해서 사용하던 거, 맞죠?"

그런 거였나? 내가 받은 건 잉크 자체에 색이 있었는데.

"어디서 구했어요?"

"아는 동료분이 구해다 주셨어요. 건너건너 지인을 통해 빌렸다고 하더라고요."

"음. 그래요."

에단이 대수롭지 않게 말했다. 잠깐 의아했지만, 이미 색을 첨가한 걸 받았을 수도 있겠다는 생각이 들었다. 그보다 다른 문제가 있었는데.

"그런데 왜 그런 말씀을 하셨어요? 제가 에단 님 가문의 사용인이었다고."

"이왕 속일 거라면 완벽히 속이면 더 좋잖아요."

"네?"

"삶엔 고난과 역경이 필요한 법이죠."

이건 또 무슨 헛소리래.

"저번에 폴라가 한 말을 곰곰이 생각해 봤어요. 빈센트가 알아보지 못하길 바란다고 했죠? 폴라의 뜻에 따르도록 할게요. 철저하고 완벽하게 속여 봐요, 우리."

"무슨 생각이세요?"

"폴라가 바라는 대로 될 수 있도록 도와줄 생각인데요."

"······왜요?"

"내가 도와주면 안 되나요?"

"좋은 의도는 아닌 거 같아서요. 그러면 안 된다고도 하셨고. 앞서 하셨던 말과 지금 하시는 말이 맞지 않습니다만."

"그야 난 폴라와 서로 도움을 주는 협력 관계니까. 그 제안, 기억하죠?"

그 말에 푸스스 웃었다. 기억하다마다. 웬 이상한 손님이 들이닥쳤다는 위기감에 일단 같은 편으로 만들어 두자는 생각으로 한 제안이었지. 설마 받아 줄 거라곤 예상 못 했지만. 그리고 그는 여전히 변함없었다. 달라진 줄 알았더니 지금도 골치 아픈 사람이다. 진심으로 도움을 준 거라면 고맙긴 하지만.

괜히 피식피식 웃음이 새어 나왔다. 그런 날 따라 에단도 더 방긋 웃었다.

"역시 궁금하죠?"

"뭘 말씀이세요?"

"어느 쪽 말이 맞을지."

그 순간, 온몸이 찬물을 뒤집어쓴 것처럼 서늘해졌다. 올라간 입꼬리가 뚝 내려갔다. 흐물흐물 풀어졌던 정신이 바짝 조여들었다. 즐겁게 휘어진 눈동자에 담긴 게 뭔지 알게 된 순간 내 덫에 내가 빠졌다는 걸 깨달았다.

이미 시작된 거다.

그와 나의 내기가.

제기랄!

방문을 열고 들어가자 앨리샤가 내게 달려들었다. 내 팔을 붙잡아 당기더니 침대에 억지로 앉힌다. 예상했던 반응에 한숨부터 나왔다.

"왜 이래."

"너, 그 남자랑 어떻게 아는 사이야?"

"누구."

"크리스토퍼 백작? 그 남자 말이야! 듣기론 주인님이랑 친구 사이라던데."

거기까지 얘기를 들었나 보지. 이걸 뭐라고 설명해 줘야 할까. 다 말하자니 귀찮아질 거 같고, 또 말을 안 하자니 대답할 때까지 닦달할 기세였다.

"그냥 뭐, 어쩌다 보니 알게 됐어."

"어떻게? 대체 어떻게 아는 건데? 혹시 너, 예전에 일했다던 저택이 그 남자 저택이야? 그쪽이 예전에 모시던 주인이고? ……아니지? 너 일하던 곳에서 눈 밖에 나 도망쳤다고 했잖아."

"갑자기 그 얘긴 왜 꺼내는데."

"왜 꺼내긴! 네가 귀족 남자랑 연닿을 기회가 그때밖에 더 있어?"

제법 날카로운 지적이었다. 확실히 귀족과 연이 닿는다면 그때밖에 없긴 하다. 앨리샤가 보기에도 날 대하는 에단의 태도에서 살가움이 느껴졌으리라.

"말해 봐! 맞아, 아니야?!"

앨리샤가 대답을 재촉했다. 난 잠시 고민하다 입을 달싹였다.

"아니야."

"아니야?"

"그래. 거기서 일했던 거 아니야."

맞는다고 거짓말을 하려다가 괜히 에단을 곤란하게 만들까 싶어 솔직히 답했다. 앨리샤의 흉흉한 기세를 보니 거짓말을 했다간 뭔 사달이 날 것 같기도 하고. 대신 자세한 설명은 하지 않았다.

그런데 내 대답을 들은 앨리샤의 표정이 묘하게 안도하는 거 같다. 왜 저런 반응을 하는 거지? 의아함에 인상을 쓰고 앨리샤를 살폈다. 그런 내 반응 따윈 눈에 들어오지 않는지 앨리샤가 내게서 몸을 돌리며 작게 중얼거린다.

"그럼 그렇지."

"뭐가 그런데?"

"아무것도 아니야. 넌 신경 꺼!"

자기가 먼저 물어 놓고 괜히 짜증이다.

"그런데 너 여기서 빨리 나가고 싶어 하는 줄 알았는데 아니었나 봐? 기간 늘려 준다고 하니까 잽싸게 남는 걸 보면."

"그런 거 아니야. 사정이 있어서 그래."

"흥! 아니긴. 엉큼한 계집애."

대체 내가 왜 엉큼한 계집애란 소리를 들어야 하는 건데?

"그럼 그 남자랑 어떻게 아는 사이인데?"

"몰라."

"뭐? 야!"

더 이상 앨리샤와 말을 섞고 싶지 않았다. 그대로 침대에 벌러덩 드러눕고 시트를 머리끝까지 뒤집어썼다. 앨리샤가 이리저리 날뛰며 거친 말을 내뱉었지만 귀를 닫고 눈을 감았다. 이럴 땐 무시하는 게 가장 좋은 방법이었다.

□ ◆ □

결국 기존의 가채용 기간이 끝나고, 나와 같이 이곳에 온 사람들은 대부분 저택을 떠났다. 가채용 기간이 늘어난 나와 앨리샤를 포함한 몇몇의 사람이 저택에 남았다.

여러 명이 한꺼번에 들어온 것처럼 나갈 때도 우수수 떠나갔다. 텅 빈 저택은 새로운 사람들로 채워졌다. 멀리서도 눈에 띄는 외모의 사람들을 보니 처음 이곳에 왔던 때가 떠올랐다. 그렇게 오래된 일도 아닌데 그때가 멀게만 느껴졌다. 그러고 보니 왜 이런 식으로 사용인을 구하는 걸까? 그 이유는 여전히 오리무중이었다.

앞으로 지내게 될 장소에서의 새로운 경험을 기대하는 흥분된 얼굴들을 보다가 몸을 돌렸다. 걸음을 내디딜수록 발소리가 점차 불만을 품고 쿵쿵 울린다.

그렇게 계단을 올라가 맨 처음 보이는 방문 앞에 멈춰 서 한숨을 뱉었다.

나는 제발 에단이 아무 짓도 하지 않기를 빌고 또 빌었다. 원치 않게 가채용 기간이 늘어났으니, 조용히 지내고 싶은 마음이 간절했다.

그러나 그 바람은 에단이 내던져 놓은 덫에 걸려 이뤄지지 않을 것 같다는 불안감이 엄습했다. 난 착실히 그의 시중을 드는 신세가 되고 말았다.

어쩐지 무겁게 느껴지는 문 앞에 서서 깊은 한숨을 뱉었다. 문을 똑똑 두드렸으나 돌아오는 답은 없었다. 다시 똑똑 두드렸지만 여전히 묵묵부답이었다. 그래서 그냥 문을 열고 들어가니 방 안이 쥐 죽은 듯 고요했다.

난 내부를 쓱 둘러보곤 가져온 식사를 탁자 위에 올려 두었다. 그러곤 햇빛을 꼭꼭 가린 커튼을 활짝 걷었다. 몸을 돌리자 침대 위의 둥근 형체가 쏟아지는 햇빛을 피해 꾸물꾸물 움직인다. 아침이 밝은 지 한참이 지났는데 에단은 아직도 침대에 널브러져 있었다. 아침 식사도 거른 채였다.

"일어나세요. 벌써 점심때예요."

며칠 이곳에 머물겠다고 하더니 아주 게으름뱅이가 따로 없다.

에단은 이 저택에서 지내겠다고 한 뒤로 종일 잠만 잤다. 며칠 동안 잠을 못 잔 사람처럼 식사도 하는 둥 마는 둥 하며 잠을 자고, 또 자고, 계속 잤다. 휴양하러 온 줄 알았는데, 꼴을 보아하니 한참 늦은 겨울잠을 자러 온 것 같았다.

시트를 잡아당기자 가져가지 못하도록 손으로 잡고 버틴다.

"일어나세요."

"음…… 조금만 더……."

"얼마나요?"

"5분, 아니 10분?"

"그 시간 동안 씻고 옷을 갈아입은 뒤 식사를 하시는 게 어떨까요. 유용한 시간이 될 거 같은데요."

"그 유용한 시간은 20분 뒤에 보내도록 할게요."

요구 시간이 더 늘었다.

"그냥 지금 일어나세요."

"휴양 중이라 더 잘게요."

"차라리 산책을 하세요."

"글쎄요……."

그답지 않게 어리광도 부린다. 몸을 반대편으로 돌리며 시트를 뺏기지 않으려는 의지를 보였다. 난 코웃음을 치며 시트를 힘껏 잡아당겼다. 둥근 형체가 살짝 구르더니 부스스한 갈색 머리칼이 드러났다. 얼굴은 여전히 시트 속에 파묻혀 있었다.

"점심 식사 하셔야죠."

"다음에 먹을게요."

"부디 준비되었을 때 드시면 좋을 거 같은데요."

"아무 데나 두고 가요. 조금 있다가 먹을게요."

절대 조금 있다 먹을 거 같지 않았다. 이대로 저녁까지 굶고 잘 기세였다.

시트를 벗겨 내려 몇 번 더 그와 실랑이하다가 이내 포기했다. 싫다고 하는데 억지로 깨울 마음은 없었다. 시트를 놓자 에단이 다시 잽싸게 반대편으로 몸을 움직였다. 난 어깨를 으쓱이곤 방 안을 두리번댔다.

방은 생각보다 깔끔했다. 예정에 없던 에단의 체류에 오드리가 하녀들을 데리고 가 급히 그가 머무를 방을 준비했다. 먼지가 쌓이지 않도록 가구마다 덮어 두었던 천을 거두고, 커튼과 시트를 새것으로 교체한 뒤, 다시 한번 청소를 하는 것으로 서둘러 손님 맞을 채비를 한 방에 에단은 별다른 불평 없이 머물렀다. 종일 눈을 감고 있으니 불평할 새도 없겠지만.

방 안을 이리저리 구경하다가 다시 에단을 내려다봤다. 날 피해 침대 반대편까지 도망간 형체는 미동이 없었다. 묘하게 낯익은 광경인데? 생각지도 못한 과거의 잔상에 픽 웃었다.

"에단 님. 그렇게 자다가 죽을 수도 있습니다."

"……안 죽어요."

"자다가 죽은 사람 얘길 아는데, 들려드릴까요?"

앞날이 창창한 젊은 남자가 몇 날 며칠 동안 모습을 보이지 않아서 마을 사람들이 집으로 찾아갔는데 잠든 모습 그대로 죽어 있었던 얘기를 상세히 읊어 주었다. 물론 그 남자는 일을 과하게 해서 과로로 죽은 거지만, 굳이 그것까지 알려 주진 않았다.

이 이야기는 옛날에 같이 일했던 동료들한테서 전해 들었다. 남자의 죽음을 두고 너무 지친 나머지 숨쉬기도 힘들어했다는 둥, 걸을 때마다 비실거렸다는 둥, 원래부터 지병이 있었다는 둥 말이 많았지만 모두 그의 죽음에 대해선 크게 놀라지 않았다. 그런 죽음은 빈번한 일이었으니까.

그때 들었던 남자가 죽은 모습까지 상세히 읊어 주려고 하자, 둥근 형체가 다시금 꿈틀 움직였다. 곧이어 얼굴을 빼꼼 드러낸 에단은 드물게 인상을 쓰고 있었다.

"뭘 하라고 했죠."

"씻고 식사를 하시면 좋을 것 같다고 했습니다."

탁자 위에 둔 점심 식사를 가리켰다. 하는 꼴을 보아하니 오늘도 점심을 거를 거 같아서 식사를 따로 챙겨 왔다. 에단이 그걸 보곤 떨떠름한 표정으로 고개를 끄덕였다.

난 방긋 웃으며 그의 몸에 똘똘 둘려 있는 시트를 잡아당겼다. 빨리 치워 버리지 않으면 그가 마음을 바꾸고 다시 시트 속에 처박힐 거 같아서였다.

그러다 서서히 드러나는 몸이 나체란 걸 깨닫고 멈칫했지만.

"가볍게 씻을 거니까 물 좀 가져다줘요."

"아, 알겠습니다."

당황한 걸 애써 숨기곤 씻을 물을 가지러 욕실로 향했다. 대야에 물을 담으며 온도를 확인했다. 굉장히 차가웠지만, 그냥 채웠다.

세숫물을 가지고 돌아가자 에단이 조금 전 모습 그대로 침대에 앉아 눈을 껌뻑이고 있었다. 멍한 얼굴을 보니, 잠기운을 떨쳐 내는 중인 것도 같다.

협탁 위에 대야를 올려두고 함께 가져온 수건을 건넸다. 에단이 비몽사몽인 상태로 물을 떠 얼굴에 끼얹다가 눈을 번쩍 떴다. 잘게 떠는 어깨를 보곤 몰래 웃음을 삼켰다. 날 힘들게 한 벌이다.

찬물을 끼얹자 졸음이 달아났는지, 그 뒤로 에단은 식사까지 거뜬히 마쳤다.

"이제 뭘 할까요."

"주무시는 것 말고 다른 걸 하세요. 산책이라든지."

"방에서 별로 나가고 싶지 않은데……."

다시 침대로 기어들어 간 에단이 베개에 얼굴을 비비며 작게 투덜거렸다. 난 빈 그릇을 차곡차곡 정리하곤 허리를 폈다.

"그럼 책이라도 읽으세요."

"글씨를 보는 것도 별로 내키지 않는군요."

"그럼 침대에 누워서 창밖 구경이나 하시든지요."

정리한 그릇을 들고 단호히 몸을 돌려 밖으로 나왔다. 부엌으로 내려가 빈 그릇을 반납하고 청소 도구를 이것저것 챙겼다. 오늘은 방 청소를 할 참이다.

에단이 다른 사용인을 반기지 않아서 그의 방 청소도 내가 담당하게 되었다. 그동안은 그가 늦은 밤까지 잠에 빠져 있던 탓에 제대로 청소를 하지 못했다. 그러니 에단이 깨어나 있는 지금이 기회였다.

방으로 돌아가자 에단은 다시 침대에 쓰러져 있었다. 초점을 잃은 두 눈이 부릅떠진 걸 보니 졸다 깬 거 같다. 난 그를 한심하게 보다가 이내 소매를 걷어붙였다.

"청소를 하려고 하는데, 잠시만이라도 자리를 비켜 주시면 어떨지요."

"난 괜찮으니 그냥 해요."

"먼지가 날려 건강에 좋지 않을 거예요."

"괜찮아요."

에단이 베개에 얼굴을 비비며 고개를 저었다. 나갈 의사가 전혀 없어 보였다. 그렇다면야 나도 굳이 닦달하지 않고 청소를 시작했다.

창문을 모조리 연 뒤 가장 먼저 바닥의 카펫을 털었다. 열심히 털어 낸 걸 한쪽에 접어 두고, 가져온 작은 사다리를 타고 올라가 커튼을 새것으로 갈아 끼웠다. 그리고 침대로 가 못 박힌 듯 누워 있는 그를 옆으로 치우고 침대보와 베갯잇을 갈았다.

시트도 갈려고 했으나 에단이 뒤집어쓰고 있는 상태였다. 시트로 온몸을 돌돌 감싸고 있는 에단을 마주하며 멈칫했다. 그가 그런 날 멀뚱히 바라봤다.

'저걸 달라고 해야 하나.'

잠시 고민하는데, 내 손에 들린 새 시트를 본 그의 얼굴에서 스치듯 귀찮은 기색이 드러났다. 시트를 움켜쥐고 있는 손에서 벗지 않겠다는 단호함이 느껴진다. 난 어깨를 으쓱이곤 새 시트는 침대에 팽개쳐 두었다. 알아서 하라지.

사용한 침대보와 베갯잇을 접어서 카펫 옆에 같이 놓아두었다. 그다음엔 난로를 청소한 뒤, 빗자루를 들고 바닥을 쓸었다. 구석까지 꼼꼼히 쓸어 내고 걸레로 문질렀다.

번쩍번쩍 광이 나는 바닥을 흐뭇하게 바라보며 손이 떨어져 나가라 닦고 있는데, 등 뒤에서 시선이 느껴졌다.

뭉그적거리며 침대 위에 올라앉은 에단이 멀뚱히 날 구경했다. 잠깐 보다 다시 잠을 잘 줄 알았는데 침대에 비스듬히 누웠다가, 다시 앉았다가, 이제는 턱을 괸 채 대놓고 구경하는 게 아닌가. 거기에 더해.

"뭘 바르는 거예요?"

"바닥에 광이 나도록 광택제를 바르는 겁니다."

"흐음, 신기하네."

어느 순간부턴 그건 뭐냐, 저건 뭐냐, 어떻게 하는 거냐, 꼬치꼬치 캐묻기 시작했다. 창문의 먼지를 닦고, 다시 카펫을 까는 것으로 방 청소를 마무리한 뒤 욕실로 가 욕조를 닦을 때는 아예 의자까지 끌어다 앉아서 구경하고 있었다.

그 시선을 애써 모른 척하며, 욕조에 묻은 거품을 물로 끼얹어 닦곤 몸을 일으켰다. 찌뿌둥한 몸을 이리저리 움직이며 한차례 풀어 주고 어느 정도 정리된 방 안을 쭉 둘러봤다. 이만하면 되겠는데. 한바탕 청소를 끝낸 방 안이 제법 깨끗해 만족스러웠다.

물에 젖은 발을 수건으로 닦은 뒤 신발을 신고, 구겨진 옷매무새를 만졌다. 다시 방 안을 쭉 살펴본 후 청소 도구와 한쪽에 모아 둔 빨랫감을 챙겼다. 그런 날 지켜보고 있던 에단이 물었다.

"이제 뭘 할 건가요?"

"청소를 끝냈으니 나갈 겁니다."

그가 잠시 말이 없더니, 갑자기 몸을 일으켰다. 그의 몸을 감싸고 있던 시트가 서서히 내려갔다. 난 반대편으로 몸을 돌렸다가, '내가 그의 옷시중을 들어야 하지'란 생각에 다시 뒤돌아서려고 했다. 그러나 그 전에 에단이 내 어깨를 붙잡고 방 밖으로 내보냈다.

"잠시만 기다려요."

"네, 네?"

당황해 하며 뒤돌자 어느새 문이 닫혀 있었다. 얼결에 밖으로 쫓겨났다. 아니, 시중을 들어 달라 해 놓고 내쫓는 건 뭐람. 황당했지만 일단 얌전히 기다렸다.

조금 지루한 시간이 흐른 뒤 에단이 문을 열고 밖으로 나왔다. 그런데 조금 전 침대에서 뒹굴며 마냥 풀어졌던 모습과 달리 멀끔한 차림새다. 머리까지 깔끔하게 넘겨 완벽했다.

에단이 내내 뒤집어쓰고 있던 시트를 내게 건넸다. 그걸 얼결에 받아 들면서 그를 위아래로 훑었다.

"외출하시려고요?"

"아니요."

누가 봐도 외출할 차림새인데. 아니면 마음을 바꿔 산책이라도 하려는 건가. 아무래도 상관없어서 어깨를 으쓱이곤 몸을 돌렸다.

복도를 걷자 등 뒤에서 발소리가 따라붙었다. 그 발소리는 내가 뒤편 계단을 내려가 지하로 향할 때까지 이어졌다.

처음엔 가는 길이 같아서 그런가 보다 했다. 그런데 지하까지 따라 내려오자 뭔가 잘못됐다는 생각이 들었다. 계단을 올라오던 사용인들이 내 뒤를 따라오는 에단을 발견하곤 흘긋 시선을 준다. 난 걸음을 멈추고 다급히 뒤돌았다. 주변을 두리번대던 에단이 멈칫하곤 느릿하게 날 바라본다.

"따라 내려오시면 안 돼요."

"알겠어요."

순순한 대답이 돌아왔다. 난 미간을 한껏 좁힌 채 다시 지하로 내려갔다. 내 말을 이해한 건지 에단은 더 이상 따라오지 않았다.

가져온 청소 도구를 정리하고 빨랫감을 세탁부에게 건넸다.

"새걸 미리 받았으면 하는데요."

"이런, 널어 둔 걸 아직 걷어 오지 못했는데."

난감한 기색을 띠던 세탁부가 잠시 기다려 달라며 몸을 돌렸다. 그러곤 빨랫감이 든 두 개의 바구니 앞에 선다. 양을 보아하니 혼자 들기엔 어려울 듯했다. 바구니 하나를 들고 나머지를 마저 들려고 하는 세탁부 옆으로 다가갔다.

"도와드릴게요."

남은 바구니를 들려고 하자 그녀가 괜찮다며 난색을 표했다. 난 살며시 웃어 주곤 바구니를 들어 올렸다. 세탁부가 머뭇대다가 오늘 사람이 한 명 빠져서, 라고 중얼거리며 내 도움을 받아들였다.

그렇게 앞장서 가는 세탁부와 함께 계단을 올랐다. 곧장 뒷문으로 향하는 그녀를 따라 걸어가는데.

"이제 할 일이 끝난 건가요?"

갑자기 옆에서 누군가가 불쑥 튀어나왔다.

나와 세탁부 모두 화들짝 놀라 뒤로 물러났다. 난 가슴께를 움켜잡았다. 삐거덕 고개를 돌리자 에단이 보였다.

아니, 왜 아직도 여기에······. 에단은 뒷문으로 향하는 모퉁이에서 튀어나왔다. 계단을 올랐을 때 없어서 산책 간 줄 알았는데, 설마 여기서 기다리고 있었던 건가?

"어, 아, 어?"

에단과 정면으로 시선이 부딪친 세탁부는 당황하며 안절부절못했다. 난 그녀를 흘긋 보곤 에단에게 왜 아직도 여기 있냐는 눈빛을 보냈다. 자신의 맞은편에 서 있는 세탁부를 멀뚱히 보던 에단이 시선을 느꼈는지 내 쪽으로 고개를 돌리며 살며시 눈웃음을 짓는다.

"어디 가고 있나요?"

"빨래를 널려고······ 산책 간다고 하지 않으셨나요."

"그런 말 한 적 없는데."

단호한 반박에 이번엔 내가 당황했다. 확실히, 그런 말을 하진 않았지. 그럼 진짜 날 기다리고 있던 거야? 황당했으나 이쪽으로 걸어오던 사용인이 에단을 발견하고 멈칫하는 걸 보곤 생각을 바꿨다. 일단 여길 벗어나야 했다.

딱딱하게 굳어 있는 세탁부에게 어디로 가면 되냐고 묻자, 얼음이 쩽 깨진 것처럼 그녀가 머뭇머뭇 걸음을 움직였다. 나도 따라 걸음을 내딛자, 에단이 다시 내 뒤를 따라온다.

뭐야 대체. 졸지에 세탁부, 나, 에단이 줄지어 걷는 의도치 않은 상황이 만들어졌다. 세탁부도 에단이 따라오는 걸 알아챘는지 연신 뒤쪽을 흘긋거린다.

저택 뒤편으로 나가자 빨랫줄에 널려 있는 빨래들이 보였다. 세탁부가 바지랑대 옆에 바구니를 내려놓고 널린 빨래를 걷어 내기 시작했다. 따라서 걷어 내자 세탁부가 다시 난색을 표했지만 어려운 일은 아니라서 모르는 척 도왔다. 내 옆에 이 남자만 없었다면 더 수월했을 것이다.

한 걸음 한 걸음 움직일 때마다 따라붙는 존재에 한숨을 쉬었다. 처음엔 내 행동을 저지하던 세탁부는 에단의 눈치를 보며 슬금슬금 멀어진 상태였다.

"방에서 나가기 싫다고 하지 않으셨나요."

"잠자는 거 말고 다른 걸 하라면서요."

"절 쫓아다니라는 뜻은 아니었습니다만."

"구경하는 것도 재밌네요."

내 옆에 찰싹 붙어 서 있는 에단을 차갑게 돌아봤다.

"대체 왜 이러세요."

"폴라랑 더 친해지고 싶어서?"

타닥 한 발짝 뒤로 물러났다.

"그런 농담 재미없습니다."

"이런, 농담 아닌데."

"그렇게 할 일이 없으세요?"

"네."

뻔뻔한 대꾸에 뭐라 할 말이 없었다. 저번에 바쁘다고 했던 거 같은데, 내가 잘못 들은 건가? 하지만 멀뚱히 날 보고 있는 그는 정말 할 일이 없는 사람 같았다.

나는 세상에서 가장 한심한 사람을 보듯 그를 보다가 고개를 저었다. 에단은 내 반응에도 아랑곳하지 않고 날 구경했다. 중간엔 '도와줄까요?'라고 묻기에 기겁하며 절대 만지지 말라고 당부했다.

빨래 걷는 걸 돕고 새것을 받은 뒤 다시 저택 안으로 들어왔다.

"또 뭘 할 건가요?"

뒤따라오던 에단이 물었지만 난 답하지 않았다. 하지만 그 질문은 에단의 방으로 가 가져온 걸 정리하고, 마실 물을 교체하고, 밖으로 나와서 방 앞 복도를 쓸고 닦고, 난로의 석탄을 새로 채울 때까지 이어졌다.

게다가 계속 따라다니는 게 아니고, 뒤를 쫓다가 갑자기 없어지기도 하고, 또 없어졌다 싶으면 어디선가 불쑥불쑥 튀어나와 뒤따르곤 했다. 덕분에 가슴께를 몇 번이나 부여잡아야 했다.

꼬리처럼 따라붙는 존재가 부담스러워 미칠 지경이다.

간단하게 식사를 때우고 시간이 남아 로버트를 보러 갔다. 에단이 시중들 사람으로 날 지목한 순간부터, 난 로버트의 시중과 에단의 시중을 겸하게 됐다.

어차피 로버트의 시중을 드는 건 유모의 보조 역할이었고, 볼일이 마무리되었는지 유모는 최근 들어 외출을 하지 않고 계속 로버트의 곁에 있었다. 하여 내가 로버트에게 집중해야 하는 시간도 줄어들었다. 자연히 로버트에 대한 보고를 하던 편지도 쓰지 않게 되었다.

그래도 시간이 될 때면 로버트의 방에 들렀다. 오늘은 로버트가 늦은 낮잠을 자는 중이라, 유모 혼자 날 반겼다. 반갑게 알은척해 오던 유모가 내 뒤에 서 있는 에단을 보곤 눈을 휘둥그레 떴다.

'두 분 사이가 많이 좋으신가 봐요?'

유모가 대놓고 신기해하며 물어볼 정도였다. 확실히 이상한 광경이란 거다. 이러고 더 다닌다면 누군가의 닦달을 피할 수 없으리라.

결국 열이 뻗쳤다.

"그냥 산책을 가세요!"

"같이할까요?"

기다렸다는 듯 그가 제안했다. 잠시 솔깃했지만 고개를 저었다.

"사용인들은 함부로 이 저택을 나갈 수 없습니다."

"근처로 가면 되죠."

"괜한 소란을 피우고 싶지 않습니다만."

"그럼 계속 바쁘게 일해요. 난 구경할 테니."

이러다가는 내가 잠자러 가기 전까지 따라다니며 구경할 기세였다.

"이제 또 뭘 할 거죠?"

이제 저 질문을 듣는 것도 지긋지긋했다. 난 잠시 고민하다 입을 열었다.

"제가 모시는 분의 디저트를 챙기려고 합니다."

"로버트요?"

"……"

대꾸하지 않고 다시 뒤편 계단으로 향했다. 에단이 또 날 쫓아오려고 하기에 금방 올 테니 절대 따라오지 말라고 신신당부한 뒤 부엌으로 내려갔다. 곧장 요리사에게 가 디저트를 부탁하고 함께 마실 차를 준비했다.

두툼한 초코케이크와 쿠키, 찻주전자, 찻잔을 은쟁반 위에 받쳐 들고 계단을 올랐다. 내 손에 들린 걸 주시하는 에단을 지나쳐 위로 올라갔다.

"로버트가 좋아하겠네요."

"에단 님 겁니다."

"……."

"이걸 드릴 테니 그만 따라오시겠어요?"

잠시 말이 없던 에단이 나직한 목소리로 대꾸했다.

"내가 부담스럽나요?"

"네."

"참아 봐요."

"……."

아니, 이 사람이 진짜.

"이제라도 방으로 돌아가셔서 다시 주무세요. 맘껏 주무세요. 절대 방해하지 않겠습니다."

"글쎄요. 지금은 별로 잘 기분이 아니라서."

"대체 언제까지 쫓아다니실 건데요?"

"내가 지루해질 때까지?"

저절로 깊은 한숨이 새어 나왔다. 대화가 되지 않을 듯하다. 얼른 쟁반을 방에 두고 도망쳐 버리자는 생각에 걸음을 재촉했다. 빨리 자유를 되찾고 싶었다.

빠르게 계단을 올라가 복도를 걸었다. 뒤따라오는 발소리도 점차 빨라진다.

"그거 같이 먹을까요?"

"전 괜찮습니다."

"그러지 말고 같이 먹어요."

"사양하겠습니다."

"폴라."

달갑지 않은 부름이 들려왔다. 아니, 이름 부르지 말라니까! 걸음을 멈추고 재빨리 에단을 향해 몸을 돌렸다.

그때, 에단의 왼쪽에 있는 방문이 벌컥 열리며 안에서 나오던 하녀 두 명이 그와 부딪치고 말았다.

짧은 비명과 함께 두 명의 하녀가 중심을 잃고 바닥에 넘어졌다. 두 사람 모두 꽃병을 들고 있었는데, 하나는 바닥에 부딪쳐 깨지고, 다른 하나는 에단의 왼쪽 바짓단을 적시고 바닥에 뒹굴었다. 꽃병에 꽂혀 있던 꽃들이 사방에 널브러졌다.

다섯 걸음 정도 떨어져 있던 난 다행히 쟁반을 쏟는 봉변을 면했다.

"죄, 죄송합니다! 정말 죄송합니다!"

하녀 한 명이 에단을 발견하곤 기겁하며 바닥에 엎드렸다. 꽃병에서 쏟아진 물로 축축해진 바닥에 머리를 조아리며, 연신 '죄송합니다'를 반복했다.

다른 한 명은 에단을 보고 딱딱하게 굳어 있다가 옆의 하녀를 따라 천천히 엎드렸다. 웅크린 몸이 덜덜 떨리고 있었다.

"부, 부디, 요, 용서를……."

"제, 제발, 자비를 베풀어 주세요."

별것 아닌 일이었다. 작은 사고였고 충분히 이해할 수 있는 일이었다. 그런데 하녀들은 마치 에단에게 큰 잘못을 저지른 사람처럼 머리를 조아리며 두려움에 떨었다.

어째서? 난 의아해하며 그녀들을 바라보다가 에단에게 시선을 주었다. 그는 자신의 젖은 바짓단을 내려다보고 있었다.

"살려 주세요!"

다급한 외침이 터졌다. 그녀를 따라 다른 하녀도 똑같이 소리쳤다. '살려 주세요! 제발 목숨만은 빼앗지 말아 주세요! 제발! 제발!' 흡사 비명과도 같았다. 그 소리에 난 깜짝 놀랐다. 정작 그걸 듣는 당사자는 조금도 놀라지 않고 무미건조했다.

그 웃음기 하나 없는 얼굴을 보자, 왜 그녀들이 떨고 있는지 알 것 같았다. 지금 저기 서 있는 사람은 웃음기 많고 마냥 장난스럽던 남자가 아닌, 크리스

272

토퍼 백작이었다. 딱딱한 표정과 무거운 분위기, 완벽한 차림새로 잔혹한 소문을 달고 다니는 두려움의 대상. 비록 작은 실수였으나 그 상대가 혈육을 죽이는 것도 마다하지 않는다는 귀족이기에 그녀들은 두려움에 떨고 있는 거였다.

엎드린 채 떨고 있는 하녀들을 흘끗 내려다본 에단이 다시 걸음을 내디뎠다. 그의 발밑에 꽃이 짓밟혀 뭉개졌지만 아랑곳하지 않고 내 쪽으로 다가왔다. 난 멍하니 다가오는 그를 바라보았다.

"가죠."

에단이 딱 한마디를 뱉고 날 지나쳐 걸어갔다. 그제야 정신을 차리고, 한두 걸음 간격을 두고 그를 따라 걸었다. 그러면서 뒤를 흘끗 돌아보니, 하녀들이 이쪽을 바라보고 있었다. 두려움으로 뒤범벅된 얼굴이 에단을 향하는 게 낯설었다.

갑작스럽게 저지른 실수가 별 탈 없이 마무리된 걸 알았는지 하녀 한 명이 흐느끼기 시작했다. 다른 하녀가 그녀를 품에 안고 토닥이는 모습이 마치 죽을 고비를 넘기고 살아남은 사람들처럼 보였다.

난 고개를 돌려 에단을 바라봤다. 울음소리를 들었을 텐데도 그는 아무런 반응이 없었다. 뒤를 돌아보지도 않는다.

난 그를 위아래로 훑었다. 다시 봐도 완벽한 차림새였다. 포마드를 발라 머리를 빗어 넘겼는지, 머리카락 한 올 빠져나오지 않고 깔끔했다. 그러나 손이 잘 닿지 않는 뒤통수 아래쪽은 머리카락이 삐죽삐죽하게 튀어나와 있었다.

그걸 보니 갑자기 긴장감이 탁 풀렸다. 매무새가 단정하다고 생각했는데 저게 뭐람. 예상치 못한 허술함에 웃음이 잇새를 비집고 나올 거 같았다. 계속 저러고 다닌 거야? 누가 봤으면 저게 뭔가 싶었을 거다. 자신도 몰랐겠지.

방금 전에 하녀들이 그의 뒤통수를 보았다면 그렇게까지 무서워했을까. 그녀들이 좀 더 정신을 차리고 제대로 살펴보았다면 그의 허술함을 알아채지 않았을까. 그가 무서운 사람이 아니라는 걸 알 수 있지 않았을까. 하지만 크나큰 공포는 눈앞을 가려 버리고 만다.

그러고 보니 간간이 사용인들과 마주칠 때마다 내 뒤쪽을 보고는 깜짝 놀라거나, 걸음을 멈춘 채 굳어 버리곤 했다. 누군가는 허리를 깊게 숙이며 어떻게든 시선을 부딪치지 않으려 애썼다. 하나같이 얼굴에 두려움이 깃들어 있었다.

'아, 이래서였구나.'

미처 알아채지 못했다. 그를 둘러싼 공기가 날카롭다는 것을, 다들 에단을 주시하고 무서워하고 있다는 걸.

눈치 빠른 그는 당연히 알아챘겠지. 어쩌면 그가 처음 이 저택에 왔을 때부터 그랬을지도 모른다. 그래서 방에 처박혀 잠만 잤던 건가. 그는 시중들 사람으로 날 택했고 다른 사용인은 반기지 않았다. 때문에 그의 방에 드나드는 사용인은 나밖에 없었다.

방 안은 그가 유일하게 풀어질 수 있는 공간일 거다. 그곳을 나서는 순간, 그는 크리스토퍼 백작이 되어 사람들의 시선을 받아야 하니까. 그는 아무것도 하지 않았는데 사람들은 지레 겁을 먹고 몸을 낮추었다.

어쩌면 편하게 잠을 자는 게 그가 말한 진짜 '휴양'일지도 모른다.

에단은 복도를 걷는 동안 침묵을 유지했다. 조금 전처럼 장난스러운 태도를 보이지도, 먼저 말을 걸지도 않는다. 그의 걸음걸이는 경직됐고, 풍기는 분위기도 조금 무거웠다. 하지만 그의 허술함을 유일하게 알아챈 난, 주변을 한 번 둘러보곤 나직하게 속삭였다.

"에단 님, 뒷머리가 삐져나왔습니다만."

작은 목소리지만 에단에겐 충분히 들렸을 터였다. 그걸 알려 주듯 앞서가던 걸음이 찰나 삐끗했다. 곧 올라온 손이 뒤통수를 더듬더듬 매만진다. 그 모습을 보며 난 차분히 말했다. 더 옆쪽이에요.

앞서 걷는 걸음이 빨라졌다. 그의 뒤를 따라 걸으며 새어 나오려는 웃음을 꾹꾹 눌러 참았다. 민망해하고 있을 에단을 향한 나름의 배려였다. 그 배려는 결국 웃음이 터져 버려 오래가지는 못했지만.

방으로 돌아가자마자 에단의 뒷머리를 정리해 주었다. 이제껏 이러고 다녔을 그가 상상돼 정리하는 내내 웃음을 멈출 수가 없었다. 내가 계속 웃자 에단이 드물게 인상을 구기며 날 쏘아보았다.

뒷머리를 깔끔하게 정리한 에단이 다시금 내게 티타임을 제안했다. 고민하다 이번엔 흔쾌히 승낙했다. 기쁘게 웃는 얼굴을 보니 괜히 딱딱하게 군 것 같아 미안해졌다.

그렇게 함께 차를 마시고, 디저트를 먹었다. 방으로 들어와 더 이상 사람들의 시선을 받지 않게 되자, 그는 한순간에 풀어졌다. 경직됐던 걸음걸이가 부드러워지고, 빳빳하게 세웠던 몸이 삐딱해졌다. 날카롭던 가시가 모두 뽑힌 것처럼 소파에 앉아 있는 그의 얼굴이 편안해 보였다.

그의 빈 찻잔에 다시 차를 따라 주고 포크로 케이크를 퍼먹었다. 달달한 게 맛있었다. 에단에게도 건넸으나 그는 단걸 별로 좋아하지 않는지 몇 번 먹곤 차만 들이켰다. 그래서 디저트는 모두 내 차지가 되었다.

에단은 소파에 거의 드러눕듯 앉아서 차를 들이켰다. 눈을 감은 채 차향을 맡고 있는 그의 몸이 점점 뒤로 기울어진다. 그 상태로 다시 잘 기세였다.

그의 손에 들린 찻잔이 불안하게 흔들렸다. 난 위험하다고 타박하려다가 생각을 바꿨다. 이대로 다시 잠을 잔다면 귀찮게 쫓아다니지 않을 테니까.

에단이 잠들 수 있도록 조심조심 케이크를 씹어 먹으며 한껏 풀어진 그의 모습을 보고 있는데 문득 궁금증이 생겼다.

"에단 님."

"……네."

한 박자 늦게 대답이 나왔다. 잠들려다 급하게 빠져나온 거 같다.

"오늘 대체 왜 절 쫓아다니셨던 거예요?"

시선 받기 싫어서 방에만 처박혀 있던 사람이, 단순히 날 구경하는 게 재미있단 이유로 쫓아다녔다는 것이 이해되지 않았다. 솔직히 그만큼 재미있는 모습도 아니었다.

내 질문에 에단이 살며시 눈꺼풀을 들어 올렸다. 몇 번 눈을 껌뻑이더니 느릿하게 내 쪽으로 시선을 준다. 그의 눈꼬리가 다정하게 휘었다.

"심심해서요."

"단순히 심심해서요? 정말 그 이유 때문인가요?"

"폴라랑 더 친해지고 싶어서라고 했잖아요."

"그건 이유가 되지 않을 거 같은데요."

"왜 안 되나요? 저번에 대화를 나눈 이후로 계속 나 피해 다녔잖아요."

허를 찌르는 말에 내 얼굴이 딱딱하게 굳는 게 느껴졌다.

그가 내기를 들먹인 날 이후로 그를 좀 피하긴 했다. 시중드는 입장이라 얼굴을 아예 안 볼 순 없었지만, 에단이 대화를 시도할 때마다 바쁜 척하며 자리를 피했었다.

또 사람을 곤란하게 만드는 말을 꺼낼까 싶어서였다. 그를 다시 만나 반가웠으나, 내기를 들먹이며 날 휘저을 때부터 부담을 느꼈다. 그런 내 마음은 또 어떻게 알아챈 건지.

"나 솔직히 상처받았어요. 대놓고 상대하기 싫다는 듯 행동해서."

"그럴 의도는 아니었습니다."

"피한 건 맞나 보군요."

"……."

"그러지 마요. 폴라를 난감하게 만들려던 게 아니었다는 건 진심이니까."

말은 그렇게 해도, 난 결국 입장이 난감해졌다. 가채용 기간이 늘어난 것도 문제지만, 다른 의미로 빈센트의 눈에 든 것 같아 기분이 좋지 않다. 게다가 내가 누군지 아는 에단이 말처럼 정말 얌전히 지켜봐 줄지도 솔직히 잘 모르겠다.

하지만 정말 상처받은 듯한 얼굴을 하고 있어 차마 이러쿵저러쿵 따질 수가 없었다.

"……죄송합니다."

"사과를 바란 건 아닌데."

뒷덜미를 긁으며 살짝 당황해 하던 에단이 쓰게 웃었다.

"이제 또 뭘 할 거예요?"

"뭘 하시고 싶으신데요."

이제 저 질문에 답하기도 귀찮았고, 더 이상 바쁜 일도 없었다. 그래서 되묻자, 고민스러운 표정으로 차를 들이켜던 에단이 소파에서 몸을 일으켰다. 던지듯 내려놓은 찻잔이 달그락 소리를 내는 사이 그가 내 옆에 털썩 주저앉는 게 아닌가.

난 움찔 떨며 엉덩이를 옆으로 들썩거렸다. 거리가 갑자기 가까워지자 경계심이 샘솟았다. 그런 날 보며 에단이 방긋 웃었다.

"이대로 더 대화를 나눴으면 좋겠군요."

"어떤 대화를 나누고 싶으신데요?"

"뭐, 이것저것? 예를 들어, 내기에 관한 거라든지."

또 저 소리다. 난 질린 얼굴로 단호히 고개를 저었다.

"그 이야기는 하고 싶지 않습니다만."

"왜요. 재밌을 거 같은데."

"전 재밌지 않습니다."

"그래도 한번 생각해 봐요. 빈센트가 폴라를 잊었을지 기억할지."

가슴께를 콕콕 찌르는 무거운 말에 한숨을 뱉었다.

"잊어버렸을 거라 생각합니다."

"그 생각엔 변함이 없다는 거군요."

"네."

"왜 그렇게 확신해요."

"기억해야 할 이유가 없으니까요."

매번 말하지만 좋은 기억도 아니고, 기억할 만한 추억거리도 아니었다.

설사 그가 날 기억한다고 해도, 그게 만나야 할 이유로 직결되지는 않는다. 여전히 그에게 내 정체를 알리고 싶지 않은 마음이 컸다. 어찌어찌 그와 말도 섞게 되었지만, 그 마음은 여전히 변함없었다.

"그럴 만한 추억도 아니고요. 만약 기억하신다고 해도 만나고 싶지 않다는 건, 변함없습니다."

"폴라도 그런가요?"

"……네."

바로 답하지 못했다. 에단이 날카로운 눈빛을 보내왔다. 거짓말을 들켰다.

"왜 그렇게 스스로한테 냉정해요."

"사실이니까요. 제가 잊지 말아야 할 특별한 사람은 아니라서요."

"폴라, 누군가를 기억하고 그리워하는 데 명확한 이유가 있는 사람이 얼마나 되겠어요. 특별하지 않아도 누군가에게 소중한 기억으로 남을 수 있어요."

"에단 님, 전 그냥…… 상황이 맞았을 뿐이에요."

내가 빈센트를 더 빨리 만났다면 어땠을까. 그런 생각을 해 본 적이 있다. 그가 삶을 포기하기 전에, 방 안에만 처박혀 죽음을 기다리기 전에, 시력을 잃었음에도 생기를 띠고 희망에 차올랐던 때 만났다면 그와 난 절대 그런 관계가 되지 않았을 것이다.

나는 한낱 사용인으로서 그의 시중을 들었을 테고, 그는 나 따윈에겐 관심조차 두지 않았겠지. 아니, 내가 그 저택에 가는 일 자체가 일어나지 않았을 것이다.

이 모든 건 그저 우연이었다. 난 우연히 마을을 방문한 노신사의 눈에 들었고, 노신사를 따라간 저택에서 시력을 잃고 절망에 빠진 남자를 만났다. 그리고 그의 시녀가 되어 짧은 추억을 나눴던 것뿐이다.

그 모든 상황은 지극한 우연으로 시작되었다. 운명 같은 거창한 게 아니었다.

"주인님이 삶을 힘겨워하고, 위로받는 것에도 지쳤을 때 제가 우연히 그곳으로 가서 그분의 시중을 들었을 뿐이에요. 그저 제 역할에 충실했을 뿐, 말주변도 좋지 못해서 다른 사람들처럼 상냥한 말을 해 드리지도 못했어요. 제가 아니었어도, 주인님은 언젠가 그곳에서 나오셨을 겁니다. 전 특별히 한 게 없어요."

그리 말하며 난 쓰게 웃었다.

"그러니 에단 님의 말씀은 너무 과찬이세요."

나와 함께한 시간들이 빈센트에게 소중한 기억으로 남았을 리 없었다.

열린 창문으로 바람이 불어왔다. 어지럽게 흔들리는 마음을 달래 주듯 바람이 에단과 날 한차례 쓸어내렸다. 어디선가 즐겁게 재잘거리는 소리가 들려왔으나, 그 평온이 내게는 낯설었다.

에단은 아무 말 없이 나를 지그시 바라보았다.

"폴라에겐 우리가 대단한 사람처럼 보이나요?"

"아니라고 할 순 없겠죠."

스스로를 깎아내리는 말이라고 해도 어쩔 수 없었다. 신분의 차이란 그런 거다. 그들의 삶이 마냥 행복하지만은 않다는 걸 알지만, 그렇다고 해서 나와 동일 선상에 있지는 않다. 나 같은 사람과 그들이 다르다는 건 사실이니까.

하지만 에단은 가만히 고개를 저었다.

"틀렸어요. 우리는 폴라가 생각하는 것처럼 대단하지 않아요. 우리도 누군가의 날카로운 말에 상처받고, 품에 안기면 위로받아요. 믿음이란 게 종잇조각보다 더 얇고 하찮다는 것도 잘 알고, 때론 삶이 죽고 싶을 만큼 괴로울 때도 있어요. 우리도 당신들과 다를 바 없는, 별로 특별하지 않은 삶을 살아요."

"……."

"그리고 꼭 특별해야만 기억하는 건 아니잖아요. 스스로를 너무 몰아세우지 말아요. 적어도 난 폴라가 좋은 사람이라는 걸 잘 알고 있어요."

"대체 제 어디를 보고 그런 말씀을 하시는 건가요?"

진심으로 궁금했다. 당신은 대체 내 무엇을 보고 그런 말을 해 주는 건지.

"그야 루카스를 다정한 사람이라고 말해 주잖아요."

"그건 사실이니까."

"루카스는 겁쟁이였어요."

"그렇게 말씀하지 마세요."

"폴라. 그 앤 아주 큰 진실을 보고도 눈을 감고 외면했어요. 겁이 나고 무서워서. 그래 놓고 양심의 가책 때문에 빈센트를 끌어들였죠. 루카스가 불쌍한가요? 빈센트를 그렇게 만든 게 그 앤데도요?"

"에단 님!"

왜 대화가 그쪽으로 튀는지 모르겠다. 그런 말은 듣고 싶지 않았다. 이미 떠난 사람이다. 살아생전 잘못한 게 있을지언정 죽어서까지 비난하고 싶은 마음은 없었다.

그만하라고 사납게 노려보자, 내 마음을 안다는 듯 에단이 입꼬리를 당겼다.

"화났나요?"

"네, 화났습니다. 다시는, 다시는 절대 그런 말씀 하지 마세요."

"또 그러면 화낼 건가요?"

"네, 화낼 겁니다."

"폴라가, 나한테?"

"네. 제가 감히 에단 님한테 화를 낼 겁니다."

"엉덩이도 막 때리고?"

아니, 그것까진. 잠시 말을 멈췄다. 에단이 큭큭 웃었다.

"그거 알아요? 난 폴라가 그 애보고 다정하다 말해 주어서 좋아요. 그 애를 다정한 사람으로 기억해 주는 폴라에게 고마운 겁니다."

"……."

"루카스를 다정한 사람으로 만들어 주어서, 그런 당신이 좋은 사람이라는 걸 아는 거예요."

그가 살며시 내 손등을 감싸 쥐었다. 그러곤 움찔거리는 내 손등을 토닥토닥 두드린다. 꼭 고맙다고 말하는 것처럼. 그의 손길이 거북했으나, 손을 빼내진 않았다.

"그래도 전…… 잘 모르겠습니다."

고개를 가로저으며 그의 말을 반박했다. 아무리 생각해도 난 그런 말을 들을 만한 사람이 아니었다. 그의 말을 이해할 수도, 받아들일 수도 없었다.

날 바라보는 갈색 눈동자가 다정한 빛을 띤다. 그렇게 말할 줄 알았다는 듯, 그러나 이해한다는 듯. 상대를 배려하는 애정의 시선이다.

"폴라. 사람은 말이죠, 때론 별거 아닌 것에 구원받을 때가 있어요."

"……."

"루카스가 그랬죠."

순간, 숨이 막혀 왔다.

"그 애는 폴라가 보낸 편지 답장을 보며 마음을 키웠어요. 웃기죠? 상대의 얼굴도 모르는데, 고작 몇 번 주고받은 편지 몇 줄에 호감을 느끼다니. 누가 들으면 말도 안 된다고 할 거예요. 하지만 루카스가 그러더군요. 어디로 가야 할지 모를 정도로 막막하고, 마치 깜깜한 세상 속에 혼자만 있는 것 같았는데, 단 한 줄의 편지가 넌 혼자가 아니라고 말해 주는 것 같았다고."

"……."

"이해되나요? 절망 속에서 구원받은 기분이."

삐쭉하게 솟은 뭔가가 목구멍을 긁어내리는 거 같다. 마른침을 꿀꺽 삼켰다. 그래도 목구멍을 긁는 무언가는 사라지지 않는다. 그것이 이젠 눈가로 올라와 콕콕 찔러 댔다.

"솔직히 난 이해할 수 없었어요. 워낙 어린 녀석이니까 그러려니 했을 뿐이죠. 하지만 돌이켜 보면, 내게도 그런 순간이 있었던 거 같아요. 폴라와 처음 만났던 그때요."

에단이 잠시 말을 멈추더니 픽 웃었다. 나와 처음 만났을 때를 회상하는 듯 그의 시선이 살짝 틀어졌다.

"단순히 새로 온 시녀라고만 생각했는데, 그게 아니란 걸 알게 된 순간 얼마나 안도했는지. 아, 이제 빈센트는 혼자가 아니구나. 비록 조금일지라도 곁을 준 사람이 있구나. 혹여 나쁜 생각을 한다고 해도 온 힘을 다해 때리고 말려 줄 사람이 있구나."

그의 웃음이 더욱 짙어졌다.

"그건 폴라가 무언가를 해서, 특별한 사람이라서가 아니에요. 오히려 아무것도 하지 않고 그저 곁을 지켜 준다는 게 얼마나 큰 위로가 되었는지 폴라는 모를 거예요."

"……."

"빈센트도 그런 마음이었을 테죠."

다시 내게 꽂힌 눈동자엔 애정이 듬뿍 담겨 있었다.

"절망뿐인 어둠 속에서 누군가가 아무런 사심 없이 손을 잡아 준다면, 그리고 그 손길을 믿을 수 있게 되었다면, 그 기억을 어떻게 잊을 수 있겠어요."

나직이 울린 그의 말이 마치 날 품에 안고 달래 주는 것 같았다. 온몸에 따스함이 퍼지는 듯한 착각이 인다.

"전…… 모르겠습니다."

에단이 하는 말을 여전히 이해할 수 없었다. 왜 날? 내가 뭐라고? 내가 그 저택에 갔던 건 그저 우연일 뿐인데 왜 당신들은 위로받았다 말해 주는 걸까. 왜 소중한 추억을 속삭이는 것처럼 애정을 드러내는 걸까.

잊히지 않는 사람이 되려면, 그리운 사람이 되려면, 위로가 되는 사람이 되려면, 그만한 가치가 있어야 하는 거다. 하지만 내겐 그럴 만한 가치가 없었다.

내가 아장아장 걷기 시작하자 아비는 곧장 집안일을 가르쳤다. 난 내 키보다 더 긴 빗자루를 양손으로 붙잡고 비틀거리며 청소를 배웠다.

하루는 겹겹이 쌓인 빨랫감을 홀로 들고 아비를 따라갔다가 빨래터에 버려졌다. 혼자 덩그러니 서 있다가 주변에 있던 아낙네들이 하는 행동을 어깨너머로 보고 빨래란 걸 처음 해 봤다. 작은 손으로 조물조물 문질러 빨았으나, 실력은 형편없었다. 물이 흥건한 빨래 더미를 본 아비는 자신의 큼지막한 손으로 내 뺨을 내려쳤다.

'쓸모가 있어야 데리고 있지, 쓸모가!'

'으앙!'

'입 닥쳐!'

아비는 어린 자식에게도 인정사정없었다. 난 내가 왜 맞아야 하는지도 모른 채 맞으며 엉엉 울다가 결국엔 기절하고 말았다. 그 뒤로 우는 게 아비의 심기를 더 건드린다는 걸 깨닫고는 더 이상 울지 않게 되었다.

'넌 쓸모가 없으니까 아거라도 해야 같이 살 수 있는 거야. 알겠냐?'

아비는 조그마한 손안에 칼을 쥐어 주며 그리 속삭였다. 끝이 뾰족한 칼이 너무 무서워서 만지기 싫었으나 아비는 기어코 그걸 쥐게 했다. 그날 하루 종일 한 포대나 되는 감자를 깎느라 손을 여러 번 베었다. 그렇게 깎은 감자는 묽은 수프로 만들어 아비가 다 먹었다.

'이 쓸모없는 년'

아비는 자주 그런 말을 했다. 인상을 쓰고 혀를 차며, 때론 무자비한 폭력을 가했다. 팔아 봤자 헐값에 넘겨야 하는 못생긴 자식은 아비에게 쓸모없는 존재였다.

그리고 막내를 낳은 어미가 며칠 지나지 않아 한밤중에 홀로 도망쳤을 때, 깨달았다.

난 가치가 없는 사람이구나. 쓸모가 없는 존재야.

아직 어린 동생들의 손을 붙잡으며 그걸 뼈저리게 느끼고 말았다. 그런 내가 당신들에게 그랬을 리 없잖아.

"제가 그럴 만한 사람인지 모르겠습니다."

낳아 준 부모마저 날 부정했다. 동생들을 죽음에서 구하지도 못했다. 그나마 하나 남은 동생은 부모가 그랬듯 날 싫어했다. 아무도 날 좋아하지 않았다. 누군가에게 애정을 받는다는 건, 내가 감히 바랄 수 없는 것이었다. 그런 나를 소중한 사람이라고 말하는 듯한 에단을 이해할 수 없었다.

멍하니 에단을 바라보며 말라 가는 입술을 혀로 축였다. 에단은 아무런 말도 하지 않고, 고요히 가라앉은 눈으로 나와 시선을 마주했다.

곧 그가 다시 내 손등을 토닥토닥 두드렸다. 느리고 미약한 손길이었지만 무척 따뜻했다. 길게 늘어진 갈색 눈동자가 상냥한 빛을 띤다.

"폴라, 너무 어렵게 생각하지 마요. 저번에 말한 것처럼 힘들게 하려는 거 아니에요. 그냥 나는, 한 번쯤은 두 사람이 솔직하게 서로를 마주하길 바라는 것뿐이에요. 빈센트한테 생김새를 속였다면서요. 만약 빈센트가 폴라를 그리워하고 있다면 너무 불쌍하잖아요."

조금 전 내가 한 대답이 충분히 이상했을 텐데도 그는 별다른 언급을 하지 않았다. 그저 상냥히 웃어 줄 뿐이다.

"지금 좀 웃긴 생각을 했는데, 우리가 이렇게 다시 만나게 된 건 운명이 아닐까 싶군요."

"……우연이에요."

"이럴 땐 같은 생각입니다, 라고 말해 줘야죠."

"……."

"하긴. 사실은 나도 운명 같은 거 잘 안 믿어요. 하지만 지금은, 조금 믿고 싶군요."

불현듯 에단이 내 쪽으로 얼굴을 가까이 했다. 뭔가 할 말이 있는 듯 입을 벌리다가 갑자기 머뭇댄다. 왜 저러나 싶어 의아해하며 그의 말을 기다렸다.

"사실, 말이죠……."

잠시 후 흘러나온 그의 목소리가 무겁다. 대체 무슨 말을 하려는 건지 궁금해 나도 모르게 귀를 쫑긋 세우고 몸을 가까이 하려던 순간.

똑똑 문 두드리는 소리가 들려왔다. 화들짝 놀라 뒤돌자 언제 문이 열린 건지 빈센트가 문가에 기대서 있었다.

어, 언제 온 거지? 어디서부터 들은 거지? 설마, 다 들은 건가? 혼란스러움에 굳어 버린 나와 에단을 차분히 살핀 빈센트가 한마디 던졌다.

"내가 방해한 모양이군."

그제야 나도 에단과 내 모습을 살폈다. 서로 손을 맞잡고, 얼굴이 맞닿을 듯 붙어 있는 모습은 누가 봐도 오해할 소지가 다분했다.

당황하며 벌떡 일어나자, 에단이 양손을 들어 올렸다.

"오해하지 마. 가볍게 얘기를 나누던 거니까."

"굳이 설명할 필요 없어."

"안 하면 오해할 거잖아."

하지 마, 그거. 단호한 말에도 빈센트의 반응은 시큰둥했다. 부정도 긍정도 하지 않는다. 오해한 게 분명하다.

변명하려고 입을 달싹이는데 빈센트와 시선이 딱 마주쳤다. 습관이 되어 버린 걸까, 나도 모르게 그의 시선을 피해 버렸다. 얼굴이 보이지 않도록 한껏 고개를 돌리고 나서야 아차 싶었다.

그런 나와 빈센트를 번갈아 보던 에단이 음— 하며 불길한 신음성을 흘렸다.

"언제부터 와 있었어?"

"방금 전에."

"방금 전에 언제?"

에단도 나와 같은 걱정을 했는지 꼬치꼬치 캐묻는다. 빈센트는 잠시 멈칫했으나 곧 순순히 대답해 주었다.

"네가 운명 어쩌고 할 때."

그렇다면 이전의 대화는 못 들었다는 거다. 난 몰래 안도의 숨을 뱉었다. 하지만 빈센트가 들은 대화도 결코 안심할 만한 내용은 아니었다.

과거의 인연 덕분인지 에단은 내게 딱딱하게 굴지 않았고, 나 또한 그를 편하게 대하는 데 익숙해지고 말았다. 그러다 보니, 언제 어떤 실수를 할지 알 수 없었다. 게다가 그는 가끔씩 내 진짜 이름을 불러 댔다. 나중에 기회를 봐서 제발 조심해 달라고 부탁해야지.

"날 만나러 온 거야?"

"그래. 할 말이 있어서."

그 말에 에단이 잠깐 놀란 표정을 짓고는 날 바라봤다.

"포."

"전 나가 있겠습니다!"

다급히 그의 말을 잘랐다. 거기서 한 마디만 더 하면 그의 목을 졸라 버릴 테다. 그런 마음을 담아 눈을 흉흉하게 부릅뜨자 에단이 입을 다물었다. 대신 내 팔을 덥석 잡고는 아래로 끌어당긴다. 난 얼결에 다시 소파에 앉아 버렸다.

"여기 앉아 있어요."

"예?"

당황하며 빈센트를 살폈다. 미미하게 표정을 구기며 불편한 심기를 드러내는 그를 보자 기분이 거북해졌다. 중요한 대화일지도 모르는데, 내가 있으면 안 되지 않겠는가.

그러나 일어나려고만 하면 손을 잡아끄는 탓에 엉덩이를 들었다가 놓았다를 반복했다. 이러지 말라고 눈짓했으나, 그는 본 척도 안 했다.

이러면 정말 수상한 사이인 줄 알고 오해하잖아.

지긋한 시선이 느껴졌다.

"사이가 좋아 보이는군."

빈센트가 맞은편 소파에 털썩 앉았다. 결국 자리를 피하지 못해, 고개를 푹 숙였다.

"아는 사이니까. 전에 우리 저택에서 일했다고 했잖아."

"그런 것치곤 관계가 깊어 보이는데."

"뭐, 비밀을 공유한 사이지. 협력 관계랄까?"

에단이 태연하게 내뱉은 말에 없던 오해도 생길 거 같다. 난 기겁하며 에단을 쏘아보다가, 빈센트의 시선을 알아채고 다시 고개를 숙였다. 머리통에 쏟아지는 시선이 따끔했다.

"디저트 남았는데 먹을래?"

에단이 달달한 초코케이크가 남아 있는 접시를 쓱 내밀었다.

"됐어."

"엄청 단데 먹을 만해. 자."

에단이 접시를 빈센트 쪽으로 더욱더 밀며, 차까지 따라 주자 빈센트도 더 거절하지 못하고 잔을 들었다.

찻잔이 받침에 달그락 부딪쳤다. 소음은 그것뿐이었다. 그 뒤로 빈센트와 에단은 한마디도 하지 않았다. 할 말이 있다던 빈센트는 케이크만 씹어 댔고, 에단도 말없이 차만 들이켰다.

열린 창문으로 바람이 불어오며 이파리가 서로 부딪치는 소리가 들려왔지만 사람의 목소리는 한 줌도 새어 나오지 않았다. 서로 약속이라도 한 듯 쳐다보지도 않는다.

난 그들 사이에서 연신 눈치를 살폈다.

이젠 확신할 수 있었다. 저번에 느낀 긴장감이 착각이 아니었음을. 침묵이 맴도는 방 안엔 무거운 분위기가 흘렀다. 불편한 공기가 두 사람을 에워싸고 있었다. 다정한 사이라고 할 순 없었으나 그래도 5년 전엔 이 정도는 아니었는데. 지금은 숨 막히는 불편함에 질색할 것만 같았다.

그 사이에 끼어 있으려니 덩달아 나까지 불편해졌다.

'도망치고 싶다.'

엉덩이가 들썩거린다.

"차, 차를 더 드시겠어요?"

딱딱한 분위기를 좀 풀고자 용기 있게 찻주전자를 들어 올렸으나, 빈센트는 흘끗 보기만 할 뿐 대꾸가 없었다. 난 뻣뻣하게 굳어 있다가 인내심의 한계를 경험했다. 따르라는 거야, 말라는 거야. 차라리 빨리 할 말을 하고 떠나면 좋으련만, 빈센트는 말없이 아주 느릿하게 케이크만 씹어 먹고 있었다. 케이크를 만드는 데 들어간 재료까지 몽땅 파헤쳐 볼 기세다.

결국 대꾸 없는 그의 빈 찻잔을 조용히 채웠다.

그다음엔 에단에게 슬쩍 물었다.

"더 따라 드릴까요?"

"괜찮아요."

냉정한 거절이 돌아왔다. 우울하게 몸을 물렸다.

다시금 침묵. 찻주전자를 든 손이 떨려 왔다. 볼일이 있다고 자리를 피하면 거짓말인 거 눈치챌까. 그 정도로 내게 관심이 있을까. 이게 대체 무슨 상황인지는 모르겠지만, 이대로 있다간 내가 먼저 미쳐 버릴 거 같았다. 어떻게든 도망칠 궁리를 했다.

"나한테 할 말이 있다고 하지 않았어?"

결국 에단이 먼저 운을 뗐다. 그제야 빈센트가 찻잔을 내려놓고 시선을 준다.

"왜 여기서 지내겠다고 한 거야."

"갑자기 무슨 소리야. 며칠 좀 쉬다 간다는 거잖아."

"제대로 된 이유를 말해."

"잠시 여기서 휴양하는 거라고 생각하면 돼."

"그거 말고."

에단의 눈이 휘둥그레졌다.

"대체 뭘 말하라는 건데?"

"여기서 지내는 동안 무슨 짓을 할 거냐고 묻는 거야."

"내가 무슨 짓을 한다는 거야."

"무슨 짓을 할 거 같아서 말하는 거야."

"내가 무슨 의도가 있어서 여기서 지내겠다고 했을까 봐?"

"그래."

단호한 말에 에단이 멈칫했다. 그러나 이내 장난스레 픽 웃는다.

"괜한 소리 마. 난 그냥 쉬러 온 거야."

"굳이, 여기서 말이지."

"로버트가 있잖아."

"정말 그것 때문이면 좋겠군."

받아치는 빈센트의 말에는 어쩐지 가시가 있었다. 그걸 에단도 느꼈는지 등받이에 팔을 걸치고 손등으로 머리를 괴었다. 고개가 삐딱하게 기울어진 걸 보면 불만스러운 것 같기도 한데, 표정이 무뚝뚝해 속마음을 파악할 수 없었다.

에단이 빈센트를 지그시 바라본다.

"이러니까 궁금하잖아."

"뭐가."

"네가 굳이, 여기 와서 이런 말을 꺼낼 정도면 정말 뭐가 있는 건가 싶어서."

담백한 목소리로 말했지만 비꼬려는 의도가 느껴졌다.

빈센트가 입을 다물고 미간을 살짝 좁혔다. 그 모습을 보며 에단이 빙긋 웃었는데, 께름칙한 기분이 들었다. 아마 빈센트도 알 것이다. 웃고 있을 때 그는 가장 불길한 생각을 하고 있다는 걸.

"이러면 아무 생각이 없더라도 뭔가 해야 할 거 같은데."

역시나 불길한 말이 튀어나왔다. 에단의 고개가 더 기울어졌다. 누가 보면 행실이 나쁜 귀족 망나니라고 생각할 법한 자세였다.

"널 방해한다면 여기서 쫓아내기라도 할 거야?"

"······."

빈센트는 바로 답하지 않았다. 살짝 내리깔린 에메랄드빛 눈동자가 언뜻 짜증을 내비쳤다. 난 그가 곧장 온갖 짜증을 부릴 거라 생각했다. 그러나 예상과 달리, 그는 감정을 추스르려는 듯 눈을 질끈 감았다 떴다.

"뭘 하는데? 나도 끼워 줘."

에단이 연신 비아냥댔다. 빈센트는 여전히 침묵을 유지했다. 뭐라 한마디 내뱉으면 멈추지 못할까 봐 시작조차 안 하는 사람처럼 군다. 어쩐지 그에게서 망설임이 엿보였다.

그의 모습을 맞은편에서 지켜보면서 난 알아챘다.

'빈센트가 에단의 눈치를 보고 있어.'

대놓고 그런 티를 낸 것은 아니었으나, 묘하게 에단에게 꼼짝 못 하는 게 보였다. 누가 들어도 비꼬려는 의도가 다분한 말과 태도인데도 타박하지 않는다.

짜증이 나지 않는 게 아니다. 그 감정이 드러나는 찰나에 숨겨 버린다. 잔 손잡이를 쥔 손끝이 조금씩 안쪽으로 말려들었다. 미약했으나, 머뭇거림은 조심스러움을 내포한다.

한쪽으로 기울어진 관계가 명확히 드러난 순간이었다.

"농담이야. 정말 말 그대로 쉬러 온 거니까 이상한 오해 하지 마."

에단이 가볍게 웃으며 분위기를 풀었다. 삐딱해진 자세를 바로잡고 똑바로 앉는다. 그러곤 빈 찻잔을 들어 올리며 내게 내밀었다. 눈치를 살피고 있던 난 한 박자 늦게 찻주전자를 기울여 그의 잔을 채워 주었다.

에단이 차를 후룩 들이켰다.

"그보다 이렇게 왔으니 네 얘기 좀 해 봐. 요새 어떻게 지내? 많이 바쁘지 않아? 다들 정신없는 시기라, 잠도 잘 못 자는 거 같던데. 그러다 탈 나. 어디 아픈 곳은 없고?"

질문이 다다다다 쏟아졌다. 마치 이때만을 기다린 사람처럼 에단이 쉼 없이 말을 던졌다. 빈센트의 미간이 더 좁혀졌다.

"그래."

어떤 질문에 대한 대답인지 알 수 없는, 단답이었다. 에단의 목소리가 뚝 멈췄다. 그러나 금세 다시금 입을 연다.

"어떤 게 그렇다는 거야."

"네가 물은 것 전부 다 그렇다는 거야."

"그래? 일이 많이 힘들어?"

"그래."

"내 도움이 필요한 건 뭐 없어? 말만 해. 도와줄 테니."

"없어."

"……요새 특별한 일은 없었어? 재미난 일이라든지."

"딱히."

"……."

대화가 뚝뚝 끊긴다. 이야기하고 싶은 마음이 없는지 빈센트가 성의 없이 대꾸했다. 에단도 그걸 느꼈는지 목소리가 다시 멈췄다. 굳게 다문 입꼬리가 길게 늘어졌지만 눈은 웃지 않았다.

"그래, 여전히 밤이 되는 게 무섭고?"

밤……? 의아해하며 에단을 바라보자, 그는 입으로만 웃으며 빈센트를 노려보고 있었다. 찻잔에 머물던 빈센트의 시선이 다시 들어 올려졌다. 무슨 소리냐고 할 줄 알았는데, 차분한 대답이 돌아왔다.

"아니."

또다시 단답이다.

당연한 절차처럼 침묵이 이어졌다. 옆에서 작은 한숨이 흘러나왔다.

"나한테 할 말은 더 없어?"

"그래."

"정말?"

"그래."

"내 안부는 안 궁금했어?"

"잘 지내는 모습 봤으면 됐어."

"……그래도 더 대화하고 가. 오랜만에 얘기 좀 나누자고."

"나중에 하지."

거절은 빠르고 단호했다. 이쪽을 보지도 않고 거절을 내민다. 나중에 하자는 말은 예의상 한 말이라는 걸 에단도 알 것이다.

그 말을 끝으로 빈센트가 소파에서 몸을 일으켰다. 구겨진 재킷의 매무새를 다듬는 모습이 볼일이 끝났다는 걸 여실히 보여 준다.

그 순간, 탁자를 쾅! 내리치는 소리가 들려왔다. 깜짝 놀라 뒤돌자 탁자 위에서 부들부들 떨리고 있는 에단의 주먹이 보였다.

큰 소리를 내고도 에단은 마치 아무 일도 없었던 사람처럼 웃었다. 난 당황해 하며 에단을 살피다가 다시 빈센트에게 시선을 주었다. 그 역시 아무 소리도 못 들은 사람처럼 조금의 미동조차 없이 에단을 보고 있었다.

"언제까지 그럴 거야."

에단이 낮게 읊조렸다.

"언제까지 그렇게 굴 거냐고."

한 마디 한 마디 내뱉을 때마다 감정이 실려 나온다. 그것은 마치 꾹꾹 눌러 담긴 무언가가 갇혀 있던 곳의 틈새로 스멀스멀 새어 나오는 듯한 느낌이었다. 그는 평소보다 더 짙게 웃으며 태연한 척했으나, 탁자에 올려진 주먹이 여전히 잘게 떨리고 있었다.

빈센트가 내게 흘끗 시선을 주었다. 난 허리를 깊게 숙였다.

"전 이만 나가 있겠습니다."

이번엔 아무도 날 잡지 않았다.

대화가 제법 길어진다. 난 초조하게 복도를 서성였다. 굳게 닫힌 방문 너머로는 어떠한 언성도 새어 나오지 않았다. 그걸 다행이라고 해야 할까. 하지만 불안함은 점점 몸집을 부풀렸다.

들어가 봐야 하는 거 아닐까 고민이 될 때쯤, 방문이 열렸다. 곧이어 빈센트가 밖으로 나왔다.

그가 복도를 서성이던 내게 흘끗 시선을 주었다. 난 짧게 묵례하곤 그를 지나쳐 방 안으로 들어갔다.

살며시 문을 닫고 에단을 살폈다. 그는 조금 전 모습 그대로 소파에 앉아 있었다. 차를 들이켜는 옆얼굴은 아무 일도 없었던 것처럼 태연해 보였다. 난 거기까지 살피곤 빠르게 다가가 그의 옆에 앉았다.

"에단 님."

에단이 느릿하게 고개를 돌렸다. 거리가 있을 땐 몰랐는데 가까이서 보니 어쩐지 지친 얼굴이다.

오늘 두 사람의 대화를 지켜보며 난 확신했다. 두 사람 사이엔 분명 무슨 일이 있었다. 무엇이 그들의 관계를 이렇게 변하게 만든 걸까.

물어도 될까. 고민하며 머뭇대고 있는데 그가 엷게 웃었다.

"괜찮아요, 물어봐요."

허락이 떨어졌다. 난 천천히 입을 달싹였다.

"주인님이랑 무슨 일 있으셨죠?"

"들켰네요. 사이가 안 좋아지긴 했죠."

"싸우셨나요?"

"비슷해요."

"주먹다짐이라도 하셨어요?"

"차라리 그랬다면 지금보단 나았을 테죠."

그럼요?

"루카스 일로 사이가 좀 틀어졌어요. 정확히는 이거 때문에."

에단이 손끝으로 자신의 눈을 가리켰다.

"빈센트 몰래 했거든요."

"……!"

숨이 턱 막혔다. 단편적인 말이었으나 그 뜻을 모르진 않았다. 그만큼 경악했다.

"그, 그럼 주인님은 모르고 받으셨다는 건가요?"

"맞아요. 정확히 말하면 루카스의 것인지 모르고 받았죠."

"왜, 왜. 어째서……."

"루카스가 바라던 일이라서요. 그래서 그렇게 해 줬죠."

근데 잘 숨긴다고 숨겼는데 금방 알아내더라고요. 에단이 별거 아니라는 투로 말을 덧붙였다. 그러나 절대 별거 아닌 일이 아니란 건 조금 전의 상황으로 충분히 설명됐다.

그리고 그 모든 과정을 알게 되었을 때 빈센트가 느꼈을 심정을 감히 헤아릴 수 없었다. 그가 그토록 바라던 순간이었을 텐데, 진실은 너무도 잔인했다.

난 암울하게 답했다.

"……하지만 주인님은 바라지 않으셨던 일이었겠죠."

"정확해요. 알자마자 난리가 났어요."

"다시 원래대로 되돌리라고 했을지도 모르겠네요."

"이미 루카스가 떠난 뒤라서요. 그런 선택지 따윈 애초부터 존재하지 않았어요. 뭐, 루카스가 살아 있었다고 해도 되돌리는 건 무리였을 테지만."

거짓말. 루카스가 어떻게든 목숨을 부지했다면, 설사 의식 불명 상태가 되었다고 해도 살아날 가능성이 있었다면 에단은 결코 그런 선택을 하지 않았을 것이다.

루카스가 자신의 바람을 이야기했을 때, 에단은 어떤 심정이었을까.

선택하는 권한이 주어진다는 건 기분 좋을 때도 있지만, 때론 너무도 잔인하다. 뭐가 더 맛있는지, 어떤 게 더 필요할지, 누가 더 좋은지, 실낱같은 동생의 목숨과 그 동생이 절망에 빠뜨렸던 친구의 희망 중 뭐가 더 중요할지. 에단이 하는 선택이 그랬다.

뭐가 더 중요한 것인가. 사실은 무엇 하나 중요하지 않은 게 없는데도 그는 둘 중 하나를 놓아주는 선택을 해야 했다. 어쩌면 루카스가 그의 고통을 조금이나마 덜어 주고자 대신 선택해 준 건지도 모른다.

빈센트의 말이 맞았다. 에단은 거짓말에 능숙했다. 제 감정마저도 거짓 속에 완벽히 숨기는 남자였다.

"그 뒤론 계속 이런 상태예요. 크게 싸움을 했다거나 대놓고 서로를 냉대하고 있는 건 아닌데 그저, 사이가 좀 멀어졌을 뿐이에요. 빈센트는 나와 말도 잘 안 하려 하고, 어쩌다 대화를 나누게 돼도 어색하게 굴죠. 그러면서 내 눈치를 보는데, 그게 또 거북해서 나중엔 내 쪽에서 피하게 되더군요. 사실 못 만난 지 꽤 됐어요. 서로 바쁘기도 했고. 이번에 내가 시간 내서 오랜만에 만나러 온 거예요."

"……."

"이럴까 봐 말하지 못했던 건데."

뭘요. 되묻자 에단이 어색하게 웃었다.

"울 거 같은 얼굴이라서요."

"안 웁니다."

"알아요."

그리 말한 에단이 한 손으로 소파 끄트머리를 짚고 상체를 기울였다. 거리가 조금 더 가까워졌다. 비스듬히 기울어진 얼굴이 다정한 기색을 띤다.

"하지만 울고 싶다면 참지 말고 울어 줬으면 좋겠어요. 폴라까지 그럴 필요는 없으니까."

웃음에 슬픔이 스며든다.

그 시선을 가만히 마주하다, 그를 따라 한 손으로 소파 등받이를 잡고 몸을 에단 쪽으로 가까이 했다. 비스듬히 고개를 틀자 갈색 눈동자에 의문이 깃든다.

"저한테 행복하게 지내지 않았다고 타박하시더니, 에단 님도 잘 지내지 못하시면서 거짓말하셨네요."

작게 투덜거리자 갈색 눈동자가 휘어진다.

"이런, 그것도 들켰군요."

"조금 전에도 엄청 뭐라고 하시더니."

"면목 없네요."

말하는 태도가 장난스럽다. 그것이 그 나름대로 자신을 방어하는 방법인 것 같아 마음이 씁쓸했다.

"에단 님의 말씀대로 할게요. 대신 제 부탁도 들어주세요."

"하하, 뭘 말하려고요."

"들어주신다고 약속해 주세요."

"좋아요. 말해 봐요."

"에단 님도 울고 싶을 땐 참지 말고 울어 주세요."

에단의 얼굴에서 다시 웃음기가 사라졌다. 난 오늘 낮부터 벌어졌던 상황을 천천히 떠올렸다.

방에 처박혀 늦잠을 자던 에단, 날 따라다니는 그를 본 사용인들의 두려움에 떨던 표정, 별것 아닌 일인데도 그에게 목숨을 구걸하던 하녀들까지.

그런 상황 속에서 에단은 태연했다. 익숙해 보였다. 아마 이제 에단에겐 그러한 모습들이 자연스러운 상황일 테지. 내겐 낯설지만 그에겐 아닐 테지. 제 혈육을 잡아먹고 살아남은 백작. 그는 평생 그 굴레를 쓴 채 살아야 할 것이다.

지금도, 그는 소중한 친구 앞에서조차 자신의 감정을 토로하지 못한다. 속 시원히 털어놓을 곳 하나 없이, 숨통을 조이는 사람들만 주변에 있는 건 아닐까. 그게 가장 마음에 걸렸다.

"아무한테나 보일 수 없다고 해도, 그러면 안 된다고 해도, 적어도 제 앞에 선 숨기지 않으셨으면 좋겠습니다."

"……."

"참지 않으셨으면 좋겠어요."

그러니 나한테까지 그러지 않았으면 좋겠다.

그와 나 사이엔 함께한 추억이 있었다. 그래서 난 조금쯤은 그의 상처에 동감할 수 있었다. 이제는 타인의 눈치를 봐야 하는 위치에 있는 그이기에 더욱

더 감정을 꼭꼭 숨기려 하겠지만, 내 앞에서까지 그럴 필요는 없었다. 감정을 솔직히 드러낼 수 있는 상대가 한 명 정도는 있어도 괜찮잖아?

"그래 주실 거죠?"

그리고 이게 내가 그에게 줄 수 있는 유일한 것이었다. 조금이나마 그의 숨통이 트이길 바랐다. 그런 마음을 담아 에단을 바라보며 살며시 웃었다.

"그리고 지금도 참지 않으셨으면 해요. 여기 저밖에 없는걸요."

그에 에단의 얼굴이 한순간에 무너져 내렸다. 금방이라도 울 것처럼 표정을 일그러뜨리며 내 어깨에 얼굴을 파묻었다. 흔들리는 감정이 숨결을 타고 색색 흘러나왔다. 그가 내게 해 줬던 것처럼, 난 연신 그의 등을 토닥토닥 두드려 주었다.

에단은 다시 뭉그적거리며 침대에 누웠다. 그는 금방이라도 울 것 같은 얼굴을 했으나 끝내 눈물을 흘리거나 슬픔을 토하진 않았다. 여전히 솔직하게 표현하는 데에는 참 미숙한 사람이었다.

그가 눈을 감는 걸 보곤 방을 나갔다. 조심히 방문을 닫고 뒤돌다 멈칫했다. 빈센트가 벽에 기대서 있었기 때문이다.

눈만 깜빡인 채 굳어 있는데, 빈센트가 내 쪽으로 고개를 돌렸다. 딱히 어떤 표정을 지은 건 아니었으나 묻고 싶은 게 많은 얼굴이었다. 난 곧장 고개를 숙였다.

그가 내게 금방이라도 말을 걸 줄 알았는데, 다시 흘끗 올려다본 빈센트는 내가 아닌 정면을 보고 있었다.

여기 솔직하게 표현하는 데 미숙한 사람 한 명 더 있으시다.

난 고민하다 빈센트의 옆으로 살며시 다가섰다. 그가 이러고 서 있으니 그냥 지나칠 수 없었다.

잠시간 침묵이 흘렀다. 빈센트는 날 보지 않았고, 나 또한 바닥만 응시했다. 침묵이 지루해질 때쯤 기다렸던 한마디가 그의 입에서 툭 튀어나왔다.

"그는 어떻지."

물어보는 것도 참 어렵게 하네. 그래도 걱정을 하긴 했는지 에단의 상태를 묻는다. 두 사람이 방 안에서 무슨 말을 했는지는 모르겠으나, 다정한 대화가 오고 간 게 아닌 건 분명하다.

괜찮다고 말하려다가 멈칫했다. 에단의 일그러진 얼굴이 떠오르자 갑자기 불퉁한 마음이 샘솟았다.

"아주 많이 우셨습니다."

"……."

그러다 괜한 말을 했나 후회됐다.

"농담입니다."

빈센트가 황당해하며 날 바라봤다.

"지금 뭐 하는 거야."

"……알려 드려야 할 거 같아서요."

"뭐?"

"눈물을 흘리진 않으셨습니다. 그런데 제가 봤을 땐 속으로 우시는 것 같았어요. 그것도 펑펑 눈물을 흘리시는 거 같았습니다."

"……."

에단과 빈센트는 지금 정확히 어떤 관계인 걸까. 에단은 말을 아꼈지만, 나는 두 사람이 어색해진 게 단순한 감정으로 만들어진 모습이 아님을 알았다. 믿다거나, 원망한다거나, 미안하다거나, 그렇게 딱 명확하게 정의할 수 있는 게 아니었다. 그보다 더 깊고 복합적인 감정들이 두 사람 사이에 얽혀 있었다.

에단에게 빈센트는 소중한 친구이고 미안한 사람일 거다. 루카스의 일 때문에라도 더더욱 그러하겠지. 그렇다면 빈센트는?

"감정을 추스르신 뒤, 지금은 주무시고 계십니다."

차분히 그가 궁금해하고 있는 것에 대한 대답을 꺼내 놓았다. 어쩐지 못마땅해하는 듯한 시선이 오랫동안 꽂혔다. 난 모르는 척 고개를 더 푹 숙이고 바닥만 노려봤다.

"별다른 말은 없었나."

"서로밖에 없는 굉장히 소중한 친구라고 하셨습니다."

"그 정도는 아니었어."

바로 반박이 돌아온다. 솔직히 과장해서 말하긴 했다.

"크게 싸우셨다고 들었습니다."

"에단이 그런 말을 했나?"

"예. 그래서 사이가 멀어졌다고 하셨습니다."

"······그 외에 다른 말은?"

"없었습니다."

더 말했다가는 고작 사용인인 내가 너무 많은 걸 알고 있다는 데 의심을 품을까 봐 말을 아꼈다. 빈센트도 더는 묻지 않았다.

다시금 불편한 시간이 흘렀다.

빈센트는 내가 나올 때까지 어떤 마음으로 기다리고 있었던 걸까. 소중한 상대이기에 도리어 조심스러워진다는 걸 잘 알고 있다. 감정을 모조리 토해 내지 않는 건 그래서일 거다. 혹여 자신의 감정 때문에 상대가 상처받을까 봐 진심마저 숨기게 된다.

빈센트에게 에단은 소중한 친구이자 원망스러운 사람이고, 또 한편으론 미안한 사람일 거다. 난 어렴풋하게나마 그의 마음을 헤아려 봤다.

지금도, 그는 자리를 떠나지 않고 벽에 기대서 있었다. 침묵하고 있지만 아직 할 말이 남은 듯했다.

나는 잠시 끙 앓다가 입을 달싹였다.

"이런 말씀을 드리는 게 무례할 수도 있으나 한 말씀만 드리자면, 감정을 너무 억제하지 마세요. 다른 감정마저 무뎌질까 걱정됩니다."

다시금 시선이 느껴졌다.

"그리고 너무 참으면 병나십니다. 때론 상대에게 상처를 준다고 해도 솔직하게 토해 내고 싶다면 그러셔도 됩니다."

두 사람 사이엔 많은 일이 있었을 테고 그만큼 쌓인 감정도 많을 거다. 그걸 그때그때 풀어냈어야 했는데, 에단의 얘기를 들어 보니 제대로 된 대화조차 나누지 않은 듯했다.

실제로 조금 전에 나도 지켜보지 않았던가. 그런 모습이 5년 내내 이어져 왔을 것 같았다.

그게 너무 안타까워 실례를 무릅쓰고 말했다. 관계를 회복하려면 나부터 먼저 속마음을 상대에게 터놓아야 한다.

"꼭 싸우라는 소리 같군."

"그것도 좋지요."

물론 드러낸다고 해서 무조건 좋은 결과만 있는 건 아니다. 마음의 상처를 줄 수도 있고, 크게 싸울 수도 있다.

하지만 서로가 서로에게 소중한 사람이라면, 상대의 진심으로 인해 상처를 받는다고 해도 곧 그래야만 했던 그 마음을 알아줄 거다.

"서로 목소리 높여 싸우면 어때요. 친구잖아요."

나는 두 사람이 서로의 진심을 알아줄 거라 믿는다.

그러다 불현듯 떠오른 생각을 툭 뱉었다.

"여차하면 주먹다짐이라도 하시든지요."

"주먹다짐?"

그가 생소한 말을 들었다는 듯 되물었다.

"예. 폭력은 나쁜 거긴 하지만, 때론 속 시원하게 마음을 풀 수 있는 방법이라고 하더군요."

난 잘 이해가 되지 않았지만, 다신 안 볼 것처럼 주먹다짐을 하던 남자들이 다음 날 아무런 일도 없었다는 듯 멀쩡히 잘 지내는 모습을 종종 본 적이 있다. 그들은 코피가 터지고 얼굴에 시퍼런 멍이 들었는데도, 서로에게 쌓인 불만을 속 시원히 풀어냈다고 말했었다. 에단과 빈센트도 그들과 같은 남자이니까, 그 방법이 통하지 않을까 싶어 한번 꺼내 본 말이었다.

"주먹다짐이라……."

빈센트가 나직이 내 말을 곱씹었다.

왠지 괜한 말을 한 거 같기도 하고. 설마 진짜 주먹다짐을 할 생각은 아니겠지? 어쩐지 불길한 기분이 들어 '꼭 그렇게 하시라는 건 아니고요.' 라고 했다가, 곧장 '싸워도 말로 하는 게 가장 좋을 거 같다.' 고 덧붙였으나 빈센트는 어쩐지 내 뒷말은 듣는 둥 마는 둥 했다.

무언가를 생각하는 듯 빈센트가 조용해지자 복도엔 다시금 침묵이 돌았다.

난 눈을 껌뻑이며 바닥을 보다가, 이따금 고개를 들어 올려 빈센트의 눈치를 살폈다.

기분 나빴으려나. 건방지다고 생각할지도 모른다. 그와 나 사이에 굵게 그어진 선을 한 발짝 넘어간 말이니까. 그의 표정이 점차 안 좋아져서 마음이 조마조마했다.

그러나 예상과 달리, 갑자기 웃음소리가 들려왔다.

"의외군."

"네?"

"빨리 화해해라, 차분히 대화로 풀어라, 그런 말을 꺼낼 줄 알았거든. 보통 이럴 땐 그런 말을 하니까."

그 말에 난 어리둥절해졌다.

"제가 뭐라고요."

내가 뭐라고 그런 말을 할까. 조금 전 에단의 방에서도 그런 말 따윈 하지 않았다. 위로의 말도 건네지 않았다.

그 순간에 있지 않았던 나는 타인이었다. 상처를 이해할 수는 있지만 고통을 같이해 주진 못했다. 조언과 위로는 같은 상처를 느껴 본 자만이 할 수 있는 거다. 어떤 고통을 겪었는지도 모르면서 건네는 말은 오만이고 또 다른 상처를 주는 것과 다를 바 없다.

"전 두 분의 속사정을 모릅니다. 어떤 일을 겪으셨는지, 그로 인해 어떤 상처를 가지고 계시는지도 알지 못합니다. 감히 헤아릴 수도 없고요. 그런 제가 이렇다 저렇다 훈계하는 건 당사자가 아니기에 할 수 있는 말입니다. 힘든데 어떻게 좋은 말만 하겠어요? 그 고통을 인내할지, 겉으로 드러낼지는 당사자의 몫. 어떤 선택을 하시든 저에겐 옳고 그르다 판단할 자격이 없습니다."

"……."

"이대로 지내셔도 됩니다. 그게 좋다는 건 아니지만, 그렇다고 해서 억지로 노력하실 필요는 없어요."

한번 허물어진 관계라 쉽사리 회복되긴 어려울 거다. 솔직해지는 것만으로 당장 서로의 마음을 알 수 있고, 상처가 회복된다면 얼마나 좋겠는가.

하지만 그렇게 쉽게 좁혀질 사이가 아니었다. 솔직하고자 하는 이와, 도망치고자 하는 이는 한마음으로 마주하지 못한다. 그게 지금 이 관계가 삐거덕거리는 원인이다.

그렇지만 시도하지 않는다면 회복될 기회도 없을 거다.

"하지만 달라지길 바라신다면, 천천히 하시면 됩니다. 시간이 필요한 일이잖아요. 천천히, 싸워서라도 제대로 마주하시면 돼요. 목소리를 높여도 되고 상대에게 상처 주셔도 됩니다. 바라신다면, 두려워하지 말고 다가가세요. 조금씩, 조금씩 쌓다 보면 언젠가 변화가 찾아오겠죠."

"……."

당신이 언젠가 그랬듯이.

거기까지 말하고 고개를 더 깊게 숙였다. 뺨에 닿는 시선이 따갑다. 어쩐지 그 시선에 감정이 담겨 있는 거 같다. 슬쩍 눈동자를 굴리자 빈센트가 묘한 얼굴로 날 보고 있었다.

"왜, 왜 그러세요."

"신기해서."

"예?"

"예전에도…… 비슷한 말을 해 준 사람이 있어서."

그거 누군지 모르겠지만 참 기특한 사람일세.

빈센트가 내게서 시선을 떼고 다시 정면을 바라봤다. 살짝 내리깔린 눈꺼풀이 파르르 떨린다.

"바란다면, 이전의 관계로 다시 돌아갈 수 있을까."

묵직한 목소리에서 그의 고민이 느껴졌다. 난 살짝 웃었다. 방을 나오기 전에단이 한 말이 떠올랐기 때문이다.

'빈센트가 다 알게 된 이후로 서로 얘기를 제대로 나눴어야 했는데, 그 시기를 놓쳐버렸어요. 그 뒤로 어영부영 지내다 보니 이제는 평범한 얘길 나누는 것조차 쉽지 않네요.'

에단은 그리 말하며 씁쓸한 웃음을 지었다. 솔직해지는 데도 적절한 시기란 게 있는 걸까. 에단은 빈센트와 제대로 마주하지 못한 것을 후회했다. 그리고 지금 빈센트도 에단과의 달라진 관계에 대해 고민하고 있다. 그게 참 다행이란 생각이 들었다. 서로가 같은 마음이라는 걸 알았으니까.

"다시 돌아갈 순 없겠죠."

"……."

"하지만 새로운 형태로 더 단단하게 만들어질 거예요."

갈라지고 허물어진 관계는 예전의 형태로 돌아가지 못한다. 무너진 걸 다시 이어 붙인다고 해서 그 상처가 없어지진 않을 테니까.

그러나 다시 쌓고 쌓아서 그 틈새를 메운다면 예전보다 더 단단해질 테지. 쉬운 일은 아니었으나 그렇다고 어려운 일도 아니다.

"바라신다면요."

그래, 두 사람이 바란다면. 이미 떠난 사람은 아무것도 해 주지 못한다. 하지만 살아 있다면, 무엇인들 못 하겠는가. 살다 보면 허물어진 관계가 다시 단단해지는 순간이 올 거다.

그리 생각하다 씁쓸히 웃었다. 나는 한 번도 그런 관계를 가져 본 적이 없기에. 하지만 지금 그에게 한 말은 진심이었다.

"넌 이상해."

불현듯 험담이 돌아왔다. 아니, 내가 뭐 어쨌다고. 황당해하며 그를 흘끗거렸다. 어느새 빈센트가 다시 날 뚫어지게 바라보고 있었다. 시선이 부딪치자, 이내 고개를 돌린 그는 미간을 살짝 좁히더니 나지막이 읊조렸다.

"이상해……."

□ ◆ □

오늘도 에단은 점심때까지 늦잠을 부렸다. 아침 식사를 건너뛴 탓에 어르고 달래며 점심 식사를 하게 했다. 식사를 마친 그가 다시 침대에 처박혔지만 오늘은 타박하지 않았다. 어떤 상황이 닥쳐도 일단 부딪치고 보는 에단이었는데, 저렇게 풀이 죽은 걸 보니 확실히 쉬운 문제는 아닌 듯하다.

어제 빈센트와 나눈 대화는 흐지부지 끝났다.

그는 떠나기 전에 내게 한마디를 남겼다.

'에단에게 말하지 마.'

뭘 말하지 말라는 건지 굳이 언급 안 해도 알겠다. 자신이 걱정했다는 걸 말하지 말라는 거다. 참, 솔직하지 못한 사람들이다. 난 제발 두 사람의 관계가 원만히 회복되길 바랄 뿐이었다.

에단이 방에 박혀 있으니 하루가 한가했다. 그래서 중간에 로버트를 만나러 갔다. 그러나 로버트는 또 낮잠을 자는 중이었고, 유모 혼자 날 반겼다.

"어서 와요, 앤. 크리스토퍼 백작님은요?"

"낮잠을 주무시고 계세요."

"그럼, 앤도 나도 한가하니 군것질이라도 할까요?"

유모가 쿠키가 담긴 접시를 들어 올렸다. 난 흔쾌히 고개를 끄덕였다.

탁자에 마주 앉아 쿠키를 집어 먹으며 이런저런 수다를 떨었다. 별거 없는 내용이었으나 제법 즐거웠다.

그렇게 한창 떠들다가 문득 어제의 일이 떠올랐다.

"유모님. 혹시 친한 사람과 싸우신 적 있으세요?"

유모가 눈을 동그랗게 뜨더니 마시던 찻잔을 내려놓았다. 그러곤 잠시 곰곰이 생각하는 듯 시선을 허공에 둔다.

"음, 아주 오래전이긴 하지만 친한 친구와 크게 싸운 적이 있긴 해요."

"어떻게 화해하셨어요?"

"딱히 화해하고 그런 건 없었던 거 같아요."

"화해하신 적이 없어요?"

혹시 그대로 사이가 멀어진 건가? 내가 의아해하며 묻자 유모가 살짝 웃었다.

"그냥 어찌어찌 지내다 보니 다시 잘 지내게 되었던 거 같아요. 오랫동안 함께하다 보면 서로 굳이 이렇다 저렇다 말하지 않아도 풀어지게 되더라고요."

유모가 쑥스러운 듯한 표정을 지으며 다시 차를 들이켰다. 굳이 화해하려고 노력하지 않아도 풀어질 수 있구나. 생각지도 못한 관계에 대해 곱씹으며 고개를 끄덕였다.

유모와 헤어지고 복도를 거닐다가 오랜만에 조니를 만났다. 조니 또한 저택에 남은 몇 되지 않는 사용인 중 한 명이었다. 의외로 일을 꽤 잘했나 보지?

조니는 은쟁반을 들고 있었다. 쟁반 위엔 케이크와 쿠키가 층을 이룬 접시와 찻주전자가 올려져 있었다. 어딜 가려던 건지 쉽게 눈치챘다.

"어디 가던 길이야?"

조니가 물었다.

"그냥 뭐. 넌 그거 가져다주러 가는 길인가 봐?"

"응."

대답을 하며 조니가 다시 걸음을 내디뎠다. 난 그를 보다가 슬쩍 뒤따랐다.

"야, 너 혹시 누구랑 크게 싸웠다가 화해한 적 있어?"

"갑자기 그게 무슨 소리야. 누구랑 싸운다는 건데?"

"그냥 뭐, 친한 친구라든지."

"나 그런 거 없는데."

친구가 없다는 걸 알려 주는 조니의 떳떳함이 황당했다. 잘났다, 진짜. 그러다 나 또한 친구라고 부를 만한 사람이 없음을 깨닫고 침묵했다.

"비슷한 거라도 없었어?"

"음. 같이 일하던 동료랑 싸운 적은 있었지."

"어떻게 화해했는데?"

"화해 안 했는데?"

그가 왜 친구가 없는지 어렴풋이 알 거 같았다. 난 안타까움에 조니의 어깨를 토닥토닥 두드렸다. 그러자 조니가 사납게 어깨를 들썩여 내 손을 쳐 냈다.

"그러는 너야말로 친한 친구랑 싸우고 화해한 적 있냐?"

"……."

"자기도 없으면서 왜 나한테 난리야."

아니, 난리까지는 아니었는데. 우울하게 중얼거리다 문득 조니의 기분이 안좋다는 걸 깨달았다.

"무슨 일 있었어?"

"……아니야."

누가 들어도 무슨 일 있어 보이는 목소리였다.

아니긴. 뭔데 그러냐고 물어보려는데, 조니가 말을 돌렸다.

"그러고 보니 너 그 남자랑 친하다며?"

"누구."

"크리스토퍼 백작이란 남자. 여기 주인이랑 엄청 친한 사이라던데. 그 남자가 시중들 사람으로 널 직접 지목했다고 말들이 많아. 사실이야?"

역시 소문이 돌았구나. 안 그래도 최근 들어 복도를 지나갈 때면 다른 사용인들의 시선이 느껴지곤 했다. 이상한 걸 보는 듯한 시선은 이미 내게 익숙한 것이었고, 귀찮게 말을 걸지 않아서 딱히 관심을 두지 않았는데, 확실히 오해할 만한 일이긴 하다. 앨리샤도 밤마다 대체 무슨 사이냐고 닦달을 해 대서 겨우겨우 무시하는 중이었다.

난 한숨을 쉬고 고개를 저었다.

"사실이긴 하지만 오해하지는 마. 그냥 좀 연이 있는 사이니까."

"와, 진짜? 어떻게 해서 연이 생긴 건데?"

"그런 게 있어."

"혹시 이런 저택에서 일한 적 있어?"

문뜩 걸음을 멈췄다.

"그건 왜 물어?"

"너나 나 같은 사람들이 귀족이랑 연이 닿으려면 그런 것 말고 다른 방법이 있어?"

하긴, 일리 있는 말이었다.

"그리고 너 이런 일을 하는 데 꽤 익숙해 보이기도 했고."

"너도 익숙해 보여."

"나야 뭐, 이런저런 일을 해 봤으니까."

"그럼, 이런 일을 해 본 적도 있어?"

"뭐……."

가벼운 대답은 긍정에 가까웠다. 좀 놀라웠다. 하긴, 글을 읽고 쓸 줄도 아니까 마냥 힘쓰는 일만 했을 거 같지는 않았다.

"의외네. 꽤 잘했을 거 같기도 하고. 근데 왜 그런 노동을 했냐."

"끝이 안 좋아서……. 아, 됐다! 괜히 기분만 나빠지게."

조니가 고개를 마구 저었다. 대화가 급하게 마무리됐다. 괜히 더 궁금해지게.

이야기를 나누며 걷다 보니 어느새 조엘리의 방문 앞까지 당도했다. 조니가 문을 두 번 두드리고는 곧장 열어젖혔다. 나도 내 할 일을 하러 가기 위해 몸을 돌리려는데, 열린 문틈으로 조엘리의 발랄한 목소리가 터져 나왔다. 난 아무 생각 없이 그쪽으로 흘끗 시선을 주다가 멈칫했다.

조니가 안으로 들어가고, 서서히 문이 닫혔다. 가늘게 좁혀지는 틈새로 조엘리와 앨리샤, 그리고 빈센트가 보였다. 빈센트가 조엘리를 만나러 왔을 수도 있다. 하지만 내 걸음이 뚝 멈춘 건 앨리샤와 빈센트의 모습 때문이었다.

앨리샤는 수줍어하는 표정으로 빈센트의 앞에 서 있었다. 그리고 빈센트는 앨리샤의 머리카락 끝을 쥔 채 무심한 얼굴로 살펴보고 있었다. 조엘리가 그런 두 사람을 짓궂게 바라봤다.

어쩐지 다정한 세 사람의 모습에 몸을 움직일 수 없었다.

문이 탁, 닫히고 나서야 숨조차 쉬지 못하고 서 있었다는 걸 깨달았다. 겨우 숨을 한 번 천천히 토해 내고 나서도, 문 앞에서 움직일 수가 없었다. 멍하니 서서 내가 본 것이 뭔지 머릿속으로 더듬었다.

얼마나 그러고 있었을까. 다시 문이 열리고 조니가 방에서 나왔다. 그때까지 멍하니 서 있던 나는 고개를 들고 조니를 바라보았다. 조니가 의아한 표정을 짓더니 곧 인상을 썼다.

"뭐야. 상태가 왜 이래."

"……."

"누가 뭐 훔쳐 갔어?"

조니의 등 뒤에 있는 방문이 탁 닫혔다. 난 그쪽을 흘끗 보곤 정신을 차렸다.

"갑자기 무슨 소리야."

"아니, 뭔가 뺏긴 얼굴을 하고 있어서."

내가……? 의아해하며 괜히 뺨을 문질렀다. 조니가 고개를 까웃했다.

"기분 안 좋은 일 있었어?"

"어, 아니."

"아니긴. 표정이 안 좋구먼."

"아니라니까."

손을 내젓고 몸을 돌리자, 조니가 내 앞을 가로막았다. 왜 그러냐고 쏘아보는데, 조니가 갑자기 자신의 주머니에서 뭔가를 주섬주섬 꺼낸다. 천에 감싸인 쿠키 두 개였다. 보니까 아까 접시에 놓여 있던 쿠키였다. 언제 따로 챙긴 거지.

조니가 그중 한 개를 내게 건넸다.

"이거 먹어."

"됐어."

"야, 사양 말고 먹어. 큰맘 먹고 주는 거야."

"됐다니까."

"단거 싫어해?"

"그런 건 아닌데."

"그럼 먹어. 자."

조니가 손수 쿠키를 들어 내 입에 처넣었다. 얼결에 쿠키를 입에 물고 그를 쏘아봤다. 뱉으려고 하자 엄청 비싼 거란다. 그래서 오물오물 씹어 먹었다.

"맛있지?"

"그러네."

"혹시 누가 너한테서 뭐 훔쳐 가서 싸웠어? 그래서 화해하려고?"

"그런 거 아니야."

무슨 이상한 오해를 한 건지 모르겠으나 난 단호히 고개를 저었다. 조니가 잠시 고민하는 듯하더니 다시 말을 이었다.

"나 이제 할 일 없어서 기분 전환하러 갈 건데, 너도 갈래?"

갑작스런 제안이었다.

기분 전환하러 간다더니 그냥 저택 구경이었다. 맨날 보는 곳 다시 봐 봤자 무슨 재미가 있을까 싶었는데 생각보다 나쁘지 않았다.

그러고 보니 제대로 저택 구경을 해 본 적이 없었지. 이곳엔 사용인이 들어가서는 안 되는 곳이 있었고, 어디서 일하는 사용인인지에 따라 출입이 통제된 곳도 있었다. 지금은 사용인들의 쉬는 시간이라 저택 안이 고요했다. 그 덕에 마주치는 사람이 없어서 더 자유롭게 저택 안을 구경할 수 있었다.

저택은 내가 알고 있는 것보다 훨씬 컸고, 아직 가 보지 못한 낯선 곳도 많았다. 들어가서는 안 되는 곳 같다는 느낌이 들면 눈치껏 피했다. 그러다 보니 꼭 모험을 하는 기분이었다.

기분이 조금 풀렸다. 조니는 총총 잘도 돌아다니며 날 여기저기로 이끌었다.

"너 여길 잘 아는 거 같다."

"그게 앨리샤가."

거기까지 내뱉은 조니의 표정이 돌연 침울해졌다. 양손을 맞잡고 꼼지락대는 어깨가 축 처졌다. 갑자기 기분이 안 좋아 보였다.

난 그의 얼굴을 살피며 고개를 갸웃했다. 무슨 일 있었나.

"왜. 뭔데."

"앨리샤가 차가워졌어."

앨리샤가 차갑게 행동한 게 어디 한두 번인가? 빈센트가 나타난 뒤로 앨리샤가 조니에게 살갑게 대하는 걸 본 적이 없었다.

게다가 에단의 일로 가채용 기간이 늘어나면서 앨리샤는 더더욱 조니를 냉대했다. 가끔 조니가 앨리샤에게 알은척하면 앨리샤는 본 척도 하지 않았다. 마치 너 따위는 나랑 어울릴 자격조차 없다는 듯이.

"그게…… 걔가 나 싫대. 짜증 난대."

"뭐? 앨리샤가 직접 말한 거야?"

"응. 저번에 지나가다가 만나서 인사했는데, 나한테 오더니 정말 싫다고, 이제 알은척 좀 그만하라고 하더라고."

덩달아 축 처진 목소리가 마치 바닥을 기어 다닐 것만 같았다. 잠깐 사이에 그런 일이 있었을 줄은 몰랐다. 실연당한 남자의 안타까운 모습에 난 몰래 고개를 저었다. 살짝만 건드려도 울 것 같은 얼굴이라 뭐라 위로도 하지 못하겠다.

"자기랑 난 앞으로 사는 세계가 다를 거라던데. 그게 무슨 뜻일까……?"

"글쎄."

모르는 척했지만, 사실 무슨 뜻인지는 내가 가장 잘 알고 있었다. 평소라면 혀를 차며 안타까움을 드러냈을 테지만, 지금은 기분이 좋지 못해 그럴 수가 없었다. 조금 전에 봤던 앨리샤와 빈센트의 모습이 떠올랐기 때문이다.

이상했다. 아니면 보통 그런 건가? 사용인과 사용주의 사이가 그렇게 살가울 수 있는 걸까. 앨리샤의 머리카락 끝을 쥐고 있던 빈센트의 모습이 자꾸 머릿속에 떠오른다. 가벼운 손짓이었으나 내겐 그 어떤 것보다 이상한 모습이었다.

언제 그렇게 사이가 가까워진 거지? 한 번도 그런 생각을 해 본 적이 없었는데.

"이곳 주인님이 조엘리를 자주 만나러 오나 봐?"

머릿속에서 뱅뱅 돌아가는 생각을 툭 뱉었다. 조니가 대수롭지 않게 답했다.

"꽤 자주 와. 가벼운 얘기를 주고받을 때도 있고, 가끔은 뭔가 깊은 얘기를 나누기도 하는데 그땐 사용인들을 다 밖으로 물려서 정확히 무슨 말을 나누는지는 잘 모르겠어."

"앨리샤랑도…… 친한 거 같던데."

"그런가? 셋이 같이 있는 모습을 자주 보긴 했지. 조금 전에도……."

거기까지 말한 조니가 다시 우울해했다.

"걘 내가 그렇게 싫은가."

조니도 빈센트를 향한 앨리샤의 호감을 알아챘으리라. 난 혀를 찼다.

"네가 싫은 게 아니야."

"그럼?"

조니가 눈을 동그랗게 뜨고 물었다. 난 쓴맛을 다셨다. 앨리샤는 조니가 싫은 게 아니다. 조니에게 따라붙는 가난이 싫은 거다.

이 저택의 사용인들 사이에서도 은근한 차별이 존재했다. 출신, 교육, 나이, 경험, 등 이유도 다양했다. 특히 나와 앨리샤 같은 변변찮은 출신의 사람들에겐 차별의 강도가 더 심했다. 앨리샤의 예쁜 외모도 이곳 사람들에겐 칭송받지 못했다. 이미 그보다 더 예쁜 사람들이 수두룩했다.

나야 눈치껏 일하는 데 도가 텄으니 차별을 받는 게 그리 힘들지는 않았다. 그러나 앨리샤는 아랑곳하지 않았다. 도리어 당당하게 행동하며 그들의 차별을 비웃기도 했다.

한번은 어떤 하녀가 앨리샤에게 물을 뿌리자, 앨리샤는 그 하녀에게 걸레 빤 물을 뿌리며 반박했다. 그러곤 한 번만 더 이러면 가만두지 않겠다고 소리쳤다. 얼굴을 도도하게 들고, 자신감에 찬 태도가 벌써부터 백작 부인 행세를 하는 것 같았다. 나중에 너희 모두 후회할 거라고 큰소리치는데, 유일하게 그 의미를 알아챈 난 말문이 막혀 버렸다.

그런데 어느 순간부터, 앨리샤는 자신을 차별하던 하녀들과 어울려 다니기 시작했다. 게다가 스스로가 직접 차별의 굴레를 만들며, 다른 하녀들과 자신을 구별하기 시작했다. 그걸 알아챈 건 얼마 되지 않았다.

"첫 만남이 좋지는 않았지만, 지금은 네가 그렇게 나쁜 애가 아닌 걸 알아. 물론 좋은 사람이라고 말할 순 없지만, 사람이 다 좋은 순 없겠지. 나쁜 점 몇 개 빼고는 그럭저럭 열심히 살고 있는 괜찮은 사람이란 걸 잘 알겠어."

"험담을 하는 거야 칭찬을 하는 거야."

"앨리샤는 잊으란 소리야."

"……."

"널 있는 그대로 봐 줄 수 있는 여자를 만나. 무언가를 쌓아 올려야만 행복할 수 있는 상대가 아니라 지금 이대로, 너와 함께하는 것만으로도 행복하다고 말해 주는 상대를 좋아하라는 소리야."

어차피 우리 같은 사람들은 뭔가를 쌓아 올리지 못한다. 부도 명예도, 무엇 하나 이 손에 담기 어렵다. 내 손은 한없이 작고 그들이 요구하는 건 많았다. 나는 내가 대단한 사람이 될 수 없음을 잘 알고 있다.

주제를 안다는 건 그런 거다. 당장의 가난도 벗어나지 못하는데 인생 역전이라니 웃기는 소리지. 그러니 적어도 앞날을 함께할 동반자는 날 있는 그대로 봐 주는 사람이어야 하지 않을까.

한쪽으로 치우치는 관계가 마냥 행복할 수는 없을 거다.

"넌 그런 적 있어?"

불현듯 조니가 내게 물어 왔다. 어느새 침울함을 지운 진중한 눈동자가 내게 꽂혔다. 잠시 정적이 흘렀다. 침묵이 내게 물음을 던진다.

너는 상대가 어떤 모습이든 상관없이 사랑해 본 적 있느냐고.

네 본모습을 그대로 사랑해 주는 사람이 있었느냐고.

떠오르는 얼굴은 두 개였다. 한 명은 지금 날 침울하게 만든 사람, 그리고 또 다른 한 명은…….

애써 억누른 슬픔이 틈을 비집고 흘러나왔다. 숨조차 멎어 버린 듯해, 애써 토해 낸 숨결이 내 시야를 흐릿하게 만든 것처럼 눈가가 뜨거웠다. 잘게 떨리는 손을 꽉 움켜잡았다. 달싹 벌어진 입술 사이로 쉽사리 말을 내뱉지 못했다.

고개를 숙이고, 날 집어삼키려는 감정을 다시 억눌렀다.

"……몰라. 그런 거."

"메말랐다, 메말랐어."

"시끄러."

"정말 없어?"

"몰라. 그럴 여유도 없었어."

과거에 목매여 있을 여유가 없다, 나는. 과거를 좇으며 슬픔에 허덕이기엔 내 생활이 그렇게 여유롭지 못하니까.

이번엔 내가 고개를 푹 숙이고 있자, 조니가 그런 날 살폈다. 그러다 갑자기 손뼉을 짝 쳤다.

"야, 저기 들어가 보자."

"어디?"

조니가 눈앞에 보이는 방문을 벌컥 열었다.

우와, 짧은 감탄사를 내뱉은 조니가 그 안을 신기하다는 듯이 훑기에 나도 슬쩍 그쪽으로 시선을 주었다. 방 안은 꽤 넓었는데, 책장들이 미로처럼 놓여 있었다. 책장엔 책들이 빽빽했다.

서재인가? 이곳저곳 두리번대는 조니를 따라 나도 연신 주변을 살폈다. 안으로 들어가 문을 닫자 방 안 가득 스며 있는 책 냄새가 콧속으로 들어왔다. 난 코를 벌름거렸다. 익숙하고 반가운 냄새를 맡자 긴장이 풀렸다. 꼭 어릴 적에 일했던 책방에 온 거 같았다. 오래되고 낡고, 그래서 더 책 냄새가 짙었던 곳.

"와, 이거 재밌겠는데."

"야, 만지지 마."

기어코 책을 한 권 빼내는 조니를 뒤늦게 말렸다. 그러나 조니는 아랑곳하지 않고 책을 팔랑팔랑 펼쳐 본다. 글을 쓰고 읽을 줄 안다는 건 책을 읽어 봤다는 소리였다. 그건 나와 같네. 책에 빠져드는 그의 모습이 내심 반가웠다.

책을 읽는 조니를 흘끗 살피다가 더 안쪽으로 들어갔다. 책장 옆을 지나가면서 그 안에 꽂힌 책들을 쭉 훑었다. 그러다 익숙한 제목을 발견하곤 멈춰 섰다. 난 활짝 웃으며 책을 뽑아 들었다. 내가 좋아하는 책이었다.

팔랑팔랑 넘겨지는 책장엔 종종 그림이 보였다. 그게 또 색다른 재미였다. 가볍게 살펴본다는 게 어느새 책 속으로 빠져 버렸다. 그런 내 곁으로 조니가 다가왔다.

"뭐 봐?"

"사랑의 슬픔."

"아, 그거."

"알아?"

"응. 유명한 거잖아. 어린애들이 보는 거라고."

예전에도 그런 말을 들었는데, 정말 유명한 거구나. 명작은 명작이구나 싶어 고개를 끄덕이자 조니가 자신은 별로였다고 덧붙인다. 왜냐고 묻자 결말이 별로란다. 뭔 소리야, 그 결말이 가장 마음에 드는 부분인데.

"비극이잖아."

"그게 매력인 거야. 자신의 인생을 찾아간다니 얼마나 멋진 일이야."

"그게 뭐가 멋져. 이것저것 떠맡기 귀찮으니까, 그냥 다 버리고 도망치는 거잖아."

그렇게 해석될 수도 있겠네.

"나는 할 수 없는 일이니까 멋진 거지."

"……."

"여기 내가 좋아하는 구절 있다."

"뭔데?"

물어본다면 또 들려줘야지. 나는 목을 가다듬고 오랜만에 책을 '읽어' 봤다. 숨을 고르며, 언젠가 닳고 닳도록 읽었던 구절을 눈에 담았다. 그리고 나긋이 목소리를 뱉어 냈다.

"신께서 그대를 만들어 하사하자 그 존재만으로 축복에 젖어 들지니, 아낌없이 사랑하라. 그 모든 게 그대의 앞길을 만들어 주나……."

조용한 서재 안에 내 목소리가 울려 퍼졌다. 조니가 호기심을 드러내며 내 목소리에 집중했다. 집중하는 얼굴에 더 신이 나 책을 계속 읽어 내렸다.

그 순간이었다.

갑자기 문이 벌컥 열렸다.

난 곧장 조니의 어깨를 붙잡고 몸을 숙였다. 조니가 눈을 휘둥그레 떴다. 난 검지를 입에 대고, 조용히 하라는 눈짓을 보냈다. 남은 손으론 문 쪽을 가리켰다. 그 뜻을 알아챈 조니가 재빨리 두 손으로 입을 가렸다.

들고 있던 책은 아무 데나 꽂아 넣었다. 조심스러운 손짓으로 최대한 소리가 나지 않도록 숨을 죽였다. 책장에 책을 꽂고 나서야 숨을 토해 낼 수 있었다. 물론 소리는 내지 않았다.

난 다시 문 쪽에 시선을 주었다. 다행인 건 책장이 미로처럼 놓여 있다는 거였다. 게다가 여긴 문에서 제법 거리가 있었고, 책장과 책들로 가려져 있어 저쪽에선 우리가 잘 보이지 않을 거다. 하지만 불행하게도 우리 역시 문 쪽이 잘 보이지 않았다.

난 책들 사이로 보이는 공간을 주시했다. 분명 문이 열렸는데, 이상하게도 아무런 소리가 들리지 않았다. 기척도 없었다. 누가 들어온 게 아닌가? 하는 생각이 들기 무섭게 발소리가 들려왔다.

저벅, 저벅, 그 소리가 이 안에 누군가 들어왔음을 알려 주었다. 난 그 소리에 집중했다. 누구지. 혹시 오드리 님인가. 소리만으론 누군지 알아챌 수가 없었다. 하지만 그게 누구든 들키면 꾸중을 받는다는 건 분명했다.

발소리가 우리 쪽으로 가까워졌다. 난 긴장감에 마른침을 삼켰다. 옆에서 조니가 이제 어떡하냐며 내 어깨를 흔들었다. 난 그 손을 쳐 내고, 안쪽으로 조니를 밀었다. 그리고 조니에게만 들릴 정도의 작은 목소리로 속삭였다.

"일단 더 들어가 봐."

"저기 창문이 있던데."

"창밖으로 뛰어내리겠다면 말리진 않을게."

도망갈 길은 없었다. 더 깊숙이 숨는 것밖에는. 그래서 안쪽으로 들어가라고 속삭이니, 조니가 엉금엉금 기며 내가 말한 방향으로 움직였다. 나도 따라 기어가며 소리가 난 쪽을 흘끗거렸다. 가까워지던 발소리가 뚝 멎었다. 마치 우리의 소리를 찾듯 걷다 멈추기를 반복했다.

최대한 소리를 내지 않기 위해 애쓰며, 책들 틈새를 주시했다. 점차 문 쪽의 모습이 보이기 시작했다. 그곳에 서 있는 사람이 책 사이사이로 언뜻 드러났다. 체격을 보니 남자였다. 옷차림이 고급스러웠다.

그리고 내 시선을 낚아챈 금빛 머리카락…….

"……라?"

기어가던 내 몸이 뚝 멈췄다. 큼지막하게 커진 눈을 빠르게 바닥으로 꽂으며 귀를 쫑긋 세웠다. 지금, 무슨…….

곧이어 방 안을 울리는 목소리에 난 입가를 틀어막았다.

"폴라."

나긋하지만 단호한 음성이 툭 터졌다. 그게 선명히 내 귓가를 파고들었다. 온몸이 떨릴 만큼 놀라 버렸다.

난 한 손으로 입가를 가리고, 남은 손으로 손등을 겹쳐 누르며 몸을 웅크렸다. 손을 떼면 비명이 터져 나올 거 같아서, 내가 지금 들은 게 제대로 들은 게 맞는지 알 수가 없어서…….

부름은 더 이상 들려오지 않았다. 하지만 이곳에 들어온 상대가 누군지 알았다. 어떻게 모를 수가 있을까.

빈센트.

이곳에 들어온 사람은 빈센트였다. 그가 여기에 있다. 그리고 날…….

난 몸을 더 웅크렸다. 그에게 보이지 않는다는 걸 알면서도 그렇게 날 숨겼다. 그가 날 발견할까 봐 무서웠다. 부름을 멈추고, 조용해진 그가 뭘 기다리는지 알았다. 이곳에 누가 있는지 그 또한 기척으로 알아내려고 하는 거였다. 그래서 더 움직일 수 없었다. 눈을 질끈 감고 숨조차 토해 내지 못했다.

"……."

침묵은 길었다.

나도, 조니도 숨소리조차 내지 않았다. 아무도 없는 것처럼 안이 고요했다.

한참 동안 이어진 침묵을 깨뜨린 건 탁한 한숨 소리였다. 타닥, 발소리가 이어지는가 싶더니 곧 멀어졌다. 탁, 문이 닫히고 발소리가 뚝 끊겼다. 그제야 긴장이 풀어졌다.

똑같이 숨죽이고 있던 조니가 안도의 숨을 토했다. 그리고 내게 다가와 여전히 웅크리고 있는 내 어깨를 두드렸다.

"야, 갔어."

"……."

"야, 야. 갔다니까?"

얼른 일어나. 그리 말하며 날 흔들었다. 그러나 난 움직일 수 없었다. 가만히 바닥에 비치는 내 그림자만 응시했다.

미동조차 없는 내가 의아했는지, 조니가 다시 몸을 굽히고 날 살펴보더니 불현듯 물었다.

"너…… 울어?"

"……아."

그제야 난 내 얼굴을 적시고 있는 게 무엇인지 깨달았다. 눈을 한 번 껌뻑이자 눈꺼풀을 비집고 뭔가가 툭툭 떨어져 내리며 바닥을 적셨다. 눈앞이 뿌옇게 흐려졌다. 바닥에 동그랗게 남은 흔적들이 흐려졌다가 선명해지길 반복했다. 손끝으로 뺨을 타고 흘러내리는 눈물을 더듬었다. 그러다 손등으로 닦아 냈지만 눈물은 계속계속 흘러내렸다.

그 순간 울음이 터졌다.

"흐흑. 흑."

"야, 야, 너 왜 울어."

당황한 조니가 내 어깨를 붙잡았지만, 이미 터져 버린 눈물을 어찌할 수는 없었다. 하지만 혹시라도 이 소리를 떠나는 이가 들을까 봐 크게 토해 내지도 못했다. 다시 입가를 양손으로 가리고, 몸을 웅크렸다. 흘러나오는 울음을 애써 집어삼키는 게 내가 할 수 있는 전부였다.

다시 벨루니타 백작가로 돌아온 걸 알았을 때, 내가 느낀 감정들은 다양했다. 놀랍다, 무섭다, 다행이다, 그리고 슬프다. 갑자기 돌아왔기에 놀랐고, 누가 날 알아보고 해칠까 봐 무서웠고, 날 위협했던 사람이 없어 안도했고, 그리고 슬펐다.

빈센트를 만나 루카스의 죽음을 알게 되어 슬펐고, 그가 날 알아보지 못해 슬펐다. 사실 잘 알고 있다. 난 그 무엇도 이곳에 남기지 못했다는 걸. 그게 참 슬펐더라.

그게 뭐라고, 당연하잖아.

'빈센트가 폴라를 잊었을지 기억할지, 생각해 봤어요?'

그 질문에 대해 깊이 생각하지 않은 건 이미 알고 있기 때문이다. 나는 내 주제를 잘 알기에 아름다운 꿈을 꾸지 않는다. 한낱 시녀가 이곳의 중요한 존재로 남았을 거라는 기대는 하지 않는다. 그럼에도 가슴속 한편으로는 기대했나 보다. 그랬나 봐……

내가 당신을 기억하듯 당신도 날 기억하길 바랐나 봐. 그래서 슬펐나 보다. 씁쓸하고 민망하고, 원망스럽고 그랬는데…….

빈센트도 날 기억하고 있었어.

가슴속 깊은 곳에서 터져 나오는 감정을 주체할 수가 없었다. 감격일까, 고마움일까. 잘 모르겠다. 몰라서 그저 토해 냈다. 소리를 죽이고 눈물을 떨구며, 그렇게 이 감정을 그저 흘려보내려고 했다.

"너 괜찮냐."

"……응."

코를 훌쩍이고 젖은 뺨을 훔쳤다. 방금 전까지는 죽을 것처럼 슬펐는데 지금은 좀 진정이 됐다. 난 양손으로 눈가를 슥슥 문질렀다.

울고 나니 굉장히 민망해졌다. 조니가 날 흘끗흘끗하며 눈치를 살피고 있었기 때문이었다.

"갑자기 왜 울어. 놀랐잖아. 누가 들어왔던 건데?"

"몰라. 그냥 슬펐어."

"뭐가 슬퍼서 그렇게 서럽게 우냐."

"이러고 있는 게 슬펐나 보지."

대충 대답하면서 빠르게 눈물을 닦아 냈다. 그런다고 운 게 없던 일이 되는 건 아니었다. 자꾸 내 눈치를 보는 조니가 부담스러웠다.

"어디 가서 나 울었다고 하지 마. 오늘 일은 잊어버려."

"민망하긴 한가 보지."

"시끄러워."

사납게 노려보자 조니가 웃었다. 누가 봐도 운 티가 역력한 얼굴로 노려봐 봤자 위협도 안 될 거다. 그래도 노려보는 걸 멈추지 않자 조니가 결국 알겠다며 항복했다.

"먼저 나가. 난 좀 더 진정되면 갈게."

"알겠어."

내가 민망해하는 걸 알았는지 조니가 눈치껏 몸을 일으켰다. 나가면서도 자꾸 날 흘끗대기에 빨리 가라고 손을 내저었다.

문이 탁 닫히고 다시 침묵이 들이닥쳤다. 난 멍하니 책장에 몸을 기댔다. 눈앞에 보이는 책들의 제목을 쭉 훑다가 눈을 감았다.

창밖 어딘가에서 짹짹 지저귀는 소리가 들려왔다. 책 냄새가 코끝을 찔렀다. 그 모든 게 마음을 차분하게 만들어 주었다. 나는 이런 고요함을 좋아했다. 복잡한 생각들마저 다 사라지게 만들어 주니까.

숨을 고르며, 뜨거워진 기분을 차갑게 식혀 내려 했다. 하지만 얼굴이 후끈후끈했다. 분명 붉어졌을 거야. 손등으로 뺨을 더듬다가 코를 훌쩍였다.

그렇게 한참을 앉아 마음을 달랬다. 그러다 어느 정도 진정이 되자 몸을 일으켰다.

돌고 돌아 책장 사이를 빠져나간 뒤 문을 열었다. 혹시 누군가 있을까 봐 걱정했는데 다행히 밖엔 아무도 없었다. 안도의 숨을 토하고, 밖으로 나와 조심히 문을 닫았다.

복도를 총총 걸어가 모퉁이를 막 돌던 순간이었다. 갑자기 누군가 확 튀어나왔다. 예민해진 심장이 갑작스러운 등장에 기겁했다.

"으악!"

눈앞의 형체를 파악하기도 전에 바닥에 엎어졌다. 심장이 쿵 떨어졌다. 질끈 감은 눈을 다시 떴을 때는 눈앞이 뿌옜다. 다시 울 뻔했네.

벌렁거리는 심장을 부여잡고 바닥을 더듬었다. 그러다 뒤돌았을 땐 날 내려다보는 에메랄드빛 눈동자와 마주했다.

"……."

"……."

난 빠르게 상대를 위에서부터 아래까지 쭉 훑어 내렸다. 그러다 다시 시선을 올려 얼굴을 살폈다. 상대도 바닥에 엎어진 날 훑어보다가 고개를 기울였다. 서서히 일그러지는 얼굴이 내 시선에 또렷이 박혔다.

그대로 한참을 서로 시선만 주고받았다. 그러다 그가 딱 한마디를 뱉었다.

"넌 대체……."

물음인지 확신인지 모를, 빈센트의 목소리였다.

일단 가장 먼저 든 생각은 이거였다. 진정하자. 비록 내 얼굴에 드러난 경악을 숨기진 못하더라도, 비록 내 두 눈이 허공을 방황할지라도, 일단 쿵쿵 뛰는 심장부터 진정시켜야 했다.

하지만 심장을 따라 정신까지 약해진 상태였다. 그가 이렇게 깜짝 등장할 거라곤 상상도 못 했기에 결국 당황스러움을 숨길 순 없었다.

알아볼까? 알아보겠지? 무섭고, 겁이 났다.

"어디서 나오는 거지?"

"아, 저, 그게……."

"그게?"

"그게, 아…… 그…… 주인님은 어찌 여기 계신가요."

말하면서도 이건 아니라는 생각이 들었다. 아까까지만 해도 조엘리의 방에 있던 그가 언제 이곳에 온 건지 의아해 물은 거였지만, 그가 여기 있는 게 이상한 일은 아니었다. 조엘리의 방에서 금방 나왔을 수도 있고, 여긴 그의 저택이니 저택의 주인인 그가 저택 안에 있는 건 너무도 당연했다.

아, 망했다. 애써 만든 웃음도 어색했다. 그런 날 빈센트가 끈덕지게 바라봤다. 그의 얼굴에서 어떠한 반응도 보이지 않아 너무 무서웠다. 마치 변명할 생각은 하지 말라는 경고를 담고 있는 것만 같았다.

결국 난 웃음을 지우고 자리에서 일어났다. 그리고 얌전히 양손을 맞잡고 허리를 깊게 숙였다. 머릿속으론 재빨리 변명거리를 만들어 냈다.

"죄송합니다, 주인님. 제가 저택을 제대로 구경한 적이 없어서."

"소리."

빈센트가 내 말을 잘랐다.

"소리가 들려서 왔어."

'폴라.'

따스함 부름이 귓가에 메아리친다. 아직 잘게 남아 있는 감정이 다시금 울컥 치솟을 거 같다. 난 몰래 숨을 삼켰다.

"방금 전까지 저쪽엔 아무도 없었어. 넌 어디에 있었지."

"……."

"어디에 있었냐고, 묻고 있는데."

"방 안에 있었습니다."

"어느 방에 있었지."

"이 근처 방에……. 이곳 주변의 방들을 구경하고 있었습니다. 함부로 돌아다녀서 죄송합니다."

그가 들었다던 소리의 주인이 나라고 고백할 수 없었기에, 서재에 있었다고 말할 수는 없었다. 그가 들어왔을 때 난 숨었다. 그래 놓고 이제 와서…… 그럴 수는 없다.

눈을 한 번 깜빡이는 동안 수십 가지의 생각들이 머릿속을 휘저었다. 그러고 보니 조니는 무사히 돌아갔는지 모르겠다.

"혼자 있었나?"

빈센트가 툭 물었다. 무슨 뜻인지 몰라 침묵하자, 그가 말을 이었다.

"방금 전에 서재 앞을 지나갔었는데 소리가 들리더군. 아주 이상한 소리가. 놀라서 안으로 들어가 보니 아무도 없는 거야. 기척이 전혀 느껴지지 않았지. 착각인가 싶어서 나오긴 했지만 아직도 귓가에 생생해서 계속 거슬려. 넌 이곳 주변의 방들을 구경하고 있었다고 했지? 그럼 그곳도 들어갔겠군."

"……."

"거기서 아무도 보지 못했나?"

나긋한 음성이 날 달래는 것 같기도 하고, 날카로움을 숨기고 있는 것 같기도 하다. 그러나 그의 말속에 담겨 있는 진짜 뜻을 깨닫는 순간, 내 가슴속에 벅차도록 차올랐던 감정이 푸스스 꺼져 들었다. 헛웃음이 나올 것만 같았다.

당신, 내가 그 시녀라고 생각하지 않는구나.

날 의심하지 않아. 내가 그렇게 겁먹고 얼굴을 감추기 위해 노력했던 게 무색할 정도로 빈센트는 내 정체를 의심하지 않는다. 조금 전에 내가 그 서재에 있었을지도 모른다고 의심하면서도 내가 누군지는 의심하지 않는다. 날 기억하고 있음에도 그게 '나'라고 생각하지 않는 거다. 오히려 다른 사람이 같이 있었을 거라고 생각하고 있다.

날 알아보지 못한다는 건 알았다. 그럴 만했다. 내가 그를 속였으니까, 내가 그래도 못 알아볼 것 같았다.

그리고 지금, 그가 영원히 날 알아보진 못할 거라는 걸 깨달았다.

멍청아. 잘된 거잖아? 내가 원하는 대로 된 거잖아. 분명 안도해야 하는 일인데, 벼랑 끝에서 추락하는 듯한 실망감이 느껴지는 건 어째서일까. 난 쓴웃음을 지었다. 에단 님, 당신이 맞았으나 또 틀렸어요.

"……전 아무도 보지 못했고 아무 소리도 듣지 못했습니다. 혹시 잘못 들으신 게 아닐까요."

"인기척이나, 다른 소리도 듣지 못했나."

"네. 듣지 못했습니다."

"정말인가? 네 동생과 같이 있었다든지."

왜 여기서 앨리샤가 언급되지? 의아했으나 고개를 저었다. 끈질긴 물음이 돌연 멈추었지만, 그는 여전히 의심을 지우지 않았다.

태연함을 가장하는 건 쉬웠다. 난 씁쓸함을 갈무리하고 고개를 들어 올렸다. 시선을 마주하는 데에 어색함 없이, 그저 높으신 주인님을 조심히 보는 표정을 지었다. 이럴 때일수록 더 뻔뻔하게 굴어야 한다. 그가 날 절대 알아보지 못할 거라는 생각이 들자 어쩐지 그를 똑바로 쳐다볼 수 있게 되었다.

"제가 감히 거짓을 말씀드리겠어요."

그래서 더 차분히, 단호히 대답할 수 있었다.

"제가 들어갔을 땐 아무도 없었고, 나올 때도 주인님을 보지 못했습니다. 거기서 나와 곧장 다른 방으로 들어갔기에 그쪽에 들어가셨을 거라곤 생각조차 못 했습니다."

"……"

"혹시 무슨 문제가 있으신 건가요?"

난 모르는 척 물었다. 그는 여전히 말이 없었다. 그저 내 얼굴을 뚫어져라 바라보기만 할 뿐이었다. 나도 지지 않고 그를 바라보자, 곧이어 그가 시선을 내리깔고 창밖으로 고개를 돌렸다. 하얀 햇살이 부서지는 그곳엔 나뭇가지가 흔들리고 있었다. 거긴 꼭 다른 세상처럼 너무 맑았다. 그의 눈이 그곳을 담으며 빛을 띠었다.

하지만 그 속엔 아무런 감정도 담겨 있지 않았다.

"아무것도."

"……"

"그래. 환청이었을 수도 있겠군."

나직이 읊조리는 목소리가 미약했다. 그러다 픽 웃는 얼굴이 유독 메말라 보였다. 왜…… 저렇게 웃으실까. 눈도 보이고, 원래대로 백작의 삶을 살고 있으면서도 왜 저렇게 다 잃은 사람마냥 웃으실까.

환한 빛줄기 아래 거칠고 메말랐던 얼굴은 살이 붙어 듬직해졌고, 뼈밖에 없었던 체격은 보기 좋게 커졌다. 이제는 분명 나보다 큰 사람이었다. 내 도움 따윈 필요 없는 그런 사람. 그럼에도 지금의 그는 시력을 잃었을 때처럼 어둠 속에 홀로 남은 듯해 보였다.

"간혹 지금이 꿈인지 현실인지 헷갈릴 때가 있어. 이렇게 숨 쉬고, 앞을 보며 일상을 보내는데도 그런 이질감이 들어."

"……."

"기억이란 건 금세 옅어지더군. 죽음과도 같았던 고통도 과거가 되는 순간 아득해지지. 떠올리려 할수록 오히려 더 옅어지고, 쉽게 알아챌 거라 자신했던 게 무색하도록 흐려져 버려. 더군다나 내게 남은 건 그런 게 아니야. 추억보단 감각 쪽이지. 보는 것보단 듣는 것, 듣는 것보단 만지는 것, 그리고 만지지 못하면 생각해 봐야 했지. 어떻게 할까 하고 말이야."

그가 다시 날 돌아봤다. 하얀 빛줄기가 비치는 금빛 머리카락이 반짝반짝 빛났다. 그 아래로 빛에 젖은 얼굴이 시선을 뺏길 만큼 아름다웠다.

그러나 그의 얼굴엔 그늘이 드리워져 있다.

"어떤 마음인지 알겠나?"

"……죄송합니다. 잘 모르겠습니다."

"기억하고 싶은 것들이 점점 옅어진다는 소리야. 내가 원하든 원하지 않든 시간은 흘러가니까."

"……."

"확신이 들지 않으니까."

애써 웃는 얼굴이 정말 자신 없어 보였다. 그래서 궁금해졌다. 저렇게까지 말하는 '기억하고 싶은 것'이 뭘까. 어떤 걸 기억하고 싶으냐고, 묻고 싶었다. 그러나 난 입술을 달싹이기만 할 뿐 끝내 말을 뱉지는 못했다.

과거를 좇는 것만큼 아픈 일은 없었다.

"그래……. 그게 필요해."

"……."

"확신이 필요해."

확신, 그 단어를 곱씹듯 그가 입 안에서 나직이 읊조렸다. 죽어 있던 눈동자가 한순간 또렷이 번뜩였다. 그러나 곧 그건 내 착각이라는 듯, 감았다 뜬 눈동자는 원래 상태로 돌아가 있었다.

"쓸데없는 소리를 했군."

돌연 그가 대화를 갈무리했다. 말끔해진 얼굴이 평소와 다름없이 무뚝뚝했다.

"호기심이 고양이를 죽인다는 소리가 있지. 함부로 돌아다니지 마. 알겠나?"

"⋯⋯명심하겠습니다."

한순간 냉랭하게 변한 태도에 멍해졌다. 마치 내가 꿈을 꾼 것처럼. 난 다시 고개를 숙였다.

빈센트가 먼저 떠나길 기다렸다. 할 말을 다 했으니 그가 곧장 자리를 박차고 떠날 거라 생각했다. 그런데 그는 좀처럼 움직이지 않았다. 뭘 생각하는지 모르겠지만, 그의 침묵이 좀 두려웠다.

불현듯 빈센트가 내 쪽으로 다가왔다. 그의 숨결이 내 머리카락을 훅 스쳤다. 난 고개를 더욱더 아래로 떨어뜨렸다. 창밖에서 흘러 들어온 빛줄기가 바닥을 적셨다. 그와 내 그림자가 한데 뭉쳐 일렁였다.

그걸 담은 내 눈동자가 사정없이 흔들렸다.

"한 가지 더 궁금한 게 있는데."

"마, 말씀하세요."

"앨리샤랑은 어떻게 여기 오게 된 거지."

생각지도 못한 이름이 그의 입에서 흘러나왔다. 이번엔 놀라움을 감출 수 없었다.

나는 여태까지 앨리샤가 한 말을 중요하게 치부한 적이 단 한 번도 없었다. 빈센트를 꼬신다고 자신했으나 누가 봐도 터무니없는 일이었다. 아무리 앨리샤가 예쁜 외모로 뭇 남성들에게 인기가 많았다고는 하지만 상대는 귀족이다. 절대 그럴 리 없다고 우스갯소리로 넘겼는데.

그런데 그가 왜 앨리샤에 대해 묻는 거지?

빈센트의 입에서 앨리샤의 이름이 또렷하게 나오자, 난 제정신을 차릴 수 없었다. 대체 어떻게 아냐고, 혹시 그 애가 무슨 말을 했냐고, 머릿속은 질문으로 가득 찼는데 정작 제대로 된 말은 나오지 않았다. 그저 새하얗게 변해 가는 정신을 가까스로 추스르며 한마디를 겨우 뱉었다.

'……제 동생을 아시나요?'

'조엘리를 만나러 갔을 때 자주 봤었지. 대화도 몇 번 나눴고.'

조엘리의 시중을 드는 앨리샤와 마주치는 건 당연했다. 하지만 이름을 기억할 정도라면 단순히 대화 몇 번 한 사이라고 보기 어려웠다. 그보다 더 깊게, 친분을 쌓은 거란…… 말도 안 돼.

순간, 조엘리의 방에서 봤던 모습이 떠올랐다.

'동생이 이런 일을 한 적이 있었나?'

'그건 왜 물으세요?'

'그냥, 궁금해서.'

'글쎄요. 잠시 떨어져 지냈던 시기가 있어서요.'

기분이 바닥으로 추락했다. 도망치고 싶어졌다. 그와 앨리샤에 대한 얘기를 나누고 싶지 않았다. 그의 물음에 제대로 답할 수가 없을 거 같았다.

'자매면서 모르는 건가?'

'자매라고 모든 걸 다 아는 건 아닙니다.'

'사이가 좋은 편이 아닌가 보군.'

맞는 말이라 굳이 대꾸하진 않았다. 난 쓰게 웃으며 눈을 내리깔았다. 대놓고 시선을 피해서는 안 되었지만 지금은 그를 마주하고 싶지 않았다. 내 불편한 기색을 느꼈을까, 그도 별다른 말을 덧붙이지 않고 자리를 떠났다.

이게 대체 무슨 상황일까.

멍하니 침대에 앉아 있는데 방문이 열리고, 앨리샤가 콧노래를 부르며 들어왔다. 난 앨리샤의 팔을 잡아당겨 침대에 앉혔다.

"뭐 하는 거야!"

앨리샤가 신경질적으로 붙잡힌 팔을 뿌리쳤다.

"너, 그 남자랑 어떻게 친해진 거야."

"뭐? 무슨 남자?"

"여기 주인 말이야."

그러자 앨리샤가 찡그렸던 인상을 펴고 아 그거? 하며 대수롭지 않게 답한다. 손가락으로 머리카락을 꼬는 모습에서 여유가 느껴졌다. 그래, 여유. 전에 없던 여유가 지금 앨리샤에게 보였다.

"어떻게 된 거냐니까."

"어떻게 된 거냐니. 그냥 우연찮게 대화를 몇 번 나누게 되면서, 좋은 인상을 심어 준 거지."

"거짓말하지 말고."

"내가 무슨 거짓말을 한다는 거야! 그러는 넌! 너야말로 그 크리스토퍼란 남자랑 대체 어떻게 아는 사인지 말 안 해 줄 거야?"

"내 질문에 대답이나 해! 어떻게 친해졌냐니까!"

"아, 그게 다야! 왜 자꾸 묻는 거야!"

귀찮다는 듯 몸을 돌리던 앨리샤가 돌연 날 바라봤다.

"혹시 빈센트 님이 무슨 말 했어?"

갑작스러운 물음에 잠시 머뭇댔다. 그러자 앨리샤의 얼굴이 점점 굳어 갔다. 왜 저런 표정을 하는 거지? 마치 숨이 멎은 것처럼 고요한 얼굴이 낯설었다.

"언니."

뭐? 예상치 못한 언니 소리에 당황해 하는데, 앨리샤가 내 팔을 덥석 붙잡았다. 그러곤 얼굴을 바싹 들이댄다.

"왜, 왜 이래."

"빈센트 님이 뭐라고 했는데?"

내게 향한 눈동자가 초조한 기색을 드러낸다. 상황이 역전됐다. 내 팔을 붙잡은 앨리샤의 손에 힘이 들어가며, 무슨 말을 했냐고 물어 댔다.

난 대답하지 않았다. 붙잡힌 팔이 아파 인상을 쓰고 몸을 비틀었으나 앨리샤는 집요하게 날 붙잡아 당겼다.

"놔, 아파!"

"무슨 말 했냐니까? 단둘이 얘기 나눈 거야?"

"아프다니까!"

"그럼 말해 봐. 무슨 말 나눈 거냐고!"

질문에 답하지 않으면 놓아주지 않을 것처럼 굴기에 어쩔 수 없이 말을 이었다.

"그냥 너 이런 일 해 본 적 있냐고 물어봤어!"

"그게 다야? 넌 뭐라고 했는데?"

"모른다고 했지! 그게 전부야!"

그러니까 놔! 그리 말하며 온몸을 비틀자, 그제야 앨리샤가 날 놓아주었다. 몸을 뒤로 물리며 붙잡혔던 팔뚝을 쓸어내렸다. 어찌나 세게 잡았는지 뻘건 손자국이 남아 있었다. 그걸 내려다보며 당황해 하다 다시 앨리샤를 보니 여전히 내게 시선을 못 박고 있었다.

"진짜 그게 다지?"

"너 대체…… 내가 무슨 말을 들었어야 하는 건데?"

"왜 그런 걸 물어본 거지……."

내 말엔 대꾸도 않고 앨리샤가 혼잣말을 중얼거렸다. 조금 전까지 집요하게 굴어 놓고는 이제 난 안중에도 없다. 계속 중얼거리던 앨리샤가 갑자기 활짝 웃으며 손뼉을 짝 친다.

"빈센트 님이 나한테 관심 있나 봐!"

"뭐?"

"어떡해! 너무 좋아!"

갑자기 엉덩이를 들썩이며 신나 하더니 고개까지 젖히고 깔깔 웃기 시작했다. 괴이한 앨리샤의 모습을 멍하니 보던 난 한마디 던졌다.

"너 미쳤니?"

드디어 미친 거야?

미치지 않고서야 저럴 리가 없었다. 짜증을 내다가 여유 있는 척 돌변하더니, 또 갑자기 표정을 굳히고 이제는 웃기까지? 어디로 튈지 모르는 성격이긴 했으나 지금이 가장 이해되지 않았다.

난 흡사 미친 사람 보듯 앨리샤를 바라봤다. 그런 내 시선에도 아랑곳 않고 앨리샤가 다시 성큼 내 쪽으로 다가왔다.

"나에 대해 또 뭐 물어본 거 없어? 응? 또 뭐라고 했는데?"

"그것 말고는 아무 말 없었어."

"아, 뭐야! 왜 숨겨! 뭐라고 했냐니까!"

"없었다니까!"

더는 제대로 된 대화가 이뤄지지 않을 거 같아 몸을 일으켰다. 그러자 앨리샤가 내 뒤를 따라붙으며 닦달을 했다. '대체 무슨 말을 했는데, 뭐라 했는데, 내가 많이 예쁘대, 응? 응?' 앨리샤를 피해 방 안을 이리저리 돌아다니다가 침대에 누워 시트를 뒤집어썼다. 앨리샤가 그런 내 어깨를 흔들어 댔다.

"야! 말해 주고 자!"

"몰라!"

괜히 말 걸었다.

제13장

우연도 결국 운명인 듯

오늘도 에단은 침대에 처박혀 있었다. 난 침대 앞에 서서 그의 모습을 멀뚱히 바라보다가 '에단 님' 하고 불렀다. 곧장 식사는 아무 데나 두고 가라는 대꾸가 돌아왔다. 매번 식사하라고 깨우니 자동적으로 뱉은 말인 게 분명했다.

에단은 여전히 습관처럼 식사를 거르기 일쑤였다. 아침은 물론, 점심까지 거르기에 이제 식사를 그의 방으로 가져오는 건 당연한 수순이었다. 그마저도 사정사정해 침대에서 겨우 해치우고 있었다.

오늘도 점심 식사까지 거르려는 그를 열심히 깨웠다. 부스스한 모습으로 마지못해 일어난 에단의 손에 수저를 쥐여 주었다. 그가 인상을 쓴 채로 수프를 떠먹었다.

"왜 이렇게 먹는 것에 집착해요."

"걱정이 되어서요."

"몇 끼 덜 먹는다고 안 죽어요."

"그렇긴 하지만……."

눈을 감은 채 수프를 코에 넣는지 입에 넣는지 모를 헛손질을 하고 있는 에단을 잠시 바라보다가 말을 이었다.

"예전의 주인님 같으셔서요."

내 말에 에단의 손이 멈칫했다.

그가 식사도 거른 채 방에 처박혀 잠만 자기 때문일까. 난 에단의 모습에서 자꾸만 과거의 빈센트가 겹쳐 보였다.

빈센트도 이렇게 방에만 처박혀 있었고, 식사도 하지 않은 채 잠만 잤다. 빈센트와 달리 에단은 아침과 점심은 걸러도 저녁은 꼭 먹었고, 가끔은 바깥 구경도 하는 듯했지만 그럼에도 걱정이 되는 건 어쩔 수 없었다.

빈센트와 있었던 일은 에단에게 군이 말하지 않았다. 그가 날 기억하긴 하지만 알아보지는 못한다는 말을 해 봤자 뭐 할까.

그리고 그리워하고 있느냐는 질문에 대한 내 대답은 여전히 '아니다'였다. 기억하는 것과 그리워하는 건 다르니까.

그에 관련한 일로 에단과 더 이상 불편해지고 싶지 않았다. 에단도 내기를 운운하긴 했지만, 말만 그럴 뿐 사실 큰 관심은 없는 거 같았다. 그것보단 휴양을 하는 게 더 우선인 듯했다.

"걱정을 끼쳤군요. 이제 식사 잘 챙겨 먹을 테니 걱정 마요."

에단이 미안해하며 웃었다. 그런 말을 들으려던 건 아니었는데. 괜히 민망해져 목덜미를 문질렀다.

에단의 식사 시중을 끝내고 로버트를 보러 가는 길에 조니를 만났다. 그는 평소와 달리 머뭇머뭇하며 내 상태를 살폈다. 저번에 조니 앞에서 운 뒤로 은근히 눈치를 본다. 덕분에 내가 엉엉 울었다는 사실을 잊지 않게 되었다.

"할 말 없으면 저리 가."

"아니, 뭐…… 너 요새 힘든 일 없나 해서."

뭐라는 거야. 쓸데없는 말은 무시했다.

조니를 뒤로하고 로버트의 방 앞에 다다랐다. 문을 열고 들어가자마자 쪼끄만 게 튀어나와 허리춤에 찰싹 달라붙는다. 확인하니 로버트다. 뒤따라온 유모가 어색하게 웃으며 날 맞이했다.

"어서 와요. 크리스토퍼 님 식사는 잘 챙겼나요?"

"네. 그런데……."

난 슬쩍 시선을 내려 허리춤에 매달린 작은 머리통을 바라보았다. 다리를 들었다 났다 하는 모양새가 안아 달라는 거 같다. 허리를 숙여 안아 올리자 품으로 쏙 파고든다.

그런데 어쩐지 얼굴이 우울해 보여 의아해하는데 내 의문을 눈치챘는지 유모가 덧붙였다.

"요새 앤이 잘 안 오니까 속상하셨나 봐요."

"네?"

요새 살짝 뜸하긴 했지만, 솔직히 좀 당황스러웠다. 내가 그 정도로 로버트와 친했었나?

"못난아."

아, 유모님이 착각하신 거 같은데.

"이제 로버트 싫어?"

로버트의 말에 심장이 쿵 내려앉았다. 그런 생각을 했을 줄은 몰랐다.

"그럴 리가요. 싫지 않아요."

"근데 왜 로버트 보러 안 와?"

외로움에 민감한 아이였다. 어떤 사이였든 매일 만나던 상대가 어느 순간부터 얼굴을 잘 내비치지 않으니 버림받았다고 생각했을지도 모른다. 짠한 마음이 들어 작은 등을 토닥였다.

"에단 님…… 아니, 다음부턴 자주 오겠습니다."

"응. 못난아."

저 호칭만 고쳐 준다면 더 좋을 거 같은데.

그때 내 생각을 읽은 것처럼 착한 유모가 끼어들었다.

"도련님. 앤이라고 불러야죠."

"싫어!"

이놈의 꼬맹이가.

등을 두드리는 손길에 분노를 담기 전에 유모가 분위기를 풀었다. 저번에 에단이 사 온 동물 모양의 돌조각으로 한동안 놀아 주다가 로버트가 지쳐 낮잠이 들자 밖으로 나왔다. 유모도 한숨 자고 오겠다고 하기에 헤어지고 난 다시 에단의 방으로 돌아갔다.

그는 예상외로 침대에 앉아 책을 읽고 있었다. 여전히 반나체였고, 한없이 풀어진 모습이었으나 책을 읽는 얼굴은 제법 진중했다. 방해되지 않게 조용히 나가려는데, 내 기척을 느꼈는지 에단이 책에서 시선을 떼고 날 바라봤다.

"왔어요?"

"아, 네. 방해해서 죄송합니다."

"아니에요. 그냥 심심해서 읽고 있었어요."

그가 부스스한 뒷머리를 긁으며 책을 침대 위에 내려놓았다.

"그럼 말씀드리고 싶은 게 있습니다."

"말해 봐요."

"저녁 식사는 로버트 님이랑 같이하시면 어떨까요?"

"로버트랑?"

"네. 혼자 드시는 것보단 같이 드시는 게 더 좋을 거 같아서요."

한 저택에 지내시면서 왜 식사는 따로 하는지 모르겠다. 방금 전의 우울해 보이던 로버트가 떠올라 한 제안이었다.

같이 재밌게 놀았지만 아이는 슬쩍슬쩍 유모와 내 눈치를 살폈다. 그러고 보니 나와 사이가 좋지 않았을 때도 로버트는 내겐 거칠게 대하면서도 이따금씩 유모의 눈치를 보곤 했었다. 제멋대로 구는 것처럼 보여도 남모르게 어른의 기분을 살핀다는 걸 깨닫자 안타까운 마음이 들었다.

에단이 나른하게 웃었다.

"안 그래도 로버트와의 식사 자리를 마련하고 싶었는데, 좋아요."

"네. 그럼 그렇게 준비하겠습니다. 그리고 불편하지 않으시다면 조엘리 님께도 말씀드려 보면 어떨지요?"

"그러도록 해요."

"알겠습니다."

원하던 답을 받아 내고 가뿐한 마음으로 나가려다 돌연 걸음을 멈췄다.

"에단 님."

"네."

그가 다시 책에 시선을 둔 채 답했다.

"주인님도…… 모시면 어떨까요?"

"……."

바로 돌아오는 답이 없다. 책을 보는 에단의 표정이 미미하게 구겨진다. 예전이라면 흔쾌히 허락했을 텐데 침묵이 길다.

"……그러도록 해요. 올지 모르겠지만."

무거운 허락이 떨어졌다. 뒷말은 애써 무시했다. 어쨌든 허락을 받았으니 고개를 끄덕였다.

"그럼 유모님께 부탁드려 보겠습니다."

"아니…… 내가 말해 볼게요."

의외로 에단이 적극성을 보였다. 난 기특하게 에단을 바라봤다. 사이가 안 좋아지긴 했지만 그래도 빈센트와의 관계를 포기하지 않으려는 에단을 응원하고 싶었다.

방을 나서며 에단에게 절대 늦지 말라고 부탁하자 성의 없이 고개를 끄덕인다. 침대에서 뭉그적대는 꼴을 보니 영 믿음직스럽지 않다. 내가 제때 챙겨야 할 거 같다.

이 소식을 유모에게 알리자, 막 잠들려다 깨어났는지 졸음기를 매달고 있던 그녀의 눈이 번쩍 떠졌다. 너무 좋다며 기뻐하던 그녀는 곧장 요리사를 만나러 갔다. 중요한 자리인 만큼 내올 요리에 신경 쓰고 싶다는 의지가 분명했다.

난 조엘리의 의사를 묻고자 그녀의 방으로 향했다. 방문을 두드리니 허락의 말이 들려온다. 문을 열자 벌어지는 틈새로 들려오는 활기찬 대화 소리, 그 속에 섞인 귀에 익은 목소리에 안으로 들어가다 멈칫했다.

"어서 와, 앤."

조엘리가 방긋 웃으며 날 맞이했다. 난 묵례하면서 절로 그녀의 맞은편을 흘끗 보았다.

고급스러운 테이블보가 깔린 탁자 위에는 쿠키와 케이크, 찻잔이 놓여 있었다. 지금 시간대를 보면 조금 늦은 티타임이었다.

하지만 내가 놀란 건 조엘리의 맞은편에서 우아하게 차를 들이켜고 있는 상

331

대가 앨리샤이기 때문이다. 생각지도 못한 광경에 내 눈이 잘못됐나 싶었다.

"이 시간에 어쩐 일로?"

"아, 크리스토퍼 님이 로버트 님과 저녁 식사를 함께하기로 하셨는데, 조엘리 님도 참석하실지 여쭙고 오라고 하셔서요."

"나야 좋지."

조엘리가 흔쾌히 대답했다. 거절하지 않을 거란 걸 알고 있었다. 하지만 원하던 대답을 들었는데도 마음이 좋지 못했다.

내 시선은 흘끗흘끗 앨리샤에게로 향했다. 대체 이게 무슨 상황일까. 첫 만남부터 사이가 좋지 않았는데, 매일 밤 앨리샤가 조엘리에 대한 험담을 하는 걸 들었는데……. 대체 언제 저렇게 친해진 거지?

앨리샤는 내 시선을 느꼈음에도 조금의 표정 변화도 없이 차만 들이켰다.

"오늘 케이크가 참 맛있어 보이지?"

날 바라본 조엘리가 케이크가 든 접시를 들어 보였다. 난 곧장 고개를 숙였다.

"죄송합니다."

"어머. 사과하라는 건 아닌데. 한 입 먹을래?"

케이크가 먹고 싶어서 흘끗거린 걸로 오해했나 보다. 그런 게 아니라고 양손을 내저으려던 순간, 앨리샤가 날 돌아보며 다정히 웃었다.

"언니, 같이 먹자."

어, 언니……?

"이거 엄청 맛있어."

사이좋은 자매인 양 구는 앨리샤의 모습에 너 미쳤냐고 소리 지를 뻔한 걸 가까스로 참았다. 입을 꾹 다물고 애써 웃으며 고개를 저었다. 말로 뱉자니 속마음을 참지 못할 거 같았다. 억지로 웃기는 했지만 입꼬리가 삐뚤름하게 올라가 어색하지 그지없었다.

"앤도 좋아할 텐데. 같이 먹어도 돼."

조엘리가 덩달아 말을 덧붙였다. 그에 앨리샤의 웃는 얼굴이 살짝 비틀어졌다. 같이 먹겠다고 하면 포크로 내 허벅지를 찌를 기세다. 나 또한 저 자리에 끼어든다면 케이크가 입으로 들어가는지 콧구멍으로 들어가는지 모를 거 같았다.

"아, 닙니다. 너 많이 먹으렴, 앨리샤."

가까스로 답하고 다시 입을 다물었다.

조엘리가 다음엔 꼭 같이 먹자고 말하며 아쉽다는 듯 웃었다. 앨리샤도 덩달아 아쉬움 가득한 미소를 지었지만, 휘어진 눈동자 속에 담겨 있는 건 볼일 끝났으면 빨리 꺼지라는 압박이었다.

"마음 변하면 언제든지 와."

"네, 알겠습니다."

고개를 꾸벅이곤 재빨리 몸을 돌렸다. 등 뒤에서 하하 호호 웃음소리가 들려왔다.

"앨리샤는 필튼에서 왔다고 했지? 꽤 멀리서 왔는데, 낯선 곳에서 일하느라 힘들지 않아?"

"전혀요. 아주 익숙하답니다."

"어머. 이런 일을 해 본 적이 있나 봐."

"경험이 조금 있습니다."

이어지는 대화를 나누는 목소리가 퍽 즐거워 보였다.

문을 닫자 목소리가 작아졌다. 난 잠시 멍하니 문에 기대섰다. 이 기분, 언젠가 느껴 본 적 있었는데…… 언제더라?

복도엔 지나가는 사람이 없어 고요했고, 간간이 문 너머선 즐거운 소음이 들려왔다. 그걸 몇 차례 듣고 나서야 천천히 머릿속이 움직였다. 인상을 쓰고 있다가, 잘 떨어지는 않는 발걸음을 억지로 뗐다. 일단 이 소식을 유모에게 전해 줘야겠다.

좋지 않은 걸 봤더니 속이 더부룩해졌다. 가슴께를 문지르며 부엌으로 들어가다 예상치 못한 광경을 보고 멈칫했다. 유모와 요리사가 얘기를 나누고 있었는데 언제 왔는지 그 곁엔 오드리가 함께였다.

유모가 날 발견하곤 반갑게 다가왔다. 조엘리의 참석을 알리자 역시나 아주 기뻐했다. 빈센트가 참석할지도 모른다는 소식까지 알려 주자 더 난리가 났다.

세 사람은 심각하게 저녁 식사 메뉴에 대한 얘기를 나눴다. 이분은 이걸 좋아하고, 저분은 저걸 좋아하고, 꽤 열띤 대화였다. 난 그 사이에 멀뚱히 서서 그들을 바라봤다. 너무 심각해서 끼어들 틈이 없었다. 누가 보면 만찬이라도 준비하는 줄 알겠네.

겨우 저녁 식사 메뉴가 정해지자, 요리사가 소매를 걷어붙이고 요리를 시작했다. 유모와 오드리가 그의 양옆에 서서 이것저것 의견을 보탰다. 종종 의견이 갈릴 때면 무언의 기 싸움이 벌어졌고, 요리사는 눈치를 보며 서둘러 요리를 완성해 나갔다.

난 부엌 하녀를 도와 식당으로 음식들을 날랐다. 제법 먹음직스런 음식들이 긴 식탁에 가득 채워졌다.

어느 정도 준비가 끝나자 유모가 에단을 불러오라 말했다. 고개를 끄덕이고 그의 방으로 올라갔다.

아직도 침대에 널브러져 있으려나. 그럼 한바탕 잔소리를 퍼부을 생각에 힘껏 방문을 노크하는데 곧 들어오란 허락이 들려왔다. 문을 열고 들어가자, 예상과 달리 에단은 멀쩡한 차림새로 서 있었다. 게다가 웬일로 혼자가 아니었다.

낯익은 얼굴의 남자가 에단의 곁에 서 있었다. 빈센트에게 편지를 전해 주었던 하인이다. 에단이 하인에게 뭔가를 말했고, 하인은 연신 고개를 끄덕이며 경청했다. 곧 대화가 끝난 건지 하인이 허리를 숙여 인사하곤 내 쪽으로 몸을 돌렸다. 그러다 날 발견하곤 묵례하기에 나도 따라 고개를 주억거렸다.

방 밖으로 나가는 하인을 눈으로 좇다가 다시 에단을 보자, 그가 자신의 머리를 쓸어 넘긴 뒤 재킷을 걸친다. 재빨리 그의 뒤로 가서 재킷 입는 걸 도왔다. 뒷머리도 잘 눌러 주고요. 에단이 웃으며 덧붙인 말에 난 삐죽 튀어나온 뒤통수를 슥슥 문질렀다.

"준비는 다 끝났나요?"

"네, 그렇습니다만."

"그럼 가죠."

완벽한 차림새를 갖춘 에단이 방을 나섰다.

복도를 걷는 에단의 걸음걸이가 느긋했다. 고개를 돌려 복도 이곳저곳을 둘러보다가 창밖을 내다보기도 한다. 마치 산책이라도 즐기는 듯한 모습이었다. 지금 복도에 아무도 없어서일까, 평소와 달리 딱딱함이 조금 풀어져 있었다.

"맛있는 거 많이 준비했나요."

"네. 유모님이 신경 많이 쓰셨습니다."

"그녀가 이런 쪽에 유별나죠. 요리사가 닦달 좀 받았겠군요."

에단이 어떤 상황이었는지 훤히 보인다는 듯 짧게 웃었다.

"주인님은 참석하신대요?"

"글쎄요. 아직 답을 듣지 못해서."

에단이 어깨를 으쓱였다. 역시 조금 전에 하인과 있었던 게 저녁 식사 얘기 때문이었나 보다. 참석 못 하면 어쩔 수 없죠. 에단이 가볍게 말했으나, 마음은 결코 가볍지 않을 것이다. 이건 어찌 보면 기회였다. 관계를 조금이나마 회복할 수 있는 기회. 지난번 두 사람의 모습으로 보건대, 대화는커녕 한 공간에 같이 있는 일도 별로 없었을 테니.

빈센트는 알까. 에단이 자신과의 관계를 회복하고 싶어 한다는 걸.

그러다 저번에 빈센트와 있었던 일이 떠올랐다. 마음이 우울해진다. 내가 갑자기 말이 없어지자 에단이 뒤를 흘끗댔다.

"무슨 일 있었어요?"

"네?"

"기분이 안 좋아 보여서."

"아무것도 아닙니다."

내 대답을 들은 에단은 더 이상 묻지 않았다. 다만 느려 터지게 걷다가 한마디 했다.

"누가 속상하게 하면 말해요. 내가 혼내 줄 테니까."

난 눈을 동그랗게 떴다가 살짝 웃었다.

빈센트와의 일이 있던 날, 저녁 식사를 챙겨 온 날 보곤 에단이 인상을 찡그렸다. 그의 시선은 내 얼굴에서 한참 동안 떨어지지 않았다. 찬물로 닦긴 했으나 운 티가 났으리라. 그는 몇 번이나 입을 달싹였으나 끝내 한숨만 깊게 내쉬었다.

'식사 이리 줘요.'

그날은 저녁 식사도 얌전히 먹었지. 아마 그때 일 때문에 그런가 보다. 아닌 척해도 남모르게 배려해 주는 그의 모습에 마음이 조금은 든든해졌다.

식당에 도착하자 로버트가 먼저 와 앉아 있었다. 작은 고개가 연신 문 쪽을 살펴보더니, 들어오는 우리를 발견하곤 몸을 들썩인다. 활짝 핀 얼굴엔 즐거움이 가득했다. 저렇게 좋아할 줄 알았다면 에단에게 더 일찍 말해 볼 걸 그랬다.

로버트의 맞은편에 앉은 에단이 식탁에 차려진 음식들을 쭉 훑어보더니 엷게 웃는다. 옆에 서서 잔에 물을 따라 주던 난 작게 물었다.

"왜 웃으세요?"

"고생했겠다 싶어서요."

"그래 보이세요?"

"음식들 전부 우리의 취향이 반영돼 있군요. 나나 로버트, 조엘리, 거기에 빈센트까지. 모두 좋아할 음식들뿐이네요. 음식 투정 부릴 걱정은 없겠어."

에단이 물잔을 들어 목을 축였다. 로버트가 신나 하며 말을 걸자 다정히 대답해 준다. 난 유모와 부엌 하녀를 도와 새로 만들어진 음식을 날랐다.

그러나 음식이 다 차려지고 약속된 시간이 지났는데도 기다리는 사람은 오지 않았다.

사용인들이 벽 쪽에 나란히 섰다. 즐겁게 대화하던 목소리가 차츰 잦아들더니 결국 멈췄다. 유모가 작은 머리통을 흘깃거리며 난감해했다. 에단도 로버트 쪽을 슬쩍 곁눈질하곤 손끝으로 식탁을 탁탁 두드렸다.

따끈한 음식이 점차 식어 가는데 조엘리와 빈센트에게선 소식이 없었다. 일찍이 조엘리를 데리러 간 오드리도 깜깜무소식이다.

결국 에단이 입을 뗐다.

"먼저 먹을까?"

그에 작은 머리통이 힘없이 주억거린다.

식사가 시작됐으나 더는 즐거운 목소리가 들리지 않았다. 기다란 식탁엔 빈자리가 가득했고, 식기가 부딪치는 소리만이 울리는 공간엔 불편한 공기가 들어챘다.

로버트는 시무룩한 표정으로 식사를 했다. 유모가 그런 로버트를 살피며 이것저것 음식을 가져다주었지만, 깨작거리기만 할 뿐 제대로 먹지 않았다.

그때 문이 열렸다. 로버트가 재빨리 고개를 들었으나 정작 안으로 들어온 건 에단의 방에서 마주쳤던 하인이었다. 모두의 시선을 한 몸에 받은 하인이 잠시 걸음을 멈추며 눈을 동그랗게 떴다. 심상치 않은 분위기를 느낀 모양이다.

쭈뼛거리며 에단에게 다가간 하인이 귓가에 무어라 속삭였다. 그러자 에단이 난감한 표정을 지었다.

"음."

어쩐지 좋은 소식은 아닌 듯했다.

잠시 후, 다시 문이 열리고 기다리던 오드리가 돌아왔다. 모두의 시선이 집중되자 오드리 역시 잠시 멈칫했다. 곧 그녀가 에단의 곁으로 다가와 공손히 섰다.

"조엘리는?"

"조엘리 님은 일이 생겨서 참석을 못 한다고 하셨습니다."

이번엔 모두의 시선이 로버트에게 향했다. 축 처진 작은 얼굴엔 실망감이 가득했다. 대부분 혼자 먹거나 가끔 유모와 어울려 먹는 게 전부였는데, 오늘은 모두 모여 식사를 한다고 하니 기대했었나 보다. 그 기대가 한풀 꺾이는 과정이 고스란히 눈에 들어왔다.

소식을 전한 오드리가 난감한 표정을 숨기지 못했다. 유모가 포크로 딸기를 찍어 건네자 로버트가 돌을 들어 올리듯 무겁게 포크를 쥐었다.

세상에서 가장 슬프게 딸기를 씹어 먹는 얼굴을 보던 에단이 다시 입을 달싹였다.

"로버트, 뭐 하고 싶은 거 있니?"

갑작스런 화제 전환에 로버트가 슬쩍 고개를 들었다. 에단이 로버트와 시선을 마주하며 다정히 웃었다.

"내일 같이 놀까?"

"정말?"

"정말. 질리게 놀아 줄게. 뭐든 말해 봐."

"와!"

로버트가 활짝 웃었다. 언제 우울했냐는 듯 로버트의 얼굴엔 기쁨이 가득했다. 그 모습에 곁에 있던 유모와 다른 사용인들이 몰래 안도의 숨을 내쉬었다. 나도 마찬가지였다.

작은 머리통이 이리저리 움직였다. 뭐 하고 놀지, 하는 표정으로 고민하더니 이내 눈을 초롱초롱 빛내며 한마디 뱉는다.

"숨바꼭질!"

저택 안이 소란스러웠다. 소란의 근원지는 로버트의 방 안이었다. 침대 위에 축 늘어진 작은 몸이 크게 부풀었다가 가라앉는다. 색색 토해지는 숨결이 거칠었고, 얼굴은 땀으로 흥건했다.

침대 머리맡에 서 있던 유모가 몸을 굽혀 로버트의 땀을 닦아 주며 상태를 살폈다.

의사가 차분히 로버트를 진찰했다. 조엘리와 에단이 의사의 곁에서 걱정스러운 표정을 지었다. 난 유모의 뒤에 서서 초조하게 로버트를 바라봤다.

흔쾌히 숨바꼭질을 하기로 약속한 다음 날, 이른 아침부터 에단의 방으로 로버트가 들이닥쳤다. 빨리 놀자고 어찌나 닦달을 하던지, 에단은 이곳에 와 처음으로 아침 일찍 눈을 떴다.

잠기운이 가시지 않아, 반쯤 눈을 감은 채 겨우 셔츠를 꿰어 입던 그는 어제의 일을 후회하는 눈치였다. 하지만 이미 엎질러진 물.

에단의 손을 흔들며 로버트가 활짝 웃었다.

'에단이 술래야!'

'그래. 꼭꼭 숨어야 해.'

'응응.'

에단이 늘어지게 하품을 하며 누가 봐도 적극적이지 않은 태도를 보였으나, 로버트는 마냥 즐거워하며 총총걸음을 움직였다. 그 뒤를 유모가 따라갔다.

난 멀뚱히 계단을 오르는 작은 몸을 보다가 에단을 바라봤다. 그는 중앙 홀에 서서 모두가 숨기를 기다리고 있었다.

'술래가 보면 안 되지 않나요.'

'안 봐요. 눈 감고 있을게요.'

'그러다 주무시지 마시고요.'

'폴라는 안 숨어요?'

'그렇게 부르지 마시라니까요.'

불만스레 노려봤으나 에단은 또다시 크게 하품을 하며 손을 획획 저었다. 얼른 숨으란다. 난 깊게 한숨을 뱉고 몸을 돌렸다. 일단 이 놀이에 장단을 맞춰줘야 했다.

발소리를 죽이고 복도 뒤쪽으로 향하다가 근처에 있는 응접실로 들어갔다. 문 뒤에 숨어 있으니 잠시 뒤 에단의 발소리가 울렸다. 얼마 안 가 위층에서 큰 소리가 들려왔다. 동시에 어린 목소리가 꺄르륵 웃음을 터뜨린다. 로버트가 에단에게 들킨 모양이다.

곧이어 응접실 문이 열리고 에단이 들어왔다. 그 뒤를 쪼르르 따라온 로버트가 주변을 두리번거리더니, 내가 숨어 있는 구석으로 다가와 빼꼼 얼굴을 들이민다.

'찾았다!'

로버트가 날 가리켰다. 방 밖에 유모가 있는 걸 보아 한꺼번에 찾아낸 모양이다.

'이번엔 유모 차례!'

유모가 제일 먼저 들켰는지, 다음 술래가 되었다. 그녀가 자리에서 숫자를 세고 우리는 사방으로 흩어져 각자 몸을 숨겼다. 유모는 남다른 눈썰미로 저택 안의 숨을 수 있는 공간에 속속 찾아갔다. 덕분에 아주 빠르게 우리를 모두 찾아냈다.

'이번에 앤 차례네요.'

'네.'

유모에게 처음으로 발견된 난 숫자를 세고 그들을 찾아 나섰다. 복도 주변을 두리번거리는데, 창가 쪽에 튀어나와 있는 갈색 머리통이 보였다. 밖을 내다

보니 에단이 벽에 기댄 채 꾸벅꾸벅 졸고 있었다. 금방이라도 바닥에 고꾸라질 것 같은 그의 어깨를 툭툭 쳐 깨웠다.

'그러고 주무시면 위험해요.'

'찾는 게 빠르군요.'

'숨을 생각은 있으셨고요?'

'그럼요.'

에단이 뻔뻔하게 대답하고는 창틀을 넘어 안으로 들어왔다. 내가 숫자를 세자마자 바로 창밖으로 나갔나 보다. 숨는 데 너무너무 성의가 없어 보였다.

'어디 아프세요?'

'아파 보이나요?'

'병든 닭 같으세요.'

'지금 내 욕 한 거죠?'

'그럴 리가요. 걱정하는 겁니다.'

그는 내 말을 믿지 않았다. 진실이 외면당했다. 난 안타까운 표정을 지으며, 아프셔도 숨바꼭질하는 성의를 좀 보여 달라고 덧붙였다. 알겠다며 대충 고개를 끄덕인 에단이 응접실에 있을 테니 끝나면 불러 달라 말하곤 몸을 돌렸다.

하여튼. 난 그의 뒷모습을 보며 잠시 혀를 차곤 유모와 로버트를 찾아 나섰다. 얼마 지나지 않아 위층 두 번째 방 안의 커튼 뒤에 몸을 숨기고 있는 유모를 찾아냈다. 그녀가 머쓱하게 웃으며 너무 빨리 들켰다고 했다. 숨는 게 서툴러 보였다.

문제는 로버트였다. 몸집이 작아서일까, 어디에도 보이질 않았다. 이 방 저 방을 다 뒤져 보다가 위아래와 양옆을 훑으며 로버트를 찾아다녔다. 쪼그만 게 숨는 게 특기인가 보다. 그러고 보니 이리저리 빠져나가는 데 능숙하긴 했지.

한참 찾다가 포기하고 싶어질 즈음 복도 가장 끝에 있는 장식품과 벽 사이에 쓰러져 있는 작은 몸이 보였다. 로버트였다.

'도련님!'

품에 안아 들자 로버트가 힘없이 축 늘어졌다. 얼굴은 온통 땀범벅이었고 숨소리도 거칠었다. 상태가 심상치 않은 듯해 난 다급히 유모를 찾아 아래층으로 내려갔다.

'유모님! 유모님!'

내 목소리를 들었는지 응접실 안에서 나온 유모가 로버트를 보곤 허겁지겁 에단을 불렀다. 자다 깬 듯 멍한 얼굴이던 에단은 로버트의 상태를 확인하곤 퍼뜩 정신을 차렸다.

로버트의 방으로 돌아가자 곧 에단이 부른 의사가 도착했다. 바로 뒤따라 소식을 들은 조엘리도 모습을 드러냈다.

모두 초조한 기색으로 의사의 진찰 결과를 기다렸다. 잠시 후, 로버트의 진찰을 마친 의사가 몸을 일으켰다.

"어떤가? 상태가 많이 안 좋은 건가?"

조엘리가 다급히 물었다.

"원체 체력이 약하신 편이라서 과한 활동을 하면 가끔 이렇게 발작을 일으키시곤 합니다. 다행히 목숨이 위험한 건 아니니, 며칠 휴식을 취하시면 금방 쾌차하실 겁니다."

의사의 말에 조엘리가 안도의 숨을 뱉었다. 유모도 가슴께를 짚으며 안심하는 듯했고, 여전히 딱딱한 표정이긴 했지만 에단 역시 한시름 놓는 눈치다. 나도 마찬가지였다.

의사가 떠나고 나서야, 조엘리는 침대 옆 의자에 앉았다. 그러곤 찬물에 적신 수건으로 로버트의 얼굴을 닦아 주었다. 유모가 자신이 하겠다며 말렸으나, 조엘리는 고개를 저으며 손수 로버트를 보살폈다. 딱딱하게 굳은 얼굴에서 로버트를 향한 걱정이 엿보였다.

"잠시 둘만 있게 해 주죠."

에단이 유모의 어깨를 토닥인 뒤 먼저 방을 나섰다. 유모가 마지못해 에단을 따라 나가고, 난 조엘리를 한 번 힐끗 보곤 두 사람의 뒤를 따랐다.

방문 앞에서 에단과 유모가 심각한 얼굴로 대화를 나누고 있었다.

"아직도 발작이 심한 편입니까?"

"아닙니다. 최근엔 손에 꼽을 정도로 횟수가 줄어들었고, 이곳에 와서는 오늘이 처음입니다."

"그래, 아직 완벽히 건강해진 건 아니군요."

"괜찮을까요?"

"성인이 되기 전까진 이유 없이 발작을 일으킬 수도 있다고 했으니까. 여태까지 별 탈 없었으니 이번에도 잘 지나갈 겁니다."

"……네."

대답하는 유모의 얼굴에 수심이 가득했다. 에단이 그녀의 마음을 이해한다는 듯 다시 어깨를 토닥이며, 여긴 자신이 있을 테니 쉬고 오라고 제안했다. 유모가 거절했으나 에단이 다시 제안하자 어쩔 수 없이 몸을 움직였다.

멀어지는 유모의 뒷모습을 보며 난 에단의 곁으로 다가갔다.

"로버트 님은 몸이 안 좋으신가 봐요?"

"재작년까지는 조금만 움직여도 발작을 일으킬 정도였죠."

"몰랐어요."

이리저리 잘 뛰어다니기에 건강에 문제가 있을 거라곤 전혀 생각지 못했다. 게다가 내가 로버트를 처음 목격했을 땐 철상에 올라 날뛰고 있지 않았던가.

그러고 보니 로버트가 바깥 외출을 하는 걸 본 적이 없었다. 유모와 가끔 저택 주변을 산책하긴 했으나 그마저도 외출을 꺼리는 유모에게 로버트가 고집을 부려 나가는 거라 횟수가 손에 꼽을 정도였다. 게다가 유모는 내게도 저택을 나가지 말라고 당부한 적이 있었다.

"조산으로 태어났거든요. 바이올렛이 고생 많이 했죠."

이 또한 몰랐던 사실이다.

"바이올렛이 지금은 바빠서 그렇지, 재작년까지는 로버트 곁에 찰싹 붙어서 살뜰히 보살폈어요. 무슨 일이 생길까 봐 한시도 눈을 못 떼고 전전긍긍이었죠. 그러다 남편과 사별하고 가문을 대신 관리하게 되면서 더는 로버트의 곁을 지킬 수 없게 되었어요. 다행히 그맘때쯤 로버트의 건강이 많이 좋아져서 유모가 대신 보살피기 시작했죠."

"……그런 줄 몰랐네요."

"다들 로버트를 과보호하는 편이죠? 갓난아기 때부터 병치레하는 모습을 봤으니 몸이 괜찮아진 지금도 여전히 걱정들이 많은 거겠죠."

너무 지나치게 싸고돈다고 생각하긴 했지만, 단순히 로버트의 외로움 때문인 줄 알았다. 그런데 알고 보니, 건강에 대한 이유도 있었나 보다. 지난번에 로버트와 같이 숲속에 갔던 게 자칫 위험해질 수도 있는 일이었다는 걸 깨닫고, 과거의 안일함을 반성했다.

"지금 여기서 지내게 된 것도, 바이올렛 없이 저택에서 지내는 로버트가 걱정돼 빈센트가 제안한 거예요."

"주인님이요?"

"유모가 곁에 있다지만 주인 없는 저택에서 무슨 일이 터지면 즉각 대응할 수가 없잖아요. 로버트가 외로움을 많이 타기도 했고. 그래서 이곳에서 지내게 했어요. 숲속이니까 공기가 맑아 건강에도 좋을 테고, 유모와 조엘리도 함께 있으니 바이올렛이 마지못해 허락했죠. 조엘리가 열심히 설득하기도 했지만."

에단의 얼굴이 반쯤 닫힌 문틈 사이로 보이는 조엘리에게 향했다. 그녀의 시선은 내내 로버트에게서 떨어질 줄을 몰랐다.

"조엘리는 바이올렛만큼이나 로버트를 안타까워하고 있어요. 로버트가 밖으로 나가 더 많은 걸 경험하길 바라는 마음인 거죠."

"……그렇군요."

"그래도 지금은 많이 좋아졌어요. 딱 봐도 팔팔하잖아요? 이제는 일상생활을 하는 데 별다른 이상은 없을 거라고 했어요. 심하게 뛰어다니면 아주 가끔 발작을 일으키긴 하지만, 그것도 자라면서 차차 없어질 거라고 하더군요."

무거운 분위기를 풀어내려는 듯 에단이 가볍게 덧붙였다. 하지만 내 마음은 내내 좋지 못했다. 마치 그걸 알아챈 것처럼 에단이 어깨를 다독였다.

"그러니 너무 걱정 마요. 의사도 괜찮다고 했고, 금방 나아질 테니."

"네."

하지만 에단의 말과 달리 로버트는 밤새 앓았다.

조엘리는 늦은 밤까지 로버트의 곁을 지키다가 유모와 오드리의 걱정에 마지못해 몸을 일으켰다. 방을 나가면서도 몇 번이나 로버트를 돌아봤는지 모른다. 로버트를 향한 그녀의 마음이 느껴졌다.

조엘리가 떠나고 유모와 내가 로버트를 살폈다. 에단도 함께 있으려 했지만,

꾸벅꾸벅 조는 모습을 보니 많이 피곤한 것 같아 방으로 돌려보냈다.

그렇게 새벽녘이 되었다. 고요한 방 안 이곳저곳에 놓인 램프의 불빛이 어둠을 밝히고 있었다.

조엘리 혼자 로버트를 돌본 시간을 제외하고는 종일 로버트의 곁에 붙어 있었던 유모를 달래 소파에서 쉬게 했다. 무척 피곤했는지 그녀는 금세 꾸벅꾸벅 졸기 시작했다.

난 조심히 움직여 탁자에 올려진 램프의 불빛을 조절하고는 유모에게 담요를 덮어 주었다. 그런 뒤 로버트의 침대 옆에 놓인 의자에 다시 엉덩이를 붙였다.

아직 열기가 남아 있는 얼굴은 뜨거운 숨을 색색 토해 냈다. 저녁때보다는 열이 좀 내려갔지만 여전히 상태가 좋지 못했다.

난 로버트를 바라보다가 의자 끄트머리에 발을 올리고 몸을 웅크렸다. 의사도 괜찮다 말했고, 다른 사람들도 걱정 말라 했다. 큰일은 없을 거라 생각한다.

하지만 마음을 놓을 수가 없었다. 이대로 로버트가 안 좋아지면 어쩌지. 내 동생처럼…… 나빠지면 어떡해?

불안함에 온몸이 떨려 왔다. 한번 싹을 틔운 감정은 계속 자라나기만 했다. 어둠 속에서 들려오는 거친 숨소리가 무거운 돌처럼 날 짓누르는 거 같다. 난 무릎에 얼굴을 묻고 불안한 마음을 잠재우려 노력했다.

"모……온난, 이……."

그때 힘없는 목소리가 들려왔다. 퍼뜩 고개를 들자, 언제 깨어났는지 로버트가 눈꺼풀을 껌뻑이며 날 보고 있었다. 난 의자에서 다리를 내리고 로버트한테 가까이 몸을 숙였다.

"네, 못난이 여기 있습니다."

정신을 차린 모습을 보았기 때문일까, 안도의 감정이 샘솟았다. 난 살며시 웃으며 로버트의 상태를 살폈다. 이마에 송골송골 맺힌 식은땀이 또르르 흘러내렸다. 난 대야에 담긴 찬물로 수건을 적셔 땀을 닦아 주었다.

"아파……."

"아픈 건 금방 사라질 거예요."

"로버트 이제 죽어?"

수건을 쥔 손이 멈칫했다. 숨통이 꽉 조여 왔다. 저 작은 입에서 그런 말이 나올 줄 몰랐기에.

태어났을 때부터 아팠다고 들었다. 아마 세상을 배우기도 전에 고통부터 알게 되었으리라. 그래도 이런 말은 듣고 싶지 않았다. '죽음'을 생각하기에 로버트는 아직 너무 어렸으니까.

"안 죽어요."

"안 죽어?"

"네. 절대로요."

수건으로 다시 땀을 닦아 주며 최대한 아무렇지 않은 척 대꾸했다. 내가 겁먹은 모습을 보이면 로버트가 더 안 좋은 생각을 할까 싶어서. 저 작은 머리통이 슬픈 생각으로 채워지는 걸 원하지 않았다.

"배가 콕콕해."

"배가요?"

아프다는 건가? 난 시트를 덮고 있는 배를 흘끗 봤다. 의사가 아니니 본다고 알 수 있을 리가 없다. 유모를 돌아보자 여전히 곤히 잠든 채다. 유모를 깨워야 할까, 아니면 의사를 불러야 하나 잠시 고민했다.

다시 로버트의 얼굴을 살펴보니 고통스러운 기색은 보이지 않았다. 그저 눈을 껌뻑이고 있을 뿐이다. 많이 아프세요? 하고 묻자 고개를 젓는다. 난 머뭇대다가 작은 배에 살며시 손을 올려놓았다.

"아픈 거 아픈 거 다 날아가라."

조심히 쓰다듬어 주자 로버트의 눈이 동그래졌다.

"이렇게 하면 아픔이 저 멀리 날아가서 새가 꿀꺽 먹는대요."

넷째에게 자주 쓰던 방법이었다. 넷째는 자주 배앓이를 했다. 하루 종일 굶는 일이 허다했기 때문이다.

겨우 구해 온 식량은 언제나 아비와 앨리샤의 몫이었다. 우리에게 주어지는 건 먹다 남은 음식이 전부였고, 그마저도 없을 때가 많았다.

난 마크 아저씨 빵집에서 팔고 남은 빵을 얻어 올 때면 밤에 몰래 넷째에게 먹여 주곤 했다. 그럼에도 넷째는 나날이 말라 갔다. 몸 상태가 안 좋아 바깥 활동도 어려울 정도였다. 하지만 나 이외엔 집에 있는 넷째를 챙기는 사람은 아무도 없었다.

빵집에서 가져온 빵을 아비에게 들켜 빼앗긴 뒤론 굶주림이 더 심해졌다. 넷째는 자주 주린 배를 움켜쥐며 아프다고 훌쩍였다.

한번은 아프다는 아이의 배를 문지르며 달래 주던 아낙네의 모습을 보고, 그 방법을 따라 하며 넷째의 아픈 배를 살살 문질러 주었다. 이런다고 굶주림이 사라지진 않을 텐데, 넷째는 내 손길에 몸을 맡기며 잠이 들었다. 죽는 날까지 그랬다. 마치 둘째처럼.

날아가라, 날아가라. 우리 동생 아픈 거 다 날아가라. 저 멀리 날아가서 새가 먹어 치워라. 다시는 동생한테 오지 마라. 난 차갑게 식은 동생의 배를 쓰다듬 으며, 그렇게 넷째를 보냈다.

"새는 아야 안 해?"

"그런 걸 먹는 새라서 아야 안 해요."

"응. 아야 안 해."

새는 아야 안 해. 로버트가 나직이 중얼거리며 눈을 껌뻑거렸다. 난 다시 배 를 둥글게 쓰담쓰담 문질러 줬다.

"간지러."

로버트가 몸을 들썩이며 키득키득 웃었다.

"이제 안 콕콕해."

"다행이에요."

별 효과가 없다는 걸 아는데, 로버트는 듣기 좋은 말을 해 줬다. 난 쓰게 웃 으며 로버트의 안색을 꼼꼼히 살폈다. 만약 상태가 더 나빠지면 유모를 깨울 생각이었는데 다행히 심해지진 않은 듯하다.

어린아이가 아픈 건 무섭다. 약하기 때문에. 난 로버트의 얼굴을 뚫어져라 바라봤다. 그런 나와 시선을 부딪치던 로버트가 입을 달싹였다.

"책 읽어 줘."

"책이요?"

불현듯 들린 말에 되묻자, 고개를 작게 끄덕인다.

"로버트 아프면 어머니가 책 읽어 줬어."

"아, 잠시만요."

난 주변을 둘러보다 몸을 일으켰다. 탁자 위에 동화책 몇 권이 놓여 있었다. 그것들을 집어 들고 안을 펼쳐 보다가 그중 한 권을 가지고 다시 의자에 앉았다.

"용사다!"

내 손에 들린 동화책을 본 로버트가 눈을 반짝였다. 아무래도 남자아이이니까 모험 이야기를 좋아할 것 같아 골랐는데, 예상보다 더 반응이 좋다.

"모험 이야기 많이 좋아하세요?"

"모허무?"

"아, 아니. 용사, 용사님 좋아하세요?"

"응. 좋아! 용사는 막 용이랑 싸워도 이겨! 용사는 강해!"

책 표지엔 노란 머리의 체구가 작은 사람이 칼을 든 채 용맹스런 얼굴로 서 있었다. 이 사람이 용사인가 보다. 모험 이야기를 좋아하는 거 같긴 한데, 그중에서도 용이 나오는 판타지를 좋아하나 보다.

머리가 노래서일까, 왠지 로버트와 닮았다.

"여기 용사님이랑 도련님이랑 꼭 닮았네요."

"응? 로버트가 용사야?"

"네, 멋있는 용사님이에요."

"로버트가 멋있어?"

"네, 아주 멋있고, 엄청엄청 강한 용사님인걸요."

"응, 로버트 강해! 용이랑도 싸울 수 있어! 이렇게 이렇게!"

로버트가 칼을 쥐고 휘두르는 시늉을 하며 양손을 허공에 휘둘렀다. 용사가 저렇게 좋을까. 난 픽 웃으며 책을 펼쳤다. 그리고 차분히 책을 읽어 내려가기 시작했다.

로버트가 눈을 반짝이며 내 목소리를 경청했다. 누군가에게 책을 읽어 주는 건 오랜만이라 살짝 긴장했는데 다행히 로버트의 반응이 나쁘지 않았다. 입을 뻐끔거리며 집중하는 얼굴이 귀여워 살며시 웃었다.

페이지 절반이 알록달록한 그림으로 채워진 동화는 용에게 납치된 공주를 노란 머리의 용사가 칼을 들고 구하러 가는 이야기였다. 어린애가 이해하기 쉬울 정도로 내용이 단순했다.

책을 반 정도 읽었을 즈음, 로버트가 대뜸 소리쳤다.

"못난이는 요정 해!"

"요정이요?"

"응. 요정."

웬일로 좋은 말을 해 주는가 싶었는데, 로버트가 검지를 들어 어딘가를 가리켰다.

난 의아해하며 책 이곳저곳을 둘러보다가 표지에 시선을 꽂았다. 표지 위쪽에 둥근 모양의 무언가가 그려져 있다. 자세히 들여다보지 않으면 모를 정도로 쪼그마했다. 뾰쪽뾰쪽 털이 돋아나 있는 요 하얗고 둥근 게 요정인가 보다.

"못난이 털 요정."

"……."

그럼 그렇지. 난 허탈하게 웃으며 로버트가 가리킨 털 요정을 바라봤다. 이목구비는커녕 눈으로 추정되는 점 하나만 찍혀 있다.

"하하, 네. 털 요정 할게요."

"그럼 로버트랑 같이 있을 거야?"

"용이랑 싸울 때요?"

"응. 용이랑 싸울 때."

어린애다운 엉뚱한 물음이 귀여웠다. 이럴 땐 어울려 줘야지.

"그럼요. 곁에 있을게요. 제가 쪼그마해서 모습이 잘 보이지 않아도 걱정 마세요. 도련님 곁엔 도련님에게만 들리는 목소리가 있는데 그게 바로 저예요. 때론 모험을 하는 동료가 되고, 친구가 되고, 가족이 되고, 무엇이든 될 수 있어요. 모습이 보이지 않아도 계속 곁에 있을 거랍니다."

일부러 더 과장해서 맞장구를 치자 로버트의 눈이 초롱초롱 반짝였다. 좋아! 양손을 마구 휘저으며 몸을 이리저리 들썩인다. 난 기겁하며 그 행동을 저지시

컸다. 저러다 더 안 좋아질라.

아니나 다를까 로버트가 흥분한 얼굴로 색색 거친 숨을 뱉는다.

"도련님, 괜찮으세요? 또 배가 콕콕해요?"

"아니야! 콕콕 안 해!"

로버트가 버럭 소리쳤다. 괜찮은 척 연기까지 한다. 마구 도리질하는 얼굴을 살펴보면서 다시 배를 토닥여 주었다.

"으음…… 도련님……?"

등 뒤에서 작은 신음이 들려왔다. 유모가 잠에서 깨어난 모양이다. 늘어져 있던 몸을 바로 세우던 유모가 눈을 뜬 로버트를 발견하곤 퍼뜩 일어나 다가왔다.

"도련님!"

"유모—"

로버트가 밝게 웃으며 한 손을 흔들었다. 유모가 허리를 굽히고 그 작은 손을 꼬옥 붙잡았다. 곧 그녀의 얼굴이 일그러지더니 울음을 터트렸다.

로버트가 쓰러진 뒤 잘못될까 봐 내내 마음을 졸이던 유모였다. 로버트가 깨어난 걸 보자 안심이 됐는지 그녀는 눈물을 참지 못했다. 자신의 손등에 이마를 대고 훌쩍이는 유모를 바라보던 로버트, 그 마음을 알아챘는지 유모를 부르며 머리를 톡톡 두드렸다.

유모가 눈가를 훔치고 날 돌아봤다.

"언제 일어나셨어요?"

"30분쯤 됐어요. 그런데 배가 아프신가 봐요."

작게 속삭이자, 유모가 곧장 로버트의 상태를 살폈다. 배가 많이 아픈지, 다른 아픈 곳은 없는지 꼼꼼히 살펴본 뒤 허리를 폈다.

"속이 비어서 그런 거 같아요. 숨바꼭질한다고 아침도 대충 드셨거든요."

"먹을 걸 좀 가져올까요?"

"준비해 둔 게 있어요. 제가 가져올게요."

유모가 로버트의 손등을 한 번 매만지고 몸을 돌렸다. 램프를 챙기고 문 쪽으로 향하는 그녀를 보다가 난 다시 침대 옆 의자에 앉았다. 그러곤 로버트가 덮고 있는 시트를 목 끝까지 끌어 올렸다.

로버트가 다시 책을 읽어 달라며 칭얼거렸다. 고개를 끄덕이고는 책을 읽으려는데, 손에 아무것도 없다. 주변을 둘러보자 책이 바닥에 떨어져 있었다.

허리를 굽혀 떨어진 책을 집어 들 때였다.

"어머, 언제 오셨어요?"

유모의 놀란 목소리가 귓가를 파고들었다. 고개를 들자, 문을 열고 서 있는 유모의 맞은편에 누군가 있었다. 흐릿한 램프의 불빛에 비친 얼굴이 서서히 내 시야에 들어왔다. 난 눈을 큼지막하게 떴다.

대체, 언제 온 걸까.

문밖에 서 있는 사람은 빈센트였다.

"오셨으면 들어오시지 왜 그러고 서 계세요?"

"……."

유모가 내 의문을 대신 물었다. 하지만 빈센트는 대꾸하지 않았다. 가만히 서서 내게 시선을 줄 뿐이었다.

"백작님?"

빈센트에게서 아무런 대답이 없자 유모가 의아해하며 그를 불렀다. 그러나 빈센트는 여전히 어떠한 반응도 보이지 않은 채 이쪽을 뚫어져라 바라볼 뿐이었다.

난 눈을 껌뻑였다. 로버트를…… 보고 있는 거겠지? 당연히 그럴 거라 생각하지만, 어쩐지 내 피부가 따끔거리는 거 같다.

"빈센트?"

그때 문밖에서 또 다른 목소리가 끼어들었다.

빼꼼 모습을 드러낸 건 에단이었다. 가운을 걸친 가벼운 차림새인 걸로 보아, 로버트가 걱정돼서 와 본 듯하다.

"일이 있어서 늦는다더니. 네가 이 시간에 여길 찾아온 걸 보니까 로버트가 많이 걱정되긴 했나 보네."

"……."

"그래, 일은 잘 마무리했고?"

"……."

에단의 물음에도 빈센트는 대꾸하지 않았다. 그러자 에단이 잠시 말을 멈추고 빈센트를 살폈다. 분위기가 심상치 않다고 느꼈는지, 에단이 조심스러운 목소리로 빈센트? 하고 불렀다. 그제야 빈센트가 에단을 향해 고개를 돌렸다.

빈센트의 얼굴을 본 에단의 미간이 좁혀졌다.

"얼굴이 왜 그래. 여기 오기 전에 무슨 일 있었어?"

"……내 얼굴이 왜."

"유령이라도 본 얼굴인데?"

"……."

빈센트가 다시 입을 다물었다. 에단이 이상하다는 듯 빈센트를 위아래로 훑어보더니 유모 쪽으로 고개를 돌렸다. 유모가 잘 모르겠다며 고개를 젓는다. 그에 에단이 다시 빈센트를 보다가, 방 안으로 시선을 옮겼다.

"로버트는 어떻죠?"

"조금 전에 깨어나셨습니다."

유모의 말에 에단이 곧장 이쪽으로 시선을 주었다. 의자에 앉아 있는 나와, 침대에 누워 있는 로버트를 번갈아 보더니 살며시 웃으며 걸어왔다.

"로버트, 이제 괜찮니?"

"에단이다!"

로버트가 활짝 웃으며 에단에게 손을 흔들었다. 밤새 앓느라 목소리가 탁해졌지만, 그 안엔 반가움이 넘쳐흘렀다.

빠른 걸음으로 다가온 에단이 작은 손을 맞잡았다. 가까이서 본 그의 얼굴엔 안도한 기색이 역력했다.

"이제 괜찮아? 어디 아픈 곳 없어?"

"우우웅― 배 아파."

"배?"

에단이 날 돌아봤다.

"배고프신 거 같아요."

"아, 그럼 가볍게 먹을 만한 걸 준비해야겠군요."

"제가 가지러 가려던 참이었습니다."

유모가 대답한 뒤 빈센트에게 묵례하곤 걸음을 내디뎠다.

난 에단이 로버트와 편히 얘기를 나눌 수 있도록 의자에서 몸을 일으켰다. 침대맡 의자에 앉은 에단이 로버트의 안색을 꼼꼼히 살피며 상냥한 말을 건넸다. 로버트가 방긋방긋 웃으며 대꾸했다. 도란도란한 대화 소리가 귓가를 간질였다.

그때까지도 빈센트는 문밖에 서서 미동조차 없었다. 난 두 사람을 보면서도 빈센트 쪽을 흘끗댔다. 로버트를 보러 온 게 아닌가? 그게 아니라면 여기 올 이유가 없는데…….

하지만 그는 로버트가 깨어난 걸 알았음에도 에단처럼 방 안으로 들어와 살피지 않았다. 아니, 아까부터 그의 상태가 이상했다. 램프의 불빛이 일렁이는 얼굴은 어떠한 감정도 내비치지 않는다.

에단의 말대로 여기 오기 전에 무슨 일이 있었나? 계속 빈센트를 흘끗흘끗 바라봤다. 그러다 시선이 딱 부딪치고 말았다. 난 곧장 고개를 돌렸다.

괜히 봤다고 후회하며 고개를 아래로 푹 숙이고 양손을 꼼지락댔다. 나쁜 짓 하다 걸린 사람처럼 심장이 벌렁거린다.

잠시 후, 다시 문 쪽을 흘끗 보았을 땐, 빈센트의 모습은 온데간데없었다. 난 당황하며 감쪽같이 사라진 빈센트를 찾아 두리번댔다.

그러나 방 안 어디에도 그의 모습은 보이지 않았다. 설마, 가 버린 거야? 황당해하는 순간, 문 바깥쪽 바닥에 그어진 가는 빛줄기가 눈에 들어왔다. 난 홀리듯 그쪽으로 향했다.

복도로 나가자, 조금 떨어진 거리에 있는 빈센트가 보였다. 그는 벽에 기댄 채 몸을 웅크리고 있었다. 그의 손에 들린 램프의 불빛이 만들어 낸 그림자가 벽과 바닥에 퍼져 불안하게 흔들렸다.

난 허겁지겁 그에게 달려갔다.

"어디 아프신가요?!"

그의 어깨를 짚고 허리를 굽혀 얼굴을 들여다봤다. 그가 천천히 내 쪽으로 고개를 돌렸다. 벽에 비친 그림자가 한차례 휘청거렸다.

난 눈을 크게 떴다. 왜, 저런 표정을 하고 있을까. 환한 빛을 머금고도 그의 얼굴은 당장이라도 숨이 멎을 듯 창백했다.

어둡게 가라앉은 에메랄드빛 눈동자가 날 담아냈다.

"주……인님?"

어쩐지 분위기가 심상치 않아 당황스러웠다. 왜 이러고 있는 건지, 어디 아픈 건 아닌지, 수십 가지 떠올랐던 걱정이 그의 얼굴을 보자마자 사라져 버렸다.

그는 내 부름에 답하지 않았다. 그저 내 얼굴을 뚫어져라 바라볼 뿐이다. 그 시선이 어쩐지 집요하게 달라붙는 거 같아 나도 모르게 긴장되었다. 마른 입술을 혀로 축이며 그의 어깨를 짚고 있는 손을 슬쩍 떼어 냈다.

그 순간, 빈센트가 내 양팔을 덥석 붙잡았다. 굉장히 다급한 움직임이었다. 뒤로 물러나려던 몸이 순식간에 앞으로 끌어당겨졌다.

램프가 타닥 소리를 내며 바닥으로 떨어졌다. 불빛이 주변을 핑그르르 돌다가, 곧 벽을 비추며 멈췄다. 빛을 잃은 시야에 어둠이 들이닥쳤다.

다시 환하게 밝아졌을 땐, 그의 얼굴이 맞닿을 듯 가까워져 있었다. 내 눈이 팽글팽글 돌아갔다.

"저, 저기."

"너."

그의 얼굴이 서서히 일그러졌다.

"너 말이야……."

탁한 목소리가 무겁게 흘러나왔다. 그러나 급하게 입술을 달싹였던 것과 달리 그는 쉽사리 말을 뱉지 못했다. 일그러진 얼굴은 화가 난 것 같기도 하고, 우는 것 같기도 했다. 유달리 반짝이는 에메랄드빛 눈동자가 내게서 한순간도 떨어지지 않았다.

주변이 어둠에 삼켜진 탓일까, 아니면 벽면에 드리워진 그의 그림자가 너무 커다래서 그런 걸까. 눈앞의 빈센트가 어쩐지 무섭게 느껴졌다.

"도, 도련님 깨어나셨는데 보러 안 가세요?"

난 애써 아무렇지 않은 척 웃으며 팔을 슬쩍 빼내려고 했다. 하지만 그럴수록 팔을 더 강하게 조여 온다. 그에 당황스러웠으나 우선 분위기를 풀고자 괜히 주절주절 말을 늘어놓았다.

"이제 막 깨어나시긴 했지만, 다행히 처음보단 열이 내려갔어요. 안색도 좀 좋아진 거 같고, 말도 곧잘 하시고, 웃기도 하시고……."

"……."

"아, 배도 고프신가 봐요. 콕콕거린다고 하셔서 배가 아프다는 뜻인 줄 알고 걱정했는데, 유모님이 배곯아서 그런 거라고 하시더라고요. 그러니 안심해도 되지 않을까 싶어요. 보니까 금방 쾌차하실 거 같아요."

"……."

"참 다행이죠? 진짜. 하하, 하……."

침묵이 무거웠다. 그의 시선은 더 무거웠다. 빈센트에게서 여전히 아무런 대꾸가 없자 너스레를 떨던 나도 지쳐 말을 멈추었다. 내 목소리가 사라지자 복도는 다시 고요해졌다.

난 한숨을 내뱉었다.

"아파요."

결국 솔직한 마음을 털어놓으며 잡힌 팔을 살짝 흔들었다. 그에게 붙들린 팔이 점점 아파 왔다.

그의 기세가 상당해 쉽게 놓아주지 않을 줄 알았는데.

"아파?"

의외로 빈센트는 순순히 손의 힘을 풀었다. 그제야 난 뒤로 두 발자국 물러났다.

저릿한 팔뚝을 문지르며 그를 흘끗댔다. 잡힌 건 팔뿐이었는데, 그는 마치 내 온몸이 다 아픈 것처럼 이곳저곳을 살펴본다.

"미안해. 아프게 할 생각은 없었는데."

그 말에 난 깜짝 놀랐다. 빈센트가 사과를 하다니! 조금 전까지 느꼈던 당혹스러움도 잊어버린 채 난 그를 심각하게 바라봤다. 정말 어디 아픈 건가?

"사실 용이 공주였어."

"네?"

갑작스런 화제에 의아해하는데 빈센트가 허리를 굽히며 뭔가를 집어 들었다. 로버트에게 읽어 주었던 책이다. 나도 모르게 들고 나왔나 보다.

그가 책을 내게 쓱 내밀었다. 표지 속 노란 머리 남자가 날 보며 웃는다. 난 얼결에 책을 받아 들었다.

"용에게 납치된 공주를 구하기 위해 한 남자가 칼을 들고 찾아가 용을 해치웠는데, 알고 보니 저주에 걸린 공주가 용이 되었던 거였지. 용의 죽음은 공주의 죽음과 다를 바 없었어. 죽은 뒤에야 저주가 풀려, 본래의 모습으로 돌아온 공주를 목격한 남자는 자신이 한 짓에 충격을 받고 자살하고 말아. 사람들은 공주와 남자가 용을 물리치다가 희생당했다고 생각하고, 남자를 용사라 지칭하며 오래도록 기억한다는 게 그 책의 원래 결말이었다더군. 아이들이 읽는 동화의 내용으론 적절하지 못해서, 새롭게 각색한 뒤 출간했다고 해."

"그, 렇군요. 몰랐네요."

난 멍하니 그가 해 준 이야기를 곱씹었다. 아니, 무슨 그런 이야기로 동화를 만들었대? 어른인 내가 듣기에도 충분히 충격적인 이야기였다. 내용을 각색하지 않고, 원래대로 진행했다면 동화는커녕 출간 금지당했을 거 같았다.

난 표지를 위아래로 뒤집어 보다가, 책장을 팔랑팔랑 펼쳤다. 원래의 결말은 전혀 상상할 수 없는, 귀여운 그림들이 눈에 들어왔다.

"그 남자도 이런 기분이었겠지."

나직한 중얼거림이 어쩐지 낯설게 귓속을 파고들었다.

"다행이지?"

"네?"

"그런 결말로 나오지 않아서."

"어…… 네. 그러네요."

얼결에 대꾸했으나 기분이 이상했다. 그게 다행인 건가. 생각지도 못한 빈센트의 동화 사랑에 난 인상을 썼다. 아까부터 그의 상태가 이상하긴 한데 정확히 뭐가 이상한지 잘 모르겠다.

"나도 다행이라 생각해. 그런 결말이 아니라서."

"……"

"정말 다행이야."

뭐가 다행이란 건지 모르겠지만 그 말을 하며 빈센트는 살짝 웃는 거 같았다. 그래서 나도 어색하게 하하 마주 웃었다.

그때, 방 안에서 날 찾는 에단의 목소리가 들려왔다. 난 퍼뜩 정신을 차리고 뒤돌아봤다.

그 순간, 큼지막한 손이 내 어깨를 살며시 감싸 쥐었다. 조심스러운 손길이었지만 난 몸을 움찔 떨고 말았다. 그걸 느꼈는지 내 어깨에 닿은 손이 멈칫했다.

"들어가 봐. 나도 곧 들어갈 테니."

예상외로 가벼운 목소리였다. 난 고개를 한 번 주억거리고는 천천히 걸음을 내디뎠다. 그러다 세 걸음 만에 멈추고 다시 빈센트를 바라봤다.

아무런 기척도 없는 복도는 무서울 정도로 고요했다. 작은 숨소리조차 들려오지 않는 적막. 끝이 보이지 않는 복도에는 어둠만이 자신의 존재를 드러냈다. 그 어둠 속에서 빈센트가 홀로 서 있다.

참 이상하지. 비록 바닥에 떨어져 있으나 램프의 불빛이 그를 비추고 있는데, 빛의 경계에 서 있는 나보다 그가 더 불안해 보였다. 마치 길 잃은 어린아이처럼, 시력을 잃고 시트를 뒤집어쓴 채 침대에 덩그러니 앉아 있던 5년 전 그때처럼.

갑자기 시커먼 어둠이 그를 집어삼킬까 걱정이 됐다. 그래서 자꾸 몇 발자국 걷지 못하고 뒤를 돌아보게 되었다. 그때마다 빈센트는 그 자리에 가만히 서서 멀어지는 날 보고 있었다. 내가 로버트의 방문 앞에 다다를 때까지 그 자리에서, 계속계속.

"정말 괜찮으신 거죠?"

방으로 들어가기 전, 문득 그리 물었다. 나 스스로도 뭘 묻고 싶은 건지 몰랐지만, 그냥 내뱉었다.

"괜찮아."

그는 내가 걱정하는 게 무엇인지 묻지도 않고 대답했다.

"이제 괜찮을 거 같아."

로버트는 그 뒤로도 며칠을 더 앓았다. 이상하게 계속 미열이 나서 고생했다. 나와 유모가 밤마다 교대로 남아 로버트를 보살폈고, 에단과 조엘리도 밤낮없이 찾아와 로버트의 곁을 지켜 주었다.

다들 어찌나 살뜰히 챙기는지, 열이 오른 로버트가 밤잠을 설칠 때면, 누가 먼저랄 것도 없이 말동무를 자처했고, 바쁜 빈센트마저 하루도 거르지 않고 꼬박꼬박 찾아올 정도였다.

그리고 나는 빈센트가 올 때면 남몰래 긴장하곤 했다. 등 뒤에 따라붙는 그의 시선 때문이었다.

처음엔 착각이라 생각했다. 그가 자꾸 날 보는 것 같다는, 그런 착각.

하지만 그와 한 공간에 있게 되면서 그것이 마냥 착각은 아니란 생각이 들었다. 왜냐면 내가 그를 의식하며 볼 때마다 그도 날 보고 있었으니까. 간혹 시선이 부딪치면 난 허겁지겁 고개를 돌리곤 했다.

그의 상태가 이상했던 날 이후로, 빈센트는 종종 내게 시선을 보내왔다. 그 시선이 얼마나 따끔하던지. 가끔은 집요하게까지 느껴져 괜히 긴장이 되곤 했다.

혹시 일을 잘하고 있는지 감시하는 건가? 차라리 그 편이 더 일리 있을 정도였다.

그런 내 사정과 달리, 각별한 보살핌을 받은 로버트는 금세 건강을 되찾았다. 미열도 어느 순간 내려갔고, 혈색도 밝아졌다. 식사도 곧잘 하게 되자, 진찰을 하러 온 의사가 이제 괜찮을 거 같다고 말했다. 모두 가슴을 쓸어내리며 안도했다.

"다행이구나, 로버트."

조엘리가 로버트의 머리를 쓰다듬으며 웃었다. 로버트도 따라서 활짝 웃었다. 말간 얼굴이 보기 좋았다.

로버트가 쾌차하는 날, 에단과 함께 아침 식사를 하기로 약속했다. 그는 저번 저녁 식사 이후로 로버트와 같이하는 자리를 마련하는 데 적극적이었다. 거기에 조엘리도 참석 의사를 밝혔다. 지난번에 가지 못했던 게 마음에 걸렸다고 했다.

세 사람의 식사 약속이 오늘로 결정되자 다시 유모와 오드리가 나섰다. 부엌으로 내려가 꼼꼼히 메뉴를 살피고 의견을 나누며 의기투합했다. 활활 타오르는 두 여성 사이에서 요리사가 땀을 뻘뻘 흘리며 요리를 만들었다.

식탁에는 하얀 식탁보가 깔렸고, 먹음직스런 음식들이 그 위를 가득 채웠다. 이번에도 세 사람의 입맛을 모두 고려한 듯 음식이 다양했다.

음식들이 담긴 접시 사이사이에는 꽃을 꽂은 꽃병을 놓기로 했다. 비록 아침뿐이었지만, 식사를 함께하게 되었으니 기왕이면 만찬처럼 꾸며 달라는 조엘리의 요구가 있었다. 그래서 만찬 흉내를 낼 꽃도 따로 주문해 둔 상태였다.

꽃을 든 마차가 때맞춰서 저택 문 앞에 당도했다. 대기하고 있던 하녀들이 마차 안에 들어 있는 꽃병들을 하나씩 들고 식당으로 가져갔다. 꽃은 하나같이 크고 화려했다. 오드리의 지시하에 꾸며진 식당은 마치 꽃밭 같았다.

"한 개가 부족한데."

꽃병의 개수를 헤아려 본 오드리가 중얼거렸다.

"아래 내려가서 꽃병이 하나 부족하다고 전해요. 어떻게 된 거냐고."

"알겠습니다."

오드리의 지시를 받은 난 식당을 나와 복도를 걸어갔다. 그러다 저택 문 앞에 다다랐을 즈음 한 여자가 허리를 굽힌 채 꽃병을 들여다보고 있는 게 보였다.

"무슨 일 있으신가요?"

"꽃병 바닥이 깨져 버렸어요."

곁으로 다가가 묻자, 여자가 당황하며 말했다. 나도 고개를 숙여 꽃병 밑부분을 살펴보았다. 정말 바닥 한쪽이 깨져 있었다. 깨진 구멍이 꽤 커서 꽃병을 더는 쓸 수 없을 거 같았다.

"이건 더 못 쓰겠네요."

그리 결론 내리고 허리를 펴자, 여자가 날 뚫어지게 바라보았다. 왜 그렇게 보나 싶어 시선을 마주하자, 여자가 갑자기 활짝 웃는다.

"세상에! 맞죠?"

여자가 손뼉을 짝 쳤다. 그러다 양팔을 휘저으며 알은척해 오자 난 당황해 눈을 껌뻑였다.

"정말 오랜만이에요! 이게 얼마 만이야!"

"저를 아시나요?"

"그럼요! 이름이 뭐였더라…… 포, 폴라? 맞나?"

그녀의 입에서 내 이름이 정확히 나오자 깜짝 놀랐다. 난 다급히 여자의 입을 틀어막고 주변을 둘러봤다. 여자가 보고 있던 꽃병을 빼고는 모두 식당에 가져다 놓았고, 하녀들도 각자 맡은 구역으로 떠난 뒤라 다행히 주변엔 아무도 없었다.

그제야 난 여자의 입을 틀어막고 있던 손을 떼어 냈다. 그리고 여자를 위아래로 훑어봤다. 어디서 본 적이 있는 거 같기도 하고, 누구지?

내 행동을 멀뚱히 바라보던 여자는 내가 자신을 기억하지 못한다는 걸 알아챘는지, 얼굴에서 점점 웃음기가 사라졌다.

"내가 누군지 몰라요?"

"전혀…… 미안해요."

"아이참. 나예요, 레니카."

레니카? 이름을 듣자 문득 떠오르는 사람이 있었다. 아. 짧게 탄식하며 다시 그녀를 보자 생글 웃는다. 그러곤 반갑다는 듯 포옹하며 등을 토닥이는데 얼결에 안겨 버렸다.

"세상에! 갑자기 사라져서 다들 뭔 일 있었던 거 아니냐며 말들이 많았는데! 다행히 잘 지내고 있었네요. 아니, 그동안 어떻게 된 거예요. 여긴 언제 다시 돌아온 거예요?"

"아니, 다시 돌아온 건 아니고, 잠시 동안만……. 그러는 당신이야말로 여긴 어쩐 일이에요? 심부름 온 건가요?"

하지만 그렇다고 하기엔 그녀의 복장이 외출복에 가까웠다. 게다가, 배가 볼록하다.

"나 여기 그만둔 지 꽤 됐어요. 지금은 다른 마을에서 꽃 가게를 하고 있어요. 이번에 잠시 이곳으로 놀러 왔다가 아는 분이 여기서 꽃 주문이 들어왔다고 말씀해 주시기에, 오랜만에 생각이 나서 한번 와 본 거예요."

"그렇군요. 몰랐네요."

"그런데 갑자기 왜 떠난 거예요? 잠깐 다른 곳에 있다가 돌아오는 거 아니었어요? 영영 안 오길래 놀랐어요."

"사정이 좀 있었습니다."

별로 말하고 싶지 않아 웃으며 넘기자 그녀도 더는 묻지 않았다. 그저 연신 반갑다고 말하며 내 양손을 붙잡고 휙휙 흔든다. 정말 반가워하는 기색이라 좀 당황스러웠다.

레니카는 내가 별채에서 일했을 때 빨랫감을 가져가고, 새것을 건네주던 사용인이었다. 가끔 대화를 나눈 적은 있지만 정말 짧은 몇 마디가 전부였다. 마지막에 좀 긴 대화를 나누긴 했어도 달가운 화제는 아니었다. 변변찮은 추억도 없는데 이렇게 반겨 주니 민망하기도 하고, 고맙기도 했다.

"배는 어떻게 된 거예요?"

"후후, 임신했어요. 곧 산달이에요."

"축하해요."

"고마워요."

레니카가 수줍게 웃었다.

안부 몇 가지를 더 물은 뒤, 깨진 꽃병을 수습했다. 레니카의 지인이자 꽃 가게 주인인 중년 남자는 깨진 꽃병값은 받지 않겠다며, 꽃만 빼서 건네주었다. 오드리가 그걸 다른 꽃병에 꽂아 장식했다.

꽃 배달이 마무리되고, 난 레니카를 배웅했다. 마차로 향하는 내내 그녀는 자신의 연애사를 주절주절 늘어놓았다. 별로 궁금한 이야기는 아니었지만, 마치 오랜만에 만난 친구에게 안부를 전해 주는 것처럼 굴기에 차마 뭐라 하진 못하고 얌전히 들어 주었다.

"너무 내 얘기만 했네. 당신 얘기도 좀 해 봐요. 어떻게 여기 다시 오게 된 거예요?"

"어쩌다 보니…… 그렇게 되었네요."

"에이, 그게 뭐예요."

그녀와 달리, 난 내 안부를 주절주절 얘기할 수 없었다. 어물쩍 넘기는 내게 레니카는 별다른 말을 하지 않았다. 그저 쿡쿡 웃으며 자신의 배를 쓰다듬을 뿐이었다.

재회의 순간은 짧았다. 어느새 마차 앞에 당도한 레니카가 아쉬운 얼굴을 했다.

"아는 사람이 이 저택에 취직했다고 해서, 아마 마을을 떠나기 전에 한 번 더 이곳에 오게 될 거 같아요. 그때 또 얘기 나눠요."

"알겠어요."

다시 만날 수 있을지는 모르겠지만 순순히 고개를 끄덕여 주었다. 그러다 불현듯 궁금증이 샘솟았다. 사실, 이 저택에 대해 알게 된 뒤로 가장 궁금한 것 중 하나였으나 그 누구에게도 물어보지 못한 질문이었다.

"레니카."

"네?"

마차에 오른 레니카가 창문으로 빼꼼 고개를 내밀었다. 난 머뭇거리다가 나직이 물었다.

"이자벨라 님은 잘 계시겠죠? 여기선 보지 못해서요."

그러자 레니카가 눈을 동그랗게 떴다. 놀란 거 같기도 하고, 당황하는 거 같기도 하다. 어째서?

"아, 소식을 못 들었겠군요. 당신이 그만두고 얼마 지나지 않아서 이자벨라 님도 그만두셨어요."

그 말에 난 그녀를 만났을 때보다 더 깜짝 놀랐다. 전혀 생각지도 못한 말이었다. 설마 이자벨라가 그만뒀을 줄이야……. 혹시, 나 때문일까?

그녀가 날 도와주었던 기억이 아직도 선명하다. 위험한 행동이라는 걸 알면서도 내가 도망칠 수 있도록 도와주었으니, 역시 이곳에 더는 머무를 수 없었나 보다. 혹시 날 도와준 것 때문에 위험한 일에 휘말린 건 아닌지 걱정됐다.

"왜 그만두셨는지 아시나요?"

"모르겠어요. 갑자기 그만두셨거든요. 그것만으로도 놀랄 일인데, 집사님까지 떠나셔서 한동안 저택이 난리가 났었죠."

"네? 집사님이요?"

가슴이 철렁 내려앉았다. 이건 또 무슨 소리일까.

"그것도 꽤 됐어요. 4년 전이었던가? 주인님이 좀 오랫동안 저택을 비우셨던 적이 있었는데, 다시 돌아오신 지 며칠 지나지 않아 집사님이 그만두셨어요. 들리는 소문으로는 주인님이 자르셨다고 하던데, 정확한 건 나도 모르겠어요. 연세도 있으시고, 뭐, 사정이 있으셨겠죠. 젊은 시절부터 벨루니타 가문을 보필하셨던 분인데 설마 하루아침에 자르셨을까요."

이상하다고 생각하긴 했다. 이곳에 온 뒤로 제법 시간이 흘렀지만 단 한 번도 이자벨라나 집사를 본 적이 없었으니까.

저택을 관리하는 사람들이니, 한 번쯤은 마주칠 거라 생각했다. 그래서 겁먹고 진지하게 도망을 고민했었는데, 그 생각이 무색하게 어떤 일도 벌어지지 않았다.

비록 에단 때문이기는 했지만, 늘어난 가채용 기간을 받아들이게 된 데에는 저택에서 지내는 내내 어떠한 위압감도 느끼지 못했다는 이유도 있었다.

숲속에 있는 저택이니 따로 관리할지도 모른다고 생각해 보기는 했으나, 설마 그들이 애초부터 이곳에 없을 거라곤 전혀 상상도 못 했다.

레니카가 손을 흔들며 인사를 했다. 나도 그녀를 따라 손을 흔들긴 했지만, 마음속에는 왠지 모를 찜찜함이 남아 있었다.

이 기분을 뭐라고 해야 할까. 이곳이 어디인지 알게 된 순간부터 느꼈던 찜찜함이 좀 더 생생하게 다가온 것 같달까. 머릿속에 든 의문은 많은데, 단 한 가지도 답을 얻어 내지 못했다. 의문을 풀어 줄 만한 사람도 없으니, 답답함만 쌓여 갔다.

에단에게 물어볼까? 그 생각에 에단의 방으로 향하는 걸음을 재촉했다.

"에단 님, 저 묻고 싶은 게!"

그리고 문 앞에 다다르자마자 방문을 벌컥 열었다가 기절할 뻔했다. 놀랍게도 방 한가운데에 빈센트가 떡하니 서 있었다.

방 안으로 들어가던 내 걸음은 당연히 멈칫했다. 빈센트가 느릿하게 고개를 돌리며 내게 시선을 주었다.

"어디 갔다 오는 길이지?"

"……아침 식사를 준비하고 오는 길이었습니다."

그리 말하며 슬쩍 침대 쪽을 살폈다. 웬일로 에단이 일어나 있었다. 침대에 앉아 있는 그는 마치 꿈을 꾸듯 멍한 표정으로 빈센트를 올려다봤다. 아직 잠이 반쯤은 덜 깬 모양이다.

하긴, 놀랄 수밖에. 나도 이렇게 놀라운데. 빈센트가 이른 아침에 저택에 찾아오는 건 드문 일이었다. 로버트가 아팠을 때도 저녁이나 늦은 밤이 되어서야 얼굴을 비쳤었다. 그런 그가 지금 이 시간에, 그것도 에단의 방에 찾아오다니……. 오늘 뭔 일이 생기려나?

아마 빈센트도 로버트와 아침 식사를 하러 온 거겠지? 이번엔 조엘리도 같이하기로 하지 않았던가. 일리 있는 생각이라 마음속으로 고개를 끄덕였다.

"준비는 다 되었으니, 식당으로 가시면 됩니다."

"……."

당연한 듯 설명했으나 어쩐지 돌아오는 대답이 없다. 의아해하며 바라보자, 빈센트가 다시 고개를 돌려 에단을 바라봤다.

"준비 다 되었다는군."

"에?"

에단이 입을 벌리며 멍청한 얼굴로 되물었다. 눈을 껌뻑껌뻑하는 걸 보니 정신을 차리려고 노력하는 듯하다. 그러나 유독 아침 시간에 취약한 그였기에 오히려 지금 이 상황을 꿈이라고 치부할 수도 있었다.

난 일단 놀란 마음을 추스르고, 비몽사몽인 에단을 일으켜 욕실로 떠밀었다. 그리고 새 수건과 갈아입을 옷을 챙겼다. 그런 날 지켜보는 빈센트의 시선이 뜨거웠다.

이제는 익숙한 시선이다. 감시당하는 기분이 들어 부담스러웠지만 난 애써 모르는 척하며 욕실로 향했다.

욕실 안으로 들어가자 아니나 다를까 에단이 물어 왔다.

"오늘 혹시 무슨 일 생겼어요?"

그런데 에단의 얼굴이 그새 흠뻑 젖어 있었다. 아무래도 제정신을 차리려고 얼굴에 찬물을 잔뜩 끼얹었나 보다.

날 바라보는 에단의 표정이 짐짓 심각했다. 그도 지금 이 상황이 많이 이상하다고 생각하는 듯했다.

"아직 무슨 일이 생기진 않았습니다."

"앞으로 생길 수도 있다는 거군요."

"글쎄요. 주인님이 왜 에단 님을 찾아오셨는지, 말씀 안 하셨나요?"

"전혀요. 누가 자꾸 툭툭 치기에 일어났더니 눈앞에 빈센트가 있지 뭡니까. 나 진짜 깜짝 놀란 거 알아요? 심장이 떨어지는 줄 알았어요."

그리 말하며 에단이 자신의 가슴께를 문질렀다. 잠자다가 죽은 게 아닐까 하는 생각까지 했다고 덧붙였다.

"함께 아침 식사를 하러 오신 게 아닐까요?"

"알려 준 적 없는데……."

"조엘리 님이 알려 드렸을 수도 있죠."

난 그에게 새 수건을 내밀었다.

"일단, 씻고 준비하신 뒤 식당으로 가요. 아침 식사 준비가 끝났거든요."

"그래요. 씻고, 가야죠."

에단이 수건을 받아 얼굴의 물기를 닦았다. 그럼에도 아직 좀 멍해 보였다.

"목욕물을 준비할까요?"

"아니, 가볍게 씻고 싶군요."

"알겠습니다."

난 에단이 갈아입을 옷을 선반 위에 올려 두고, 세숫대야를 꺼내 물을 받았다. 에단이 팔짱을 낀 채 벽에 살짝 기대섰다.

잠시 동안 욕실 안엔 쫄쫄쫄 물소리만 울려 퍼졌다. 그러다 어느 정도 물이 찬 세숫대야를 들고 에단 쪽으로 몸을 돌리려던 때였다. 빈센트가 욕실로 들이닥쳤다.

갑작스런 빈센트의 등장에 나와 에단이 어리둥절하게 바라봤다. 그런 우리 두 사람에게 한 번씩 시선을 준 빈센트가 못마땅하다는 듯 말했다.

"왜 이리 늦어."

뭘 얼마나 기다렸다고 다짜고짜 짜증을 낸다. 그러면서 들고 온 가운을 에단의 얼굴에 내던지기까지 했다.

갑작스러운 습격에 잠시 휘청한 에단이 자신의 얼굴을 가리고 있던 가운을 끌어 내리며 얼떨떨한 표정을 지었다.

"이건 왜?"

"옷 좀 입어."

"뭐?"

에단이 또다시 눈꺼풀을 껌뻑껌뻑했다. 그러다 시선을 내려 상의를 탈의한 채 아슬아슬하게 바지만 걸쳐 입은 자신의 몸을 바라봤다.

"여기가 네 저택이야? 잘 땐 벗고 자더라도, 깨어났을 땐 걸쳐."

"어……."

에단은 빈센트의 반응에 뭐라 대꾸해야 할지 모르겠다는 얼굴을 했다. 난 눈을 휘둥그레 뜨고 빈센트를 바라봤다. 갑자기 들어와서 웬 참견인지. 하지만 빈센트는 도리어 불만스럽게 미간을 좁혔다.

에단이 가운을 든 채로 멍청하게 서 있자, 빈센트가 다가가 손수 가운을 입혀 주려고 했다. 그제야 에단이 화들짝 놀라며 허겁지겁 가운을 걸치곤, 손으로 옷깃을 꼬옥 붙잡았다. 그 모습을 지켜보던 빈센트가 가운의 끈을 묶어 주었다.

예상치 못한 광경을 목격하게 된 난 이 세숫대야를 줘도 되는 건지 잠시 고민에 빠졌다.

결국 에단은 빈센트의 관심을 한껏 받으며 씻고 식사하러 갈 준비를 마쳤다.

셋이 나란히 방을 나섰을 땐 침묵만이 우리 주위를 배회했다. 지나친 관심은 독이라는 걸 몸소 증명해 보인 에단이 미미하게 얼굴을 구기며 내 귓가에 작게 속삭였다.

"오늘 정말 뭔 일이 터지려나 봐요."

그의 시선이 앞서 걸어가는 빈센트에게 꽂혔다. 나도 빈센트를 바라보며 격하게 고개를 끄덕이는 것으로 동감을 표했다. 오늘 정말 뭔 일이 터지려는 거 같다. 그것도 굉장히 안 좋거나, 재수 없는 일이.

무슨 큰일이 터질지 알아맞히기 놀이를 하듯 에단과 이런저런 이야기를 속삭이며 걸어갔다.

그런데 앞서가던 빈센트가 돌연 걸음을 멈추었다. 나와 에단도 그를 따라 뚝 멈춰 섰다. 빙글 몸을 돌린 빈센트는 이번에도 불만스런 표정이었다.

"뭐 하는 거지."

"응?"

"네?"

대체 뭘 묻는 거지. 나와 에단은 서로 마주 보며 의문을 표했다. 그러자 빈센트가 미간을 더 좁히며 다가오더니 갑자기 나와 에단 사이를 비집고 들어와 우리 둘 가운데 섰다. 얼결에 옆으로 밀려나 버린 난 황당한 표정으로 빈센트를 바라봤다. 에단도 나와 같은 얼굴이었다.

"둘이 많이 친해?"

"뭐?"

"예?"

이번에도 둘 다 이해하지 못하고 되묻자, 빈센트가 잠시 고민하듯 허공을 본다. 아니, 노려본다는 게 정확한 표현 같다. 불만을 노골적으로 드러내고 있는 얼굴이 아까부터 흉흉하기 짝이 없었다.

"친하냐고. 그러고 보니 예전부터 아는 사이라고 했었지."

"그런 건 왜 물어보는데."

"궁금하니까."

"그게 대체 왜 궁금한 건데?"

에단이 답답하다는 듯 물었다. 빈센트가 에단을 바라봤다.

"그냥, 궁금해서."

"너 어디 아파?"

에단이 차분히 너 미쳤냐고 물어봤다. 빈센트가 고개를 저었다.

"말해 봐. 친해?"

"친하면 어떡할 건데? 아주아주아주 많이 친하다고 하면."

"그럼⋯⋯."

고민하듯 말꼬리를 늘어뜨린 빈센트가 곧 단호히 말했다.

"이제 친하게 지내지 마."

그러곤 내 등을 툭 밀었다. 졸지에 앞장서게 된 난 이건 또 무슨 상황인가 싶었다. 뒤돌아보자 에단은 당황해 하고 있었고, 빈센트는 태연한 낯짝으로 손을 획획 저었다. 빨리 가, 그런 느낌.

나는 일단 앞장서 걸음을 내디뎠다. 그런 내 뒤를 빈센트와 에단이 졸졸 쫓아왔다.

"너 아까부터 대체 왜 이래?"

"내가 뭘."

"언제부터 그런 걸 신경 썼다고. 아니, 왜 아침부터 찾아와서 이런 이상한 행동을 하는 건데? 뭐 하자는 거야?"

"아침 식사 하러 가는 거잖아."

"우리 말고 너 말이야, 너!"

등 뒤에서 티격태격 대화하는 소리가 들려왔다. 어떻게 하면 어색해진 관계를 회복할 수 있을지 고민하던 사람들이라는 게 믿기지 않을 정도로 빈센트와 에단은 옥신각신하느라 정신없었다. 난 입매를 굳히고, 마음속으로 부디 오늘 하루가 조용히 지나가기를 간절히 기도했다.

식당으로 들어서자 로버트와 조엘리가 먼저 도착해 있었다. 앨리샤가 내게 흘끗 시선을 주더니, 눈이 마주치자 고개를 돌리며 모른 척했다. 나도 별로 신경 쓰고 싶지 않아 관심을 뗐다.

조엘리가 내 뒤를 따라 식당 안으로 들어오는 빈센트를 보곤 눈을 휘둥그레 떴다.

"어머, 빈센트. 언제 왔어?"

"방금 전에."

오드리가 안내한 자리에 앉으며 빈센트가 답했다. 조엘리의 옆자리에 앉은 에단은 의자에 엉덩이를 붙이자마자 물부터 찾아 들이켰다.

"넌 또 얼굴이 왜 그래? 무슨 일 있었어?"

"……."

사납게 구겨진 에단의 얼굴을 본 조엘리가 물었다. 에단은 조엘리의 물음에 답하지 않고 빈센트를 노려봤다. 빈센트는 도도하게 그 시선을 무시했다. 그 와중에 앨리샤는 눈을 반짝이며 빈센트의 앞에 식기와 커트러리를 놓아 주었다.

오드리는 빈센트의 등장에 당황한 듯했다.

"오실 줄 알았으면 음식에 더 신경 썼을 텐데요."

로버트와 에단, 조엘리만 모이는 줄 알고 세 사람의 입맛을 고려한 음식만 준비했다. 빈센트가 온다는 얘기는 없었기에 그의 취향을 고려하지 못했다. 여러 종류의 음식을 준비하긴 했으나 그의 입맛엔 맞지 않을 수도 있었다.

"괜찮아."

하지만 빈센트는 대수롭지 않게 대답했다.

"그래, 다음부턴 미리 언질 좀 하고 오는 게 어때?"

이때다 싶었는지 에단이 한마디 던졌다.

"네가 오라며."

"내가? 언제?"

"식사하러 오라고 하인을 보냈었잖아."

무슨 생뚱맞은 소리냐는 듯 인상을 쓰고 빈센트를 보던 에단이, 문득 무언가 떠올랐는지 짧게 탄식했다.

"그건 지난번 저녁 식사 자리를 말한 거지. 그리고 너 그때 바쁘다고 안 왔잖아."

"그래서 지금 왔잖아. 불만인가?"

"……아니, 자알 왔다고."

본전도 못 찾은 에단이 떨떠름한 표정으로 수프를 떠먹었다.

그런 에단과는 달리 빈센트의 등장에 신이 난 로버트는 입이 귀에 걸렸다. 한껏 고조된 목소리로 이건 맛있고 저건 맛이 없다며 음식 품평을 늘어놓는 걸 빈센트가 픽 웃으며 들었다.

식당은 순식간에 시끌벅적해졌다.

그중 가장 즐거워하는 사람은 로버트였다. 아이는 평소보다 들뜬 표정으로 주절주절 말을 뱉으며 까르륵 웃었다. 내 옆에 서 있던 유모가 로버트의 기분이 좋아 보여 다행이라고 속삭였다. 나는 고개를 끄덕이며 유모의 말에 동감했다. 생각보다 더 좋은 시간이 된 것 같았다.

식사 자리가 어느 정도 무르익었을 즈음, 식탁 위를 쭉 훑은 오드리가 내게 다가와 말했다.

"디저트를 내오라고 하세요."

"알겠습니다."

오드리의 지시에 난 몸을 돌려 복도로 나왔다. 빈 물통을 든 앨리샤가 내 뒤를 따랐다. 물을 채워 오라는 지시가 있었나 보다.

둘만 있게 되자, 앨리샤가 곧장 궁금한 것을 물어 댔다.

"빈센트 님이랑은 어쩌다 같이 오게 된 거야?"

"내가 모시는 백작님 방으로 오셨어."

"왜?"

"친구니까 먼저 만나러 온 거겠지. 별로 이상한 일도 아니잖아."

내 대답에 앨리샤는 더 이상 말이 없었다. 할 말이 없기 때문이겠지. 이번엔 내가 궁금한 걸 물었다.

"그런데 조니는?"

"조니? 아, 그 찌질이. 걘 필요할 때 아니면 안 와."

"그래?"

그래서 드문드문 얼굴을 보이는 건가. 아니면 조엘리의 관심이 줄어든 걸 수도 있다.

부엌으로 내려가 하녀에게 디저트를 부탁했다. 하녀가 요리사와 얘기를 나눈 후, 바로 디저트를 준비하겠다고 전했다. 그 틈에 앨리샤는 새 물통을 챙겨 들었다.

다시 식당으로 돌아오자, 어쩐지 안이 소란스러웠다.

"안 돼."

"나 할래! 할 거야!"

에단의 단호한 말에 로버트가 고집을 부린다. 난 부엌 하녀에게 전달받은 내용을 오드리에게 전하면서, 그쪽에 흘끗 시선을 주었다.

"안 된다고 했지. 다른 걸 말해 봐."

"하고 싶어!"

"그걸 하다가 쓰러졌잖아. 안 돼."

"싫어! 숨바꼭질!"

숨바꼭질? 왜 갑자기 그 말이 나오게 된 건지 궁금했다. 난감한 표정으로 에단과 로버트의 실랑이를 지켜보는 유모에게 다가가 물었다.

"무슨 일 있었나요?"

"크리스토퍼 백작님이 도련님 몸이 나았으니 저번에 못 놀아 준 걸 다시 놀아 주겠다며, 뭘 하고 싶은지 물으셨는데 또 숨바꼭질을 하고 싶다고 하시네요."

의외의 대답이었다. 중간에 쓰러져 며칠을 앓았으면서도 다시 하고 싶을 만큼 숨바꼭질이 꽤 재밌었나 보지.

하지만 에단은 미간을 좁힌 채 연신 고개를 저었다.

"안 돼."

"숨바꼭질! 숨바꼭질―!"

에단의 표정이 좋지 못한데도 로버트는 뜻을 굽히지 않았다. 작은 손이 식탁을 탁탁 내려쳤다. 식기와 찻잔이 달그락달그락 흔들렸다.

조엘리가 다른 놀이를 하자고 설득해 보았으나 로버트의 마음을 돌리는 데는 실패했다. 숨바꼭질 못 하고 죽은 유령이 붙은 사람처럼 로버트는 숨바꼭질만 외쳐 댔다.

"해 주지 그래."

"빈센트."

문뜩 끼어든 빈센트의 말에 에단의 시선이 날아들었다. 넌 또 왜 부추기냐는 불만 가득한 눈빛에도 아랑곳 않고 태연히 포크와 나이프를 식탁 위에 내려놓은 빈센트가 때마침 앨리샤가 따라 준 물잔을 들어 목을 축였다.

"뭐가 그렇게 어려워. 이번엔 로버트 곁에 사람을 한 명 붙이면 되지."

"로버트만 팀으로 하자는 거구나?"

조엘리가 설명을 덧붙이자 빈센트가 고개를 끄덕였다. 그에 유모가 눈치를 보며 슬쩍 끼어들었다.

"그럼 제가 도련님과 팀을 이뤄서 같이하면 어떨까요?"

한마디로 감시자를 한 명 붙이겠단 소리다. 그럼 문제가 생겼을 때 곧장 대처할 수 있을 테니까.

그래도 안 된다며 강경하게 말해야 할지, 아니면 저렇게 하고 싶어 하는데 들어줘야 하는지, 잠시 갈등하는 듯하던 에단이 마지못해 고개를 끄덕였다. 로버트가 좋다며 엉덩이를 들썩였다.

"즐겁다고 너무 과하게 뛰어다니진 말고. 알겠지?"

"응응."

조엘리가 걱정스레 묻자 로버트가 연신 고개를 끄덕였다. 제대로 알아들었는지 모르겠다. 같은 생각을 했는지 깊은 한숨을 내쉬던 에단이 입꼬리를 삐뚜름하게 올리며 빈센트를 바라봤다.

"너도 같이할래? 뭐, 바쁘시겠지만."

일말의 기대도 없는 목소리였다. 그리 말한 에단이 수프를 한 술 떠 입에 넣었다.

"그러지."

곧이어 빈센트의 대답을 들은 에단의 입에서 수프가 주룩 흘러내렸다.

작은 얼굴에 웃음꽃이 활짝 피어올랐다. 고개를 양옆으로 까닥까닥 움직이며 즐거움을 표출한다.

아이의 작은 손을 꼭 붙잡은 유모가 어색한 웃음을 흘리며 어딘가를 흘끗댔다. 에단도 멍하니 허공에 시선을 주며 이게 대체 무슨 상황인지 곱씹는 것 같다. 그리고 나 또한.

숨바꼭질은 조금 늦은 오후에 시작하기로 했다. 아침부터 뛰어다니기엔 무리가 있었고 빈센트도 오전에 처리할 일이 있어 다시 본채로 가 봐야 한다고 했다. 그래서 점심을 먹고 난 오후로 시간을 정했다. 그맘때쯤이면 사용인들도 휴식 시간이라 복도가 한산했다.

약속 시간이 되자 우리는 지난번처럼 중앙 홀에 모였다.

그 사달이 났는데도 다시 숨바꼭질을 하는 것도 웃겼지만, 그보다 더 믿기지 않는 건 지금 이 자리에 빈센트가 같이 있다는 거였다. 에단의 제안에 흔쾌히 참여 의사를 밝힌 빈센트는 재킷까지 벗어 던지는 적극성을 보였다. 조엘리는 갑자기 몸 상태가 안 좋아져 참석하지 못했다.

"그, 그럼 시작할까요?"

드물게 당황한 듯한 유모가 애써 운을 뗐다. 그러면서 우리 셋은 자꾸 빈센트를 흘끗거리고 있었다. 정작 관심을 한 몸에 받고 있는 빈센트는 아무렇지도 않아 보였다.

첫 술래는 로버트였다. 로버트는 유모의 손을 꼭 잡은 채 눈도 꼭 감았다.

"하나, 두울……."

숫자 세는 소리를 들으며 나와 에단은 몸을 움직였다. 그러자 빈센트가 우리를 따라왔다. 등 뒤에 따라붙는 존재가 부담스럽기 그지없다. 나만 그렇게 느낀 게 아닌지, 옆에서 걷는 에단도 부담스런 기색이 역력한 얼굴이다.

에단이 홀의 왼쪽 모퉁이로 빠지고, 난 뒤편 계단을 올라 곧장 위층으로 향했다. 복도 주변을 두리번거리며 숨기에 적당한 공간을 수색했다.

처음엔 발견하기 어려운 곳으로 찾다가 중간에 생각을 바꿨다. 괜히 로버트가 흥분해서 뛰어다닐 수 있으니 차라리 발견하기 쉬운 곳이 나을 거 같았다.

때마침 복도 한가운데 놓인 다리 네 개 달린 협탁이 눈에 들어왔다. 다리 사이 빈 공간을 가늠해 보니 몸을 웅크리면 들어갈 수 있을 것도 같다. 여기 숨으면 금방 찾을 수 있지 않을까?

"숨을 생각은 있는 건가?"

불현듯 등 뒤에서 참견하는 목소리가 들려왔다. 난 눈을 가늘게 뜨고 슬쩍 뒤돌아봤다. 빈센트가 내 뒤에 서서 내가 보고 있던 협탁을 내려다보고 있었다. 그러다 시선이 딱 부딪치자 난 곧장 고개를 정면으로 돌렸다.

"여기 숨으려는 건 아닙니다."

무시하자. 무시해.

난 다시 걸음을 내디뎠다. 좀 더 몸을 숨길 만한 공간을 찾자. 주변을 두리번 대며 마땅한 장소를 물색하는데, 그런 내 뒤를 빈센트가 따라붙었다.

단순히 방향이 같은 걸 수도 있지만, 왜인지 그가 나를 쫓아오는 기분이었다. 내가 걸음을 멈추면 그도 걸음을 멈췄고, 내가 다시 걸으면 그도 다시 걷기 시작했다.

왜 자꾸 따라오는 걸까. 부담스러워 죽겠네.

"숨을 생각은 있는 건가?"

내가 어느 방 안으로 들어가 문 뒤를 흘끗대자 그가 다시 물었다. 난 숨을 훅 뱉었다. 따라오는 건 둘째 치더라도 왜 저렇게 참견하는지 모르겠다.

게다가 어디서 들어 본 말인가 했더니, 지난번 숨바꼭질 때 내가 에단에게 했던 말과 똑같았다. 왠지 에단과 같은 취급을 당한 거 같아 억울했다. 그때도 지금도, 이래 봬도 꽤 열심히 놀아 주려 하고 있다고. 자신이 뱉어 놓고 무책임 하게 어울려 주었던 누구와는 다르단 말이지.

"아주 열심히 숨고 있습니다."

"안 그런 거 같은데."

"쉬워 보이는 장소가 오히려 찾아내기 어려운 법입니다."

"아주 쉬워 보이는데. 잘 찾아낼 거 같아."

그가 내 말을 단호히 받아쳤다. 하지만 사실 그럴 의도였기에 냉정히 반박하 진 못했다.

내가 침묵하자, 그가 지긋한 시선으로 날 바라봤다. 움직일 생각이 없는지, 미동조차 하지 않는다. 이번엔 내가 묻고 싶었다. 숨을 생각은 있으세요?

"그럼 주인님은 어디 숨으실 건데요?"

"글쎄."

뭐야, 자기도 아무 생각 없으면서. 내가 미미하게 얼굴을 구기자, 빈센트가 픽 웃는다.

"도와줄까?"

"네?"

"사실 숨기 좋은 장소를 알고 있거든."

"······정말요?"

그 말에 좀 솔깃했다. 어쩐지 숨을 생각은 하지 않고 자꾸 여유를 부리더라니, 다 이유가 있었나 보다.

내가 관심을 보이자 빈센트가 고개를 끄덕이곤 따라오라는 듯 앞장서 걸어갔다. 난 잠시 머뭇대다가 그를 뒤따랐다.

"어디인가요?"

"따라와 보면 알아."

"미리 말씀해 주시면 안 될까요?"

"안 돼."

치사하긴. 아니, 그런 장소가 있었으면 진작 말해 주면 좋지 않은가. 내가 숨을 장소를 찾고 있다는 걸 알았음에도 입 꾹 다물고 구경한 작태가 어이없었다.

난 금빛 뒤통수를 사납게 노려봤다. 그런 내 시선이 느껴지지 않는지, 앞서 가는 빈센트의 걸음걸이가 어쩐지 즐거워 보였다.

난 그를 따라 걸으며 창밖을 바라봤다. 싹이 트기 시작했던 나뭇가지에는 어느새 꽃송이가 만개했다. 찌는 햇빛이 이제는 조금 버겁게 느껴졌다.

벌써, 그렇게 흘렀구나. 그리 오래된 일도 아닌데 이상하게 많은 시간이 흐른 거 같았다. 저택의 정체를 알고 두려움에 떨었던 때가 아득하게 느껴졌다. 원래대로라면 이곳을 떠나고도 남았을 텐데, 나는 지금도 이 저택에서 멀쩡히 지내고 있었다.

지금 이 평화로움이 비현실적으로 다가왔다. 고요함은 쓸데없는 생각을 만들어 낸다. 이를테면 이 모든 게 꿈이지 않을까, 같은 거.

지금 내가 이 저택에 있는 게, 앨리사와 함께 지내는 게, 아비가 죽은 게, 아니······ 그보다 더 이전에, 내가 백작가의 사용인으로 가게 된 게······ 전부 꿈은 아닐까. 어쩌면 난 이미 죽은 게 아닐까. 죽어서 꿈을 꾸고 있는 게 아닐까. 그렇게 죽고 싶어 했으니까, 이미 아비에게 짓밟혀 죽었을지도.

죽었는데 꿈을 꾼다는 게 웃기지만, 생의 마지막 순간엔 자신의 지난 삶이 스쳐 지나가는 꿈을 꾼다고 하지 않던가. 하지만 난 지나간 삶을 되새기고 싶지 않았다. 되새겨 봤자 비참하기만 할 뿐이니까. 그럴 시간에 다른 삶을 상상해 볼 것이다.

다른 삶을 사는 나.

평범한 가정에서 태어나 부모의 사랑을 듬뿍 받은 아이. 동생이 태어나면 어머니를 도와 함께 돌보고, 사랑해 주고, 때론 싸우며 함께 자라는 거야. 그러다 성인이 되면 마을에서 가장 성실한 남자와 사랑에 빠져서 결혼을 하고, 자식을 낳아 영원히 행복하게 사는 그런 결말.

난 그런 삶을 살고 싶었다. 하지만 내가 가질 수 없는 삶이었다.

'난 한평생 이렇게 살겠지.'

평범한 삶조차 꿈꾸지 못한 채, 추한 얼굴로 멸시당하며 홀로 늙어 가겠지. 비록 지금 허황된 꿈을 꾸고 있을지라도, 어여쁜 앨리샤는 어디 가서든 사랑받을 수 있을 것이다.

내가 꿈꾸는 행복은 이렇게, 누구의 멸시도 모욕도 받지 않고 고요한 복도를 아무 탈 없이 걸어가는 것. 만약 지금 이 순간이 꿈이라면, 신이 내게 베푸는 마지막 자비일지도.

열린 창문 너머에서 하얀 꽃잎이 날아 들어왔다. 눈으로 하얀 꽃잎을 좇다가 손을 뻗었다. 그러나 꽃잎은 손안에 담기지 않고 바닥으로 나풀나풀 떨어져 내렸다. 꽃잎의 자취를 따라 시선을 움직이다 고개를 들었다.

심장이 철렁했다. 빈센트가 날 보고 있었다. 선명히 반짝이는 에메랄드빛 눈동자가 내 두 눈에 박혀 들었다.

난 곧장 고개를 푹 숙였다. 잠시 잊고 있던 거부감이 두둥실 떠올랐다. 습관처럼 앞머리를 만지작댔다. 와 닿는 시선이 따끔따끔했다. 또 저런 시선이다. 주시하는 듯한, 내가 꽁꽁 숨긴 걸 들춰내려는 시선. 그 시선을 느꼈음에도 난 차마 얼굴을 들지 못하고 눈을 바닥에 고정시켰다.

그 순간, 내 시야에 구두코가 불쑥 들어왔다. 동시에 얼굴이 거칠게 잡아 올려졌다. 빙글 돌아간 내 눈앞에 선명한 에메랄드빛 눈동자가 자리하고 있었다.

"매번 거슬렸는데."

빈센트가 양손으로 내 뺨을 감싸 쥐었다.

양 뺨에 스며드는 따스한 체온에 멍해진 것도 잠시, 빈센트와의 거리가 가깝단 걸 인지하고 고개를 뒤틀었지만 단단히 잡힌 얼굴은 쉽사리 빠져나오지 못했다.

"내가 무섭나?"

"……네?"

"매번 고개를 숙이고 피하잖아."

"네? 예? 네? 에?"

이건 또 무슨 소리래. 갑작스런 화제에 멈칫하고 어벙하게 되물었다. 그게 무슨 소리냐는 말도 내뱉지 못할 정도로 당황해 버렸다.

그의 얼굴이 비스듬히 틀어졌다. 내려다보는 에메랄드빛 눈동자가 양옆으로 늘어졌다. 미간을 좁히며 불만을 표출한다.

"매번 위협당한 동물처럼 구는군."

"어, 그, 그런 거 아닌데요. 함부로 눈을 마주 보면 안 된다고 하여."

"그래도 너무 노골적으로 피하잖아."

에메랄드빛 눈동자가 바닥을 가리켰다. 내 눈이 그의 시선을 따라 내려갔다가 올라왔다. 그러다 데굴데굴 굴러 다시 아래로 떨어졌다.

"꼭 얼굴을 숨기려는 사람처럼."

순간, 머릿속이 새하얗게 변했다. 칼날처럼 꽂혀 오는 말이었다.

그에게 얼굴을 보이면 혹여 날 알아볼까, 그럴 리 없겠지만 가슴 한편에 불안함이 자리 잡고 있었다.

내 얼굴을 보고 실망하는 그의 모습을 보고 싶지 않았다. 그래서 빈센트와 다시 대면한 날부터 그를 만나면 얼굴을 보이지 않기 위해 노력했다. 혹여 눈이라도 마주칠까 봐 고개를 숙였고, 눈을 마주치면 슬그머니 시선을 피했다. 내 딴에는 어색하지 않게 행동했다고 생각했는데, 내가 그를 피한다는 걸 그도 알아채고 있었나 보다.

아니면 빈센트도 날 보고 있었다거나…….

서, 설마.

"내가 위협적으로 군 적이 있나. 아, 예전에 뭐라 해서?"

"아, 아니. 그건⋯⋯."

아니라고 변명하려다가 멈칫했다. 그러고 보니 그가 날 대하는 태도가 위협적이긴 했지. 언제부터였더라, 내가 말 철상에서 내려오려다가 사고로 그의 허벅지를 걷어차 버렸을 때부터였나. 아님 그 이후에 부탁한다고 뭐라고 했던 때부터인가. 그가 말하는 '예전'이 언제를 말하는지 모를 정도로 그의 태도는 매번 냉랭했다.

"정말 그것 때문인가 보군."

그 말에 목이 더 움츠러들었다. 뭐가 뭔지 몰라도 그의 심기가 불편해 보였다. 고개를 숙이고 싶었지만 머리가 조금만 기울어져도 그가 곧장 내 얼굴을 붙잡아 올렸다. 덕분에 뺨이 짓눌려 입술이 툭 튀어나온 우스꽝스러운 얼굴이 되었다. 그럼에도 빈센트는 웃지 않았고, 난 여전히 그와 시선을 마주하지 못한 채 눈동자만 데굴데굴 굴렸다.

"너."

불현듯 그의 얼굴이 가까워졌다. 눈앞 가득 채워진 에메랄드빛 눈동자, 그 안에 비친 내 놀란 얼굴이 선명히 보이자 난 그를 확 밀쳐 냈다. 뺨을 감싸던 체온이 떨어져 나가고, 난 허겁지겁 양쪽 머리를 뜯어낼 듯 당겨 얼굴을 가렸다.

비틀거리던 빈센트가 중심을 바로잡고 놀란 얼굴로 날 바라봤다. 난 허둥지둥 허리를 깊게 굽혔다.

"너, 너, 너무 가, 가까워서. 죄송합니다."

"⋯⋯."

맞잡은 손이 벌벌 떨렸다. 온몸의 떨림이 멈추지 않았다. 심장이 너무 세차게 뛰어서 아팠다. 누군가 가까이에서 내 얼굴을 본다는 건 여전히 두려운 일이었다. 그가 그 두려움을 알아챌까 봐 두 손을 더 꼬옥 마주 잡았다.

빈센트는 말이 없었다. 길게 머무르는 시선에 목이 더 움츠러들 때쯤 빈센트가 말을 이었다.

"알겠으니까 얼굴 들어."

"⋯⋯."

"얼굴, 들라고 했는데."

강한 어조에 슬쩍 허리를 폈다. 한 박자 늦게 얼굴도 들어 올렸다.

"다음부턴 시선 피하지 마. 기분 나쁘니까."

"……명심하겠습니다."

그의 부담스런 시선을 다시 마주하자 나도 모르게 고개를 숙이려다가, 멈칫했다. 이게 그렇게까지 기분 나쁠 일인가? 피하는 게 티 났으면 기분 나쁠 수도 있긴 하겠다. 난 그의 손에 짓눌려 저릿해진 뺨을 문지르며 민망한 기분을 떨쳐 내려 했다.

빈센트가 다시 걸음을 내디뎠다. 나도 쭈뼛거리며 그를 뒤따랐다.

"에단과는 어떻게 알게 된 사이지? 아, 크리스토퍼 가문에서 일했다고 했던가. 저번에 비밀을 공유한 협력 관계라고 말한 거 같은데, 무슨 의미지?"

"그, 별 의미는 아닙니다. 제가 그분께 신세를 진 게 있어서요."

"무슨 신세?"

"그냥…… 도움을 좀 받았습니다. 크게 신경 쓰실 일은 아닙니다. 별로 재밌는 이야기도 아니고요."

달가운 화제도 아니었다. 해 놓은 거짓말이 있으니 불편한 마음이 들었다. 난 빈센트가 더 이상 에단과의 관계를 캐묻지 않길 바랐다. 말이 길어지면 거짓말이 들통날지도 모른다. 다행히 그는 다른 이야기를 꺼냈다.

"그러고 보니 저번에 네 걱정을 하더군."

"예?"

"가뜩이나 소심한 사람인데 자꾸 뭐라고 하지 말라나 뭐라나. 쪼끄만 한 몸이 바닥으로 꺼질까 봐 걱정된다고도 했지."

뭐라고? 잠시 앞에 있는 사람이 빈센트란 것도 잊고 코웃음 쳤다. 걱정하는 건지, 욕하는 건지 모를 말에 황당했다. 둘이 언제 그런 얘기를 나눈 거지.

"사이가 참 좋아 보이긴 해."

"얘기를 몇 번 나눈 사이일 뿐, 그렇게 친하진 않습니다."

"말 바꾸는 게 빠르군."

"……"

난 입을 꾹 다물었다. 말하다 보니 내가 내 무덤을 파는 것 같다. 아무튼 저 주둥아리는 녹슬지 않는구나. 마음이 조금 삐딱해졌다.

그런데 멀리서 커다란 발소리와 작은 발소리가 들려왔다. 로버트와 유모가 오는 듯했다.

지금 숨바꼭질 중이었지. 난 정신을 차리고 주변을 둘러봤다. 몸을 숨길 만한 곳이 보이지 않았다. 두 사람이 이쪽으로 걸어온다면 바로 들킬 거다.

그때, 빈센트가 대뜸 손을 내밀었다.

"잡아."

"네?"

"들키기 전에, 어서."

무슨 소린지 몰라 눈을 껌뻑이자 그가 손가락을 까딱거렸다. 빨리 손을 잡으라는 거 같다.

하지만 난 머뭇댔다. 그러자 빈센트가 성큼 다가오더니 내 손을 살며시 붙잡았다. 찰나 멈칫한 그의 손이 곧 내 손을 꽉 움켜쥔다.

그러는 동안 발소리가 점점 가까워졌다.

"가자."

빈센트가 잡고 있는 손을 끌어당겼다. 난 얼결에 그를 따라 걸음을 움직였다.

타닥타닥 들려오는 발소리에 맞춰 그와 난 복도를 걸어갔다. 조금 다급한 걸음걸이는 어쩐지 경쾌했고, 맞잡은 손의 체온이 유독 뜨겁게 느껴졌다. 창문 틈으로 내리쬐는 햇빛이 그를 눈부시게 비췄다. 어디선가 꽃 냄새가 나는 거 같다.

빈센트가 날 끌고 들어간 곳은 복도 맨 끄트머리에 위치한 방이었다. 처음 들어가 보는 곳이었다. 사용하지 않는 방인지 모든 가구들이 하얀 천으로 덮여 있었다.

여길 왜? 의아해하며 주변을 둘러보는데 자신의 손을 내려다보고 있는 빈센트가 눈에 들어왔다. 창문이 모두 커튼으로 가려져 있어, 그 틈새로 새어 들어오는 빛만으론 빈센트의 표정을 가늠하기 어려웠다.

"주인님?"

그를 부르자 빈센트가 천천히 얼굴을 들어 올렸다. 빛이 절묘하게 그를 비껴가 여전히 그의 얼굴이 잘 보이지 않았다.

그때, 방 밖에서 로버트의 목소리가 들려왔다.

"못난아! 여기야!"

저 못난이 소리가 이렇게 무섭게 들릴 줄이야. 여기저기 두드리는 소리가 들리는 걸 보니 방문이란 방문은 다 두드리고 다니나 보다. 문 열리는 소리도 들리고, 언뜻언뜻 유모의 목소리도 들려왔다.

소리가 점점 가까워진다. 곧 있으면 이 방의 문이 열릴 거 같다. 잠시 문을 잠글까 고민하다가, 그렇게까지 할 필요는 없을 듯해 그만뒀다.

"여긴 낡아서 문 못 잠가."

내 생각이 읽혔는지 빈센트가 설명했다. 아, 그렇구나. 대충 고개를 끄덕이고 다시 방 안을 두리번댔다. 로버트가 올 때까진 조금 시간이 있었다.

그런데 빈센트가 날 지나쳐 방 안쪽으로 걸어갔다. 구석에 놓인 서랍장을 옆으로 치우더니 벽을 더듬는다. 그 모습에 궁금증이 일어 그의 뒤쪽으로 다가가 섰다.

벽을 더듬던 그가 갑자기 손끝을 세워 벽을 뜯어내기 시작했다. 아니, 뜯어낸다기보단 갈라진 틈새를 벌리는 거 같았다.

곧 벽이 문처럼 열리며 작은 공간이 나타났다. 와아.

"여긴 뭘 하는 곳인가요?"

"이것저것 넣어 두는 곳."

창고란 건가. 허리를 살짝 굽히고 들여다봐야 할 위치였고, 따로 문손잡이가 있는 게 아니라서 겉으로만 보면 이곳에 창고가 있다는 건 아무도 모를 거 같았다.

참 절묘하게 만들어 뒀단 생각을 하며 안쪽을 흘끗거렸다. 방보단 작지만 사람 두세 명은 들어갈 정도의 크기였다.

벽 쪽에 놓인 물건들은 검은 천으로 뒤덮여 있었다. 그런데 청소를 안 한 지꽤 오래됐는지 먼지가 가득했다. 그래서 만지지 않고 멀뚱히 보기만 하는데, 뒤에서 등을 꾹 누르며 미는 힘이 느껴졌다. 당황해 뒤돌아보자 그가 날 창고 안으로 쑤셔 넣으려 했다.

"안에 들어가 있어."

여기가 그가 말한 숨기 좋은 장소인가 보다. 확실히 여기 숨으면 아무도 모를 거 같다. 하지만 아무리 그래도 먼지 더미 속에서 숨 막혀 죽고 싶진 않았다.

"아니, 이렇게까진……."

하고 싶지 않다고 말하려는데, 그가 날 꾹꾹 밀어서 결국 억지로 창고 안에 엉덩이를 붙이고 말았다. 먼지가 모락모락 올라와 기침이 터졌다.

손으로 먼지를 휘저으며 나가려 하자, 빈센트가 문 앞에 떡하니 자리를 잡고 서서 비켜 주지 않았다. 그에게 막혀 탈출이 어려웠다. 혹시 날 먼지 더미에 깔려 죽게 하려는 건가. 정말 그런 거라면 밀치고 도망치려고 슬쩍 눈치를 살피는데, 그가 다시금 손을 내밀었다.

"내보내 주시려는 건가요?"

"아니."

"……."

"다시 손잡아 보고 싶어서."

"제 손을요? ……왜요?"

"그냥."

왜 그냥 손이 잡고 싶은 건데? 당황스러웠으나 그는 조금 전처럼 손가락을 까닥일 뿐이었다.

난 쉽사리 그의 부탁에 응해 줄 수 없었다. 다시 손을 잡아 보고 싶다는 요구가 이상하기도 했고, 의도가 뭔지 알 수 없어서 경계심이 생겼다.

"아까 너무 정신없어서 확인을 못 했어."

그러니까 그게 대체 뭐냐고, 묻고 싶었으나 손을 잡지 않으면 그가 문 앞에서 비켜 주지 않을 것 같았다. 난 빨리 이 먼지 나는 창고에서 벗어나고 싶어 그의 손을 덥석 맞잡았다.

빈센트가 자신의 손을 맞잡고 있는 내 손을 멀뚱히 내려다봤다. 처음엔 쥐지 않고 가만히 있더니 곧 천천히 손을 오므린다. 서서히 손을 감싸는 체온이 낮 간지러웠다. 그가 살며시 잡고 있던 손에 힘을 주자 내 손이 그의 손안으로 말 려 들어갔다. 큼지막한 그의 손안에 내 손이 쏙 들어가 있는 걸 보고 있자니 기 분이 이상했다.

"손이 꽤 작네."

심심한 평가가 돌아왔다. 무엇 때문인지는 모르겠지만 빨리 손을 놓고 싶은 데. 그러나 빈센트는 놓아줄 생각이 없는지 내 손을 만지작거리며 손바닥을 오 므렸다 펴기를 반복했다.

결국 참다못한 내가 입을 달싹였다.

"왜 그러세요?"

"이런 기분이었나 싶어서."

"예?"

"보이면 다른 감각이 둔해져서."

그게 무슨 소리냐고 물으려는 순간, 갑자기 문이 벌컥 열렸다.

"여기다!"

그 소리에 너무 놀란 나머지, 그의 손을 붙잡은 채 그대로 창고 안으로 들어 가 버렸다. 동시에 문이 탁 닫혔다. 먼지가 올라와 기침이 터질 뻔한 걸, 가까 스로 참았다.

"응? 응? 아냐?"

"여긴 아무도 없는 거 같아요."

로버트의 의문에 유모의 목소리가 이어졌다. '못난이 없어? 없어? 응? 아니 야?' 누구한테 하는지 모를 말을 다다다 뱉던 로버트와 유모의 발소리가 다시 멀어지더니 곧 사라졌다. 문이 닫히는 소리가 들리는 걸 보니 방을 나간 모양 이다.

난 그제야 기침을 터트리며 손을 저었다. 창고 안엔 먼지가 많아도 너무 많 았다. 빨리 나가야겠다고 생각하며 몸을 움직이려는 순간, 빈센트의 손을 붙잡 고 있다는 걸 깨달았다. 뒤돌자 얼결에 끌려 들어온 빈센트가 한 손으로 눈가 를 더듬으며 앉아 있었다.

"괜찮으세요?"

"……안 돼."

"네?"

"나, 나가야 해."

목소리에서 떨림이 느껴졌다. 어쩐지 그의 상태가 이상했다. 여긴 방보다 더 어두워 그를 자세히 살필 수가 없었다. 난 문 쪽으로 기어가 벽을 더듬으며 손잡이를 찾았다. 하지만 안쪽에도 문손잡이가 없는 듯했다. 그래서 몸으로 문을 밀었는데.

"어, 어라?"

문이 열리지 않는다.

"아, 아니. 왜 문이 안 열리지……."

몸을 이리저리 뒤집으며 밀다가, 손으로도 힘껏 밀어 보았으나 여전히 꿈쩍도 하지 않았다. 문에 등을 기대고 온 힘을 다해 밀었다. 그러나 발만 바닥을 차며 허우적댈 뿐이었다.

그 순간, 큼지막한 그림자가 날 덮쳐 왔다. 얼굴 양옆으로 뻗어 온 손이 문을 쿵 내려쳤다. 다시 쿵, 쿵! 언제 다가왔는지 빈센트가 양손으로 문을 밀고 있다.

갑자기 그의 품에 안겨 당황했으나 일단 그를 따라서 문을 미는 데 집중했다. 경첩이 삐걱거리는 소리가 들렸으나 문은 여전히 열리지 않았다.

"하아, 하아."

"주인님?"

그런데 그의 숨소리가 점점 거칠어졌다. 그가 한 손으로 뭔가를 확인하듯 자신의 눈가를 반복해서 더듬더니 목을 벅벅 긁기 시작한다. 꼭 숨을 쉬지 못하는 사람마냥.

"하지 마세요! 상처 나잖아요!"

목을 마구 긁어 대는 행동에 놀라 말리자, 빈센트가 무너져 내렸다. 그를 받아 내다가 문에 뒤통수를 박았다. 아팠으나 그의 상태가 먼저였다. 다급히 살피니, 빈센트는 내 어깨에 얼굴을 박은 채 숨을 헐떡이고 있었다.

"왜 이러시는 거예요?!"

"……두……워. 너무…… 어, 어두워……."

"어둡다고요? 그야, 어둡긴 한데……."

확실히 창고 안은 어두웠다. 문까지 닫혀 있으니 더더욱 그랬다. 빛 한 점 제대로 들어오지 않아서 상대방을 살피기조차 힘들었다.

하지만 어두운 것과 지금 그의 상태가 무슨 연관이 있는 걸까. 점점 웅크려 드는 그를 힘겹게 지탱했다. 내 등을 붙잡는 손이 덜덜 떨렸다. 목에 달라붙은 그의 피부가 젖기 시작했다.

문득 떠오르는 기억이 있었다. 시커멓기만 하던 어둠 속, 천둥 번개가 사납게 내려치던 새벽, 초를 찾으러 나갔다가 복도에서 만난 빈센트. 로버트의 울음에 몸을 돌리던 날 다급히 붙잡던 그의 당황한 얼굴이 떠올랐다.

'아, 그, 그게, 너무 어두워서.'

설마…….

"자, 잠깐만요!"

그를 잠시 옆으로 밀어 두고, 다시 문을 힘껏 밀어 냈다. 문짝이 꽤 낡았음에도 쉽사리 열리지 않았다. 부서지지도 않았다.

난 계속 문을 밀고 두드리기를 반복했다. 누군가 와 주지 않을까 싶어서였다. 그러나 삐걱삐걱 소리가 요란하게 울려 퍼졌음에도 아무도 오지 않았다.

결국 문 열기를 포기하고 아무것도 없는 반대편 벽 쪽으로 기어갔다. 이쪽은 물건뿐만 아니라 벽까지 검은 천으로 가려져 있었다.

그 위를 더듬어 나가자, 손끝에 딱딱한 게 닿았다. 천을 들추자 작은 창문 모양 같은 게 만져졌다.

천을 걷어 내고 싶었으나, 어디서부터 시작하는지 찾기 어려웠다. 그래서 천을 잡아 뜯었다. 천이 찢어지는 것과 동시에 몸이 뒤로 쏠리며 바닥을 뒹굴었다. 먼지 더미를 뒤집어썼지만 지금은 그걸 신경 쓸 겨를이 없었다. 찢긴 천 사이로 드러난 창문을 더듬었다. 문이 뻑뻑해서 잘 열리지 않았다.

있는 힘을 다해 당기자 갑자기 문이 팍 열리더니 뭔가가 팅겨 들어왔다. 바로 코앞에서 아슬아슬하게 멈춘 건 하얀 꽃이 달린 얇은 나뭇가지였다. 그게 어쩌다 들어오게 된 건지는 모르겠으나 다행히 햇빛도 같이 흘러들어 왔다. 난 다급히 빈센트에게 기어갔다.

"저기, 창문 쪽으로 가시면 좀 덜 어두울 거예요."

어둠 속에서 그의 얼굴을 더듬자 식은땀이 흥건했다. 잠시간에 이 정도로 힘들어하는 걸 보면 역시 숨이 잘 안 쉬어지는 건가. 난 목을 긁고 있는 그의 손을 붙잡아 창문 쪽으로 끌었다. 다행히 그는 순순히 끌려왔다.

빛이 새어 들어오는 곳으로 데리고 가자, 그의 얼굴이 보였다. 역시나 낯빛이 창백하고 식은땀으로 흥건했다. 난 옷소매로 땀을 닦아 주고, 이마에 달라붙은 금빛 머리칼을 가지런히 모아 귀 뒤로 넘겨 주었다.

"좀 괜찮으세요?"

"……."

그에게선 별다른 말이 없었다. 말을 안 한다기보단 할 정신이 없어 보였다. 조금 전보다는 괜찮아진 것 같았지만 여전히 상태가 좋지 않았다. 특히 호흡이…….

옛날에도 이랬던 적이 있었는데. 아직 몸이 완전히 낫지 않은 걸까? 그때 호흡을 도와주는 작은 기구가 있었다. 혹시 그걸 가지고 있나 싶어 그의 바지와 베스트 주머니를 더듬어 보았으나 그런 건 보이지 않았다.

어쩌지. 이러다 기절이라도 하면 큰일이다. 하필 창고가 방 안에 있었다. 숨은 사람이 어디에도 보이지 않는다면 다 같이 찾아보긴 하겠지만, 문손잡이도 없는 창고 안까지 살펴볼 거라곤 자신할 수 없었다.

창밖에선 해가 기울기 시작했다.

"금방 누가 찾아 줄 거예요."

숨바꼭질은 숨은 사람을 다 찾을 때까지 끝나지 않으니까. 그러니 반드시 찾아내 줄 거다. 힘겨워 보이는 그를 끌어안고 등을 토닥였다.

하지만 해가 다 떨어질 때까지 아무도 이곳에 오지 않았다.

검은 하늘에 달이 떠올랐다. 유일한 빛이었다. 새의 지저귐도, 어디선가 들려오던 즐거운 말소리도 뚝 끊긴 공간은 쥐 죽은 듯 고요했다. 밤기운이 너무 차가웠다.

해가 떠 있을 땐 다행히 빈센트의 상태가 괜찮아지는 듯했다. 호흡이 불안했으나 기절하진 않았다.

떨림이 어느 정도 진정되자 빈센트는 내게서 멀어졌다. 언제 달라붙었냐는 듯 멀찍이 떨어져 거리를 뒀다. 게다가 고개까지 돌리며 내 쪽은 보지도 않는다. 앉아 있는 그의 모습이 어쩐지 뻣뻣하게 느껴졌다.

난 그가 날 피하다 다시 어둠 속에서 헐떡일까 봐, 먼저 몸을 뒤로 물렸다.

하지만 해가 완전히 저물고 밤이 찾아오자 그의 상태가 다시 안 좋아졌다. 주변이 진짜 어두워졌기 때문이리라.

다행히 지금은 달빛이 그를 감쌌다. 아까처럼 숨을 헐떡이거나, 괴로워하는 모습을 보이지는 않았지만 바닥에 내려 둔 손끝이 살짝 떨리는 게 보였다. 분명 큰 사람인데, 지금의 그는 나보다 더 작아 보였다.

"어두운 게 무서우세요?"

"아니."

태연한 대답이 흘러나왔다. 내 시선은 여전히 그의 왼손 끝에 꽂혀 있었다. 그가 내 시선을 느꼈는지, 손끝을 말아 쥐며 떨림을 숨긴다.

거짓말쟁이. 무서우면서.

이제야 지난번 한밤중에 보았던 그의 행동을 이해했다. 그는 어둠을 무서워하고 있었다.

눈이 보이는 빈센트는 더 이상 방에만 웅크려 있는 남자가 아니었다. 누군가의 도움이 없어도 스스로 걸을 수 있고, 정상적인 생활을 할 수 있었다. 살이 붙은 몸은 커졌고 깔끔한 차림새는 권위 있는 귀족의 모습을 하고 있었다.

하지만 어둠 속의 그는 내가 잘 아는 남자였다. 어둠이 무서워 더 깊은 어둠 속으로 숨어 버린 남자. 그 남자가 눈앞에 있었다. 웅크린 몸이 떨고 있는 게 보였다.

그 모습을 가만히 보다가 엉덩이를 움직였다. 그의 몸이 움찔거렸다.

"뭐 하는 거야."

"전 어두운 게 무서워서요."

"……"

"제가 겁쟁이거든요. 그러니 곁에 있게 해 주세요."

저리 가라고 할 줄 알았는데, 그는 별말 하지 않았다. 아까부터 창밖에서 뛰어 들어온 나뭇가지의 꽃잎이 너풀너풀 떨어져 내렸다. 난 바닥으로 떨어지는 꽃잎을 좇다 고개를 들어 하늘의 달을 바라봤다. 은은한 달빛을 보니, 5년 전 그의 방에 앉아 있는 거 같았다.

그때 많이 힘들었는데. 어떻게든 살아남으려고 목숨을 거는 짓도 했다. 그만큼 간절하게 살고 싶었다. 그전까진 죽고 싶다고 생각했는데, 웃기게도 죽음이 다가오자 살고 싶어 발버둥 쳐 버렸다.

지금 생각하면, 그날 이후부터 빈센트의 태도가 좀 온순해졌었다. 난 옆에 앉아 있는 그를 흘끗거렸다. 물어보고 싶다. 당신은 이제 죽고 싶지 않은 거냐고.

"왜 그렇게 봐."

"네?"

"내가 그렇게 이상해 보이나?"

그가 쓰게 웃었다. 난 재빨리 고개를 젓고 창밖을 노려봤다. 그의 안 좋은 버릇이 또다시 나오려고 한다. 어쩐지 가만히 있더라니, 머릿속으로 온갖 자책을 하고 있었구나.

몰래 한숨을 쉬고 몸을 뒤로 젖혔다. 웅크리고 있으려니 몸이 뻐근했다. 딱딱한 물건이 허리를 찔렀다. 아파서 허리춤을 문지르자 주머니 쪽에 뭔가가 잡혔다. 뒤져 보니 사탕 몇 개가 나왔다.

"사탕 드실래요?"

단걸 보고는 자연스럽게 그에게 내밀다가 순간, 당황했다. 그가 단것을 좋아한다는 걸 알기에 나도 모르게 나온 버릇이었다.

그가 내 손에 든 사탕을 흘끗 보았다. 당연히 거절할 줄 알았는데 예상외로 손을 내밀며 달란다. 얼결에 건네주자 껍질을 까서 먹는다.

그의 볼이 동그랗게 톡 튀어나왔다 쏙 들어간다. 뭔가 좀 웃긴데.

"맛있으세요?"

"아니."

또 거짓말. 맛있어하는 거 알거든요? 손으로 슬쩍 입가를 가리고 몰래 웃었다.

나도 사탕을 하나 까 입에 넣었다. 끈적끈적한 게 살짝 녹았나 보다. 이빨에 달라붙는 달콤함을 느끼자, 불안감이 좀 사라졌다.

언제까지 이러고 있어야 하나. 입 안에서 사탕을 굴리며 달을 눈 속에 담았다. 고요히 빛나는 달은 아름다웠음에도 무섭게 다가왔다. 저건 밤이란 걸 알려 주는 표시다.

밤······.

그날도 밤이었다. 아비에게 맞아 기절하고 깨어났을 때 밤이 찾아와 있었다. 난 힘겹게 몸을 일으키고 밤기운이 스민 빨래를 걷어 냈다. 커다란 발밑에 짓밟혀 찢기고 부은 손을 겨우 움직여 빨래를 걷는데, 멀리서 어떤 형체가 다가왔다. 처음엔 잘못 본 줄 알았다. 사창가로 팔려 간 둘째였다.

둘째의 차림새는 이상했다. 가는 끈으로 겨우 지탱하는 원피스는 누더기에 가까웠고, 머리카락은 엉망으로 헝클어져 있었다. 짙은 화장을 한 얼굴은 지저분했다. 내가 알던 동생이 아닌 거 같았다.

'언니······.'

'너······ 어떻게?'

놀란 표정으로 다가가자 동생이 웃으며 손을 내밀었다. 달빛에 드러난 팔목이 너무도 가늘었다. 동생이 날 불렀다. 언니, 언니. 꺼지기 직전의 촛불처럼 흔들리는 동생의 몸을 꼭 껴안았다.

'언니, 언니.'

'어, 어떻게 여기 왔어? 응?'

'그, 그냥 왔어. 그냥······ 무, 무서워서.'

작은 손이 내 옷을 꼬옥 쥐고 매달렸다. 동생은 무섭다는 말만 반복했다. 그 고통을 헤아릴 수 없는 난, 그런 동생을 품에 숨기듯 안아 주었다.

'나 좀 사, 살려 줘.'

'괜찮아.'

'사, 살려 줘. 살려 줘. 나, 나 좀······.'

'괜찮아. 괜찮을 거야.'

못된 계집애는 가장 잔인한 위로를 건넸다. 괜찮을 리 없다. 아무것도 괜찮지 않았다. 이 지독한 가난도, 아비의 잔인함도, 그 손안에 짓밟혀 바스러지는 우리의 삶도, 무엇 하나 괜찮은 게 없었다. 그럼에도 내가 할 수 있는 말은 그 것뿐이었다. 무엇 하나 괜찮지 않아서, 괜찮은 척해야 했기에.

나는 동생을 위로하면서도, 내 손등을 뒤덮은 멍을 보며 두려움에 떨었다.

'언니……'

'미안해.'

'……'

'미안……'

그때, 갑자기 동생의 몸이 뒤로 확 젖혀졌다. 깜짝 놀라 고개를 들자, 아비가 사나운 표정으로 동생의 머리칼을 휘어잡고 있었다. 동생의 얼굴이 고통으로 일그러졌다. 여린 몸이 커다란 손안에서 잔인하게 흔들렸다.

'이년이 여긴 왜 와! 재수 없게!'

'아버지! 그러지 마세요!'

난 아비의 허리춤을 붙잡았다. 아비가 그런 날 집어 던졌다. 바닥에 쓰러지자마자 곧장 다시 일어나 아비에게 매달렸다. 아비가 다시 날 바닥으로 던지고 발길질을 했다.

양팔로 얼굴을 가리면서 동생을 살폈다. 우악스러운 손길에 머리칼이 이리저리 흔들리는데도 동생은 비명을 지르는 대신 내게 손을 내밀었다.

'언니, 언니.'

그것밖에 할 줄 모르는 애처럼.

'이년들이 진짜!'

아비가 내 배를 걷어찬 뒤 동생을 바닥에 내팽개쳤다. 여린 몸은 쉽사리 바닥에 뭉개졌다. 난 엉기적 기어 동생에게 향했다. 아비가 그런 내 다리 한쪽을 짓밟았다. 눈앞이 아찔했다. 비명을 내지르며 다리를 붙잡자, 아비가 동생의 팔을 잡아 일으켰다.

인기척이 들렸다. 장정 두 사람이 우리 쪽으로 걸어왔다. 그들은 나와 아비를 무심히 살피더니 동생을 발견하고 다가갔다.

'이렇게 데려가면 곤란한데요.'

'아이고, 이년이 멋대로 온 겁니다. 다시 돌려보내려던 참이었습니다.'

아비가 순순히 동생을 그들의 손에 넘겼다. 동생이 바스락거리며 저항했지만 미약한 몸짓이었다. 남자들은 동생을 너무도 쉽게 붙잡아 끌고 갔다. 동생은 나밖에 보이지 않는다는 듯 내게 손을 내밀었다. 나도 동생을 향해 손을 뻗었으나 한쪽 다리가 움직이지 않았다.

'언니, 언니.'

'여기 또 오면 그땐 다 죽여 버릴 줄 알아!'

손끝으로 바닥을 긁으며 기어갔으나 그들은 이미 동생을 데리고 사라진 뒤였다. 등 뒤에서 아비의 코웃음이 들려왔다. 자신이 한 짓에 조금의 미안함도 느끼지 않는 듯한 태도였다.

어떻게, 어떻게 이럴 수 있을까. 제 자식이면서 어떻게!

'어떻게 이럴 수 있어! 당신이 인간이야?! 짐승도 제 자식은 귀하게 여겨!'

'이 씨발년이!'

아비가 다시 발길질을 했다. 난 아비의 다리를 물어뜯었다. 아비가 비명을 지르더니 내 멱살을 붙잡고 뺨을 후려쳤다. 지지 않고 양손을 휘저으며 그를 밀어 냈다.

'왜, 너도 팔아 줄까? 취향 특이한 놈들이야 널리고 널렸으니 너같이 추한 것도 좋다고 덤벼들지도 모르지. 그렇게 불쌍하면 너도 따라가게 해 주지!'

악마 새낀 기어코 내 마음까지 짓뭉개 놓았다. 난 아비의 말에 어떤 대답도 할 수 없었다. 아비가 비열하게 웃으며 날 바닥에 내던졌다.

'팔리기 싫으면 닥치고 얌전히 잠이나 처자!'

퉤하고 침을 뱉은 아비가 뒤돌아섰다. 집이 아닌, 반대편으로 향하는 걸 보니 또 노름을 하러 가는 모양이다. 제 자식을 팔아넘겨서 받은 돈으로.

아비가 떠나고도 난 한동안 바닥에 주저앉아 있었다. 어디선가 웅웅— 섬뜩한 울음이 들려왔다. 그제야 퍼뜩 정신을 차리고 몸을 일으키려 했다. 한쪽 다리 상태가 좋지 못했지만, 힘겹게 몸을 일으키곤 비틀비틀 움직였다.

소동이 벌어지는 동안 떨어졌는지 깨끗하게 마른 빨래가 바닥을 이리저리 뒹굴고 있었다.

'다시…… 빨아야겠다……'

빨랫감을 집으려 몸을 숙이다 결국 픽 고꾸라졌다. 바닥에 돌이 있었는지 무릎을 찧어 피가 났다. 하지만 별로 아프지 않았다.

'으, 하, 하하.'

왠지 웃음이 나왔다. 그냥 지금 내 상황이 웃겼다. 이걸 웃기다고 표현해도 좋을지 모르겠으나, 지금의 심경이 그랬다.

자식을 팔아넘기는 아비가 웃기고, 동생이 도움을 청해도 아무것도 못 하는 나의 나약함이 웃기고, 팔리기 싫어서 외면하는 이기적인 내 마음이 웃기고, 그냥, 그냥…… 다, 다…….

'아하하하!'

어미는 알았을까. 그래서 다 버리고 도망쳤을까.

내가 진짜 악마 새끼였다.

악마에게서 태어난 악마 새끼.

'아아악—!'

참지 못한 비참함이 기어코 입 밖으로 튀어나왔다.

바닥에 이마를 쿵쿵 찧었다. 핏물이 터져 나왔으나 그 고통도 이 비참함을 억누르지는 못했다. 너무도 비참하다. 아무것도 할 수 없는 나약함이 비참했다. 살고 싶어 동생조차 외면하는 스스로가 너무도 끔찍했다.

누가 제발 이 지옥에서 나를 좀 구해 줘. 아니, 둘째를 도와줘. 누군가 제발…… 아무나 좋으니까 동생을 살려 주세요……!

나는 누군지도 모를 사람에게 간절히 빌었다. 한평생 믿어 본 적 없는 신에게도 빌었다. 우리를 버리고 떠난 어미에게도 부탁했다.

그러나 내 간절한 부탁은 아무런 힘도 발휘하지 못했다. 하늘에 뜬 달이 나의 비참한 모습을 구경하고 있었다.

그 일이 있고 얼마 안 가 둘째가 죽었다는 소식을 들었다. 나 혼자 동생의 장례를 치렀다.

그 밤, 죽은 둘째가 찾아왔다. 창백한 낯빛으로 다정히 웃으며 내게 손을 내밀었다. 너무도 가늘어 부러질 것 같은 팔이 눈에 들어왔다.

'언니, 언니.'

그날 난 내가 드디어 미쳤다는 걸 깨달았다.

그 뒤로 밤마다 둘째가 찾아왔다. 어느 순간부터는 맞아 죽은 막내도 함께였다. 넷째가 굶어 죽자 그 애도 같이 찾아왔다.

동생들은 매일 밤 날 빙 둘러싸고 원망을 속삭였다. 난 내가 환각을 보는 건지 꿈을 꾸는 건지 알 수 없었다.

지금도, 죽은 둘째가 웃으며 내게 속삭이고 있었다. 동생의 다리 사이에서 피가 흘러내렸다.

"언니, 언니."

언니, 언니, 언니! 동생의 목소리가 비명처럼 메아리친다. 숨이 막혀 왔다. 어둠이 날 짓누르는 것 같다.

여기 있는 건 누구인가.

아비는 죽었는데 악마 새끼는 여전히 존재한다.

이제 그 악마 새끼를 죽여야 하지 않을까.

눈앞이 시커멓게 변했다. 숨이 가빠졌다. 제정신을 차릴 수 없었다. 자꾸 간질거리는 손목을 긁어 대며 입술을 강하게 짓씹었다.

그 순간, 몸이 핑그르르 돌아갔다.

"정신 차려!"

"헉!"

시커멓게 죽었던 눈앞이 번쩍 뜨였다. 빛이 쏟아졌다. 인상을 쓴 얼굴이 눈에 들어왔다. 달빛을 머금고 반짝이는 금색 머리카락이 내게 닿았다. 에메랄드빛 눈동자에 불안함이 깃든다. 그제야 그가 내 양팔을 붙잡고 있다는 걸 깨달았다.

"괜찮은 거야? 꿈이라도 꾼 건가?"

"동생이……."

"동생?"

"아…… 아니, 아닙니다. 그냥 동생을 생각하고 있었습니다."

살피는 듯한 눈빛이 기분 나빴다. 시선을 피하자, 그의 미간이 더 좁혀졌다.

"이곳에 같이 온 동생을 말하는 건가."

난 쓰게 웃으며 고개를 끄덕였다. 앨리샤를 생각한 건 아니었으나, 대충 그렇다 답했다. 그가 입을 다물고 내 상태를 살폈다. 온몸이 찝찝한 걸 보니 식은 땀이라도 흘렸나 보다.

"정말 어두운 걸 무서워하나 보군."

"……"

난 아무 말도 하지 않았다. 어둠이 무섭다는 게 거짓은 아니었지만, 정확히는 밤이 무서운 거였다.

"기절하면 곤란해."

"네, 죄송합니다."

그가 작게 혀를 찼다. 그 소리에 목이 움츠러들었다. 아비가 떠올랐다. 성인 남자는 다 아비 같은 줄 알았다. 과거에 빈센트를 무서워하지 않았던 건 그가 나보다 나약해 보였기 때문이다.

팔을 놓아 줬으면 하는데……. 붙잡힌 팔을 비틀어 보았지만 그는 날 놓아 주지 않았다. 아니, 한쪽 팔만 놓아 주고는 그 손으로 갑자기 내 뺨을 쓱쓱 문지른다.

그제야 내가 울고 있다는 걸 깨달았다. 왜 그렇게 뚫어져라 쳐다보나 했더니 울고 있어서 그랬나 보다. 당황스러웠을 텐데도 빈센트는 아무런 내색 없이 그저 내 뺨에 흐르는 눈물을 닦아 주었다.

"고개 숙이지 마. 울어도 알 수가 없잖아."

퉁명스런 목소리였다. 눈물을 닦아 주는 손길도 그 목소리만큼 투박하고 서툴렀으나, 그렇다고 따스하지 않은 건 아니었다.

한동안 창고 안엔 내 숨소리만 울려 퍼졌다. 난 멍하니 빈센트를 바라보았고, 그는 눈을 내리깐 채 내 뺨만 연신 문질러 댔다.

잠시 후, 빈센트가 머뭇대듯 입술을 달싹였다.

"위로 같은 건 잘 못해."

"……"

"네 사정을 알지도 못하고, 어쭙잖게 이해하고 싶지도 않아. 그게 상대를 더 고역스럽게 만들 수도 있다는 걸 잘 알고 있으니까."

"……"

"하지만, 상냥한 위로를 받아 본 적은 있어."

뺨에 닿아 있던 에메랄드빛 눈동자가 시선을 옮겨 내 눈을 바라본다. 그 순간, 내 팔을 붙잡고 있던 손이 스치듯 어깨로 올라왔다. 따스함이 온몸을 감싼다. 눈 깜빡할 사이에 난 빈센트의 품속에 안겨 들었다.

그가 놀란 내 허리에 기다란 팔을 단단히 감았다.

"참지 않아도 돼."

나직한 목소리가 귓가에 울렸다.

"굳이 떨쳐 낼 필요 없어. 현실은 동화가 아니잖아. 죽을 만큼 힘들고 빌어먹을 정도로 지옥 같은데, 어떻게 매번 이겨 낼 수가 있겠어. 계속 버틸지 말지는 네가 선택하면 되는 거야. 하지만 이건 잊지 마."

"……"

"이런 어둠 속에도 빛이 내리쬔다는 걸."

눈앞이 흐려졌다. 가슴속에서 무언가가 울컥 치솟아 목구멍이 아릿했다. 하하 웃고 싶었으나 입을 벌리면 비명을 지를 거 같아 이빨로 입술을 짓씹었다.

"위로받을 수 있다는 걸."

"……"

나란 존재가 누군가의 가슴속에 뜨겁게 남을 수 있을 거라곤, 기대해 본 적 없었다. 한평생 그런 삶을 살았는걸. 하지만 만약, 누군가의 마음속에 남을 수 있다면 어떤 기분일까? 상상해 본 적은 있지만, 이런 기분일지는 몰랐다.

이건 내가 그에게 해 준 말이었다. 빛을 잃고 방 안에 박혀서 죽을 날만 기다리던 그에게 해 주었던 말. 기억하고 있었구나. 그게 기쁘면서도 슬펐다. 내 거짓말이 당신을 위로해 주었다는 게 기쁘고…… 너무 미안해서.

그거 알아요? 당신에게 했던 말들이, 실은 내가 듣고 싶은 말이었다는 거. 그냥 내가 듣고 싶은 말을 당신한테 지껄인 거예요. 비위라도 맞춰야 곁에 있게 해 줄 거 같아서, 단지 그것뿐이었어요.

그래, 그것뿐.

어둠 속에서 낯익은 형체가 보였다. 그게 날 보고 있다. 흐트러진 갈색 머리카락 사이로 드러난 창백한 얼굴에서 핏물이 툭툭 떨어졌다.

5년 전 이곳에서 도망친 날 밤, 동생들과 함께 루카스가 찾아왔다. 그는 마지막에 봤던 모습 그대로였다. 피로 얼룩져 이목구비조차 제대로 알아보기 힘든 얼굴. 원망을 담은 눈동자가 사납게 날 보려본다. 그럼에도 입꼬리는 다정히 올라가 있다. 그 기이한 표정으로 그는 밤마다 날 찾아왔다. 이는 환각일까 아니면 꿈을 꾸고 있는 걸까, 그 또한 알 수 없었다.

갈라진 입술 새로 핏물이 흘러내렸다. 그는 내게 딱 한마디를 했다.

"도망가."

언제나 그 말뿐이다.

"도망가요. 어서 도망가."

그 말이 진심을 토로하고 싶은 용기를 삼키게 만든다.

나는 여전히 지옥 속에 살고 있다. 그리고 이 지옥에서 영원히 벗어날 수 없을 것이다. 나에겐 평범한 삶조차 사치였고, 행복은 머나먼 꿈 같은 존재였다.

어떤 책 속의 주인공처럼 모든 걸 다 버리고 떠나는 결말에도 다다를 수 없다. 왜냐면 내 삶은 누군가의 희생으로 만들어진 거니까.

손에 칼을 쥐지 않았다고 하여 살인이 아닌가, 험한 말을 뱉지 않았다고 하여 독이 아닌가. 나의 눈은 칼이요, 입은 달콤한 독이라. 나의 무심한 눈빛은 칼날로 변해 동생들을 마구 찔렀고, 내 입에서 나온 사탕발림은 동생들의 마음을 난도질했다. 나는 동생들에게 상처만 주는 존재였다.

가늘고 길게, 하루라도 더. 나는 그렇게 살고 싶었다. 누군가는 이 지옥 같은 생활 속에서 하루라도 더 빨리 눈을 감고 싶어 했지만 난 아니었다.

난 살고 싶었다. 한때는 죽음을 간절히 바랐던 적도 있었지만, 이제는 살고 싶었다. 비록 지옥 같은 삶일지라도, 죽음을 택하는 건 분했다. 이상하게 생겼다고 손가락질당해도 괜찮았고 더럽다 욕해도 상관없다. 얼굴을 숙이고 몸을 굽혀서라도 살아남고 싶어졌다.

그렇게 이 지옥에서 오래도록 살아남아 고통받으며 죽은 동생들에게, 그리고 루카스에게 속죄할 것이다. 그것이 죽고 싶은 내가 살아야만 하는 이유였다.

"그래도…… 도망치고 싶어지면 어떡하지."

"도망치면 되지."

너무도 가벼운 대꾸가 들려온다. 난 엷게 웃었다.

"그러면 안 되잖아요."

"왜 안 되는데? 그렇게 잘못된 일인가? 하지만 말이야, 너무 힘들고 괴로운데도 버티겠다고 온갖 발버둥을 치다가 잠깐 숨 좀 쉬겠다는데 그걸 누가 비난할 수 있겠어. 아니, 어느 누구도 널 비난하지 못해. 왜냐면 어느 누구도 널 대신해 주지 않으니까."

"……."

"안 되는 건 없어. 그저 그렇게 살아갈 뿐인 거지."

그저 그렇게 살아갈 뿐. 난 그 말을 곱씹으며, 단단한 어깨에 손을 올리고 뺨을 기댔다.

그의 어깨가 젖어 들었다. 그도 느껴질 텐데, 뭐라 하지 않는다. 등을 토닥이거나 머리를 쓰다듬어 주지도 않는다.

하지만 그러지 않아서 그 품에 매달릴 수 있었다. 내게 괜찮다 말해 주지 않아서, 그리고 그 품이 너무도 따뜻해서, 위로가 되었다.

"비밀 하나 알려 드릴까요? 사실 전 달이 싫어요."

"나도 싫어했어."

"……."

"하지만 지금은, 나쁘지 않아. 혼자가 아닌 거 같아서."

혼자가 아니라는 건 어떤 기분일까. 하지만, 그럴 수도 있겠구나. 생각해 보니 나도 동생들이 찾아와 줄 때면 혼자란 생각이 들지 않았다. 그때만큼은 뼈에 사무치던 외로움이 느껴지지 않았다.

난 눈을 감았다. 눈물이 하염없이 떨어지며 그의 어깨를 적셨다. 한동안 그렇게 그의 품에 안겨 마음껏 위로를 받았다.

그러다 어느 순간, 밖에서 인기척이 느껴졌다. 그걸 알아차리는 것과 동시에 벌컥 문이 열렸다. 강한 빛줄기가 들이닥치며 누군가 모습을 드러냈다.

"한참 찾았네."

어……?

"갑자기 사라져서 걱정했잖아요. 아무리 숨바꼭질이라지만, 이렇게 꽁꽁 숨어 버리면 어떡합니까."

에단이었다. 그가 안도한 듯 웃으며 장난스레 말을 건넸다. 난 멍하니 그를 바라봤다. 그사이 내게서 몸을 뗀 빈센트가 뒤돌아 상대를 확인하곤 문 쪽으로 움직였다. 나도 뒤늦게 엉금엉금 기어 나갔다.

"울었어요?"

밖으로 나가자, 내 얼굴을 본 에단이 인상을 썼다. 난 당황해 하며 얼굴을 문질렀다. 손바닥에 물기가 묻어 나왔다. 나도 모르게 엄청 울었나 보다. 이게 어떻게 된 상황인지 설명하려는데, 에단이 갑자기 빈센트의 어깨를 붙잡았다.

"울렸어?"

그러곤 무서운 목소리로 물었다. 빈센트가 내게 시선을 한 번 주더니, 시큰둥한 표정으로 에단을 바라봤다.

"울렸냐고."

"응."

"뭐?"

"내가 울렸어."

깜짝 놀랄 발언을 한 빈센트는 태연히 몸을 돌렸다. 당황하며 길을 내 준 유모가 멀어지는 빈센트와 나를 번갈아 살폈다.

그대로 방을 나가 버린 빈센트를 어이없다는 듯 바라보던 에단이 곧 표정을 굳히곤 따라 나갔다. 심상치 않은 분위기를 감지한 난 당황하며 에단을 뒤쫓아 가려 했지만, 유모에게 붙잡혔다.

"정말 백작님이 울리셨어요?"

"예? 아, 그게, 아니라요."

"세상에! 무슨 일이 있었던 거예요! 이 먼지들 좀 봐!"

유모가 내 머리를 슥슥 털자 먼지가 모락모락 피어올랐다. 그에 연달아 기침을 터트리자, 유모가 나를 위아래로 훑더니 세상 파렴치한 사람을 보듯 빈센트가 사라진 방향을 노려봤다. 아니, 그게 아니고요. 대체 그와 나의 뭘 보고 그런 오해를 하는 건지 모르겠다. 누가 봐도 그런 오해 할 모습은 아니지 않나?

빈센트에게서 별다른 말을 듣지 못했는지, 에단이 이번엔 날 닦달했다. 난 숨을 장소를 찾다가 얼결에 갇히게 된 상황을 설명해 주었다. 그제야 에단의 표정이 좀 풀렸다.

"아무리 도와준다고 해도 그렇지, 거긴 좀 아니지 않나. 들어가면 시체가 돼서 나올 거 같던데."

그 말엔 동감했다.

"어떻게 찾으셨어요?"

"유모가 그 근처에서 어떤 소리를 들었다고 하더군요. 그래서 한번 가 봤죠. 오랫동안 사용하지 않은 방인지 가구들을 전부 천으로 뒤덮어 놓았는데, 서랍장 하나만 톡 튀어나와 있더군요. 이상해서 주변을 살펴보다가, 벽에 있는 틈새를 발견했어요."

그건 정말 다행이었다.

"진짜 무슨 일 생긴 줄 알고 걱정했잖아요."

"죄송합니다."

"그런데 왜 그렇게 운 거예요? 정말 무슨 일 있었던 건 아니죠?"

"아니에요. 그냥…… 창고 안이 너무 어두워서 좀 무서웠나 봐요."

"엄청 무서웠나 보네."

에단이 내 빨개진 얼굴을 흘끗거렸다. 난 민망해서 얼굴에 대고 있던 찬 물수건을 더 꾹 눌렀다. 열 좀 식히라며 유모가 가져다준 거였다. 오랜만에 많이 울었더니 코가 맹맹했다.

"빈센트는 어땠어요?"

"주인님이요?"

가벼운 목소리로 물었으나, 난 그 질문의 의도를 알아챘다. 창고 안에서 두려움에 떨던 빈센트를 떠올렸다.

조금 전, 창고 밖으로 나가 그의 모습을 살폈을 때, 목에 긁힌 자국이 가득했다. 하지만 빈센트가 먼저 방에서 나가 버린 탓에 상처를 치료하자는 말조차 하지 못했었다.

내가 잠시 말이 없자, 에단이 눈을 크게 떴다.

"무슨 일 있었군요."

"……네. 사실 주인님이."

"어두워지자 발작을 일으킨 거죠?"

역시 알고 있었구나. 고개를 끄덕이자 에단이 씁쓸하게 웃었다.

"눈이 보여도 이미 새겨진 상처는 쉽게 낫지 않는 것 같더군요. 평소엔 괜찮은데, 주변이 갑자기 어두워지면 발작을 일으켜요. 어둠이 무서운 거겠죠. 눈이 안 보였을 때 같을 테니까."

"눈에 이상이 있는 건 아니죠?"

"그건 아닐 거예요. 밤엔 시력이 좀 떨어지는 것 같지만."

에단이 걱정 말라며 날 다독였다. 그제야 난 안도의 숨을 뱉었다. 눈에 이상이 없다니 정말 다행이다. 소중한 사람이 준 소중한 선물이니 조금이라도 이상이 있다면 슬프지 않겠는가.

"오늘 많이 지쳤을 텐데, 그만 돌아가서 쉬어요."

에단이 몸을 돌렸다. 옷을 갈아입을 생각인지 셔츠 단추를 끄르는 그를 멀뚱히 바라보다 입을 달싹였다.

"에단 님."

에단이 내게 흘끗 시선을 주었다.

"저번에 말씀하신 내기, 지금 답을 드리겠습니다."

단추를 풀던 손이 멈칫했다. 다시 내 쪽으로 돌아선 에단이 한쪽 눈썹을 휘어 올렸다. 난 뺨에 대고 있던 수건을 내렸다.

"그래요, 말해 봐요."

"절 기억하시고 계시더군요. 저도 며칠 전에 알았습니다."

"어떻게 알게 되었는데요?"

"그냥 우연히, 제 이름을 부르시는 걸 들었어요. 그리고 조금 전 창고에서도 제가 했던 얘기를 기억하고 계시다는 걸 알게 되었어요."

"좋은 이야기라도 나눴나요?"

에단이 픽 웃었다. 난 고개를 저었다. 그가 말한 좋은 이야기란, 내가 누군지 밝혔냐는 뜻이었기에 난 아니라 답했다. 지난번 서재에서도, 이번 창고에서도 난 여전히 알리지 않는 쪽을 택했다. 다만.

"알고 계셨던 거죠?"

"폴라도 알고 있었잖아요? 빈센트가 폴라를 기억하고 있다는 걸."

"네. 솔직히 절 기억하신다는 걸 직접 알게 되었을 때, 좋았어요. 기쁘기도 했고요. 하지만요, 안다고 해도 그게 다 무슨 소용인가 싶어요."

언젠가 내가 했던 말을 좋은 기억으로 간직하고 있는 빈센트에게 고마웠다. 날 기억하고 변함없이 대해 주는 에단에게 감사했다.

하지만 그렇다고 해서 내가 처한 상황이 달라지지는 않는다. 여전히 밤이 되면 내 죄를 잊지 말라고 속삭이는 목소리가 들려온다.

"그건 답이 아니에요."

그러나 에단이 반박했다.

"빈센트가 폴라를 그리워하는지에 대해선 답을 하지 않았잖아요."

"그건……."

"그에 대한 답도 알고 있나요?"

"……."

난 대답하지 못했다. 날 기억한다는 건 알았지만, 그게 그리움으로 연결되는지는 여전히 잘 모르겠다. 더더군다나 눈이 안 보이던 때의 상처가 아직도 남아 있는 사람이다. 그렇기에 내 생각은 '아니다'로 더 기울어져 있었다.

하지만 솔직하게 대답하기엔 에단의 행동이 미심쩍었다.

"거기까지 알아내야 내기가 끝나죠."

"그게 왜 알고 싶으신데요?"

"내가 보고 싶으니까요."

의미를 모르겠다. 빈센트와 내가 얼싸안고 재회를 만끽하길 바라는 걸까. 아니면 내가 그리웠다며 울면서 매달리는 빈센트가 보고 싶은 걸까. 그 무엇도 에단에게 의미 있어 보이지 않았다. 단순히 심심해서 저런다는 게 가장 유력했다.

"그걸 보면 뭘 알 수 있는데요?"

순수하게 궁금해서 물었다. 그런데 에단이 드물게 대답을 망설였다. 나를 비껴간 시선이 잠시 바닥에 머물다 창밖 너머를 응시한다. 시커먼 어둠밖에 보이지 않는 그곳에 에단은 한참 동안 시선을 두었다.

순간, 에단의 얼굴에 무거운 긴장감이 스쳤다. 하지만 아주 짧은, 찰나였기에 제대로 인지하기도 전에 그의 얼굴에서 그늘이 사라졌다.

"글쎄요. 그냥…… 살다 보면 가끔 그런 생각을 하지 않나요. 내가 지금 잘하고 있는 걸까, 그런 거?"

"……"

"그게 좀 알고 싶었어요."

내가 지금 잘하고 있는 걸까……라. 어려운 말이었다. 그걸 대체 누가 가르쳐 준단 말인가.

"주인님이 절 그리워하는지, 안 하는지 알게 되면, 그 궁금증에 대한 답도 알 수 있다는 건가요?"

"아마도?"

그게 뭔가. 불분명한 말에 난 인상을 찌그렸다. 그런 내 반응을 이미 예상하고 있었는지 에단이 나직하게 웃었다.

"폴라는 이곳에 온 게 우연이라고 했지만, 그 우연들이 쌓여서 결국 인연이 되는 거 아닐까요? 그리고 그 인연이 결국 운명이 되는 거겠죠. 어쩌면 폴라가 다시 이곳에 돌아와 빈센트를 만난 게 운명으로 가는 길일 수도 있어요."

"……"

"그리고 내가 여기서 폴라와 재회한 것 역시 운명일지도 모르죠."

듣기 좋은 말이었으나, 앞으로도 날 귀찮게 할 거라는 건 변함없었다. 난 깊은 한숨을 내뱉었다. 원래부터 속마음을 감추는 데 능숙한 사람이었고, 계속 물어봤자 제대로 된 대답을 해 줄 것 같지도 않아 포기했다.

"내기에 이길 자신이 없나요? 그럼 나랑 바꿔도 돼요. 빈센트가 폴라를 그리워하고 있으면 폴라가 이기는 거고, 그리워하지 않으면 내가 이기는 걸로."

"……내기에서 이기면 뭐가 좋은데요."

"음, 폴라가 원하는 소원 하나 들어줄게요."

그 또한 언젠가 들었던 말이다.

"내가 이래 봬도 굉장히 능력 있는 사람이거든요."

"제가 이기면 다시는 이런 내기 하지 말라는 소원을 빌겠습니다."

"원한다면야."

"노름에 미쳐 패가한 가문을 본 적이 있습니다."

"걱정 마요. 우리 가문 대대로 노름엔 연이 없는지라."

말이라도 못하면.

□ ◆ □

이런 곳에 꽃나무가 있었구나.

난 마른 가지에 피어오른 하얀 꽃을 올려다봤다. 창고에 갇혔을 때, 어디서 나뭇가지가 튀어나왔나 했더니 창문 바로 앞에 꽃나무가 자리하고 있었다. 게다가 생각보다 꽤 크고 나뭇가지도 길게 자라 벽에 닿고도 남았다.

나무 주위엔 하얀 꽃잎들이 떨어져 있었다. 바람이 불자 하얀 꽃잎이 눈처럼 쏟아져 내린다.

난 손을 들어 떨어지는 꽃잎을 잡았다. 예쁘네.

"여기서 뭐 하는 거야?"

불현듯 들려온 목소리에 고개를 돌리자 빈센트가 다가오고 있었다. 지난번에 그렇게 떠나고 한동안 소식이 뜸하더니 또 불쑥 튀어나온다.

"크리스토퍼 백작님께 가시던 길인가요?"

"넌?"

"전 잠시 나무에 핀 꽃을 보고 있었습니다."

난 손으로 나무를 가리켰다. 그가 나무를 흘끗 보곤 다시 내게 시선을 준다.

어쩐지 그 시선이 얼굴에 달라붙는 거 같다. 난 괜히 뺨을 문질렀다.

그때 갑자기 빈센트가 재킷 안으로 손을 넣더니 뭔가를 꺼내 내밀었다. 귀여운 붉은 리본이 달린 작고 둥근 천 주머니였다.

눈을 동그랗게 뜨고 보고 있자, 받으라는 듯 손을 위아래로 흔든다.

얼결에 받아 들고 리본을 풀었다. 안엔 붉은 포장지로 감싸인 둥근 것과 투명한 포장지로 감싸인 작고 네모난 것이 들어 있었다. 하나는 사탕인 거 같고, 네모난 건 뭔지 모르겠지만 이것도 먹는 거 같았다.

그런데 왜 이걸 나한테? 놀라 고개를 들자 빈센트가 말했다.

"단거 좋아하잖아."

"어…… 네, 그렇긴 한데. 어떻게 아셨나요?"

"매번 사탕 먹으라고 줬으니까."

그리 말하곤 인상을 팍 쓴다. 난 눈을 굴렸다. 그, 그랬던 거 같기도 하고. 그가 단걸 좋아하니까 기분 달래기용으로 권했었지.

"단걸 좋아하실 것같이 보이셔서요."

"좋아해."

"……."

"울었던 건 괜찮아진 건가?"

"아, 네. 괜찮습니다."

그러고 보니 나 저 남자 앞에서 엉엉 울었지. 다시 솟구치는 민망함에 앞머리를 만지작대다가 문득 떠오르는 게 있어 물었다.

"목은 괜찮으세요? 저번에 상처가 난 거 같던데요."

그러면서 그의 목 쪽을 살폈다. 셔츠 깃에 가려져 있긴 했으나 언뜻언뜻 드러나는 피부엔 가늘게 긁힌 상처가 있었다. 보아하니 상처를 치료하지 않고 내버려 둔 듯하다.

"치료 안 하셨어요?"

"안 했는데."

"왜요? 흉터가 남을 수도 있어요. 별거 아니라고 생각하다가 덧날 수도 있습니다. 치료는 꼭 받으세요."

마음 같아서는 내가 치료해 주고 싶었지만, 그렇게까지 하는 건 너무 과한 참견인 것 같아 내색하지 않았다. 사실 치마 주머니에 깨끗한 천과 붕대, 상처에 바르는 약을 넣어 두긴 했다. 하지만 차마 이걸 건네줄 용기가 생기지 않는다.

내 말을 듣던 빈센트가 고개를 비스듬히 기울였다.

"네가 해 줄 건가?"

"예? 뭘요?"

"치료, 말이야."

"제, 제가요?"

되묻자 빈센트가 고개를 한 번 끄덕인다. 그가 먼저 이런 말을 할 거라곤 생각도 못 했기에 난 당황했다.

"저보다는 전문적인 치료를 받으시는 게 더 낫지 않을까 싶습니다."

"싫으면 말고."

빈센트가 곧장 말을 바꿨다. 난 더욱 당황하고 말았다. 왠지 이대로 두면 손톱에 긁힌 상처를 방치할 것 같았다.

결국 난 한 박자 늦게 고개를 끄덕였다.

"하겠습니다."

"그럼 이쪽으로 와."

빈센트가 몸을 확 돌렸다.

"어, 어딜 가시는 건가요?"

"서서 치료를 받을 순 없잖아."

그리 말하곤 나무 밑으로 걸어가 털썩 주저앉는다. 하얀 꽃잎이 그를 가로질러 떨어져 내린다. 이번엔 다른 의미로 당황했다.

"더러워져요."

"괜찮아. 이리 와."

빈센트가 제 옆자리를 톡톡 두드렸다. 난 머뭇머뭇 걸음을 내디디며 그의 옆자리에 엉덩이를 붙였다. 서로의 다리가 맞닿을 정도로 가까운 거리였다. 게다가 빈센트가 뚫어져라 시선을 주고 있어 불편하기 그지없었다.

"치료할 걸 가져와야 하나?"

"아, 여기 있습니다."

난 주머니에서 깨끗한 천과 붕대, 약병 두 개를 꺼내 치마폭 위에 올려놓았다. 그것들을 차례대로 훑어본 빈센트가 의아한 표정으로 날 바라보았다. 난 머쓱하게 웃었다.

약병은 두 개였다. 하나는 소독약, 다른 하나는 상처에 바르는 약이었다. 먼저 천을 소독약에 적시고 그를 흘끗 보았다. 그러자 빈센트가 내 무릎 옆쪽 바닥을 손으로 짚더니 상체를 기울였다. 그의 얼굴이 성큼 다가오자 난 저절로 상체를 뒤로 쭉 뺐다.

빈센트가 불만스레 인상을 썼다.

"왜 멀어져?"

"너, 너무 가까워서요."

"상처를 치료해 준다며."

아 참, 그랬지. 난 뒤로 뺐던 상체를 앞으로 가져왔다. 그의 얼굴이 코앞에서 보이자 몸이 뻣뻣하게 굳어 버린다. 어색하게 입꼬리를 올리고 있는 날 맘에 안 든다는 표정으로 보던 빈센트가 고개를 틀어 목을 보여 줬다.

멀리서 봤을 때보단 긁힌 상처가 잘 보이긴 했으나 여전히 셔츠가 문제였다. 난 잠시 고민하다 손을 뻗었다.

"실례하겠습니다."

그리고 셔츠의 윗단추부터 하나씩 끌렀다. 서서히 벌어지는 깃 사이로 숨겨진 상처가 드러났다. 그제야 난 고개를 숙이고 그의 목 상태를 살폈다.

목 여기저기 그가 마구 긁어서 생긴 상처가 자리해 있었다. 이미 딱지가 떨어져 흉이 진 것도 있었고, 며칠 사이 몇 번 더 긁었는지 피딱지가 맺힌 것도 보였다.

난 소독약을 묻힌 천을 상처에 조심히 댔다. 그가 움찔거리는 게 느껴졌다.

"왜 방치하셨어요."

"⋯⋯아프지 않아서."

"아프지 않아도 치료는 하셨어야죠."

차분히 타박하고는 흉터에 약이 잘 스며들도록 천을 꾹꾹 눌렀다. 그가 자꾸 움찔움찔 몸을 떤다. 혹시 많이 따끔한가 싶어 호호 불어 주었다.

"못 참으시겠으면 말씀하세요."

"……."

소독을 마치고, 병에 든 약을 손끝에 찍어 조심조심 상처 위에 문질렀다. 보아하니 흉터가 오래 남을 거 같았다. 속상한 마음에 인상을 쓰며, 하나의 상처도 놓치지 않고 꼼꼼히 약을 발랐다. 다 바르고 난 뒤 천을 대고 붕대로 감싸려 하자 빈센트가 거절했다.

"그럼 약이 스며들 때까지 그러고 계셔야 해요."

"알겠어."

치료를 끝내고 몸을 살짝 뒤로 물렸다. 빈센트가 떨어져 나갔다. 나름 한다고 하긴 했으나 전문적인 건 아니라서 허술하게 느껴졌다.

"되도록이면 제대로 치료를 받으시고요."

그렇게 설명하고 고개를 드는데, 빈센트의 얼굴이 좋지 않았다. 왜 저런 표정이지. 어디가 불편한지 미미하게 인상을 쓰고 있다. 혹시 많이 쓰라렸나?

"능숙하네."

"경험이 많거든요."

대수롭지 않게 말하고 천과 붕대, 약병을 정리하려는데, 그가 불쑥 손을 내밀었다.

"너도 치료해 줄 테니 이리 줘."

"네? 전 딱히 다친 곳이 없는데요."

손을 내젓자, 빈센트가 그 손을 붙잡아 끌었다. 소매 단추를 툭툭 풀곤 소맷단을 접어 올린다. 손목 안쪽에 긁힌 상처가 있었다. 내가 알아채기엔 애매하게 안 보이는 위치였다.

"어……."

"자신한테 너무 관심이 없는 거 아닌가."

퉁명스럽게 말하며 빈센트가 고개를 숙였다. 거리가 다시 가까워졌다. 바람에 흔들리는 금빛 머리카락이 코끝을 간질여 얼굴을 뒤로 슬쩍 뺐다.

그는 내 손목의 긁힌 상처를 꼼꼼히 살폈다. 그러곤 상처 위에 소독약을 왈칵 쏟아붓는 게 아닌가. 쓰라린 통증에 얼굴을 구겼다.

"아파?"

"참을 만합니다."

"아프다는 소리군."

그러면서 약을 더 팍팍 뿌린다. 내 얼굴이 점점 험악해졌다. 너무 쓰라려 신음하자, 참으라는 냉정한 말이 돌아왔다. 너무 냉정해서 울 뻔했다.

소독을 마친 빈센트는, 내가 했던 것처럼 손끝에 약을 찍어 상처에 문질러 주었다. 그 손길이 조심스럽고 생각 외로 부드러웠다.

"친절하시네요."

사용인의 상처까지 헤아릴 줄 알고. 그런 걸 신경 써 주는 사람이었던가? 이렇게 배려가 깊으신 주인님이었던가?

그러다 슬쩍 미간을 구기고 고개를 저었다.

절대, 아닌데.

"누구에게든 최대한의 친절을 베풀자는 마음이라서."

"와, 그거 참."

믿기지 않는 마음가짐이네요. 그럼 나한테 한 건 뭐냐, 이 개자식아.

"좋은 마음가짐이시네요."

"비꼬는 거 같군."

"……."

"누가 누군지 모르니까, 그래서야."

그게 무슨 말이냐고 물었으나 그는 별다른 대꾸 없이 치료에 집중했다. 그래서 나도 입을 다물고 그를 지켜봤다.

그런데 가만히 보고 있자니 기분이 묘했다. 치료하는 손길에서 상대가 아프지 않을까, 걱정하는 감정이 느껴졌다.

확실히 태도가 좀 온순해지긴 했지. 재회할 때의 인상이 안 좋았을 뿐, 분위기도 차분해지고, 말투도 나긋하고, 사용인에게도 최대한 친절하게 대한다고 하고. 과거 내게 물건을 던지고 꺼지라 소리치던 때와는 정반대의 모습이었다.

솔직히 놀라웠다. 저 지랄맞은 주인님이 저런 따스한 감정을 가지게 되다니! 속 썩이던 자식이 훌륭하게 자라난 모습을 보는 어미의 마음이 이런 걸까. 5년 만에 알게 된 그의 변화에 난 속으로 감탄을 터트렸다. 손뼉이라도 치고 싶어졌다.

사람 되셨네요?

"흉터가 남을 거 같아."

"그 정도는 괜찮습니다."

약을 다 바른 그가 내 손목에 천을 대고 붕대를 감았다. 그런데 붕대가 점점 두툼해진다.

"고생을 많이 했나 보군."

"……네?"

저걸 말려야 할지 말아야 할지 고민하느라 대답이 좀 늦었다.

"손에 상처가 많아."

붕대 매듭을 꼼꼼히 정리하고 이리저리 살펴보며 그가 설명을 덧붙였다. 그의 눈이 붕대가 아닌 내 손을 유심히 훑는다.

그의 말처럼 내 손엔 자잘한 상처가 많았다. 여자 손치고는 굳은살도 많이 박여 있고 뼈마디도 툭툭 튀어나와 보기 흉했다. 민망한 마음이 들어 손을 빼내려 하자, 그가 꽉 움켜쥔다. 마치 빠져나가지 못하도록 힘을 주는 것처럼.

"이런 일이 처음은 아닌 거 같아 보였어."

고생을 많이 했으니 이런 일도 여러 번 해 봤을 거 같다는 소린가? 그렇게 봤다면 딱히 숨길 필요는 없을 듯하여 솔직히 답했다.

"네. 예전에도 이런 일을 한 적이 있었습니다."

"크리스토퍼 가문에서 일했다고 했었지."

"……예."

그러고 보니 그런 말을 했었지. 나 지금 어색하지 않게 대답했을까?

"시중드는 게 익숙해 보이긴 했지."

"……"

바로 입이 다물어졌다.

이런 생각을 하면 내가 이상한 걸까……. 저번부터 느낀 건데, 그가 하는 말들이 꼭 날 지켜보고 있었다는 소리처럼 들렸다. 하, 하지만 그런 기색은 느껴지지 않는걸. 물론 요 근래 주시하는 듯한 시선을 보내긴 했으나 나에 대해 잘 알 정도로 관심을 가지고 있다고는 생각하지 않는다. 그냥, 칭찬하는 거겠지?

그때, 빈센트가 내 손을 놓아 주었다.

"다 된 거 같아."

"감사합니다."

난 고개를 꾸벅이고 감사 인사를 했다. 하지만 곧 손가락 하나 제대로 까딱이기 힘들 정도로 칭칭 감긴 붕대를 보곤 말을 잃었다. 그 붕대를 바라보는 빈센트의 얼굴이 어쩐지 뿌듯해 보였다.

"감사하면 뭐 하나 물어보지."

게다가 뻔뻔한 요구까지 한다. 난 속으로 당황해 하며 말을 이었다.

"말씀하세요."

"정말 여기서 일한 적 없어?"

정신이 퍼뜩 돌아왔다. 내 눈이 끼기긱 하며 빈센트에게 향했다. 그는 진중한 얼굴로 날 보고 있었다.

"제대로 말해 줘. 정말, 없나?"

눈을 한 번 껌뻑였다. 왜 또 이 얘기를 하는 건지 모르겠다. 난 머뭇대다가 천천히 고개를 끄덕였다. 이번에도 내 대답은 같았다.

별다른 말을 덧붙이지 않고 한동안 내게 지그시 시선을 주던 빈센트가 돌연 나무 기둥에 머리를 툭 기댔다. 그러곤 잠시 무언가를 생각하는 듯하더니, 눈을 내리깔고 작게 중얼거린다.

"됐어. 기대 안 했어."

그게 마치 날 꾸짖는 거 같았다.

혹시…… 내가 누군지 알아챈 걸까? 난 얼굴을 굳히고 조심히 빈센트를 살폈다. 하지만 그의 얼굴에선 어떠한 감정도 읽을 수 없었다. 그래서 더 불안했다.

이번엔 내가 그를 지그시 보고 있자, 시선을 느꼈는지 그가 다시 눈을 부딪친다. 잠시 잠깐 시선이 오갔다.

갑자기 빈센트가 픽 웃는다.

"착하네."

"예?"

"고개도 안 숙이고, 시선도 안 피하고."

갑자기 무슨 소린가 싶어 고민하다 그에게 얼굴을 붙잡혔던 일이 떠올랐다. 처음엔 갑자기 등장해서, 지금은 그를 살펴보느라 시선을 피하지 않았던 건데. 그럴 의도가 전혀 아니었는데도 빈센트는 기분 좋다는 듯 얼굴에서 웃음기를 지우지 않았다. 어쩐지 머릿속이 멍해졌다.

치료가 끝났으니 볼일도 끝났다. 그와 나 사이에 침묵이 흘렀다. 하지만 그는 움직이지 않았고 나도 몸을 일으키지 않았다.

붕대에 감긴 내 손끝과 그의 손끝이 살며시 닿아 있었다. 살짝살짝 스치는 감촉이 유달리 선명하게 느껴졌다. 둥글게 휜 에메랄드빛 눈동자가 낯설었다.

무수히 쏟아지는 하얀 꽃잎이 그와 내 머리를 때리고, 뺨에 부딪치고, 어깨를 스치고 떨어져 바닥을 수놓는다. 환한 햇볕 아래에 있는 빈센트는 두려움에 떨지 않았고, 이상 행동도 보이지 않았으나 난 그에게서 시선을 뗄 수 없었다.

"그거 유명한 데서 사 온 거야."

불현듯 빈센트가 말했다.

"아주 달고 맛있어."

그가 내 치마폭에 둔 천 주머니를 눈짓했다. 나도 느릿하게 천 주머니를 내려다봤다.

"네 입맛에 맞을 테니 먹어 봐."

"지금이요?"

"지금."

단호한 말에 난 천 주머니 안을 들여다보다가 네모난 걸 하나 꺼냈다. 손가락 한 마디도 안 되는 작은 크기의 그것을 살펴보다 포장을 뜯고 입에 넣었다. 달달한 맛이 입 안에 확 퍼진다. 난 눈을 동그랗게 떴다.

"달지?"

"네. 엄청 다네요."

"캐러멜이야."

캐러멜. 난 네모난 것의 정체를 곱씹으며 입 안에서 오물오물 씹었다. 내가 여태껏 먹었던 것 중에 가장 혀를 자극하는 단맛이었다. 게다가 찐득하게 녹으니 단맛이 더 강해진다.

"맛있어?"

"네."

"다행이네."

빈센트가 다시 웃었다.

"울고 싶어질 때마다 하나씩 먹어."

난 캐러멜을 오물거리던 걸 멈췄다. 이걸 날 위해 사 왔다고?

"절 위해 사다 주신 건가요?"

"그래."

"어째서요?"

대체 왜?

"그야……."

"……."

"너 엄청 울었잖아. 그것도 엉엉."

뭐라고요? 난 멍하니 눈을 껌뻑였다.

"네 덕분에 내 어깨가 흠뻑 젖어서, 방으로 돌아가자마자 셔츠를 빨아야 했어. 에단은 나한테 왜 울린 거냐고 닦달을 했고. 내가 얼마나 진땀 뺐는 줄 알아?"

"아, 아니 그건 주인님이 오해할 말씀을 하시니."

"그럼 네가 어두운 게 무섭다며 엉엉 울었다고 말해야 했나? 도망치고 싶으면 어떡하냐고 말했다는 걸 알려 줘? 이곳 일이 얼마나 힘들었으면 그렇게 눈물 콧물을 쏟으며 엉엉 울었던 거지?"

그게 그렇게 해석될 줄이야. 그리고 눈물 콧물 쏟으며 엉엉 운 건 아니었다.

당황스러웠지만 해명하기 위해 운을 떼려는 순간, 그가 먼저 말을 이었다.

"로버트의 유모까지 찾아와서 뭐라 하더군. 굳건히 일하던 사람인데 저렇게 운 얼굴은 처음 본다면서. 그럼 최근 일 때문이라는 건데, 얼마나 시중드는 게 힘들었으면 그랬겠냐고 에단한테 따질 걸 그랬나?"

"오해세요. 전혀 그런 게 아닙니다."

이야기가 다른 방향으로 튄다. 이제는 양손까지 내저으며 에단의 결백을 주장했다. 에단이 나를 마음 편히 두는 건 아니지만 그렇다고 그의 시중을 드는 일이 울면서 도망치고 싶을 만큼 괴로운 것 또한 아니었다.

"그럼 뭐 때문에 그렇게 도망치고 싶었던 건데?"

"하나 드실래요?"

난 천 주머니에서 캐러멜 하나를 더 꺼내 포장을 뜯고 그에게 내밀었다. 누가 봐도 말을 돌리려는 의도가 뻔히 느껴지는 행동이었다. 빈센트의 눈이 가늘어졌으나, 난 모르는 척 캐러멜을 들이밀었다.

그런데 손 대신 얼굴이 다가왔다. 빈센트가 입을 벌리고 내가 내민 캐러멜을 받아먹는 게 아닌가. 난 손을 들어 올린 채로 딱딱하게 굳었다.

오물오물 캐러멜을 씹던 그가 입을 벌렸다.

"다네."

심심한 맛 평가가 돌아왔다.

아니, 손으로 가져다 먹으라는 의미였는데…… 생각지도 못한 그의 행동에 머리가 돌아가질 않았다. 그에게 다정히 캐러멜을 먹여 주었다고 생각하니 얼굴이 시뻘겋게 달아오른다.

역시 그는 내가 누군지 알아채지 못했다. 내가 누군지 알았다면 절대로 이런 식으로 굴 리가 없을 테니까. 아, 아니 그럼 왜 이러는 건데?

"이만 갈까요?!"

그러나 머릿속이 이미 뒤죽박죽이라 생각을 할 수 없었다. 난 다급히 몸을 일으켰다. 더 이상 빈센트와 이러고 있으면 안 될 거 같아서였다.

몸을 일으키자, 미처 챙기지 못한 천과 붕대, 약병 그리고 천 주머니가 바닥에 툭 떨어지며 사방으로 튀었다. 천 주머니에선 사탕 몇 개가 데굴데굴 굴러나왔다. 난 당황하며 그것들을 하나씩 챙겼다.

빈센트가 제 발밑으로 굴러온 사탕을 집어 내게 건넸다. 난 고개를 한 번 꾸벅이고 사탕을 받아 주머니에 넣었다. 대충 정리가 되자 그를 등지고 걸음을 내디뎠다. 그런 내 뒤를 빈센트가 익숙하게 따라붙었다.

난 재빠르게 저택으로 돌아갔다. 지금은 휴식 시간이었기에 별다르게 할 일이 없었다. 가만히 앉아서 쉴 만한 곳을 찾아 둘러보는데, 아까부터 뒤따라 붙는 존재가 미치도록 불편했다.

난 걸음을 멈추고 뒤돌았다.

"왜 쫓아오세요?"

"크리스토퍼에게 가려는 거 아닌가."

"아닙니다."

"그래?"

난 고개를 끄덕이고 몸을 돌렸다. 같이 가는 줄 알았나 보다. 이제 제 갈 길을 가겠거니 생각하고 걸음을 내디디는데, 빈센트는 계속 날 졸졸 쫓아왔다. 에단의 방이 있는 곳과는 정반대의 방향으로 가는데도 말이다.

다시 걸음을 멈추고 물었다.

"왜 쫓아오세요?"

"쫓아간 적 없는데."

그럼 다른 곳에 볼일이 있나. 그럴 수도 있었다. 괜한 착각을 한 것 같아 머쓱해하며 다시 걸음을 내디뎠다. 그러나 곧 그것이 내 착각이 아님을 알게 됐다.

그는 계속 날 쫓아왔다. 내가 걸음을 멈추고 뒤돌면 그도 멈춰 섰고, 내가 걸으면 그도 다시 나를 뒤따라 걷기 시작했다. 중간중간 뒤돌아볼 때면 창밖을 내다보며 딴청을 부린다.

난 끙 앓는 소리를 냈다. 숨바꼭질을 할 때도 이랬던 거 같은데. 하지만 지금은 숨바꼭질하는 중이 아니었고 그가 날 따라올 이유는 더더욱 없었다. 혹시 할 말이 있는 건가 싶었지만 그것도 아닌 것 같고.

고민하다 결국 또다시 걸음을 멈추고 몸을 돌렸다.

"크리스토퍼 백작님께 가신다고 하지 않으셨나요?"

"넌?"

"저는 좀 쉬려고 합니다만."

"어디서?"

"그야 적당한 곳에서……."

어쩐지 꼬치꼬치 캐묻는 거 같다. 난 대답하다 말고 눈을 가늘게 뜨며 빈센트에게 시선을 주었다. 설마 계속 쫓아다니려는 건 아니겠지? 그런 의미를 담아 바라보았지만 빈센트는 멀뚱히 서 있을 뿐이었다.

"크리스토퍼 백작님이 머물고 계신 방은 저쪽입니다."

혹시 잊어버린 건가 싶어 에단의 방이 있는 방향을 손수 가리켰다.

"알아."

빈센트가 미간을 좁혔다. 내가 그걸 모르겠냐는 얼굴이다. 그럼 뭔데.

"그런데 왜 이쪽으로 오세요?"

"내가 내 저택을 내 맘대로 돌아다니겠다는데 문제 있나?"

"……."

그렇게 말한다면 할 말은 없지만.

"그럼 제가 다른 방향으로 가겠습니다."

그에게 꾸벅 고개를 숙이곤 왔던 방향으로 다시 되돌아갔다. 하지만 빈센트는 이번에도 날 뒤따라왔다. 이건 명백하게 날 따라오는 게 맞았다.

난 한숨을 쉬고 오늘따라 이상 행동을 하는 빈센트의 의도를 헤아려 보려고 노력했다.

"그만 따라오세요."

"내가 내 저택을 내 맘대로."

"어쨌든 절 따라오시는 건 맞지 않습니까."

결국 솔직하게 지적하자 빈센트가 돌연 걸음을 멈추었다. 다섯 걸음 정도 앞서가던 난 그가 갑자기 멈추자 따라 멈춰 섰다.

몸을 돌려 빈센트와 마주 보자, 그가 복도를 쭉 훑더니 갑자기 검지를 들었다. 그러곤 창문부터 시작해 복도에 있는 것들을 하나씩 가리킨다.

"이것도 내 거고, 저것도 내 거지."

갑작스런 소유권 주장에 난 어리둥절해하며 그를 지켜봤다. 장식장을 가리키고 있던 그의 손끝이 이번엔 내게 꽂혔다.

"너도 내 거고."

"전 아닌 것 같은데요."

난 당황스러웠으나 차분히 반박했다.

"여기 있는 것들 중에 내 것이 아닌 건 없어."

아아, 그러세요?

난 다시 몸을 돌렸다. 등 뒤에 따라붙는 발소리를 들으며 거의 뛰다시피 걸어갔다. 애써 평온을 가장하긴 했으나, 아까부터 계속 이상하게 행동하는 빈센트로 인해 난 굉장히 혼란스러워하고 있었다.

지금은 누군가의 도움이 절실히 필요했다. 곧 익숙한 방문 앞에 다다르자, 난 곧장 문을 열어젖혔다. 에단 님, 살려 주세요!

그런데 방 안 어디에도 에단의 모습이 보이지 않았다. 난 걸음을 멈칫하며 주변을 둘러봤다.

로버트와 점심 식사를 하고, 방에서 책을 읽을 거라더니 어디 간 거지? 그 궁금증은 침대를 보는 순간 해결됐다.

유일하게 튀어나와 있는 발엔 신발이 아슬아슬하게 걸려 있다. 다른 한 짝은 바닥에 나뒹굴고 있는 상태. 그것이 시트를 뒤집어쓴 크고 둥근 형체가 무엇인지 알려 준다.

요 며칠 늦잠도 안 자고 식사도 잘 챙겨 먹는 듯하더니 내가 없을 땐 저렇게 침대에 처박혀 있었나 보다. 아침에 옷을 말끔히 차려입기에 낮에 외출이라도 하는 줄 알았더니만. 멀쩡한 옷이 사정없이 구겨진 모습을 상상하며 불만스레 쳐다보는데, 나와 같이 에단에게 시선을 주던 빈센트가 장식장 위에 있는 탁상시계를 바라본다.

"에단 님, 일어나세요. 주인님께서 오셨습니다."

일단 침대로 다가가 빈센트의 방문을 알렸다. 그러나 둥근 형체는 어떠한 미동도 없었다. 자는 건가, 못 들은 척하는 건가. 감이 잡히지 않아 다시 말을 건네 보았으나 돌아오는 반응이 없다.

"에단 님."

어깨로 추정되는 곳을 흔들어 보았으나 오히려 몸을 시트 속에 더 파묻을 뿐이다. 마음 같아서는 '얼른 일어나 절 좀 구해 주세요!' 하고 소리치며 마구 흔들어 깨우고 싶었지만 뒤에 빈센트가 서 있는 탓에 차마 그렇게까진 하지 못했다.

흥분된 마음을 꾹 누르고, 다시 한번 차분히 에단을 깨우려는데 갑자기 빈센트가 성큼 다가왔다.

"일어나."

"……."

"에단."

"……."

당연하게도 돌아오는 대답은 없다. 빈센트가 잠시 침대 위를 바라보더니 대뜸 발을 들어 올리곤 둥근 형체를 있는 힘껏 밟는다.

"으악!"

빈센트의 발밑에서 둥그런 형체가 들썩거렸다. 한 번 더 시트를 꾹 밟은 빈센트가 이번엔 발로 차 버렸다. 데굴데굴 굴러간 형체는 손쉽게 바닥으로 떨어졌다.

쿵 소리가 제법 크게 울렸다. 고통이 느껴지는 듯해 난 눈을 찡그렸다. 바닥에 드러누운 형체가 꿈틀거리더니 곧 상체를 벌떡 일으켰다. 시트가 스륵 흘러내리며 에단이 모습을 드러냈다.

저항하느라 머리가 잔뜩 헝클어진 에단이 씩씩거리며 곧장 빈센트를 노려봤다.

"무슨 짓이야!"

"일어나라고. 귀먹었어? 안 들려?"

"못 들었어! 못 들었다고!"

"그만 자. 해 뜬 지가 언젠데 아직까지 잠을 처자."

"낮잠 자는 거다, 낮잠! 그리고 사람을 이렇게 밟고 밀치는 게 어딨어? 허리

부러질 뻔했잖아!"

"안 부러졌으면 됐지."

빈센트가 침대에 걸터앉으며 태연히 말했다. 헛웃음을 흘리던 에단이 마른 세수를 했다. 그의 얼굴에 수십 가지의 욕지거리가 지나간 것 같다.

조심히 에단에게 다가가 몸을 굽혔다.

"괜찮으세요?"

"허리 밟힌 것만 빼면 괜찮아요."

에단이 제 허리춤을 손으로 짚으며 신음했다. 많이 아픈 건가 싶어 손을 내밀자, 내 손목에 두툼히 감긴 붕대를 본 에단의 눈이 커다래졌다.

"어디 다쳤어요?"

"아, 아니에요."

걱정스레 묻는 말에 손을 저었다. 그러나 누가 봐도 큰 상처를 입은 것처럼 보일 만한 상태였다. 에단이 내 손목을 가져다가 여기저기 살펴봤다. 난 괜한 걱정을 끼친 것 같아 연신 괜찮다고 말하며 오해를 풀어 주려 했다.

"아무것도 아니라잖아."

그런데 불만은 옆쪽에서 튀어나왔다. 잠시간 훈훈해진 분위기에 찬물이 끼얹어졌다. 에단과 내 얼굴이 딱딱하게 굳었다. 곧 에단이 날카로운 눈빛으로 빈센트를 돌아보다가 다시 눈을 동그랗게 뜬다.

"넌 또 목이 왜 그러냐?"

빈센트는 약 때문에 셔츠 윗부분을 풀어 헤친 채였다. 빈센트가 아무런 대꾸 없이 팔짱을 끼자, 에단이 갑자기 그와 날 번갈아 본다. 왜, 뭐?

"둘이…… 설마?"

"아니야."

"아닙니다."

무슨 헛생각을 한 건지 모르겠으나, 나와 빈센트가 곧장 일갈했다. 단호한 반박에 민망했는지 에단이 뒤통수를 긁적인다.

"그런데 무슨 일로 왔어."

좀 진정이 되었는지 에단이 차분한 얼굴로 빈센트를 올려다봤다. 그런데 침대에 걸터앉아 있는 빈센트가 에단을 흘끗 보곤 말없이 창문 쪽으로 시선을 돌린다. 침묵이 길다. 마치 처음부터 볼일 따윈 없었던 사람처럼.

난 눈을 휘둥그레 떴다. 뭐야, 얼굴 보러 온 거 아닌가. 그럼 왜 온 건데? 나와 똑같은 마음인지 에단이 차게 식은 얼굴로 물었다.

"나한테 무슨 불만 있냐."

"아니."

"혹시 내가 여기 있는 게 싫어?"

"아니."

"그럼 다짜고짜 찾아와서 허리를 짓밟고 발로 차 버린 이유가 뭔데. 볼일도 없고 할 말도 없고, 불만도 없다며."

그제야 딴청을 부리던 빈센트가 다시 에단에게 시선을 주었다.

"심심해서."

"뭐야?"

뻔뻔하기 짝이 없는 태도였다.

"무슨 소릴 하는 거야! 너 바쁘잖아. 요샌 더 바쁜 걸로 아는데."

"네 착각이겠지. 난 오늘 한가하고, 심심해서 널 찾아온 거야. 아니면, 내가 찾아오면 안 되는 이유라도 있나?"

"혹시 무슨 일 있는 거야?"

에단이 짐짓 심각하게 물었다. 헛소리를 지껄이는 걸 보니, 아무래도 무슨 일이 생긴 것 같다고 생각했나 보다.

그러나 빈센트는 고개를 저었다.

"아니."

"그럼 뭐 하자는 건데."

"재미난 놀이나 할까. 대화도 좋고."

"……너 진짜 미쳤냐?"

에단은 드물게 진심으로 당황해 했다. 하지만 빈센트는 태연히 아니, 라고 답했다. 에단의 표정이 딱딱하게 굳었다.

갑자기 찾아와 잘 자고 있는 사람을 발로 밟고, 침대에서 떨어뜨려 깨워 놓고는 그 이유가 심심하기 때문이라니 화가 치미는 듯했다. 꽉 쥔 주먹이 부르르 떨리는 게 보였다. 대화가 안 통한다는 게 이런 걸까.

더 뭐라 할 줄 알았던 에단은 의외로 순순히 침대로 기어올라 가길 택했다.

"됐어. 볼일 없으면 나가."

"왜 매일 방에만 처박혀 있지. 딱히 뭔가를 하는 것 같지도 않아 보이고. 할 일이 그렇게 없나?"

"휴양 온 거라고 했잖아. 날 내버려 둬."

"잠을 너무 오랫동안 자서 죽은 사람 애길 아는데, 들려줄까?"

시트를 뒤집어쓰려던 에단이 다시 몸을 일으켰다. 아주 피곤한 한숨을 토한다.

"……뭐 하자고."

"놀자고."

"손이라도 맞잡고 놀아 줘?"

"그럴까."

농담이 농담으로 흘러가지 못한다. 빈센트가 손을 내밀었다. 에단이 다시 깊은 한숨을 내쉬며 얼굴을 쓸어내렸다.

"장난치는 거면 그만해."

"진심인데."

"알겠으니까 나가."

에단이 단호한 손짓으로 문을 가리켰다. 빈센트의 시선이 문을 향했다가 다시 에단에게 돌아왔을 때 그는 시트 속에 처박혀 있었다. 빈센트가 그 시트를 빼앗자, 침대보를 뜯어서 얼굴에 뒤집어쓴다.

나도 빈센트도 말을 잃었다. 황당하다기보단 무슨 일은 에단에게 있는 거 같아서. 잠시 걱정스럽게 보는데 빈센트가 내 곁으로 다가와 섰다.

"평소에도 저러는 건가. 방에서 잘 안 나오고, 잠만 자고."

"……네."

고민하듯 잠시 말이 없던 빈센트가 입을 달싹였다.

"에단."

"왜."

자는 줄 알았더니 대답이 돌아온다.

"여기 휴양 온 이유가 뭐야."

"또 그 소리냐. 무슨 목적이 있냐는 둥 닦달하려는 거냐고."

"아니, 네가 정말 여길 온 이유가 뭐냐고 묻는 거야."

"로버트와 조엘리가 여기 있다기에 얼굴 보러 온 거야. 너도 본 지 오래됐으니 안부 좀 물을 겸 해서. 다른 이유는 없어."

"지난번에 마을 시찰을 나갔다가 웬 남자에게 습격받았어."

그 순간 침대보가 펄럭이더니 에단이 상체를 일으켰다. 놀란 얼굴로 다급하게 말을 쏟아 낸다.

"언제 어디서 누가 그런 건데? 왜 그랬다는데?"

"진정해."

"어떻게 된 거냐고!"

과하게 반응하는 에단을 보며 난 당황하고 말았다. 정작 빈센트는 태연하게 대꾸했다.

"마을 장터 옆 골목길에서. 처음 보는 얼굴이었는데 다짜고짜 칼을 들이밀면서 가진 걸 다 내놓으라더군. 단순 강도였던 거 같아."

"큰일은 없었던 거지?"

"없었어."

빈센트가 별일 아니라는 투로 대꾸했지만, 에단은 불안한 표정을 지우지 못했다. 그는 잠시 고민하는 듯하더니 무슨 일이 있었는지 상세히 말해 달라고 했다. 빈센트는 담담하게 그날의 일을 설명해 주었다.

마을 시찰을 나갔다가 장터에 사람이 많아 옆 골목길로 이동하는데, 잠시 혼자 있는 틈을 타 갑자기 웬 남자가 덮쳐 오더니 가진 걸 다 내놓으라고 협박했다. 때마침 호위가 돌아온 덕분에 변을 당하지는 않았으나, 장터의 인파가 많아 남자를 잡지 못하고 놓쳤다.

혹시 계획적으로 벌인 일인가 싶어 누군지 알아보려고 했으나 남자의 정체를 아는 사람이 아무도 없었다. 이따금 그 골목길에서 강도짓이 벌어진다는 얘기를 듣고 조치를 취해 놓은 상태다, 까지 상세히 늘어놓았다.

설명을 듣던 에단이 진중한 얼굴로 고개를 끄덕이며 목의 상처도 그때 생긴 거냐고 묻자 빈센트가 고개를 저었다.

에단이 입을 다물고 빈센트를 위아래로 훑었다. 혹시 더 다친 곳은 없는지 살피는 듯했다. 그런 에단을 지켜보던 빈센트가 고개를 돌렸다. 그의 시선이 잠시 허공을 맴돈다.

각자 생각에 빠진 듯 방 안에 정적이 돌았다.

잠시 후, 빈센트가 입을 열었다.

"네 말대로 내가 생각한 목적은 아니었다고 해도."

그가 손끝으로 침대 헤드의 무늬를 쓱 매만진다.

"갑자기 찾아온 목적은 있겠지."

"무슨 소리야."

"나도 듣는 귀가 있단 소리지."

에단의 얼굴이 허를 찔린 듯 굳었다. 그제야 빈센트가 다시 고개를 돌려 에단을 마주 봤다. 말없이 시선을 주고받는 두 사람 사이에서 묘한 긴장감이 흘렀다.

차분히 빈센트와 에단의 대화를 들으며 난 머리를 굴렸다. 목적? 듣는 귀? 주요 단어는 빠져 있으나 지금 그들이 나누는 대화의 화제가 가볍지 않다는 걸 알아챘다. 왜냐면 찰나 흔들리는 에단의 표정을 보았기 때문이다.

에단이 눈을 내리깔고 드물게 머뭇거린다. 고민하는 얼굴. 그 속에 담긴 망설임이 엿보였다. 지금 에단은 빈센트의 질문을 긍정하고 있었다.

그러다 에단이 무어라 말하려는 듯 입을 달싹이던 순간, 갑자기 내게 시선을 꽂았다.

날카롭게 그어진 눈동자를 보자, 난 흠칫 놀랐다. 평소와 달리 그의 눈빛이 무서울 정도로 차가웠기에. 마치 넌 여기 있으면 안 된다는 경고가 온몸을 강타했다. 한순간 날카롭게 꽂힌 긴장감에 마른침을 꿀꺽 삼켰다.

하지만 그건 내 착각이라는 듯 에단이 금세 표정을 풀고 살며시 웃었다.

"나가 있어 줄래요?"

정중한 말투와 표정. 그럼에도 긴장감은 사라지지 않는다. 난 두툼한 붕대 위를 다른 손으로 감싸 쥐었다.

"알겠습니다."

짧게 묵례하곤 몸을 돌려 방을 나갔다.

그토록 원했던 자유를 되찾았으나 해방감을 느낄 수 없었다. 난 방문 앞에서 떠나지 못한 채 주변을 서성거렸다.

그리고 얼마 안 가 빈센트가 나왔다. 난 빈센트의 등 뒤에서 닫히는 문틈 사이를 흘끗거렸다. 그런데 빈센트가 다가온 탓에 내 시야가 가로막혔다. 고개를 옆으로 쭉 뺐을 땐 이미 문이 닫힌 뒤였다.

"뭐 하는 거야."

내 모습을 지켜보던 빈센트가 의아해하며 묻는다. 난 고개를 바로 했다.

"대화는 잘 끝나셨나요?"

"그대로 가 버릴 줄 알았는데 의외군."

"들어가 봐도 될까요?"

"아까부터 궁금했는데 어딜 가려던 길이었지."

서로 다른 말들이 오갔다. 내가 입을 다물자, 빈센트가 삐딱하게 서서 불만스런 시선을 주었다. 난 눈을 내리깔다가 다시 슬그머니 옆으로 고개를 뺐다.

저번부터 이상하다고 생각하긴 했었다. 아무리 휴양을 왔다지만, 식사도 거른 채 잠만 자는 에단의 모습에서 자꾸 기시감을 느꼈다.

그런데 이제야 알겠다. 에단에게서 과거의 빈센트를 겹쳐 봤던 건, 단순히 침대에 처박혀 잠을 자기 때문만은 아니었다.

불안감. 시트를 뒤집어쓴 채 웅크려 있는 에단에게서 난 불안감을 느꼈다. 벼랑 끝에 아슬아슬하게 서 있는 사람을 보는 기분이랄까, 조금만 힘을 줘 밀어 버리면 그대로 벼랑 아래로 떨어질 것 같달까.

실제로 에단이 그런 사람이란 건 아니지만, 느껴지는 분위기가 그랬다. 처음 엔 단순히 사람들의 이목을 끌기 싫어 방 안에만 처박혀 있는 줄 알았다. 하지만 잠만 자고, 식사를 거르는 건 그와는 별개의 문제였다.

에단에게 무슨 일이 있는 걸까? 그래서 이곳에 오게 된 건가? 휴양이라고 했지만, 사실은 다른 이유가 있는 건지도 모른다. 가령 두려운 일을 피해서 왔다든지.

두려운 일이라면 누군가에게 목숨이라도 위협당하는 건가? 하지만 내가 아는 에단의 성격상 보복했으면 모를까 무서워 숨는 사람은 아니었다.

그러나 우리 사이엔 5년의 공백이 있었다. 내가 아는 게 전부라고 생각하지 않는다. 게다가 난 전후 사정을 모르니 추측하는 데도 한계가 있었다.

만약 무슨 걱정거리가 있는 거라면 내게 조금은 털어놔도 좋을 텐데, 직접 물어볼까. 아니, 만약 숨기는 거라면 내가 물어볼 자격이 있을까. 조금 전 에단의 태도로 보아, 내게 말하고 싶지 않은 듯했다. 그렇다면 내가 껴들어선 안 되는 일인 거겠지.

사실상 걱정하는 것밖에는 내가 할 수 있는 일이 없었다. 그저 별일 아닐 거라고 다독일 뿐……. 난 닫힌 방문을 뚫어져라 바라보며 그렇게 생각을 정리했다.

빈센트와의 대화는 얼추 끝난 거 같은데 들어가 봐도 괜찮지 않을까, 하는 생각에 도달할 즈음 갑자기 뭔가가 어깨를 툭 쳤다. 난 본능적으로 움찔 떨며 어깨를 움츠리다가 고개를 들어 올렸다. 어느새 빈센트가 옆에 서서 날 지그시 내려다보고 있었다.

아차. 난 표정을 풀고 몸을 꼿꼿하게 폈다. 침묵이 길었다. 애써 웃으며 그를 보자, 빈센트가 눈썹을 휘더니 방문에 시선을 준다. 그러다 다시 날 바라본다.

"걱정돼?"

"네? 아, 네. 걱정되죠."

그런데 그와의 거리가 가까웠다. 그리 생각하며 한 걸음 옆으로 물러났다.

"왜?"

"그야, 제가 모시는 분이니까 걱정이 되죠."

"원래 그렇게 참견을 많이 하는 성격인가?"

멀어진 거리만큼 다가오며 빈센트가 말했다. 난 그를 흘끗 보곤 다시 옆으로 한 걸음 움직였다.

"무슨 말씀이신지요."

"원래 그렇게 이것저것 관심이 많고, 참견을 많이 하냐고 묻는 거야. 그러고 보니 저번에도 로버트를 위해 편지와 선물을 전해 달라고 부탁했었지."

"그건……."

하도 말 철상에 올라가려고 하니까 그런 거지. 하지만 그리 말하지 못하고 고개를 푹 숙인 건 빈센트의 목소리에서 불만이 느껴졌기 때문이다.

괜한 참견 하지 말란 소리인가. 내가 원래 누군가에게 관심을 가지거나, 참견하는 성격은 아닌데. 사실 나한테 피해 주는 일만 아니라면야 남의 일 따위 관심 갖고 싶지 않았다. 하지만 눈치를 보며 시중드는 처지이니, 정보가 필요하지 않겠는가.

사람들은 멍청해야 오래 산다고 하지만, 정말 멍청하고 어벙하게 지낸다면 오히려 목숨을 부지하기 어려웠다. 자세한 속사정까지 알 필요는 없으나, 내가 눈치를 살펴야 할 상대가 뭘 좋아하는지 또는 뭘 싫어하는지, 무엇을 조심해야 하는지 등 적당한 정보쯤은 알아 두어야 했다.

하지만 내가 생각해도 확실히 로버트 때는 지나친 감이 있긴 했다. 에단은 과거의 연이 있다 보니 나도 모르게 적극적인 부분이 있었고, 빈센트의 입장에선 참견하는 것처럼 보일 수도 있겠구나.

"원래 성격이 그런 건가. 호기심 많고, 참견하길 좋아하고."

"아닙니다."

"맞는 거 같은데."

아닌 거 맞는데요. 반박하고 싶은 마음을 꾹 눌러 참았다. 지금은 반발하면 안 될 것 같았다. 그래서 바닥에 있는 그의 그림자만 바라봤다.

그런데 갑자기 그림자가 점점 커다래진다. 의아해하며 고개를 다시 들어 올리자, 빈센트의 얼굴이 코앞에 다가와 있었다. 눈이 딱 마주쳤다. 뺨이 맞닿을 정도로 가까운 거리였다.

놀란 내가 멈칫하는 사이, 눈앞의 에메랄드빛 눈동자도 놀란 듯 커졌다. 한 번, 두 번, 세 번 깜빡이는 긴 속눈썹을 바라보다가 이내 기겁하며 뒷걸음질 쳤다.

"왜, 왜 그러세요!"

저절로 목소리가 떨려 나왔다. 난 양손을 푸드덕거리며 경계 자세를 취했다. 붕대가 두툼히 감긴 손목을 휘두르자 제법 위협적으로 보였다. 이거 꽤 도움이 되는데?

천천히 허리를 편 빈센트가 그런 날 보며 말했다.

"또 우는 건가 싶어서."

"아, 아, 안 웁니다."

강하게 반박하며 양손을 마구 휘젓자 빈센트가 인상을 썼다.

"알겠으니까 그만 휘둘러. 정신 사나워."

"오지 마세요!"

그가 다시 다가오려고 하자 난 퍼뜩 뒤로 물러났다. 그에 빈센트가 멈칫하더니 못마땅하다는 듯 얼굴을 사정없이 구긴다. 그러곤 성큼성큼 다가와 붕대에 감겨 있는 내 손을 붙잡았다.

"으억."

그가 손을 잡아당기자 몸이 다시 가까워졌다. 난 고개를 한껏 젖혔다. 빈센트가 내 손목에 감긴 붕대를 살펴보더니 여전히 불만스런 얼굴로 날 내려다봤다.

"누가 들으면 내가 나쁜 짓이라도 하는 줄 알겠어."

"나쁜 짓—!"

……은 하지 않지. 빈센트가 나한테 그럴 리가.

그제야 흥분된 마음이 조금 진정됐다. 버둥거리던 몸부림을 멈추었다. 스스로도 왜 놀랐는지 모르면서 과하게 반응한 내가 갑자기 한심하게 느껴졌다.

"무슨 생각 했어."

"너무 과한 반응을 한 것 같아서 반성하고 있습니다."

"그거 말고. 에단에 대해 걱정한다며."

아, 그쪽.

"네, 걱정했습니다. 이번에도 제 과한 참견일지는 모르나, 힘든 일이 있으신 거 같아서요. 너무 힘든 일은 아니었으면 하는, 그런 생각을 했습니다. 그뿐입니다.”

“사이가 참 좋은가 보군.”

말에 가시가 있었지만, 애써 칭찬으로 받아들이며 붙잡힌 손을 흔들었다. 그제야 빈센트가 손을 놓아 주었다.

난 한 걸음 뒤로 물러났다. 빈센트가 아주 못마땅하게 보더니 한숨을 깊게 내쉰다. 갑자기 그의 얼굴이 너무 피곤해 보여 난 고개를 갸웃했다. 무슨 고민이 있나.

아무렴 어때라. 난 생각을 접고 몸을 돌렸다. 빈센트가 떠나면 에단의 방으로 들어가 볼까 싶었지만 곧 마음을 바꿨다. 내가 방 밖에 있다는 걸 알고 있을 텐데도 나오질 않는 걸 보니, 다시 침대에 처박혀 있거나, 아니면 혼자만의 시간을 갖고 싶은 걸지도 모른다.

참견을 많이 한다는 소리를 듣기도 했고, 과한 관심을 내비치는 사람으로 보이고 싶지도 않았으므로, 이제라도 제대로 된 휴식을 취하러 가기로 했다.

그런데 복도를 걸어가 계단을 내려가는 내내 뒤따라오는 빈센트 때문에 이번에도 걸음을 멈추게 됐다.

그러고 보니 저 문제가 있었지.

“왜 또 쫓아오세요?”

“심심해서.”

헛소리가 계속되고 있었다.

“심심하시면 로버트 님이라도 보러 가세요.”

“갔는데 낮잠을 자고 있다더군.”

“그럼 조엘리 님이라도.”

“바쁘다는데.”

“주변 산책이라도 하시면 어떨까요?”

“지금은 별로 산책할 기분이 나지 않는군.”

어쩌자는 거야.

“넌 쉬러 간다고 했었지?”

“네, 조용한 곳에서 좀 쉴까 했습니다만.”

사실 휴식 시간은 이미 끝난 상태였다. 그러나 에단의 상태가 저러하니 내가 딱히 할 일은 없었고, 저녁 준비까지는 아직 시간이 남아 있었다. 이제 곧 휴식을 마친 하녀들이 나와 오후 청소를 시작할 때니 난 조용한 곳에서 잠깐 동안 시간을 때울 생각이었다.

"같이 가."

"예?"

이건 또 무슨 헛소리래. 그런데 빈센트가 당황해 하는 내 등을 떠밀었다. 앞장서. 그의 눈이 그리 말한다. 얼결에 그의 힘에 밀려 걸어가면서도 난 이 이상한 상황에 어찌 반응해야 할지 알 수 없었다. 그리고 심심하다던 빈센트는 쉽사리 떠날 것 같지 않아 보였다.

잠시 고민하던 난 차분히 천 주머니를 뒤적여 사탕을 하나 꺼냈다. 그리고 껍질을 까 입에 넣었다. 그런 날 보던 빈센트가 물었다.

"그건 왜 먹어?"

"……."

그야 울고 싶어졌으니까요.

빈센트와 불편한 휴식을 취한 뒤, 저녁때가 되자 에단의 식사를 챙겨 방으로 찾아갔다. 그러나 에단은 저녁을 건너뛰었다. 한술이라도 뜨라고 했으나 입맛이 없단다.

에단의 반응을 보니 빈센트와 대화가 잘되지 않았나 보다. 그는 아무렇지 않은 척했으나 어두워진 얼굴이 눈에 밟혔다.

결국 마음에 걸려 한밤중에 방을 나서고 말았다.

자고 있는 요리사를 깨워 가볍게 먹을 수 있는 수프를 부탁했다. 세상 귀찮은 얼굴로 거절하던 요리사는 내 닦달에 마지못해 수프를 끓여 주었다. 여러 번 감사 인사를 건넨 뒤 수프를 은접시에 받쳐 들고 에단의 방으로 향했다.

이건 꼭 먹여야겠다는 생각으로 걸음을 재촉하는데 문득 멀리서 기척이 들려왔다. 난 걸음을 멈추고, 어둠 속에서 일렁이는 형체를 숨죽여 주시했다.

곧 나타난 상대를 확인하고 눈이 휘둥그레졌다.

"에단 님?"

"폴라?"

단출한 차림의 에단이 맞은편에서 걸어왔다. 그도 내가 이 밤중에 복도를 걷고 있을 거라곤 생각 못 했는지 놀란 표정으로 날 바라봤다.

"어디 가세요?"

그리 물으며 난 슬쩍 그의 손에 들린 병에 시선을 주었다. 보아하니 와인병 같았다.

에단의 시선은 내가 들고 있는 접시 위 뚜껑이 덮인 그릇에 닿아 있다.

"그러는 폴라야말로 어디 가고 있었어요? 저녁……을 먹는 건 아닐 테고."

"에단 님한테 가고 있었습니다."

손에 들고 있는 걸 위로 올렸다 내렸다. 에단의 갈색 눈동자가 내 손짓을 따라 올라갔다 내려온다. 그러곤 머쓱하게 웃었다.

"그거 내 건가요?"

"네. 저녁 안 드셨잖아요."

"점심 먹었는데……."

그가 작게 반항했으나 난 무표정으로 응대했다. 한번 식사를 건너뛰면 마냥 먹지 않던 전적이 있었던지라 그냥 넘길 수가 없었다.

"한잔하러 가시나요?"

난 그의 손에 들린 병을 눈짓했다. 그러자 에단이 슬쩍 허리 뒤쪽으로 숨긴다. 굳이 숨길 필요는 없는데 한밤중에 몰래 술을 마시는 게 민망했나 보다. 게다가 방에서 마시지 않고 밖으로 나온 걸 보니.

"조엘리 님한테 가시는 길이셨나요."

"예리하군요."

예리할 것까지야. 여기서 지내는 사람이 조엘리밖에 더 있나. 그렇다고 어린 로버트한테 술 마시자고 하진 않을 테고, 유모랑 마실 일도 없고.

혹시 자주 이렇게 마셨던 걸까? 그렇다면 아침에 취약했던 게 이해됐다.

"이것도 가져가서 같이 드세요. 가볍게 먹을 만한 수프인데, 빈속을 달래 줄 겁니다."

난 손에 들고 있는 수프를 그에게 내밀었다. 빈속에 마시는 것보단 이거라도 먹는 게 나을 거다.

에단이 제게 내밀어진 수프 그릇을 멀뚱히 내려다본다.

"정말 내가 저녁 안 먹은 것 때문에 온 거예요?"

"네."

그것 말고 다른 이유가 또 뭐 있을까. 빨리 받으라는 뜻으로 그릇을 더 쭉 내밀자, 에단이 고개를 들어 날 지긋이 본다.

"날 걱정해 준 거예요?"

"네."

"이럴 때 솔직하면 나 너무 감동받는데."

"그럼 남기지 말고 다 드세요."

"……"

"어서 받으세요."

그러나 에단은 그릇을 받는 대신, 손에 든 병을 가볍게 흔들었다.

"같이 갈래요?"

"전 술 잘 못합니다."

좋아하지도 않고. 사실 질색하는 편이다. 아비가 술에 취해 패악 부리는 모습을 보며 자랐더니 당연스럽게도 술은 입에 대지 않게 되었다.

"그럼 옆에 있어 줘요. 나 수프 먹는 것도 구경하고."

에단이 한 번 더 병을 흔들곤 날 지나쳐 걸어갔다. 얼결에 그를 따라 걸음을 내디뎠다.

"제가 가면 기분 나빠하실 거 같아요."

"괜찮아요. 그럴 사람도 아니고."

결국 나란히 응접실에 도착했다. 조엘리의 방으로 갈 줄 알았는데, 여기서 마시나 보다. 에단이 문을 두드리자 곧 들어오라는 조엘리의 목소리가 들렸다.

문을 열고 응접실 안으로 들어가던 에단이 돌연 멈칫했다. 뒤따라가던 난 그의 등에 코를 박고 멈춰 섰다. 왜 갑자기 움직이지 않는지 의아해하며 고개를 빼끔 들다가 나 또한 굳어 버리고 말았다.

"에단, 어서 와."

조엘리가 에단을 향해 손짓했다. 자연스럽게 반기는 걸 보아하니 미리 밤에 만날 약속을 했나 보다. 하지만 내가 놀란 건, 그녀의 왼편 소파에 예상치도 못한 빈센트가 앉아 있었기 때문이다.

저 남자가 이 시간에 왜……? 분명 저녁때 저택을 떠난 사람이 응접실 소파에 떡하니 앉아 있다. 차림새가 간편한 걸로 보아 밤중에 다시 찾아온 건가. 빈센트를 발견한 에단이 굳은 걸 보니 그는 약속하지 않은 방문자인 듯하다.

하지만 빈센트의 등장보다 날 더 충격에 빠뜨린 건 따로 있었다. 조엘리의 맞은편 소파에 앨리샤가 앉아 있었기 때문이다.

조금 전까지 방에서 자고 있던 거 같은데, 내가 잘못 본 건지 아니면 내가 나간 뒤 앨리샤도 나온 건지 알 수 없었다. 급하게 나온 듯 잠옷에 가벼운 외투를 걸친 차림이었지만 얼굴은 뽀얗고 아름다웠다.

웃으며 고개를 든 앨리샤가 에단의 뒤에 서 있는 날 발견하고 인상을 퍽 쓴다.

"……빈센트도 있었네."

"어쩌다 보니. 후후, 같이 마시면 좋을 거 같아서. 괜찮지?"

조엘리가 방긋 웃으며 말했다.

"그래."

에단이 탐탁지 않게 대답하며 걸음을 옮겼다. 난 굳어 있다가 한 박자 늦게 그를 따랐다. 뺨에 꽂히는 시선이 따끔하다.

"어머. 앤도 함께 왔네? 둘이 같이 있었나 봐?"

뒤늦게 날 발견한 조엘리가 의아해하며 물었다. 확실히 이 밤중에 만날 조합이 아니긴 했다. 조엘리의 오른편 소파에 앉으며 에단이 차분히 대꾸했다.

"우연히 만났어. 내가 저녁을 안 먹었더니 챙겨 주러 왔어."

"자상하기도 해라."

조엘리가 웃으며 칭찬을 아끼지 않았다. 난 애써 거북함을 숨기며 웃곤 에단에게 수프 그릇을 건네주었다. 그러곤 그의 뒤편에 섰다.

수프 그릇을 탁자 위에 내려놓은 에단이 날 돌아본다.

"왜 거기 서 있어요? 앉아요."

"아니요, 전 여기 서 있는 게 편합니다."

차마 저 자리에 낄 수 없어 거절하자, 조엘리가 말을 덧붙였다.

"왜. 다리 아프게. 앉아도 되는데."

"하지만……."

"괜찮아. 아, 앨리샤 옆에 앉을래? 동생이니까 그게 낫겠네."

그녀가 손뼉을 치며 기쁘게 앨리샤의 옆자리를 손짓했다. 앨리샤가 앉은 소파는 두 사람이 앉고도 남을 만큼 길쭉했다. 그 자리라면 더더욱 사양하고 싶었다. 그러나 내 마음을 모르는 조엘리의 닦달에 결국 앨리샤의 곁으로 쭈뼛다가가 엉덩이를 붙였다. 찰나, 앨리샤의 눈빛이 사나워진 게 보였다.

"언니, 방에서 자고 있는 줄 알았더니 언제 나갔어?"

"조금 전에……. 너야말로 자고 있는 줄 알았는데 언제 나갔니."

"그랬어? 동생한테 관심 좀 가져라."

앨리샤가 웃으며 장난치듯 내 팔을 툭 쳤다. 난 뻣뻣하게 굳었다. 앨리샤의 말에 가시가 있음을 누구보다 잘 알았다.

'불편하다.'

이럴 줄 알았으면 에단에게 수프를 넘기고 바로 돌아갈걸. 도망치고 싶어졌다. 그 마음이 혹시라도 얼굴에 드러났을까 봐 고개를 깊이 숙였다.

"동생?"

"응. 앤의 동생이고 내 시중을 들고 있어. 오드리가 나이가 있어서 그런지 초저녁부터 잠들었더라고. 깨우기 미안해서 대신에 이 아이를 불렀어. 같이 자리해도 괜찮지?"

그래, 짧게 답한 에단이 내게 시선을 주는 게 느껴졌다. 난 고개를 더 바닥에 처박았다. 그가 나와 앨리샤를 번갈아 보고 있다는 걸 알았다. 그에게 앨리샤와 함께 있는 모습을 보이고 싶지 않았는데. 그가 나와 앨리샤를 비교하는 모습은 정말 보고 싶지 않았다.

"자매인데 별로 안 닮았지? 아, 이런 말 해도 되나. 나쁜 뜻은 아닌데."

"괜찮아요. 그런 소리 많이 듣는걸요."

조엘리의 사과에 앨리샤가 대수롭지 않은 투로 대꾸했다. 그러곤 내 양어깨에 손을 올리며 웃는다.

"언니가 더 예쁘죠?"

그 순간, 얼굴이 시뻘겋게 달아올랐다. 누가 더 예쁜지는 눈이 달린 사람이라면 누구나 다 알 수 있었다. 그럼에도 직접 언급한 건 좋은 동생인 척, 사이 좋은 척 하려는 의도였다.

수치를 느끼는 건 내 몫이었다. 무릎 위에 올려놓은 손이 부들거려 두 손을 꼭 마주 잡았다. 아무렇지 않은 척 웃어 보이기 위해 입꼬리를 당겼으나 유지할 수가 없었다.

"저희 언니가 어릴 때부터 야무지고 참 착했어요. 자매들이 언니를 참 좋아해서, 저랑은 다르게 가족들한테 사랑을 많이 받았죠."

"어머, 자매가 더 있었구나. 다들 사이가 좋았나 봐?"

"그럼요. 다들 언니랑은 닮지 않았지만, 그래도 언니를 무척 좋아했거든요. 언니를 얼마나 따르던지. 언니도 그렇지? 우릴 좋아했지?"

그만해.

속이 뒤틀렸다. 하지만 차마 내색할 수 없었다. 앨리샤는 웃으며 날 비꼬고 있었다. 동생들이 어떤 죽음을 맞이했는지 아는 앨리샤만이 할 수 있는 비난이었다. 난 고개를 들지 못한 채 작게 끄덕였다.

"다른 자매들은 같이 안 왔어?"

"네. 다들 각자의 길을 갔거든요. 얼굴 못 본 지 꽤 됐어요. 이제 저랑 언니뿐이에요."

"그거 참 슬프겠네."

조엘리가 안타까운 탄식을 흘렸다. 앨리샤가 아니라며, 씁쓸한 목소리로 답한다. 토할 거 같아. 난 입을 몰래 틀어막았다.

"이제는 익숙해요. 서로 의지하며 살고 있어요. 어릴 때부터 고생을 많이 했는데, 저는 힘든 노동도 해 보았고……."

앨리샤가 뭐라뭐라 지껄이는 말이 귓가에 들리지 않았다.

"사실 저, 이런 비슷한 일을 해 본 적이 있어요. 그땐 너무 힘들었는데, 지금 생각하면 소중한 추억인 거 같.”

그 순간 눈앞에 뭔가가 불쑥 들이밀어졌다. 내 시선이 절로 그쪽에 닿았다. 커다란 손이 눈앞에서 이리저리 흔들린다. 그걸 멀뚱히 보다가 뒤쪽을 바라보자 에메랄드빛 눈동자가 선명히 박혀 들었다.

“괜찮아?”

살짝 찌푸려진 얼굴이 날 살펴보고 있다. 어……. 이게 무슨 상황인지 머릿속에서 인지하지 못했다. 그래서 어벙하게 시선을 마주하다가 퍼뜩 정신을 차렸다.

잽싸게 고개를 들어 올렸다. 어느새 앨리샤의 목소리가 멈춰 있었다. 내게 시선을 맞추느라 허리를 숙였던 빈센트가 느릿하게 자세를 바로 한다. 난 다시 눈을 내리깔았다.

“왜? 무슨 일 있어?”

조엘리가 묻자, 빈센트가 내게서 시선을 떼지 않은 채 답했다.

“안색이 안 좋아 보여서.”

“괜찮습니다.”

난 양손을 휘젓고 애써 웃었다. 저 빈센트가 괜찮냐고 물어볼 정도로 이상해 보였나 보다. 머쓱함에 목덜미를 긁으며, 아무것도 아니라고 덧붙였다.

“언니, 혹시 어디 아파? 그럼 방으로 돌아가서 쉬어.”

“아니…… 괜찮아.”

거절하자 앨리샤의 사나운 시선이 따갑게 쏟아졌다. 하지만 앨리샤의 시선보다 세 사람의 관심을 한 몸에 받고 있는 게 더 신경 쓰였다. 몸을 움츠리며 어색하게 웃기만 했다.

잠시 어색해진 분위기를 환기시키듯 에단이 끼어들었다.

“조엘리, 내가 좋은 거 가져왔는데.”

그가 들고 온 와인병을 탁자 위에 놓는다. 조엘리가 라벨을 확인하곤 활짝 웃는다.

“어머, 내가 좋아하는 거네! 고마워, 에단.”

“한 잔씩 마시면 딱일 거 같아.”

"제가 하겠습니다."

제 말이 끊긴 게 마음에 안 드는지, 내내 불만스러운 표정이던 앨리샤가 잽싸게 자리에서 일어났다. 난 한 박자 늦게 몸을 들었다가 다시 소파에 엉덩이를 붙였다.

앨리샤가 마개를 따고, 조엘리의 잔에 와인을 따랐다. 유리잔 속에서 찰랑이는 선홍빛 와인이 제법 맛있어 보인다. 조엘리가 활짝 웃으며 와인 향을 음미했다.

다음으로 에단의 앞에 잔을 놓은 앨리샤가 와인을 따라 주며 살며시 웃었다. 에단이 드물게 살짝 마주 웃곤 시선을 뗐다.

마지막으로 빈센트의 잔을 채우는 앨리샤의 동작이 느릿했다. 슬쩍슬쩍 쳐다보며 시선을 맞추려고 애쓰다가, 눈이 마주치면 수줍은 웃음을 내보였다.

세 사람에게 와인을 따라 주고 자리로 돌아온 앨리샤가 자신의 잔을 채웠다. 그러곤 내게 병을 넘겨주기에 난 얼결에 건네받고 난감해했다. 술을 마실 생각은 없기 때문이다.

어떻게 해야 할지 몰라 머뭇대는데 에단이 내 손에 들린 와인병을 채 갔다. 어?

"안 마셔도 돼요."

에단이 다정히 웃으며 병을 탁자 위에 놓았다. 와인을 한 모금 머금고 음미하던 조엘리가 눈을 휘둥그레 떴다.

"혹시 술 못 마시나?"

그녀의 물음에 난 당황하며 고개를 저었다. 못 마시는 건 아니다. 잘 마신다고 할 수도 없지만.

"아뇨. 못 마시는 건 아니고."

"술 잘 못한대. 억지로 강요하지 말아 줘."

"어머, 그래? 여긴 술밖에 없는데 어쩌나. 불편하겠네."

"괜찮아. 나 수프 먹는 거 구경하러 온 거니까."

이건 또 무슨 황당한 소리야. 당황해 하며 바라보자, 에단이 수프 그릇의 뚜껑을 들어 올렸다. 막 만든 수프에선 김이 모락모락 피어올랐다.

에단이 수저를 들고 느긋이 수프를 떠먹었다. 마치 내게 보여 주듯이.

"맛있네요."

"네……."

뭔가 굉장히, 민망한 상황인 거 같다. 그가 내뱉은 말도 이상했지만 태도는 더 이상했다. 단순히 친분을 드러내는 행동이 아니라는 걸 나조차도 알 수 있었다.

조엘리의 놀란 눈동자가 점차 가늘어지더니 나와 에단을 번갈아 훑었다. 앨리샤는 제법 아프게 내 옆구리를 콕콕 찔렀다. 콕콕 찌르는 대로 자꾸 옆으로 기울어지는 몸을 애써 바로 하며 몰래 그 손을 쳐 냈다.

"얘길 듣긴 했는데, 둘이 굉장히 친한가 보네. 어떻게 친해진 거야?"

"어쩌다 보니."

"크리스토퍼 가문에서 일했던 사람이라더군."

에단의 대답을 빈센트가 가로챘다. 조엘리의 눈이 커다래졌다. '와, 정말?' 그리 묻는데 내가 다 곤혹스러웠다. 순간을 모면하기 위해 내뱉은 거짓말이 돌고 돌아 다시 내게 꽂힌 것 같았다.

앨리샤의 시선이 살벌해진 건 말할 것도 없다. 방으로 돌아가면 그게 대체 무슨 소리냐며 닦달을 하겠구나.

더는 이 자리에 있을 수 없었다. 난 몸을 벌떡 일으켰다.

"물을 좀 가져오겠습니다."

빈 물통에 물을 채우면서 마음을 좀 진정시켰다. 동시에 급격한 피로감을 느꼈다. 지끈거리는 이마를 부여잡고 부엌을 빠져나갔다.

계단을 오르며 저 자리에서 도망칠 핑곗거리를 궁리했다. 그런데 응접실 앞에 누군가 있었다. 벽에 몸을 기댄 채 팔짱을 끼고 서 있는 사람은 빈센트였다.

"왜 나와 계세요?"

의아해하며 묻자 빈센트가 흘끗 시선을 준다. 난 그의 앞에 멈춰 서서 멀뚱히 올려다봤다.

"어디 아파?"

"누가요? 아, 에단 님 말씀이시죠."

"너 말이야. 조금 전에 안색이 안 좋았잖아."

빈센트가 내 얼굴을 살폈다. 조금 전이라면 앨리샤 때문인가 보다. 달갑지 않은 화제에 불편함을 숨기지 못했다.

난 괜히 뺨을 문질렀다.

"아니, 아니에요."

"그럼 기분 안 좋은 일이라도 있었던 건가."

난 쓰게 웃으며 도리질했다. 아무 일도 없었다는 게 아니라 신경 쓰지 말라는 의미였다. 그런 날 지그시 보던 빈센트가 돌연 이상한 말을 건넸다.

"기분 좋게 해 줄까?"

"네?"

"네 말대로 해 보지."

'뭘를요?'라고 묻기도 전에 팔짱을 푼 빈센트가 몸을 돌렸다. 그러곤 응접실 문을 벌컥 열더니 안으로 들어가 버린다. 어쩐지 불길한 느낌에 따라 들어가자, 에단 쪽으로 성큼 걸어가는 빈센트가 보였다.

"에단."

와인을 들이켜던 에단이 의아한 표정으로 빈센트를 올려다본다. 그사이 소파에 다다른 빈센트가 한 손으로 에단의 멱살을 쥐고 다른 한 손을 천천히 들어 올렸다. 뭘 하려는지 알아챈 난 말리기 위해 손을 뻗었으나, 에단의 얼굴에 주먹이 꽂히는 게 더 빨랐다.

으아아.

순식간에 벌어진 일이었다. 상황을 인지했을 땐 에단은 이미 소파에 나동그라진 상태였다. 얻어맞은 뺨을 손으로 감싸 쥔 에단이 황망한 표정으로 빈센트를 올려다봤다. 지금 자신이 무슨 일을 겪은 건지 인지하지 못한 듯하다.

"너, 너, 뭐 하는 거야."

"화해하고 싶어 하는 것 같기에."

"뭐라고?"

"나도 응해 줄 겸 한 대 때렸는데, 왜?"

대체 화해와 주먹질이 무슨 관계가 있는 거냐! 나만 그렇게 생각하는 게 아닌지 에단의 얼굴이 서서히 일그러졌다. 세상에서 가장 황당한 일을 당한 사람처럼 허, 허, 헛웃음을 토하기 시작했다.

"그러니까 지금 주먹다짐이라도 하자는 소리야?"

"그래."

빈센트가 태연한 작태로 싸움을 부추겼다. 미친 사람처럼 헛웃음을 터트리던 에단이 돌연 몸을 일으켜 주먹을 날렸다. 기습 공격을 당한 빈센트가 속수무책으로 나가떨어졌다.

에단이 목을 이리저리 돌리며 쓰러진 빈센트를 내려다봤다.

"왜. 화해하고 싶으면 이렇게 하라며."

"……."

"맞아서 기분 나쁘냐? 그럼 반격하든지."

그 말을 기점으로 난장판이 벌어졌다. 몸을 일으킨 빈센트가 다시 에단에게 주먹을 날렸고, 잠시 비틀거리던 에단이 바로 반격했다. 서로 멱살을 붙잡고 사이좋게 주먹을 주고받으며 방 안을 아수라장으로 만들었다.

"내버려 둬."

상황이 더 심각해질 거 같아 만류하려는데, 조엘리가 저지했다.

"하지만."

"괜찮아. 저럴 때도 됐지."

누구보다 놀랄 줄 알았던 조엘리는 오히려 차분했다. 그녀는 내게 와인 잔을 내밀며 물을 따라 달라고 했다. 일단 그녀의 잔에 물을 채우며, 그래도 말려야 하지 않을까 고민하는데.

"조금 전에 화해하자고 했냐? 좋아, 이참에 서로 주고받고 아주 제대로 화해해 보자고! 덤벼, 이 새끼야!"

"넌 말로 화해하나 보지? 제대로 때리기나 하고 말해."

"뭐야? 이 비리비리한 새끼가!"

"너야말로 솜 주먹이면서."

"야! 내가 왜 솜 주먹이야!"

어린애와 다를 바 없는 말다툼에 말문이 다 막혔다. 어떻게든 두 사람을 말려야 하지 않을까 걱정하며 발을 구르던 것도 잠시 잊고, 난 짧게 탄식했다. 세상에, 이리 유치할 수가.

거기에 더해.

"이 자기밖에 모르는 새끼가!"

"사람 불편하게 만들고 즐기는 놈이!"

"내가 언제? 언제!"

"너 자신을 한번 되돌아보는 게 어때?"

그러다 넌 이게 싫고 넌 저게 싫다고 서로를 비난하며 아주 주거니 받거니 정신이 없었다. 누가 누가 더 싫어하는지 경쟁하는 것도 아니고. 이러다 상대가 숨 쉬는 것마저 싫다고 할 기세였다. 그들의 '너의 이런 부분이 싫어'라는 주제가 어린 시절로 거슬러 올라가자, 난 탄식을 멈추고 두 사람을 한심하게 바라봤다.

"너만 힘들 줄 알아! 나도 힘들어! 나도 불편해! 누군 좋아서 네 앞에 나타난 줄 아냐고!"

"그럼 나타나지 마! 너한테 그렇게 하라고 한 적 없어!"

"그래도 화해하려면 나타나야지 어떡해! 안 그러면 너 영원히 나 안 볼 거잖아! 루카스 때문에 나까지 안 볼 거잖아!"

에단의 고함에 빈센트가 잠시 멈칫했다. 에단은 기회를 놓치지 않았다. 눈이 뒤집힌 그는 빈센트의 뒷머리를 잡아챘다. 아니, 저건 너무 야비한데? 몰입한 나머지 나도 모르게 야유를 보내려는데, 그보다 먼저 에단이 중심을 잃은 빈센트의 다리를 걸어 넘어뜨렸다.

빈센트가 소파 팔걸이에 등을 부딪치고 쓰러졌다. 앨리샤가 빈센트에게 달려가 괜찮냐고 물으며 부축했다.

에단이 씩씩거리며 그런 빈센트의 멱살을 붙잡아 들어 올렸다. 빈센트가 자신의 멱살을 쥔 에단의 손을 붙잡고 노려봤다.

"내가 널 몰라? 너 같은 소심한 새끼, 내가 이렇게 오지 않으면 절대 먼저 연락 안 할 거잖아. 머릿속으론 오만 가지 생각을 다 하면서, 겉으론 아무렇지 않은 척 내색조차 안 하잖아! 나를 미워하고, 원망하면서도 너 때문에 루카스가 죽었다고 생각하잖아! 미안해하고 있잖아!"

"……."

"너 때문이 아니라고 했잖아. 루카스가 바란 거라고 했잖아!"

버럭 소리친 에단의 목소리가 응접실 안을 웅웅 울렸다. 난 숨을 들이켰다. 에단은 울 것처럼 일그러진 얼굴로 숨을 헉헉 몰아쉬었다.

"누구는…… 누구는 안 미안한 줄 알아? 나도 너한테 미안하고 눈치 보여. 우리 가문이 너한테 아주 큰 잘못을 했고, 아무 관련도 없는 널 끌어들였잖아. 죄인은 네가 아니라 나야. 너 만나러 갈 때마다 얼마나 큰 결심이 필요한지 아냐?"

"……."

"매번 무섭고 두려워. 시간이 지났는데도 달라지지 않아. 네가 날 비난할까 봐 겁이 나고 미안해 죽을 거 같아. 그래도, 그렇다고 계속 이렇게 지낼 순 없잖아. 친구 잃기 싫어서, 다시 잘 지내보겠다고 노력하는데 꼭 이렇게 굴어야 해?"

에단의 눈 밑이 시뻘겋게 달아올랐다.

"그냥 모르는 척하고 잘 지내 줄 순 없는 거냐. 너랑 내가 이런다고 죽은 녀석이 다시 살아 돌아오지도 않잖아. 나도, 난……."

에단이 말을 끝맺지 못하고 고개를 돌렸다. 감정을 추스르려는 듯했다. 난 계속 에단을 주시했다. 주먹질을 하느라 빨개진 손등으로 입가를 가리는 에단과 시선이 부딪쳤다. 갈색 눈동자가 흐려지는 순간, 그가 몸을 돌려 방을 나갔다.

"에단 님."

난 모퉁이 뒤에 움츠리고 서 있는 에단에게 향했다. 에단이 움찔하더니 살짝 고개를 든다.

갈색 머리카락이 지저분하게 헝클어져 있다. 입고 있는 셔츠도 옷깃이 늘어나고 단추도 다 떨어져 나갔다. 누가 봐도 한바탕 치고받으며 싸운 티가 났다.

얼굴은 더 볼만했다. 한쪽 눈은 멍이 들어 퉁퉁 부어 있었고, 뺨은 시뻘겋게 부르텄다. 입술은 터져 피딱지가 엉겨 붙어 있었다.

그가 날 보며 웃었다. 부은 눈꺼풀이 접히지 않아서 웃겼다.

"좋지 못한 모습을 보였네요."

"솔직히 어릴 때 오줌 싼 거 말했다고 화낼 땐 좀 그랬네요."

"……"

"괜찮으세요?"

그의 앞에 서서 얼굴을 꼼꼼히 살폈다. 꽤 아플 거 같았다. 미리 챙겨 온 수건을 그의 붉은 뺨에 살짝 댔다. 찬물에 적신 거라 열기를 좀 식혀 줄 거다.

에단이 얼굴을 찡그렸다.

"폴라, 아파요."

"듣는 귀가 있습니다. 앤이라고 불러 주세요."

"싫어요."

아무래도 저 주둥이가 문제인 거 같다. 그의 퉁퉁 부은 주둥이를 수건으로 꾹꾹 눌렀다. 에단이 아프다고 칭얼거렸지만 난 모르는 척 손에 힘을 실었다.

그러다 터진 입술이 눈에 들어왔다. 수건을 그의 손에 쥐어 주곤 급히 내 방으로 달려가 약병 두 개를 가져왔다. 오늘따라 이게 요긴하게 쓰인다.

"이 정도로 치료까지야. 괜찮아요."

"제가 안 괜찮아요."

우선 손끝에 소독약을 묻혀 찢어진 입가에 댔다. 그가 입술을 움찔움찔 떤다.

"살살 해 줘요."

"그러게 왜 맞서 싸우셨어요. 말로 하시지."

"걔가 먼저 날 때렸거든요?"

에단이 작게 투덜거렸다.

"……아버지한테도 별로 맞아 본 적 없는데."

뭔가 애지중지 자란 도련님 같은 말인데.

소독을 끝낸 뒤 약을 발랐다. 가까이서 보니 부은 눈꺼풀이 우스꽝스럽다.

어쩐지 웃음이 나와 입꼬리가 씰룩거렸다.

"웃지 마요."

"안 웃었습니다."

"웃으려고 했잖아요."

"아닙니다."

아닌 척하며 수건을 도로 가져와 부은 눈꺼풀을 조심히 눌러 주었다. 지금 이 정도면 내일은 눈도 뜨지 못하리라. 터진 입술도 부어오를 거 같고.

난 그의 얼굴을 이곳저곳 꼼꼼히 수건으로 눌렀다. 아무 말 없이 내 손에 얼굴을 맡기던 에단이 갑자기 헛웃음을 지었다.

"화해하자면서 싸우자는 건 뭔지."

다시 생각해도 황당한 말인가 보다. 그건 나도 마찬가지였다. 기분 좋게 해 주겠다더니, 다짜고짜 주먹다짐하는 건 뭐란 말인가. 설마 에단의 쥐어 터진 얼굴을 보고 웃으라는 건 아니겠지?

"아침이 밝아 오면 얼굴이 더 멋있어지시겠네요."

"……얼마나요?"

"방에만 박혀 계신 게 좋을 정도로요."

이 얼굴로 나갔다간 사용인들 사이에서 화젯거리가 될 게 분명하다. 에단이 그 정도냐며 심란하게 중얼거렸다. 난 그렇다고 확인 사살을 해 주곤 수건으로 그의 눈가를 꾹 눌렀다. 내 잘생긴 얼굴 어떡하냐는 한탄은 무시했다.

"그런데 생각할수록 열받네."

"치료비 달라고 하세요."

"안 그래도 청구할 겁니다."

에단이 부푼 입술로 웅얼거리며 결의를 다졌다. 난 그의 얼굴을 다시 뜯어봤다. 꼴을 보니 찬 물수건만으로는 안 될 거 같다. 수건을 다시 그의 손에 쥐여 준 뒤 얼음이라도 좀 가져오겠다며 몸을 돌렸다.

그런데 모퉁이를 돌다가 깜짝 놀랐다. 빈센트가 나타났기 때문이다.

"에단은?"

"저쪽에 계십니다. ……설마 또 싸우시려는 건 아니죠?"

"안 싸워."

그럼 이번엔 제대로 대화를 해 볼 생각인가.

가까이서 본 빈센트의 얼굴도 에단만큼 볼만했다. 그래도 치료를 받은 건지 얼굴이 약으로 번들번들하다. 목에 상처가 난 것으로도 모자라 얼굴까지. 난 슬 며시 인상을 찡그렸다.

아무 말 않고 뚫어져라 보기만 하자, 그가 날 흘끗거리더니 갑자기 몸을 돌 리고 얼굴을 감춘다. 내가 다시 그의 맞은편으로 움직이자 두 걸음 물러나기에 난 두 걸음 그에게 다가갔다. 그러자 빈센트가 이번엔 얼굴을 돌렸다. 나도 지 지 않고 몸을 틀어 그의 얼굴을 보려고 했다.

잠깐 동안 그와 난 복도를 빙글빙글 돌았다. 곧 먼저 포기한 빈센트가 얼굴 을 보여 주며 뚱하게 물었다.

"어때. 효과가 좀 있어 보여?"

그의 얼굴을 꼼꼼히 살피던 난 그게 무슨 소리냐는 눈빛을 보냈다.

"주먹다짐이라도 하라면서."

내가 언제? 눈을 깜빡이며 의문을 표하자 빈센트가 인상을 팍 썼다. 그러다 얼굴이 아픈지 손을 들어 매만진다.

"속 시원하게 마음을 풀 수 있는 방법이라면서 조언해 줬잖아."

그가 상세히 설명했다. 그러자 떠오르는 기억이 있었다.

'여차하면 주먹다짐이라도 하시든지요.'

'주먹다짐?'

'예. 폭력은 나쁜 거긴 하지만, 때론 속 시원하게 마음을 풀 수 있는 방법이라고 하 더군요.'

세상에. 그 말을 곧이곧대로 들었단 말인가. 황당해서는, 말문이 다 막혔다. 언제부터 내 말을 그렇게 잘 들었다고. 그리고 들을 거면 제대로 들어야지, 싸 워도 말로 하는 게 가장 좋을 거 같다는 뒷말은 어디다 팔아먹은 거냐.

"말로 푸는 게 가장 좋을 거 같다고 했습니다만."

"그건 못 들었는데."

정말 못 들은 건지 못 들은 척하는 건지. 갑자기 에단에게 싸움을 건 이유를 알게 된 난 헛웃음을 흘렸다.

"제가 아무리 그런 말을 했다고 해도 진짜 주먹다짐을 하실 줄은 몰랐습니다. 화해할 마음이 있으셨다면, 차라리 다시 대화를 해 보지 그러셨나요?"

"해 봤지만 잘 안됐으니까."

"제대로 해 보신 적은 있으세요? 서로의 솔직한 마음을 내보이셨고요?"

"……."

빈센트가 입을 다물고 고개를 돌렸다. 해 본 적이 없단 소리다. 난 눈을 가늘게 떴다. 솔직히 말해 봐요, 혹했죠? 그동안 쌓인 감정이 많을 테니 이참에 터트려 보자고 마음먹었을 가능성이 컸다.

"기분은 좀 좋아졌어?"

"그럴 리가요. 대체 그게 제 기분이 좋아지는 것과 무슨 관계가 있나요?"

"화해하면 기분 좋을 거 아니야."

또 무슨 말도 안 되는 소리인가. 어디서부터 어떻게 꼬인 건지 알 수 없어 말문을 떼는 것조차 어려웠다. 게다가 엄밀히 따지면 화해를 한 게 아니라 상황이 더 악화된 꼴이지 않은가. 난 깊은 한숨을 흘렸다.

"죄송하지만, 전 그런 거 싫어합니다."

아비는 말보다 행동이 앞서는 사람이었다. 심한 다혈질이라 하루 종일 어디로 화가 튈지 몰랐고, 자신의 살붙이한테도 폭력을 휘두를 정도로 힘을 과시하고 싶어 했다.

젊은 시절엔 착하고 순했던 사람이 왜 저렇게 변했냐는 아낙네들의 얘길 들은 적이 있으나 난 그 말을 믿지 않았다. 내가 아는 아비는 태생부터 폭력적인 사람일 뿐이었다. 그리고 난 폭력이 싫었다.

"이해할 수도 없고 이해하고 싶지도 않습니다. 하물며 말로 충분히 풀 수 있는데 군이 주먹다짐을 하는 건 더더욱요."

"미안해."

그, 그렇다고 사과할 것까지야.

"저한테 사과하실 필요는 없으세요."

"무서워했잖아."

맞다. 무서웠다. 발을 동동 구르며 걱정하면서도, 한편으론 두려움에 떨었다. 주먹을 휘두르는 그들의 모습에서 아비를 떠올렸기 때문에. 나름 숨긴다고 숨겼는데 언제 본 거지.

"그동안 좀 답답한 상황이었어. 서로 쌓인 감정도 많았고. 쉽게 풀릴 문제는 아니라서 이참에 시원하게 터트리는 게 더 좋은 방법이지 않을까 싶었는데, 내가 생각이 짧았던 거 같아. 다음부턴 안 그럴게."

"……."

"무섭게 안 해."

단호하면서, 마치 달래는 듯한 목소리였다. 마주 본 빈센트의 얼굴은 딱딱했으나 어쩐지 어깨가 축 처져 보였다. 착하게 말 잘 들었는데 도리어 혼난 어린아이 같은 모습에 내가 더 당황스러웠다.

"저도 말실수를 했습니다. 죄송합니다."

난 허겁지겁 양손을 모으고 허리를 굽혔다. 누굴 위한 주먹다짐이었는지는 모르겠으나, 어쨌든 이 사달의 원인을 제공한 건 나였다. 난 가볍게 툭 뱉은 말이었지만 그는 진지하게 받아들여 준 거였다. 그러니 사과를 한다면 말실수한 내가 먼저 하는 게 맞았다.

"이야, 누가 추천해 줬다고?"

그런데 예상치 못한 목소리가 들려왔다. 깜짝 놀라 고개를 돌리자, 에단이 벽에 삐딱하게 기대선 채 나와 빈센트를 보며 생긋 웃고 있었다.

"그쪽이 추천해 준 건지 몰랐네요. 서로 어색한 줄 알았는데, 언제 이렇게 친해졌어요? 나만 몰랐네."

웃는 얼굴이 어쩐지 흉흉하다. 난 재빨리 고개를 저었다.

"추천한 적."

"주먹다짐이라도 하라고 조언하더군."

"……."

반박하려 했지만, 등 뒤에 서 있는 사람에게 저지당했다. 난 억울해하며 빈센트를 돌아봤다. 그가 어깨를 으쓱인다.

"왜."

444

아니, 이 사람이 진짜.

"오해십니다. 싸우라고 한 건 아닙니다."

"그런 말을 하긴 했나 보죠."

"……실언이었습니다. 사과드릴게요."

"하하. 이제 와 사과는 무슨. 참 좋은 조언 했어요. 덕분에 이런 멋진 얼굴도 되어 보고."

에단이 퉁퉁 부어오른 자신의 턱을 매만졌다. 난 침묵을 택했다. 저지른 실수가 있으니 변명의 여지가 없었다. 머뭇머뭇하다 결심을 굳히고는 에단 쪽으로 얼굴을 살짝 들이밀었다.

"한 대 때리실래요?"

"뭐라고요?"

에단이 황당한 표정을 지었다. 난 두 대 때려도 된다고 덧붙이다가, 성에 안 차면 기분 풀릴 때까지 때려도 된다고……까지 말했을 땐 에단의 얼굴이 좋지 않아 입을 다물어야 했다.

이유야 어쨌든 에단의 입장에선 이 상황이 그저 어이없을 뿐일 테고, 그의 기분이 풀린다면 난 맞아도 상관없어서 한 말이었는데, 기분 나쁜 말을 들었다는 듯한 에단의 얼굴을 보니 이번에도 말실수한 거 같다.

에단은 할 말이 많은 얼굴로 다급히 목소리를 높였다.

"내가 화풀이하려고 아무나 때리는 형편없는 놈으로 보입니까? 아니, 사람을 대체 뭘로 보고."

다다다 말을 뱉어 내던 에단이 이내 이를 으득 물고 흥분을 가라앉히려 했다. 나쁜 의도로 한 말은 아니었지만 괜히 기분 상하게 만든 것 같아 정정하려는데, 갑자기 커다란 손이 불쑥 튀어나와 눈앞을 가로막았다. 어 하는 사이 어깨에 팔이 둘리더니 몸이 뒤로 젖혀졌다.

등에 푹신한 게 닿는다. 졸지에 빈센트에게 끌어당겨진 난 상황을 인지하기 위해 눈을 껌뻑였다. 머리 위에서 빈센트의 목소리가 흘러나왔다.

"때리지 마."

"안 때려!"

에단이 버럭 화를 내더니 이내 한쪽 얼굴을 손으로 감싸며 신음했다.

"……하, 이제 됐어. 피곤해."

한숨을 뱉다가 혼잣말을 읊조리길 반복하며 에단은 마음을 추슬렀다. 난 그의 눈치를 살피다가 빈센트에게 끌어안긴 걸 깨닫고는 소스라치게 놀라며 품에서 빠져나왔다.

그런 날 보며 빈센트가 불만스럽다는 표정을 지었지만, 곧 시선을 떼고 에단을 바라봤다.

"에단."

"왜."

"너한테 할 말이 있는데."

잠시 멈칫한 에단이 끙 앓는 소리를 내더니 양손으로 마른세수를 퍽퍽 한다. 멍이 들어 아플 텐데도 별다른 내색 없이 손을 내리고는 빈센트를 쏘아봤다.

"기다렸다, 이 새끼야."

에단의 입에서 거친 말이 서슴없이 튀어나왔다. 난 가슴께에 손을 올리고 이 모든 상황이 평화롭게 해결되기를 간절히 바랐다.

한밤중에 벌어진 주먹다짐으로 인해 기껏 마련된 술자리는 흐지부지 끝났으나 조엘리는 별다른 불평을 하지 않았다. 난리 통 속에서도 태연히 소파에 앉아서 남은 와인을 몽땅 들이켜고는 길게 하품을 할 뿐이었다.

"한 번쯤 터질 때도 됐어. 이왕 이렇게 된 거 잘 해결되면 좋겠네."

심심한 조언을 던지고 조엘리는 졸리다며 방으로 돌아갔다. 나와 앨리샤는 남아서 난장판이 된 응접실을 정리했다. 둘만 있게 되면 에단과 대체 무슨 사이냐고 온갖 닦달을 할 줄 알았던 앨리샤는 조용히 탁자를 치웠다. 의외의 모습에 좀 얼떨떨해졌다.

"왜 아무 말이 없어?"

"뭐가."

"이곳에 온 손님과 무슨 사이냐고 닦달할 줄 알았더니."

앨리샤가 날 흘끗 보더니 빈 병을 한쪽에 모아 놓곤 허리를 폈다. 할 일을 끝

마쳤다는 듯 손을 탁탁 터는데, 얼굴이 지나칠 정도로 고요해 낯설었다.

"이제 됐어."

"뭐?"

"너한테 더는 안 물어본다고."

그리 말하곤 나머지는 알아서 하라며 몸을 돌렸다. 앨리샤가 한 거라곤 고작 빈 와인병을 정리한 게 전부였는데 말을 곱씹어 보느라 뒤늦게 알아챘다. 어디 도망가냐고 잡기 전에 이미 응접실을 훌쩍 나가 버려 결국 남은 정리는 전부 내 몫이 되었다.

그렇게 혼자 마무리하고 응접실에서 나오는 길에 에단과 부딪쳤다. 빈센트와 대화를 끝냈는지 그는 혼자였다. 에단은 날 보자마자 다시 응접실로 이끌더니 쉬지 않고 잔소리를 쏟아 냈다.

폴라가 나한테 어떻게 그럴 수 있는지 대화를 해 보라고 해도 모자랄 판에 싸움을 종용하다니 무슨 불만이 있는 거면 직접 말을…… 귀를 잔뜩 괴롭힘당한 뒤에야 난 내 방으로 돌아가 늦은 잠자리에 들 수 있었다.

아침이 밝아 오자마자 비몽사몽인 상태로 에단에게 향했다. 그는 언제나처럼 침대 위에서 뭉그적대고 있었다. 늦게 잠들긴 했으나 아침 식사는 챙겨야 했기에 그를 깨웠다.

힘겹게 일어난 그의 얼굴은 예상대로 아주 퉁퉁 부어 있었다.

"한쪽 눈이 안 떠져요."

"그럴 만도 해요. 오늘은 절대 방 밖으로 나가지 마시고요."

심각하게 당부하며 식사와 함께 챙겨 온 얼음을 수건으로 감싸 에단의 얼굴에 댔다. 그가 내게 얼굴을 맡기며 퉁퉁하게 부어올라 삐죽 튀어나온 입술을 뻥긋거렸다.

덕분에 아침 식사는 방에서 해결해야 했다. 에단이 잘게 잘린 고기를 몇 번 씹더니 인상을 썼다. 얼굴이 너무 부어서 눈가가 미미하게 좁혀진 정도였지만.

"으, 얼굴이 너무 땅겨요."

"천천히 꼭꼭 씹어 보세요."

혀를 차고 잔에 물을 따라 건넸다. 그걸 받아 들고 몇 모금 홀짝인 에단이 우울한 얼굴로 포크에 꽂힌 고기를 내려다봤다.

"어제 대화 잘 나누셨어요?"

"그냥 뭐…… 나쁘진 않았어요."

말은 그렇게 해도 표정이 좀 밝다. 성과가 전혀 없는 건 아닌 듯하다.

"다행이네요."

"다시 주먹다짐하고 싶진 않지만요."

부은 뺨을 문지르며 에단이 끙끙 앓았다.

붓기는 이틀 동안이나 지속됐다. 에단은 이틀간 침대에 누워 부은 얼굴과 사투를 벌였다.

난 혀를 차며 다음부턴 주먹다짐을 하지 말라고 조언해 줬다. 그러자 에단이 그걸 주동한 게 폴라이지 않느냐며 반박해 곧 입을 다물 수밖에 없었지만.

점심때가 지나고 에단의 방으로 로버트와 유모가 찾아왔다. 최근 들어 하루에 한 번 정도는 같이 식사를 하던 에단이 얼굴을 비치지 않자 걱정이 되어 왔다고 했다. 에단의 통통 부은 얼굴을 본 유모는 깜짝 놀라 무슨 일이냐고 물었고, 난 어색하게 웃으며 일이 좀 있었다고 말을 얼버무렸다. 로버트는 에단의 얼굴을 뚫어져라 보더니 '아파?'라며 걱정스러운 물음을 건넸다.

저녁엔 빈센트를 만났다. 정확히는 에단의 방문 앞에 서 있는 빈센트를 먼발치에서 발견했다. 이틀 만의 만남이었다. 그는 문손잡이를 잡고 있었는데, 어쩐지 방으로 들어가지 않고 몸을 돌려 버린다.

난 에단의 방을 향해 걸어가며 의아해했다. 맞은편에서 걸어오던 빈센트가 날 발견하곤 걸음을 멈추더니 뒤로 주춤 물러나는 게 아닌가.

게다가 내가 다가가는 만큼 뒤로 물러나며 거리를 벌렸다. 그의 행동이 이상했다.

"왜 그러세요?"

"오지 마."

아니, 저는 그저 가던 길을 갔을 뿐인데요? 황당해하는 내 반응에도 아랑곳하지 않고 손까지 들어 올리며 오지 말란다. 난 그의 이상 행동을 주시하다가 다시 성큼성큼 걸음을 옮겼다. 빈센트가 드물게 당황하며 뒷걸음질 치다가 급기야 몸을 돌리려고 했다. 하지만 그보다 먼저 곁으로 다가간 난 그가 왜 그런 행동을 했는지 알아챘다.

빈센트의 양 뺨이 붉게 물들어 있었다. 멍이 들어서 그런지, 열이 올라서 그런 건지는 모르겠지만 통통 부어올라서 로버트의 뺨처럼 귀여웠다.

"푸흡."

그 얼굴을 보자마자 웃음이 새어 나왔다. 손으로 곧장 입가를 가렸으나 결국 흘러나온 웃음소리를 들은 빈센트가 날 노려봤다.

"웃지 마."

"죄, 죄송합, 크흐흡."

하지만 도저히 웃음을 참을 수가 없었다. 어쩐지 이틀 동안 오지 않더라니 저 얼굴 때문이었나 보다. 하긴, 에단도 얼굴이 부어 고생했는데 같이 싸운 빈센트의 얼굴이 멀쩡할 리 없었다.

난 양손으로 얼굴을 가리고 끅끅 웃었다. 빈센트가 불만스러운 눈초리를 보내왔지만 참지 못하고 한바탕 웃어 버렸다.

잠시 후, 내 웃음소리를 듣고 방 밖으로 나온 에단이 빈센트의 얼굴을 보고 똑같이 웃음을 터트린 건 말할 것도 없었다.

ㅁ ◆ ㅁ

그날 이후로도 빈센트는 종종 숲속 저택을 찾아왔다. 그때마다 에단의 방에 들이닥쳤는데, 몇 번 짜증을 내던 에단도 곧 익숙해졌는지 어느 순간부터 태연히 반응했다. 물론 불평을 하지 않는 건 아니었지만.

"할 말도 없으면서 왜 자꾸 찾아와."

"심심해서."

그러한 대화도 익숙하게 이어졌다.

사실 두 사람의 관계에 큰 변화가 생긴 건 아니었다. 주먹다짐을 했다고 해서 당장 속마음을 풀고 예전처럼 하하 호호 웃을 수 있는 문제는 아니었으니까. 겉으론 아무렇지 않은 척했지만, 여전히 그들 사이엔 긴장감이 흘렀다.

하지만 그럼에도 빈센트는 에단을 만나러 왔고, 에단도 빈센트의 방문을 마냥 싫어하진 않았다. 가끔 심심한 농담을 주고받는 모습을 보며, 난 두 사람의 관계가 아주 조금은 풀어졌음을 느낄 수 있었다.

그렇게 잔잔한 일상이 흘러가던 어느 날, 해가 막 떠오르기 시작하는 이른 아침이었다. 에단이 저택을 떠나게 되었다. 갑작스러운 이별이었다.

난 새벽부터 정신없이 그가 떠날 채비를 도왔다. 하인들은 마차로 그의 짐을 날랐다.

"갑자기 가신다니 아쉽네요."

마지막 가방을 하인에게 건네며 난 아쉬움을 내비쳤다. 재킷을 걸치던 에단이 살짝 웃었다. 마치 나도 그렇다고 말하는 것 같다.

난 그에게 다가가 재킷의 주름을 매만져 주었다. 이젠 붓기가 빠지고 멍이 거의 사라진 얼굴은 재회했을 때와 다름없었다. 그래서일까, 더더욱 아쉬운 마음이 들었다.

"잠깐 동안만 지내려고 했었는데, 어쩌다 보니 시간이 좀 흘렀네요."

"또 오실 거죠?"

"그럼요. 그때도 내 시중을 들어 줘야 해요."

하지만 그가 다시 이 저택에 왔을 땐 난 없을 거다. 난 웃으며 대답을 얼버무렸다. 에단은 별다른 말 없이 창밖을 바라봤다. 하늘에 떠오른 붉은빛이 그의 얼굴을 촘촘히 물들였다.

"폴라."

"네."

"저번에 이런 내기를 해서 알고 싶은 게 뭐냐고 물어봤었죠."

난 고개를 들어 올렸다. 에단은 여전히 창밖을 보고 있었다.

"희망."

희망?

"지금 이 순간이 잘못된 게 아니라는, 그런 희망을 보고 싶었어요."

난 입을 달싹였다. 왜 그런 게 알고 싶었는지 물어보고 싶었으나, 에단의 옆

얼굴이 굳어 있어 입을 다물 수밖에 없었다. 그의 눈은 붉게 물든 하늘로 향해 있었지만 그 시선은 그곳에 닿아 있지 않은 것 같았다.

에단에게 남모를 걱정이 있다는 건 알겠다. 그리고 그에 대해 말하고 싶지 않아 한다는 것도. 그렇다면 굳이 캐묻고 싶지는 않았다.

다만 조금 추측해 본다면.

"루카스 님 때문이시죠."

빈센트와 에단의 사이가 멀어진 원인이니까. 루카스의 눈을 빈센트에게 주었던 결정이 잘못된 게 아님을 확인받고 싶은 건 아니었을까.

난 고개를 숙여 괜히 재킷의 깃을 더듬었다. 에단이 날 보는 게 느껴졌다.

"이건 말하지 말라고 하셨는데, 에단 님과 주인님이 말싸움하신 날에요. 제가 에단 님이랑 얘길 나누고 밖으로 나갔을 때 주인님이 방 앞에 서 계셨어요. 절 기다리신 거 같더라고요."

"……."

"에단 님은 어떠냐고 물어보셨어요. 걱정하신 거겠죠."

로버트에 대한 이야기를 나눈 이후 두 번째로 빈센트와 깊은 대화를 나눠 봤다. 지금 생각해 보면, 빈센트도 나름대로 에단과의 관계를 풀 방법을 모색하고 있었던 것 같다. 그러니 사용인인 내게 의견을 묻기도 하고, 주먹다짐을 해 보라는 황당한 말도 실천한 거겠지. 덕분에 각자 부은 얼굴로 며칠 고생하긴 했지만.

에단과 재회한 이후부터 최근까지의 일들이 머릿속을 스쳐 지나갔다. 여기서 그와 이렇게 다시 만날 줄은 몰랐는데. 놀랍기도 했고, 반갑기도 했고, 또 당황스럽기도 했다. 한편으론 달라진 그를 안타까워하기도 했지. 그리고 루카스의 일이 모두에게 상처로 남았음을 알게 되어 많이 슬펐다.

이제 정말 더 이상 볼 수 없을지도 모르기 때문일까. 에단은 생각보다 더 오랜 시간 머물렀다고 했지만, 난 그와의 시간이 짧게 느껴졌다.

"주인님도 에단 님과 화해하고, 다시 잘 지내고 싶으셨을 겁니다. 그래서 주먹다짐 같은 것도 하신 거겠죠. 원래 표현하는 데 서툰 분이시잖아요. 상대의 눈치를 본다는 건 잃고 싶지 않다는 뜻 아닐까요."

"……."

"그러니 너무 걱정하지 마세요. 에단 님이 왜 그런 선택을 하셨는지, 얼마나 큰 결심을 하신 건지 주인님도 알고 계셨을 거예요. 소중한 친구니까요."

난 그의 어깨에 진 주름을 툭툭 털어 펴고 뒤로 물러났다.

"다 됐습니다."

딱딱한 분위기를 풀 겸 방긋 웃었으나 에단은 웃지 않았다. 괜히 분위기만 더 안 좋아진 것 같아 머쓱해하는데 재킷의 깃을 만지작대던 에단이 문득 말했다.

"그때도 이런 마음이었어요."

그러다 손을 내리며 나와 마주한다. 어느새 붉은 햇빛이 그와 날 온전히 비추고 있었다. 눈부신 일광에 에단의 얼굴이 먹혀들었다. 난 한 손을 들어 올려 빛을 가렸다.

"내가 뭘 어떻게 해야 하는지 알 수 없었죠."

무거운 목소리가 그답지 않았다.

"죄책감에 숨이 막혀 도망치고 싶은데도 웃으며 억지를 부리는 것밖에 할 수 있는 게 없어서 절망할 때 빈센트의 곁에 있는 당신을 만났어요. 그리고 당신과 얘기를 나누며 조금씩 안도할 수 있게 되었죠."

에단이 언제를 말하는지 알았다. 5년 전, 그와 처음 만났을 때를 말하는 거였다.

"그리고 지금도, 같은 마음이에요."

"……."

"다행이다, 라고."

에단이 한 걸음 내게 다가오자 그의 모습이 다시 선명히 보였다. 딱딱한 목소리와 달리 그는 상냥하게 웃고 있었다. 그가 한 손을 들어 올려 내 한쪽 어깨를 붙잡고 토닥토닥 두드려 준다.

"그때처럼 빈센트의 곁에 있어 줘요."

다독이는 손길이 부드러웠다.

그런데 참 이상하지. 에단은 웃고 있었고, 환한 빛줄기가 그의 온몸을 찬란하게 비추고 있는데, 왜 내 눈엔 그게 아스러질 듯 나약하게만 보이는 걸까. 왜 이리 불안하지?

그 순간, 똑똑 노크 소리가 들려왔다.

"준비 끝났습니다."

방 밖의 하인에게 알겠다 대답한 에단이 몸을 돌렸다. 나오지 않아도 돼요. 그리 말하며 방문으로 걸어가는 에단의 뒷모습을 눈으로 좇는데, 문득 어떤 생각이 머릿속을 스쳤다.

"역시 무슨 일이 있으신 거군요. 그렇죠?"

난 다급히 물었다. 에단이 이곳을 찾아온 게 단순히 루카스의 일로 멀어진 빈센트와의 관계를 걱정했기 때문만은 아니란 것, 그리고 이른 아침 갑자기 떠나야 할 만큼 급박한 일이 생긴 건 아닐까 하는 생각이 머릿속을 맴돌았다.

에단의 걸음이 우뚝 멈추었다. 머뭇대듯 내 쪽으로 살짝 고개를 돌린 그는, 끝내 날 돌아보지 않았다. 불안감이 가슴속을 쿵쿵 울렸다. 그의 침묵이 길게 느껴졌다. 결국 참지 못하고 그에게 다가가 내 쪽으로 몸을 돌려세웠다.

"에단 님!"

방 안 가득 들어찬 붉은 햇빛이 다시금 그의 얼굴을 비추었다. 빛줄기 머금고 온전히 드러난 얼굴은 어둡게 가라앉아 있었다. 마주한 갈색 눈동자가 초조하게 흔들린다.

아니, 그것만이 아니었다.

두려움. 에단은 두려워하고 있었다.

어째서요? 왜요? 무엇이 당신을 그리 두렵게 만드는 건가요? 뭘 숨기고 있죠? 지금, 무슨 일이 생긴 거예요? 수없이 많은 물음이 떠올랐으나, 입 밖으로 내뱉지 못한 건 여전히 그의 얼굴이 아무것도 묻지 말아 달라고 말하는 거 같아서였다.

에단은 곧 표정을 풀었다. 언제 초조해했냐는 듯 아무렇지 않아 보이는 얼굴이었지만 난 걱정스러운 마음을 지울 수 없었다. 자신의 팔을 붙잡고 있는 내 손을 슬며시 떼어 놓으며, 에단은 언제나처럼 장난스레 웃어 주었다.

"그냥 빈센트의 곁에 있어 줘요. 그러면 돼요."

갑작스럽게 저택을 떠나게 되어, 이곳에 올 때와 다르게 에단을 배웅하는 인원은 단출했다. 조엘리와 로버트, 몇몇 사용인이 전부였다.

유모의 손을 꼭 잡고 있는 로버트는 아직 잠이 덜 깼는지 눈을 비비적거리며 에단과 인사를 나눴고, 조엘리는 아쉬운 마음을 숨기지 않고 드러냈다.

에단은 그들에게 가볍게 인사한 뒤 대기하고 있던 마차에 올라탔다. 당연히 빈센트는 오지 못했다.

멀어지는 마차를 보며 난 조금 전 느꼈던 긴장감을 곱씹었다. 내 착각이겠지. 만약 진짜 무슨 일이 있는 거라면 에단이 휴양을 핑계로 방 안에만 처박혀 아무것도 하지 않았을 리 없었다. 당장 조치를 취하고, 대책을 강구하지 않았겠는가. 아니면 빈센트에게 뭔가 말해 주려고 온 거라든지.

혹시, 빈센트와 연관이 있는 일인 걸까? 이젠 점이 되어 버린 마차의 뒤꽁무니를 바라보다가 왠지 모를 오싹한 기분을 느꼈다. 팔뚝을 문지르며 빠르게 도리질했다. 아닐 거야. 그러면서 애먼 생각을 털어 냈다.

제14장

시녀님은 비밀 앞에 서서

"오늘은 주변 산책이라도 해 볼까?"

점심 식사를 하다가 조엘리가 갑자기 제안했다. 저택에만 있었더니 찌뿌둥하다며 던진 말에 로버트가 가장 먼저 반응했다. 엉덩이를 들썩이며 얼른 가자고 닦달하는 통에 곧바로 오드리가 채비를 도왔고, 유모와 앨리샤가 동행하기로 했다.

"그럼 다녀올게요."

"조심히 다녀오세요."

유모가 로버트의 손을 잡고 조엘리의 뒤를 따랐다. 난 숲속 입구에 서서 그들을 배웅한 뒤 기지개를 켰다. 오랜만에 혼자 있는 시간을 가지게 되었다. 원래는 나도 산책에 동행했어야 하지만 유모가 배려해 준 덕분에 저택에 남을 수 있었다.

에단이 떠나고 난 다시 로버트의 시중을 들게 되었다. 이제는 유모가 항시곁에 있다 보니 보조 역할을 하는 게 전부라 일하는 데 어려움은 없었다. 처음과 달리 로버트는 방 안에서 얌전히 잘 놀았고, 가끔 신나서 방방 뛰거나 할 때를 빼곤 사고치는 것도 덜했다. 덕분에 로버트의 시중을 다시 맡게 된 최근 며칠 동안은 큰 사달 없이 평온하게 지내고 있었다.

"뭐 할까."

일하면서 틈틈이 쉬는 시간을 가지긴 했지만, 이렇게 오후 시간이 훌쩍 비는 건 오랜만이었다. 에단의 시중을 들 때는 비교적 한가하긴 했지만, 은근 소소하게 챙겨야 할 게 많았고, 시간이 비어도 혼자인 적은 거의 없었다.

어디 볕 좋은 곳에 가서 낮잠이라도 잘까, 아니면 부엌으로 내려가 간식거리라도 좀 구해 볼까. 두 가지 모두 하는 것도 좋을 거 같다.

하지만 곰곰이 생각하다 고개를 저었다. 지금 딱히 낮잠을 잘 만큼 졸리지 않았고, 뭔가 먹고 싶지도 않았다. 평소엔 이것저것 하고 싶은 게 많았던 것 같은데, 막상 시간이 생기니 잘 떠오르지 않는다. 소중한 시간을 잘 사용하고 싶었지만, 정작 뭘 해야 할지 잘 모르겠다.

괜히 저택 주변을 빙빙 돌다가 지겨워져서 뒷문으로 향하는데, 조니가 나오는 게 보였다. 그는 품에 뜯긴 나무판자 같은 걸 들고 있었는데 한쪽 바닥에 떨어뜨려 놓더니 장갑 낀 손을 탁탁 털었다.

지난번 서재 사건 이후로 오랜만이었다. 그때 내 눈치를 살살 살피더니 괜한 걸 목격해 부담스러웠는지 모습을 보이지 않았었지.

그쪽으로 다가가니 몸을 돌리던 조니가 날 발견하곤 알은척해 왔다.

"어디 갔다 오냐?"

"모시는 분들이 산책 가신다고 해서 배웅하고 오는데. 넌 뭐 해?"

"청소. 1층에 있는 보관 창고 벽이 뚫렸어."

또? 난 인상을 찡그리며 혀를 찼다. 이곳에 온 뒤로 가장 자주 듣는 얘기가 어디 망가지거나 뚫리거나 무너졌다는 것이었다. 숲속에 위치해 있다 보니 주변에 있는 나무나 새가 종종 위험 요소가 될 때가 있었다. 그리고 그것과 별개로 저택 자체도 확실히 낡긴 했다.

"다들 질렸는지 하기 싫다잖아. 어차피 창고고, 혼자서도 충분히 할 수 있다고 떠넘기더라. 나만 재수 없게 걸린 거지."

조니가 작게 투덜거렸다.

"도와줄까?"

"넌 일 없냐."

"없어. 지금 자유 시간이야."

"그럼 편히 쉴 것이지 뭘 도와줘."

"도와줄게."

할 일도 없던 참에 잘됐다. 양쪽 소매를 걷어붙이자 조니가 손을 휙휙 젓는다.

"여자가 무슨. 저리 가."

어깨를 툭툭 치는 손을 붙잡아 뒤로 꺾었다. 조니가 악 소리를 지르더니 꺾인 손을 잽싸게 빼내어 문질렀다. 난 모르는 척 저택 안으로 걸음을 옮겼다.

"야! 가뜩이나 할 일 많은데 손 다치면 어떡할 뻔했어!"

"안 다쳤으면 됐지. 여기 창고랬나?"

앞장서라고 등을 떠밀자 조니가 투덜거리며 걸어갔다. 조니를 따라간 곳은 저택 뒤편에서 얼마 안 되는 거리에 위치한 창고였다. 망가지거나 오래된 장식품, 가구 같은 걸 넣어 두는 창고였는데 벽면이 시원스럽게 뚫려 있었다.

"어떻게 하면 저렇게 뚫려?"

"몰라. 쉬다가 벽 치기라도 했나 보지."

이젠 왜 그렇게 되었는지를 헤아려 보는 것조차 귀찮은가 보다. 미리 준비해 둔 건지 바닥 한쪽엔 기다란 새 나무판자들과 망치 같은 도구가 든 상자가 놓여 있었다. 조니가 허리를 굽힌 채 판자들과 상자를 밀며 뚫린 벽 밖으로 나갔다.

난 주변을 둘러봤다. 바닥은 이파리와 먼지, 뜯겨 나간 나뭇조각으로 지저분했다. 빗자루도 준비되어 있기에 그걸 들고 바닥을 쓸려고 했다. 그런데 벽 밖에서 조니가 판자 하나를 들고 낑낑거리는 게 보였다.

판자가 옆으로 길어서 한 사람이 더 잡아 줘야 할 거 같았다. 난 빗자루를 내려놓고 허리를 굽힌 뒤 벽 밖으로 기어 나갔다. 내가 갑자기 튀어 나가자 깜짝 놀란 조니가 소리쳤다.

"뭐야! 위험하게!"

"줘, 잡아 줄게."

판자 끝 쪽을 가리키자 조니가 불퉁한 얼굴을 하더니 위험하다고 말했다. 다시 없을 기회니까 잘 생각하라고 소리치자 조니가 아주 빠르게 상자에서 장갑 하나를 꺼내 던졌다. 도움이 필요하면서 아닌 척하기는. 난 장갑을 끼며 눈을 세모꼴로 뜨고 조니를 노려봤다. 조니가 내 시선을 모르는 척하며 장갑을 착용했는지 확인하곤, 판자 끝을 내밀었다.

그걸 잡고 벽에 고정시키자 조니가 못을 박기 시작했다.

"그런다고 보수가 돼?"

"그럴 리가. 임시방편이지. 제대로 고치려면 전문가를 불러야 해."

그렇구나. 고개를 끄덕이곤 판자를 더 단단히 꽉 잡았다. 한동안 망치질하는 소리가 이어졌다.

"서럽다 서러워."

조니의 투덜거림은 덤이었다. 이제 막 판자 한쪽의 못질을 끝냈을 뿐인데 불평은 수십 번 나왔다. 못을 다 박은 조니가 다가와 비키라고 눈짓하자, 난 손을 내밀었다.

"뭐야?"

"망치하고 못 내놔."

조니가 얼결에 그것들을 건네자 난 한쪽 무릎을 들어 올려 판자를 지탱한 뒤 못을 대고 망치질을 했다. 판자가 뒤틀리지 않도록 단단히 잡고 두드려 대자, 그 모습을 지켜보던 조니가 감탄을 보냈다.

"의외로 잘하네?"

"힘쓰는 일 많이 해 봤거든."

이래 봬도 안 해 본 일이 없다. 출신도 변변찮은 가난뱅이가 할 수 있는 일이야 한정적이지 않겠는가. 게다가 필튼에서 살았던 집도 낡고 약했기 때문에 이곳저곳 망가지고 뜯어지는 일이 허다했다. 그럴 때마다 사람을 부를 형편도 못되었고, 새로 집을 구할 돈은 더더욱 없었으니 내가 고쳐야 했다. 도저히 내 힘으로 고칠 수 없을 때만 아비가 선심 쓰듯 나섰다.

뚫린 구멍이 제법 커서일까. 판자 한 개를 박는 데도 힘이 들었다. 어느새 맺힌 땀을 손등으로 훔치고 새로운 판자를 집어 들자, 그런 날 따라 조니도 판자

끝을 들어 올렸다. 두 개를 마무리한 뒤 세 개째 박을 땐 땀이 툭툭 떨어졌다.

"그러게 쉬는 시간에 굳이 일한다고 그러냐."

"내가 일하면서 틈틈이 쉬는 건 해 봤는데, 이렇게 오후를 통으로 쉬어 본 적은 별로 없거든. 게다가 혼자 쉬려니까 뭘 해야 할지 모르겠더라. 차라리 몸 쓰는 게 더 나아."

대답하면서도 못을 박는 데 집중했다.

"나도 나지만 너도 참 몸을 가만두질 못한다."

"칭찬으로 들을게."

"너 저번에 여기 왔던 귀족 손님이랑 사이 많이 좋아 보이더라."

"뭔 헛소리야?"

화제 전환이 갑작스럽다. 난 인상을 쓰며 못을 마저 박고는 조니를 돌아봤다. 조니가 곧장 새로운 판자를 들고 내게 내밀었다. 이제는 익숙하게 잡고 지탱하자 못을 탁탁 박는다.

"다른 애들이 그러던데? 너 뒤를 따라다니는 걸 봤다고."

아, 에단이 날 쫓아다녔던 그날 말인가. 딱히 친한 사용인이 없어서 그에 관련한 얘길 해 본 적은 없었는데, 확실히 누가 봐도 이상하게 느꼈을 모습이긴 했다. 괜한 오해 할까 싶어 단호히 말했다.

"내가 시중들었으니까 그런 거지. 별것 아니었으니까 괜히 이상한 말 하지마라. 누가 이상한 말 해도 아니라고 하고."

"전에도 시중들 사람으로 널 직접 지목해서 말들이 많았잖아. 대체 무슨 사이인데?"

"예전에 좀, 그런 게 있었다니까."

"그런 게 뭔데?"

"몰라. 뭘 그렇게 꼬치꼬치 물어봐."

판자를 위아래로 흔들자 조니가 박던 못이 톡 빠져나와 바닥을 굴렀다. 그가 덜컥거리는 판자를 가까스로 붙잡는다. 조니가 야! 하고 소리치는 걸 못 들은 척하며 괜히 딴청을 피웠다. 그러자 조니가 판자를 다시 고정시키고 못을 박았다.

다시 탁탁 망치질 소리가 울린다.

"야, 난 네가 좀 마음에 든다."

판자를 들고 있던 손을 삐끗할 뻔했다. 애가 미쳤나. 내 경악한 시선에도 조니는 못 박는 데 신경을 집중했다.

"내가 너랑 알게 된 지 그리 오래된 건 아니지만, 네가 어떤 사람인지 조금은 알 것 같아. 처음엔 성질 못된 계집애라고 생각했는데, 알고 보니 넌 그냥 주어진 삶을 열심히 살고 있는 거였어. 그래서 여유 부리는 데 빡빡하게 굴었던 거고. 그리고 가끔씩 이렇게 같이 얘기 나누면 좀 재밌기도 해. 네가 쌀쌀맞게 굴어도 행동과는 달리 정에 약한 사람이라는 것도 알게 됐거든."

"뭔 헛소리야."

"괜히 귀족이랑 어울리지 마. 가끔 귀족이 친절히 대해 주니까 마냥 좋아서 칠렐레팔렐레하면서 따르는 애들이 있는데 너도 그러다 큰코다친다. 그쪽 사람들은 우리랑 사는 세계가 판이하게 다르단 말이지."

"……나도 알아."

갑자기 무슨 징그러운 말을 꺼내나 했더니. 아무래도 에단과의 일로 좋지 않은 소문이 돌았나 보다. 난 망치질에 여념이 없는 조니를 흘긋거렸다. 기분 나쁘지만 나름, 걱정을 해 준 건가.

괜히 머쓱해지는 기분에 고개를 돌려 정면을 바라봤다.

"그러지 말고 진짜 새겨들어. 그쪽분들 눈에 우리 같은 아랫것들이 차겠냐."

"알겠다고."

"아니, 아니지. 귀족 놈들뿐만 아니라 다른 사람들도 우리한테 친절을 베풀면 다 이유가 있는 거지. 야, 삶이란 게 말이다……."

어째 말이 길어진다. 얌전히 들어 주자 이때다 싶었는지 망치를 흔들며 갑자기 설교를 늘어놓으려는 모습에 평정심이 싹 사라졌다.

"헛소리 그만하고 너야말로 잘해."

"나야 뭐, 언제나 잘하고 있지."

"앨리샤한테도 잘하고 있나 모르겠네."

"그 얘긴 하지 마."

조니가 사납게 노려보는 걸 냉정히 받아쳤다. 앨리샤와 진전이 전혀 없다 못해 이제는 말도 제대로 걸지 못한다는 걸 잘 알고 있어서 한 말이었다. 조니가 짜증을 냈지만, 나도 짜증 난다 이거다. 사실 낯간지러운 대화는 그만하고 싶었다.

다시 내 차례가 되어 망치를 들고 못을 박는데 조니가 또 말을 걸었다.

"넌 여기 왜 온 거냐."

"자꾸 헛소리할 거면 안 도와준다."

"아니, 뭐…… 궁금하니까."

"뭐가 그렇게 궁금해. 너랑 같은 이유겠지. 돈 많이 준다며."

"아, 너도 혹시 소문 듣고 온 거냐?"

난 마지막 못을 탁 박고 뒤로 물러나 숨을 고르며 벽을 살폈다. 이제 맨 아래쪽에 한 개만 더 박으면 끝날 거 같다. 땀을 훔치고 조니를 돌아봤다.

난 이제 숨까지 차오르는데 저놈은 흙이 묻어 지저분하긴 했지만 어째 나보단 덜 힘들어 보였다. 그러니 주둥이를 나불나불할 힘이 있는 거겠지. 불만스러운 표정을 하고 위아래로 훑자, 조니가 인상을 쓴다.

"왜 그렇게 봐."

"너 별로 안 힘들어 보인다?"

"아닌데? 무척 힘든데?"

조니가 곧장 지친 척하며 허리를 굽혀 마지막 판자 하나를 대곤 못으로 탁탁 박는다. 마지막은 바닥에 놓고 박으면 되어서 지탱할 필요가 없었다.

"그래서 들어 봤냐고, 소문. 몇몇 애들은 그걸 듣고 왔다던데."

"무슨 소문인데."

이쯤 되면 원하는 걸 물어봐 주고 대화를 빨리 끝내는 게 나을 거 같다. 그러자 조니가 기다렸다는 듯 입을 다발다발 움직인다.

"내가 알아봤는데 여기 소문이 좀 많더라. 그중에 가장 유명한 건 주인이 미쳤다는 소문. 한때 여기 주인이 큰 부상을 입고 갑자기 모습을 감추었는데, 죽었는지 살았는지 소식이 없어서 그런 말이 돌았었대."

그 진실은 내가 더 잘 알고 있다. 그런데 그런 소문이 돌았었구나. 하긴 별채

방 안에 콕 박혀서 온갖 지랄맞은 성질을 다 부렸으니 아무리 숨긴다고 해도 암암리에 미쳤다는 소문이 돌았을 수도 있겠구나 싶어졌다.

"게다가 어떤 사람이 듣기론 그 부상으로 주인이 홱 돌아 버려서 이것저것 다 깨부수고 사람도 죽이고 난리가 아니었대. 그때 죽은 시체들이 숲속 여기저기에 묻혀 있다던데."

"아, 그래?"

터무니없는 헛소문이었다. 심지어 과장돼도 너무 과장됐는데? 역시 소문은 소문으로 들어야 하나 싶어, 난 몸을 굽히고 축 늘어진 채로 대충 고개를 끄덕였다.

"또 하나는 여기 주인이 여자한테 미쳤다는 소문."

이건 또 무슨 헛소리일까.

"헛소문이네."

내가 차갑게 일갈하자, 조니가 아니라며 호들갑을 떤다.

"야, 들어 봐. 꽤 신빙성 있어. 이 저택에서 일해 보지 않겠냐고 제안받은 사람들은 모두 미모가 뛰어났었잖아. 그것도 그 여자 찾느라 그런 거래."

"그거랑 그 소문이 무슨 상관인데."

"찾는 여자가 이 세상 어디에도 없을, 나라 하나는 그냥 팔아먹을 정도로 엄청난 미인이란다."

"뭐? 아하하!"

고개를 젖히고 한껏 웃음을 터트렸다. 반쯤은 헛웃음이었다. 살다 살다 별 이상한 소리를 다 듣는다.

조니가 들썩이는 내 어깨를 툭툭 쳤다.

"야, 야, 진짜야."

"그래, 그래. 어차피 소문이잖아. 이 사람 저 사람 입에 오르내리면서 부풀려지고, 거짓말도 섞였겠지. 사람을 죽였는데 왜 목격자가 한 명도 없어? 이렇게 소문이 돌 정도면 진작 수사에 나섰겠지. 이미 감옥행이야."

"그래도 두 번째 소문은 꽤 그럴듯하지 않냐?"

"아니, 전혀."

"그럼 왜 외모를 기준으로 사람을 구하는데? 이런 커다란 소유지가 있는 백작이 말이야."

조니가 망치 끝으로 숲을 가리켰다. 난 웃는 걸 멈추고 숲을 빙 둘러봤다. 끝을 헤아릴 수 없는 풍경을 눈에 담고 나서야 다시 조니를 바라봤다.

확실히, 나도 이곳에 오기 전엔 고용 기준이 이상하고 생각했었지. 하지만 아무리 그래도 여자한테 미쳤다는 소문은 좀……. 곱씹어 봐도 헛웃음만 흘러나왔다.

"그냥 헛소문이야."

"아니래도. 들어 봐, 뒷얘기가 더 있는데."

"야, 됐어. 망치질이나 빨리해. 이러다 해 떨어진다."

"아니, 들어 보라니까? 들리는 말로는 찾는 여자 출신이 변변치 못한 거 같다던데."

"계속 헛소리할 거면 나 먼저 들어간다."

"아, 알았어!"

내가 몸을 일으키려고 하자 조니가 허겁지겁 못을 마저 박았다. 한껏 몸을 숙여야 박을 수 있는 위치라 낑낑거린다. 그런 조니를 구경하며 난 픽픽 웃었다.

그때, 부스럭 소리가 들려오더니 모퉁이에서 누군가 튀어나왔다. 하얀 꽃다발을 들고 있는 배가 동그란 여인, 레니카였다.

"어머! 여기 있었네요."

레니카가 반가워하며 다가왔다. 난 의아해하며 몸을 폈다.

"여긴 또 어쩐 일이에요?"

"꽃 주문이 또 들어왔다고 해서요. 이번에도 전 겸사겸사. 꽃은 조금 있다가 도착할 거고 저 먼저 왔어요."

레니카가 발랄하게 웃으며 말했다. 지난번 식당을 풍성하게 채운 꽃들이 조엘리의 마음에 들었나 보다.

그때 조니가 판자를 잡아 달라고 소리쳤다. 난 다시 허리를 굽히고 망치질을 할 때마다 조금씩 삐뚤어지는 판자를 붙잡아 주었다.

나와 조니의 뒤에 멈춰 선 레니카가 우리 둘이 하는 양을 지켜보더니 의아해하며 물었다.

"뭐 하는 거예요?"

"벽이 뚫려서요. 임시로 막고 있어요."

"아아, 고생하네요."

그리 말하곤 고개를 젖혀 저택을 뚫어져라 본다.

"하긴, 이곳에서 생활하면 종종 이런 일이 발생하겠어요. 여기저기 꽤 망가졌을 테니까요."

뭔가 잘 아는 듯한 레니카의 말에 시선을 주자, 고개를 내린 그녀가 내 의문을 알아채고 입을 열었다.

"여기 숲속 저택이요, 주인님이 어릴 적에 전 백작님 부부와 가끔 휴양을 목적으로 쓰시던 곳이었어요. 그러다 백작님하고 주인마님이 갑자기 돌아가시게 되면서 꽤 오랫동안 방치되었죠. 나도 여기서 일할 때 왜 숲속에 저택 한 채가 덜렁 있나 궁금해서 당시 이곳에서 오래 일하신 분께 여쭤봤었거든요. 그때 우스갯소리로 밤중에 가면 유령이 나온다고 하셨는데."

그녀가 신기하다는 듯 다시 저택을 여기저기 두리번댔다.

"용케 사용한다 싶었는데 역시 많이 낡았나 봐요."

그녀의 말을 들으니 이제 확실히 알겠다. 여기저기 많이 망가진다 싶었는데 정말 낡은 저택이었구나. 갑작스럽게 알게 된 사실이 놀라우면서도 왜 이런 저택을 써서 사용인들을 더 힘들게 하는 건지 불만스러워하는 사이, 같이 얘기를 듣고 있던 조니가 눈을 반짝이며 대화에 끼어들었다.

"와, 그럼 여기서 일하셨어요?"

레니카가 짧게 웃으며 고개를 끄덕였다.

"네, 예전에요."

"혹시 여기 소문 아세요?"

또 소문 얘기냐. 괜한 소리 하지 말라고 팔을 툭 쳤으나 조니는 오히려 내 손을 휙휙 쳐 냈다. 눈치 없는 편은 아닌 거 같은데 궁금증을 해결하는 게 먼저인가 보다.

"소문? 무슨 소문일까요?"

"여기 주인님이 한때 확 돌았다는 소문이요. 사람들을 죽이고 숲속에 묻었다던데요."

"헛소문이네요."

레니카가 듣자마자 일갈했다. 그 뒤로도 조니는 무슨 소문을 그렇게 많이 들었는지 자신이 들은 소문을 이것저것 말해 주었으나 레니카는 연신 웃으며 헛소문이라고 딱 잘라 말했다. 그렇게 조니가 알고 있는 소문은 다 근거 없는 이야기로 판명 났다.

내가 그럴 줄 알았다고 눈짓하자, 조니가 아쉽다는 듯 입맛을 다셨다.

"그럼 예쁜 여자한테 미쳤다는 소문도 가짜겠네요."

"아, 그건."

뭔가 아는 게 있는지 레니카가 운을 떼더니 돌연 입을 다물었다. 조니가 말해 달라는 듯 다시 눈을 반짝였으나 그녀는 그를 한 번 흘끗 살피더니 그냥 하하 웃었다.

"그것도 헛소문이에요. 우리 주인님이 외모가 워낙 뛰어나시잖아요. 그런 분들은 간혹 이상한 소문에 휩싸이기도 하죠. 그보다 얼른 마무리 지어야 하는 거 아니에요?"

레니카가 망치질을 멈춘 것을 지적하자, 조니가 우울한 얼굴로 다시 못질을 시작했다. 그러자 레니카가 조금만 더 힘내라며 심심한 위로를 건네고는 조니의 어깨를 두드려 주었다.

마지막 판자까지 박고 나자 그제야 좀 힘이 드는지 조니가 어벙한 얼굴로 땀을 닦았다. 하지만 일을 끝냈다는 해방감을 느낄 사이도 없이 레니카가 찬물을 끼얹었다.

"여기도 뚫렸네요."

레니카가 가리킨 방향을 보자, 쥐가 드나들기 딱 좋을 만한 크기의 둥근 구멍이 있었다. 조니가 숨을 고르며 작은 판자를 가져와 구멍을 막았다. 그러자 레니카가 이번엔 다른 방향을 가리키며 뚫린 곳이 또 있다고 알려 주었다.

저택에서 일한 경험이 있어서일까, 레니카는 보는 시야가 제법 넓고 날카로웠다. 그녀는 뚫리거나 곧 뚫릴 것 같은 곳을 일일이 지적하며 알려 주었고, 조니는 그때마다 '으아야' 하는 이상한 소리를 내며 정신없이 못을 두드렸다. 눈에 보이는 구멍을 어느 정도 메우고 나니 조니의 얼굴이 땀으로 흥건했다.

"수고했어."

"어, 응."

등을 두드려 주자, 바닥에 주저앉아 있던 조니가 힘겹게 고개를 끄덕였다.

"참, 이걸 주려고 왔는데 깜빡했네요."

판자가 다닥다닥 붙어 있는 벽을 꼼꼼히 살피던 레니카가 내게 다가와 품에 든 꽃다발을 내밀었다. 하얀 꽃들을 풍성하게 묶은 다발이었다. '이걸 왜?'라는 얼굴로 보자 레니카가 방긋 웃었다.

"기왕 오는 김에 하나 만들어 주고 싶었어요. 선물이에요."

"아, 감사합니다."

꽃다발을 받아 들자 꽃송이가 턱을 간지럽혔다. 온몸이 땀과 먼지로 범벅이었지만 콧속을 자극하는 풀 내음은 향긋했다.

"제가 꽃 만드는 솜씨가 좋거든요. 예쁘죠?"

"네, 예쁘네요."

"꽃 좋아해요?"

"좋아합니다."

돈을 주고 꽃다발을 사지는 않지만, 보는 건 좋아했다. 싱그러운 꽃송이가 바람에 흔들리는 모습을 보자 지쳐 있던 마음이 몽글몽글해진다.

"슬슬 꽃이 도착할 시간이 됐네요. 다 끝났으면 같이 갈래요?"

"아, 전 여길 정리하고 가겠습니다."

"그래요, 그럼."

레니카가 먼저 자리를 뜨고, 난 조니에게 다가갔다. 그는 여전히 얼굴을 푹 숙인 채 늘어져 있는 상태였다.

"야, 일어나. 빨리 정리하고 가서 쉬어."

"어, 그래야지."

조니가 잠시 숨을 고르더니 몸을 일으켰다. 그리고 널브러져 있던 공구들을 챙겨 상자에 담았다. 나도 그를 돕기 위해 판자에서 떨어진 나뭇조각들을 모아 한쪽에 놓았다.

대충 정리를 끝내고 마지막 확인차 바닥을 둘러보며 장갑을 벗어 조니에게 건넸다. 하늘을 올려다보니 해가 뉘엿뉘엿 떨어지고 있었다. 단순 작업이라고 생각했는데 하다 보니 꽤 시간이 흘러 버렸다.

찌뿌둥한 몸을 가볍게 풀고 있는데, 상자를 들고 가던 조니가 갑자기 돌아보며 지친 얼굴로 말했다.

"야. 그런데 앨리샤 말이야."

네가 웬일로 앨리샤 얘길 안 하나 했다. 난 시큰둥하게 조니를 바라봤다. 아무런 쓸모도 없는 앨리샤의 이야기를 듣게 될 거 같아 그냥 가 버릴까 싶었는데.

"혹시 여기서 일한 적 있어?"

예상치 못한 질문이 나왔다.

"왜 그런 걸 물어?"

"그냥. 궁금해서."

잠시 고민하다 대꾸했다.

"걔가 이런 일을 해 봤을 거 같아?"

"아니."

"알면 됐어."

별걸 다 묻는다. 내 대답에 조니가 인상을 쓰며 골똘히 생각하더니 다시 물었다.

"정말 해 본 적 없어?"

"내가 알기론? 혹여 다른 곳에서 일했다고 해도 오래 못 했을걸."

남의 비위를 맞추는 걸 정말 못하니까. 아비가 죽고 난 뒤 이런 일을 해 봤을 수도 있지만 오래가지는 못했을 거다. 다시 만났을 때 앨리샤의 상태를 생각해 보면 그럴 가능성이 높았다. 그러니 지금 얌전히 조엘리의 시중을 들고 있는 게 정말 믿기지 않는 일이지.

"그렇구나."

고개를 끄덕인 조니가 이제 씻으러 가야겠다며 손을 휙휙 저었다. 반대편으로 걸어가는 조니를 멀뚱히 바라보는데, 문득 한 가지 생각이 머릿속을 스쳤다. 오늘은 웬일인지 조니가 앨리샤에 대한 얘기를 주절주절 늘어놓지 않았다. 이제 포기한 건가. 멀어지는 뒷모습을 보던 난 어깨를 으쓱이곤 몸을 돌렸다.

모퉁이를 돌아 앞문으로 향하는데 맞은편에서 빈센트가 걸어오고 있었다. 오늘따라 여러 사람 만나네.

"꼴이 왜 그래."

그는 날 보자마자 인상을 쓰며 위아래로 훑었다. 그제야 난 내 모습을 살펴보았다. 품에 들고 있는 꽃다발과 어울리지 않게 옷은 흙먼지투성이에 치마 한쪽은 말려 올라가 있었다. 머쓱하게 웃으며 치마를 정리하고 옷에 묻은 먼지를 툭툭 털었다.

빈센트가 못마땅한 얼굴로 보더니 바지 주머니에서 손수건을 꺼내 내밀며 다가왔다. 난 뒷걸음질 치며 손을 내저었다.

"괜찮습니다. 먼지 날리니까 가까이 오지 마세요."

그러자 빈센트가 멈춰 섰다. 난 그를 흘끗거리며 꽃다발을 옆구리에 끼고, 머리와 옷 여기저기를 다시 한번 툭툭 털었다. 판자에 묻어 있던 먼지와 나뭇가루가 옮겨 붙었는지 털어도 털어도 먼지가 계속 나왔다.

하얀 꽃송이 위에도 먼지가 내려앉을까 봐 꽃다발을 바닥에 내려놓았다. 그러곤 빈센트와의 거리를 더 벌린 뒤 다시 온몸의 먼지를 털어 냈다.

옷에 묻은 흙먼지도 문제였다. 시커멓게 얼룩진 앞치마를 보며 빨리 빨아야겠다고 생각하는데, 뺨에 매끄러운 감촉이 닿았다. 언제 다가왔는지 빈센트가 손수건으로 내 뺨을 문지르고 있었다.

하얀 손수건이 내 뺨에 묻은 먼지로 더러워진다. 딱 봐도 좋은 재질의 손수건 같은데 아까웠다. 난 다시 한 걸음 뒤로 물러났다.

"하지 마세요. 손수건 더러워져요."

"내가 괜찮아."

한 걸음 다가온 그가 기어코 손수건으로 내 뺨을 닦으려 했다. 난 괜찮다며 극구 사양했지만, 그가 계속 닦아 주려 해 서둘러 앞치마를 벗고 그걸로 얼굴을 마구 문댔다. 머리카락이 이리저리 엉키고 얼굴에 흙먼지를 비비는 꼴이 되었지만 아랑곳하지 않았다.

"뭐 하는 거야."

"이걸로 닦으면 돼요."

그리 말하고 마구 문질러 닦는 내 손을 커다란 손이 움켜잡았다. 살며시 쥐고 끌어 내리는 손길에 앞치마를 얼굴에서 떼어 내자 아주 못마땅해하는 얼굴이 눈에 들어왔다. 그가 내 얼굴을 한 차례 훑더니 손수건으로 코끝을 문질렀다.

"하나도 안 닦였잖아."

한쪽 뺨까지 손으로 감싸 쥐고 손수건을 문질러 댄다. 눈앞을 가득 채운 그의 얼굴도 얼굴이지만, 코를 살살 문지르는 손수건의 감촉이 너무도 간지러웠다.

"제, 제가 하겠습니다."

난 허겁지겁 그의 손에 들린 손수건을 뺏어 들었다. 총총 뒤로 물러나 손수건으로 코를 닦는 척하며 얼굴을 가렸다. 왠지 부끄러워 미치겠다.

이유는 모르겠으나 요 근래 빈센트의 태도가 부드러워졌다. 가끔은 너무 낯설 정도였다. 그렇다고 엄청 다정하고 살가운 건 아니지만, 평소 무뚝뚝한 사람이 친절을 베풀면 괜히 민망해져서 숨고 싶어진다. 특히 이런 기습적인 친절에는 마음이 더욱 약해졌다.

난 손수건으로 얼굴을 마구 문지른 뒤 빠르게 떼어 냈다. 고급스러워 보이는데 괜히 흙먼지 묻어서 잘 안 닦일라. 그러나 이미 손수건엔 흙이 잔뜩 묻어 버렸다.

손수건을 만지작대고 있는데 빈센트가 다시 다가와 어깨를 툭툭 치며 여전히 남아 있는 흙먼지를 털어 주었다. 괜찮다고 하는데도 계속 털어 주기에 사양하는 대신 나도 몸을 마구 털었다.

"뭘 했기에 먼지투성이야."

"1층 창고 벽이 뚫려서 고치느라 꼴이 지저분해졌습니다. 죄송합니다."

"왜 사과하는 거야?"

불만이 가득 담긴 목소리가 날아왔다. 그러게, 사과할 일은 아닌데. 왠지 그의 앞에 이런 꼴로 있어서 더러운 걸 묻게 한 거 같아 미안해졌다. 난 민망하게 웃으며 머리카락을 만지작댔다.

"괜히 손을 더럽히셨잖아요."

"괜찮아. 사과하지 마."

그는 정말 괜찮다는 걸 알려 주듯 내 어깨를 마저 서슴없이 툭툭 털었다. 손길이 참 거칠다. 그러나 머리를 털어 줄 때는 조심스러운 움직임으로 머리카락 사이사이를 꼼꼼하게 만져 주었다. 어쩐지 낯간지러운 기분이라 고개를 살짝 돌렸다.

"왜 매번 생고생하는 거지."

"별로 고생하진 않았습니다. 많이 힘든 일도 아닌걸요."

그가 손가락으로 머리카락을 빗어 내릴 때마다 자꾸 몸이 움찔거렸다. 난 괜히 목덜미를 긁적였다.

"망가진 곳이 있으면 오드리한테 말해서 전문가를 불러. 네가 고치지 말고."

"임시방편으로라도 막아 두어야 한다고 해서. 게다가 저 혼자 한 게 아니라 다른 분과 같이한 겁니다."

"어쨌든 네가 그런 고생을 할 필요는 없어. 다음부턴 오드리에게 바로 말해. 그러라고 그녀가 있는 거니까."

"알겠습니다."

내 대답을 끝으로 대화가 끊겼다. 그는 먼지를 터는 데 집중하는지 잠시 말이 없었다. 머리카락 한 올까지 털어 주는 꼼꼼함은 고마웠지만, 자꾸만 머리카락을 파고드는 손가락이 간지러워서 빨리 끝났으면 하는 마음이 간절했다.

평정심을 유지하기 위해 애쓰며 도망가고 싶은 걸 꾹 참고 있는데, 한창 머리카락 사이를 만지작대던 손길이 유독 한곳에 오래 머물렀다. 괜히 주위를 배회하던 시선을 슬쩍 뒤쪽으로 뒀다.

빈센트가 머리카락 끝을 쥐고 뚫어져라 살펴보고 있었다. 삐쭉 흰 머리카락 끝이 그의 손안에서 이리저리 흔들렸다.

장난치듯 유심히 돌려 보는 빈센트의 뺨에 흐릿하게 남아 있는 멍 자국이 눈에 들어왔다. 에단과 주먹다짐을 한 이후 그도 부은 얼굴 때문에 고생을 좀 했는데 이젠 붓기도 다 빠지고 상처나 멍 자국도 거의 사라졌다.

　깨끗해진 얼굴을 이리저리 살펴보고 있는데 빈센트와 시선이 부딪쳤다. 그가 내 머리카락을 툭 놓아 버린다.

　"먼지는 몸에 안 좋으니 방으로 돌아가면 바로 씻도록 하고."

　"……네."

　한 박자 늦게 답하며 방금 전까지 그의 손길이 닿았던 머리카락 끝을 움켜잡았다. 잠깐 동안 멍하니 있다가 화들짝 놀라며 들고 있던 손수건을 펼쳤다. 한껏 움켜쥐었더니 빳빳했던 손수건에 주름이 져 있었다. 당황하며 주름을 폈지만 이미 원래의 빳빳함은 찾을 수 없었다. 게다가 시커먼 얼룩까지 있어 눈에 거슬렸다.

　"손수건은 빨아서 돌려드릴게요."

　"됐어. 버려도 돼."

　"아, 아니에요. 빨아서 드리겠습니다."

　분명 비싼 걸 텐데 얼룩이 묻었다고 버릴 순 없다. 반드시 깨끗이 빨아서 돌려주겠다고 하자 빈센트가 마지못해 답했다.

　"맘대로 해."

　난 그의 손수건을 치마 주머니 조심히 넣었다.

　몸을 돌린 빈센트가 손을 털어 냈다. 연기처럼 피어오르는 먼지를 보자 난 몹시도 민망해졌다.

　"그런데 다들 방에 없던데, 어디 간 거지?"

　에단이 떠난 이후로도 빈센트는 이전처럼 로버트를 자주 만나러 왔다. 오늘도 로버트를 찾아왔다가 방에 없어서 아래로 내려왔나 보다.

　"점심 식사 하시고 주변 산책을 가셨습니다. 곧 돌아오실 거 같아요."

　산책 간 지 제법 시간이 흘렀고, 이제 저녁때이니 곧 돌아올 거 같다. 거기까지 생각하다가 문득 떠오르는 게 있었다.

　"저, 주인님. 에단 님은 혹시 잘 돌아가셨는지요?"

마지막으로 본 에단의 모습이 내내 마음에 걸렸다. 단순히 내 착각일지 모르나, 그에게 정말 무슨 일이 생긴 걸까 봐 걱정이 많이 되었다.

하지만 빈센트는 날 흘끗 보기만 할 뿐, 속 시원하게 대답해 주지 않았다. 눈을 내리깔고 입을 꾹 다문 얼굴이 어쩐지 무거워 보여 덜컥 겁이 났다. 그의 침묵이 길어지는 만큼 내 불안감도 커졌다. 정말 내 예상대로 무슨 일이 생긴 거라면……?

"잘 돌아갔다던데."

그런데 돌아오는 목소리는 불안이 싹 사라질 정도로 가벼웠다.

"별일 없었다고 하시던가요?"

"아주 잘 도착했다더군."

"정말이죠?"

"그래. 에단이 무슨 일 있다고 했나?"

"아, 아뇨. 그저 잘 도착하셨는지 궁금했을 뿐입니다."

별일 없다면 다행이다. 난 가슴께를 쥐고 몰래 안도의 숨을 뱉었다. 에단이 떠난 뒤 바로 소식을 알 수 없어 불안했는데 이제야 안심이 된다. 살짝 웃자 빈센트가 나를 뚫어지게 바라보았다. 난 재빨리 표정을 갈무리하고, 옷매무새를 정돈하는 척했다.

"이건 뭐지."

그사이 빈센트가 바닥에 내려놓았던 꽃다발을 집어 들었다.

"꽃다발이요. 선물받았습니다."

"누구한테?"

"네? 어, 아는 분께요."

"흐음."

그가 꽃다발을 감상하듯 이리저리 흔들어 본다. 하얀 꽃송이가 팔랑거리며 바닥으로 떨어져 내렸다. 저러다 꽃다발 다 망가지겠네. 돌려 달라고 말할 기회를 찾기 위해 눈치를 살피는데, 그런 내 마음을 알아챘는지 빈센트가 꽃다발을 쓱 내밀었다. 난 주춤거리며 손을 뻗어 꽃다발을 살며시 움켜쥐었다.

그러나 그는 손을 떼지 않은 채 꽃다발에 시선을 고정시켰다.

"온통 하얀 꽃뿐이군."

"아, 네. 하얀 꽃들로만 만들어 주셨습니다."

"보통은 색색의 꽃으로 꾸며서 만들지 않나. 꽃이 한 가지뿐이라 아쉽겠군."

"아니에요. 전 하얀 꽃이……."

어디선가 바람이 사르르 불어오며 하얀 꽃들이 하늘하늘 춤을 췄다. 떨어져 내린 꽃송이가 내 손등을 툭툭 치며 간질였다. 잠시 그 모습을 지켜보는데, 마치 하얀 꽃밭 안에 서 있는 듯한 기분이었다.

꽃이 드넓게 펼쳐진 꽃밭은 보는 것만으로도 복잡한 마음을 뻥 뚫리게 해 주었다. 피부를 간질이는 감촉이 기분 좋았고, 마치 나를 따뜻하게 품어 주는 것만 같았다. 향긋한 꽃 내음에 취해 버릴 것만 같았던 곳이 떠올랐다. 비밀 장소를 알려 주면서 신난 어린아이처럼 활짝 웃던 루카스의 얼굴이 선명히 그려진다.

"……좋아서요."

때때로 떠오르는 기억은 상념에 젖어 들게 하고, 뒤를 돌아보고 싶게 만든다. 그리고 결국 지난 일을 후회하고 만다.

내가 기억하는 루카스의 얼굴은 끔찍했던 그날 밤, 날 보며 도망가라고 힘겹게 외치던 얼굴이었다. 그때의 얼굴이 머릿속에 선명하게 박혀서 다른 기억들을 갉아먹었다. 이따금 꾸는 악몽과 환영 속에서조차 루카스는 끔찍한 얼굴이었다. 마치 그 참상을 잊지 말라는 듯.

그런데 왜 지금, 환하게 웃는 당신이 선명히 떠오르는 걸까.

기분이 울적해졌다. 혹여 안 좋은 표정을 짓고 있을까 봐 하얀 꽃다발에 얼굴을 묻고 싶으면서도 한편으론 꽃다발을 저 멀리 버려두고 싶기도 했다.

상냥한 사람은 상냥한 마음을 주지만, 나는 그런 사람이 되지 못했다. 품 안 가득 상냥한 마음을 받았지만, 내겐 돌려줄 만한 게 없었다. 그래서 5년 전 그때도 나는 결국 루카스의 호의를 저버리기만 했다. 그래서 돌아보지 않았다. 내가 얼마나 미운 사람인지를 알게 되기에.

'넌 그 얼굴 덕 본 거란다.'

그들의 말이 맞았다. 하지만 틀리기도 했다. 내 얼굴이 추해서 덕을 본 게 아니다. 내 마음이 못나서 내 얼굴 또한 못난 거였다.

나는 아직도 나로 인해 희생된 사람들의 비명 소리를 듣는다.

"나도 좋아해."

빈센트가 꽃다발에서 살며시 손을 떼어 냈다.

"하얀 꽃."

하지만 그의 시선은 꽃다발에서 떨어지지 않았다. 내 품에 안기는 꽃다발을 보는 에메랄드빛 눈동자가 따스함으로 물든다. 입꼬리도 부드럽게 올라갔다.

"다정한 사람을 떠올리게 만들거든."

그도 지금 루카스를 떠올리는 걸까. 기쁨과 슬픔이 동반된 오묘한 기분에 나도 애써 웃음 지었다.

"그러네요."

또다시 바람이 사르르 불어와 주변을 흐트러뜨린다. 내 머리칼을 쓰다듬고, 뺨을 어루만지는 것 같다. 시원하고도 다정한 감각에 고개를 젖혔다. 방금 전에 느꼈던 울적함이 사라지는 기분이 들었다.

고개를 돌리자 빈센트가 어느새 날 보고 있었다. 시선이 부딪쳤다. 바람에 흔들린 하얀 꽃잎이 너풀너풀 날아가며 그와 내 사이를 가로질렀다. 떨어지는 꽃잎 너머로 날 바라보는 그의 시선엔 흔들림이 없었다. 올곧게 날 응시한다. 그래서 나도 그에게서 시선을 뗄 수 없었다. 내게 하고 싶은 말이 있는 것처럼 날 보고 있었기에.

한차례 불고 지나간 바람 소리와 뺨을 간질이던 감촉이 아득하게 느껴졌다.

"꽃잎이……."

그의 목소리가 나지막이 흘러나왔다. 마치 바람이 내 귓가에 속삭이는 것 같다. 간지러운 기분에 목을 움츠리는데 빈센트가 내 쪽으로 한 걸음 다가왔다. 그러곤 서서히 들어 올린 손을 내게 뻗는데도 난 움직이지 못했다.

그의 손끝이 내 목깃을 스쳤다. 거두어진 손가락 끝에는 꽃잎이 붙어 있다. 그의 시선이 아슬아슬하게 매달려 있다가 바람을 타고 멀어지는 꽃잎을 좇았다.

문득 궁금해졌다.

루카스를 떠올릴 때면 당신은 어떤 기분을 느낄까.

기쁠까, 괴로울까. 어느 쪽에 더 기울게 될지 가늠하기 힘든 일이었다. 추억을 회상하며 젖어 들기엔 너무 큰 희생이 있었고, 괴로움에 몸부림치기엔 그 희생은 가치 있었다.

난 천천히, 하얀 꽃다발을 내밀었다. 어쩐지 이 꽃다발을 빈센트에게 주고 싶어졌다. 이런 걸로 그를 위로할 수 없다는 건 알지만, 이 하얀 꽃다발이 좋은 추억을 조금이라도 불러올 수 있기를 바라며.

"손수건을 빌려주셨으니까, 저도 드릴게요."

괜히 손수건 핑계를 대 본다. 아, 자신이 준 선물을 멋대로 다른 사람에게 줬다고 레니카가 뭐라고 하려나. 하지만 잘 이야기하면 이해해 주지 않을까. 그런 건 별로 신경 쓰이지 않았다.

"빌려드리는 겁니다."

"……"

"하지만 돌려주지 않으셔도 괜찮아요."

난 선심 쓰듯 말했다. 그걸 왜 나한테 주냐, 선물 받은 걸로 유세를 떠는 거냐고 타박할 줄 알았는데 그는 가타부타 말이 없었다. 그저 가만히 꽃다발을 응시하더니 느릿하게 손을 내밀었다.

조금 전과 달리 낯선 걸 만지듯 그가 어정쩡하게 꽃다발을 받아 품에 안았다. 싱그러운 꽃송이가 그의 품 안에서 잔뜩 뭉개졌으나, 꽃다발을 내려다보는 빈센트의 얼굴이 생소해 아무런 말도 할 수가 없었다.

"언제 오셨어요?"

순간, 정적을 깨는 귀에 익은 목소리가 들려왔다. 나와 빈센트는 빠르게 고개를 돌렸다.

얼마 안 되는 거리에 오드리가 서 있었다. 왜 그러고 있냐는 얼굴을 하고 있기에 난 멀뚱히 그녀를 마주했다. 그러다 그녀의 어깨 너머로 마차에서 꽃을 나르고 있는 사람들이 눈에 들어왔다.

아, 주문한 꽃들이 도착했나 보다.

"웬 꽃들이지?"

마차의 꽃을 보았는지, 빈센트가 의아해하며 물었다. 그러자 오드리가 식당에 장식할 꽃을 주문했다고 설명해 주었다.

셋이서 나란히 마차 쪽으로 향했다. 꽃을 나르던 하녀들이 빈센트를 발견하곤 꺅 소리를 지른다. 오드리가 인상을 쓰며 얼른 옮기라고 닦달하자, 마지못해 꽃병을 하나씩 들고 총총 걸음을 움직였다.

이번에도 꽃의 양이 상당했다. 식당이 또 꽃밭이 되겠구나 생각하며 앞치마를 다시 몸에 걸치는데 무거운 몸으로 마차에서 커다란 꽃병을 꺼내는 레니카가 보였다. 난 서둘러 그녀에게 다가갔다.

"도와줄게요."

"고마워요."

레니카가 헝클어진 머리를 쓸어내리며 활짝 웃었다. 난 그녀에게서 꽃병을 건네받아 조심히 바닥에 내려놓았다.

그런데 레니카가 갑자기 내 어깨를 툭툭 쳤다.

"어머, 주인님도 오셨군요."

레니카가 반가운 얼굴로 내 뒤쪽을 바라봤다. 뒤돌자 멀찍이 떨어진 곳에서 빈센트가 오드리와 대화를 나누고 있었다. 두 사람의 대화 소리가 간간이 들려온다.

"웬 꽃다발입니까?"

"받았어."

"여기서요?"

대답하는 빈센트의 목소리는 들리지 않았다. 난 빈센트가 들고 있는 하얀 꽃다발을 보고 레니카가 화를 낼까 봐 눈치를 살피기 바빴다. 다행히 레니카는 알아채지 못한 듯하다.

"정말 오랜만에 봬요. 별로 변한 게 없으신 거 같아요."

"인사하러 안 가세요?"

"에이, 나 같은 걸 기억이나 하실까. 멀리서 보는 걸로 만족해요."

그리 말하며 레니카가 마차에서 꽃병을 마저 꺼냈다. 나는 걷는 데 방해가 되지 않도록 바닥에 놓아둔 꽃병들을 한쪽으로 모아 두었다. 그런 내 옆에 눈치껏 작은 꽃병을 내려놓던 레니카가 갑자기 한 손으로 입가를 가리며 작게 속삭거린다.

"그러고 보니 아까 다른 사람이 있어서 말하지 못했는데요. 그런 소문이 돌긴 했던 거 같아요."

소문? 의아하게 보자 그녀가 말을 이었다.

"그맘때쯤 주인님이 당신에 대해 물었던 거 같네요."

"네? 뭐라고요?"

"그냥, 어떤 사람이었냐고요. 그때 이자벨라 님과 집사님이 그만두신 이유에 당신이 연관되어 있다는 말이 돌았던지라 다들 불똥이 튈까 봐 얘기하는 걸 쉬쉬했었죠. 결국 흐지부지 넘어가게 되었는데 이렇게 다시 만난 걸 보니 그것도 역시 헛소문이었던 거 같네요."

그녀가 가볍게 웃었으나 난 마주 웃을 수가 없었다.

잠시 후, 수염을 덥수룩하게 기른 중년 남자가 저택에서 나와 레니카를 불렀다. 그녀가 잠시 실례하겠다고 말한 뒤 멀어졌음에도 난 굳은 채 서 있었다. 멍한 정신을 깨운 건 멀리서 들려오는 조엘리의 목소리였다.

"빈센트! 언제 왔어?"

화들짝 놀라며 소리가 난 쪽을 바라봤다. 조엘리가 빈센트를 향해 손을 흔들고 있었다. 그 옆에는 함께 산책을 나갔던 앨리샤와 잠든 로버트를 등에 업은 유모가 걸어오고 있었다.

빈센트가 그들을 향해 손을 들어 알은척을 한다. 그 모습을 멍하니 보고 있고 있는데, 어느새 내 쪽으로 다가온 오드리가 바닥에 놓인 꽃병들을 가리키며 말했다.

"앤, 남은 꽃병들을 얼른 식당으로 옮기도록 해요."

"아, 알겠습니다."

난 어벙하게 답하며 가장 가까이 있는 커다란 꽃병을 집었다. 크기만큼 무게도 꽤 나가서 혼자 들기엔 역부족이었다. 하지만 머리가 돌아가지 않았다. 병의 바닥을 더듬어 잡고 힘을 주는 척 흔들면서 머릿속으론 딴생각에 빠져들었다.

왜, 왜 빈센트가 나에 대해 물어봤을까. 빈센트가 오랫동안 저택을 비웠다는 얘기를 들었을 때 눈 수술 때문일지도 모른다고 생각했다. 그즈음 눈 수술을 하고 다시 저택으로 돌아와 정상적인 생활을 했다면 앞뒤가 맞으니까.

하지만 왜 날? 어째서? 갑자기 사라져 버렸으니까? 아니면 볼 수 있게 되자 내가 궁금해졌던 걸까?

도저히 날 궁금해했을 빈센트가 상상되지 않는다. 레니카에겐 미안하지만 그녀의 말을 믿을 수가 없었다. 차라리 그녀가 지어낸 거짓말이라고 하는 편이 더 말이 되었다.

"뭐 하는 거야? 빨리 옮기지 않고."

언제 다가왔는지 앨리샤가 내 옆에 서 있었다. 불만이 가득한 얼굴을 보니 그제야 정신이 좀 돌아왔다.

"어? 어, 무거워서."

"네가 뭉기적대니까 나한테까지 피해가 오잖아."

"어, 어."

"꼴은 또 왜 그래?"

앨리샤가 날 위아래로 훑었다. 나도 내 모습을 훑어보다가 한 박자 늦게 대꾸했다.

"벽에 구멍이 뚫렸다고 해서 메우느라고."

"가지가지 한다. 비켜."

앨리샤가 잔뜩 짜증을 내며 날 옆으로 밀치고는 작은 꽃병 하나를 집어 들었다. 아마 나와 같이 꽃병들을 식당에 옮기라는 지시를 받았나 보다. 꽃병을 들고 가는 앨리샤의 뒷모습을 보다가 나도 부랴부랴 꽃병들을 옮기기 시작했다.

아름다운 꽃들로 장식된 식당 안은 코를 자극하는 꽃 내음이 진동했다. 하나같이 싱싱하고 탐스러운 꽃들을 보니 조엘리가 왜 마음에 들어 했는지 알 것 같았다. 기다란 식탁엔 산책하고 돌아온 이들의 취향에 맞춘 음식이 준비되어 있었다.

난 꽃병을 나르는 내내 자꾸 딴생각에 빠져들었다. 레니카가 했던 말이 계속 머릿속을 맴돌았다. 덕분에 중간중간 걸음이 느려지고, 나도 모르게 멀뚱히 서 있다가 앨리샤에게 한 소리 듣기도 했다.

그렇게 앨리샤와 같이 꽃병을 옮기고 나니 무거워 나르지 못한 큰 꽃병 하나만 남게 되었다. 앨리샤 또한 혼자서는 들 수가 없는지 그 앞에 서서 날 기다렸다. 바닥을 발로 탁탁 치며 빨리 오라는 닦달을 보내온다. 난 뛰듯이 다가가 허리를 굽혔다.

하지만 두 사람이 들고 옮기는 것도 쉽지 않았다. 몇 걸음 움직이지 못하고 멈춰 서서 꽃병을 바닥에 내려놓아야 했다.

"왜 이리 무거워."

앨리샤가 작게 투덜거리며 꽃병을 흔들었고, 난 멍하니 서 있었다.

그때, 저택에서 나오는 레니카가 보였다. 그녀가 당연스럽게 내 쪽으로 시선을 주더니 활짝 웃으며 다가왔다.

그런데 서서히 벌어지는 입술을 보는 순간, 불길함이 솟구쳤다. 난 그녀를 향해 다급히 손을 뻗었다.

잠―!

"폴라! 다 끝났나요?"

절대 나오지 말아야 할 이름이 크게 울려 퍼졌다. 꽃병이 흔들리는 소음, 등 뒤에서 들려오던 대화 소리가 순식간에 사라져 버렸다.

쥐 죽은 듯한 정적이 내려앉았다.

심장이 바닥으로 쿵 추락했다. 안일했다. 빈센트와 한 공간에 있으면서도 레니카가 날 진짜 이름으로 부를지도 모른다는 위험을 전혀 헤아리지 못했다.

에단에게 익숙해져 버린 탓이었을까, 아니면 이런 식으로 내 정체가 탄로 날 거라곤 상상조차 하지 않아서일까. 그 전까지는 이런 실수를 하지 않았는데, 왜 하필 지금!

빈센트가 들었을까? 들었겠지? 아니, 듣지 못했을 수도 있지 않을까? 잘못 말했다고 해야 할까? 지금이라도 레니카를 데리고 도망쳐야 하나? 그녀가 다시 내 이름을 부르면 어떡하지? 뭐부터 해야 하는 거야? 뭐라고 해야 하는 거냐고!

수십 가지 생각이 떠올랐으나 마땅한 해결책이 없어 머릿속이 팽팽 꼬여 가기만 했다. 어디서부터 어떻게 꼬인 실타래를 풀어야 할지 알 수 없었다. 여전히 쥐 죽은 듯 숨소리조차 들리지 않는 침묵이 무거웠다. 온몸이 식은땀으로 흥건해지는 것 같았다. 손바닥도 축축하게 젖어 들었다.

심상치 않은 분위기를 읽었는지 다가오던 레니카의 걸음이 점점 느려지더니 우뚝 멈춰 섰다. 나와 내 뒤쪽을 번갈아 보던 그녀는 이게 대체 무슨 상황인지 모르겠다는 얼굴로 주변 살폈다. 자신 때문에 일이 터진 것 같기는 한데, 뭐가 뭔지 모르니 섣불리 나서지 못하는 듯했다.

레니카를 마주 보고 서 있는 난 등 뒤에서 쏟아지는 따끔한 시선을 느꼈다. 그러나 차마 뒤를 돌아볼 용기가 나지 않았다.

하지만 마냥 이러고 있을 수도 없었다. 핑계를 대든 변명을 하든 일단 뭐라도 뱉어야 할 게 아닌가. 그래서 마른 입술을 혀로 축인 뒤 입을 달싹이는데, 정작 목소리는 다른 곳에서 흘러나왔다.

"결국 이렇게 되었군요."

놀라 고개를 돌리자, 옆에 서 있던 앨리샤가 한 걸음 앞으로 나갔다. 금방이라도 울음을 터트릴 것 같은 얼굴로 가슴께를 움켜쥐고 있는 앨리샤를 보자 이게 무슨 상황인지 인지가 되지 않았다. 천천히 걸어 나간 앨리샤가 멈춰 선 곳은 빈센트의 앞이었다.

"미리 말씀 못 드려 죄송해요. 차마 먼저 말씀드릴 수가 없었어요."

앨리샤가 떨리는 목소리를 힘겹게 뱉어 냈다. 빈센트는 놀란 얼굴로 앨리샤에게서 시선을 떼지 못했다.

"폴, 라……?"

그가 내 이름을 읊조렸다. 그에 화답하듯 앨리샤가 활짝 웃었다.

"네. 저예요, 주인님."

"……."

"저 폴라예요."

이게 대체……?

"너무 보고 싶었어요, 주인님!"

격한 감정을 참지 못하겠다는 듯 앨리샤가 빈센트의 품으로 뛰어들었다. 그가 들고 있던 하얀 꽃다발이 바닥으로 떨어져 내렸다.

빈센트를 붙잡고 앨리샤가 엉엉 울기 시작한다. 어찌나 서럽게 우는지 오래도록 만나지 못했던 연인과 재회한 것 같은 통곡 소리였다. 빈센트가 당황함을 숨기지 못한 채 어정쩡하게 손을 올려 앨리샤의 등에 댔다. 그러자 더 서럽게 울어 젖힌다.

숨죽이며 상황을 지켜보던 조엘리가 두 사람을 번갈아 보더니 오드리에게 뭐라 속삭였다. 그러자 오드리가 눈을 휘둥그레 뜨고 빈센트와 앨리샤를 주시했다. 유모 또한 어리둥절한 얼굴이었다.

하지만 지금 이 상황이 가장 혼란스러운 건 나였다.

앨리샤가 왜 저런 행동을 하는지 전혀 이해할 수가 없었다. 머릿속이 새하얗게 변했다. 울고 있는 앨리샤의 모습이 현실 같지 않았다. 바닥에 나뒹굴고 있는 하얀 꽃들처럼 내 정신도 어지럽게 흐트러졌다.

왜 네가 그 남자 품에 안겨서 우는 거야.

왜 네가 그 남자한테 보고 싶었다고 하는 거야.

왜 네가…… 내 이름을 말하는 거야.

그리고 당신은 왜 날 보고 있는 걸까.

그곳은 순식간에 재회의 현장으로 바뀌었다.

혼란스러운 상황을 정리한 건 조엘리였다. 그녀는 보는 눈이 많으니 일단 저택 안으로 들어가서 얘기하자고 제안했다. 앨리샤의 울음소리를 들은 사용인들의 이목이 집중되고 있었다.

정신을 차린 빈센트가 그녀의 제안을 승낙했고, 그렇게 세 사람은 응접실로 들어가 한참 동안 나오지 않았다.

잠에서 깨어난 로버트가 칭얼거리자 유모도 로버트의 방으로 돌아갔고, 오드리는 몰려 있던 사용인들을 물리며 어수선해진 상황을 정리했다.

계속 눈치를 살피던 레니카는 내게 다가와 지금 이게 무슨 상황이냐고 물었다. 정작 난 아무런 대답도 할 수 없었다. 뭘 어떻게 말해야 할지 몰라서…….

레니카는 혹시 무슨 오해가 생긴 거라면 자신이 해명하겠다고 했으나, 난 그녀를 돌려보낼 수밖에 없었다.

'내 도움이 필요하면 꼭 말해요.'

숨겨진 무언가가 있음을 알아챈 걸까. 걱정스러운 표정으로 내 굳은 얼굴을 보던 레니카는 그리 말하며 저택을 떠났다.

해가 완전히 저물고, 달이 떠오른 어두운 밤이 되어서야 앨리샤가 방에서 나왔다. 얼굴이 붉게 물든 걸 보니 엄청 울었나 보다.

난 앨리샤의 팔을 낚아채 밖으로 나갔다. 저택 이곳저곳에 눈과 귀가 붙어 있는 거 같아 방으로 가는 것도 불안했다. 그래서 저택 뒤편의 아무도 없는 곳으로 향했다. 앨리샤는 순순히 내게 붙잡힌 채 끌려왔다.

"너, 너 대체 이게 무슨 짓이야!"

"뭘?"

"아니잖아. 너, 아니잖아."

최대한 목소리를 죽이며 말했지만, 말을 버벅거릴 정도로 혼란스러움을 숨기지 못했다.

하지만 정작 앨리샤는 아무 일도 없었다는 듯 덤덤하게 손으로 머리를 쓸어 내렸다. 그 태연한 얼굴을 보는 순간 퍼뜩 깨달았다. 앨리샤는 내가 여기서 일했던 것을 알고 있음을.

"어떻게……."

"아, 그거. 너 밤마다 악몽 꾸는 거 모르지? 얼마나 시끄러운지 잠도 못 잘 정도였어."

얼마 전까지만 해도 앨리샤가 자주 화를 내곤 했었다. 시끄럽다고, 조용히 좀 하라고. 필튼에서 같이 살았을 땐 방이 달라 그런 적이 거의 없었지만, 그곳을 떠나 다른 곳에서 살았을 땐 종종 그런 말을 들었다. 잘 자다 일어나면 앨리샤는 퀭한 눈으로 내게 온갖 짜증을 부렸다. 그래서 서로 최대한 거리를 두고 잠이 들곤 했다.

하지만 이곳에 와서는 같은 방에서 지냈다. 방이 크지 않아 침대끼리의 거리도 멀지 않았기에 자다가 앨리샤가 시끄럽다고 던진 베개에 맞아 잠에서 깨곤 했다. 하지만 어느 순간부터, 그래, 어느 순간 그 짜증이 잦아들었다.

"예전엔 죽은 애들 이름을 부르더니, 다시 만났을 땐 낯선 남자들 이름을 부르더라? 처음엔 네가 웬 남자와 정분이라도 났나 싶었지. 정말 믿기지 않았지만, 네가 윗사람의 눈 밖에 나서 도망쳤다고 하니까 혹시 남자랑 그렇고 그런 사이가 돼서 쫓겨난 건가 싶기도 했고. 그러다 이곳에서 일하면서 알게 됐지. 네가 부른 이름의 주인이 누구인지. 네가 왜 여기가 스텔라인지 뭔지 하는 가문이 아니라고 내게 그렇게 화를 냈는지."

"……."

"너, 그때 금화에 팔려 가서 일했던 곳이 여기인 거지? 이 저택의 사용인으로."

누군가 내 목을 틀어쥐는 것만 같다. 숨통이 갑갑하게 조여들며 이성이 마비되었다. 머릿속이 새하얗게 변해서일까, 당황스런 감정을 숨기지 못했다.

"언제…… 언제부터 알았어."

"빈센트 님에 대한 정보를 알아내기 위해 다른 하녀들이랑 친하게 지낼 때부터? 처음엔 긴가민가했어. 이 저택의 백작님께서 웬 사람 한 명을 찾는다는 소문을 듣긴 했지만 믿지 않았거든. 그것도 귀족도 아닌 여자를."

비슷한 말을 조니한테 들은 적이 있다. 여기 주인이 여자한테 미쳤다는 소문. 그 여자를 찾기 위해 이상한 조건을 내밀며 저택의 사용인으로 데려오는 거 같다던 조니의 목소리가 귓가에 메아리쳤다.

"그 여자를 찾겠다고 밖에서 사람을 뽑아 이 낡은 저택의 사용인으로 쓰고 있다는 말이 있더라. 얼마나 굉장한 여자길래 그러나 싶어 한번 알아봤더니, 글쎄 그 찾는다는 여자가 나랑 생김새가 똑 닮았더라고."

"뭐……?"

"사실 그때까지도 별생각 없었는데, 네가 악몽 꿀 때마다 하는 말들을 곰곰이 듣다 보니 믿기진 않지만 이런 생각이 들더라."

앨리샤가 뻘건 코를 훌쩍이더니 손가락을 탁 튕긴다.

"빈센트 님이 찾는 여자가 혹시 네가 아닐까."

그 모습이 어쩐지 발랄하게 보였다.

"네가 그 여자가 맞는다면 이 저택으로 팔려 와 했던 일은 그의 시중을 드는 거였겠지. 그 남자, 한때 실명했다는 소문이 돌았다더라. 하지만 지금은 눈이 멀쩡하니 다들 헛소문이라 여기는 듯한데, 난 꽤 신빙성 있는 거 같아. 그래야 널 알아보지 못하는 게 말이 되지."

"……."

"그리고 내가 널 잘 아는데 말이야. 너라면, 실명한 상태인 그 남자에게 절대 네 그 추한 모습을 말해 주지 않았을 거야. 오히려 다른 모습으로 오해하도록 만들었겠지. 안 그래?"

난 미친 듯이 떨리는 양손을 꽉 마주 잡았다. 앨리샤의 입에서 나오는 말들은 섬뜩할 정도로 날카롭고 정확했다. 원하든 원하지 않든, 우리는 함께한 세월만큼 서로를 잘 알 수밖에 없었다. 앨리샤의 말을 들으면서 난 끝없는 수렁에 빠지는 기분을 느꼈다.

"근데 그 생김새가 나랑 같다는 건……."

말끝이 길게 늘어진다. 앨리샤의 목소리가 이토록 무섭게 들려오는 건 처음이었다.

"고마워, 언니. 날 위해 이렇게까지 해 주다니."

앨리샤가 방긋 웃었다. '고맙게도 나인 척하다니. 꽤 철저히 숨겼나 봐?' 마치 황홀한 일을 겪은 것처럼 웃는 앨리샤의 얼굴은 생기롭게 빛났지만 내 눈엔 너무도 무섭게 보였다. 난 그제야 그동안 앨리샤가 조용히 저택 생활을 하던 것이 이때를 위해서란 걸 깨달았다.

난 그에게 어떤 소문이 따라붙고 있는지 알지 못했다. 이곳에 온 뒤로 누군가와 어울린 적 없었고, 그나마 자주 대화를 나누는 사람도 유모, 오드리, 간혹 만나는 조니가 전부였다. 그런 나와 달리 앨리샤는 다른 사용인들과 곧잘 어울려 다녔었다.

만약 내가 원래의 가채용 기간이 끝난 뒤 이곳을 떠났다면 앨리샤는 때를 봐서 자신이 누구인지를 밝혔겠지. 내가 가짜 신분으로 살아왔듯 앨리샤는 내 신분을 뒤집어썼겠지.

날 숨기기 위해 겹겹이 쌓아 올렸던 거짓말들이 무너지며 내 숨통을 조였다. 진짜 멍청한 건 나였다. 나야말로 아무 생각 없이 이곳에서 지내고 있었다.

"……그 남자가 네 말을 믿어?"

"얼추? 서로 다르게 기억하는 부분들이 있긴 한데 그건 내가 거짓말했다고 했지. 어차피 외모도 속였는데 다른 거라곤 못 속였을까. 나중에 말 나오면 적당히 맞춰 줘."

"네가 아니라는 거 금방 알아챌 거야."

"상대는 네가 어떻게 생겼는지조차 제대로 모르는데 어떻게 알아채."

"내 얼굴, 본 사람이 있어."

빈센트는 왜 자신의 기억을 바탕으로 날 찾으려 했던 걸까. 그게 거짓말인지도 모르고. 하지만 생각해 보면 바이올렛과는 바로 사이가 멀어졌고, 에단과도 루카스의 일로 소원해졌다고 했으니 그에게 내 진짜 모습을 알려 줄 사람은 없었을 거다.

게다가 별채에서만 지냈기에 나를 아는 사용인들도 거의 없었다. 그나마 알고 있던 두 명 중 한 명은 갑자기 자취를 감췄고, 다른 한 명은 그가 직접 내쫓았거나 다른 곳으로 보내 버렸다고 했다. 남은 사용인들 또한 심상치 않은 분위기에 쉬쉬했다고 하니 더더욱 알 길이 없었을 거다.

그렇다고 계속 앨리샤를 나로 오해하게 둘 수는 없는 일이었다. 어찌 되었든 내 얼굴을 아는 사람들이 있으니까. 방금 전에 다녀간 레니카도 날 알고 있었고, 에단도 있고, 바이올렛도 있었다. 게다가 겉모습만 문제인 것도 아니었다. 이건 언젠가 들통날 거짓말이었다.

"다 들킬 거야. 애초에 이건 말도 안 되는 일이라고."

"누구누구 아는데? 낮에 온 그 여자야 어차피 잠깐 꽃 배달하러 온 거고. 아, 혹시 크리스토퍼 백작이라는 그 남자?"

"그, 그래."

"음."

앨리샤가 잠시 고민하는 듯하더니 손뼉을 짝 쳤다.

"언니가 나한테 부탁했다고 하는 거 어때? 주인님 앞에 나설 자신이 없어서 나한테 자기인 척해 달라고 부탁해서 내가 대신했다고 하는 거지."

"뭐?"

"언니는 당장 여길 떠나. 그리고 떠나는 길에 사고로 죽었다고 하면 어때?

그래. 그게 좋겠다!"

앨리샤가 꼭 미로 속에서 탈출구를 발견한 것마냥 기쁜 표정을 지었다. 난 앨리샤가 하는 말을 하나도 이해할 수가 없었다.

"마차가 뒤집어진 것도 좋고, 날강도를 만난 것도 나쁘지 않네. 아니면 뭐, 다른 곳에서 지내다가 사고를 당했다든지. 갑작스런 사고였고, 시체를 찾을 수 없었다고 하면 깔끔할 거야."

이게 대체 무슨 말인가. 나더러 죽은 사람이 되라는 게, 진짜 앨리샤가 나한 테 하는 말인 걸까. 난 앨리샤의 말을 따라갈 수가 없었다. 앨리샤는 정말 좋은 생각이란 듯 연신 손뼉을 치며 즐거워했다.

"……너 미쳤어."

"걱정 마. 진짜 죽으라는 건 아니고, 먼 곳으로 가서 꼭꼭 숨어 살아. 어차피 여길 떠나고 싶어 했잖아? 그게 딱 좋겠네. 넌 남한테 빌어먹고 사는 거 좋아하 니까, 예전처럼 거지같이 사는 거야. 그분은 내가 곁에서 잘 모실게."

"너, 네가 무슨 말을 하는지 알긴 하는 거야?"

"왜? 이제 와서 욕심이라도 나나 보지."

"뭐라고?"

"네가 자주 하는 거잖아. 앞에선 걱정하는 척 굴면서 뒤에선 네 실속 챙기는 거. 다른 애들한테도 그러더니 이번엔 나한테 그러려는 거야?"

"앨리샤!"

난 그만하라고 버럭 소리쳤다. 하지만 앨리샤는 아랑곳하지 않았다.

"너 예전부터 죽은 애들한테 미안한 척하더라? 내가 너 그러는 거 볼 때마다 얼마나 웃기던지. 겉으론 다정한 척, 안타까운 척했지만, 너 걔네들이 뭔 짓 당 하는지 다 알고 있었잖아. 알면서도 모른 척한 거잖아. 그러면서 미안한 척, 죄 책감 느끼는 척, 온갖 가증스러운 짓은 다 떨고 말이지. 미친 건 너 아니야?"

"……"

"넌 다른 자매들 잡아먹고 살아남은 년이잖아."

눈 밑이 시큰거렸다. 마주 잡은 두 손이 더욱더 부들부들 떨렸다. 어떻게, 네 가.

"어떻게 그런 말을 할 수가 있어! 네가 어떻게!"

"내가 왜?"

"넌, 네 자매들이 그렇게 죽었는데 아무렇지도 않아?"

"한배에서 태어났다고 꼭 같이 아파하고 불쌍하게 생각해야 해? 걔네들 팔자가 그런 건데 내가 그거까지 헤아려 줘야 하냐고. 그럼 지들도 나처럼 예쁘게 태어나든가."

'그럼 오래 살았을 텐데. 하긴 그래도 나처럼 예뻤을까.' 앨리샤가 얼굴을 한껏 일그러뜨리며 웃었다. 그 모습이 아득하게 보였다.

"자꾸 딴말하지 말고, 내 말대로 하는 거야. 알았지?"

"……싫어."

"뭐? 싫어?"

"그래, 싫어. 못 해. 네 말대로 못 하겠어."

난 도저히 앨리샤를 이해할 수 없었다.

한때는 그래도 이해하려고 노력했다. 믿고 서로를 헐뜯을 수밖에 없는 관계지만 내 하나 남은 혈육이기에. 어떠한 흔적도 남기지 못하고 떠난 동생들을 대신해 남은 유일한 동생. 앨리샤만큼은 그런 비참한 죽음을 맞이하지 않길 바랐다. 그건 진심이었다. 그렇기에 앨리샤가 조금이라도 제대로 살아가길 바랐는데, 어째서…… 왜 우리는 매번 이런 관계가 되어 버리는 걸까.

"넌 왜 매번 이런 식이야. 왜 매번 다른 사람이 희생하는 걸 당연하게 생각하는 거야! 왜 매번 이런 식으로밖에 못 살아가는 거냐고!"

"하. 내가 뭘 어쨌는데?"

"우리 모두의 탓인 거야. 나만이 아니라 우리 때문에. 우리가 그 애들을 희생시킨 거야. 우리가 그 애들을 잡아먹고 살아남은 거라고!"

"난 그러라고 한 적 없어! 그렇게 싫었으면 도망이라도 쳤어야지!"

"그럴 수가 없었잖아!"

"아니, 그럴 수 있었어. 그 애들이 안 한 것뿐이지. 착한 척 구는 데 이골이 난 거겠지. 그렇게 불쌍하면 너도 따라가든지."

"뭐라고?"

"어차피 너 죽고 싶었는데 꾸역꾸역 살았던 거잖아. 이참에 따라가. 내가 언니 장례는 잘 치러 줄게."

"너 진심이야?"

"그래. 진심이야."

앨리샤가 날 사납게 노려봤다. 나도 지지 않고 날카롭게 받아쳤다. 서로를 향한 악감정이 고스란히 드러난 순간이었다.

칼바람이 세차게 불어왔다. 무거운 침묵이 피부를 때렸다.

"넌 날 비난하고 싶겠지. 근데 웃긴 게 뭔지 알아? 나보다 네가 더 악질이라는 거야. 나야 정이라도 안 줬지, 넌 뭐니? 제대로 지켜 주지도 못할 거면서 다정하게 굴고. 그래 놓고 팔려 갈 땐 냉정하게 외면했지. 안 그래?"

"……그만해."

"그 애들이 무슨 생각을 했을까. 유일하게 의지하던 언니가 정작 가장 중요할 때는 외면해 버리는……."

"그만! 그만하라고!"

양손으로 귀를 틀어막고 몸을 웅크렸다. 가슴속을 난도질당한 것 같았다. 누군가 그 안에 든 걸 꺼내 놓고 내게 속삭이는 듯하다. 이것 보라고, 이게 네 추한 마음이라고. 울컥 토해진 감정이 기어코 눈물을 쏟게 만들었다.

"언니, 언니."

동생들의 환영이 날 둘러쌌다. 죽은 넷째와 막내의 다리가 눈앞에서 흔들렸다. 둘째가 창백한 손으로 내 몸을 감싸 안았다.

"넌 내가 불쌍해 보이겠지. 아무것도 모른 채 세상을 살아가는 애 보듯, 멍청해 보일 테지. 근데 그거 알아? 난 네가 불쌍해. 죽은 애들보다 금화에 팔려 가 놓고 다시 집으로 돌아온 네가 더 불쌍해. 다른 애들이 죽을 거란 걸 알면서도 같이 도망치지도 못하는 네가 가장 불쌍한 년이야."

진실은 칼날처럼 내게 꽂혔다. 난 어떤 대꾸도 하지 못했다. 앨리샤가 그런 내 앞에 무릎을 굽히고 앉아 달달 떨리고 있는 내 손을 붙잡았다.

"언니. 나까지 다른 애들처럼 죽으려는 건 아니지? 응?"

방금 전과 달리 다정한 목소리로 속삭인다.

"나한텐 이제 언니밖에 없어. 알지?"

"……못 해. 난 그런 짓 못 하겠어."

"그래? 그럼 그 남자한테 한번 말해 보든지. 이렇게 못나고 추한 여자가 당신이 그토록 찾았던 그 여자라고, 어디 떳떳하게 말해 보라고. 근데 나도 궁금하네. 그 남자가 자신이 찾던 사람이 이런 여자란 걸 알았을 때도 과연 좋아해 줄지!"

내가 아무 말도 못 하자 앨리샤가 그럴 줄 알았다는 듯 코웃음을 쳤다. 그러곤 더러운 걸 만진 것처럼 내 손을 홱 떨쳐 낸다.

"그 크리스토퍼 백작이란 남자가 오기 전에 떠나. 알겠지?"

"……."

제 할 말을 끝낸 앨리샤가 자리에서 일어나 몸을 돌렸다. 앨리샤의 발소리가 점점 멀어지다 더 이상 들리지 않게 되었음에도 난 움직이지 못했다. 앨리샤의 말에 반박할 수가 없었다. 그에게 떳떳하게 내 존재를 밝힐 자신이 없었으니까.

하염없이 흘러내린 비참함이 바닥에 툭툭 떨어지며 흔적을 남겼다.

□ ◆ □

나는 밤이 무서웠다. 어둠과 고요함이 내려앉은 밤은 마치 세상에 홀로 남은 것 같은 외로움을 안겨 주었다. 그리고 그 어둠과 고요함은 여러 환상을 만들어 냈다.

밤마다 죽은 동생들이 날 찾아왔다. 때론 웃고, 때론 울고, 때론 피를 토하며 내게 속삭인다. 왜 그랬냐고, 어떻게 자신을 외면하고 혼자 살아갈 수 있냐고.

악몽은 지독했고 때때론 헤어 나올 수 없을 만큼 괴로웠다. 매 순간 죽고 싶었다. 그럴 때면 아비의 손에 짓눌리는 게 내 죄를 속죄할 수 있는 방법인 것만 같았다.

'지 혈육을 잡아먹고 살아남은 년'

나는 내 죄를 기억해야 했다. 내 삶은 누군가의 희생으로 만들어진 거였다.

내 삶이 막바지에 다다른다 하여도 나는 내 죄를 잊지 말아야 했다.

5년 전, 죽음이 내 앞에 당도했을 때도 결국 다른 사람을 희생시키고 살아남았다. 그 죄는 악몽이 되어 날 질식시켰다.

혼자 있는 게 두려웠다. 그래서 가족을 만나러 갔다. 악마 새끼가 죽었다는 소식을 들었을 땐 허망함과 동시에 이런 생각이 들었다. 이제 내 차례구나. 그럼 누가 내 죽음을 알아줄까. 정신을 차려 보니 난 하나 남은 동생을 붙잡고 살아가고 있었다.

다시 만난 에단은 날 비난하지 않았다. 죽어 가던 루카스를 내버려 두고 도망쳤다는 걸 알았을 텐데도 그는 내게 그 죄를 묻지 않았다. 5년 전처럼 아니, 그때보다 더 다정하게 대해 주었다.

하지만 속으론 날 원망하지 않았을까. 왜 혼자서 도망쳤냐고, 그때 제대로 조치를 취했더라면 살릴 수 있었을지도 모른다며 날 비난하고 싶지 않았을까? 그의 다정함이 때론 두려웠다.

'맞아. 에단의 말처럼 내가 여기 오게 된 건 운명일지도 몰라. 소중한 사람들의 죽음을 외면하고 살아남은 내게 하늘이 벌을 내리려는 거야.'

차라리 누군가 날 비난해 줬으면 좋겠다. 그럼 이 무거운 마음이 조금은 편안해지지 않을까. 이 와중에도 이기적인 생각을 하고 만다.

"앤. 어디 안 좋아요?"

멍하니 앉아 있으니 유모가 걱정스럽게 물어 왔다. 난 퍼뜩 정신을 차리고 도리질했다. 어느새 눈가를 가릴 정도로 자란 앞머리가 눈앞에서 흔들린다.

"아닙니다. 밤에 잠을 설쳤더니 좀 멍하네요."

"이런. 조금만 참았다가 눈 좀 붙여요."

유모가 다정히 말했다. 난 괜히 탁자에 널브러진 식기를 정리했다. 조엘리가 늦잠을 잔 탓에 로버트는 방에서 점심 식사를 했다.

로버트에게 수프를 떠 주며 유모가 말을 이었다.

"그러고 보니 앤의 동생이 백작님과 오래전에 알았던 사이라면서요? 앤도 알고 있었나요?"

"……몰랐습니다."

말 한 마디 한 마디가 가시처럼 내 목을 찔렀다. 거짓말이 티가 날까 봐 무서웠다. 앨리샤와 했던 대화가 머릿속을 어지럽혔다.

그날, 앨리샤가 떠나고도 한참이 지나서야 겨우 정신을 차린 난 아침이 밝아오자마자 다른 사용인을 찾아갔다. 에단이 이 저택에 온 첫날 싸웠던 하녀였다. 짜증 내는 그녀를 붙잡고 다짜고짜 소문에 대해 물었다.

'여기 주인님이 어떤 여자를 찾는다는 거요? 당연히 들어 봤죠. 그 소문 듣고 한몫 잡으려고 오는 애들도 더러 있었으니까. 뭐, 당신도 솔깃했나 보죠.'

그녀가 날 위아래로 훑으며 웃었다. 난 아무 말도 하지 못했다. 빈센트가 정말, 날 찾고 있었던 건가? 단 한 번도 상상해 본 적 없는 일이었다. 아니, 상상할 수조차 없었다. 내가 당신을 잊지 못했듯 당신도 날 잊지 못했던 걸까.

하지만 이제 와 모든 걸 밝힐 순 없었다. 그러는 순간, 앨리샤가 어찌 될지 보지 않아도 알 수 있었다. 마냥 상냥한 듯 보이지만, 난 그들의 숨겨진 이면을 잘 알고 있다. 내 손으로 앨리샤를 수렁에 빠뜨릴 순 없었다.

앨리샤가 빈센트에게 안겨 울었다는 소문이 저택에 돌았는지 궁금증을 참지 못한 몇몇 사용인들이 그날의 일에 대해 물었으나 난 어떤 대답도 하지 못했다. 조니 또한 궁금증이 가득한 표정으로 찾아왔으나 내 얼굴을 보곤 입을 다물었다.

난 하루하루가 가시밭길을 걷는 기분이었다. 언제 어떤 일이 터질지 몰라 매 순간 불안하고 초조했으며, 작은 소음에도 흠칫흠칫 놀랐다. 신경이 한껏 예민해지니 제대로 된 생활도 어려웠다. 죄인의 심경이 이러할까. 하루에도 몇 번이나 이곳에서 뛰쳐나가고 싶었다.

하지만 나와 달리 앨리샤는 당당히 빈센트에게 알은척을 해 댔다. 주인님, 주인님 하며 따르는 얼굴은 기뻐 보였다. 빈센트는 흘끗 시선을 줄 뿐 별다른 반응을 보이진 않았으나 그렇다고 앨리샤를 말리지도 않았다. 두 사람 사이에 무슨 얘기가 오갔는지는 모르지만, 어쨌든 앨리샤의 기세는 나날이 드높아졌다.

한번은 앨리샤의 언니란 이유로 그들이 모인 응접실로 불려 간 적이 있었다. 그날의 화젯거리는 내가 5년 전에 했던 말들이었다. 앨리샤는 아무렇지도 않은 얼굴로 웃으며 거짓말을 늘어놓았고, 난 죽고 싶어졌다. 간간이 시선이 느껴질 때마다 난 죄인처럼 고개를 푹 숙였다. 자리를 박차고 뛰쳐나가지 않는 게 내가 할 수 있는 최선이었다.

이건 누가 봐도 웃긴 촌극이었다.

얼마 안 가 들킬 거짓말. 에단이 오면 당장에라도 모든 게 끝날 것이었다. 그는 절대, 이 일을 가만히 넘기지 않을 거다.

나는 그게 겁이 났다. 그래서 앨리샤를 여러 번 설득해 보았으나, 앨리샤는 그때마다 오히려 나만 없으면 된다며 빨리 떠나라고 닦달했다.

우리는 의미 없는 대화만 되풀이했다. 어느 누구도 물러서지 않았다. 가채용 기간이 하루하루 줄어 갈수록 내 죄책감은 커져만 갔고, 매일 밤 지독한 악몽에 시달렸다. 동생들은 내 안일함을 질책했고 루카스는 날 원망스럽게 노려봤다. 눈을 감아도, 떠도 그들이 날 둘러싸고 있었다.

내가 다시 미친 걸까.

"하긴. 숨기려고 했다니까, 앤도 몰랐을 수도 있겠네요."

유모의 말이 귓가에 들리지 않았다. 지금도 루카스의 환영이 보였다. 그가 흘린 피가 바닥에 둥글게 퍼지며 내게 닿을 것만 같다. 선연한 붉은 피를 보자 토기가 밀려왔다. 답답한 가슴을 움켜쥐는데, 작은 얼굴이 눈앞에 불쑥 나타났다.

"아파?"

로버트가 눈을 껌뻑이며 가슴을 움켜쥔 내 손을 더듬었다. 난 급하게 손을 떼어 내고 활짝 웃었다.

"아니에요. 안 아파요."

"정말?"

"네."

정말 괜찮다며 웃어 보였으나 로버트의 얼굴엔 걱정이 가득했다. 뒤에 있던 유모가 몸이 많이 안 좋냐고 물었다. 아니라고 답하려는데 로버트가 내 뺨을 톡톡 두드렸다. 작은 손길이 너무도 다정해, 그대로 울어 버릴 것만 같았다. 난 자리에서 벌떡 일어났다.

"물을 새로 떠 오겠습니다."

난 허겁지겁 방을 나섰다. 혼자가 되어서야 불안한 마음을 좀 진정시킬 수 있었다. 잠시 벽에 몸을 기댄 채 서 있다가 시큰거리는 눈가를 문지르고 복도를 걸었다. 그러나 부엌으로 내려오고 나서야 정작 물통을 놓고 왔다는 걸 깨달았다. 내가 지금 뭘 하는 걸까.

빈손을 멍하니 보다가 계단을 올라갔다. 1층에 오른 뒤 난간을 붙잡고 몸을 돌리다가 멈칫했다. 맞은편에서 빈센트가 걸어오고 있었다.

그가 내게 천천히 시선을 주었다. 난 흠칫 놀라며 고개를 돌렸다. 불안하게 뛰는 심장을 억누르며 이대로 모른 척하고 도망갈지, 말지 머뭇댔다.

그날 이후로 빈센트를 피해 다녔다. 그가 로버트를 만나러 올 때면 바쁜 척 자리를 피했고, 시선을 줘도 못 본 척했다. 간혹 같은 공간에 있을 때면 고개를 푹 숙이고 있었고, 말을 걸어도 짧게 대꾸하고 말았다.

난 빈센트를 차마 마주 볼 수가 없었다.

그가 어떤 여자를 찾았다는 건 진짜 헛소문일지도 모른다. 아니면 그가 찾던 여자가 내가 아닐 수도 있다. 앨리샤가 잘못 안 것이거나 레니카가 내게 거짓말을 했을 수도 있다.

나는 그의 입에서 직접 소문에 대한 진실을 듣지 못했다. 앨리샤가 먼저 나인 척 굴긴 했지만, 그게 그가 날 찾았다는 것에 대한 답이 될 수는 없었다.

하지만 정말 날 찾은 거라면, 이 오묘한 감정을 뭐라 설명해야 할까. 원망스럽고, 고맙고, 미안하기도 하고, 온갖 감정이 뒤섞여 정확히 표현할 수 없었다. 그리고 그런 복잡한 마음으론 차마 그를 마주 볼 수가 없었다.

차라리 에단이 내게 솔직해지길 제안했을 때, 그와 제대로 마주했어야 했다.

가까이 다가온 그를 향해 허리를 굽혔다. 빈센트는 내 앞에 서서 가만히 날 주시했다. 양손을 꼼지락거리며 불편한 시선을 감내했다.

"하실 말씀이 없으시면 이만 가 보겠습니다."

"왜 자꾸 피하지?"

툭 내뱉어진 목소리에 불만이 가득하다. 난 차분히 입을 달싹였다.

"피한 적 없습니다."

"지금 피했잖아."

"안 피했습니다."

"고개 숙이지 말라고 했을 텐데."

그런 말을 했었지. 하지만 고개를 들고 싶지 않았다. 난 침묵하는 것으로 그의 말을 거절했다. 또다시 이어지는 불편함 속에서 다가오는 발소리가 들려왔다. 그의 손이 내 어깨를 잡는 순간 화들짝 놀라 쳐 내 버렸다.

탁! 소리가 제법 선명히 울렸다. 놀란 표정으로 한 손을 들고 있는 빈센트가 눈에 들어왔다. 두 걸음 물러난 난 내가 한 짓을 깨닫고 급하게 고개를 숙였다.

"저도 모르게…… 죄송합니다."

"……."

곧장 사과를 건넸으나 돌아오는 반응이 없다. 많이 놀랐을까, 아님 내가 그의 손길을 쳐 내서 불쾌한 걸까. 아무래도 좋았다. 빨리 그의 시선에서 벗어나고 싶었다.

하지만 왜인지 빈센트가 다시 말을 걸어왔다.

"나한테 뭐 할 말 없나."

갑작스런 그의 물음에 잠시 고민하다가 치마 주머니를 뒤적였다. 지난번 그에게 빌린 손수건을 깨끗하게 빨고 주름까지 편 뒤 주머니에 넣어 가지고 다녔다. 그런데 앨리샤의 일로 전해 주지 못하고 있었다.

난 곱게 접은 손수건을 꺼내 그에게 정중히 내밀었다.

"지난번엔 결례가 많았습니다. 잘 썼습니다."

잠시 손수건에 시선을 준 그가 그것을 건네받는 대신 다른 말을 꺼냈다.

"어디 가는 길이었지?"

"물통을 가지러 가는 길이었습니다. 도련님께서 드실 물을 새로 떠 와야 하는데 물통을 놓고 와서요."

"그럼 바쁜 건 아니겠네."

"네?"

"마침 잘됐군. 이리 와 봐."

대뜸 몸을 돌린 빈센트가 복도를 걸어갔다. 난 당황하며 그의 뒷모습을 응시했다. 아니, 바쁜지 안 바쁜지 물어보지도 않았으면서.

제멋대로 앞장서 가던 빈센트는 내가 따라오지 않자 걸음을 멈추고 빨리 오라며 닦달했다. 그제야 난 그를 쫓아가기 위해 허둥지둥 걸음을 내디뎠다.

빈센트가 향한 곳은 저택 뒤편이었다. 점심때라 그 근처엔 아무도 없었다.

앞서가던 빈센트가 갑자기 걸음을 멈추더니 날 돌아본다.

"거기 서 있어."

난 그의 말대로 걸음을 멈추고 제자리에 멀뚱히 섰다. 빈센트는 그가 서 있는 곳에서 다섯 걸음 뒤로 물러났다.

의뭉스러운 그의 행동에 의아해하고 있는데, 세찬 바람이 쏴아아 불어왔다. 치마가 펄럭이고 머리카락이 흐트러졌다. 눈가를 때리는 앞머리를 붙잡고 잠시 몸을 웅크렸다가 바람이 어느 정도 잠잠해지고 나서야 눈을 떴다.

하얀 꽃잎 한 장이 눈앞을 가로질렀다. 놀라 고개를 들자, 어디서 날아왔는지 모를 하얀 꽃잎들이 마치 눈처럼 내 주위로 떨어져 내리고 있었다. 그러다 선선한 바람이 불자 다시 힘 있게 솟아오른 꽃잎이 춤을 추듯 허공을 수놓는다. 아름다운 광경에 내 입가가 살며시 벌어졌다.

와아. 짧게 감탄하며 손을 뻗었다. 흩날리는 꽃잎 너머로 한 손을 들고 있는 빈센트가 보였다. 그의 손안에서 하얀 꽃잎이 너풀너풀 흘러나왔고, 바람이란 날개를 달고 내게 날아왔다.

시선이 부딪치자 에메랄드빛 눈동자가 가늘게 늘어진다.

"마음에 들어?"

어쩐지 다정해 보이는 얼굴을 보자 난 홀리듯 대답했다.

"네…… 너무나……."

"다행이군."

그리 말하며 빈센트가 옅은 웃음소리를 흘렸다. 그가 손을 활짝 펼치자 손안에 담겨 있던 꽃잎들이 바람을 타고 날아올랐다. 꽃잎과 바람이 만들어 낸 절묘한 광경의 아름다움은 마음을 녹이기 충분했다.

난 꽃잎을 잡기 위해 이리저리 손을 휘저었다.

"이걸 다 어디서 가져오셨어요?"

흥분을 감추지 못하고 물었다.

"숲속에 있는 꽃밭에서. 보이는 대로 뜯어 왔지."

"숲속에 그런 데가 있나요?"

"있어. 제멋대로 뿌리를 내리고 만들어진 장소가."

그 말에 꽃잎 한 장을 막 손에 담던 난 멈칫했다. 그가 어디를 말하는지 알아챘다. 손안에 들어왔던 꽃잎이 다시 자유롭게 날아갔지만, 그걸 신경 쓸 정신이 없었다. 그가 어느새 내 앞으로 다가와 있었다.

몰랐는데 그의 한 손엔 작은 천 주머니가 들려 있었다. 천 주머니에서 미처 나오지 못한 꽃잎이 투둑 떨어져 내렸다.

"좋아할 줄 알았지."

"왜 이걸……."

"저번에 꽃다발을 준 것에 대한 보답이야."

예상치 못한 말에 난 눈을 휘둥그레 떴다. 그냥 큰 의미 없이 건넸던 꽃다발이었다. 꽃을 준 나조차도 잊고 있었던 일을 그가 기억하고 이런 식으로 보답까지 할 줄은 꿈에도 몰랐다.

멍하니 그를 바라보자 빈센트가 살며시 인상을 썼다.

"설마 진짜 빌려주는 거였나? 돌려줬어야 했어?"

난 퍼뜩 양손을 내저었다.

"아니, 아니요. 돌려주지 않으셔도 돼요."

"안 그래도 며칠 전에 이미 시들해졌어."

"……."

"그건 시들해지지 않겠지."

빈센트가 내 손에 쥐어져 있는 손수건을 눈짓했다. 난 당황하며 손수건을 다시 그에게 내밀었다.

"이건 돌려드리려고 가져왔습니다. 게다가 전 보답드릴 걸 준비하지 못했는걸요."

"꽃다발을 줬잖아."

"그건 손수건을 빌려주신 것에 대한 보답이었어요."

"그럼 부탁 하나 들어줘."

"뭐든 말씀하세요."

"손수건 돌려주지 마."

그러면 의미가 없지 않은가. 내가 미미하게 미간을 좁히자 빈센트가 살짝 웃었다.

"울고 싶을 때 써."

"……."

"혼자 숨죽여 울지 말고."

"울지 않았습니다."

"눈이 빨개."

난 당황하며 눈가를 더듬었다. 오해라고 말하려는데 갑자기 내 손에서 손수건을 뺏어 든 빈센트가 그걸 내 얼굴에 덮고 마구 문지른다. 눈물을 닦아 주려하는 것 같지만, 내겐 그저 무자비한 손길일 뿐이었다.

"아! 아! 아파요!"

"울고 싶을 때마다 먹으라고 준 건 어디서 까먹은 거야. 설마 다 먹은 건가?"

"뭐, 뭘요! 그보다 아픕니다!"

언뜻 혀 차는 소리가 들려왔다. 그걸 깨닫는 동시에 그가 손수건으로 코를 감싸며 콱 누르는 바람에 난 비명을 내질렀다. 고통을 참지 못하고 그의 손길을 피해 뒤로 물러났다. 그와의 거리가 벌어지며 자유를 되찾았다.

손수건이 얼굴에서 떨어지고, 난 짓눌렸던 코를 만지작댔다. 얼굴이 화끈거렸다. 피부 껍질 다 벗겨지는 줄 알았네. 지금 진짜 눈물이 나올 뻔했다.

찌릿한 통증이 느껴지는 얼굴을 매만지는데, 빈센트가 천 주머니에 손을 넣어 뭔가를 꺼내더니 내게 내밀었다.

"손."

난 주춤거리며 양손을 내밀었다. 그러자 언젠가 받은 적 있는 사탕과 캐러멜이 내 손안에 후드둑 떨어졌다. 꽃잎만 들어 있는 줄 알았는데 이것도 넣어 뒀나 보다.

"아니, 이건 또 왜……."

"울고 싶을 때마다 먹으라고 했잖아."

그, 랬지. 혼자서 먹기에는 많은 양이라 유모에게 좀 나눠 준 뒤, 남은 건 방 안에 고이 보관해 두었다. 가끔 심심할 때마다 까먹긴 했으나, 매번 들고 다니기에는 불편했다.

"저번에 준 건 어디다 뒀어."

"방에요. 아직 남았는데……."

손안에 한가득 담긴 것들을 얼떨떨하게 보고 있는데 빈센트가 그중 캐러멜 한 개를 집어 내밀었다.

"지금 먹으라고요?"

"그럼 지금 먹지 언제 먹어. 내일 먹으려고? 아님, 모레 먹게? 사람 성의가 있지, 설마 나중에 먹겠다는 소리를 하려는 건 아니겠지? 아니면 입에 안 맞았나? 그럼 말을 할 것이지 왜 방에 두고 썩히는."

"아아아, 먹겠습니다! 지금, 먹을게요."

갑자기 잔소리가 쏟아지자 난 그의 말을 자르고 잽싸게 캐러멜을 가져와 입에 넣었다. 그가 보는 앞에서 우물우물 씹어 주자 그제야 빈센트가 만족스러운 얼굴을 했다.

입 안에 퍼져 드는 단맛을 느끼며 난 나직이 읊조렸다.

"꽃다발이 아주 감동스러우셨나 봐요. 이렇게 보답까지 하시는 걸 보면."

"기분 좋았으니까."

"그 정도로 꽃을 좋아하시는 줄은 몰랐어요. 솔직히 거짓말인 줄 알았거든요."

"어째서?"

그야, 당신에게 마냥 좋은 기억은 아닐 테니까. 난 캐러멜과 함께 그 말을 입 안에서 씹었다.

내가 그랬듯 그도 하얀 꽃을 보며 숲속의 꽃밭을 떠올린 거겠지. 그리고 그곳으로 우리를 인도하던 루카스를 생각했겠지.

하지만 이제 그에겐 루카스와 함께했던 시간들은 잊고 싶은 기억일지도 모른다. 나는 빈센트가 아니라서 그의 고통을 완벽히 이해할 순 없지만, 루카스를 떠올리는 게 쉬운 일이 아니란 건 잘 알고 있다.

"그냥, 별로 대단한 것도 아니니까요."

"기분 좋았으면 된 거지."

"그럼 다음에 꽃을 따서 만들어 드릴게요. 여러 종류로 알록달록하게요."

"그런 걸 잘 만드나 보지?"

"네. 아주 예쁘게 만들어 드릴게요."

난 큼지막한 꽃다발을 연상시키듯 양손으로 커다란 동그라미를 만들었다. 이래 봬도 꽃다발 만드는 건 한 솜씨 한다. 원하는 취향을 말해 주면, 꼭 반영하겠다고 하자 내 말을 얌전히 듣던 그가 한마디 던졌다.

"물어낼 거 아니면 함부로 따지 마."

아니, 왜 말이 또 그쪽으로 튈까. 내가 불만스럽게 바라보자 빈센트가 짓궂게 웃었다. 표정을 보니 놀리는 게 분명하다.

"마침 바람이 불어서 다행이야. 기껏 가져왔는데 바람이 안 불면 민망했을 테니."

그 말에 기분이 얼떨떨해졌다.

"설마 이걸 보여 주시려고 따라오라고 하신 건가요?"

"하얀 꽃 좋아한다며. 저번에 나무에서 꽃이 떨어지는 모습을 즐겁게 보기도 했고, 이렇게 주면 좋아할 줄 알았는데 아니었나?"

정신이 다시 멍해졌다. 바람이 그의 머리칼을 흩트리자 빈센트가 고개를 젖히고 시원함을 만끽했다. 가까이서 보니 그의 옷에 잔뜩 주름이 져 있다. 바지의 무릎 부분에도 초록색 물이 들어 있고. 마치 방금 막 꽃밭에 다녀온 사람처럼.

"다음엔 그 꽃밭에 데려가 줄게. 가끔 바람 쐬러 가는데 나쁘지 않아. 하얀 꽃이 볼만하거든."

"왜요……?"

왜 저한테 이렇게 잘해 주세요?

순수하게 궁금해졌다. 갑자기 꽃다발에 대한 보답이라며 이런 것도 보여 주고, 전에는 울고 싶을 때마다 먹으라며 캐러멜도 선물해 주었다.

어느 순간부터 빈센트는 내게 친절히 굴기 시작했다. 왜 갑자기 그의 태도가 변한 건지 난 알지 못했다. 굳이 알려고 하지도 않았다. 그저 지랄맞은 성질을 죽이고 호의를 베푼다고 하니 마냥 좋게만 받아들였다. 어쩌면 앨리샤 때문에 내게도 잘 대해 준 걸까?

하지만 그의 태도를 보니 왠지 그 이유는 아닌 거 같았다. 그는 앨리샤가 있든 없든 내게 한결같았다. 간간이 웃기도 하고 다정한 기색을 보이기도 하면서, 오히려 앨리샤와 있을 땐 뚱한 얼굴이었다.

"왜 저한테 이렇게 친절하게 대해 주세요? 저 싫어하셨잖아요."

재회했을 때도 안 좋아했고, 참견을 많이 하는 성격이냐며 뭐라 하기도 했잖아. 그런데 어째서? 정말 궁금해 묻는 질문에 빈센트의 얼굴이 냉랭해졌다. 그가 팔짱을 낀 채 날 삐딱하게 바라봤다.

"생각해 보니까 넌 매번 나한테 물어보기만 하는군. 넌 내 질문에 한 번도 제대로 된 답을 한 적이 없으면서."

난 속으로 뜨끔해하며 고개를 숙였다. 그가 뭘 알고 말하는 사람처럼 내 속을 콕콕 찔러 댔다. 괜히 손수건 끄트머리를 더듬었다. 시선을 피하고 있자 작은 한숨 소리가 들려왔다.

"이번엔 말해 주지 않을 거야. 한번 고민해 봐."

"……."

"내가 왜 이러는지."

바람이 쏴아아 불어오며 그와 날 휘젓는다. 바닥에 널브러져 있던 꽃잎들이 휘몰아치듯 날아들어 내 뺨을 툭툭 쳤다.

"오래 기다리진 못할 거 같지만."

하지만 뭇 그렇듯 인생은 예상하지 못한 방향으로 흘러간다.

팽팽한 불안감을 끝내 무너뜨린 건, 며칠 뒤 밤의 정적을 깨트린 누군가의 비명 소리였다. 잠에 빠져 있던 사람들은 갑작스러운 비명 소리에 어리둥절해하며 램프를 들고 방에서 나왔다.

앨리샤는 졸린 눈을 비비며 먼저 방을 나갔고, 램프의 불을 붙인 뒤 나도 뒤늦게 나와 사람들을 따라 비명이 들려온 1층으로 내려갔다.

1층으로 내려가자 복도 쪽에 사람들이 옹기종기 모여 있었다. 어쩐지 예사롭지 않은 분위기에 긴장하며 그쪽으로 다가갔다.

가장 먼저 한쪽 구석에 주저앉아 있는 여자가 눈에 들어왔다. 잠옷 차림에 머리를 산발한 채로 동료인 듯 보이는 여자의 품에 안긴 여자는 몸을 오들오들 떨며 어딘가를 보고 있었다. 공포에 질린 얼굴이 희미한 어둠 속에서도 선명히 보였다.

수많은 램프의 불빛이 불안하게 일렁이는 바닥엔 천이 펼쳐져 있었다. 무언가 위에 씌워 놓은 것인지 천이 둥글게 솟아 있었다. 가까이 다가가 보니 천의 정체는 커튼이었다. 난 사람들의 어깨 너머로 둥글게 솟은 커튼을 찬찬히 살펴봤다. 그러다 순간, 커튼 밖으로 툭 튀어나와 있는 뭔가가 눈에 들어왔다.

손, 사람의 손이었다.

그제야 수군거리는 사람들의 목소리가 귓속을 파고들었다.

"이게 대체 무슨 일이야. 진짜 죽은 거야?"

"그런 거 같아. 뭐가 어떻게 된 건지. 저녁까지도 멀쩡했던 사람이 왜 갑자기 죽은 거냐고."

"살해당한 거 맞지? 저 피 봐."

"쟤네 걔네들 아냐? 왜, 서로 죽고 못 살던 애들 있잖아."

"맞네, 맞아! 한밤중에 몰래 방을 빠져나가서 만나더니 저게 대체 무슨 꼴이야."

역시 커튼 아래 숨겨져 있는 건 사람이 맞았다. 게다가 두 명. 호수의 잔물결처럼 수군거림이 점점 퍼져 나가자 근처에 서 있던 남자 한 명이 궁금증을 참지 못하고 커튼 한쪽을 잡아 들췄다. 그러다 깜짝 놀라 뒤로 넘어가면서 커튼을 놓치자, 그 안에 감춰져 있던 끔찍한 모습이 고스란히 드러났다.

헉! 누군가 숨을 삼키는 소리가 들려왔다.

남녀 한 쌍이 피범벅이 된 채 죽어 있었다. 여자는 눈을 부릅뜬 채로 누워 있었고, 남자는 여자 위에 엎드린 자세였다. 두 사람 모두 잠옷 차림이었는데 남자의 등은 뭔가에 관통당한 듯 시뻘건 피가 둥글게 물들어 있었다. 조금의 미동도 없는 손이 그들의 죽음을 알려 주었다.

명백한 살인 사건이었다. 그것도 몇 시간 전까지만 해도 같이 일하고 어울려 다녔던 동료가 한밤중에 싸늘한 시체로 발견되자 다들 경악을 금치 못했다. 시커먼 어둠만큼이나 긴장된 분위기가 사용인들 사이를 떠돌아다녔다.

난 죽은 남녀에게서 시선을 뗄 수가 없었다. 램프를 쥔 손이 부들부들 떨렸다. 오래전 기억이 내 뒷덜미를 잡아챘다. 빛 한 점 보이지 않는 어둠 속에서 홀로 죽어 가던 남자. 피범벅이 된 얼굴로 울부짖듯 토해 내던 말이 귓가에 아른거린다.

도망가, 도망가, 도망가야 해……. 내 머릿속에 각인된 말을 곱씹자 찬물을 뒤집어쓴 것처럼 온몸이 섬뜩해졌다. 여자의 부릅뜬 눈이 마치 넌 여기 있으면 안 된다는 경고를 보내는 것 같았다.

누군가 커튼으로 급하게 여자의 얼굴을 가렸다. 하지만 그들의 모습이 잔상처럼 남아 눈앞에 계속 아른거렸다.

생각해 보면 그 무엇도 안정된 건 없었다.

5년 전, 루카스는 누군가에게 살해당할 뻔했고 그 현장을 유일하게 목격한 난 목숨을 위협받았다. 빈센트는 날 안전한 곳으로 보내려 했지만 그 과정마저 다른 사람이 끼어들었다. 겨우 목숨을 부지해 도망쳤음에도 그날의 기억은 머릿속에 오래도록 남아 날 괴롭혔다.

그런 일을 당해 놓고도 다시 돌아왔으면서 난 대체 무엇을 경계하고 있었는가. 헛된 평온이 나를 비난한다.

사건이 터진 다음 날 꿈에 죽은 여자와 남자가 나왔다. 양손을 맞잡고 누워 있는 남자는 루카스였다. 그의 온몸은 피범벅이었고 배에선 피가 사정없이 흘러나왔다. 난 흐르는 피를 양손으로 막고 그를 흔들어 깨웠다. 루카스 님, 루카스 님. 하지만 아무리 불러도 그는 미동도 하지 않았다. 굳게 닫힌 눈꺼풀은 다시는 다정한 눈동자를 보여 주지 않는다.

눈물을 떨구던 난 여자를 바라봤다. 바닥에 쓰러져 있는 여자는 앨리샤였다.

제대로 관리를 하지 못해 상했다고 투덜거리던 고운 머리카락이 사방으로 헝클어지고 눈을 부릅뜬 채 죽어 있었다. 그 낯빛은 너무 창백했고 실핏줄이 터진 눈동자는 섬뜩할 정도였다. 앨리샤의 가슴께엔 붉은 핏물이 둥글게 퍼지고 있었다.

왜 네가 거기 있는 걸까. 왜 너마저 거기에……. 눈앞이 뿌옇게 흐려졌다.

그때 기척이 느껴졌다. 몸을 돌리자 누군가 내 뒤에 서 있었다. 깔끔하게 슈트를 차려입고 한 손엔 총을 든 남자. 금빛 머리카락이 찬란히 부서지고 에메랄드빛 눈동자가 울고 있는 날 무심히 내려다본다.

그가 손을 들어 올려 내게 총구를 겨눴다. 타닥 굴러가는 방아쇠의 소리가 귓속을 긁었다.

그 순간 잠에서 깨어났다. 일어나자마자 속에 있는 걸 모두 게워 냈다. 그러고도 여전히 정신이 얼떨떨해 아직도 꿈속을 방황하는 것 같았다. 땀범벅이 된 얼굴을 쓸어내리다가 괜히 몸을 더듬으며 총상을 찾아봤다. 그 뒤론 잠을 이룰 수 없었다.

갑작스럽게 벌어진 살인 사건은 오드리가 나타나자 정리됐다. 그녀는 일단 모여든 사용인들에게 제 방으로 돌아갈 것을 지시한 뒤 동료의 품에 안겨 있던 여자를 데려갔다. 듣기론 그녀가 최초 목격자이자 비명을 지른 장본인이라고 했다.

여자는 한밤중에 목이 말라 잠에서 깼다. 때마침 물통에 물이 떨어진 상태였고, 새 물을 가져오기 위해 방에서 나와 계단을 내려가다가 1층 복도 쪽에서 인기척을 느꼈다. 자세히 보니 바닥에 웬 램프 하나가 덩그러니 놓여 있었다. 의아함을 느낀 그녀는 램프가 있는 곳으로 다가갔고, 곧 그곳에 쓰러져 있는 죽은 남녀를 목격하고 비명을 지른 것이다.

그날의 일은 삽시간에 퍼져 사용인들의 입에 오르내렸다. 사건이 터진 다음 날 빈센트가 저택을 찾아왔다. 그는 사건 현장을 보면서 조엘리와 함께 얘기를 나누었고, 오드리는 죽은 남녀와 친했던 사용인들을 불러 그들에게 이상한 점이 없었는지 심문했다.

두 남녀는 모두 날카로운 것에 가슴을 찔려 죽었다. 그들이 피범벅이었던 건

자상이 많았기 때문이다. 대체 누가 그들을 그렇게 만든 것인가. 다들 범인을 추측하는 데 혈안이 되었지만, 한밤중에 벌어진 일이었고 범인을 본 목격자도 없어 범인을 유추하기가 쉽지 않았다.

범인을 찾지 못한 채, 시간이 마냥 흘러가자 저택 안의 공기가 점점 더 무거워졌다. 사용인들은 점차 공포에 질렸다. 그다음은 내가 당하는 게 아닐까 하는 두려움에 몸을 떨어야 했다.

결국 그만두겠다는 사람이 늘어나기 시작하면서 혼란스런 상황이 이어졌다. 하지만 오드리는 그들을 내보내는 대신 좋은 말로 타일러 저택에 머물게 만들었다.

그럼에도 한번 터진 소란은 쉽사리 가라앉지 못했다. 사용인들은 괜한 소문이 돌까 봐 사람을 밖으로 내보내지 않는 거 아니냐며 비난의 목소리를 높였다.

점차 불안만 커져 가는 상황을 나는 더 이상 참을 수 없었다. 신경이 곤두서 있어 밤을 지새우는 날이 많아졌다. 악몽을 꾸는 게 두려웠다. 그날의 살인 사건은 내게 커다란 공포를 안겨 주었다. 그들의 모습이 마치 앞으로의 내 모습 같아서, 꾸역꾸역 눌러 담았던 감정이 기어코 폭발해 버렸다.

해가 막 기울기 시작한 저녁때였다. 조금 이르게 로버트의 저녁 시중을 들고 먼저 방으로 돌아와 가방에 필요한 걸 챙겼다. 가지고 온 게 별로 없다 보니 짐이랄 것도 없었다. 간단한 채비를 마치고 침대에 앉아 있자 곧 앨리샤가 방으로 들어왔다.

"뭐 해?"

"나랑 갈 데가 있어."

"지금? 밤에 나가면 안 되는 거 몰라?"

앨리샤가 침대에 앉아 창밖 하늘을 바라봤다.

의문의 살인 사건이 터진 이후 밤중에 저택을 나가는 건 금지되었다. 숲속에 덩그러니 놓인 저택이지만 사용인의 관리가 엄격했다. '가문의 위상에 누가 되지 않도록'이란 이유가 있었지만 그게 너무 과할 정도라서 사용인들은 답답해 죽으려고 했다. 결국 서로의 처지를 이해하는 동료와 마음을 달랠 수밖에 없었다.

죽은 남녀 또한 이곳에서 만나 연인 사이가 되었는데 밤에 몰래 밀애를 즐기다가 변을 당한 거였다. 덕분에 외출을 하는 건 더 어려워졌고, 아주 늦은 밤엔 방에서조차 나가지 못하게 했다.

하지만 저녁때는 경계가 좀 느슨해졌다. 하루의 일과가 끝나는 시간이기도 했고, 다들 식사를 하느라 복도엔 사람이 별로 없었다. 게다가 상황이 상황인 만큼 사용인들 다수가 방에서 몸을 사리는 눈치였다. 밖도 아직 어둡지 않아 길을 찾아가는 덴 어려움이 없을 듯했다.

"아직 해 안 떨어졌어. 일어나."

"어딜 가자는 건데."

"가 보면 알아. 얼른."

"싫어. 귀찮아."

앨리샤가 짜증이 난 티를 팍팍 내며 손을 내저었다. 이런 반응일 거라 예상하고 있었기에 난 앨리샤가 솔깃해할 만한 말을 꺼냈다.

"같이 가 주면 네 말대로 할게."

"뭐?"

"네 말대로 하겠다고. 거짓말이든 뭐든."

내가 무슨 말을 하는지 앨리샤는 바로 알아챘다. 놀란 얼굴로 날 올려다본다. 정말이냐고 묻는 듯한 시선에 난 크게 고개를 끄덕였다.

"하지만 지금 같이 안 가면 절대 네 말대로 하지 않을 거야."

"아, 알겠어. 갈게, 가."

앨리샤가 마지못해 몸을 일으켰다. 난 가방을 들고 앞장서 방을 나섰다. 뒤따라오던 앨리샤가 내 손에 들린 가방을 보는 게 느껴졌지만 난 모른 척 걸어갈 뿐이었다.

저택 밖으로 나가는 길에 한두 사람쯤 만날 줄 알았는데, 다행히 마주친 사람은 없었다. 운이 좋았다. 난 주변을 살피며 앨리샤를 데리고 뒷문으로 나간 뒤 곧장 숲속으로 들어갔다. 길이 난 곳이 아니다 보니 수풀이 무성해 걸어가는 게 쉽지 않았다.

"저기 길이 있는데 왜 굳이 여기로 들어가."

"여기로 가야 하니까."

길이 난 곳은 눈에 띌 확률이 높아 위험했다.

"대체 어딜 가는 건데?"

"……."

그 말엔 대꾸하지 않았다. 몇 번 더 묻던 앨리샤는 내가 계속 대답해 주지 않자 작게 투덜거렸다. 하지만 난 신경 쓰지 않았다.

사람이, 그것도 두 명이나 죽었다. 그런데 이상하게도 적극적인 수사를 하지 않고 있다. 그저 시체를 수습하고 사람들의 불안을 달래기만 할 뿐, 범인도 찾지 못했고 진척도 없었다. 마치 무언가 숨기는 것처럼.

그렇기에 다들 여길 나가고 싶어 했다. 하지만 경계가 심해졌으니 쉽지 않은 일.

그러나 방법이 영 없는 건 아니었다. 5년 전에 딱 한 번 가 보았던 곳. 숲속에 숨겨져 있는 비밀의 길을 통하면 마을로 갈 수 있었다.

5년 전에 그곳으로 갔던 길을 되새기며 나무 기둥을 더듬었다. 하지만 생각만큼 쉽지 않았다. 비밀의 길로 인도하는 인장이 찍힌 나무를 찾는 건 어려웠고, 숲속이 넓어 어디가 어딘지 방향을 가늠할 수가 없었다.

이러다 길을 잃으면 안 되는데. 초조한 마음에 앞에 보이는 나무의 기둥을 마구 더듬고 있는데 한참 내 뒤를 따라오던 앨리샤가 다시 물었다.

"어디 가는 거야."

"……."

"어디 가는 거냐고!"

이번에도 대꾸하지 않자 앨리샤가 성큼 다가와 내 어깨를 잡아당겼다. 그제야 걸음을 멈추고 앨리샤를 바라봤다.

"왜 자꾸 말이 없어. 어디 가는 거냐고 묻잖아."

난 앨리샤의 어깨 너머로 왔던 길을 살폈다. 제법 걸어왔는지 저택의 모습은 이제 눈에 보이지 않았다. 이 정도면 됐겠지.

난 앨리샤의 팔을 붙잡은 뒤 똑바로 마주 보며 이곳으로 데려온 이유를 입에 담았다.

"나랑 여길 떠나자."

"뭐?"

"우리 도망치자."

내 말에 앨리샤가 황당한 표정을 지었다.

"너 뭐 잘못 먹었어?"

"나랑 가자. 응?"

"헛소리 그만하고 이거 놔."

"앨리샤."

"놓으라고!"

앨리샤가 내 손을 뿌리치곤 곧장 몸을 돌렸다. 난 다급히 앨리샤를 붙잡아 세웠다. 앨리샤가 나를 사납게 노려보았지만 아랑곳하지 않았다.

앨리샤를 이대로 내버려 둘 순 없었다. 지금 돌아간다면 어떻게 될지 불 보듯 뻔했다. 세상에 영원한 비밀 따윈 없었다. 아무리 숨기고 거짓으로 가린다고 해도 언젠가는 들키기 마련이다.

더군다나 상대는 귀족. 당장은 속일 수 있을지 모르나 오래가진 못할 거다. 비명 한번 내지르지 못한 채 의문의 죽음을 당한 남녀처럼 앨리샤 또한 그렇게 되지 않을 거란 보장은 없었다.

앨리샤가 한 짓이 괘씸하지만 그렇다고 해서 위험해지는 걸 모른 척할 수는 없었다.

"제발 내 말 들어. 네가 한 짓은 어차피 들키게 되어 있어. 차라리 이대로 도망가서 다른 남자를 만나든 뭐를 하든 간에 다시 시작해. 그게 나아."

"그래서 지금 같이 도망치자고 가방까지 들고 나온 거야?"

앨리샤의 날카로운 눈동자가 내 손에 들린 가방에 꽂혔다. 난 몸을 웅크리며 가방을 등 뒤로 슬쩍 숨겼다. 그 모습을 본 앨리샤가 헛웃음을 지었다. 자신의 말을 들어준다고 했던 게 거짓임을 알아챈 것이다.

맞았다. 애초부터 난 앨리샤의 말을 들어줄 생각이 없었다. 앨리샤가 바라는 건 이룰 수 없는 꿈이었다. 나는 앨리샤와 도망치기 위해 이곳에 왔을 뿐이다.

"도망치면 뭐가 달라지는데?"

"적어도 살 수는 있잖아."

"가진 게 없어 가난에 허덕이고, 남한테 빌어먹으면서?"

"그래."

"난 싫어. 그렇게는 못 살아."

단호한 목소리가 내 마음을 저버린다. 앨리샤가 내게 붙잡힌 팔을 비틀었다. 난 손에 힘을 주어 버텼다.

잠시 실랑이가 벌어졌다. 엎치락뒤치락하며 몸싸움을 벌이다 앨리샤가 날 힘껏 밀치고 가려는 걸 가까스로 중심을 잡고 막아섰다. 이런 상황에서도 고집을 부리는 앨리샤를 이해할 수가 없었다.

"왜? 왜 못 살아? 다들 그렇게 살아."

"다른 사람들이 어떻게 살든 나랑 무슨 상관이야! 난 그렇게 못 살겠다고!"

"너 이러다 죽을 수도 있어!"

결국 참지 못하고 버럭 소리쳤다. 쩌렁쩌렁 울린 목소리가 바람과 뒤섞여 내게 돌아온다. 난 거친 숨을 골랐다. 앨리샤가 잠시 말을 멈추고 씩씩거리며 날 노려봤다.

우리 사이를 스친 바람이 매섭게 우우웅 울었다. 난 흥분된 감정을 조금 진정시킨 뒤 말을 이었다.

"괜히 하는 말 아니야. 네가 거짓말한 걸 그 사람들이 알게 되면, 절대 널 가만두지 않을 거야. 그러니까."

"내가 가장 열받는 게 뭔지 알아?"

내 말을 잘라 내며 앨리샤가 비웃음을 흘렸다. 난 입을 다물고 독기를 품은 앨리샤를 바라봤다.

"네가 날 진심으로 걱정한다는 거야."

"……."

악에 받친 말이 가슴속을 날카롭게 찔렀다. 내 얼굴이 절로 굳었지만 앨리샤는 비아냥거리는 걸 멈추지 않았다.

"네까짓 게 뭔데 날 걱정해? 내가 죽든 말든 네가 무슨 상관인데?"

"넌 내 동생이잖아."

"동생 취급 해 달라고 한 적 없고, 걱정해 달라고 부탁한 적도 없어. 내가 알 아서 할 테니까 나한테 신경 끄고 네 살길이나 찾아. 어쨌든 난 네가 내 말 들 어준다고 해서 여기 따라온 거니까 약속 지켜. 차라리 잘됐네. 나중에 귀찮게 달라붙지 말고 이대로 꺼져."

"꼭 그렇게 말해야 해?"

왜 매번 이런 식으로 냉정하게만 구는 걸까. 좋은 말을 해 줘도 왜곡해서 듣고 걱정해 주면 욕부터 내뱉는다. 앨리샤는 매번 내게 그랬다. 내가 무엇을 하든 상처 입히는 말부터 쏟아 내기 바빴다.

"내가 널 걱정하는 게 잘못된 거야?"

"기분 나쁘니까 안 하던 짓 하지 말라고."

"앨리샤!"

"저리 비켜!"

앨리샤가 날 확 밀치는 바람에 그만 팔을 놓치고 말았다. 엉덩방아를 찧으며 바닥에 주저앉은 날 내버려 두고 앨리샤는 왔던 길로 다시 뛰어갔다. 난 다급 히 멀어지는 앨리샤를 눈으로 좇았다. 이미 잡을 수 없을 만큼 거리가 벌어져 버렸다.

화가 났다.

"이제 나도 몰라. 너 알아서 해!"

앨리샤에게 들리도록 소리치고 바닥에 떨어진 가방을 집어 들었다. 그리고 몸을 일으켜 반대편 숲속으로 뛰어갔다.

이제 됐다. 다 끝내자. 그냥 다 버리고 내 인생을 살아가는 거야. 누군가에게 죽임을 당할까 봐 눈치를 살피는 것도 지쳤고, 앨리샤가 저지른 짓을 들킬까 봐 불안에 떠는 것도 그만하고 싶었다. 걱정하는 마음도 몰라주고 짜증만 내는 앨리샤를 더는 받아 주기 싫었다. 난 할 만큼 했어. 그렇게 마음을 달래며 내달 렸다.

수풀을 헤치며 뛰다 보니 숲을 빠져나가는 입구가 보였다. 어느새 하늘엔 달 이 떠올라 있었다. 이상한 곳으로 왔을까 봐 겁이 났는데 다행히 주변이 낯익 었다.

5년 전에 내가 일했던 별채가 눈앞에 보였다.

기회가 된다면 한 번쯤은 와 보고 싶었다. 그런데 별채의 모습이 기억과는 조금 달랐다. 가는 나무줄기가 돌벽을 타고 올라가 넝쿨처럼 휘감겨 있었고, 꽤 오랫동안 청소를 하지 않았는지 벽면을 만지면 흙 같은 게 후두둑 떨어졌다. 나무에서 떨어진 마른 나뭇잎이 바닥을 쓸고 지나가며 내는 소음이 을씨년스러웠다. 어디선가 바람이 우우웅 우는 소리가 들려왔다.

꺼끌꺼끌한 벽을 짚으며 난 별채 뒤편에 있는 숲으로 향했다. 길을 헤맨 탓에 시간이 꽤 지체되어 버렸다. 언뜻 본 숲속은 앞이 보이지 않을 정도로 어두컴컴했다. 자칫하면 길을 잃어버릴지도 모르는 위험이 도사렸지만, 그나마 다행인 건 아직 이곳에 대한 기억이 남아 있다는 사실이다.

난 과거의 기억을 더듬으며 별채 뒤편 숲속으로 들어갔다. 이번에도 길이 나 있지 않은 수풀 쪽으로 향했다. 유독 수풀이 우거져 있는 방향을 따라 걸어가며 주위의 나무를 하나하나 손으로 더듬었다. 그렇게 얼마쯤 시간이 흘렀을까. 어느 나무에서 그토록 찾고 있던 인장이 찍힌 자국이 만져졌다.

그 감촉을 더듬으며 조금씩조금씩 안쪽으로 향했다. 어두운 숲속을 걸어가는 건 쉽지 않았다. 나뭇가지에 옷이 걸리거나, 돌부리에 걸려 넘어질 뻔한 적도 여러 번이었다. 오늘따라 바람도 강하게 불어와 자꾸 시야를 가로막는다. 그래도 쉬지 않고 걸어간 끝에 나무가 주변을 둘러싼 공간에 당도했다.

오랜만에 본 그곳은 기억 속 모습 그대로였다. 여전히 신비롭고 고요하다.

그리고 수풀에 가려져 있는 녹슨 철문 하나가 눈에 보였다. 철문에 감겨 있는 쇠사슬이 바람에 끼익끼익 흔들렸다.

난 가방 손잡이를 고쳐 잡고 천천히 철문 쪽으로 걸어갔다. 내딛는 걸음걸음이 유달리 무겁게 느껴지는 건 지금 이 순간이 이곳에서의 진짜 마지막이기 때문이다. 이대로 떠난다면 다시는 여기로 돌아오지 않겠지.

그러고 보니 다른 사람들한테 인사도 하지 못했네. 내가 갑자기 사라져 버렸으니 다들 얼마나 놀랄까. 로버트가 날 찾지 않을까? 유모도 걱정하겠지. 오드리는 모르겠지만 조엘리는 가볍게 넘길지도. 에단이 다시 저택에 오면 아마 많이 놀라겠지. 빈센트는…… 또다시 날 찾아 줄까.

그가 날 찾았다는 건 여전히 믿기지 않았다. 어쩌면 그다지 좋지 않은 이유로 날 찾은 건지도 모른다. 이 또한 이해할 수 있었다. 마지막이라고 생각하니 힘들었던 기억도 아름답게 퇴색되고 아쉬움을 만든다.

'이제 정말 끝이구나.'

철문 앞에 다다른 난 잠시 멈춰 서서 주변을 둘러보았다. 보이는 거라곤 나무와 무성하게 우거진 풀들뿐이었지만, 그래도 이 마지막 순간을 눈에 담고 싶었다. 5년 전엔 허겁지겁 떠나느라 여유가 없었지만, 시간이 주어진 지금은 이곳을 오래도록 기억할 수 있도록 내 머릿속에 깊이 새겼다.

충분히 두루두루 살펴본 뒤 다시 철문을 바라봤다. 그리고 철문을 붙잡으며 이곳과의 작별을 고하려는 순간이었다.

철문을 가리고 있는 나뭇가지가 바람에 흔들렸다. 그 사이로 묶여 있는 하얀 끈이 눈에 들어왔다.

난 홀리듯 손을 뻗어 그걸 풀어냈다. 바람에 너풀거리는 끈이 내 손목에 엉켜들었다. 내 시선은 그 끈에서 떨어질 줄 몰랐다.

낯익은 물건이었다. 둥글둥글한 가장자리는 낡고 본래의 색이 탁해졌지만 한때 소중히 간직했던 것이라는 걸 한눈에 알아볼 수 있었다. 엄지로 천을 더듬어 내려가다가 가장자리에 수놓인 꽃무늬를 보고 멈칫했다.

'여기 무늬가 있네요.'

'예쁘죠? 바이올렛이에요.'

머리 끈을 선물해 주던 바이올렛이 우스갯소리로 한 말이었다. 나중에 알고 보니 그녀는 자신의 물건에 제 이름과 같은 꽃을 직접 수놓는 버릇이 있었다. 그러니 역시 이건 오래전 내가 빵을 얻기 위해 교환했던 그 머리 끈이 맞았다.

이게 왜 여기에……

그 순간, 등 뒤에서 바스락거리는 소리가 들려왔다. 난 빠르게 몸을 돌렸다. 수풀을 헤치고 누군가 모습을 드러냈다.

"어떻게……"

왜, 왜 당신이 지금 여기에 있는 거지?

쏴아아 불어온 바람이 온몸을 강타했다. 손안에 들린 끈이 이리저리 휘날리며 빠져나가려 했다. 그걸 단단히 쥐고 눈앞의 남자를 바라봤다.

그를, 빈센트를.

"너라면 올 거라고 생각했으니까."

놀라서 굳어 버린 나와 달리, 빈센트는 차분히 내가 제대로 꺼내지 못한 물음의 답을 해 주었다. 담담한 얼굴이 현실 같지 않았다.

"여길 아는 건 너와 나밖에 없어."

금빛 머리카락이 이리저리 휘날렸다. 바람이 차다. 가운을 걸치고 있지만 그의 차림새는 너무도 얇았다. 하지만 그런 것에는 관심 없다는 듯 빈센트의 시선은 오로지 내게만 꽂혀 있었다. 그는 자신의 머릿속에 새겨 넣으려는 것처럼 날 찬찬히 훑어봤다.

"드디어 찾았다."

그러다 픽 웃었다.

"폴라."

그의 입에서 선명히 나온 건 '진짜' 내 이름이었다.

⟨3권에서 계속⟩